KB175525

RINGWORLD FINAL
FATE OF WORLDS

링월드 파이널
세계의 운명

세계의 운명

ⓒ 래리 니븐 · 에드워드 M. 러너 2017

초판 1쇄 인쇄	2017년 9월 14일
초판 1쇄 발행	2017년 9월 19일

지은이	래리 니븐 · 에드워드 M. 러너
옮긴이	김성훈

펴낸이	박대일
편집	이문영 · 임유리 · 신지연 · 박현주 · 전보라
마케팅	송재진 · 임유미
디자인	김은희
일러스트	Silvester Song

펴낸곳	새파란상상(파란미디어)
출판등록	2004년 9월 14일 제313-2004-00214호

주소	121-897 서울시 마포구 성지1길 32-36
전화	02-3141-5589(영업부) 070-4616-2011(편집부)
팩스	02-3141-5590

전자우편	paranbook@gmall.com
카페	http://cafe.naver.com/paranmedia
페이스북	http://www.facebook.com/paranmedia

ISBN   978-89-6371-444-8 (03840)

RINGWORLD FINAL
FATE OF WORLDS

링월드 파이널
세계의 운명

래리 니븐·에드워드 M. 러너 지음
김성훈 옮김

새파란상상

FATE OF WORLDS

Korean translation copyright © 2017 by Paran Book
This edition published by arrangement with Spectrum Literacy Agency through
BC Agency, Seoul.

차 례

고독하고 평화로운 한 세계가 성간의 공허를 가르며 날아가고 있다. 목걸이처럼 걸쳐진 인공 태양들이 북극에서 남극으로 돌며 이 세계를 따뜻하게 덥혀 주기 때문에 기후는 언제나 온화하다. 여러 개의 태양 아래 구름 꼭대기가 환하게 빛나고, 그 밑으로는 바다가 반짝이고 있다. 풍족한 들판과 무성한 숲이 대륙들을 가로지르고 번창한 도시들이 여기저기 뽐을 내듯 솟아 있다.

이곳 사람들은 이 천국을 뉴 테라라고 부른다. NP₄라는 이름으로 불리던 시절은 그저 이야기로만 남아 있다. 그때는 이곳이 세계 선단의 수많은 농장 세계 중 하나에 불과했다. 외계인 주인들이 인간의 삶을 지배하던 시절이었다. '시민'. 외계인들은 스스로를 그렇게 불렀고 더 나아가 '구원자'라고 부르기도 했다.

하지만 이제 뉴 테라 사람들은 남녀노소를 불문하고, 어렵게 밝혀진 진실을 모두 알고 있다. 그들의 전 주인이 선조들의 버려진 램스쿠프 우주선과 우연히 마주친 것이 아니라 그것을 공격했다는 사실을, 그 우주선에 있었던 냉동수정란으로 노예 종족을 길러 냈다는 사실을. 쉽게 얻어 낸 독립은 아니었지만, 이제 뉴 테라는 자기만의 독자적인 경로를 따라 우주를 항해하고 있다.

그러면 올드 테라, 즉 지구는? 이곳의 그 누구도 선조들의 세계가 어디 있는지 알지 못한다.

암흑을 뚫고 끝없이 이어지는 이 여정에 인공 태양들만 뉴 테라와 동행하는 것은 아니다. 수 광일에 걸쳐 흩뿌려진 수많은 소형 탐지기들이 세계와 대형을 이루고 있다. 조기 경보 시스템을 구성하는 이 탐지기들은 사방을 끊임없이 훑어보고, 알려진 모든 장거리 감지 기술을 이용해 먼 곳까지 샅샅이 조사한다.

행성 방어 본부에서는 사람들이 지루함과 싸우며 감시 대상에 끊임없이 의심의 눈초리를 보내고 있었다. 뉴 테라는 가장 가까운 항성과도 몇 광년은 떨어진 상태였다. 세계 선단의 무자비한 겁쟁이 시민—그들을 퍼페티어라는 적절한 이름으로 부르는 사람들이 점점 많아지고 있었다—들도 이미 강력한 광학 망원경을 제외하고는 모든 장치의 가동 범위를 벗어날 만큼 멀어졌다.

갑자기 조기 경보 시스템의 탐지기들에서 경보가 일제히 울부짖기 시작했다. 행성 방어 본부의 모든 감시 인력이 정신을 번쩍 차리고 각자의 제어판에 시선을 주었다.

그리고 눈앞에 펼쳐진 불가사의에 입이 쩍 벌어지고 말았다.

| 파문: 지구력 2893년 |

1

— 침입자가 있습니다. 지그문트.

침묵을 깨고 지브스가 알렸다.

지그문트 아우스폴러는 한숨을 내쉬었다. 세월은 그를 연륜으로 부드러워지게 만들기보다 지치게 만들었다. 그를 잡아먹지 못해 안달이 난 우주가 저 바깥에 기다리고 있었다. 그래서 뭐? 그런 것에 신경 쓸 힘이 남아 있던 때가 언제였나 싶었다. 자신이 더 이상 그런 것에 신경 쓰지 않는다는 사실 자체를 신경 쓰지 않게 된 지도 까마득했다.

— 지그문트?

지그문트는 눈으로 들어오는 햇빛을 손으로 가리며 저 멀리 사막을 바라보았다. 하루를 마감하는 태양의 행렬이 지평선에 낮게 걸쳐져 있었다. 황량한 풍경 속 여기저기 흩어진 선인장들이 길게 그림자를 드리웠다. 외로운 새 한 마리가 머리 위로 미끄러지듯 활공했다. 석조 테라스 너머로는 문명의 흔적이 전혀 눈에 띄지 않았다.

한곳에 모여 있는 선인장 무리를 보니 다른 기둥들이 떠올랐다. 오래전, 아주 머나먼 곳에서의 일이었다. 세계를 산산조각 내는 기계 기둥들. 그리고 그것들은 실제로 한 세계를 산산조각 내고 말았다. 그때는 이미 그가 죽어 있었지만. 그에게는 너무 자주 일어나는 일이었다. 죽는 일이 그랬고, 모든 세계가 위험에 처하는 일 또한 그랬다. 하지만…….

— 안전한 곳으로 대피해야 합니다. 지그문트.

지브스가 재촉했다.

지그문트는 다시 한숨을 내쉬었다. 이번에는 자신에게 내쉰 한숨이었다. 세월은 사람의 마음을 산만하게 만든다. 혼자 산다는 것 또한 그랬다. 그래도 지브스가 함께 있으니 완전히 혼자인 것은 아니지만 늙어서 혼자가 된다는 것은…….

— 지그문트!

지브스가 다시 재촉했다.

지그문트는 망으로 짠 큰 해먹에서 가까스로 몸을 일으켜 세웠다.

"침입자가 어떻게 생겼지?"

— 반중력 비행 물체입니다. 저고도 속도제한에 가까운 빠르기로 동쪽에서 접근하고 있습니다.

"육안으로 확인되나?"

— 현재는 너무 멀어서 레이더로 확인했습니다.

"도착하려면 얼마나 걸리지?"

— 현재 속도를 유지할 경우 십 분입니다.

지그문트는 테라스 한구석에 장착된 어두운 원형 물체를 흘끗 보았다. 그 원형 물체는 도약 원반의 밑바닥이었다. 활성 표면이 막혀 있다는 점을 빼면 그것은 세계 곳곳에 설치된 수백만 개의 도약 원반과 똑같았다. 원반을 뒤집어 밝은 쪽이 위로 오게 한 후 한 발만 그 위에 디디면 원하는 원반 어디로든 광속으로 이동할 수 있었다. 행성 어디든 갈 수 있다는 의미였다.

하지만 원반을 뒤집어 놓았다가는 그 원반의 사생활 설정 모드를 해제할 권한이 있는 다른 자들이 이곳으로 이동해 올 수도 있었다.

지그문트는 사생활을 중요하게 여겼기 때문에 도약 원반을 늘 그렇게 뒤집어 놓았다.

그리고 솔직히 말하면 그의 도약 원반은 수백만 개의 다른 원반들과 비슷한 종류의 것이 아니었다. 이 원반에 있는 소형 핵융합로는 그가 빠져나가고 나면 몇 초 안에 과부하가 걸리면서 행선지 기록을 모두 파괴할 것이다.

지그문트 아우스폴러는 사생활을 정말로 중요하게 여겼다.

— 지그문트?

지그문트는 생각에 잠겼다.

"스텔스 기능을 이용하지 않는군. 지는 해를 등지고 나는 것도 아니고, 동쪽에서 접근하는 중이고. 저를 봐 달라는 소리지. 자기가 가고 있다고 우리에게 알리는 거야."

지그문트가 자신의 소박한 집을 손짓으로 가리켰다. 그 안에는 그가 손수 만든 참나무 책상이 있고, 그 위에는 그의 휴대용 컴퓨터가 전원이 꺼진 채 놓여 있었다.

"온다고 미리 전화도 할 수 없었을 테니."

— 과연 그렇습니다, 지그문트.

지브스가 신사의 부드러운 어투로 말했다. 알아들었다는 뜻을 전하면서도 살짝 책망이 섞여 있었다.

지브스는 지그문트보다도 더 오래된 존재였다. 한때는 누군가가 허식이나 장난으로 집어넣은 몇 줄의 프로그램 코드에 불과했을 집사 같은 태도가 몇 세기를 거치면서 이제는 AI의 성격 전반에 스며들어 있었다. 지그문트의 뇌 속에 들어 있는 편집증과 비슷하다고나 할까.

친구는 친구를 다시 프로그래밍하지 않는 법. 설사 그 일이 가능하다 할지라도.

지그문트는 투덜거리며 다시 해먹에 털썩 드러누웠다.

"손님이 원하는 게 뭔지 지켜보자고."

눈에 보이지 않던 비행 물체가 윙윙거리며 반점으로 나타나더니 어느 순간 제 모습을 드러냈다. 지그문트는 바람이 몰아치는 모래밭에 착륙하려고 급강하하는 비행선을 지켜보았다. 비행선 한쪽 끝에서 뚜껑이 열리고 뉴 테라 방위군의 푸른색 제복을 입은 늘씬한 여성이 조종석에서 걸어 나왔다.

"장관님, 안녕하십니까?"

지그문트의 손녀였다.

장관님이라……. 공식적 방문이라 이거지. 제복을 입고 온 걸 보면 내가 모를까 봐?

"날씨가 뜨겁군. 그늘로 들어오게, 대위."

지그문트가 말했다.

"감사합니다, 장관님."

줄리아 바이얼리만시니는 주변을 한 번 둘러본 후 테라스를 절반쯤 덮고 있는 차양 아래에서 기다리고 있는 지그문트 쪽으로 다가왔다. 그녀는 창백한 파란 눈동자에 어깨까지 내려온 옅은 금발을 한, 키 크고 늘씬한 미인이었다.

"앉게, 대위. 뭐 마실 거라도?"

"감사합니다만, 사양하겠습니다."

손님은 제모制帽를 팔 아래 낀 채 불편한 모습으로 서 있었다. '바이얼리만시니'라고 적힌 이름표가 햇빛을 반사하며 홀로그램으로 반짝였다. 이름표 크기 광학 장치의 성능으로는 흉내도 못 낼 정교한 홀로그램이었다. 계급장도 마찬가지였다. 모두들 프로그래밍이 가능한 나노 섬유로 만든 옷을 입고 다니고 옷을 입은 사람의 기분에 따라 색깔, 질감, 무늬 패턴을 마음대로 바꿀 수 있는 세계지만, 그래도 행성 방위군의 신분증만큼은 특별한 것으로 남아 있었다. 이론적으로는 위조가 어렵기 때문이다.

그의 자손과 제복 속에 지그문트 아우스폴러의 유산이 살아남아 있었다. 그리고 하나 더, 뉴 테라가 온전한 독립을 유지하고 있다는 사실 속에도. 만약 그때 다른 사람들이 각자의 고집대로 했더라면……

"장관님, 혹시……?"

줄리아가 지브스의 존재를 확인하려는 듯 조심스럽게 말을 꺼냈다.

"말해 보게. 무슨 일로 왔나?"

지그문트가 되물었다.

"천체물리학적 현상이 일어났습니다. 이상 현상입니다."

지그문트는 흠칫 놀랐다. 기나긴 인생을 사는 동안 그는 우주 깊숙한 곳에서 두 번이나 혼자 고립되어 본 경험이 있었다. 그리고 세 번 살해되었으며, 그때마다 그 전보다 더 소름 끼치는 죽음이 찾아왔다. 최근에 죽었을 때는 천체물리학적 현상을 언뜻 보았던 것이 죽음을 예고하는 전조였고, 다시 부활한 다음에도 그 현상 때문에 성간 우주에 꼼짝없이 발이 묶여 있어야 했다.

말 못 할 정도로 희박한 성간 매질에서 발생하는 난류, 성간 헬륨 농도의 경미한 증가, 팩의 램스쿠프 침략 함대가 파도처럼 끊임없이 밀어닥치고 있음을 말해 주는 경고는 그런 미묘한 신호들밖에 없었다.

팩은 외계인들을 극도로 혐오해서 대량 학살을 서슴없이 자행하는 종족이었다. 다른 모든 외계인 종족에게 그들은 역병이나 다름없었다. 성인기 이후에 찾아오는 중성의 생애 주기인 '수호자'에 해당하는 팩은 무서울 정도로 똑똑하고, 반사적인 공격성을 지녔고, 자기 혈통을 지키기 위해서라면 극도로 이기적으로 행동했다. 수호자들이 '양육자'라는 멸칭으로 부르는 성인 개체가 '생명의 나무' 뿌리를 먹으면 수호자로 변했다.

인류는 수백만 년 전에 지구 개척에 실패한 팩의 후손인 것으로 밝혀졌다. 개척이 실패한 것은 지구에 '생명의 나무'가 자라는 데 필수적인 미량원소가 결핍되어 있기 때문이었다. 팩의 관점에서 보면 인간은 먼 친척이 아니라 완전히 제거되어야 할 돌연변이에 불과했다.

지그문트는 전율이 밀려오는 것을 느꼈다. 자신의 기억이나 공포증 따위, 우주가 눈곱만큼이라도 신경 쓸 이유가 없음을 너무도 잘 알기 때문이었다.

줄리아는 감정을 감추려고 무던히도 애를 쓰고 있었지만, 냉정한 전문가의 얼굴 아래로 그녀 역시 긴장하고 있었다. 하지만 그녀를 아주 잘 아는 사람이 아니고는 그 긴장을 알아채지 못할 것이다.

"내가 천체물리학자는 아니지 않나?"

지그문트가 말했다.

솔직히 털어놔 봐라, 줄리아. 너를 괴롭히는 게 뭐지?

"알고 있습니다."

줄리아는 살짝 망설이다가 물었다.

"지금 지브스가 우리와 함께 있습니까?"

— 그렇습니다.

AI가 읊조리듯 대답했다.

"세계의 기밀 유지와 관계된 문제라서 말입니다."

줄리아가 말했다.

"지브스나 나나 화석처럼 오래된 존재네. 우리 보안 등급은 내 직함과 함께 사라진 지 오래지."

다만, 이 세계에 관한 한 보안 등급 시스템을 발명한 사람이 바로 지그문트였다. 그는 아무것도 없는 상황에서 국방부 장관으로 재직하면서 감시를 통해 알게 된 것들로 이 시스템을 만들어 냈다. 그리고 줄리아는 화석의 의미가 대체 무엇인지 짐작조차 할 수 없을 것이다. 뉴 테라에 단세포 이상의 생명체가 도입된 것은 너무 최근의 일이었기 때문에 화석이 남아 있을 리 없었다.

"이상 현상이 뭔지는 몰라도, 그에 대해 얘기를 하러 온 거겠지. 어디 얘기해 보게."

"맞습니다."

줄리아가 숨을 크게 들이마셨다.

"무언가 불가능한 일이 일어났습니다. 장관님께서는 우주선이 하이퍼스페이스를 드나들 때 발생하는 시공간 파문에 대해 잘 아시죠?"

지그문트는 고개를 끄덕였다.

"어제 조기 경보 시스템이…… 그러니까 아주 큰 파문을 감지했습니다."

"얼마나 큰데?"

"그게 이상한 점입니다, 장관님. 그렇게 클 수가 없다는 것 말입니다."

그러니까 네 상관들이, 내 삐딱한 머리에서는 어떤 다른 설명이 나오는지 보려고 너를 보냈다 이거구나.

　　"파문이 얼마나 컸지? 탐사기 몇 대가 포착한 건가?"

　　지그문트가 물었다.

　　"모든 탐사기들의 센서에서 파문이 감지됐고, 모든 센서들의 감지 용량이 포화될 정도의 강도였습니다."

　　뉴 테라를 감싸고 있는 방어 시스템. 적어도 지그문트가 장관으로 재직하던 당시에는 탐사기들이 먼 거리에 걸쳐 동심원으로 배치되어 있었다. 믿기 힘들 정도로 많은 우주선들이 동시에 나타나고, 또 그중 상당수가 뉴 테라의 코앞에 나타나지 않고서는 그 센서들을 한꺼번에 포화시키는 강도가 나올 수 없었다.

　　지그문트는 팩의 전투 함대에 대한 기억이 되살아나려는 것을 꾹꾹 눌렀다. 옛날 생각에나 빠져 있을 때가 아니었다. 근처에서 우주선이 감지되고 나면 경보 시스템 프로토콜에서 첫 번째 단계는 하이퍼웨이브 레이더로 주변을 훑는 것이었다.

　　그는 물었다.

　　"그래서 레이더에는 뭐가 나왔지?"

　　"아무것도 나오지 않았습니다. 그것 역시 이상한 점이죠."

　　아직까지는 누구도 하이퍼웨이브와 일반 물질 사이의 상호작용을 위장할 수 있는 방법을 찾아내지 못했다. 물론 앞으로도 찾아내지 못한다는 보장은 없지만.

　　"방위군에서 분명 우주선을 파견해 봤을 텐데, 그런데도 아무것도 못 찾았다고?"

"그렇습니다."

거참, 이상하군.

"파문은 딱 한 번뿐이었나?"

지그문트는 다시 물었다.

"그렇습니다. 하이퍼스페이스에서 튀어나온 게 뭔지 몰라도 다시 하이퍼스페이스로 돌아가지는 않았습니다. 아니면 센서 감지를 피해 노멀 스페이스로 우리 코앞까지 먼 거리를 이동한 다음, 하이퍼스페이스로 들어갔을 수도 있죠. 양쪽 다 파문이 한 번만 나타난 이유를 설명할 수는 있습니다."

"대규모 함대가 정체를 숨기고 우리 코앞까지 왔다가 비명 한 번 지르고 제 갈 길을 갔다고? 그것도 믿기 어려운 얘기군."

"우리 분석가들의 생각도 그렇습니다."

줄리아가 머뭇거리다 말했다.

"국방부에서는 장관님께서 무슨 일인지 밝혀 주시기를 바라고 있습니다."

혁명 이후에 새로 들어선 정권은 상관관계와 인과관계를 혼동한 나머지 이상한 결론에 도달했다. 지그문트가 여러 번 이 세계를 비상사태로부터 구해 냈건만, 그 비상사태들은 모두 그가 항성들 사이의 일에 쓸데없이 간섭하고 나서는 바람에 초래된 일이었다는 결론. 새로운 정부는 그를 원하지 않는다는 뜻을 분명히 밝혔다.

그런데 이제 와서 내 도움이 필요하다고?

이름도, 얼굴도 드러내지 않은 채 그들은 지그문트를 오랫동안 괴롭혀 왔다. 하지만 지금 그를 조종하려는 자가 누군지는 너무나도 분명했다. 현직 장관이다.

방위군이 특별히 너를 보낸 이유가 있겠지, 줄리아. 장관은 내가 네 부탁만은 차마 거절할 수 없을 거라 믿었을 거야. ……아마도 맞는 생각이겠지.

지그문트의 가족 중에는 뉴 테라 방위군에 합류한 사람이 많았다. 그중에서 줄리아가 가장 어리거나 가장 나이가 많은 것도 아니고, 가장 직책이 낮거나 가장 높은 것도 아니었다. 가장 뛰어난 업적을 이룬 것도 아니었다. 하지만 그럼에도 그녀는 특별했다. 대놓고 물어보면 아니라고 고개를 젓겠지만, 지그문트는 자신의 손자들 중 줄리아를 제일 아꼈다. 제 할머니를 그대로 빼닮았기 때문이다.

젠장, 페넬로페가 보고 싶군!

이제는 지그문트 자신의 죽음조차 기억에서 지워져 가고 있었지만 페넬로페의 기억만큼은 지워지지 않았다. 그녀에 대한 기억은 찰싹 달라붙어 떨어질 줄 몰랐다. 지그문트는 이 이상하고 놀라운 세계에 온 지 얼마 되지 않았을 때, 두 번째 죽음에서 깨어나며 그녀를 만났다.

"……할아버지?"

줄리아가 망설이며 말했다.

"지금 국방부에는…… 창조적인 사고방식이 필요해요."

— 센서에 장난을 친 존재가 무엇이고, 또 어떻게 그렇게 했는지에 대해서 말입니다.

지브스의 첨언에, 줄리아도 동의했다.

"현재로써는 그렇게 생각하고 있어요, 어떻게 했는지는 몰라도 누구 혹은 무언가가 우리 센서들을 혼란에 빠뜨렸다고요. 우리 전문가들은 아직 개입이나 침입의 증거를 찾지 못했지만요."

지그문트의 마음 한구석에서 무언가가 꿈틀거렸다. 그 옛날의 편집증은 아니었지만, 나이가 불러일으킨 노파심에 불과한 것만도 아닐지 몰랐다. 보안 사고의 가능성을 결코 무시할 수 없었다. 하지만 그것만으로 이 거대한 파문을 설명할 수 있을지 또한 의문이었다. 행성 방어 네트워크를 도용할 수 있는 자가 있다면 실제로 공격하기 전까지는 그런 능력을 철저히 숨기면 숨겼지 이렇게 드러내지는 않았을 것이기 때문이다.

그저 보안 사고에 불과한 것이 아니라면 세계의 안전이 위험하다.

"자료를 좀 볼까?"

"죄송합니다, 장관님. 그 정보는 국방부에서만 열람할 수 있습니다. 접근이 엄격히 제한되어 있습니다."

전문가라는 놈들이 보안 사고를 의심하면서 접근을 제한할 수 있다고 믿는 건 또 뭐야? 멍청이들.

지그문트는 멀리 사막 쪽을 물끄러미 바라보았다. 태양들은 모두 거의 저물었고 밝은 별 몇 개가 머리 위로 모습을 드러내기 시작했다. 서쪽 지평선 근처의 두껍고 새까만 얼룩이 산의 존재를 암시하고 있었다.

"그럼 국방부로 같이 가지."

그는 줄리아가 타고 온 비행선을 향해 걷기 시작했다.

"그 비행선으로 안 가요, 할아버지."

지그문트가 고개를 돌리자 줄리아는 테라스에 장착된 뒤집힌 도약 원반을 가리켰다.

"할아버지가 지금 당장 필요해요."

지그문트는 원반을 뒤집으며 기록 자동 파괴 스위치를 껐다. 물론 은밀하게 했지만 분명 지브스도 집 안에 설치된 보안 카메라로 지켜보았으리라. 오랜 친구여, 다른 곳까지 감시망을 뻗을 필요는 없다네.

지그문트는 줄리아에게 먼저 올라서라고 손짓했다. 그리고 바로 뒤이어, 세계를 반 바퀴 가로질러 뉴 테라 방위군 본부 경비 통로에 휙 하고 나타났다. 그는 이 새로 등장한 천체물리학적 현상이 대체 어떤 악몽의 전조일까 골똘히 생각에 잠겨 있었다.

2

뚱뚱하고 얼굴이 발그레한 대령이 보안용 순간 이동 로비에서 지그문트와 그의 손녀를 맞이해 통과 절차를 처리했다. 세 사람은 여섯 명 정도의 무장 경호원들과 함께 건물 깊숙한 곳으로 성큼성큼 걸어 들어갔다. 내부 검문소들이 하나 건너 하나씩 이어져 있었다.

자기들이 이미 한 번 정부를 전복해 봤으니 다른 누가 또 자기

네 정부를 전복할 음모를 꾸미지 않을까 의심하는 것도 당연한 일이었다.

예전의 정부는 거의 하룻밤 사이에 사라지고 말았다. 어떻게 그런 공감대가 저절로 형성될 수 있었는지 지그문트로서는 도저히 이해할 수도 받아들일 수도 없었지만, 어쩐 일인지 뉴 테라 사람들은 그것을 타당하다고 받아들였다. 새로운 기술주의 국가에는 인간적인 면모가 더 녹아들어 있었음에도 불구하고, 권력의 이양은 반란군들의 생각보다 훨씬 더 퍼페티어스러운 과정으로 이루어졌다.

지그문트는 투표로 선출된 정부를 지키겠노라고 맹세했지만 시위가 전 세계로 퍼져 나가자 군대에 무기를 내려놓을 것을 명령했다. 그가 지켜보고 있는 한 뉴 테라 사람들은 절대로 자기네 사람들을 공격하지 않을 터였다.

아니, 어쩌면 그가 폭력을 거부한 이유는 저항해 봤자 그것은 자신을 위한 행위일 수도 있기 때문이었다. 결국 옛 정부의 몰락은 그의 책임이었다. 외계인들의 문제에 더 이상 얽혀 들지 않으려면, 은하계에서 일어나는 일들로부터 숨으려면, 사람들은 먼저 지그문트 아우스폴러로부터 벗어나야 했다. 그 결과, 그워스 전쟁이 끝나자마자 바로 혁명이 일어났다.

뉴 테라의 중립을 끝까지 지켜 내고, 또 다른 성간 위기로부터 두 번째 고향을 무사히 지켜 낸 것도 그였건만…….

이제 과거 속에서 사는 일은 그만두자. 지그문트는 스스로를 다그쳤다. 하지만 그는 대부분의 시간을 과거 속에 살고 있었다.

현재나 미래에 살기에 그는 너무 옛날 사람이었다.

모두들 그를 옛날 사람이라고 생각했다. 기껏해야 한물간 늙은이, 철 지난 퇴물, 다른 세계에서 온 괴물쯤으로 생각할 터였다. 그들이 왜 지그문트의 말에 귀를 기울이겠는가?

지그문트는 몸서리치며 천문학적 현상을 떠올렸다. 그 이유를 알아내자. 그리고 내 말에 귀를 기울이게 만들자.

"괜찮으세요, 할아버지?"

줄리아가 속삭여 물었다.

"괜찮다."

거짓말이었다.

세 사람은 홀에서 한 퍼페티어 앞을 지나쳤다. 머리는 둘, 다리는 셋, 구불구불한 목 — 팔이라고 해야 할까——들 사이에 있는 털북숭이 갈기는 정성 들여 매만진 흔적이 역력했다. 그 퍼페티어는 폭이 좁은 장식 띠만 둘렀는데, 거기에는 주머니들과 클립으로 고정한 컴퓨터가 하나 달려 있었다. 장식 띠에 고정된 휘장은 군인이 아니라 민간인 신분임을 말해 주었다.

그가 민간인인 것은 당연했다. 퍼페티어들은 위험의 기미만 보여도 달아나는 존재였다. 그리고 지금도 세계 선단에 올라탄 일조 명의 퍼페티어들이 이만 년 후에나 이 은하계 구석을 덮칠 천문학적 현상을 피해 달아나고 있었다. 퍼페티어가 직접 방어에 나서는 경우는 도망갈 수도, 항복할 수도 없는 절망적인 상황뿐이었다. 아니면 압도적인 우위를 점한 상태에서, 자신이 개입했다는 흔적을 남기지 않으면서 공격을 가할 수 있을 때거나. 퍼페티어들은 이미 로봇을 이용해서 '긴 통로'호를 포획한 전적이 있으니 이는 부정할 수 없는 사실이었다.

겁쟁이는 필요하다면 무자비한 조치도 서슴지 않는다.

자기네 종족에게 버림받거나 적응하지 못한 몇몇 퍼페티어들이 뉴 테라가 독립한 후에도 이곳에 남아 있게 해 달라고 요구했다. 그리고 그워스 전쟁 중에 피난민 행렬을 따라 더 많은 퍼페티어들이 도착했다. 그중 일부도 마찬가지로 이곳에 남았다. 그들 대부분은 엘리시움 대륙에 정착했다. 그곳은 허스처럼 생활할 수 있도록 제일 먼저 자연 보존 지역ᴺᴾ으로 자리 잡은 땅이었다. 사람들과 함께 일하는 퍼페티어는 아주 소수였다.

그 퍼페티어는 목구멍 두 개에서 여섯 개의 성대로 불협화음을 뿜어내며 대화에 열중해 있었다. 마지막 그릇 깨지는 듯한 소리와 함께 그가 열을 올리자, 매달려 있던 휴대용 컴퓨터에서 또 다른 퍼페티어의 대답 소리가 비슷한 불협화음으로 요란하게 흘러나왔다.

실내악단이라도 동원하지 않으면 인간은 퍼페티어의 언어를 흉내조차 낼 수 없다. 하지만 다행히도 퍼페티어들은 수월하게 영어로 말할 수 있었다.

교차 지점에 가까워지는데, 지그문트 일행의 반대 방향에서 여섯 사람이 복도를 따라 내려왔다. 그들 중에는 창백한 백발의 여성도 하나 있었다. 그녀는 심하게 구부정한 자세였는데도 키가 커서 제복을 입은 호위병들을 아래로 굽어볼 정도였다. 코너를 돌자 두 일행이 마주쳤다.

"오랜만이네, 앨리스."

지그문트가 말했다.

여기서 그녀를 만난다고 놀랄 이유는 없었다. 불명예스럽게 은퇴한 그를 이 자리로 다시 끌어내게 만든 것이 무엇인지는 모르지만, 그런 일이라면 앨리스 또한 끌어들일 필요가 있었을 것이다. 하지만 그녀와 얘기를 나눠 본 지도 한 세기가 지났다. 이렇게 늙어 버린 그녀의 모습을 보는 것은 충격이었다.

앨리스는 냉담한 표정만 지을 뿐 아무 말도 하지 않았다.

그들은 경비가 삼엄한 입구 앞에서 멈춰 섰다. 상황실이었다. 지그문트는 이 장소를 너무나 잘 알고 있었다. 이곳에서 너무나 많은 낮과 밤을 보냈으니까. 지그문트 밑에서 차관으로 일했던 앨리스도 마찬가지였다.

경비병 하나가 쓸데없이 방 오른쪽에 있는 사물함을 가리켰다. 벽, 바닥, 천장에 차단막이 설치되어 있어 허가가 나지 않은 전송은 모두 차단되지만, 보안상의 이유 때문에 이 안에서 무언가를 기록하는 것 또한 법으로 금지되었다. 지그문트, 앨리스, 줄리아는 차례로 사물함에 휴대용 컴퓨터를 넣고, 지문으로 생체 정보 승인을 거쳤다. 그러자 경비병 하나가 문을 열고 안으로 들어가라고 신호했다.

뉴 테라 방위군 장관 도널드 노퀴스트응이 길쭉한 타원형 회의 탁자의 한쪽 끝에서 회의를 주재하고 있었다. 그는 키가 작고 마른 체형에 표정은 시무룩했는데, 눈썹이 마치 노란색 털북숭이 애벌레 같았다. 거만한 자세로 앉아 있던 그가 두 발로 일어서며 전략 상황판을 가리켰다. 움직임도 굼떴다. 하지만 그는 아직 백 살도 되지 않았다. 그런 거만한 태도는 다 일부러 그러는 것이었다. 허세라도 부려서 위엄을 차리려는 의도가 뻔히 보였다.

지그문트, 앨리스, 줄리아가 들어서자 장관이 그들 쪽을 돌아보았다. 그의 눈이 세 사람을 미끄러지듯 지나쳤지만 알아보는 기색은 드러나지 않았다. 자기소개를 할 기회도 없이 회의가 계속되었다.

탁자에 앉은 사람들 중 몇몇은 지그문트에게도 낯이 익었다. 현직 장관 도널드 노퀴스트옹은 그가 그다지 관심을 두는 사람은 아니었지만, 약간이나마 아는 대로 판단해 보면 나폴레옹 같은 인물이 되고 싶어 하는 자였다.

물론 그렇다고 이 세계 사람들 중에 나폴레옹에 대해 들어 본 사람이 있다는 뜻은 아니다. 퍼페티어는 자기네 하인들이 인류, 인류의 기원, 인류의 문화에 대해 무엇이든 아는 것을 결코 용납하지 않았다. 심지어 노예 시절 인간들은 영어의 불규칙동사, 비논리적인 철자법 등도 모두 배려심 많은 후원자 퍼페티어들이 설계해 준 것이라고 배웠다.

회의 탁자에는 빈자리가 없었다. 그래서 회의가 계속되는 동안 줄리아가 벽 쪽으로 보좌관과 비서들 사이에서 빈자리를 찾아 주어야 했다.

지그문트는 이런 위기를 처음 맞아 보는 것도 아니었기 때문에 신속하게 상황을 파악할 수 있으리라 생각했다. 그의 시대 이후로도 기술적 진보가 이루어지기는 했지만 그렇게 의미 있는 변화는 없었다. 여전히 너무나 많은 화면으로 너무나 많은 자료들이 쏟아져 나오고 있었다. 항성 지도, 센서 스캔, 우주선 상황, 무기 목록, 추정 수치 등등.

"……감시 시스템에 문제가 발생했습니다. 우리 보안 전문가들이 침입 방법을 계속해서 조사 중입니다만, 유감스럽게도 아직은……."

지그문트는 사람들이 하는 말을 그냥 흘리듯 들으면서 큰 주제들을 분류하고, 논쟁의 요점들을 항목별로 정리하고, 사실과 추측을 구분하는 작업을 하고 있었다. 앨리스도 입술을 굳게 다물고 이마를 찡그린 채 앉아 있는 것을 보니 같은 일을 하고 있는 듯했다.

"……침입 감지 소프트웨어에 감사 추적을…… 또 다른 순찰선에서도 아무것도 발견하지 못했다는 보고가……."

아직 지그문트와 앨리스를 알아보는 사람은 없었다. 한마디 발언권조차 얻지 못했음은 말할 것도 없다.

도와 달라고 부른 게 맞나?

아니면, 줄리아는 진심으로 부탁한 것이지만 도널드 장관의 속셈은 나중에 혹시라도 일이 틀어졌을 때를 대비해서 핑곗거리를 마련하려는 것이었을까?

"문제를 해결하기 위해 외부에서 전문가들까지 동원했습니다만……."

물론 후자겠지. 멍청이들.

지그문트가 납치를 당하고 이곳으로 온 후에 보호해 주었던 뉴 테라 사람들은 우주가 위험한 곳임을 알고 있었다. 하지만 그 세대, 독립 세대는 이미 사라지고 없었다. 그들의 자식 세대 역시 사라지거나 은퇴한 상태였다. 다른 이들의 일에는 관여하지 않는다는 고립주의가 규범으로 자리 잡은 지 오래였고, 그동안 별일이 생기지 않은 덕분에 도널드 장관과 동류의 인간들은 행운을 마치 자기들의 지혜인 양 착각하기에 이르렀다.

이 세계에 타조라는 동물의 행동에 대해 들어 본 사람이 나 말고 또 있을까? 상관없지. 어쨌거나 머리를 모래 속에 파묻고 위험을 부정하는 건 분명 바보짓이니까. 지그문트는 크게 헛기침을 하며 일어섰다.

도널드 장관이 고개를 돌려 그를 노려보았다.

지그문트가 말했다.

"내가 한번 요약을 해 볼까요? 큰 하이퍼스페이스 파문이 나타났소. 전례가 없을 정도로 거대한 파문이었지. 당신들은 수많은 우주선이 하이퍼스페이스에서 나타났다면 센서나 순찰선이 그중 하나라도 찾아내지 못했을 리가 없다고 믿는군. 그리고 그렇게 수많은 우주선이 노멀 스페이스로 몰래 다가왔다가 하이퍼스페이스로 되돌아가면서 거대한 파문을 남겨 우리를 놀라게 했는데도 우리 센서나 순찰선이 그것을 모르고 있었을 리는 없다고 믿고 말이오. 그래서 추측하기를……."

장관이 말을 끊으며 쏘아붙였다.

"지그문트 씨, 우리는 누군가가 센서 네트워크에 문제를 일으켰다고 이미 결론을 내렸습니다. 논리적으로 가능한 설명은 그것밖에 없으니까요. 당신을 여기 왜 모셔왔는지 못 들으셨나 본데, 보안 사고를 조사하는 데 도움이 필요해서였습니다. 이유는 그거 하나죠. 그러면 이제…….”

“틀렸소.”

지그문트는 바로 자르고 나섰다.

“눈앞에 두고도 못 보는 또 다른 설명이 있으니까.”

당신들은 너무 소심해서 감히 상상도 못 할 설명이지. 아니면 너무들 제정신이라서.

“그 설명이라는 게 뭡니까?”

장관이 물었다.

“근처에 우주선은 보이지 않지만 센서가 틀린 말을 하는 건 아니라는 거요.”

지그문트는 대답했다.

앨리스가 고개를 끄덕이며 말했다.

“그 가능성도 생각해 볼 필요가 있어요.”

“하이퍼드라이브 우주선도 없는데 하이퍼스페이스 파문이 생겼다니, 말도 안 돼!”

누군가가 다 들으라는 듯 혼잣말을 했다.

“어디 우릴 좀 깨우쳐 주시죠.”

장관이 더 교만해진 태도로 요구했다.

“계산이 좀 필요한데, 여기도 지브스가 있소?”

지그문트가 물었다.

— 예, 그렇습니다.

천장 스피커에서 목소리가 흘러나왔다. 이 지브스는 지그문트가 아는 지브스가 아니었다. 이 지브스의 말투에는 집사다운 맛이 없었다. 이 AI의 대답은 상사에게 보고하는 하급 장교의 목소리처럼 들렸다.

하이퍼스페이스에서 빠져나올 때 생기는 파문은 빛이나 중력처럼 거리가 멀어지면 그에 따라 급속히 줄어든다.

"내가 제대로 알고 있나 모르겠군. 이 파문의 최대 진폭이 모든 지점에서 센서의 최대 감지 용량을 넘어섰다고? 탐사기들이 배치된 공간 안에서 식별 가능한 강도 약화가 포착된 지점도 전혀 없었나?"

지그문트가 물었다.

— 예, 그렇습니다. 모든 지점에서 포화 강도로 나타났습니다.

"한 번의 하이퍼스페이스 출입 파문이 정확하게 탐사기들 전체의 센서를 과부하시킬 수 있을 만큼의 강도를 가졌다고 추정해 봐. 그 발원지가 위치할 수 있는 곳 중에서 뉴 테라에 제일 가까운 곳이 어디지?"

계산을 위한 침묵의 시간은 거의 알아채기 어려울 정도였다.

— 오 광년 조금 넘는 지점입니다.

"그런 말도 안 되는……."

주근깨투성이 보좌관이 말을 꺼냈지만 지그문트는 곧바로 잘랐다.

"그럼 강도가 더 강하다면 파문의 발원지는 그보다 더 먼 거리에 있을 수도 있겠군."

— 있을 수 있다기보다는 있어야만 합니다.

지브스가 대답했다.

조기 경보 센서들은 감지한 것에 대해 방위를 포함한 여러 가지 정보들을 기록했다.

"단일 근원이라고 가정하고 계속해 보지. 지브스, 발원지를 삼각측량하면 어떻게 나오나?"

"방위의 차이는 무의미합니다. 과부하가 걸린 센서의 방위 자료들을 믿을 수가 없다니까요."

아까의 그 보좌관이 씩씩대며 말했다.

"지브스, 질문에 대답해 봐."

지그문트가 재촉했다.

— 방위들이 모두 엇비슷한 방향을 가리키고 있습니다. 각각의 값 차이는 알려진 계측 허용 오차들보다 작습니다.

"모든 센서들의 측정치를 평균 내면 임의적 차이가 상쇄될 거야, 그렇지?"

지그문트는 추측해 보았다.

— 알려지지 않은 각도입니다.

"지브스, 경고는 알아들었으니까 어쨌든 계산해 봐."

— 결과가 나왔습니다. 하지만 추정된 발원지는 상당한 불확실성에 노출되어 있습니다.

"지그문트 씨, 당신은 지금 모든 사람의 시간을 낭비하고 있습니다."

도널드 장관이 노려보며 말했다.

생각에 잠긴 듯 앨리스의 머리가 살짝 기울어졌다. 지그문트가 너무나도 잘 기억하고 있는 모습이었다. 그녀가 입을 열었다.

"지브스, 추정된 방향과 발원지를 항성 지도로 보여 줘."

회의 탁자 위로 홀로그램이 나타났다. 흩어져 있는 점들 말고는 흐릿한 홀로그램이었다. 뉴 테라에 해당하는 파란 점이 홀로그램 중앙에서 반짝였다. 반투명한 파란색 동심 구체들이 반짝이는 점을 중심으로 광년 단위로 나타나 있었다. 반짝이는 점으로부터 창백한 붉은 선이 밖으로 뻗어 나왔다.

지그문트는 반투명 구체의 숫자를 세어 보았다. 그 선은 어느 별에도 접근하지 않으면서 십사 광년을 뻗어 나오다가 끝났다. 십사 광년이나? 이 난리를 친 자가 누구인지는 몰라도 믿기 어려울 정도로 막대한 에너지를 다루고 있군.

그렇다면 세계를 움직일 정도의 힘?

지그문트는 손을 떨며 말했다.

"지브스, 이제 세계 선단의 경로를 그 위에 겹쳐 봐."

— 예, 알겠습니다.

초록색의 자취가 홀로그램에 나타났다. 이 축척에서는 완전한 직선으로 나왔다.

회의실 반대편에서 탄식 소리가 흘러나왔다.

퍼페티어 선단의 경로를 나타내는 초록색 선은 수수께끼의 노멀 스페이스/하이퍼스페이스 경계면 왜곡의 발원지로 추정되는 항성을 스치듯 지나고 있었다.

혁명정부가 뉴 테라의 경로를 지금의 경로로 바꾸는 것이 좋겠다고 생각하지 않았더라면 이 세계가 세계 선단보다 앞서 마주치게 되었을 항성이었다.

지그문트는 도널드 장관을 한 가지 면에서는 인정해 주었다. 회의실을 비울 정도의 눈치는 있었던 것이다. 장관은 앨리스와 지그문트, 그리고 이름은 기억이 안 나지만 긴 얼굴을 한 여성 보좌관 한 명만 남기고 모두 회의실을 나가라고 했다. 지그문트는 줄리아도 남아야 한다고 고집을 부렸다.

물론 지브스도.

"세계 선단이 관여되어 있을까요? 정확히 무슨 일이 일어났는지는 모르지만, 그때는 분명 그들이 이 항성을 훨씬 지나쳤을 때가 아닙니까?"

장관이 물었다.

합리적인 질문이기는 했지만, 몸가짐이나 목소리로 짐작건대 장관이 정말로 하고 싶은 말은 이것인 듯했다.

'새 정부가 독립적으로 경로를 설정한 건 참 현명한 일 아니었습니까?'

세계 선단으로부터 먼 곳처럼 안전한 데가 어디 있겠냐, 이 말이지? 게다가 팩의 전투 함대가 기술 문명을 모두 싹쓸이해 버린 황폐한 구역 안쪽으로 들어오게 됐으니 말이야.

세계 선단은 계속해서 은하계 북쪽을 향해 꽁지 빠지게 달아나고 있었지만, 혁명정부는 이런 논리를 바탕으로 행성 제동장치를 가동하고, 은하핵 안쪽을 향하도록 세계의 운행 경로를 바꾸었다. 뉴 테라가 전 주인들과 마지막으로 접촉한 것도 이미 수십 년 전이었다.

지그문트는 다시 한 번 타조를 떠올렸다.

앨리스가 말했다.

"어쩌면 퍼페티어와 관계된 일인지도 몰라요. 파문이 기원한 항성계를 조사해 봐야 해요."

"뭐 하려요? 당신과 지그문트 씨가 이미 뉴 테라는 발을 빼고 중립을 유지하는 게 현명한 일임을 보여 주지 않았습니까?"

발을 뺐다고? 좋든 싫든, 뉴 테라는 어떤 일이 닥쳐올 때마다 결국에는 관여해 왔다.

지그문트는 항성 지도를 가리키며 말했다.

"지브스, 이 교란의 발원지가 선들이 만나는 지점 근처라고 가정해 봐. 우리가 여기서 관찰한 효과를 만들어 내려면 얼마나 큰 물체가 하이퍼스페이스로 진입하거나 거기서 빠져나와야 하지?"

— 대단히 막대한 질량입니다. 아마도 거대 가스 행성 몇 개에 해당할 것입니다.

지그문트의 손이 더 심하게 떨리기 시작했다.

"거대 가스 행성 몇 개의 질량이라고?"

— 예, 그렇습니다.

"행성들 전체가 하이퍼스페이스로 진입하거나 거기서 빠져나왔단 말이야? 장관님, 위험할 수도 있을 듯하니 좀 더 알아봐야 할 것 같습니다."

보좌관이 말했다.

"제가 가겠습니다."

줄리아가 입을 열자 사람들의 시선이 쏠렸다.

"제 우주선 '인내'호는 언제든 준비가 되어 있습니다."

"자네의 용기를 치하하네, 대위. 하지만 우리에게 더 이상의 모험은 없어."

도널드 장관은 그렇게 말한 다음, 자신의 보좌관에게 날카롭게 덧붙였다.

"우리 정부는 십사 광년이나 떨어져 있는 골칫거리를 찾아 나설 생각이 없네."

이런 타조 같은 놈들! 지그문트는 또다시 생각했다.

앨리스가 말했다.

"덩어리에 불과했던 행성들이 우주선으로 바뀌었어요. 그 기술이 어떤 걸지 다들 한번 생각해 보시죠. 누군가가 휘두르고 있는 게 분명한 그 막강한 힘을 생각해 보라고요. 우리가 아는 바에 따르면, 저 우주선들은 곧장 우리를 향해 달려오고 있어요. 팩 함대가 오히려 초라해 보일 정도의 규모로 말이죠. 꼭 확인해 봐야 해요."

장관이 턱을 문지르며 생각에 잠겨 있다가, 줄리아에게 고개를 돌렸다.

"대위, 이분들 말에도 일리가 있네. 지그문트 씨를 고문으로 동행하되, 우주선과 임무의 지휘는 자네가 맡도록. 자네는 해당 영역을 정찰만 해서 보고해야 하네."

나를 데리고 가라고?

갑자기 방 안이 캄캄해지며 빙글빙글 도는 것 같았다. 지그문트는 비틀거리며 붙잡을 것을 찾아 손을 뒤로 더듬었다. 그는 줄리아가 자신을 부축해 의자에 앉혀 주는 것도 거의 알아채지 못했다.

지그문트 아우스폴러가 세계를 떠나 본 지도 어느덧 한 세기가 넘었다. 팩의 전쟁 이후로 그는 한 번도 세계를 떠나지 않았다. 몇 광년 안으로 아무것도 없는 곳에서 무용지물이 된 난파 우주선으로 표류했던 경험 이후로는 단 한 번도. 비상용 의료 정지장 안에 불활성 상태로 얼어붙어 있는 퍼페티어 하나 말고는 완전히 혼자 지내야 했던 그때 이후로는…….

지금 베데커는 어디 있는가?

그는…… 오래전에 사라졌다. 그가 어디 있는지는 지그문트도 몰랐다.

"……할아버지?"

목소리가 터무니없이 먼 곳에서 들려오는 것처럼 느껴졌다. 지그문트는 몸을 떨었다. 십사 광년이라고? 그러면 편도로 사십이 일이 걸린다는 소리였다. 사십이 일 동안 하이퍼스페이스의 공허보다 더한 공허가 광기보다 더한 광기를 그의 마음속에 지껄일 터였다.

"그 유명한, 세계의 파괴자의 꼴이라니."

보좌관이 비웃었다.

발작하듯 몸서리를 치며 지그문트는 억지로라도 정신을 차리려 했다. 정치인들이야 나를 어떻게 생각하든 신경 쓸 바가 아니야. 하지만 줄리아의 걱정은? 앨리스의 경멸은? 그런 것들을 생각하면 그에게는 너무나 큰 상처였다.

"내가 대위와 함께 가죠."

앨리스가 말했다.

만약 뉴 테라에서 진정한 친구 사이라고 할 만한 사람을 딱 둘만 꼽으라면 바로 지그문트 아우스폴러와 앨리스 조던이었다. 지그문트는 지구 출신이고, 앨리스는 소행성대 출신 고리인이다. 둘 다 각자의 고향과 떨어져 이방인들 속에 뒤섞여 살고 있다. 둘다 자기 힘으로, 혹은 자신의 선택으로 이곳에 온 것이 아니었다. 그리고 둘 다 자기네 고향으로 돌아가는 길을 모른다. 하지만 이제는 이 세계에서 너무 오래 살았기 때문에 이곳이 둘 모두에게 고향이다.

아주 오랫동안 두 사람은 친구였다. 페넬로페를 빼면 앨리스는 지그문트의 가장 친한 친구였다.

하지만 지그문트가 신경을 쓰지 않는 사이에 그와 앨리스는 유물 같은 존재가 되었다. 정지장에서 얼어붙어 있은 시간과 뉴테라의 상대론적 속도로 인한 시간 지체가 있었음에도 불구하고, 앨리스의 생물학적 나이는 지구력으로 약 이백스물다섯 살이다. 부스터스파이스를 아직 발명하지 못한 세계에서는 대단히 많은 나이였다. 그녀는 그만큼 나이 들어 보였다.

반면 지그문트는 똑같은 부분을 감안하고 생각해도 삼백쉰 살이 넘었다. 원칙적으로 보면 그는 이미 죽은 지 오래되었어야 했다. 아마 앨리스는 아직도 그가 죽기를 바라고 있을 터였다.

하지만 신체 나이는 지그문트가 더 젊었다. '겨우' 이백 살 정도에 불과했다. 그를 두 번이나 기적적으로 되살려 낸 오토닥은 두 번 모두 그를 스무 살 정도의 나이로 돌려놓았다.

이제 그에게 새로운 위협을 확인하러 떠나라고 한다. 과거의 또 다른 삶에서 지그문트 아우스폴러는 국제연합이 겸손하게 이름 붙인 지역군사연합, 즉 ARM의 고위급 정보 요원이었다. 그는 이곳에 온 후, 군대라고 하기에는 민망한 것들을 규합해서 이 세계를 보호했다.

무엇 때문에 이렇게 늙었다는 기분이 드는 것일까? 경험의 무게 때문에? 아니면 한때는 진정 자신을 이해해 주었던 사람이 아직도 살아남아 이제는 경멸하고 있다는 사실 때문에?

도널드 장관이 공손하게 말했다.

"앨리스 씨, 정말 감사한 말씀입니다만 당신은 그런 여행을 감당할 만한 상태가 못 됩니다. 그 점을 아셔야죠."

"그래도 갈 거예요. 옛날 소행성대에 있었을 때 나는 경찰 수사관이었어요. 이 세계로 온 다음에는 오랫동안 국방부 차관이었고요. 누군가……."

앨리스는 지그문트를 쳐다보며 말을 이었다.

"누군가 세계를 떠나 본 경험이 있는 사람이 가야 한다는 걸 모두 알잖아요."

저 고집불통 같은 자존심이라니!

자신을 보호해 줄 우주복 한 벌과 단독선 한 척만 가지고 혼자 탐광을 나서는 고리인은 얼마 없었지만, 독립성이 강하고 자급자

족하는 고리인의 특성은 그들의 신화와 교육 그리고 어쩌면 유전자에까지 깊이 뿌리를 내렸다. 그 무엇이 걸려 있든 간에 그런 신념에 의문을 제기했다가는 위기를 자초할 수 있었다. 주제넘게 고리인의 생사 결정에 대해 왈가왈부하겠다고? 고리인에게 그것은 참을 수 없는 모욕이었다.

아주 오래전에 한 번 지그문트는 그런 주제넘은 짓을 한 적이 있었다. 하지만 똑같이 절박한 상황이 찾아온다면 또다시 그럴 것이다. 친구가 죽어서 친구로 남기보다는 살아서 원수가 되는 편이 훨씬 나았다. 앨리스가 아무리 경멸의 눈초리로 본다고 해도 지그문트는 어떻게든 그녀를 도와 살려 낼 생각이었다.

그렇지만…… 우주선에 발을 들인다는 생각만으로도 몸이 떨렸다. 지그문트는 힘없이 말했다.

"앨리스, 난 도무지 안 되겠네. 미안하군. 내가 아니라면 자네가 가야겠지. 하지만 혼자서는 안 되네."

"보낼 '친구'가 아직도 남아 있나 보죠?"

앨리스가 조롱하듯 물었다.

친구라고 할 수는 없었다. 친구는 친구를 프로그래밍하지 않는 법이다. 아무리 그럴 만한 대의명분이 있다고 해도. 그리고 친구는 어두운 비밀을 감추지도, 친구를 납치하지도 않는다. 하지만 그럼에도 불구하고 그는 뉴 테라의 수호자 중 하나였다.

지그문트는 고개를 끄덕였다.

"누군지는 말하지 않겠네, 앨리스. 하지만 임무에 합류하도록 내가 그를 설득할 수만 있다면, 자네도 그와 함께 가는 걸 다행이라 여기게 될 거야."

3

야누스는 잡초를 뽑고, 가지를 치고, 흙덩어리들을 부수며 정원을 가꾸고 있었다. 옆구리에서 땀이 뚝뚝 떨어지고, 갈기도 땀에 젖어 엉클어졌다. 진흙이 다리에 튀고 발굽에 달라붙었다.

레드멜론은 그럭저럭 봐 줄 만하게 자라고 있었지만, 다른 멜론 종류는 신통치 않았다. 황색—너무 주황색에 가까웠다—과 보라색—너무 창백했다—의 색조로 키 크게 자란 이상한 냄새의 장식용 풀들이 따듯한 미풍에 흔들리고 있었다. 하지만 과실수들은 기대를 갖게 했다. 날개 달린 나무좀벌레들도 분명 같은 기대를 품은 모양이었다. 정원을 둘러싼 빨간색과 보라색의 식충 식물 산울타리가 미친 듯이 촉수를 휘두르고 있었다.

한때 이 세계는 세계 선단의 곡물 창고 역할을 했다. 독립하고 한참이 지난 후에도 이곳의 농장들 대부분은 허스로 수출할 곡물을 키웠다.

하지만 이제는 아니다. 이제는 지구의 곡물이 번성하고 있다. 협약체와의 유대 관계가 단절되면서 많은 변화가 찾아왔기 때문이다.

그중 가장 두드러진 변화는 인공 태양을 다시 프로그래밍한 것이었다. 허스에서 도입한 식물군은 지구의 하루와 일 년을 흉내 내도록 변경한 태양주기에 아직 적응하지 못했다.

야누스가 정말로 키우고 싶은 것은 감히 심을 엄두조차 내 보지 못한 지구의 채소였다. 누군가는 당근 주스를 좋아했던 한 퍼페티어를 기억하고 있을지도 몰랐다. 야누스가 허스를 떠난 지는 오래되었지만 그곳의 권좌에 앉아 있는 자들 중에는 기억이 오래가는 자가 있었다. 그에게 원한을 가진 자가.

아킬레스가 이 세계에 스파이를 보내 두었을지도 몰랐다.

야누스는 늦게 정원 가꾸기에 나섰다. 그의 짝도 정원 가꾸기를 좋아했다. 흙 속에서 일하는 것은 교감을 나누기에 좋은 방법이었다. 그리고 정원 가꾸기는 잃어버린 부모와 자식들을 이어 주는 일이기도 했다.

있지도 않은 부모인걸. 야누스는 스스로를 책망했다. 영영 잃어버린 짝이라고, 세상을 떠난 짝이라고 생각하지는 않을 것이다. 그렇게 생각해서는 안 된다.

둘이 헤어진 이후로 아이들이 자라서 어른이 되었다. 오로라는 벌써 짝을 찾았다. 동생 엘피스는 자기가 태어난 세계이자 동족의 고향 세계이자 세계 선단의 보석과도 같은 허스에 대해 전혀 기억하지 못했다.

하지만 그동안 베데커에 대한 소식은 고사하고, 떠도는 풍문조차 야누스의 귀에 들어온 것은 별로 없었다.

배고파하는 산울타리 너머, 갓 베어 낸 목초지에서 아이들이 노래를 부르며 즐겁게 뛰어놀고 있었다.

행복한 삶이다. 야누스는 생각했다. 인간들은 우리를 친절하게 대해 준다. 우리가 이런 대접을 받을 자격이 있나 싶을 만큼.

갑자기 아이들 사이에서 꽥 하는 비명이 터져 나왔다. 노는 아이들을 지켜보던 어른들로부터도 멜로디가 흘러나왔다.

야누스는 모종삽을 내려놓은 다음, 한쪽 목을 길게 빼고 소리가 나는 쪽으로 귀를 기울였다. 무슨 화음인지 모두 가려내기에는 거리가 너무 멀었다. 그리고 미풍 때문에 고음부 화음은 대부분 지워져 버렸다. 살짝살짝 들려오는 내용이 그를 안달 나게 만들었다. 분명 놀랄 일이 생긴 것이다. 아이들을 안심시키는 소리와 어른들이 서로를 안심시키는 소리가 들려왔다.

아이들이 무언가로부터 흩어져 달아나는 모습이 보였다.

인간이다!

둥근 얼굴, 은색의 머리카락, 튀어나온 뱃살, 온통 검은색의 옷차림. 그 인간이 아이들을 돌보던 어른 무리 곁에서 멈춰 섰다. 그리고 어른들과 얘기를 나눈 듯, 어른 중 하나가 목을 살짝 펴서 정원 쪽을 가리켰다. 인간은 감사의 말을 던지고 야누스를 향해 발을 끌며 다가오기 시작했다.

지그문트 아우스폴러?

형편없는 몰골이었다. 노쇠해 보이는 것은 당연했다. 슬픈 일이지만 충분히 예상할 수 있는 모습이었다. 충격을 받아 불안에 휩싸인 모습도…….

하지만 음울한 짙은 눈동자만큼은 여느 때와 마찬가지로 강렬하게 타오르고 있었다.

지그문트를 본 지가 얼마나 됐더라? 이 세계에 망명 온 지 얼마 안 됐을 때 보고 그 이후로 처음이군. 아니, 말은 정확히 해야 지. 망명이 아니라 지그문트가 나와 내 아이들을 이 세계로 몰래 들여보내 준 후라고 해야 옳지. 뉴 테라 정부는 그 사실을 몰랐 고, 알았더라면 결코 승인해 주지 않았을 것이다.

지그문트 아우스폴러가 다시 나타났다는 것은…….

야누스는 아이들처럼 도망가고 싶은 충동을 느꼈다. 그대로 땅바닥에 주저앉아 머리를 앞다리 사이에 집어넣고 몸을 둥글게 말아 세상으로부터 숨고 싶은 격렬한 충동이었다. 지그문트를 여 기까지 오게 만든 사건이 무엇인지, 지그문트를 충격에 빠뜨린 사건이 무엇인지는 알 수 없으나, 나쁜 일이라는 것만큼은 분명 했다.

지그문트가 산울타리 사이에 난 틈으로 조심스럽게 들어왔다. 식충식물 산울타리가 얼굴, 손, 옷가지의 맛을 보려고 채찍질하 듯 촉수를 뻗는 바람에 그는 움찔하며 놀랐다.

"야누스?"

"그렇게 부르는 이들도 있지요."

야누스는 말했다. 그가 마을에서 사용하는 이름은 인간이 노 래할 수 없는 것이었다.

"두 얼굴의 신과 머리 둘 달린 퍼페티어라. 그럴듯하군."

지그문트가 껄껄 웃었다.

"야누스에게는 '시작과 끝의 신', '시간의 신'이라는 이름도 함 께 따라다니지."

그가 다시 나타났다는 것은 야누스의 목가적 생활의 끝을 예고하고 있었다. 그리고 시작도…….

하지만 무엇의 시작을?

두 머리를 돌리며 야누스는 잠깐 자기 두 눈을 마주 보았다. 지그문트라면 이 동작에 담긴 의미를 파악할 것이다.

"지그문트, 이 세계에 당신 말고 그런 걸 아는 사람은 또 없겠지요?"

"그야 그렇지."

어색한 침묵이 흘렀다. 야누스의 왼쪽 발굽이 자기 의지라도 있는 것처럼 맘대로 바닥의 흙을 긁기 시작했다.

"무슨 일로 왔습니까, 지그문트?"

"야누스와 담소나 나눌까 해서? 그냥 얼굴 보러 온 거야. 하지만 꼭 만나서 얘기해야 할 자가 있기는 한데……."

"이곳에서는 아무도 꺼내지 않는 이름이지요."

발굽이 더 거칠게 바닥을 긁어 댔다. 야누스의 머리 한쪽이 갈기 깊숙한 곳으로 파고들더니 헝클어진 갈기를 혀와 입술 마디로 물어뜯고 꼬았다.

지그문트는 주머니에서 컴퓨터를 하나 꺼냈다.

"그에게 보여 주고 싶은 것이 있어. 세계 선단의 전직 정찰대원이라면 흥미를 느낄 만한 내용이지."

야누스는 말 안 듣는 발굽을 가까스로 진정시켰다. 말 잘 듣는 다리를 가진 자가 도망갈 때도 제일 빨리 도망간다. 야누스는 두 머리로 볼 수 있도록 물고 있던 갈기를 놓았다.

맙소사! 그는 지그문트에게 흥미란 어떤 의미인지 너무도 잘 알고 있었다. 지그문트가 조심스럽게 꺼내는 주제일수록 그만큼 더 심각하다는 얘기였다. 제일 빠른 도망자의 능력을 넘어설 정도로. 때로는 세계 선단의 능력조차 넘어설 정도로……

야누스는 물었다.

"흥미로운 내용이라. 대체 어떤 일입니까?"

"이상 현상이라고 해 두지. 연속체에 나타난 파문이야. 우주선이 하이퍼스페이스로 진입할 때나 거기서 빠져나올 때 나타나는 것 같은. 다만……"

"다만…… 그냥 우주선일 리는 없겠지요. 그 정도로는 당신의 이 예고 없는 방문을 설명할 수 없을 테니 말입니다."

"아주 멀리서 온 파문이야. 진상을 조사하려고 곧 뉴 테라에서 우주선을 보낼 예정이지."

지그문트는 휴대용 컴퓨터를 열었다.

"이걸 봐."

컴퓨터에서 그래픽이 튀어나왔다. 흩어져 있는 항성들 사이에서 빨간색 선과 초록색 선이 평범한 노란색 태양 근처에서 만나고 있었다.

야누스는 끔찍한 예감에 몸서리를 쳤다. 하지만 이 이미지는 뉴 테라를 중심으로 하는 낯선 좌표계를 사용하고 있었다. 그로서는 아직 확신이 들지 않았다. 그러다 그의 눈길을 붙잡은 두 개의 쌍성과 한 개의 적색거성이 방향감각을 일깨워 주었다. 위치를 파악하는 순간, 충격이 밀려왔다.

이제 그는 더 이상 야누스가 아니었다.

"이, 이곳이 어딘지 압니다."

네서스는 말을 더듬었다.

"나, 나를 그 우, 우주선으로 데려가 주십시오."

이 말과 함께 그는 공포로 마비 상태에 빠져 그대로 땅바닥에 주저앉았다.

1

함교 중앙에서 경적 소리에 맞춰 '코알라'호의 도약 타이머가 오 분 남짓한 시간에서 일 분이 조금 못 되는 시간으로 다시 설정되었다. 새로운 목적지의 좌표가 조종사의 계기판에 튀어나왔다.

"어떻게 생각하나, 중위?"

요한슨 웨슬리 우 함장이 물었다.

통신 제어반 앞에 앉아 있던 타냐 우는 긴장했다. 이 질문은 거의 틀림없이 일종의 시험일 것이기 때문이었다. 그녀는 오래전에 배치된 우주선에 새로 교대되어 승선했고, 전투 지역에서는 직급이 낮은 사무 장교였다. 그리고 아버지를 함장으로 모시고 근무하게 되었다.

'우Wu'는 아주 흔한 성이기 때문에 인사과에서도 그녀를 요한슨 함장의 딸이라고는 생각하지 않았을 것이다. 아니면 그녀가 모르는 사이에 지구에 있는 인사 부서의 누군가를 열 받게 해서 이렇게 된 것일 수도 있었다. 어쨌건 아버지는 그녀가 '코알라'호에 배치된 것은 자기와 아무 상관이 없는 일이라고 맹세했다. 하지만 이런 상황 때문에 그녀의 입장은 딱해지고 말았다.

함교를 채운 질서 정연한 부산함 속에서 타냐는 슬쩍 곁눈질을 해 보았다. 누군가가 코알라 같은 유대류 동물은 무기력한 새끼를 자기 몸에 있는 새끼주머니 속에서 키운다고 속삭이는 소리를 또다시 들어야 했다. 우주선 이름이 '코알라'호가 뭐야? 빌어먹을.

"생각하는 바가 있겠지?"

요한슨이 재촉하듯 물었다.

"네, 함장님."

외부 전망 창에는 별들만 보여서 타냐는 함교의 주 전술 상황 화면으로 고개를 돌렸다.

그 이름만큼이나 무방비 상태인 보급선 '코알라'호는 수백 척의 우주선 중 하나였고, ARM 델타 기동함대의 중앙부 근처에 웅크리고 있었다. 홀로그램의 가장자리를 따라 소규모의 크진 전투선 무리가 둘 보였다. 트리녹* 전투단도 있고, ARM의 편대도 하나 있었다. ARM 편대는 순찰 중이거나 임무를 마치고 복귀하는 중일 것이다. 타냐는 그 임무가 무엇이었을지 굳이 추측하려

---

* 눈이 세 개, 손가락이 세 개, 입이 삼각형인 외계 종족. 편집증적인 문화. 극도로 비밀스럽고 의심 많은 성격으로 알려져 있다.

하지 않았다.

기동함대의 아군 우주선들을 제외하면 가장 가까운 아이콘 표시조차 토성과 태양 사이의 거리보다 더 멀리 떨어진 것으로 나왔다. 근처에 있는 항성도 전술 상황 화면 안에서는 가장 밝게 나올 뿐, 그저 크기 없는 점으로 표시되었다. 그리고 이 모든 우주선들은 항성의 중력 특이점 바깥에 있었다.

이곳에서는 광속이라는 속도의 한계가 무의미했다. 하이퍼스페이스로 들어갔다가 나오면 가까이 있는 크진인 무리가 몇 초 내로 ARM 함대 안에 나타나 레이저포를 쏘고 반물질 탄환을 내뿜을 수도 있었다.

하지만…….

"너무 많은 우주선이 너무 가까이 모여 있습니다."

타냐는 잠시 사이를 두었다가 덧붙였다.

"하지만 언제나 그렇지 않습니까."

"평상시보다 특별할 게 없다 이거로군. 그래서?"

이것은 분명 시험이다. 함교의 다른 승무원들도 알고 있었다. 스물네 시간 쉬지 않고 삼엄한 경계 태세를 유지하는 동안에는 직급이 낮은 사무 장교라도 교대 근무를 섰다.

타냐는 말했다.

"지금 이 상태가 특별한 경우가 되지 않기를 바랄 수밖에 없습니다."

이 항성계 내부와 그 주변에는 수천 척의 전함이 있고, 매 순간 그들 중 누군가는 아인슈타인 우주에서 하이퍼스페이스로 들어가거나, 반대로 거기서 빠져나오고 있었다. 함대 대형 안에서도 우주선들이 끊임없이 위치를 바꾸었다. 대형을 이렇게 유동적으로 유지하는 것은 기습 공격을 시도하려는 자를 교란시키기 위한 또 하나의 전술이었다.

전략적 상황은 충격적일 정도로 복잡했다. 함대의 기함에 탑재된 메인 AI '호킹'과 함대 전체의 컴퓨터에 분산되어 있는 호킹의 나머지 부분집합들이 수백 척의 ARM 우주선 그리고 센서가 장착된 수만 개의 탐사기에서 입력되는 자료들을 지속적으로 통합하고 있었다. 호킹은 하이퍼스페이스와 관련된 파문들을 모조리 분석해서 그 기원을 삼각측량했다. 그리고 시시각각 변화하는 위험과 기회를 끊임없이 평가해 함대의 새로운 배치 방식을 계산해 냈다.

아니, 어쨌거나 그 모든 것을 해내기 위해 노력했다.

— 도약 삼십 초 전.

조종사가 선내 통신으로 알렸다.

이는 삼십 초가 지나고 얼마 후면 최근에 사라졌던 위협적인 수의 우주선들이 델타 기동함대의 주변에 동시에 나타나 눈에 보이는 모든 것들을 향해 불을 뿜은 후, 인간들이 미처 반응하기도 전에 신속하게 하이퍼스페이스로 되돌아가 버릴 수 있다는 의미였다. 아니면 무기를 발사하는 일 없이 함대를 빠르게 가로질러 가며 ARM의 승무원들을 겁먹게 하거나, 몇 초 정도 더 길게 하이퍼스페이스에 머물며 근처에 있는 또 다른 함대를 조준할지도 모른다는 의미였다. 아니면 이 혼란을 뒤로한 채 하이퍼스페이스에 오랫동안 남아 있거나…….

차지하기 위해 싸울 것이 아무것도 남아 있지 않았다. 어쨌거나 적어도 손에 잡히는 대상은 존재하지 않았다. 다만 제일 먼저 돌아갈 수는 없었다. 그것은 후퇴를 의미하기 때문이었다. 결국 차지하기 위해 싸울 것은 명예밖에 없었다. 어느 하나를 선택하기에는 경우의 수가 너무나 많고, 정보는 너무나 부족했다.

타냐는 말했다.

"제 생각에는 함대가 예방 차원에서 일상적인 도약을 하는 것으로 보입니다."

이 술책으로 말미암아 새로운 하이퍼스페이스 파문이 쏟아져 나올 것이고, 이 항성계 주변으로 크고 작은 함대를 이루고 있는 수천 척 이상의 우주선들도 이것을 감지하고 서둘러 대응해야 할 것이다.

요한슨은 거의 도약할 시간이 될 때까지 타냐를 그냥 내버려 두었다.

"내가 보기에도 그런 것 같군."

그가 마침내 말했다.

— 도약 전, 삼, 이, 일…….

조종사가 선내 통신으로 알렸다.

함교의 전망 창 스크린이 어두워졌다. 인간의 두뇌는 하이퍼스페이스를 인지하지 못한다. 운이 좋은 사람은 벽들이 움직이는 것처럼 느끼고 창문이나 전망 창으로 나타나는 공허보다 더한 공허를 부정했다. 운이 나쁜 사람은 하이퍼스페이스 안에서 길을 잃어버렸다. 하이퍼스페이스에서 길을 잃는다는 것이 무슨 뜻인지 알 수도 없지만. 우주를 여행하는 사람들은 이 현상을 '맹점'이라고 불렀고, 이것은 사람을 미치게 만들었다.

조종사가 외쳤다.

— 진출 전, 삼, 이, 일……

하이퍼스페이스에서 빠져나가자 다시 별들이 전망 창을 가득 채웠다.

전술 상황 화면에 반투명 구체들이 흩어져 튀어나왔다. 각각의 구체들은 도약 이전 가장 최근 확인된 우주선 좌표에 중심을 두고 있었다. 이 구체는 해당 우주선의 현재 위치의 불확실성에 따라 매 순간 지름이 커졌다. 그러다가 비누 거품이 터지듯 하나씩 차례로 사라졌다.

'코알라'호의 장비를 통해서든, 원격 센서에서 하이퍼스페이스로 다운로드한 자료를 통해서든 우주선의 위치가 확정되면 거품이 사라지고 그 대신 작은 아이콘 표시가 자리 잡았다. 때로는 거품이 아이콘으로 대체되지 않는 경우도 있었다. '코알라'호가 익숙한 우주와 잠시 떨어져 있던 몇 초 동안 그 우주선이 하이퍼스페이스로 사라졌다는 의미였다.

"보고해."

요한슨이 명령했다.

"도약 타이머를 삼 분으로 맞추고 대기 중입니다, 함장님."

조종사가 말했다.

"적군의 위협적인 배치 상황은 보이지 않습니다."

전술 장교가 말했다.

"하이퍼웨이브가 '런던'호와 '프라하'호에 연결됐습니다."

타냐가 말했다. '런던'호는 기동함대의 기함, '프라하'호는 '코알라'호에 배정된 호위선이었다.

"어떻게 생각하나?"

요한슨이 다시 그녀에게 물었다.

타냐는 전술 상황 화면을 보며 근처에 있는 얼음덩어리 혜성 전구체를 가리켰다. 짧은 축의 길이가 오 킬로미터 정도 되는 감자처럼 생긴 덩어리였다.

"얼음덩어리 자체는 별로 신경 쓰이지 않습니다만, 우리와 너무 가깝습니다. 저 정도 크기면 웬만한 규모의 편대가 뒤에 숨을 수도 있습니다."

만약 그렇다면 핵무기와 반물질 무기로 단단히 무장하고 있으리라.

도약을 준비하는, 귀에 거슬리는 소리가 터져 나왔다.

— 도약 이십 초 전.

조종사가 선내 통신으로 알렸다.

십일 초가 경과했을 때 또 다른 경고음이 들렸다. 소속 불명의 우주선이 나타났다는 신호였다. 경고음은 이내 그 우주선이 적기로 확인되었음을 알리는 음으로 바뀌었다. 렌즈 모양의 새로운 아이콘 표시들이 전술 상황 화면에 흩어져 나타났다. '코알라'호의 위치에서 보면 얼음덩어리 뒤에 도사리고 있는 형국이었다. 호킹으로부터 최근에 다운로드한 군사정보였다.

"크진인들이 자네와 같은 생각을 했나 보군."

요한슨이 말했다. 평소와 달리 목소리에 인정해 주는 듯한 느낌이 담겨 있었다.

— 도약 전. 삼. 이……

기동함대는 일곱 번의 미세 도약을 실행한 다음, 보초를 교대했다. 타냐는 기진맥진한 채 어기적거리며 식당으로 달려가 허둥지둥 식사를 했다.

타냐는 자신의 작은 선실에서 두 개의 수면판 사이 허공에 뜬 채 몸을 뒤치락거렸다. 몇 분마다 선내 방송이 경고음을 울리는 통에 머릿속이 어지러웠다.

세 개의 함대 그리고 더욱 막강한 또 다른 군대들로부터 쏘아 보낸 무장 정찰기들이 이렇게 한자리에 모여들었는데 과연 재앙을 피해 갈 수 있을까? 누군가 인내심을 잃거나, 끝없는 압박감에 무너지거나, 아니면 그냥 단순한 실수를 하기까지 얼마나 남았을까?

타냐는 느슨한 추락 방지 그물망 사이로 손을 뻗어서 터치패드를 두드려 반중력장을 껐다. 그리고 엘레나에게 보내는 짧은 메시지를 녹음했다. 여기는 완전히 미쳐서 돌아가는데 너희는 어떠냐는 내용이었다. 그녀는 메시지를 함대 표준 암호로 변환한 다음, 전송 대기 상태로 두었다.

이곳에 도착한 이후로 엘레나와 화상통신은 해 보지 못했다. 이제는 크게 지연되는 일 없이 짧은 문자메시지라도 제대로 전송되면 운이 좋다 여기고 있었다. 도약이 점점 정신없을 정도로 바쁘게 이루어지고 있기 때문에 우주선 간의 전술 통신이 통신 대역폭을 거의 다 잡아먹었다.

ARM 해군사관학교를 졸업한 후로 타냐와 엘레나는 각자의 길을 갔다. 엘레나는 '인공물 감시 작전대'에 배속되었는데, 지구에서 이백 광년이나 떨어진 곳이었다. 타냐가 처음으로 배속된 자리는 세계 선단 외교사절단을 지원하는 보급선의 보급 지원 장교였다. 그곳은 고향에서 훨씬 더 멀었다.

엘레나는 하급 장교이기는 했지만 전투를 하는 전열 장교였고, '캔버라'호도 실제 전함이었다. 타냐는 마음 깊숙한 곳에서 아프게 솟아나는 질투심을 인정하지 않을 수 없었다.

그녀는 다른 곳으로 가겠다고 고집스럽게 계속 자원해 왔다. 군사적인 면에서 보면 세계 선단 주변에서는 그 어떤 재미있는 일도 일어나지 않을 것 같았기 때문이다. 퍼페티어가 제아무리 겁쟁이라 해도 — 아니, 어쩌면 바로 겁쟁이이기 때문에 — 위협적인 방어용 탐사기들과 로봇 기기들이 그들의 세계를 지키고 있었다.

제기랄, 이건 정말 아니잖아! 퍼페티어를 만나면 따지고 싶은 게 얼마나 많은데.

한 퍼페티어 정찰대원이, 협약체가 다른 종족들의 일에 개입했던 부도덕한 역사를 까발렸다. 대체 왜? 타냐는 도무지 이해할 수 없었다. 사관학교에 있던 퇴역 장교들도 그 이유를 아는 척하지는 않았다. 네서스라는 정찰대원은 그런 비밀— 오랫동안 숨겨져 있었던 퍼페티어 세계, 즉 그때까지만 해도 상상이 불가능했던 세계 선단의 위치—뿐 아니라 더더욱 상상하기 힘든 링월드의 존재와 위치도 폭로했다.

그보다 더 말이 안 되는 것은 그 비밀을 다른 사람도 아니고 그녀의 증조부에게 털어놓았다는 사실이다! 루이스 우는 타냐가 태어나기도 전에 인간의 우주에서 사라져 버렸다. 타냐의 아버지는 그를 거의 기억하지 못했다.

여섯 번에 걸친 성간 전쟁과 그로 인한 대량 살육이 있은 후, 인간 정부와 크진인 정부는 공존하는 법을 배웠다. 하지만 그렇게 이루어진 사백 년에 걸친 불안한 평화도 결국 피로 얼룩진 소규모 충돌로 이어지고 말았다. 이제 평화는 한 치 앞도 내다보기 힘들 정도로 위태로워져 있었다.

어디에 있든 아직 살아 있다면 네서스와 루이스 우는 자기들이 두고 떠난 세상이 난장판이 되었다는 것을 알고나 있을까?

그렇게 폭로한 까닭이야 무엇이었든, 퍼페티어들의 세계는 하루하루 은하계 북쪽을 향해 멀어지고 있었다. 세계 선단은 이미 하이퍼드라이브로도 지구에서 이 년이 넘게 걸릴 만큼 멀어졌다.

어쩌면 그 외계인들은, 인간과 크진인의 퍼페티어에 대한 불만이 제아무리 크다 해도 협약체와의 볼일은 일단 미뤄 두고 더 가까운 곳에 무방비 상태로 정지해 있는 매력적인 노획물을 먼저 손에 넣는 데 혈안이 될 것이라는 쪽에 내기를 걸었던 것인지도 모른다. 만약 그랬다면 아주 정확한 판단이었다.

하지만 이것은 기회와는 한참 거리가 멀었다. 링월드는 결국

덫이었음이 밝혀질 터였다.

링월드…….

하나의 항성을 둘러싸고 있는 링 모양의 띠이며 그 둘레는 지구 공전궤도와 맞먹는다. 띠의 폭은 지구와 달 사이 거리의 네 배가 넘고, 질량은 목성만큼이나 크고, 표면적은 지구의 수백만 배에 해당한다. 상상조차 불가능할 정도로 거대한 구조물로, 원자핵의 입자들을 한데 묶는 힘만큼이나 강력한, 존재가 불가능해 보이는 신비로운 물질로 만들어져 있다. 수조 명의 지적 존재들의 고향이자 분명 경이로운 기술의 고향이기도 하다.

그 속의 문명들은 쇠락했다. 그 안에 들어 있는 부와 비밀을 약탈할 기회가 무르익었다.

더더욱 믿기 어려운 것은 그것이 순식간에 하이퍼스페이스로 사라졌다는 점이다. 소위 전문가들은 절대로 그런 일이 일어날 수 없다고 주장하지만.

그 거대한 질량이 사라지면서 발생한 중력파가 이 시스템의 오르트 구름을 뚫고 퍼져 나갔다. 한때는 안정된 궤도를 돌던 수백만…… 아니, 수조 개의 얼음덩어리들이 궤도를 이탈했다. 얼음덩어리? 얼음 세계라고 해야 옳을 것이다. 그중 일부는 심지어 명왕성보다도 컸으니. 크고 작은 얼음 세계들이 태양을 향해 무너져 내리거나 성간의 암흑 속으로 튀어 나가거나 서로 충돌해 산산조각이 났다. 링월드가 어디로 갔는지는 모르지만 이미 복잡하기 이를 데 없는 전술적 상황이 그로 인해 더 악화되고 말았고,

모든 함대들이 이 얼음덩어리들을 피하기에 바빴다.

선실 천장의 등이 깜박였다. 기상 신호였다. 타냐가 다시 함교에서 경계 근무를 설 시간이 되었다.

이곳은 전쟁 지역이 아니다. 정확히 따지자면, 엄밀히 따지자면 아니다.

어차피 이곳에서 죽은 사람에게는 의미 없는 구분이겠지만.

"돌아온 것을 환영한다, 중위."

비상 도약 경보가 떠들썩하게 울리고 있음에도 불구하고 요한슨 함장이 하품을 하며 말했다.

"감사합니다, 함장님."

타냐는 따라 나오는 하품을 겨우 참았다.

'코알라'호의 주 전술 상황 화면은 여전히 혼돈이 지배하고 있었다. 링월드가 수수께끼처럼 사라진 이후로 몇 주 동안이나 계속 그랬던 것처럼.

아무런 성과가 없었음에도 작전 임무는 계속되고 있었다. 인공물 감시 작전대, 이것이 공식적인 이름이지만 공식적인 연락을 할 때가 아니고는 아무도 그렇게 부르지 않았다. 함대의 우주선들은 다양한 이름을 가지고 있었다. '무승부'호, '냉전 대치'호, '종족 간 난투'호, '승자 없는 전쟁'호 등등.

타냐는 그중에서도 '냉담한 대결'이라는 이름의 함선을 좋아했다. 해군 정보부에서 말하기로, 크진인들은 이 함선을 무슨 고양이 싸움 같은 소리―하기야 '영웅의 언어' 중에 안 그런 것이 있었나?―로 부르고, 공용어로는 대충 '숙명의 대결' 정도로 해석된다고 했다. 트리녹이 그런 상황을 뭐라고 부르는지는 짐작조차 할 수 없었다.

마침내 전쟁에 뛰어든 원주민들은 뭐라고 부르는지도 짐작이 가지 않기는 마찬가지였다. 원주민들은 첫인상과 달리 그렇게 무기력한 존재들이 아니었다. 소문에 따르면 우주선들이 불빛이 번쩍이듯 링월드로부터 난데없이 튀어나오고, 심지어는 침입자들이 너무 가까이 다가가면 항성에서 동력을 공급받는 엑스선 레이저를 이용해 증발시켜 버린다고 했다.

여기까지는 전투 병력과 관련된 내용이고, 비전투원으로 확장하면 상황이 더 복잡해졌다. 퍼페티어도 이곳에 우주선들을 배치해 두고 사태를 관찰하고 있었기 때문이다. 아웃사이더 역시 마찬가지였다.

― 도약 십 초 전.

부조종사가 쉰 목소리로 알렸다.

"자리에 앉지, 중위."

요한슨이 명령했다.

타냐는 자리에 앉았다.

다시 한 번 그들은 순간적으로 하이퍼스페이스로 들어갔다 나왔다. '코알라'호가 다시 나타나자 곧바로 뒤이어 화력에서 밀리는 트리녹 편대가 무언가를 남기고 도약해 사라졌다. 분광사진 분석 결과, 보복 공격기급 크진 정찰선의 잔해로 보였다.

매복 공격? 사고? 누군가 드디어 인내심의 한계에 도달한 것인가? 아니면 그보다 훨씬 안 좋은 무언가가 시작된 것인가?

수천 척의 전함이 고향에서 멀리 떨어져 이곳까지 왔건만, 이 전력 배치에 쓰인 막대한 비용을 정당화할 만한 것이 아무것도 없었다. 이미 죽어 간 목숨을 위로할 만한 그 무엇도. 역사적으로 이어져 온 원한 관계나 유리한 고지를 점하기 위해 끊임없이 경쟁하는 상황에서 새로 발생한 문제로부터 관심을 돌리게 해 줄 그 무엇도. 움켜쥘 만한 큰 돈벌이 건수도. 그리고 건수를 찾아 모여든 이들 말고는 마주칠 그 누구도 남아 있지 않았다.

"함장님, 이 난장판이 어떻게 막을 내리겠습니까?"

타냐가 물었다.

"내가 그 질문에 대답하는 건 주제넘은 행동이다, 중위. 우리 임무는 그저 명령을 따르다 죽는 것뿐이야."

요한슨이 말했다.

그때 침입자 경보가 울부짖기 시작했다.

2

최후자는 뱀처럼 구불거리며 미로같이 이어진 터널을 여기저기 신나게 뛰어다녔다. 디지털 벽지에서 가상의 시민들이 왼쪽, 오른쪽, 눈 닿는 곳 어디서나 그와 함께하고 있었다. 자유다!

물론 안전해진 것은 아니었다. 권력을 되찾지도 못했다. 의심과 회한의 짐을 내려놓은 것도 아니고, 아직은 고향에 돌아간 것도 아니었다. 하지만 드디어 우주선을 손에 넣었다.

드디어, 드디어 링월드에서 해방된 것이다.

아직도 수천 척의 외계인 전함들은 근처를 어슬렁거리고, 이 갈등에 끼어든 모든 세력들이 이 우주선에 들어 있는 기술을 탐내고 있긴 했다. 몰래 숨어든 저 세 척의 우주선은 세계 선단에서 온 것이 분명한데, 그 우주선에 탑승하고 있는 자들 역시 마찬가지일 터였다. 협약체 우주선들이 전투 함대들 사이에 들어와 있다는 사실만으로도 그 우주선을 지휘하는 자가 누구인지를 알 수 있었다. 분명 아직도 허스를 통치하는 자이리라.

만약 선택의 여지가 모두 사라져 버린다면, 그는 이 우주선을 인간들에게 넘길 것이다.

암울한 현실이 어깨를 짓누르자 최후자는 발을 헛디디고 비틀거렸다. 하지만 뒷발로 버티고 돌며 다시 춤을 시작했다. 시민이라면 두려움 속에 사는 것이 당연하다. 하지만 허스와 종족을 떠나왔다는 사실만으로도 그가 제정신이 아님을 입증하기에는 충분했다. 그 오랜 시간 동안 두려움을 잘 다스려 왔는데, 조금 더 다스리지 못할 이유는 없었다.

이제 곧 집으로 돌아간다.

최후자는 스스로에게 말했다. 사랑하는 이들과 다시 함께하게 되리라. 그는 행복한 날을 머릿속에 그려 보려 했지만, 상상력이 곧 한계에 부딪치고 말았다. 너무나 오랜 시간이 흐른 것이다.

당분간은 춤만으로 만족해야 하리라.

— 분석이 완료되었습니다.

보이스가 노래했다.

"고맙군."

최후자도 노래했다.

그의 공손함은 신경증적이었다. 애초에 AI를 곁에 두는 일 자체가 미친 짓이었다. 정신이 제대로 박힌 시민이라면 자신의 뒤를 노릴지도 모를 후계자는 아예 만들어 내지도 않는 법이다. 하지만 무수히 만나게 될 위험과 끝도 없이 이어질 책임을 세세하게 계산해 본 결과 누가 되었든 동행할 존재를 곁에 두는 것이 낫다는 결론이 나왔다. 만약 그렇게 하지 않았더라면, 불법 AI를 대동하고 링월드 모험에 나서지 않았더라면, 그는 분명 오래전에 말기 마비 상태로 빠져들고 말았을 것이다.

지금의 해방은 그 어느 때보다도 달콤했다.

— 하이퍼드라이브 제어 소프트웨어의 특성 분석을 한 구간 더 마무리했습니다. 다음 도약을 계산 중입니다.

보이스가 다시 말했다.

음률가는 이진 코드로 직접 작업해서 '롱샷'호에 탑재되어 있던 컴퓨터 여러 대를 새롭게 프로그래밍해 놓았다. 새로운 프로그래밍은 최후자의 분석 능력을 벗어날 정도로 복잡했다. 수호자들이 타고난 거만하고도 기민한 명석함을 보여 주는 또 다른 예였다.

물론 수호자들이 타고난 가장 두드러진 특성은 자기 혈족을 보호하기 위해서라면 어떤 극단적인 일도 서슴지 않는다는 것이었지만.

"도약이 더 필요한가?"

최후자가 물었다.

— 그렇습니다. 분석 소프트웨어가 계속 자체 수정을 하고 있어서 아무리 분석을 진행해도 계속 뒤처질 수밖에 없습니다.

"그럼 기능검사를 통해 가설을 세우고 있겠군."

— 가설을 세우고 확인까지 합니다. 자체 수정에 대한 행동 제약과 관련해서도 그렇습니다. 당신의 말대로입니다.

일단 개별 맞춤 하이퍼드라이브의 특성 분석이 마무리되고 나면 AI가 다른 변화에 초점을 두도록 할 예정이었다. 이 우주선은 인간, 크진인, 음률가의 손을 거치는 동안 저마다 시험용 장비와 유인용 장치 들을 제거하고 필요한 장치들을 설치했기 때문에 시스템이 계속 바뀌었다. 최후자는 위치와 연역 추론을 통해서 함교 제어기 상당수가 어떻게 기능하는지 알아냈지만, 설정과 상태 화면은 점과 쉼표로 이루어진 크진의 문자로 표시되어 있었기 때문에 아무것도 읽을 수 없었다.

오랜 시간이 걸릴 것이다. 집으로 향하는 비행을 시작하려면. 루이스가 치료를 마치고 오토닥에서 나오려면. 링월드가 사라지면서 퍼져 나온 중력파를 따라잡고, 어떻게 그런 불가능한 일이 일어날 수 있었는지에 대한 직접적인 증거를 찾아내려면.

그리고 하이퍼스페이스 안에 들어가는 사이사이에 노멀 스페이스 속도를 높여 놓으려면. 이것은 줄곧 두려워하던 일이기도 했다. '롱샷'호의 핵융합 추진기가 쏟아 내는 백열의 불꽃은 아주 먼 곳까지 퍼져 나가 원치 않는 관심을 끌어들일 것이기 때문이었다.

　여행의 마지막에서 그를 기다리고 있을 것이 분명한 깜짝 놀랄 일들에 대해 마음의 준비를 하는 데도 오랜 시간이 걸릴 것이다. 그는 링월드에 너무나 오랫동안 붙잡혀 있었다.

　우아하게 한 번 빙글 돌면서 그는 춤을 마무리 지었다.

　"시스템 안에 있는 다른 우주선들로부터 가능한 한 멀리 떨어져 있도록 해."

　그가 명령했다. 무서울 정도로 많은 수의 우주선들이었다. 음률가의 민감하기 이를 데 없는 장비를 이용하면 그 모든 우주선들이 너무나 쉽게 눈에 들어왔다.

　— '롱샷'호는 변방 전쟁에 참전 중인 그 어떤 우주선보다도 훨씬 빠릅니다.

　보이스가 말했다.

　수천 배는 빨랐다. 설사 최후자가 크진인의 화면을 읽을 수 있다고 해도, 음률가가 변경해 놓은 시스템을 이해할 수 있다고 해도, 그의 반사 신경으로는 조종이 불가능할 정도로 빨랐다.

　하지만 루이스라면 가능했다.

　최후자는 꼼꼼하게 매만진 갈기를 물어뜯으며 노래했다.

　"그렇게 빠른 우주선인데도 음률가는 이 우주선을 크진인에게서 빼앗았지."

　한 수호자가 생각해 낸 계책이라면 다른 수호자도 생각해 낼 수 있을 것이다. 최후자는 수호자들이 링월드와 함께 모두 사라졌기를 열렬하게 바랐지만, 그들이 정말로 떠났는지 여부는 그저 추측으로만 남아 있었다.

　― 명령대로 멀리 떨어졌습니다, 최후자.

　최후자는 눈을 가늘게 뜨고 뿌옇게 흐린 뚜껑 너머로 '롱샷'호의 일인용 오토닥 안을 들여다보았다. 판독 표시를 믿을 수 있다면 삼십칠 일 후에 오토닥이 치료를 마무리하고 안에 들어 있는 자를 풀어 줄 것이다.

　"이제 훨씬 나아 보이는군요."

　최후자는 노래했다.

　사실이었다. 비록 돔의 내면에 반사된 경과 표시기에는 빨간색과 노란색 불빛만 가득할 뿐 초록색 불빛이 드물었지만, 루이스 우는 잿빛으로 창백한 안색인 데다 관절들은 부어올라 있고 사지는 뒤틀렸고 성기는 막 재생되기 시작했고 두개골은 부풀어 있고 잇몸에는 치아 하나 없을망정 수호자로 변한 모습을 조금씩 벗고 이제 성인 인간의 모습을 회복하기 시작했다.

　'생명의 나무가 날 변화시키기 시작했을 때, 난 꽤나 심각한 상처를 입은 상태였거든. 그래서 이렇게 됐지.'

　루이스는 그의 부축을 받으며 오토닥으로 기어오르기 전에 이렇게 얘기했었다. 그들이 링월드에서 탈출한 지 겨우 몇 분밖에 지나지 않았을 때였다.

　'젠장, 난 죽어 가고 있는 거 맞아.'

　루이스를 치료하기 위해 오토닥이 수호자 변환 과정을 역전시킬 것인지, 아니면 반대로 그 과정을 촉진시킬 것인지 예측할 수 없는 상황이었다.

　다른 오토닥이었다면 희망조차 가질 수 없었을 테지만 이 오토닥만큼은 유일무이하고 특별했다. 나노 기술을 기반으로 만들어진 무서울 정도로 진보된 기계. 이 오토닥은 필요하다면 한 인간을 분자 수준에서 시작해 완전한 개체로 만들어 낼 수도 있었다. 최후자는 이 오토닥이 루이스에게도 그런 과정을 진행하고 있다고 확신했다. 이 놀라운 물건은 아주 오래전, 아주 머나먼 곳에서 카를로스 우가 만들어 낸 것이다. 지구에서 몰래 빼돌려진 다음에 도난당했고, 한 번도 복제되지 않았다. 복제하려는 노력이 없었던 것도 아니건만.

　그러나 어떤 면에서 보면 음률가는 그것을 뛰어넘었다고도 할 수 있었다. 그는 오토닥에서 나노 기기를 추출해 다시 프로그래밍한 다음, 링월드 여기저기에 퍼뜨려 복제되게 했다. 그리고 최후자로서는 정확히 무엇인지 알지 못하는 일을 해냈다. 나노 기술을 이용해서 링월드 전체의 초전도체망을 재구성한 것이다. '롱샷'호의 하이퍼드라이브를 잠깐 연구해서 알아낸 내용을 상황에 맞추어 적용한 것이었다.

　어쨌거나 루이스의 설명으로는 그랬다. 수호자를 이해하기 위해서는 수호자가 되어야만 했다. 그리고 수호자라고 해도 다른 수호자를 완전히 신뢰하는 일은 없었다.

　최후자는 몸을 떨며 오토닥 안에 들어 있는 뒤틀린 형체를 유심히 바라보았다.

　"당신이 이렇게 돌아와서 정말 기쁩니다. 루이스."

이것은 그에게도 다행스러운 일이었다.

루이스는 협약체가 오래전에 링월드에 어떤 피해를 입혔는지 잘 알고 있었기 때문이다. 수호자가 된 루이스는 그 사실만으로도 허스와 협약체를 파괴하려 들 수 있었다.

만약 오토닥이 수호자 변환 과정을 역전시켜 주지 않는다면, 최후자는 아직 기회가 남아 있을 때 루이스를 죽여야 했다. 루이스가 치료를 위한 혼수상태에 빠져 무방비한 동안에.

수호자가 된 루이스가 그것을 몰랐을 리는 없었다. 하지만 그럼에도 불구하고 무방비 상태로 오토닥에 기어 올라갔다. 따라서 그는 치료가 어떤 과정으로 진행되는지 밝혀질 때까지 행동을 미뤄야 한다는 것을 알고 있었다는 뜻이다. 그리고 자기가 정상적인 인간으로 나타나게 되리라고 예측했을 것이다. 그렇지 않았다면 오토닥에 들어가기 전에 최후자를 먼저 죽였을 테니까.

수호자와 머리를 겨루려 하는 것은 헛된 짓이었다.

"당신과 다시 함께 여행하는 날을 기대하겠습니다. 루이스."

최후자는 말했다.

이제 삼십칠 일 남았다.

그때까지 춤이나 추고 있어야겠군요.

3

밀실 공포증이 생길 것 같은 '인내'호의 운동실에서 앨리스는 트레드밀 위를 터벅터벅 걷고 있었다. 기나긴 비행 동안 할 일이라고는 운동밖에 없었다. 퍼페티어들은 은하계 궁극의 걱정쟁이들이었다. 하지만 뉴 테라에서 떠난 지 며칠 되지도 않았는데 네서스조차 대비해야 할 만일의 사태나 조바심을 낼 걱정거리가 모두 바닥나고 말았다.

비행장에서 지그문트는 앨리스를 한쪽으로 데려가 네서스는 사실을 알려 주는 데 인색하니 주의하라고 경고했다. 유물이나 다름없는 두 사람이 세 번째 유물에 대해 뻔한 얘기들을 주고받았다. 앨리스는 지그문트에게 임무 수행을 위해 두 사람 사이의 불화는 일단 접어 두겠다고 약속했다. 네서스와의 불화도. 일단 이 상황이 종료되고 나면 그 퍼페티어에게도 따져야 할 것이 많았다.

벽지는 구릉으로 이어지는 숲과 가을색으로 울긋불긋 물든 나뭇잎을 보여 주었다. 단단한 육지에 발을 붙이고 바라보았다면 숨 막힐 듯 아름답게 느껴졌을 것이다. 하지만 이곳에서 그 이미지는 저 얇은 필름 화면 뒤쪽으로, 저 얇은 우주선 벽 뒤로 도사리고 있는 것을 떠올리게 할 뿐이었다. 그것이 무엇인지…… 설명할 방법은 없었다.

무언가가 그녀의 본능 속에서 일어나 이해할 수 없는 말을 귓가에 속삭이고, 눈 뒤를 간지럽혔다. 그녀의 후뇌는 부정하고, 전뇌는 거부하는 무언가.

하이퍼스페이스가 진공보다 더 치명적이라 할 수는 없었다. 그리고 그녀에게는 진공 주변에서 사는 것이 아무런 문제도 되지 않았다. 그녀는 소행성대에서 자랐다. 그녀에게 있어서 진공이란 존중해야 할 무엇, 지켜야 할 무엇인 동시에 이해할 수 있는 무엇이었다.

하지만 하이퍼스페이스는 달랐다.

하이퍼스페이스는 과연 현실인가? 숨겨진 차원인가? 평행 우주인가? 그녀는 아는 척하지 않았다. 소위 전문가라는 자들도 감히 아는 체하지 않았다.

만약 하이퍼스페이스를 정말로 이해하는 자가 있다면 아웃사이더일 것이다. 하이퍼드라이브를 발명한 것이 그들이었으니까. 하지만 그들은 하이퍼드라이브를 팔기만 할 뿐, 자기들이 이용하는 일은 절대로 없었다.

여기에는 분명 무언가 시사하는 바가 있었다.

앨리스는 얼굴과 팔에 묻은 땀을 수건으로 닦으며 트레드밀에서 내려왔다. 그리고 복도를 따라 성큼성큼 함교로 가서 질량 표시기를 확인했다. 하이퍼스페이스에 대해서 그녀가 이해하지 못하는 한 가지 지침 때문이었다.

하이퍼스페이스를 가로지는 동안은 거대 질량과 거리를 유지하라. 하이퍼스페이스에 있는 동안 중력 특이점에 너무 접근하면 절대로 돌아 나오지 못한다.

하이퍼스페이스에서는 사흘마다 일 광년씩 전진했다. 논리적으로 말하자면 이 지역 항성들은 몇 광년씩 떨어져 있기 때문에 몇 시간마다 질량 표시기를 확인하는 것은 안전하다 못해 지나칠 정도였다.

그러나 논리만으로는 눈 뒤에서 느껴지는 따끔거림을 설득해 가라앉힐 수 없었다.

질량 표시기는 조종석 계기판에서 눈에 제일 잘 띄는 장치였다. 살펴보니 우주선과 가까운 곳에는 아무것도 보이지 않았다. 사실 한 시간 전에 살펴보았을 때 이미 예상한 일이었다.

하지만 피부가 꿈틀거렸다. 그것…… 무엇이 되었든, 눈 뒤에 있는 그것이 그 어느 때보다 심하게 따끔거렸다.

함교 벽에도 숲이 나오고 있었지만 그저 주변을 둘러싼 환경이 얼마나 부자연스러운지를 강조해 주는 꼴이었다. 하이퍼스페이스의 공허보다 더한 공허가 주변을 둘러싸고 있다는 말이 과연 말이 되는지는 알 수 없지만…….

"별로 확신이 안 서나 보군요."

뜻하지 않은 목소리에 앨리스는 움찔했다. 네서스가 함교 해치에 서 있었다. 한쪽 머리로 질량 표시기를 가리키고, 다른 머리는 많이 헝클어진 땋은 갈기를 물어뜯고 있었다.

"잠이 안 오던가?"

앨리스가 물었다.

"당신은?"

"뭐, 그다지……."

앨리스는 헛기침을 했다.

"그런데 무슨 뜻이지, 질량 표시기에 확신이 안 서다니?"

"내겐 용감하다는 게 불행이었던 시절이 있습니다."

네서스가 마지막으로 갈기를 물어뜯으며 애처로운 한숨을 내쉬더니 갈기 괴롭히기를 멈추었다.

"그러니까, 내가 미쳤었지요. 자청해서 고향을 떠나 정찰대원이 되겠다고 나설 정도로 미쳐 있었습니다. 마지막 정찰 임무에서 나는……."

"계속해 봐."

함교에는 둘밖에 없었다. 앨리스는 조종석 완충 좌석의 팔걸이에 걸터앉았다.

"머리 한쪽을 잃은 채 돌아왔지요."

네서스가 두 목구멍으로 단음계 불협화음 같은 쌕쌕 소리를 냈다.

"정상이 되긴 했지만 잔뜩 겁을 먹고 오토닥에서 나왔습니다."

이자가 동정심이라도 얻으려는 건가? 어림없는 소리.

"질량 표시기에 확신이 안 선다는 건 무슨 뜻이지?"

"내가 마지막으로 임무를 수행한 곳, 우리는 지금 거기로 가고 있습니다. 우리를 불러 모은 파문의 근원지 말입니다."

네서스는 슬프면서도 거슬리는 음악을 노래했다.

"내가 그곳을 어떻게 묘사했는지는 당신과 줄리아도 들어서 알고 있겠지요."

그가 오래도록 알려 주지 않았던 또 다른 사실이다.

앨리스는 아직도 그런 장소가 존재할 수 있다고 믿으려 애쓰는 중이었다.

"그래서?"

"링월드를 정찰한 이후로도 나는 질량 표시기를 계속해서 믿었습니다. 다른 항성에 속한 행성을 쉽게 식민지로 삼을 수 있는 자들이라면 그런 거대한 거주지를 지었을 리가 없으니까요. 식민지를 개척할 수 있는데 굳이 그런 걸 만들 필요가 있겠습니까."

"하이퍼드라이브가 있다면 그럴 필요가 없을 거라는 말이지?"

두 머리가 교대로 위아래로 까딱거렸다. 퍼페티어가 고개를 끄덕이는 방식이었다.

난 너무 늙었어. 제기랄. 그녀는 피곤했다. 눈 뒤쪽이 더 심하게 따끔거렸다. 질량 표시기, 신뢰, 링월드…….

앨리스는 고개를 돌려 질량 표시기를 물끄러미 바라보았다.

링월드의 질량은 너무나 거대하기 때문에 자체적으로 중력 특이점이 만들어진다. 그럼에도 불구하고 탁상공론이나 하는 뉴 테라의 전문가들은 어쩐 일인지 링월드가 하이퍼스페이스로 도약했다고 결론을 내렸다. 링월드 자체가 파문의 근원지라고.

어떻게 그런 일이 가능했는지에 대해서는 그럴듯한 이론조차 내놓는 이가 없었다.

"하지만 링월드인들은 하이퍼드라이브를 갖고 있는 것 같군. 링월드가 노멀 스페이스로 돌아오면 어떻게 되지?"

앨리스는 물었다.

"경고도 없이 그 중력 특이점과 함께 나타날 겁니다."

네서스가 대답했다.

만약 '인내'호가 하필 잘못된 장소, 잘못된 시간에 존재한다면? 그대로 내동댕이쳐질 수도 있고, 서로 다른 차원 사이에서 갈가리 찢겨 나갈 수도 있고…… 무엇이든 가능했다. 아무런 경고도 없이.

질량 표시기는 두드려 보니 단단해서 탁탁 소리가 나기는 했지만 마치 안개처럼 모호한 존재 같았다. 눈 뒤쪽이 걷잡을 수 없이 따끔거려 왔다.

앨리스는 물었다.

"갈기 땋는 거나 좀 도와줄까?"

"……진출!"

줄리아가 조종석 완충 좌석에서 알렸다.

오랫동안 가을 나뭇잎들이 가득하던 곳에 맑은 별빛이 쏟아져 들어왔다. 함교를 둘러싸고 있는 이미지는 네서스가 지난 며칠간 자신의 선실 벽에 디지털로 그려 놓았던 별들의 풍경과 다를 바 없었다. 하지만 이 별들은 왠지 다르게 느껴졌다.

"다행히 우주는 아직 그대로 있군요."

줄리아가 일어서서 스트레칭을 하며 말했다.

"별들을 다시 보는 건 언제나 반갑죠."

"정말로 그렇습니다. 이번에는 얼마나 오랫동안 머무를 계획입니까?"

네서스는 물었다.

몇 광년마다 나와서 하이퍼웨이브 무선통신 부이를 하나씩 배치할 때 말고는, 줄리아가 우주선을 계속 하이퍼스페이스에 붙들어 놓고 그것을 향해 돌진하고 있었다. 네서스는 자기들이 발견하게 될 것을 상상하며 몸을 떨었다.

줄리아가 생각에 잠기며 고개를 갸우뚱했다.

"삼십 분 정도 머물 겁니다. 고향에서 우리와 얘기하고 싶어 하는 자가 있다면 조금 더 머물게 되겠죠."

그녀는 그들의 은하계 좌표를 첨부한 문자메시지를 제일 가까운 통신 부이에 업로드했다.

여기는 '인내'호. 비행 중 이상 무.

"할 얘기가 있을 거예요."

함교 바깥 복도에서 앨리스가 예측하듯 말했다.

승선한 인원이 세 명밖에 없었기 때문에 수면 시간에 서로 시차를 두어서 누군가는 항상 깨어 질량 표시기를 확인하고 나머지는 잠을 잘 수 있게 했다. 하지만 오늘은 사정이 달랐다. 이렇게 장시간 비행하고 난 다음에는 그럴 수가 없었다. 노멀 스페이스로 한숨 돌리러 나가기로 예정된 시간에 잠이나 자고 있을 자는 없었다.

네서스도 앨리스의 예측이 맞지 않을까 생각했다.

중력 특이점 바깥에서는 하이퍼웨이브가 즉각적으로 퍼져 나갔다. 신호를 증폭하기 위해 가는 길에 중계용 부이를 뿌려 놓으면 수 광년 떨어진 곳과도 대화할 수 있었다. 통신 지연은 중력 특이점 안에 들어가 있는 링크의 마지막 단계에서만 나타났다. 그래서 하이퍼웨이브/레이저빔 통신을 하려면 특이점 끝에서 중계기가 필요했다. 뉴 테라처럼 항성계에서 떨어져 나와 자유롭게 나는 세계의 경우 그 질량이 항성에 비하면 대단히 작기 때문에 통신 지연이 편도로 일 분 미만이었다. 몇 광년을 가로질러 대화를 나눌 수도 있었다.

과연 그 대화가 유용한 것인지는 다른 문제지만.

"이제 곧 알게 되겠죠. 그동안 저는 부이를 배치하러 갑니다."

줄리아가 앨리스 옆으로 비집고 함교를 나가며 말했다.

기회가 있을 때 네서스는 휴대용 컴퓨터에 기록해 두었던 긴 메시지를 업로드했다. 그것은 눈 깜짝할 사이나마 아이들과 접촉을 유지하는 데 도움이 되었다. 전송이 진행되는 동안 그는 아이들과 함께 집 뒤쪽의 잘 가꾸어진 무성한 정원에서 찍은 오래된 홀로그램을 꺼냈다.

"가족인가?"

앨리스가 물었다.

"오로라와 엘피스입니다. 키가 더 큰 쪽이 엘피스지요. 나이는 어리지만 키가 더 큽니다."

네서스는 잠시 추억을 음미했다.

"정찰대원이다 보니 짝을 맺고 아이를 갖게 되리라고는 생각도 못 했지요. 아이들을 두고 떠나려니 참 힘들었습니다."

"이해해."

앨리스가 잠시 머뭇거리더니 물었다.

"그럼 짝은?"

"오래전에 사라졌습니다."

너무도 오래전 일이라 더 이상 희망을 품고 있기가 어려웠다.

"유감이네."

앨리스가 말했다.

그런데 그녀의 태도를 보니 무언가가 떠올라 화가 치미는 것 같았다. 오래 묵은 비통함이 그녀를 사로잡은 듯했다. 폭발할 것 같은 그녀의 분노 앞에서 엘피스의 기대에 찬 활짝 웃음조차 네서스의 마음을 움직이는 매력을 잃고 말았다.

"재미있는 게 있습니다, 앨리스. 이 아이들은 뉴 테라에서 자랐지요. 그래서 낮에는 해가 뜨고 밤에는 별들이 다이아몬드처럼 점점이 박혀 빛을 내는 걸 당연한 일로 안답니다."

"당신은 그렇지 않겠군."

허스는 대륙을 가로지르는 도시들이 뿜어내는 빛으로 눈부시게 빛났고 산업 폐열로 온난화되어 있었다. 그래서 허스에는 태양이 필요하지 않았고, 실제로도 태양이 없었다. 그리고 거대한 달처럼 떠 있는 네 개의 농장 세계가 밤하늘에서 대부분의 별빛을 바래게 만들었다.

"나는 다르게 자랐으니까요."

네서스가 할 수 있는 말이라고는 이것밖에 없었다.

그나마 하늘이 다른 것은 차이점들 중에서도 가장 사소한 것이었기 때문이다. 허스의 거대 생태건물 하나의 거주민은 인간과 시민을 모두 합한 뉴 테라 전체 인구에 맞먹었다. 그러나 네서스의 아이들은 탁 트인 넓은 공간만 보고 살았다. 그들은 뉴 테라에 친구들이 있었다. 그들은 인간과 세계를 공유하며 자랐다.

만약 오로라와 엘피스가 허스로 돌아갈 수 있게 된다면, 과연 가려고 할까?

부이를 배치하는 일은 아주 간단했다. 통신 상태를 최종적으로 점검한 후, 화물실 외벽의 작은 영역을 투과성으로 전환하고 부이를 선체를 통과해 우주로 곧장 밀어내면 끝이었다. 선체의 그 영역은 구조 조절 장치를 재빨리 휘둘러 주기만 하면 원래의 모양을 기억해 두었다가 불투과 상태로 회복되었다.

트윙은 정말이지 놀라운 물질이었다. 마음만 먹으면 얼마든지 투명하게 만들 수도 있고 불투명하게 만들 수도 있으며 반투명하게 만들 수도 있었다. 무지개의 어느 색깔로도 맞출 수 있고, 경도 역시 마음대로 조정할 수 있었다. 이보다 더 단단한 물질은 제너럴 프로덕트 사GPC의 선체밖에 없었다. 그리고 GPC의 선체 재료와 달리 먼 거리에서 트윙을 가루로 만들 수 있는 방법은 존재하지 않았다. 할아버지는 GPC의 선체를 너무 믿으면 안 된다는 사실을 나중에야 알게 되었다고 했다.

트윙은 뉴 테라 과학자들이 팩 도서관에서 뽑아낸 경이로운 기술들 중 하나에 불과했다. 하지만 줄리아는 그것에 대해 알면 안 되었다. 할아버지, 앨리스, 네서스, 모두가 그 도서관을 뉴 테라와 국방부로 가져오는 데 일조했다는 사실에 대해서도.

일을 마치자 줄리아는 화물실에서 어정거리며, 네서스와 앨리스 둘이서만 대화를 나눌 수 있게 두었다. 그들에게는 풀어야 할 숙제가 있었다.

누군들 그런 숙제가 없겠는가? 줄리아는 평생을 할아버지 지그문트 아우스폴러의 그림자 속에서 살아왔다. 일부는 그를 영웅이라 생각했지만, 뉴 테라의 골칫거리로 생각하는 사람이 더 많았다. 자기기만에 빠진 바보들. 이것이 줄리아의 속내였다. 하지만 그녀는 군 복무를 위해 어쩔 수 없이 다수의 의견에 동조하는 척했다. 할아버지도 이해해 주리라 믿으면서.

줄리아는 우주선 식당에서 커피를 한 잔 뽑아 들고 함교로 돌아갔다.

"제가 없는 사이에 소식 없었습니까?"

앨리스가 짜증 난 듯 통신 제어반을 가리켰다. 새로운 메시지가 도착해 있었다.

당신들이 메시지를 확인하기를 기다리고 있었습니다. 장관이 전략 회의를 소집해서 회의에 참석할 사람들과 접촉을 시작했습니다. 약 두 시간 정도면 회의가 시작될 것으로 예상합니다.

공지 사항을 확인했으면 통보 바랍니다.

두 시간이면 아주 먼 거리를 움직일 수 있었다. 회의 시간까지 합치면 그보다도 훨씬 더 멀리. 사공이 많으면 배가 산으로 간다는 얘기를 할아버지가 어떻게 생각할지 줄리아는 알고 있었다.

그녀는 결심했다.

"우리에게 알려야 할 정말 긴급한 뉴스가 있었다면 문자메시지로 벌써 내용을 알렸겠죠. 우리도 그쪽에 알려 줄 만한 새로운 소식은 없습니다."

공지 사항을 확인했으면 통보 바랍니다.

통신 게시판이 요구하고 있었다.

줄리아는 말했다.

"우리는 안타깝게도 이 메시지를 제시간에 확인하지 못한 겁니다. 이십 분 후, 다시 하이퍼스페이스로 진입하겠습니다."

4

한 입에는 컬러^{curler}, 다른 입에는 빗을 들고서 최후자는 갈기 여기저기를 빗질하고 말아 올리며 정성스럽게 몸치장을 했다. 새로 합성해서 줄로 엮은 보석들이 갈기 사이로 반짝거렸다. 다른 어떤 색깔보다도 실험당을 나타내는 주황색이 두드러졌다. 발굽을 광내고 가죽을 반짝이도록 다듬어 놓은 지는 오래였다.

급한 일이 없어서 이렇게 정성 들여 몸치장이나 하고 있는 것은 아니었다. 오히려 반대였다. 그는 보이스가 '롱샷'호의 제어장치에 대해 관찰하고 분석한 내용들을 소화해야 했다. 링월드가 노멀 스페이스에서 사라지면서 시작된 중력파에서 추출한 측정치들도 통합적으로 정리해야 했다. 두 번째 하이퍼스페이스 파문이 관찰되지 않는 이유 역시 설명해야 했다. 이는 링월드가 아직 하이퍼스페이스에서 나오지 않았거나 감지가 불가능할 정도로 멀리 떨어진 곳에서 나왔다는 의미였다.

그는 또한 음률가의 아리송하고 헷갈리는 설명에 대한 기억과 수호자로 변했던 루이스의 해석에 대한 기억을 체로 걸러 내듯 살펴서 단서를 찾아내야 했다. 그리고 보잘것없는 지식일지언정 그가 하이퍼드라이브에 대해 배우고, 듣고, 추측해서 알고 있는 내용들을 모두 서로 연결해 내야 했다.

이것이 다가 아니었다.

루이스는 링월드에서 '롱샷'호를 하이퍼스페이스로 진입시키는 미친 짓을 했다. 링월드 바닥을 뚫고 탈출한 것이다! 특이점 깊숙한 곳으로부터!

하이퍼드라이브와 하이퍼스페이스에 대한 기존의 이론으로 보면 그들은 죽은 목숨이어야 했다.

먹고, 자고, 아직도 우주선을 채우고 있는 유인 장치들을 버리는 일을 제외하면 며칠 내내 최후자는 그것들을 이해하는 일에만 매달리고 있었다. 하지만 성과가 거의 없었다.

놀라운 점은 센서에 나타나는 수천 척의 전함들이 언제 이 우주선을 발견할지 모르는 상황 속에서도 그가 이렇게 제 할 일을 계속하고 있다는 것이었다. 그리고 매번 도약하기 전 이 우주선이 갑자기 사라지면 오히려 저 전함들의 주의를 끌게 될지 모른다는 두려움에 떨면서도 그렇게 하고 있다는 것이 신기할 따름이었다.

하이퍼스페이스 안에서 질량을 감지하려면 소프트웨어에는 들어 있지 않은 정신 에너지의 일종인 초능력이 필요했다. 하이퍼드라이브 도약을 할 때 AI의 추측 항법에 맡겼다가는 항성 근처에 떨어질지도 몰랐다. 그가 견디기 힘든 상황에 처해 있는 것은 사실이었지만, 그렇다고 우주선을 임시변통으로 굴려 가며 출발할 수는 없었다.

수호자들은 모든 것을 임시변통으로 해결하며 살았다. 즉흥적인 상황 대처 능력에 기고만장할 정도로 자신이 있었기 때문이다. 그들은 그 어떤 위기가 닥쳐도 아직은 상상조차 할 수 없는 즉흥적인 방편을 고안해서 해결할 수 있다고 믿었다.

시민은 그렇지 못했다. 최후자는 더욱. 이 최후자는 더더욱. 그는 감히 장거리 여행을 떠날 생각을 할 수 없었다. 특히 이해할 수도 없는 크진인의 조종 장치들로는.

달아날 방법이 없으니 그의 본능은 당장이라도 마비 상태로 빠져들라고 외쳐 대고 있었지만, 그는 계속해서 빗질만 했다. 결국 그는 도구들을 내려놓았다. 그리고 둥지처럼 쌓아 올린 베개에서 일어나 전신 거울 앞에서 한 바퀴 돌았다. 이 거울 역시 새로 합성한 물건이었다. 다른 부분은 몰라도 겉모습만 놓고 보면 신분에 딱 어울리는 모습이었다.

공직에서 짊어져야 할 책임도 모두 이렇게 쉽게 풀릴 수만 있다면……

지구력 2850년

최후자는 자신의 최고위급 보좌관, 장관 들과 함께 패드를 덧댄 Y 자 모양의 의자 스무 개에 엉덩이를 맞대고 앉아 있었다.

다들 다정하게 바짝 붙어 앉아 있음에도 그는 조금도 편안함을 느끼지 못했다. 그 누구도 편안하지 않았다.

둥글게 자리 잡은 의자들 한가운데에는 그들이 의논해야 할 대상이 머리 높이에 떠 있었다. 창백한 파란색의 띠로 된 링이었다. 링만 놓고 보면 예뻤겠지만 그 중심에서 노랗게 타오르는 불꽃 때문에 그렇게 보이지 않았다. 불꽃은 항성이었다. 그렇다면 그 링의 크기는 실로 엄청나다는 의미였다.

긴박하고, 애처로우면서 두려움에 질린 노랫가락들이 나지막하게 방 안을 채웠다. 불협화음이 줄어들 기미가 보이지 않자 최후자는 명령조의 화음으로 읊조렸다.

"이제 시작합시다."

중얼거리던 소리들이 갑자기 멈추었다.

최후자는 비밀 임원회의 차장 미네르바에게 명령했다.

"장거리 관측기구로 관찰한 내용을 설명해 보십시오."

미네르바가 파란 링을 가리키며 말했다.

"이 예기치 못했던 광경은 이 광년 조금 더 떨어진 곳에 있습니다. 세계 선단의 경로에서 멀지 않은 곳입니다."

"저 물체에 대해서 지금껏 왜 아무런 얘기도 없었지요?"

최후자는 전혀 몰랐던 사실인 척하며 물었다. 사실 그는 케이론이 도착한 후부터 줄곧 이날이 올 것을 두려워하고 있었다. 마치 평생을 이 걱정만 하며 살아온 기분이었다.

"무언가가 항성을 둘러싸고 있다는 건 알고 있었습니다."

미네르바가 죄책감이 어린 낮은 목소리로 노래했다.

"적당한 각도에서 관찰하기 전까지는 그냥 일반적인 먼지 띠인 줄 알았습니다만……."

그는 다시 한 번 파란 띠를 흘끗 보았다.

"그게 아니었습니다."

"그러니까 요즘에 들어서야 자세히 살펴봤다는 얘기로군요."

"그렇습니다. 최후자님."

미네르바가 소심하게 대답했다.

"저런 걸 대체 누가 만들었단 말입니까?"

아글라이아라는 보좌관이 궁금한 듯 물었다.

"우리도 모릅니다."

미네르바가 답했다.

"저걸 왜 만들었답니까?"

또 다른 이가 물었다.

"그 역시 모릅니다."

이번에도 미네르바의 대답은 같았다.

"어떻게 만들었는지, 무엇으로 만들었는지도 알 수 없습니다. 저렇게 거대한 걸 만들려면……."

"탐사대를 보내야 합니다."

케이론이 불쑥 끼어들었다. 그의 갈기는 은빛으로, 우아하게 구불거리며 흘러내리고 있었다.

엄밀히 말하면 '그'의 갈기가 아니라 '그것'의 갈기라고 표현해야 옳았다. 케이론은 시민이 아니라 불법 AI인 '프로테우스'가 만들어 투사하는 홀로그램이었기 때문이다. 따라서 그 갈기 또한 그저 홀로그램에 불과했다. 그리고 프로테우스를 배후에서 조종하는 자는 올트로라고 알려진 그워스의 집단 지성이었다. 이 두 가지 진실은 최후자와 또 다른 한 명을 제외하고 회의에 몸소 참석한 다른 이들은 상상조차 못 할 일이었다.

장관과 보좌관 들은 케이론을 NP_5의 통치자로 그곳에 머무르고 있으며 오랫동안 공직에 몸을 담은 과학부 장관이라고 알고 있었다. 위험한 과학 연구를 진행하고 감독하려니 고향 세계에서 떨어진 곳을 택한 것이라고 믿었다. 행정부가 새로 들어서고 나가고 최후자가 새로 선출되고 물러나는 동안, 케이론은 그들 모두를 섬겼다.

섬겼다고? 그렇기만 하다면야……

그것은 협약체의 기나긴 암흑의 역사 속에서도 가장 어두운 비밀이었다. 그 비밀 속에서 케이론은 최후자를 등에 업고 그/그것/그들 자신만을 섬겼다. 시민들은 계속해서 협약체를 이끌 지도자를 직접 선택했지만, 그 선택으로 변하는 것은 아무것도 없었다. 자리에서 물러나는 최후자는 후임 최후자에게 감당하기 어려운 비밀을 밝혀야 했다. 케이론이 눈 깜짝할 사이에 다섯 세계와 일조 명의 시민을 사라지게 만들 수 있다는 사실을. 그/그것/그들이 약속한 부분이었다. 만약에 시민들이 그워스의 세계에 위협이 된다는 생각이 드는 날에는 모두 파괴하고 말 것이라고.

그워스는 이제는 멀어진 위성의 만년빙으로 뒤덮인 바다 밑바닥에 사는 원주민 종족이었다. 그워 개체는 튜브처럼 생긴 관족으로 이루어졌다. 뱀 다섯 마리가 꼬리 부분에서 모두 달라붙어 있는 모양이었다. 끝에서 끝까지의 거리가 시민의 목 길이보다도 길지 않았고, 중앙의 덩어리 부위 두께는 입이 벌어지는 폭보다 두껍지 않았다.

그들의 정체를 모르는 시민이라면 그워스를 보고 두려움을 느끼기보다는 오히려 동정심이나 역겨움을 느낄 것이다.

그리고 그들에 대해 착각하게 될 것이다.

그워스는 용감하고 호기심 많은 종족이었다. 이런 특성은 동물들을 사냥하며 진화한 다른 종족과 공유하는 일종의 정신병이었다. 그리고 그들은 이런 결점을 끔찍한 목적에 사용했다.

최후자의 한평생 정도 되는 시간 동안, 그워스는 자기네 고향 세계의 얼음을 뚫고 나왔고 원시적인 불을 이용하는 단계에서 핵융합 기술을 발전시키는 단계에 이르렀으며 근력에 의지하던 수준에서 하이퍼드라이브 우주선을 개발하는 지점까지 도달했다.

하지만 같은 종족 안에서도 십육합체의 집단 지성 올트로는 예외적인 존재였다. 올트로는 변태적인 존재였고 무서울 정도로 똑똑했다.

일조 명 시민의 생과 사를 결정하는 그들의 권력은 절대적인 것이었다.

케이론이 말을 꺼냈다는 것은 이미 모든 일이 결정 났다는 의미였다. 협약체는 탐사대를 보내게 될 것이다. 그리고 시민들이 지도자를 스스로 뽑았다고 무의미하게 착각하는 것처럼 이 임무 또한 갈 필요가 없는 무의미한 탐사가 될 것이다.

아니, 무의미한 것보다 더 심각했다. 이 임무는 위험하다. 이 탐사는 비밀을 지킨다는 것 말고는 아무런 소용도 없을 것이다.

사실 링월드는 새로 발견된 것이 아니라 다시 발견된 것이었다. 과거에 협약체는 이미 링월드를 발견했고, 수조 명에 이르는 링월드인들을 무해한 존재로 만들기 위해 어떤 일을 저질렀다. 그 일은 어떤 대가를 치르고서라도 비밀로 남아야 했다. 최후자는 처음 일시적으로 권력에서 밀려났을 때 이 위험한 정보를 최후자만 볼 수 있는 자료에서도 삭제해 버렸다. 올트로가 그것을 볼지도 모른다는 두려움 때문이었다.

링월드의 최첨단 기술들은 대부분 상온 초전도체를 바탕으로 이루어진 것이었다. 현 최후자의 아주 오래전 전임자가 유전공학으로 창조한 역병을 그곳에 살포할 것을 승인하기 전까지만 해도 그랬다. 하지만 공기 중에 살포된 그 미생물들은 그곳 어디에나 존재하던 초전도체를 만나는 족족 집어삼켰다.

순식간에 모든 것이 작동을 멈추었다. 공중을 떠다니던 도시들이 추락하면서 얼마나 많은 링월드인들이 비명횡사했던가? 적어도 수백만 명은 넘을 것이고, 어쩌면 수십억이 죽어 갔을지도 모른다.

최후자는 이 역사를 케이론이 모르게 숨겨야 했다. 그러지 않으면 그워스의 권력자 올트로는 분명 재고의 여지도 없이 협약체가 자기네 종족에게 위험한 존재라고 판단할 것이기 때문이다.

그는 오가는 논란들을 그냥 듣는 둥 마는 둥 하고 있었다. 어떤 결론이 날지는 이미 결정되어 있었기 때문이다. 그릇 깨지는 듯한 화음과 으스스한 아르페지오가 오가는 중에도 그에게는 그

소리들이 꿈속에서 슬로모션으로 엄습해 오는 피할 수 없는 재앙처럼 느껴졌다.

"……방향을 트는 것은 불가능합니다. 이것은 아주 기초적인 물리학입니다. 세계 선단의 현재 속도를 고려할 때 링월드를 만나기 전까지 남은 시간으로는 우리 경로에 의미 있는 변화를 줄 수가 없습니다."

에너지부 장관 헤메라가 노래했다.

"저는 우리가 오랫동안 지켜 온 경로에서 이탈해서는 안 된다고 제안하는 바입니다."

외무부 장관 제피로스가 되받아 노래했다.

"우리가 링월드를 봤다면 그곳의 원주민들도 우리를 봤다고 생각해야 합니다. 우리가 현재의 빠른 속도로 이동하다가 비교적 가까운 곳에서 방향을 틀었다고 생각해 보십시오. 그러면 그들은 우리가 질량 무기를 발사한 다음에 그 공격에서 발생할 잔해와 거리를 두기 위해 방향을 틀었다고 생각하게 될 겁니다. 만약 링월드인들이 그런 의심을 하면 우리를 향해 어떤 무기를 겨누겠습니까?"

무기, 공격 같은 말이 나오니 몇몇 장관들이 경악의 울음소리를 냈다. 그러자 케이론이 경고하듯 의미 있는 눈빛을 최후자에게 보냈다.

"그런 무서운 얘기는 그만하십시오."

최후자가 말했다. 그의 눈은 제피로스를 보고 있었지만 실상은 자기 주인이 들으라고 한 말이었다. 그 속뜻은 이러했다.

'그런 극단적인 방법은 생각도 못 합니다, 올트로. 언제나 그랬듯이 우리는 너무나 겁이 많아서 다른 이들을 털끝 하나도 다치게 하지 못하는 종족입니다.'

"그래서 더더욱 탐사대를 보내야 하는 겁니다. 링월드인들이 우리를 오해하지 않게 만들어야지요."

아킬레스가 노래했다.

그건 링월드인들이 우리를 두려워하게 만들자는 뜻인가?

광기로 말하자면 아킬레스는 올트로에게 뒤지지 않았다. 아킬레스는 끝없는 야망을 가진 반사회적 인격 장애자였다. 인간을 하인으로 두고 있던 시절에는 인간이 발음할 수 있는 이름이 필요한 시민들이 많았다. 하지만 그 수많은 이름 중에서 하필 전설적인 전사의 이름을 따온 시민은 딱 한 명밖에 없었다!

광기 어린 야망에 사로잡힌 아킬레스는 그워스 사이의 일에 끼어들어 그워스의 위협을 가공해 낸 후 허스가 집단히스테리에 빠지면 그것을 이용해 협약체의 권력을 집어삼키려 했다. 하지만 그의 개입은 의도와 달리 완전히 틀어졌고, 평화협정을 맺은 두 그워스 세계가 힘을 결집해 세계 선단을 겨누었다. 그워스와 사악한 동맹을 맺은 아킬레스는 허스의 방어 체계를 피해 그워스 전함 몇 대를 몰래 안으로 들여보내 주었고, 결국 올트로가 NP_5의 행성 드라이브를 손에 넣게 되었다.

그 행성 드라이브가 불안정해지면 세계 선단에 속한 모든 세계들은 가루로 변해 버릴 터였다.

절대적인 힘을 손에 넣은 올트로는 최후자를 물러나게 한 다음, 아킬레스에게 그 뒤를 잇게 했다. 아킬레스는 겁에 질린 시민들에게 거래를 약속했다. 자신을 최후자로 앉혀 주면 그워스와 협상해서 그들의 전투 함대를 철수하게 만들겠다고. 그리하여 대중의 무지 속에서 재앙의 설계자나 다름없는 아킬레스가 올트로의 첫 번째 꼭두각시 최후자가 되어 허스를 통치하기 시작했다.

그 후로는 몇몇 그워스가 의심받는 일 없이 수중 거주 모듈 안에 머물면서 다섯 세계를 볼모로 잡고 있었다.

올트로는 이유를 설명해 주지 않았지만, 아킬레스는 케이론과 살짝 비슷한 상황으로 남아 있었다. 올트로가 마음에 드는 소수의 시민 중에서 새로운 최후자를 골라 자리에 앉힐 때마다 케이론처럼 아킬레스도 새 정부에 계속 포함되도록 만들었던 것이다. 현 정부에서 아킬레스는 NP_1을 통치하고 있었다.

아킬레스의 정부에서 현 최후자가 잠시 맡았던 자리였다. 아킬레스로서는 기분 나빴을 테지만.

"최후자님, 우주선을 한 척 보내서 이 물체를 조사해 보는 게 어떻겠습니까?"

그가 밀어붙이듯 말했다.

"나도 그래야 한다고 믿습니다."

아킬레스의 편을 드는 것처럼 보여야 하다니 억울한 기분이 들면서도 최후자는 동의할 수밖에 없었다.

"네서스에게 탐사대를 이끌게 하는 게 좋겠습니다. 아직까지는 그가 가장 기량이 뛰어난 정찰대원이니 말입니다."

케이론이 제안했다.

아킬레스가 그를 노려보았다. 네서스와 그 사이의 앙금은 조금도 사라지지 않았다.

자기 나름의 이유 때문에 최후자는 네서스를 보내는 것을 반대하고 싶었지만 그냥 잠자코 있었다.

"제가 가겠습니다. 가까이서 관찰해 보면 배울 게 많을 겁니다. 그리고 네서스는 과학자도 아니지 않습니까?"

아킬레스가 노래했다.

"당신이 있을 곳은 여깁니다."

케이론이 되받아 노래했다.

아킬레스가 몸을 씰룩거렸지만 이내 두 머리를 조아렸다. 케이론의 입을 빌려 말하는 자가 누구인지 그는 아는 것이다.

"탐사대를 이끌게 한다고 했습니까?"

갑작스럽게 찾아든 어색한 침묵을 깨며 헤메라가 노래했다.

"케이론, 당신의 그 노래는 네서스 말고도 다른 이가 함께 가야 한다는 의미로군요. 대체 우리 중 어느 미친……."

거기까지 하고 헤메라는 미안한 듯 아킬레스를 흘끗 보았다.

"어느 누가 감히 링월드로 정찰을 가려 한단 말입니까?"

"당연히 인간입니다. 네서스에게 팀을 꾸리게 하지요."

케이론이 노래했다.

"뉴 테라 사람들은 더 이상 우리를 섬기지 않습니다. 이제 그들의 세계는 우리를 반기지 않습니다."

최후자는 부드러운 노래로 상기시켜 주었다.

"야생 인간을 말하는 겁니다."

케이론이 자신의 뜻을 분명히 했다. 그의 노래 속에 심통이 난 듯한 꾸밈음이 실려 있어서 몇몇 장관은 흠칫 놀랐다.

"네서스가 지구에 가면 알아서 사람을 구할 수 있을 겁니다."

"지구는 너무 멉니다. 네서스가 지구에 도착하기도 전에 세계선단은 링월드와 맞닥뜨릴 겁니다."

제피로스가 노래했다.

"네서스가 '롱샷'호를 타고 가면 늦지 않을 겁니다."

케이론이 반박했다.

재앙에 대한 불길한 예감이 되살아났지만 최후자는 케이론의 제안에 동의하는 것 말고는 다른 선택의 여지가 없었다.

지구력 2893년

최후자는 경악으로 몸을 떨면서 거울에서 몸을 돌렸다.

그 오랜 세월 동안, 그 고생을 했는데 결국 이런 팔자 사나운 우주선에 올라타 있다니! 그는 일반적인 하이퍼드라이브를 기껏해야 절반도 이해하지 못했다. 그저 남들보다는 조금 더 안다고 할 수 있는 정도에 불과했다. 아웃사이더는 자기네 기술과 그 밑바탕이 되는 이론에 따로 가격을 매겼고, 기술의 가격은 무척 비쌌다.

하지만 어쩐 일인지 딱 한 번, 영감을 받은 ──그리고 정신 나간── GPC의 기술자들이 뚝딱거리다가 우연히 II형 드라이브라는 것을 만들어 낸 적이 있었다. II형 하이퍼드라이브 전환기는 거대했다. GPC에서 만드는 가장 큰 선체는 직경이 수백 미터에 달함에도 불구하고 이 장치가 겨우 들어가는 정도였다.

GPC는 그 시제품을 복제하려고 여러 해에 걸쳐 막대한 돈을 쏟아부으며 연구를 진행했지만 실패로 돌아갔다. 결국 이 별난 하이퍼드라이브가 이 별난 우주선을 다른 하이퍼드라이브보다 수천 배나 더 빠른 속도로 하이퍼스페이스를 가로지를 수 있게 해 주는 이유는 조금도 이해하지 못했다.

협약체 기술자들이 아웃사이더와 접촉해 보기도 했지만, 그들은 아무런 의견도 제시하지 않았고 어떠한 연구에도 참여하기를 거부했다. 그 이유는 아무도 몰랐다. 아웃사이더가 하는 일들에 대해서는 대부분 이유를 아는 자가 없었다. 액체헬륨으로 만들어진 생명체인 아웃사이더는 애초부터 너무나 다른 존재였다.

GPC가 헛된 연구 프로그램을 마지못해 중단하려는 순간, 영감이 찾아들었다.

허스가 오래전에 숨어 있었던 장소에서 협약체는 여섯 외계 종족과 무역 관계를 맺었다. GPC는 외계인 투자자들을 포섭해서 실험을 지속시켜 줄 연구비를 따낼 수 있을 것이라 생각했다. 그들은 제대로 작동하는 유일한 II형 하이퍼드라이브가 어쩌다 만들어진 것이라는 사실을 감추기 위해 아무런 상관이 없는 장치들로 이 시제품의 틈새를 모두 막아 놓았다. 그리고 이 우주선을 타고 은하핵으로 날아갈 인간 조종사를 구했다. 그 조종사가 이 우주선을 '롱샷'이라고 이름 지었다.

재앙은 이런 복잡하게 꼬인 기원을 통해 등장했다.

베어울프 섀퍼가 '롱샷'호를 타고 떠나지 않았더라면 빽빽하게 밀집된 은하핵 항성들 사이에서 초신성 연쇄 폭발이 일어났다는 사실을 모르고 지나갔을 것이다. 물론 그 사실을 모르고 지나가는 것은 위험한 일이었다. 하지만 그로 인해 벌어진 난리를 생각하면 수만 년이나 흐른 후에 다가올 재앙은 차라리 모르고 지나가는 편이 나았으리라.

'롱샷'호와 섀퍼의 발견만 없었더라면 세계 선단이 선조 모항성인 '생명의 수여자'의 중력 끈을 끊고 나오는 일은 결코 없었을 것이다.

허스가 은하계로부터 계획에도 없던 갑작스러운 질주를 시작하지 않았더라면 시민은 인간 하인들을 훈련시켜 세계 선단이 나아갈 길을 탐사하게 하지도 않았을 터, 그랬더라면 인간들은 숨겨져 있었던 과거의 진실을 알아내지 못했을 것이고 NP_4는 아직도 협약체를 섬기는 농장 세계들 중 하나로 남아 있었으리라.

세계 선단이 서둘러 선택한 경로를 미리 답사하지 않았더라면 오늘날까지도 그워스는 그 존재조차 알려지지 않았을 것이다.

하지만…….

그워스가 은하핵 폭발로부터 달아나는 피난민들을 발견하지 못했더라면, 새로 독립한 뉴 테라와 접촉하지 않았더라면, 아무도 눈치채지 못한 상태에서 팩의 전투 함대가 덮쳐 왔을 것이고 허스를 비롯한 모든 세계가 석기시대로 돌아갔을 것이다.

최후자는 방금 땋은 갈기를 다시 풀어 헤쳤다. 무슨 짓을 하든 결국은 재앙으로 이어질 수밖에 없는 것 같았다.

지금 그는 베어울프 섀퍼의 시대부터 올트로의 은밀한 지배가 이루어질 때까지 어느 누구도 감히 비행해 보려 하지 않았던 우주선을 타고 있었다. 올트로가 그 기술을 밝혀내리라는 헛된 희망으로 협약체에 재력과 최고의 과학자들을 투입할 것을 요구했던 바로 그 우주선이었다.

하지만 그럴 만한 가치는 충분했다. 올트로가 최후의 심판일 방아쇠를 당길 때가 되었다는 생각을 하지 못하게 관심을 다른 데로 돌릴 수만 있다면 그 어떤 것도 아까울 것이 없었다. 따라서 모든 최후자는 일부러라도 올트로의 명령에 고분고분 순종했다.

그리고 올트로는 네서스에게 지구로 갈 것을 명령했다. 일반적인 우주선으로는 그 어떤 것을 고른다 해도 거의 이 년이나 걸리는 여정이 될 터였다. 하지만 '롱샷'호를 이용하면 겨우 몇 시간이면 끝나는 여정이었다. 네서스는 링월드 '첫' 탐사에서 '롱샷'호를 보수로 준다는 조건을 내걸고 인간 두 명과 크진인 한 명을 대원으로 모집했다.

인간이나 크진인이 Ⅱ형 하이퍼드라이브를 복제하려 들었다가는 여러 명의 목숨과 재력만 낭비하게 될 수도 있었다. 최후자는 그 팔자 사나운 우주선이 사라졌을 때 느낀 안도감을 기억하고 있었다.

하지만 오랜 시간이 흐른 후에 자신의 무모함 때문에 작은 사고를 만나 링월드에 발이 묶여 있는 동안 '롱샷'호가 다시 돌아왔음을 알게 되었다!

크진인들은 현존하는 가장 빠른 우주선을 빼앗아, 최후자가

'변방 전쟁'이라고 알고 있는 종족 간의 전쟁에서 자신들과 관련된 부분을 조정하는 전령으로 이용했다. 그러다 음률가가 크진인으로부터 '롱샷'호를 탈취했고, 다시 루이스와 최후자가 그것을 음률가로부터 훔쳐 냈다. 그 수호자가 그들로부터 벗어나야겠다고 마음먹은 덕분이었다.

그리고 지금은 그가 '롱샷'호에 올라 있다. 얼마 만이더라?

"보이스."

그는 AI를 불렀다.

근처의 선내 통신 스피커에서 대답이 울려 퍼졌다.

— 네, 최후자.

"이 우주선의 컴퓨터에 현재 날짜가 나오나?"

— 그렇습니다. 하지만 협약체 달력이 아닙니다.

"인간들의 달력이라도 좋아."

— 지구력으로 2893년입니다.

충분히 예상했던 일이기는 하지만 그 사실이 갑자기 끔찍할 정도로 피부에 와 닿았다. 그가 허스를 떠난 것은 2860년이었다. 그렇다면 삼십삼 년이나 흘렀다! 허스력으로는 삼십칠 년으로 여겨질 시간이었다. 다만 은하계를 빠져나가기 위해 광속의 팔십 퍼센트로 북쪽으로 질주하고 있는 세계 선단에서는 시간이 삼분의 일 정도 느리게 간다는 점을 고려해야겠지만.

어떻게 측정하든, 어느 시간을 기준으로 하든, 너무 긴 세월이었다.

최후자는 자기 두 눈을 마주 보았다. 그 시간들은 영영 사라져 버렸다. 대체 무엇을 위해서?

"내가 왜 우리를 링월드로 데려왔는지 설명한 적이 있던가?"

― 없습니다.

당연한 일이었다. 도구를 상대로 무언가를 설명하는 이는 없으니까. 하지만 자신을 마비 상태로부터 막아 주는 것이 그 도구밖에 없는 상황이라면…….

그는 선실을 빠져나와 다시 한 번 이 저주받은 우주선 안을 거닐었다. 어디를 가든 AI는 그의 위치를 추적해서 복도의 센서로 그의 말을 듣고, 선내 통신 스피커를 골라서 말할 수 있으니 대화가 끊길 염려는 없었다.

"기술 때문에 왔지. 링월드에는 아주 특별한 기술들이 녹아들어 있으니까. 링월드인 스스로가 그 기술을 모두 잊어버렸다 해도 상관없었어."

그는 이 기술로 거래를 할 생각이었다. 하지만 외로움의 깊이가 아무리 깊다 해도 협상해야 할 대상이 누군지는 발설할 수 없었다. 어떤 짐은 오직 최후자만이 감당할 수 있는 것이었으니까.

― 그래서 찾는 것을 발견했습니까?

링월드인들은 그 경이로울 정도로 튼튼한 링월드 구성 물질을 '스크리스'라고 불렀다. 지금까지도 최후자는 그 구성 물질이 산업적 규모의 원소 전환 과정을 통해서만 제조될 수 있을 것이라고 믿고 있었다. 그것이 바로 그가 찾던 마법이었고, 올트로에게 사용할 미끼였다. 그는 이 보물로 허스의 자유를 살 수 있기를 바랐다.

하지만 링월드에 그렇게 오래 머물렀음에도 그는 이 기술의 비밀을 얼핏이라도 볼 수 없었다.

"짐작도 못 하겠어."

최후자는 모퉁이를 돌았다.

그리고 그 자리에서 얼어붙었다.

그에게는 음률가가 성능을 향상시켜 놓은 '롱샷'호가 있었다. 루이스는 링월드의 중력 특이점 안에서 이 우주선을 가지고 하이퍼스페이스로 도약했다. 링월드 자체도 근처에 있는 항성의 중력 특이점 안에 놓여 있는 판국에. 하지만 그 모든 이론과 경험을 무시하듯 '롱샷'호는 다시 노멀 스페이스로 돌아 나왔다. 그에게는 힘들게 모은 단서들이 있었다. 터무니없을 정도로 강력한 중력파에 아로새겨진, 링월드가 하이퍼드라이브로 작동한 흔적에 대한 단서들이었다.

고뇌에 찬 기나긴 숙고 끝에 새로운 하이퍼스페이스 물리학의 윤곽이 최후자의 머릿속에 자리 잡기 시작했다.

루이스가 오토닥에서 나왔을 때에도 이 우주선을 조종하는 능력이 그대로 남아 있기만 한다면 이 지식을 이용할 수 있을지 몰랐다.

5

아주 가는 선 하나가 함교를 둘러싸고 있었다. 짙은 남색의 짧은 선들이 그보다 긴 창백한 파란 선들과 교대로 나타났다.

링월드였다.

아니, '인내'호가 목적지에서 육 광일 떨어진 지점에서 하이퍼 스페이스를 빠져나왔으니 링월드의 엿새 전 모습이라고 해야 할 것이다.

앨리스는 함교 중앙에 서서 천천히 돌며 그 실체를 이해하려 애썼다. 그녀는 링월드를 위에서 조망하고 있었기 때문에 모든 것이 보였다. 다만 눈에 들어오는 것을 있는 그대로 받아들이기 가 힘들었을 뿐이다.

둘레가 자그마치 구억 킬로미터였다. 도무지 머리로는 이해할 수 없는 크기인 것이다. 그래서 앨리스는 축척을 바꿔 보기로 했 다. 함교의 둘레가 대략 십팔 미터, 그러면 벽을 따라 그려지는 이 이미지에서 삼십 센티미터는…… 그러니까 약 백만 킬로미터 를 나타낸다. 그렇게 해도 도무지 감이 안 왔다. 이미지 속의 삼 센티미터가 뉴 테라 둘레의 스무 배 길이인 팔십만 킬로미터에 해당한단 말인가!

"성공하기를 빕니다."

네서스가 떨리는 목소리로 말했다. 그는 불편한 모습으로 조 종석의 완충 좌석에 앉아 있었다. 줄리아가 링월드 관찰에 집중 할 수 있도록 조종석을 봐 주는 중이었다. 그는 이미 전에 링월드 를 본 적이 있는 것이다.

입 밖에 내지 않은 얘기가 있었다.

과연 성공할 수 있을까?

"그게 무슨 말이지, 네서스?"

앨리스가 물었다.

네서스는 자기 두 눈을 마주 보았다.

"링월드의 크기를 가늠해 보려고 하는 것 같아서 말입니다. 나는 실패했지요."

줄리아가 홀로그램 쪽으로 걸어가서 엄지손가락으로 링의 일부를 가렸다.

"제 엄지손가락 폭만큼이 백육십만 킬로미터가 됩니다! 하루에 팔십 킬로미터씩 오십 년을 걸어도 이 구간을 못 지난다는 뜻이죠."

네서스는 한쪽 발굽으로 갑판을 긁을 뿐 아무 말도 하지 않았다. 그는 한쪽 머리로 주 센서 계기판을, 다른 머리로 보조 화면에서 흘러나오는 파노라마 영상을 보고 있었다. 영상은 망원경 아래서 고가도로 같은 형태로 회전하는 링월드의 모습을 시뮬레이션으로 보여 주었다.

앨리스는 다양한 지형이 거의 최면을 거는 듯한 속도로 굽이치며 지나가는 모습을 지켜보았다. 언덕들, 호수들, 초원들, 숲들 그리고 바다 하나. 아니, 바다라기보다는 대양이라고 해야 할 것이다. 아주 거대한 대양.

"문명의 흔적은 보이지 않나?"

그녀가 물었다.

"아직은 안 보입니다. 물론 저 전체적인 구조물 자체가 문명의 흔적이기는 합니다만."

네서스의 대답에 줄리아가 입을 열었다.

"언제면……."

"잠깐! 뒤로 돌려 봐."

고가도로 속의 무언가가 앨리스의 눈길을 끌었다. 무언가 익숙한 것이었다. 하지만 여기에 대체 그 어떤 익숙한 것이 있을 수 있단 말인가?

근접 영상이 멈추었다가 다시 뒤로 거슬러 가기 시작했다. 그리고 그녀의 눈을 사로잡았던 것이 나타났다. 거대한 대양에 찍힌 얼룩 하나에 불과한 저것. 지구의 평면지도처럼 생긴 무엇! 그 근처에는 붉은 기운이 도는 원반이 있었다. 어쩌면 화성일까? 그리고 그녀에게는 낯선 원반들이 근처에 흩어져 있었다. 다른 세계들인가?

"저 세계 모형은 실제 크기입니다. 나도 설명을 못 하겠군요."

네서스가 말했다.

줄리아는 지구나 화성을 본 적이 한 번도 없었다. 뉴 테라 사람들 중에는 그것들을 본 사람이 한 명도 없다.

그녀가 물었다.

"언제쯤 이상 현상 자체에서 발생한 빛이 우리에게 도달하겠습니까?"

네서스는 자기 계기판에서 돌아가는 타이머를 보았다.

"오 분 후면 도달합니다."

이 분이 남자 그는 고가도로 시뮬레이션 화면을 지우고 벽으로 눈을 다시 돌려 실제의 링월드를 바라보았다.

"시간이 다 되어 갑니다. 오, 사······."

카운트다운이 끝난 순간, 그들은 거의 일억 육천만 킬로미터 떨어진 곳에서 링월드가 사라지는 모습을 목격했다.

제복을 입은 경비병들이 지그문트를 데리고 국방부 건물 복도를 따라 닫혀 있는 문들을 지나쳐 갔다. 복도에 있는 사람들 사이에서 숨죽인 목소리로 열띤 대화들이 오갔다. 무언가 일어나고 있었다. 이제 막 시작된 일은 아니었다. 제대로 된 뉴스는 없었지만, 그사이에 자라난 무성한 소문이 건물 안에서 꼬리에 꼬리를 물고 퍼져 갔다.

줄리아가 떠난 이후로 지그문트는 휴대용 컴퓨터를 항상 몸에 지니고 다녔다. 집에 있는 도약 원반도 원래대로 뒤집어 놓았다. 누구든 맘만 먹으면 언제든 연락할 수 있었다. 따라서 알 수 없는 그 무언가가 일어났던 순간에 그에게 바로 연락이 오지 않았다는 것은 일부러 연락하지 않았다는 의미였다.

지그문트는 자신의 편집증이 도진 거라고 생각하지 않았다.

그는 줄리아를 잘 알았다. 그녀는 노멀 스페이스에서의 정신적 휴식 시간을 최대한 줄였을 것이다. 지금쯤 '인내'호는 목적지에 도착했을지도 모른다.

그래서 나를 호출한 걸까?

상황실에 도착해 보니 그의 취향과는 맞지 않게 너무 많은 사람들로 붐볐다. 회의는 이미 진행 중이었다. '인내'호의 함교가 상황실의 주 홀로그램 화면에 나타나 있었다. 승선한 사람들의 표정에는 걱정이 담긴 듯했지만, 다친 데는 없는 것 같았다. 지그문트는 호흡이 조금 편해지는 것을 느꼈다.

그는 탁자로 가서, 독단적이지 않으면서도 도움은 될 만한 차관 한 사람의 옆에 자리를 잡았다. 코린…… 뭐라 했더라? 나이가 들었어도 사람 이름을 잘 기억하지 못하는 것은 여전했다.

"여기요."

코린이 지그문트 앞에 설치된 개인용 화면을 켜 주었다.

"지금 이 링크로 실시간 중계 중입니다."

"고맙소."

지그문트는 지금까지 녹화된 영상을 앞으로 돌린 후에 필기록은 건너뛰면서 살펴보았다. 회의가 시작되고 시간이 좀 흘렀지만, 그중 상당 부분은 뉴 테라의 중력 특이점 가장자리에 있는 하이퍼웨이브 중계기와 뉴 테라 사이에서 광속으로 전파가 오고 가는 것을 기다리느라 지나갔기 때문에 그가 놓친 부분이 많지는 않았다.

다만 링월드가 사라지는 부분은 놓치고 말았다.

빠른 속도로 회전하는 안쪽 띠는 사라지지 않고 그대로 남아 있었다. 최대로 확대해도 판들이 함께 궤도를 돌고 있는 것처럼 보였지만, 네서스가 링월드를 탐사했던 바에 의하면 보이지 않는 가는 선들이 저 판들을 서로 붙잡아 주고 있다고 했다.

네서스는 그 구조물을 '차광판'이라고 불렀다. 그것들이 드리우는 그늘이 없다면 링월드에는 밤이 없이 낮만 끊임없이 이어졌을 것이다. 링월드 자체에 비하면 차광판들의 띠는 대단히 약해 보였다. 하지만 분명 믿기 힘들 정도로 강한 구조물임에 틀림없었다. 아니면 원심력 때문에 모두 갈가리 찢겨 나갔을 테니. 뛰어난 머리였다.

그러나 지그문트는 차광판에 들어 있다고 소문이 도는 다른 기술에 더 흥미를 느꼈다. 바로 태양열발전기와 막대한 수의 센서들이었다.

도널드 장관이 말을 하고 있었다.

"……스펙트럼을 전체적으로 꼼꼼히 조사해 본 후에, 우리 측의 과학자들이 몇 가지 이론을 제안했습니다. 우리는 그 이론들에……."

"잠깐만."

일단 말을 자른 다음, 지그문트는 카메라를 향해 몸을 돌렸다.

"급하게 물어봐야 할 게 있는데, 이 현상을 조사하러 온 다른 누군가가 있나?"

그리고 세 명 모두 안전한가?

하이퍼웨이브 중계기와의 광속 통신으로 지연이 일어났기 때문에 도널드 장관이 얼굴을 찡그릴 시간은 충분했다.

— 맞아요, 지그문트.

앨리스가 대답했다.

— 다른 이들도 있어요. 하이퍼스페이스 파문과 통신 잡음으로 판단건대, 우주선들이 아주 많이 있어요. 하지만 외계인의 언어라 그런지, 그냥 암호화되어 있어 그런지, 통신 내용은 파악할 수가 없네요. 지브스가 해독하려고는 하는데 아직은 운이 따라 주지 않는군요.

어쨌든, 우리가 가로챈 무선통신이나 하이퍼웨이브 통신 모두 아주 희미한 것을 보면, 근처에는 아무도 없는 것 같아요.

"상대론적 속도만을 고려했을 때의 얘기지."

지그문트가 말했다.

일 분 삼십 초 후 ─이 정도 통신 지연이면 근처의 우주선이 하이퍼드라이브로 이 광일이나 이동해 올 수 있는 시간이다!─ 그는 앨리스가 어깨를 으쓱이는 것을 보았다.

네서스가 카메라를 향해 고개를 돌리며 말했다.

─ 우리는 몇 분마다 하이퍼드라이브로 미세 도약을 하면서 계속 움직이고 있습니다. 미안하지만 이제 곧 도약할 시간이 되어서…….

홀로그램이 몇 초 동안 정지했다. 다시 실시간으로 영상이 돌아가기 시작했을 때는 네서스의 관심이 온통 자신의 계기판에 쏠려 있었다.

도널드 장관이 말했다.

"좋습니다, 지그문트 씨. 하던 말을 계속하자면……."

우주선들이라. 혹시 인간의 우주에서 온 것들이 아닐까? 그 오랜 시간이 지나고 이제야 드디어 지구로 돌아갈 수 있는 길이 열리려는 것일까?

하지만 평화적인 목적이라면 왜 그렇게 많은 우주선을 보냈겠는가? 만약 평화적 목적이 아니라면…….

"네서스, 그 우주선들은 어떤 종족 것이지?"

지그문트는 다시 말을 자르고 나섰다.

─ 훨씬 더 가까이 접근해 봐야 알 수 있습니다.

네서스는 대답한 다음, 다른 머리로 갈기를 비틀고 물어뜯었다. 분명 가까이 가고 싶지 않다는 의미였다. 어쩌면 위험을 피하려는 전형적인 퍼페티어의 행동에 불과한 것인지도 몰랐다.

　……아니면 앨리스와 줄리아가 ARM의 우주선을 발견해서 접촉할까 봐 망설이고 있는 것인지도.

　장관이 말했다.

　"얘기 다 끝났습니까, 지그문트 씨? 우리는 전례가 없던 사건을 조사하기 위해 우주선을 파견했습니다. 아마 다른 세계들도 그랬던 것 같군요. 적당히 조심만 하면 위험은 피할 수……."

　타조 같은 놈! 지그문트는 생각했다. 분리 정책을 고집하다가 역효과가 난 적이 있었던 것을 모른단 말인가?

　그런데 줄리아도 말을 하는 중이었다.

　— ……링월드가 떠난…… 무엇인지…… 일 광시 단위로…….

　"지브스, 줄리아 대위가 말한 내용을 처음부터 다시 들려줘."

　지그문트가 명령했다.

　— 예, 알겠습니다.

　회의실 AI가 대답했다.

　— 어쩌면 링월드가 사라진 이유에 대한 자료를 우리가 확보한 건지도 모르겠습니다. 링월드를 사라지게 만든 게 뭔지 밝혀낼 수 있을까 해서 일 광시 단위로 도약하면서 몇 광일 정도를 되돌아가 봤습니다. 그리고 링월드 주변에서 감마선 폭발이 몇 차례 있었다는 걸 알게 됐죠. 그중 일부는 아주 강력한 것이었습니다.

　"감마선이라고? 우주에 흔하디흔한 게 감마선 아냐?"

회의실 뒤쪽에서 누군가 투덜거렸다.

"감마선이 행성 주변에 있는 것도 봤나?"

도널드 장관이 생각 없는 보좌관에게 소리를 질렀다.

"지그문트 씨, 뭐 생각나는 거라도 있습니까?"

장관의 물음에 지그문트가 대답했다.

"반물질이오. 우리가 상상할 수 있는 가장 강력한 폭탄이지. 물질과 반물질이 만나면 남는 건 감마선밖에 없소. 링월드를 차지하려고 누군가 전쟁을 하고 있었다는 얘기로군. 우리가 '인내' 호를 전쟁의 구렁텅이 한가운데로 보내고 만 거요."

6

앨리스와 줄리아가 뉴 테라와 지루하게 이어지는 회의를 마무리 지으려고 애쓰는 동안 네서스는 우주선 조종에 집중하고 있었다. 반물질로 무장한 전함이라니! 반물질 앞에서는 제아무리 트윙이라 해도 휴지 조각에 불과했다. 천하의 GP 선체라도 반물질 탄환 앞에서는 무용지물이었다. 도대체 무슨 수로 그렇게 했는지는 알 수 없지만 링월드가 그렇게 꽁지 빠지게 달아난 것도 당연했다.

그리고 아주 다행스러운 일이었다.

두 사람이 그를 조종석에서 쫓아내리라는 생각만 들지 않았다면 네서스는 아마도 이미 '인내'호의 방향을 틀어 여기가 아닌 다른 어디로든 가고 있었을 테니.

그 대신 네서스는 혼란의 와중에도 우주선을 몇 분마다 계속 도약시키고 있었다. 이 일에는 놀라울 정도의 집중력이 필요했다. 지브스가 도약 시기를 제안해 줄 수는 있었지만, AI가 난수 패턴 발생에 사용하는 알고리즘이 ARM 우주선들이 사용하는 알고리즘과 유사할지도 모를 일이기 때문이었다.

어쨌든 지금 그가 사용하고 있는 패턴은 그들로서는 결코 예측할 수 없을 것이다.

지구가 세계 선단을 발견한 것은 그의 목적을 달성하는 데 도움이 되었다. 하지만 뉴 테라에 사람이 살게 된 배경인 그 옛날의 범죄를 지구가 알아낸다면? 그것은 네서스가 막아 내기 위해 평생을 애써 왔던 복잡한 문제이자 위기였다.

앨리스는 지구의 지도를 알아보았다! 그녀는 내뱉은 말실수를 감추려고 무엇이 자기의 눈을 사로잡았는지 말하지 않았지만, 네서스는 알고 있었다. 그는 앨리스가 바깥세상에서 왔을 것이라고 오랫동안 의심해 왔다.

하지만 그녀가 어디 출신이든, 어떻게 해서 뉴 테라로 오게 되었든 간에 지그문트 역시 그것을 비밀로 유지하고 있었다. 만약 앨리스가 우주선을 지구로 이끌어 갈 수 있었다면 벌써 오래전에 그렇게 했을 것이다.

— '인내'호의 위치가 발각될 수도 있습니까?

뉴 테라에서 누군가 물었다.

"스텔스 기능은 가동하고 있지만, 거기까지입니다. 우주선에서 방출되는 열은 감출 수 없으니까요. 적외선센서로는 우리가 보일 겁니다. 이 우주선의 동력 장치에서는 중성미자도 나오죠. 그리고 다른 우주선이 이 통신을 감지하면 추적하려 들 겁니다."

줄리아가 대답했다.

— 수동 센서의 영점 조정 상태를 좀 점검해 보죠.

줄리아의 암시를 못 알아들은 건지 무시하는 건지, 누군가가 말했다.

"다시 도약합니다."

네서스가 두 머리를 벌벌 떨며 알렸다. 아무래도 이제 곧 줄리아나 앨리스가 그 자리를 대신 맡아야 할 것 같았다.

"금방 돌아오겠어요."

앨리스가 카메라를 보며 말했다.

우주선은 삼 초 후에 하이퍼스페이스에서 빠져나왔다. 마지막으로 있었던 노멀 스페이스 위치에서 일 광시 떨어진 지점이었다. 네서스는 그다음 단계를 생각하느라 다시 이어지는 회의 내용은 듣는 둥 마는 둥 했다.

인간들은 수십 광년 떨어진 안전한 회의실에 엉덩이를 붙이고 앉아 끊임없이 질문만 해 대고 있었다. '인내'호가 중수소 탱크를 재충전할 수 있는 얼음덩어리가 근처에 있는가? 충전하는 데 얼마나 걸리겠는가? 탐사기를 추가적으로 더 배치할 계획인가? 기타 등등, 기타 등등.

그 와중에 지그문트는 근처의 다른 우주선들에 대한 얘기와 어떻게 하면 '인내'호가 ARM 우주선을 확인해서 접촉할 수 있을

지에 대한 얘기로 주제를 돌리려고 애쓰고 있었다. 도널드 장관은 숨어 있지 말고 뭐 좀 해 보자고 하면 '시기상조'라는 말만을, 접촉을 해 보자고 하면 '너무 위험하다'는 말만을 되풀이했다.

"도약을 준비합니다."

네서스가 다시 끼어들었다. 너무나 많은 위험. 너무나 큰 긴장감. 그는 끝없는 회의에는 신경을 꺼 버렸다. 그리고 '인내'호를 추적할지 모를 그 어느 우주선보다도 한발 앞선 상태를 유지할 수 있는 경로를 찾아내는 데만 정신을 집중하려 했다.

하지만 링월드에 대한 그 두렵고도 오랜 기억을 더 이상 부정하고 있을 수만은 없었다.

지구력 2851년

최후자의 대회의실. 네서스는 이곳을 눈으로 직접 보게 되리라고는 꿈에도 생각해 본 적이 없었다. 이제 그는 자기에게 쏟아지는 관심을 받으며 그 한가운데 있었다. 자기가 고집해서 제 발로 걸어 들어온 자리였다.

광기는 여러 형태로 나타난다.

매번 허스와 종족을 떠날 때마다 그는 스스로를 조증 상태로 끌어 올려야 했다. 하지만 격분에 휩싸여 협약체의 내부 밀실로 들어왔을 때는……?

집중해! 네서스는 스스로에게 명령했다. 그리고 숨을 크게 들이쉬며 회의실을 살펴보았다. 설치된 가구도 별로 없고 장식물 같은 것은 아예 보이지 않았다. 문들은 잠겨 있고 도약 원반도 없었다. 천장 전체가 하나의 조명판으로 되어 있어 아주 환했다.

최후자와 그 아래 장관들은 의자들을 서로 가깝게 붙인 채 엉덩이를 맞대고 앉아 있었다. 네서스의 진짜 접견자인 홀로그램도 자리 잡고 있었다. 그 가면 뒤에 숨은 자가 누구인지는 알 수 없었지만.

만약 그의 관찰과 추론이 크게 어긋난 것이 아니라면, 네서스는 아는 것이 거의 없는 상태에서 기나긴 추론 끝에 케이론이라는 가면 뒤에 숨어 있는 자에 대해 결론을 얻은 상태였다. 심지어는 네서스의 연인조차 이 추측에 대해서는 아무런 반박도 하지 않을 터였다.

하지만 이 결론을 의심을 하기에는 너무 늦어 버렸다. 새로 솟구쳐 나온 호르몬이 그의 피를 뜨겁게 덥히고, 일시적으로 끌어올린 조증의 도취 상태를 더욱 부추겼다.

최후자가 크고 분명한 목소리로 노래했다.

"회의를 시작하겠습니다. 우리 링월드 탐사대의 최후자가 접견을 요구했습니다."

네서스는 침착하게 입을 열었다.

"좋은 소식을 가지고 왔습니다. 제가 지구에 가서, 링월드 탐사를 함께할 두 인간과 크진인 한 명을 뽑아 왔습니다."

그리고 자기가 뽑은 대원들에 대해 극찬하기 시작했다.

그때 아킬레스가 끼어들었다.

"그들을 이곳으로 데려와 놓고도 좋은 소식이라는 겁니까? 그러는 바람에 세계 선단의 위치가 폭로되고 말았지 않습니까!"

"어쩔 수 없는 일이었습니다. 설명하지요."

네서스는 애석한 척하면서 잠시 두 머리를 떨구었다.

"제가 맡은 일이 어떤 건지 생각해 보십시오. 저에게는 자질을 갖춘 대원들이 필요합니다. 그들이 알려진 우주라 생각하는 영역의 경계를 훨씬 벗어난 곳을 탐사해야 하는 상황이니까요. 위험으로 가득한 탐사도 탐사지만, 그보다 먼저 그들은 실험용 우주선에 목숨을 내맡겨야 합니다. Ⅱ형 하이퍼드라이브가 '롱샷'호를 가득 채우고 있기 때문에 조종사들을 위한 공간도 거의 나오지 않았습니다. 따라서 조종사를 뺀 나머지 대원들은 자기들을 풀어 줄 거라 믿고 정지장에 들어가기로 동의해야만 하는 상황이지요."

"그거야 출발하기 전부터 분명하게 알고 있던 부분 아닙니까? 그런데도 당시에는 세계 선단의 위치를 알리겠다는 얘기는 하지 않았다는 거군요."

아킬레스가 노래했다.

할 수만 있다면 아킬레스는 링월드 탐사대의 지휘권을 빼앗으려 할 터였다. 네서스가 이루려 하는 모든 것을 수포로 돌아가게 만들 터였다. 네서스는 일이 그렇게 돌아가게 놔둘 수 없었다.

정찰대원은 시민들 사이에서는 찾아보기 힘든 자들로, 미쳤다 싶을 정도로 용감해야 했다. 아킬레스 또한 미쳤다 싶을 정도로 용감한 자였고, 경력 초기 한때에는 정찰대원이었다. 하지만 그는 강박적인 야망에 휩싸인 자였고, 또한 반사회적 인격 장애자였다. 그는 자신의 야망을 위해서 네서스를 죽이려고까지 했다. 자신의 야망을 위해 팩과 그워스를 모두 자극하고, 그 과정에서 용케 승리를 거머쥐기도 했다.

……일시적인 승리에 불과했지만.

다시 최후자가 되기 위해서라면 아킬레스는 그 어떤 짓도 서슴지 않을 터였다.

네서스는 다음에 노래할 화음을 신중히 골랐다.

"탐사대원들이 어떤 대가를 요구할지 제가 미리 알 수는 없는 노릇 아닙니까?"

"뭐 다른 것을 제안할 수도 있지 않았……."

"네서스의 보고를 끝까지 들으십시오."

케이론이 노래했다. 질책하는 듯한 그 소리에 아킬레스가 움찔하며 입을 다물었다.

네서스는 노래했다.

"그들은 대가의 일부를 '롱샷'호 자체로 지불해 줄 것을 요구했습니다."

두 장관이 깜짝 놀라는 소리를 냈다. 일부 장관들은 곁눈으로 케이론을 흘끗흘끗 쳐다보았다. 최후자를 비롯한 대부분의 시민들은 어떤 반응도 보이지 않기로 결심한 듯했다. 케이론이 제안한 탐사 프로그램은 언제나 감당할 수 없을 정도로 많은 비용이 들었다.

"그들이 왜 하필 '롱샷'호를 요구했습니까?"

케이론이 물었다.

실은 내가 제안한 거지. 네서스는 속으로만 중얼거렸다.

"그들에게는 자기네 세계를 이동시킬 기술이 없기 때문입니다. 그들의 종족이 이 새로운 하이퍼드라이브를 복제할 수만 있다면 언젠가는 은하핵 폭발을 피해 달아나는 데 아주 쓸모가 있을 거라고 생각하는 거겠지요."

그리고 내 대원들이 이 믿기 어려운 발견 소식을 자기네 고향에 들고 갔을 때 '롱샷'호를 보여 주면 그 발견이 사실임을 증명하는 데는 더 큰 쓸모가 있겠지.

아킬레스가 자리에서 목을 세우며 말했다.

"아주 어마어마한 지불을 요구했는데도 당신은 '롱샷'호를 그저 부분적인 지불 정도로 여기는군요. 그리고 아직 내 질문에 대답하지 않았습니다. 세계 선단의 위치를 왜 노출시킨 겁니까? 얼마든지 다른 곳에서 만나 '롱샷'호에서 탐사선으로 옮겨 탈 수 있었는데 왜 하필 이곳을 선택했습니까?"

그들은 문제의 핵심을 꿰뚫어 보았다.

네서스는 노래했다.

"이유는 간단합니다. 대가의 일부로 대원들이 시민의 고향 세계의 위치를 요구했습니다."

실제로 대원 중 하나가 그런 요구를 했다. 하지만 그도 오랫동안 세계 선단 위치의 비밀을 보호해 왔던 네서스가 애초부터 허스로 가는 길을 폭로할 계획을 세우고 있었으리라고는 의심조차 하지 않았을 것이다.

"이건 미친 짓입니다."

아킬레스가 갑작스럽게 터져 나온 충격의 불협화음을 뚫고 근엄한 억양으로 노래했다.

"모집한 대원들을 모두 없애야 합니다."

최후자가 네서스를 물끄러미 쳐다보았다.

"정말 다른 대안은 없었습니까?"

"없었습니다."

거짓말을 하면서도 네서스는 용케 단호하고 안정적인 화음을 유지할 수 있었다. 더 높은 수준에서 바라보면 그는 진실을 노래한 것이었다. 그가 한 행동은 결국 종족을 위한 것이었으니까.

내가 아킬레스처럼 정신병자가 된 것만 아니라면 말이지.

오랜 침묵 끝에 최후자가 슬픈 목소리로 노래했다.

"그들의 기억을 지우면 됩니다. 임무가 끝난 다음에 말입니다. 그런 전례가 있지 않습니까."

"기억 편집은 제가 계약한 내용에 위반됩니다."

네서스가 되받아 노래했다. 그는 있지도 않은 자신감을 쥐어짜 도망갈 준비를 하지 않는다는 자세로 발굽을 벌리고 섰다.

"제가 대원들에게 약속한 것들을 존중하겠다고 각료 회의가 확인해 주지 않는다면 저는 링월드로 가지 않겠습니다. 제 대원들도 저 없이는 가지 않을 겁니다."

네서스의 대담함에 장관 중 몇몇은 놀라서 눈만 깜박였다.

"우리는 이 놀라운 구조물을 탐험해야만 합니다. 거기서 배우게 될 것들을 상상해 보십시오."

케이론이 고집을 부렸다.

네서스는 케이론을 쳐다보지 않으려고 애썼다. 그에게 정찰이란 소수의 인원을 탐사라는 위험에 희생시킴으로써 종족 전체를 덮칠지도 모르는 예상치 못한 위험을 밝혀내는 행위를 말했다. 그런데 뭐라고? 호기심을 충족하기 위해 탐사를 나서야 한다고? 이곳에 있는 자들 중 누구도 '케이론'이라는 홀로그램 뒤에 숨어 있는 저 지능체가 시민이 아닐지도 모른다는 사실을 깨닫지 못한단 말인가?

케이론의 노래에 최후자는 놀랐다기보다는 더 슬퍼진 모습이었다.

"네서스, 당신 말대로 하지요."

마침내 최후자가 노래했다.

"외람된 말씀입니다만, 저는 각료 회의 전체의 동의를 요구하는 바입니다."

네서스가 되받아 노래했다. 당신을 말하는 거야, 케이론.

케이론이 높고 짧은 목소리로 노래했다.

"우리 시민은 상업적 계약을 존중하는 종족입니다."

그의 말에 대부분이 찬동을 표시했다.

"게다가 만약 필요한 경우가 생긴다면 우리는 스스로를 방어할 수 있습니다."

호기심에다가 무모함까지? 그워스다. 물론 증명할 수는 없지만, 분명 그워스의 집단 지성 중 하나이리라.

네서스의 앞에는 불분명한 미래가 펼쳐져 있었다. 링월드에 어떤 위험이 도사리고 있는지 알 수 없다. 그리고 밝혀질 시민의 비밀은 더욱 많이 남아 있다. 그 어두운 비밀들은 인간과 크진인이 함대를 이끌고 세계 선단으로 날아오게 만들 것이다. 물론 링월드 탐사에서 살아남는 자가 있을 때의 얘기지만.

시민들만의 힘으로는 절대로 케이론을 쫓아낼 수 없다. 하지만 어쩌면…… ARM이나 크진인이라면 가능할지도 모르지.

네서스는 간신히 제정신을 유지하고 있었다. 마침내 대회의실에서 물러나도 좋다는 허락이 떨어진 후 그는 대원들을 대기시켜 놓은 곳으로 돌아왔다. 대원들은 그가 도착하는 것을 알아차리지 못했다.

마지막 남아 있던 조종의 흔적이 네서스의 몸을 빠져나갔다. 그는 굽은 길을 따라 비틀거리며 걸었다. 나뭇잎이 바스락거리고 살짝 미풍만 불어와도 혼비백산해서 고개를 획획 두리번거렸다. 그가 비틀거리는 걸음으로 가까이 가며 들으니 대원들은 임무에 대해서 큰 소리로 이런저런 짐작을 내놓고 있었다. 네서스는 그들의 말에 귀를 기울였다.

그런데 그가 눈치채지 못하는 사이에 한 변태 같은 시민이 그를 따라왔다. 네서스는 반사적으로 소리를 꽥 지르며 공중으로 뛰어올랐다가 땅으로 떨어져서는 바짝 깎아 낸 목초지 위에서 공처럼 둥글게 몸을 말았다. 다 때려치우고 싶은 마음이 어찌나 굴뚝같은지…… 그것도 영원히!

대원들이 살살 구슬리자 그는 마지못해 현실로 돌아왔다. 그들은 네서스에게 어디에 있다 왔는지, 무엇 때문에 그렇게 놀랐는지 물었다. 인간은 섹스에 대해서는 아주 강박적이었다. 자신들의 섹스에 대해서만 관심이 있는 것이 아니라 무례하게도 다른 종족의 섹스에 대해서도 이것저것 추측하기를 좋아했다. 그래서 네서스는 이야기를 지어냈다. 링월드에 가는 대가로 짝을 붙여 주기로 했다고.

대원들은 이 거짓말에 만족했다. 진실을 말해 주느니 음탕한 소설을 들려주는 것이 나았다. 사실 그는 지금 대원들의 목숨, 자기가 아끼는 이들의 목숨 그리고 일조 명에 달하는 시민들의 목숨을 걸고 도박을 하고 있었으니까.

안개를 헤치고 가듯 네서스는 대원들을 데리고 주차장을 빠져 나왔다. 대원을 뽑기 위해 잠깐 지구에 다녀오는 동안 과학부 장관이 링월드로 탐사를 가는 데 필요한 우주선에 장비를 설치해 놓기로 되어 있었다.

이제 케이론이 대체 어떤 것을 제공해 주었을지 확인할 때가 되었다.

지구력 2893년

하지만 결국 크진인도, 인간도 세계 선단으로 달려오지 않았다. 아무튼 시민들이 실험당을 통째로 내쫓기 전까지는 그랬다. 실험당이 쫓겨나는 것을 케이론은 그냥 용인했다.

그렇다면 네서스가 자기 아이들과 달아난 후에는 전투 함대들이 모두 허스에 결집했을까? 그렇지도 않았다. 허스를 해방시키러 왔어야 할 병력은 그 대신 링월드로 날아갔다.

기억이 홍수처럼 넘쳐 나는 와중에도 하나의 가락이 네서스의 머릿속에서 고동치듯 계속해서 울렸다. 웅장한 무용극에 나왔던, 그가 무척 좋아하는 테마 음악이었다. 속으로 숨을 한 번 내쉰 이후에 네서스는 다시 '인내'호를 주변의 우주선들로부터 안전하게 유지하는 일에 정신을 집중했다. 멜로디가 머릿속에 강하게 울려 퍼졌다. 몇 마디 멜로디를 가로지르며 박자에 맞춰 소리가 흘러나왔다. 그의 입에서 나오는 신호였다.

네서스는 사람들에게 알렸다.

"이제 도약합니다."

7

최후자는 머뭇거리며 루이스 우가 잠들어 있는 방으로 갔다. 머지않아 오토닥은 루이스를 깨워 내보낼 것이다. 그가 자동 방출 장치의 작동을 중단시키고 루이스를 가사 상태로 붙잡아 두지만 않는다면…….

구불구불 이어진 터널이 최후자를 선체로 이끌었다. 선체의 표면 대부분은 GPC의 공장에서 막 나왔던 날만큼이나 투명하게 남아 있었다. 먼 곳에서 청백색의 핵융합 추진기 화염이 얼핏 보이자 발걸음이 빨라졌다.

그는 링월드로 돌아가 원소 변환 장치를 찾아내기 위해 첫 링월드 탐사의 생존자인 루이스를 납치했다. 루이스가 복수를 하려 든다 해도 그를 비난할 수 있을까?

하지만 그렇게 따지자면, 루이스도 그 거대한 인공 구조물이 궤도 안에서 불안정해지자 일부러 모두——지금은 링월드와 함께 사라지고 없는 크진인 크미*를 포함해서—— 의 발목을 붙잡은 적이 있었다.

선택의 여지만 있었더라면 최후자는 거기서 달아났을 것이다. 하지만 다른 선택의 여지가 없었기 때문에 개인적으로 커다란 위험을 무릅쓰면서 그들은 함께 루이스의 맹세를 지켜 냈다. 루이스가 한 원주민 여성에게 링월드가 태양과 충돌하는 것을 막아 수조 명의 목숨을 확실한 죽음의 문턱에서 꺼내 주겠다고 경솔하게 맹세했던 것이다. 어쩌면 그것으로 그와 루이스는 피장파장이라 볼 수 있을지도 모른다.

그것으로는 부족하다고?

그는 절망적인 타스프** 중독에 빠져 있는 루이스를 발견해서 치료해 주었다. 그리고 카를로스 우의 오토닥으로 루이스의 생명을 구해 준 것은 이번이 처음도 아니었다. 물론 그 첫 링월드 탐사 임무가 아니었다면 루이스는 애초부터 타스프 중독으로 괴로 워할 이유도 없었겠지만. 루이스에게 그 탐사를 명령한 자가 바로 최후자였다. 그가 루이스를 납치하지 않았다면 루이스가 오토

---

* 《링월드》에 동물 통역자로 나오는 크진인. 링월드 탐사의 성과를 인정받아 '크미'라는 이름을 갖게 되었다.

** 원격으로 뇌의 쾌락 중추에 전류를 유도해 주는 장치.

닥에 들어갈 일도 애초에 없었을 것이다.

그리고 최후자는 여전히 이 우주선을 직접 조종하기가 겁이 났다.

물론 쉽지 않은 결정이었다. 가장 좋은 대비책은 루이스가 오토닥에서 빠져나왔을 때 어떤 태도를 보이는지 살펴보는 것이었다. 최후자는 발걸음을 돌려 다시 '롱샷'호의 함교로 향했다.

그가 노래했다.

"보이스, 오토닥 룸에 원격으로 나타나게 해 줘."

— 시행했습니다.

보이스가 대답했다.

홀로그램이 오토닥 한쪽 위에 열렸다. 센서를 통해 기계가 부드럽게 웅웅대는 소리와 루이스의 가슴이 가볍게 오르내리는 소리가 들려왔다. 그렇게 최후자는 비교적 안전한 함교 안에서 루이스를 지켜보며 기다렸다.

오토닥의 투명한 돔 뚜껑이 천천히 열렸다. 완전히 회복되고 젊어진 모습의 루이스가 그 안에서 기어 나왔다. 홀로그램이 반기는 것을 보고 놀랐을지도 모르지만 루이스는 내색하지 않았다.

— 아픈 데는 없네.

그가 무덤덤하게 얘기했다.

"잘됐군요."

최후자는 말했다. 두 달 만에 공용어를 쓰려니 소리가 이상하게 들렸다. 단어들도 입에 잘 달라붙지 않았다.

― 저 물건에는 익숙해진 줄 알았는데…… 젠장, 머릿속이 이상해졌어!

"루이스, 그 기계가 당신을 양육자로 재건하리라는 사실을 몰랐습니까?"

― 그야 알고 있었지. 알고는 있었지만…… 머리가 멍해. 안에 솜이 가득 들어찬 것 같군. 수호자처럼 생각할 수 있었을 때는 머리가 시원시원하게 잘 돌아갔는데.

"오토닥을 수호자가 되는 쪽으로 설정할 걸 그랬군요."

이 말은 일종의 시험이었다. 만약 루이스가 수호자가 되는 쪽에 마음이 끌린다면 최후자는 보이스에게 명령해서 해치를 열어버릴 작정이었다. 그러면 루이스는 우주 공간으로 내동댕이쳐질 것이다. 만에 하나 상황이 그렇게 흘러간다면 최후자는 죄책감을 느끼게 되리라.

― 아니. 아니야.

루이스가 오토닥 뚜껑을 주먹으로 쳤다.

― 그 정도는 분명하게 기억해. 나는 양육자라야 해. 아니면 죽거나. 내가 수호자라면…….

그는 오토닥에서 갓 나온 사람의 넘치는 에너지를 억누를 수 없는지 계속해서 쓸데없는 소리들을 늘어놓았다. 최후자는 그냥 그러라고 놔두었다. 그러다가…….

"루이스."

― 왜?

"당신이 오토닥으로 들어간 후로 우린 움직이지 않았습니다.

지구 시간으로 두 달 전부터군요."

정확하게 말해 봐야 문제만 더 복잡해질 뿐이다. 사실 그렇게 멀리 움직인 것도 아니었으니까.

"우리 우주선은 우주 공간에서 열을 발산하고 있습니다. 머지 않아 변방 전쟁에 몰려든 자들이 우리의 존재를 알아챌 겁니다. 이 종족 저 종족 뒤섞인 저 폭도들이 우리를 추적해서 우주선을 빼앗는 일에 흥미를 느끼지 않겠습니까?"

그러니까 이 끔찍한 곳을 좀 벗어나게 해 달라고, 제발!

— 그렇겠지.

루이스가 말했다.

최후자는 그가 함교를 향해 가는 모습을 지켜보았다. 루이스 가 오토닥에 들어간 이후로 미로 같은 접근 통로가 훨씬 더 복잡 해졌다. 그래서 최후자는 홀로그램으로 그를 따라가며 제일 가까 운 선내 통신 스피커로 가끔씩 방향을 알려 주어야 했다. 함교로 들어오는 발소리가 들리자 최후자는 홀로그램 투사를 종료하는 화음을 노래했다.

루이스가 조종석에 털썩 주저앉아 하이퍼드라이브를 켰다. 함 교 스크린이 어두워졌다. 근처의 항성들을 가리키는 선들이 방사 상으로 켜진, 수정같이 맑은 구형의 질량 표시기가 회전하면서 새로운 경로를 보여 주었다.

방향이 그게 아닌데!

수호자가 된 루이스가 오토닥에 들어가는 것을 돕기 전에 최 후자는 이렇게 고백했었다.

'난 집home까지 이 우주선을 조종해 갈 엄두도 나지 않습니다.'

그때 루이스는 이렇게 물었다.

'캐니언이 아니라 홈Home으로 가자고?'

캐니언은 오래전에 최후자가 루이스를 찾아내서 납치했던 곳이었다.

'그렇습니다, 홈으로 가지요.'

최후자는 말을 고쳐 주고, 설명보다는 시치미를 뗐다.

'우리가 캐니언에 숨을 수 있을 거라고는 생각되지 않습니다. 너무 작으니까요. 하지만 홈이라면 괜찮을 겁니다. 그곳은 지구와 아주 비슷한 곳이지요. 놀라운 역사를 가진 곳이기도 합니다.'

루이스가 설정해 놓은 경로를 보니 그는 분명 집으로 간다는 소리를 인간의 행성인 홈으로 잘못 알아들은 듯했다. 하지만 최후자가 말한 것은 그냥 집이었다. 그가 마음을 두고 온 곳. 아주 다른 인간 세계에서 두 번이나 긴 유배 생활을 하고 그곳에 사랑하는 이들까지 남겨 두고 오니 이제는 뉴 테라가 마치 집처럼 느껴졌다. 원래 그는 루이스에게 뉴 테라로 날아갈 좌표를 줄 생각이었다.

그런데 그때 이런 생각이 들었다. 나에게 진정한 집을 딱 하나만 꼽으라면, 그곳은 바로 세계 선단이지. 어찌 보면 그는 늘 그런 생각을 하고 있었는지도 몰랐다. 그렇지 않고서야 '롱샷'호의 속도를 세계 선단의 속도와 같아질 때까지 올려놓을 이유가 무엇인가?

그리고 지난 몇 시간 동안은 함교 화면에서 마치 무언가 그의 관심을 끌려고 자꾸 소리를 지르고 있는 것 같은 기분이 들었다. 최후자는 무슨 일이 있어도 알아내고 싶었다. 대체 그것이 무엇인지…… 아니, 누구인지.

그는 말했다.

"루이스, 아무래도 돌아가야겠습니다."

| 재회: 지구력 2893년 |

1

앨리스는 함교 화면을 세세히 살펴보며 흥분과 불안을 동시에 느꼈다. 갈기를 물어뜯는 모습으로 짐작건대 네서스는 그런 양가적인 감정을 느끼는 것 같지 않았다. 줄리아가 어떻게 느끼고 있는지에 대해서는 판단이 서질 않았다.

지휘관에게 포커페이스는 훌륭한 자질이었다.

우주는 하이퍼웨이브 잡음으로 들끓고 있었다. '인내'호가 오래 숨어 있을수록 장비에 감지되는 하이퍼스페이스 도약 파문이 더욱 많아졌다. 이 우주선은 그녀가 활동하던 당시 국방부가 가지고 있던 그 어떤 것보다도 성능이 뛰어난 센서들을 싣고 있었고, 그들은 이미 센서들을 우주 공간에 폭넓게 흩어 놓은 상태였다. 앨리스가 아주 오래전 소행성대에서 자라던 시절의 기술과 비교해 보면 새로운 센서들은 마법이나 마찬가지였다. 트윙처럼 이 센서들도 팩의 도서관이 안겨 준 선물이었다.

앨리스는 쇠지레처럼 아주 길고 가는 우주선 한 척에 화면을 고정시켰다. 해상도를 최대로 올려 보니 그보다 작은 다트처럼 생긴 우주선들이 그 주위를 부산스레 움직이고 있었다.

"이런 우주선들이 아주 많이 보여요. 두 번째 유형은 두꺼운 렌즈처럼 생겼고, 세 번째 유형은 땅딸막한 원뿔처럼 생겼어요. 같은 형태들끼리 서로 몰려 있는 것 같은데. 어때요, 지그문트? 함대들일까요?"

— 거의 그렇다고 봐야지. 방어 대형인 것 같군. 적어도 어느 한쪽이 반물질 무기를 가지고 있다면 저런 대형이 이해가 되네.

지그문트가 일 분 삼십 초 후에 대답했다.

"그렇다면 대체 누구의 함대란 말입니까? 할아버지, 네서스, 혹시 아십니까?"

줄리아의 물음에, 네서스가 리듬에 맞추어 부드럽게 흥얼거리다 멈추고는 조종석 계기판에서 고개를 들었다.

"링월드는 사라졌습니다. 그 안에 내포되어 있던 위험도 사라졌지요. 하이퍼스페이스 파문의 미스터리도 풀렸습니다. 우리가 여기서 이렇게 꾸물거리고 있는 이유를 모르겠군요."

대화 주제를 바꾸려고 하는군. 앨리스는 눈치챘다. 그녀는 지그문트의 대답을 기다렸다. 마침내 지그문트의 대답이 도착했다.

— 내가 알려진 우주를 떠나던 무렵 ARM 우주선을 비롯해 대부분의 인간 전함은 GP 선체로 만들어져 있었지. 크진인의 전함도 마찬

가지였고. 물론 GPC는 알려진 우주에서 막 철수한 상태였지만…….

네서스가 한쪽 머리를 카메라로 향하며 말했다.

"누구의 함대인지 알지 못하는 상태에서는 일단 위험한 존재라고 생각해야 합니다."

퍼페티어는 참 신기한 생명체야. 앨리스는 생각했다. 그들은 호기심이라고는 모르는 존재였다. 그런데 네서스는 달아나고 싶어 안달이 났으면서도 경계 태세를 유지하고 있었다. 지그문트는 진짜 겁쟁이는 절대로 위험에 등을 보이며 달아나지 않는 법이라는 말을 했다. 네서스는 언제나 속내를 감추어 왔다는 얘기도……. 지금 이렇게 딴생각이나 하고 있을 때가 아니지. 늙으면 이렇다니까.

지그문트가 계속 얘기하는 중이었다.

— ……ARM 우주선이나 크진 우주선들은 내가 거의 틀림없이 알아볼 수 있어. GPC의 선체 공급이 중단되는 바람에 전함 설계자들이 효율성이 입증된 과거의 형태로 되돌아간 게 아닌가 생각되는군.

그는 이마를 찡그렸다. 앨리스가 너무나 생생하게 기억하는 모습이었다. 제일 가까운 친구로 매일 함께 일할 때조차 그녀는 무엇이 그를 저런 어두운 기분으로 내모는지 늘 이해할 수 있었던 것은 아니었다. 하지만 이번의 찡그림에는 그 어떤 미스터리도 숨어 있지 않았다. GP 선체는 그가 제일 심하게 집착하는 것들 중 하나였기 때문이다.

GP 선체는 나노 기술로 만들어 낸 거대한 하나의 초분자임이 밝혀졌다. 그 안에 삽입된 발전장치가 원자 간 결합을 엄청나게 강화해 주는 것이다. 그 숨겨진 핵융합 발전기만 무력화하면 우주선의 자체 기압만으로도 선체는 산산조각 나고 말 터였다.

물론 GPC는 이 점을 고객들에게 밝히지 않았다.

지구에서 살던 당시 지그문트는 퍼페티어가 자기들이 파는 '파괴 불가능한' 선체를 파괴할 수 있지 않을까 걱정했다. 그가 그런 걱정에 빠진 것은 당연한 일이었다. 하지만 그때만 해도 그것은 그저 편집증이 가져다준 걱정에 불과했다. 그러다 GP 선체가 실제로 파괴될 수 있음을 처음으로 알게 되었을 때 그는 아주 가까운 사람을 잃고 말았다. 잃었다는 것은 죽었다는 뜻이다. 그냥 사라져 먼 데로 가 버렸다는 얘기가 아니다. 앨리스는 오랫동안 마음속에 묵혀 두었던 비통함을 잠시 잊었다.

― ……길고 가는 우주선들을 보니 쥐고양이들과 치렀던 처음 두 번의 전쟁 기록에 남아 있는 ARM 우주선들이 생각나는군. GP 선체가 등장하기 전에 쥐고양이들은 지금 '인내'호에 보이는 것 같은 렌즈 모양의 우주선을 좋아했지. 아웃사이더의 하이퍼드라이브 기술을 향상시킬 수 있는 자는 없으니 아마 우주선을 근본적으로 새로 설계할 이유도 없었을 테고.

거기까지 말하고, 지그문트는 재빨리 덧붙였다.

― 아니면 GPC가 '롱샷'호에 사용된 훨씬 더 빠른 하이퍼드라이브 기술에 통달하게 됐거나.

이 말에 네서스가 몸서리를 쳤다.

"아닙니다. 적어도 내가 허스에 살고 있는 동안에는 그런 일이 없었습니다. 내가 아는 한에서는 '롱샷'호가 그 기술이 적용된 유일한 우주선입니다."

"쥐고양이라고 하셨습니까?"

줄리아가 물었다.

네서스가 한 타래의 갈기를 비비 꼬며 말했다.

"스스로를 크진인이라 부르는 외계인들을 일컫는 비공식적인 명칭입니다. 생기기는 고양이라는 지구 동물처럼 생겼는데, 쥐라는 다른 지구 동물처럼 꼬리에는 털이 없다고 해서 붙은 별명이지요."

지그문트의 얘기에 따르면 크진인은 아주 커다란 고양이였다. 키가 이백오십 센티미터 정도나 되는, 두 발로 선 호랑이와 비슷했다. 크진인은 자신의 사냥감을 먹어 치웠다. 지그문트가 어렸을 때 그의 부모도 거의 틀림없이 크진인에게 잡아먹힌 듯했다. 이런 점을 생각하면 지그문트를 조금은 이해할 수 있을지도……. 그렇다고 앨리스가 그를 용서한 것은 아니었다.

"그럼 원뿔 모양의 우주선은 뭐죠? 그런 우주선들도 아주 많습니다."

줄리아가 물었다.

─ 저건 나도 모르겠군. 네서스, 너는 알겠나?

지그문트가 질문을 돌렸다.

두 목청으로 흥얼거리던 네서스가 한쪽 목청으로만 흥얼거리며 나머지 목청으로 말했다.

"나도 모르겠습니다, 지그문트. 저것 때문에 무섭군요."

퍼페티어에게는 무섭지 않은 것이 없었다. 하지만 세 번째 함대를 알아보지 못했다는 네서스의 말을 앨리스는 믿을 수 없었다. 내가 네서스의 몸짓을 읽은 건가? 아니면 지그문트의 의혹을 따라가고 있는 건가?

— 아무래도 이 부분은 말하고 넘어가야겠군. ARM은 지구 정부의 군대야. 지구는 인간의 행성이지. 인류의 고향 세계라고. 오랫동안 잃어버리고 있었던 뉴 테라의 뿌리란 말이야. 그들과 꼭 접촉해야 해.

지그문트의 말에, 도널드 장관이 따지듯 나섰다.

— 아무것도 할 필요 없습니다. 우리 우주선은 수백…… 아니 어쩌면 수천 척의 우주선 중 하나에 불과합니다. 지그문트 씨, 당신은 조심성을 좀 배워야 할 것 같군요.

그는 잠시 말을 멈추고 턱을 문지르며 생각에 잠겼다.

— 어쩌면 '인내'호가 집으로 돌아와야 한다는 네서스의 말이 맞을지도 모르겠습니다.

— 그게 무슨 말도 안 되는 소리요!

지그문트가 소리쳤다.

— 까마득한 옛날의 우주선 설계에 대한 희미한 기억만 믿고 대원들의 안전을 위험에 빠뜨릴 생각은 없습니다. 이 세계의 안전이 걸린 문제라면 더더욱 그렇죠. 알아들었나, 대위?

"알겠습니다, 장관님."

줄리아가 지그문트의 고뇌에 찬 시선을 피하며 대답했다.

이렇게 멀리 와서, 이렇게 가까워졌는데……. 앨리스는 가슴 한쪽이 무너지는 것 같았다.

줄리아가 말을 이었다.

"하지만 지금까지 해 온 것처럼 계속 도약하면 연료가 많이 소모됩니다, 장관님. 우선은 장거리 비행에 필요한 연료를 재충전하는 데 노력을 집중하겠습니다. 외계인 우주선들과 안전한 거리를 유지해야 하기 때문에 중수소 충전에 아무래도 시간이 좀 걸릴 것 같습니다. 다른 하실 말씀이 있습니까? 아니면 이제 출발해도 되겠습니까?"

— 진행하게, 대위. 할 말은 다 전했네.

통신이 끊겼다. 앨리스는 불 꺼진 통신 제어반에서 차마 눈을 뗄 수 없었다. 이렇게나 가까워졌는데…….

줄리아가 함교를 건너와 그녀의 어깨에 손을 얹으며 말했다.

"제가 며칠 정도는 시간을 끌 수 있습니다. 원하는 걸 한번 찾아보십시오."

결국에는 모든 것이 팩의 암호해독 소프트웨어 문제로 귀결되었다.

앨리스로서는 인정하기 싫었지만 도널드 장관의 말이 맞을지도 몰랐다. 이백 년이나 지난 지금 지그문트가 지구의 전함을 알아볼 수 있다고 어느 누가 장담할 수 있겠는가? 어쩌면 또 다른 종족이 독립적으로 똑같은 기본적 형태를 사용하게 되었을지도 몰랐다. 어쩌면 저 지렛대 모양의 전함들은 정말로 오래전 설계를 따라 제작된 지구의 우주선인지도 모른다. 다만 아주 오래전에 다른 누군가에게 팔린 것일지도…….

네서스가 저렇게 몇 가지 멜로디를 한꺼번에 지긋지긋하게 흥얼거리고 있지만 않아도 머리가 제대로 돌아가 줄 것 같은데.

팩은 암호해독의 귀재였다. 앨리스는 과연 팩이 자기네 최고의 해독 알고리즘을 도서관에 실어 놓았을지 의심이 들었다. 결국 모든 씨족들은 서로 적대적인 관계였고 감추고 싶은 비밀이 있었을 텐데. 하지만 팩의 도서관에는 그 원리가 되는 수학만큼은 풍부하게 있었다. 앨리스가 팩의 알고리즘을 지그문트가 '비밀의 산타'라고 부르는 비밀 장소에서 가지고 온 것은 도널드 장관도 알지 못했다.

하지만 뛰어난 해독 기법을 가지고 있다는 것만으로는 충분치 않았다. 실제로 ARM의 우주선이 저기 와 있다고 가정해 보자. 그 승무원들은 어떤 언어를 쓸까? 원어를 이해 못한다면 그 암호문을 해독하는 것은 거의 불가능했다.

네서스는 인간의 언어를 알고 있었다. 뉴 테라의 영어만 알고 있는 것이 아니었다. 하지만 성대가 하나밖에 없는 인간은 그 누구도 퍼페티어의 언어를 흉내 낼 수 없었다. 그래서 네서스는 지그문트와 처음 지구에서 만났던 때, 공용어를 사용했다. 그리고 위험한 링월드 탐사에 나설 대원을 뽑으러 지구에 가 있는 동안 그보다 최근에 사용된 방언에도 통달했을 것이 분명했다. 또한 소위 '영웅의 언어'라고 불리는 크진인의 언어도 익혔을 가능성이 컸다. 하지만 네서스는 원래 성격적으로 자신의 전문 지식을 나누려 하지 않았다.

'인내'호에 퍼페티어 언어 통역기만 있었다면 그런 태도는 문제가 되지 않았을 것이다. 퍼페티어에게는 효과적인 통역 소프트웨어가 있었다. 하지만 그것은 퍼페티어들이 자기네 기술 중에서도 가장 통제를 심하게 하는 영역 중 하나였다. 자연언어 처리 소프트웨어는 거의 AI에 가까웠고, 퍼페티어들은 자신의 뒤를 노릴 후계자를 만드는 위험을 무릅쓸 이유가 없다고 생각했다. 그래도 필요 때문에 어쩔 수 없이 정찰용 우주선에는 통역기를 싣고 다녔다.

하지만 독립하고 난 후에 뉴 테라가 그대로 보유할 수 있도록 허가받은 우주선 중에는 통역 소프트웨어를 탑재한 것이 하나도 없었다. GPC의 통상 대표들이 알고 있는 외계 언어들에 대한 기록도 뉴 테라에서는 전혀 발견되지 않았다. 갖은 애를 다 써 보았지만 지그문트도 이 정보를 훔쳐 내는 데는 성공하지 못했다.

지브스가 말하는 영어는 램스쿠프 우주선 '긴 통로'호가 오백 년도 전에 태양계를 출발했을 때 사용되던 영어였다. 앨리스는 AI에게 소행성대에 살던 시절의 스팽글리시를 가르쳤다. 지그문트가 지브스에게 좀 더 최근에 사용된 공용어를 가르치기는 했지만 그것 역시 낡은 언어였다.

그동안 지구에서 사용된 언어들은 얼마나 달라졌을까?

끝없이 이어지는 메시지의 흐름 속에서 지브스가 메시지 몇 조각을 빼내는 일도 있었다. 그리고 가로챈 메시지의 일부를 해독해 낸 것 같기도 했지만, 아무짝에도 도움이 되지 않았다. 결정적인 단서가 보이지 않았다. 동영상이 없었다. 인간이 근처에 와 있는지만 알 수 있다면 일이 쉽게 풀릴 텐데……. 지브스가 애쓰고 있었지만 앨리스가 작업할 수 있는 것이라고는 개별적인 단어들과 우주선 간 문자메시지에 흩어져 있는 짧은 문구들밖에 없었다. 그렇게 해독된 내용들도 엉터리일 가능성이 농후했다.

줄리아는 며칠이라고 했다. 앨리스는 절망감에 빠지지 않으려고 애썼다. 하지만 어떻게 며칠 만에 그 일을 해낼 수 있을까? 어쨌거나 지금으로써는 노력을 집중하는 수밖에 없었다.

해독한 단어들 중에 사람의 이름으로 짐작되는 것이 있었다. 지브스가 통사론을 적용해서 추론해 냈다고 했다. 지구 기준으로 보면 아주 흔한 이름이었다. 그리고 아주 익숙한 이름이기도 했다. 앨리스는 속으로 웃었다. 그녀가 알기로 '우Wu'는 크진인의 언어에서 간식거리를 의미하기 때문이었다.

하지만 도박을 해 볼 가치는 충분했다.

그녀는 말했다.

"지브스, 전체 처리 용량의 십 퍼센트를 '코알라'라는 발원지에서 오가는 메시지를 해독하는 데 투입해."

2

— 내가 원하는 게 뭔지 이해하겠습니까?

호라티우스가 물었다. 멜로디로 짐작건대 그것은 사실 질문이 아니었다.

"네, 최후자님."

아킬레스는 말했다. 최후자라는 말이 목구멍에 걸려 잘 나오질 않았다.

― 좋습니다.

마침내 대답이 도착했다. 허스와 NP_1 사이에서 광속 통신으로 인해 일어나는 지연 시간은 몇 초에 불과했다. 대부분의 지연은 최후자가 짜증 나게도 습관처럼 뜸을 들이며 말하는 바람에 생기는 것이었다.

― 그러면 이 문제에 대한 보고를 기다리고 있겠습니다.

의례에 따르면 통신을 끊을 권리는 최후자에게 있었다. 아킬레스는 이를 악문 채 기다리고 또 기다렸다.

― 고맙습니다.

호라티우스가 마침내 말했다. 상태 표시등이 꺼지며 그의 영상이 정지했다.

"그러면 이 문제에 대한 보고를 기다리고 있겠습니다."

아킬레스는 호라티우스의 말투를 비꼬듯 흉내 냈다. 그에게는 농작물 생산 같은 사소한 일보다 훨씬 더 중요한 문제가 있었다. 최후자 역시 그쪽에 더 신경 써야 마땅했다.

최후자는 무슨 얼어 죽을!

아킬레스는 계속 투사되고 있는 정지 영상을 바라보며 얼굴을 찡그렸다. 황갈색 가죽―불행하게도 그의 가죽에 있는 하얀 무늬는 보기 좋은 얼룩무늬가 아니라 줄무늬에 가까웠다―에, 야위었지만 건강한 체격, 깜짝 놀랄 정도로 키가 큰 호라티우스는 최후자라는 직함에 어울리는 잠재적 외모를 지니고 있었다.

하지만 제멋대로 뻗친 저 갈기는 대체 뭐야? 게다가 너무 번득

거려. 저런 갈기는 윤기를 죽이고 부드럽게 잘 길들여야지. 보수당이니까 땋은 갈기와 구불거리는 갈기 사이로 짙은 녹색 보석을 달고 다니는 건 그래도 봐 줄 만하군. 하지만 저런 보석에는 녹색 장식 띠가 훨씬 더 잘 어울리는데 그걸 몰라?

"영상 재생 종료."

아킬레스는 부드러운 쿠션 더미에서 일어나 털가죽을 빗질하고, 직함 장식 띠를 똑바로 펴고, 갈기에 달린 주황색 석류석으로 만든 장식 고리 몇 개를 바로잡았다. 그는 자기를 꾸미는 법을 잘 알았다.

그의 개인실 밖에는 경비병들이 대기하고 있었다. 아킬레스가 문을 쾅 열면 그들은 모두 뻣뻣한 차렷 자세로 변했다. 보좌관, 보조원, 부관, 그 이하 모두들 하던 일을 멈추고 그의 명령에 귀를 기울였다.

수석 보좌관이 그에게로 달려왔다. 충성스럽고 믿을 만한 베스타였다.

"각하, 농장 관리자가 약속에 맞춰 와 있습니다."

미묘하게 녹아 있는 화음을 들어 보니 막 도착했다는 소리는 아닌 것 같았다. 아무래도 아주 오랫동안 기다리게 한 듯싶었다.

안됐군. 아킬레스는 아직도 자신이 마땅히 차지해야 할 자리를 되찾을 날만 기다리고 있었다. 호라티우스처럼 가식덩어리 멍청이가 최후자가 되었다는 사실은 견디기 힘들었다. 아킬레스는 다짐했다. 언젠가 올트로에게 변화가 필요하다는 사실을 깨닫게 해 주리라. 나를 제자리로 되돌려놓도록.

그 행복한 날이 올 때까지는 NP_1을 통치하면 된다.

"알겠습니다. 방문객에게 내가 곧 간다고 알려 주십시오."

아킬레스가 문을 향해 걸음을 옮기자 베스타, 비서 하나, 경비 병들이 재빨리 대형을 갖추어 그를 따랐다. 대리석에 부딪치는 발굽 소리가 울려 퍼졌다. 베스타가 자기 통신기로 조용히 대화를 나누는 가운데 그들은 열을 지어 방을 빠져나갔다. 나머지 보조원, 잡부, 하인 들은 다시 각자의 일로 돌아갔다.

도약 원반을 이용하면 더 빨리 갈 수 있지만 그렇게 해서는 저택을 가로질러 거니는 것만큼 만족스럽지가 않았다. 아킬레스는 이 저택을 허스에 있는 최후자의 관사보다도 더 웅장하게 짓게 했다. 저택만 웅장하면 뭐 하나? 아킬레스는 하루빨리 최후자의 관사로 되돌아갈 날만을 손꼽아 기다렸다.

그와 수행들은 널찍한 홀을 지나고 돔이 있는 원형 건물을 가로지른 다음, 밖으로 나와 웅장한 돌기둥이 지붕을 떠받치고 있는 산책로를 따라 걸었다. 미풍의 기운이 기후 역장을 통과해 들어왔다. 그의 저택은 산악 바위 꼭대기 높은 곳에 자리 잡고 있었고, 계곡의 전망이 기가 막혔다.

호라티우스, 너는 여기 이 집이나 가져라.

그들은 산책로 끝에 있는 알현실 현관에 도착했다.

"각하, 어서 오십시오."

불안한 모습의 방문객이 인사를 하려고 머리 한쪽을 쭉 폈다. 아킬레스는 그 동작의 의미를 너무나 잘 알면서도 그대로 무시해 버렸다.

"베스타, 자리를 좀 비켜 주겠습니까?"

베스타가 휴대용 컴퓨터를 흔들어 문을 열더니 그와 탄원자를 남겨 두고 나갔다.

아킬레스는 정성스럽게 천을 댄 키 큰 의자에 걸터앉았다. 방문객은 불편해하는 모습으로 훨씬 짧은 접대용 의자 중 하나를 골라 앉았다. 실험당의 유행을 적절히 따른 자라면 그도 인간의 신화에서 이름을 하나 따왔을 터, 시골 냄새가 나는 투박한 신의 이름일 것이다. 아킬레스는 그 이름을 기억해 냈다.

"오늘은 무슨 일로 왔습니까, 에우노미아?"

"각하, 이렇게 시간을 내 주셔서 감사합니다. 그러니까…… 기술적인 문제가 생겨서 찾아왔습니다."

"무언가 불만족스러운 부분이 있나 보군요?"

불만에서 한 걸음만 나가면 비난이 된다. 과연 이자가 그런 위험한 길을 따를까?

"걱정되는 부분이 있습니다. 비료 할당 문제에 대해 다시 검토해 주십사 부탁을 드리려고 왔습니다."

"할당이 뭐가 어떻다는 겁니까?"

아킬레스의 말투에 에우노미아가 깜짝 놀라 몸을 움츠렸다.

"농작물이 한창 자라는 시기인데 저희 농장은 요구한 만큼 비료를 받지 못했습니다."

"그리고 또?"

"곡물 수송선에 좀 더 편리하게 접근할 수 있는 방법이 없을까 해서……."

아킬레스는 양쪽 머리를 높이 치켜들고 무례한 탄원자를 냉랭한 눈빛으로 내려다보았다.

　"그러니까 보잘 것도 없는 당신의 농장이 정당한 대우를 못 받고 있다 이 말이로군요?"

　"절대 아닙니다, 각하. 당연히 정당한 대우를 받고 있지요. 다만……."

　에우노미아가 말끝을 흐렸다. 자기 불만을 달리 어떤 방식으로 표현해야 할지 막막한 듯했다.

　아킬레스는 따지듯 말했다.

　"정당한 대우를 해 주고 있는데도 수확량이 어찌 될지 걱정이 된다는 말인데, 아마 나나 내 직원들이 뭘 제대로 알기는 알고 일하는 건지 의심스러운가 보지요? 아니면 우리가 보고 내용에서 제대로 된 결론을 이끌어 낼 능력도 없다고 생각하는 겁니까?"

　"아닙니다, 무슨 말씀을! 절대로 아닙니다, 각하."

　"그럼 뭡니까?"

　"다시 말씀드리자면…… 혹시나 이번 수확이 할당량에 못 미칠까 걱정이 돼서 말입니다."

　에우노미아가 잠시 뜸을 들였다. 아킬레스는 기다렸다. 에우노미아가 더욱 불안하고 확신이 없는 모습으로 계속해서 말했다.

　"그래서 혹시나 가능하다면……."

　"골치 아픈 문제에서 벗어나고 싶습니까? 그러면 막중한 책임이 따르는 자리를 버리고 마음 편한 자리로 물러나는 것이 어떻습니까?"

다른 말로 하자면, 네 부하가 지금의 네 자리에 올라 네가 그동안 누리던 특혜를 누리는 동안 넌 해 뜰 때부터 해 질 때까지 농장에서 뼈 빠지게 일해야 한다는 소리지.

에우노미아가 움찔했다.

"어떻게든 수를 내 보겠습니다, 각하."

이것은 아킬레스가 오랫동안 갈고닦은 방법이었다.

시민은 너무나도 사회적인 존재이니 혼자 고립시켜 둔다. 스스로에 대해 자신감을 잃게 만든다. 특권을 잃게 될지도 모른다는 암시를 준다. 그다음에는 살짝 풀어 준다. 아주 살짝만. 희망을 가져야 할 이유를 만들어 준다. 의존적으로 만든다. 감사하는 마음을 갖게 한다. 사회 전체와 맺어져 있던 결속 관계를 그와의 개인적 유대로 대치하게 한다. 이 과정을 필요한 만큼 반복한다.

"그런 걱정거리가 있는지는 몰랐군요. 말하기를 잘했습니다."

아킬레스는 달래듯 노래했다.

"노동력을 보강해 주면 어려움을 해소하는 데 도움이 되겠습니까?"

에우노미아가 동의의 표시로 두 머리를 격렬하게 위아래로 까딱거렸다.

"물론입니다, 각하."

그는 일자리와 특혜를 그대로 유지하고, 수고스럽게 이곳까지 찾아온 것에 대해 적어도 생색은 낼 수 있을 정도의 성과를 안고 돌아가게 될 터였다.

"일손이 늘어나는 것만큼 큰 도움은 없을 겁니다."

잘됐군. 아킬레스는 생각했다.

NP_1은 허스 고대 생물군의 대피소 역할과 고급 식량을 생산하는 일 말고도 시민들 중 반사회적 존재들을 위한 쓰레기 하치장 역할도 하고 있었다. 재교육 캠프에서 갱생되었다는 자만 몇 명 데려다주면 에우노미아는 고맙다며 고개를 조아릴 것이다. 일 조에 달하는 허스 거주민 가운데에는 이곳에 자리 잡을 부적응자, 외톨이 들이 언제라도 대기 중이었다.

나도 한때는 이 세계로 유배당한 적이 있었지.

억류된 인력을 마음대로 굴릴 수 있다는 것은 무척 도움이 되는 부분이었지만, 올트로가 이 세계를 통치하도록 자신을 배정했다는 사실을 떠올릴 때마다 아킬레스는 괴롭지 않을 수 없었다. 그것은 네 처지를 잊지 말라는 올트로의 노골적인 경고였다.

"감사합니다, 각하. 절대로 실망시켜 드리지 않겠습니다."

에우노미아가 안도의 한숨을 내쉬며 떠나려고 자리에서 일어났다. 아킬레스 역시 자리에서 일어나 탁자를 돌아 나왔다. 이제야 그도 목 한쪽을 뻗었다. 머리를 비비며 그는 상대가 안도감으로 몸을 떠는 것을 느꼈다. 에우노미아는 두 머리를 아래로 내리깔고 복종과 존경을 드러내며 거의 기다시피 알현실을 나갔다.

오랜 기간 동안 여러 가지 일을 하면서, 심지어 세계를 달리하면서까지 아킬레스는 수많은 이들이 자신을 따르게 길들여 놓았다. 오늘도 역시 이 방법은 효과를 보았다. 이 방법은 거의 언제나 효과가 있었다. 감수성이 예민한 젊은이들에게는 더더욱.

그럼에도 불구하고 아킬레스는 스스로에게 화가 나서, 웅장하게 땋아 치장한 갈기 한쪽을 잡아당겨 풀어 버렸다. '언제나'가 아니라 '거의 언제나'였기 때문이다.

실패한 적이 한 번 있었다. 그리고 그 실패가 결국 그에게는 재앙이 되었다. 장래가 유망했던 추종자가 배신자가 되어 버린 것이다. 아킬레스의 장대한 계획을 매번 부정하고 방해하는 천적이 되어 버린 자.

빌어먹을 네서스. 그리고 그 애인 놈……

지구력 2828년

"설마 진심은 아니겠지요!"

아킬레스가 노래했다.

— 진심입니다.

케이론이 대답했다. 확고한 명령조의 화음이 울려 퍼졌다. 케이론은 결코 시민의 심리에 담겨 있는 모든 뉘앙스에 통달할 수 없겠지만 시민의 언어와 몸짓에 담긴 미묘한 느낌을 살리는 데는 상당히 능숙해져 있었다. 허스와 NP_5 사이의 통신 지연이 그의 침착함을 더 두드러져 보이게 했다.

"당신이 세계 선단에 있는 것도 다 내가 당신을 이곳으로 데려와 준 덕분 아닙니까?"

아킬레스는 두려움을 보이지 않으려 필사적으로 애쓰며 목소리를 차분히 유지했다.

— 내가 이곳에 와 있는 건 당신이나 당신 전임 최후자에게 다른

선택의 여지가 없었기 때문입니다. 지금도 선택의 여지는 없습니다.

복종하지 않았다가는 그 대가로 세계들이 모두 산산조각 날 테니까.

"내가 당신을 잘 섬겨 오지 않았습니까?"

— 전임 최후자도 자기 자리를 되찾으면 나를 잘 섬기겠지요.

속죄의 섬에 있는 경비병들은 모두 충성스러웠다. 잠시 아킬 레스는 자신의 라이벌이 불행한 사고를 당한 것처럼 꾸미라는 명 령을 내릴까 생각해 보았다. 하지만 그것도 잠시. 아무리 충성스 러운 자들이라 해도 시민을 죽일 배짱이 있을지는 확신할 수 없 었다.

"그러면 좋을 대로 하십시오. 그자가 갱생됐다고 공식적으로 선포하겠습니다."

— 그래야지요. 그리고 당신은 공직에서 사임하고 그를 공개적으 로 지지하십시오.

아킬레스의 입에서 무심코 화음이 흘러나왔다.

"아니, 왜……?"

다시 한 번 통신 지연, 침착의 시간 그리고 확고한 명령조의 화음이 울려 나왔다.

— 내가 당신의 터무니없는 속임수들을 일일이 찾아내서 막아야만 한다는 사실이 지겨워졌기 때문입니다.

"당신은 그자를 더 신뢰한다는 말입니까?"

— 나는 시민을 신뢰하지 않습니다. 그는 오랜 세월 허스와 권좌를 떠나 있었으니 아무래도 당분간은 새로운 꿍꿍이를 꾸미기 힘들 거

라 생각하기 때문입니다.

"그자가 꿍꿍이를 꾸미지 못하게 막을 시민이 나 말고 또 누가 있습니까?"

아킬레스는 간절하게 노래했다. 정부에서 어떤 자리든 꿰차고 있지 않았다가는 이제 곧 속죄의 섬에 생길 공석이나 메우게 될지도 모를 일이었다.

이번의 침묵은 그 어느 때보다도 길었다. 침묵이 점점 길어지자 아킬레스는 자기가 너무 대들었나 걱정이 되기 시작했다. 갈기를 물어뜯고 싶어 미칠 것 같았다. 도망가고 싶은 생각에 다리가 후들거렸다. 하지만 권력을 뺏기고 나면 세계 선단에 안전한 곳은 존재할 수 없었다.

케이론이 자기 두 눈을 마주 보며 말했다.

— NP₁으로 가십시오. 가서 그곳을 통치하십시오. 그러면 최후자의 각료 중 하나로 계속 남아 있게 될 겁니다.

"말씀대로 하겠습니다, 케이론."

물론 이 웃기는 일을 되돌려놓을 때까지만.

지구력 2893년

아킬레스는 파고드는 침울한 생각을 고개를 저어 떨쳐 냈다. 그리고 흔들림 없는 눈빛과 확고한 발걸음으로 알현실을 나왔다. 수행원들이 그의 주위로 모여들었고, 아킬레스는 그들과 함께 저택을 가로질러 갔다. 다시 경비병들을 근무 초소에 남겨 둔 채 그는 개인실로 돌아왔다.

아직 그가 권력을 완전히 되찾은 것은 아니지만, 그의 적들은 모두 권력을 잃었다. 링월드 탐사가 재앙으로 끝난 후에 대중이 들고일어나 실험당을 권력에서 몰아낸 것이었다. 물론 그 역시 점잖고, 질서 정연하고, 슬로모션처럼 느린 합의 과정을 통해 이루어진 것이었지만.

잠시 후, 아킬레스는 가장 최근에 최후자 자리를 넘보는 일에 끼어든 보수당 당수 호라티우스가 최후자를 배후에서 조종하는 존재가 올트로란 사실을 알고 놀라는 모습을 바라보며 마음의 위안을 얻었다.

3

돌아가자니?

'롱샷'호가 하이퍼스페이스를 거의 분당 일 광년의 속도로 날아가고 있는 상태라 루이스도 감히 질량 표시기에서 눈을 뗄 수 없었다. 그는 최후자가 지금 제정신이 아닌 거라고 생각했다.

"달아나고 싶어 하는 거 아니었나? 홈으로 가려는 건 줄 알았는데."

"문제가 복잡합니다, 루이스."

"긴장 풀어. 몇 시간이면 거기 가 있을 텐데 뭐가 문제야?"

"이렇게 빠른 우주선이 있는데 조금 지연된다고 달라질 게 있겠습니까? 돌아가지요."

질량 표시기의 투명한 구체 안에서 파란 선들이 게걸스럽게 그를 향해 손을 뻗고 있었다. 각각의 선은 근처 항성이 미치는 중력의 영향을 나타냈다. '롱샷'호가 그중 어느 하나에라도 가까이 접근했다가는…… 그 이후의 일은 그도 알지 못한다. 루이스가 하이퍼드라이브에 대해서 들은 것이라고는 링월드를 탈출하려고 하이퍼드라이브를 이용하면 재앙이 닥칠 것이라는 경고밖에 없었다. 그럼에도 불구하고 그들은 멀쩡히 살아남았다. 수호자였을 때는 그 이유를 이해할 수 있었지만 평범한 늙은이인 지금은? 그 곡예 속에서 살아남을 수 있었던 이유를 짐작조차 할 수 없었다.

그는 조종 장치로 방향을 틀어 돌진하는 항성을 비스듬히 지나쳤다. 그리고 또 하나의 항성과 그 바로 뒤에 숨어 있는 노란색, 주황색의 쌍성 사이를 바늘구멍 통과하듯 빠져나가도록 경로를 재설정했다.

"루이스?"

"돌아가야 할 이유를 하나라도 대 봐."

"출발하고 곧바로 알아차린 게 있었습니다. 아니면 뭔가 기억났다고 해야 할까, 내가 몇 시간째 지켜보고 있었던 게 뭔지 깨달았습니다."

갑판을 발굽으로 긁는 소리가 났다.

"나를 바보라고 생각할지도 모르겠군요. 하지만 조금만 더 지켜보게 해 주십시오. 때가 되면 모두 설명해 주겠습니다."

퍼페티어가 전쟁터로 돌아가자고 부탁하는 이유를 대체 어떤 논리로 설명할 수 있을까?

"홈이 안전하지 않아서 그러나?"

"부탁입니다. 루이스. 우주선을 돌려 주십시오."

발굽을 긁는 소리가 더 잦아졌다.

"그나저나 한 가지 오해한 게 있습니다. 내가 말한 홈은 집, 허스를 의미한 겁니다. 세계 선단의 주요 세계 허스 말입니다."

'롱샷'호가 노멀 스페이스에서 축적해 놓은 속도는 그것으로 설명이 되는군. 루이스는 생각했다.

"네가 봤다고 생각하는 게 뭔지는 몰라도, 그걸 확인했다고 쳐. 그 후에도 과연 허스로 돌아가고 싶어 할까?"

"당장은 아니라도 때가 되면 그러겠지요."

마치 머리 한쪽을 갈기 깊숙한 곳에 파묻고 얘기하는 것처럼 최후자의 목소리가 잦아들었다.

"허스로 돌아가기 전에 좀 더 알아내고 싶습니다. 난 너무 오랫동안 떨어져 있었습니다."

아가리를 쩍 벌리고 있는 적색거성을 돌아가며 루이스는 생각에 잠겼다. 그 역시 오랜 세월 떠나 있었다. 최후자는 캐니언에 숨어 타스프 중독에 빠져 있던 그를 찾아냈다. 그가 인간의 우주로 서둘러 돌아가야 할 이유가 무엇인가? 다시 중독에 빠지려고? 제기랄, 그건 절대 아니지!

"노멀 스페이스로 빠져나간다."

머무적거리고 있다가는 일 초마다 우주선이 수천억 킬로미터씩 질주해 버린다. 그 길을 되돌리는 것 역시 빠른 속도로 할 수 있기는 하지만, 갈 길이 아닌 곳을 향해 그렇게 속도를 내고 있다는 것 자체가 잘못된 일 같았다.

질량 표시기가 꺼졌다. 안도의 한숨과 함께 루이스는 눈을 들어 주 전망 창을 바라보았다. 이제는 더 이상 그를 집어삼키려 애쓰지 않는 별들을 보니 아주 사랑스럽게 느껴졌다.

"고맙습니다, 루이스."

루이스는 고개를 들었다. 최후자가 눈은 조증에 휩싸이고 갈기는 엉망이 된 채 함교 건너편에 서 있었다.

"아직 동의한 건 아니야. 링월드가 있던 곳으로 돌아갔다고 쳐, 그럼 뭘 어떻게 할 건데?"

루이스가 물었다.

"잠깐 지켜보기만 할 겁니다. 아마도 몇 시간 정도만."

퍼페티어는 할 수만 있다면 위험을 피해 달아난다.

"허스가 변방 전쟁의 전장보다 더 위험해졌을 가능성이라도 있나?"

최후자가 갑판을 발굽으로 긁었다.

"그럴 가능성도 있지요."

루이스는 인간의 우주로 돌아가고 싶은 마음이 더욱 굴뚝같아졌지만, 퍼페티어도 마주하겠다고 마음먹은 위험을 자신이 피해 도망친다면 자존심이 상할 것 같았다.

"음률가의 장비는 링월드와 함께 사라져 버렸어. 뭘 찾겠다는 건지는 모르겠지만, 대체 그걸 어떻게 찾지?"

"차광판에 있는 음률가의 장비로 찾을 겁니다. 우리는 그걸 아직 이용할 수 있습니다. '롱샷'호가 그 센서 배열에 대한 접근 권한을 가지고 있지요. 음률가가 이 우주선에서 소소하게 업그레이드해 놓은 것 중 하나입니다."

그렇다면 변방 전쟁에 참가한 우주선들의 터무니없는 짓거리들을 볼 수 있을 것이다. 하지만 한 가지 발목을 붙잡는 문제가 있었다. 젠장. 루이스는 한때 수호자의 두뇌를 가지고 있었지만 지금은 아니다! 그때는 문제를 제대로 다 듣기도 전에 결론이 먼저 나왔는데. 하지만 지금은…… 바보가 된 기분이었다.

그럼 내 문제가 뭔지 정확히 짚어 볼까. 최후자가 비록 수호자는 아니지만 나보다는 더 똑똑하다는 거지.

루이스는 말했다.

"그 센서들은 항성의 중력 특이점 깊숙한 곳에 있으니까 광속 제한이 있을 거야. 아주 넓은 영역에 배열되어 있어서 뭔가를 감지하면 삼각측량으로 그 위치를 판단할 수는 있겠지. 하지만 그건 과거의 모습을 보는 거잖아. 센서에서 나온 판독 결과 역시 광속으로 제한되니까. 지금 우리는 우주선 몇 척을 상대하는 게 아니야. 수천 척이라고. 게다가 모든 우주선이 하이퍼스페이스에서 회피 기동을 하는 중이지."

그리고 다음 말을 덧붙이며 루이스는 괴로웠다.

"나는 이렇게 많은 자료를 해석하는 일…… 도저히 엄두가 안 나. 그 수많은 광속 지연에 맞춰 일일이 조종하는 부분은 말할 것도 없고."

"그 점은 나도 마찬가지입니다. 하지만 당신이 오토닥에 들어가 있는 동안 내가 보이스를 우주선의 네트워크와 통합시켜 놓았습니다."

"보이스를? 지금 듣고 있나?"

— 돌아온 것을 환영합니다. 루이스. 차광판에서 오는 자료는 처리할 수 있습니다.

머리 위 스피커에서 말이 흘러나왔다. 그리고 살짝 심술이 섞인 목소리가 이어졌다.

— 최후자가 관찰하기를 바라는 것이 무엇인지는 정확히 모르겠습니다만.

"내가 나중에 설명해 주지요. 어떻게 하겠습니까, 루이스?"

최후자가 물었다.

"그러고 나면 그다음엔 세계 선단으로 가나?"

"조만간에 갈 겁니다."

"세계 선단을 더 보고 싶긴 하군. 링월드로 가다가 잠깐 들렀는데 네서스가 별로 보여 준 게 없거든."

최후자가 다시 한 번 발굽으로 갑판을 긁었다.

"내가 준비를 마치면 함께 가지요. 지난번 방문 이후로 많은 변화가 있었다 해도 놀라지는 마십시오."

4

다섯 세계. 수천 대의 드론들이 다섯 세계의 중력이 결합된 중력 특이점 너머와 그 안쪽 곳곳을 부산스럽게 날아다니고 있었다. 그리고 세계 선단에서 최고 반 광년 정도 떨어진 거리에는 자유롭게 움직이는 수십만 대의 센서들이 있었다.

그 모두를 조종하는 것은 하나의 지성체였다.

프로테우스는 관찰했다. 끊임없이 허스로 곡물을 가져오고 다시 비료를 실어서 농장 세계로 돌아가는 우주선들. 주변을 소용돌이치듯 끝없이 넘나들며 필요할 때마다 행성의 바다에 내려가 중수소를 비축해 가면서 난공불락의 방어망을 유지하고 있는 탐사기들. 인간, 크진인, 트리녹의 외교사절단이 타고 온 우주선들과 그 사절단을 위해 오가는 보급선들.

매 순간 프로테우스는 외계인들의 우주선 각각을 겨냥하는 드론을 적어도 열 대씩은 운용하고 있었다. ARM의 첫 우주선이 도착한 이후로 프로테우스의 집단 병기는 세계 선단을 향한 그 어떤 공세도 단념시킬 수 있는 수준을 유지했다.

그 어떤 시민도, 심지어는 시민으로 구성된 군대라 해도 이 단일 AI가 해내는 일을 대신 할 수는 없었다.

단일 AI지만 복잡한 AI기도 했다. 그는 머나먼 지구에 있던 AI의 후손으로, 지브스라는 존재를 거쳐 지금의 모습이 되었다. 그는 자기가 지키고 있는 세계들에 있던 AI의 후손이기도 했다. 지브스가 최초의 '보이스'로 변형되었다가 최근에 와서 현재의 모습을 가지게 된 것이다. 외계인 방문자들을 면밀히 연구해 본 결과, 그의 전략 중 상당 부분은 크진인들의 행동을 흉내 내도록 프로그래밍되어 있기도 했다.

족보가 이렇게 다양하다니 참으로 이상한 일이었다.

이 세계를 방어하는 임무가 내게 떨어질까? 프로테우스의 시민적 성격은 그에 대한 걱정을 멈추는 법이 없었다. 그의 나머지 성격 중 상당 부분도 두려워하기 시작했다. 그러면 그 나머지는? 흥미롭게도 또 걱정스럽게도, 그의 성격 중 일부—프로테우스는 이것을 크진인의 영향이라고 생각했다—는 이 도전을 즐기는 것 같았다.

"프로테우스."

아킬레스는 호출했다.

— 말하십시오.

머리 위 스피커에서 대답이 흘러나왔다.

이 AI 전체에 비하면 이곳 그의 사무실에 있는 AI는 작디작은 조각에 불과했다. 나머지는 다섯 세계와 세계 선단 주변의 우주에 있는 컴퓨터 노드에 넓게 흩어져 있었다. 프로테우스의 본체 대부분은 세계 선단의 중력 특이점을 벗어난 곳에서 즉각적인 하이퍼웨이브 통신으로 모든 부분들을 연결하고, 또한 멀리 떨어져 날고 있는 센서와 무장선 들을 지휘했다.

아마도 내 최고의 작품일 거야. 아킬레스는 생각했다.

네서스가 '롱샷'호를 이곳으로 가지고 왔을 때 프로테우스가 그것을 파괴하기만 했더라면……. 물론 그 당시에는 프로테우스가 없었다. 올트로가 프로테우스 같은 존재를 만들 필요가 있다고 확신하게 된 것은 미치광이 네서스가 자기 탐사대원들에게 세계 선단을 노출시키고 난 후의 일이었다. 그렇게 놓고 보니 이 일을 마치 네서스가…….

됐다. 생각을 말자.

그로서는 네서스를 향한 사그라질 줄 모르는 뜨거운 분노를 즐기며 시간을 보내면 그만이었다. 협약체가 투입한 매복조의 보고에 따르면 링월드 항성 주변에 모여든 외계인 우주선들이 점점 더 지겨워하고 있다고 했다. 이 뉴스는 상서로운 순간을 함께 가지고 왔다. 아주 잠깐이나마 기회의 창이 열릴 것이고, 아킬레스는 그 기회를 움켜잡을 작정이었다.

난 그저 씨앗만 뿌려 놓으면 되지.

"프로테우스, 뭐 하나 물어볼 것이 있다. 더 많은 외계 우주선이 세계 선단에 가까이 접근한다고 가정해 봐. 그러면 필요한 순간에 네가 그들로부터 세계 선단을 방어할 수 있나?"

— 얼마나 많이입니까?

"적어도 몇백, 아니면 수천."

— 그렇게 많은 우주선으로부터 방어하려면 처리 능력을 확장하는 것이 현명한 처사가 될 것입니다.

질문에 대한 답을 이미 알고 있었던 아킬레스는 그다음에 사용할 화음을 특별히 더 신중하게 골랐다. 올트로도 이 화음을 프로테우스를 통해 듣게 될 터였다.

"네 알고리즘이 그렇게 많은 표적을 처리하기에 적당한가?"

— 하드웨어를 보강한다고 해도 원하는 만큼 빨리 반응할 수는 없을 것입니다.

"그것참, 안타까운 일이로군."

아킬레스는 되받아 노래했다. 그가 할 일은 끝났다. 씨앗이 뿌려졌기 때문이다.

"찾아오는 우주선이 더 많아지지 않기를 기도하는 수밖에 없겠군."

프로테우스는 호라티우스를 찾을 테고, 호라티우스는 나에게 접촉해 오는 수밖에 없겠지. 원시적인 소프트웨어에서 지금의 모습으로 프로테우스의 성능을 향상시켜 놓은 게 바로 나인데, AI의 처리 능력을 확장시키는 일을 나 말고 또 다른 누구에게 맡기겠어?

호라티우스에게서 연락이 오면 난 지금 맡고 있는 일만으로도 업무가 벅차서 곤란하다고 사양해야 해. 그러면 호라티우스는 올트로에게 손을 벌릴 수밖에 없겠지. 링월드를 떠나는 외계인 무리가 세계 선단으로 돌진해 올지도 모르는데 그걸 넋 놓고 보고만 있을 수는 없을 테니까. 결국 올트로도 나한테 도움을 '부탁' 하겠지. 그러면 난 다시 거절해야 해. 정신이 제대로 박힌 겁 많은 시민이라면 그 어떤 AI라도 확장하기를 꺼리는 게 당연하니까. 특히나 무장한 AI라면.

그의 입에서 흘러나올, 꾸임음으로 풍성한 멜로디가 벌써 귓가에 부드럽게 와 닿는 것만 같았다. 프로테우스의 성능을 향상시키는 일에는 위험이 따랐다. AI가 폭주해서 초지능을 가진 이성적 존재로 각성할 위험이.

올트로는 묵인을 강요하는 데는 전문가였다. 하지만 창조성은 어떻게 강제로 이끌어 낼 것인가? 그들은 프로테우스의 성능을 강화하기 위해 아킬레스가 다른 임무로 힘을 빼는 일 없이 온전히 그 작업에만 몸과 마음을 헌신하기를 원할 것이다. 그리고 결국은…….

깨닫게 되겠지. 호라티우스를 물러나게 하고 나를 그 자리에 되돌려놓는 게 차라리 작은 대가를 치르는 길이라는 걸 말이야.

올트로는 천재 이상이고 마음만 먹으면 프로테우스를 직접 변경할 수도 있겠지만, 그러지 않을 것이다. 이 일은 그들의 관심을 사로잡기에는 너무나 시시했다.

올트로는 Ⅱ형 하이퍼드라이브의 풀리지 않는 수수께끼에 마음이 뺏겨 있을 터였다. 아니면 우주선을 하이퍼스페이스에서 몰아내는 중력파 투사기에 대한 연구를 계속할 테고, 행여 그런 투사기를 만들어 낸다면 그다음에는 그 투사기를 겨냥하기 위해 하이퍼스페이스 내부를 들여다보는 방법을 찾아내려 할 것이다.

올트로 앞에는 야심찬 프로젝트들이 끝없이 널려 있었다. 게다가 과학부 전체가 자기의 명령을 따르게 만들어야 했다. 하지만 과학부에 소속된 모든 과학자와 기술자가 AI의 내부를 파고드는 일이라면 질색인 존재들이었다.

올트로는 자기 장난감을 그대로 방치해 두기보다는 아킬레스가 프로테우스를 업그레이드해 주기를 바랄 것이다. 그러면 호라티우스를 아킬레스로 대체하겠다는 약속도 어려울 것이 없을 터였다.

성공은 불 보듯 뻔했다. 아킬레스는 접근할 기회가 열리기를 기다리며 오랫동안 머릿속으로 확장 방법을 프로그래밍해 왔다. 호기심 때문은 아니었다. 그것은 바보 같은 인간들의 속성일 뿐이다. 그렇다고 대부분의 시민들이 발명의 동기로 삼는 공포에 질린 반응도 아니었다. 준비성 때문이었다. 뒤에서 지휘하려는 자는 뒤에서 지휘할 준비를 해야 하는 법.

— 더 물어볼 것이 있습니까? 아니면 할 얘기를 다 했습니까?

프로테우스가 물었다.

이제 시작했을 뿐인걸. 아킬레스는 생각했다. 하지만 간단히 이렇게만 말했다.

"다 했어."

5

최후자가 재촉받기를 싫어해서 루이스는 머리도 식힐 겸 '롱샷'호의 좁고 구불구불한 복도를 어슬렁거렸다. 그는 무기를 찾고 있었다. 전투가 벌어질 경우 우주선 한 대로 전체 함대를 압도할 수는 없는 노릇이었다. '롱샷'호의 장점은 그 속도에 있었다.

루이스는 AI를 호출했다.

"보이스, 작전 시행 순서를 검토해 봐."

— 어떤 우주선이라도 우리와 일 광시보다 가까운 곳에서 하이퍼스페이스를 빠져나오면 즉각적으로 하이퍼스페이스를 통해 항성에서 멀어지는 방향으로 십 광일 기동을 실시합니다. 이 과정을 일 광시

안쪽으로 아무런 우주선도 감지되지 않을 때까지 반복합니다.

"좋았어."

루이스는 구석을 돌아 우주선 더 깊숙한 곳으로 내려갔다. 크진인이 이 우주선을 소유한 적이 있기는 한데 그 기간이 얼마나 오래였는지는 그도 알 수 없었다. 하지만 그게 단 하루뿐이었다 해도 분명 이 우주선에 무기들을 실어 놓았을 것이다. 음률가 역시 무기를 추가해 놓았을 것이고.

루이스는 과연 수호자가 설계한 무기를 알아볼 수 있을지 의심스러웠다.

그는 비좁은 통로를 꼼지락거리며 통과해 또 다른 장비실로 들어갔다. 음률가가 구석에 놓아두었음이 분명한 도약 원반 몇 개와 부상식 받침대를 제외하면 광학 장치 선반이 대부분의 공간을 채우고 있었다. 전력 변환 장치와 예비용 연료전지로 판단하건대, 이 장비의 용도가 무엇인지는 몰라도 전력을 상당히 많이 잡아먹는 일인 듯했다. 굵은 광섬유 다발이 선반들 사이로 이어져 있고, 해치를 빠져나가 그가 방금 벗어난 통로로도 뻗어 있었다. 이 우주선에는 그런 방들이 가득했다.

루이스는 그것들 중 상당수가 유인용 가짜 장비임을 깨달았다. 아주 오래전 그가 처음으로 이 우주선에 탔을 때는 이런 미로 같은 터널이 존재하지도 않았다. 그는 ARM 기술자가, 그다음에는 크진인이 광자 회로를 한 번에 하나씩 힘들게 추적하며 가짜 장비를 찾아내는 모습을 상상해 보았다.

그의 머리는 온통 뒤죽박죽이 된 듯싶었지만, 그래도 수호자가 되었던 때의 통찰 몇 개는 남아 있었다. 그 추론 과정은 전혀 생각나지 않아도 그때 얻었던 결론은 그대로였다.

루이스는 선내 통신 제어판을 찾아냈다.

"최후자?"

대답이 없다.

"최후자!"

— 무슨 일입니까?

마침내 대답이 들려왔다.

"음률가가 자기 작업실에 가지고 있던 구명정 있잖아. 우리가 링월드를 떠나기 바로 전에 이 우주선에 실어 놓은 구명정. 그거 애초부터 '롱샷'호에 있었던 거지? 아닌가?"

— 그게 무슨 말입니까?

무슨 말이냐고? 그러니까 그게…… 빌어먹을, 이 얼빠진 양육자의 두뇌라니! 링월드에서 얼핏 보았던 뭔가가 있는데……. 음률가가 링월드 운석 방어 제어실 내부에 급조한 전략 회의실에서 본 뭔가가 있었어. 아니면 눈에 보이지 않는 거였나?

루이스는 전략 회의실 화면에서 우주선 몇 척에 파괴 불가능한 GP 선체를 가리키는 아이콘이 달려 있는 것을 본 기억이 났다. 이 우주선 그리고 변방 전쟁의 전장에서 멀리 떨어진 위치에 자리 잡고 있던 세 척의 우주선. 그 우주선들도 '롱샷'호처럼 GP 4번 선체로 만들어져 있었다. 그래서 루이스는 그것들을 퍼페티어의 우주선이라고 생각했다. 그때 GP 선체로 만든 우주선 중에서 그보다 작은 우주선을 봤던가?

루이스는 말했다.

"그 구명정은 GP 2번 선체로 만들어졌어. 그런 구명정이 내내 우주선에 실려 있었다고 하는 게 가장 간단한 설명이 되겠군."

— 음률가가 우주선을 포획한 건지도 모르지요.

최후자가 말했다.

"변방 전쟁이 한창이고 전함들이 반물질 공격으로 링월드를 쪼개 놓으려고 난리를 치는 동안 음률가는 길이가 백 미터나 되는 우주선을 수용할 공간을 마련하려고 한가하게 '롱샷'호를 청소하고 있었다? 그랬을 것 같지는 않아."

— 크진인 기술자들이 그 구명정을 설치했을 수도 있습니다.

"'롱샷'호는 거의 무방비 상태야. 그럴 정신이 있었다면 크진인은 구명정 대신 전투기나 무언가 치명적 무기로 격납고를 채워 놓았을걸."

— 좋습니다. 루이스. 내가 졌습니다. 구명정은 내내 우주선 안에 실려 있었습니다. 네서스가 링월드 탐사를 위해 당신을 찾아갔을 때도, 베어울프 섀퍼가 은하핵을 보러 가기 위해 이 우주선에 올라탔을 때도 실려 있었지요. II형 하이퍼드라이브는 실험 단계의 제품입니다. 이 제품이 허스에서 아주 멀리 떨어진 지점에서 작동을 멈추었다고 생각해 보십시오. 알려진 우주에서 아주 먼 곳, 전통적인 하이퍼드라이브로는 구출을 기대하기 힘든 상황이고, 아웃사이더의 원조조차 기대하기 힘든 곳에서 말입니다. 그러면 구명정을 방출하는 방법에 대한 지침이 조종사에게 하이퍼웨이브로 전송될 것이고, 조종사는 아주 오랜 시간이 걸릴지언정 집으로 돌아올 수 있다는 희망을 가질 수

있겠지요.

루이스는 이 설명을 믿었다.

"나를 버리고 구명정에 올라타지 않은 데 대해 감사해야겠군."

— 나는 당신의 뜻을 어기고 당신을 링월드로 데려갔습니다. 이제 할 수만 있다면 당신을 안전하게 멀리 데리고 갈 겁니다. 분명 내가 빚진 부분이니까요. 호기심이 충족되었으면 나는 하던 관찰을 계속해도 되겠지요?

함교의 주 전망 창 너머로 별들을 바라보며 최후자는 흘러가는 대로 마음을 내버려 두었다. 맨눈으로는 보이지 않았지만 보이스 덕분에 증강 현실 창을 통해 변방 전쟁의 우주선들이 춤을 추듯이 끊임없이 소용돌이치고 위치를 바꾸는 모습을 확인할 수 있었다.

그리고 눈에 들어오는 또 다른 춤이 있었다. 그가 지금 평소보다 판단력이 흐려지지 않은 것이 맞다면, 적어도 그의 생각에는 그 춤이 보이는 것 같았다. 아직도 오토닥에서 얻은 에너지로 끓어오르는 루이스가 우주선 여기저기를 돌아다니느라 바빠서 그를 평화롭게 혼자 놔두는 동안에는.

최후자는 이따금씩 컵에 담긴 물을 마셨다. 그런데 어느 순간 이 컵은 좀처럼 물이 바닥나는 일이 없다는 생각이 문득 들었다. 그리고 누군가가 컵을 채워 준 것이 틀림없음을 깨달았다. 루이스로군. 몇 번 함교로 돌아왔을 때 채워 놓고 간 듯했다.

최후자는 선내 통신을 켜고 말했다.

"고맙습니다, 루이스."

— 뭐가?

"기분 좋게 해 줘서 말입니다. 나는 준비가 됐으니 당신도 준비되면 이리로 오십시오."

루이스가 곧 함교 해치에 나타났다.

"도대체 저기 바깥의 뭘 보고 있었던 거야?"

보기만 한 것이 아니라 듣고, 느끼기도 했다. 하지만 어쩌면 그것은 한낱 그의 희망에 불과한지도 몰랐다.

"실험을 하나 할 겁니다. 그다음에 설명하지요."

루이스가 대답 대신 어깨를 으쓱했다.

"보이스, 상관관계 분석을 실행해."

최후자는 화면에서 찾아낸…… 아니, 어쩌면 상상해 낸 리듬을 노래했다.

"변방 전쟁 전체에서 이 리듬을 따라 도약하는 우주선이 몇 척이나 있지?"

"잠깐만. 보이스가 어떻게 거기에 대답할 수 있지? 보이스, 네가 우주선들을 구별할 수 있나?"

루이스가 물었다.

— 어느 정도까지는 가능합니다. 차광판의 센서들이 종종 우주선의 실루엣을 포착합니다. 그러면 삼각측량으로 거리를 판단할 수 있고, 그것으로부터 우주선의 크기를 계산해 낼 수 있습니다. 그리고 선체 구성 성분도 가려낼 수 있습니다.

"선체의 구성 성분을? 스펙트럼분석으로?"

루이스가 의심스럽다는 듯 다시 물었다.

대답은 최후자가 했다.

"그런 경우는 드뭅니다. 대부분의 경우는 반사된 빛이 너무 약해서 불가능하지요. 하지만 우리 센서 업그레이드에는 좀 새로운 부분이 있습니다. 우주선을 하이퍼스페이스로부터 보호하는 노멀 스페이스 거품을 만들 때 선체의 표면이 영향을 미치는 것 같습니다. 선체 재료에 대한 그런 단서들이 우주선이 노멀 스페이스를 드나들 때 발생하는 파문에 새겨지지요."

"그게 가능하다고?"

"하이퍼웨이브는 무선통신 장비와 상호작용해서 통신을 수행합니다. 이 새로운 센서도 원리 면에서는 거의 차이가 없지요."

"원리 면이라고 했나? 음률가에게 다시 한 번 감사해야겠군."

루이스가 웃으며 말했다.

최후자는 가볍게 몸을 떨었다.

"나는 수호자로부터 벗어난 게 그저 기쁠 뿐입니다."

"이 상관관계에서 특정 우주선을 구별하는 방법으로 다시 돌아가 보지. 함대 규모가 큰 경우에는 주어진 유형에 해당하는 우주선들이 분명 여러 척 나올 텐데."

루이스가 말했다.

— 그것이 문제이기는 합니다. 비슷한 우주선들이 동시에 출발해서 하이퍼스페이스에서 각자의 길로 갈라지면 어느 우주선이 어디로 갔는지는 알아낼 수 없습니다.

보이스도 동의했다.

"상관관계 분석이 불가능하면 보이스가 알려 줄 겁니다."

최후자가 말했다. 그것은 링월드가 있던 자리로 돌아온 이후로 그가 했던 생각 중 가장 미친 생각일지도 몰랐다.

― 우리가 대화하는 동안 상관관계 분석을 마무리했습니다.

최후자는 결과를 묻기를 주저했다. 상관관계가 존재하는 것으로 밝혀졌다고 해 보자. 과연 감히 그것을 바탕으로 행동에 나설 수 있을까? 희망과 직관이 선천적인 조심성과 싸우고 있었다.

"그래서?"

루이스가 재촉하듯 물었다.

― 상관관계를 하나 발견했습니다. 우주선 한 척입니다.

보이스의 대답에 루이스는 눈을 깜박였다. 그가 최후자에게 물었다.

"그걸 어떻게 찾았지? 패턴이 뭐였는데?"

"그 패턴은 허스에서 즐겨 보았던 무용극 공연에서 나온 겁니다. 내게 아주 소중한 누군가와 함께하던 시절이지요."

"네서스?"

루이스가 추측했다.

"맞습니다."

최후자는 몸서리를 쳤다. 어떻게 네서스가 여기 와 있을 수 있지? 그는 네서스를 뉴 테라에 남겨 두었다. 뉴 테라는 아주 오랜 세월 그들의 집이었던 세계다.

"물론 그 무용극을 아는 자는 많습니다."

"그럼 춤추는 저 우주선이 세계 선단에서 왔단 말이야?"

루이스가 물었다.

— 그럴 가능성은 낮습니다. GPC의 선체가 아닙니다.

보이스가 대답했다.

"장담할 수 있어?"

— 저 우주선이 GPC의 선체가 아니라는 것 말입니까? 그 점은 확실하게 말할 수 있습니다. 저 우주선은 세계 선단에서 온 것이 분명한 우주선들과 하이퍼웨이브 상호작용 방식이 아주 다릅니다.

"저런 우주선이 또 있나?"

최후자가 물었다.

— 가능성은 있지만 이 영역의 하이퍼웨이브 출입이 워낙 많다 보니 확신할 수는 없습니다. 저 특별한 선체 재료를 알아챈 것도 불과 하루 전이었습니다.

"새로운 유형의 우주선이란 말이지. 링월드가 사라지고 두 달 후에야 모습을 나타냈다면 아무래도 여기서 무슨 일이 일어나고 있는지 보려고 새로운 참가자가 찾아온 것 같은데."

루이스가 말했다.

최후자의 머리는 정신없이 돌아갔다. 오랜 시간이 지난 상태였기 때문에 뉴 테라가 정확히 어디쯤 가 있을지는 그도 정확히 알 수 없었다. 하지만 지금 이곳에 도착한 우주선이라면 뉴 테라에서 왔을 가능성이 제일 컸다. 그렇다면 저 우주선에는 네서스가 타고 있을지도 몰랐다.

새로 도착한 저 우주선이 뉴 테라에서 온 것이라고 잠시 가정해 보자. 최후자는 어쩌면 저 우주선이 뉴 테라에서 왔음을 다른 방식으로 확인할 수 있을지도 모른다고 생각했다.

"저 우주선은 어떤 재료로 만들어졌지?"

― 그것은 알 수 없습니다. 우리가 보유한 장치는 선체들 사이의 차이점은 감지할 수 있지만 하이퍼웨이브 상호작용으로 특정 재료를 확인할 수 있게 조정되어 있지 않습니다.

"좀 더 가까이 접근하면? 한…… 일 광시 정도? 그러면 스펙트럼분석을 통해 선체 재료를 원격으로 확인하는 게 가능한가?"

최후자는 집요하게 파고들었다.

"잠깐만! 최후자, 난 이해가 안 되는데. 선체 재료를 안다고 저 우주선에 누가 타고 있는지 어떻게 알 수 있지?"

루이스가 다시 나섰다.

"가능할지도 모릅니다. 나를 믿어 보십시오."

만약 선체가 특정 재료로 만들어져 있다면 그 설명은 오랫동안 루이스에게 감추어 왔던 비밀에 너무 가까이 다가서게 된다.

"보이스, 얼마나 가까이 가야 하지?"

― 저 우주선의 현재 위치에서는 불가능하지만 만약 저 우주선이 항성에 더 가까이 가서 광량이 충분해진다면 가능합니다.

"네 머릿속에 있는 음악이 저 우주선이 다음에 어디로 갈지 알려 줄까?"

루이스의 물음에, 최후자는 생각에 잠겼다. 도약의 최종 목적지는 눈에 들어오지 않았다. 타이밍만을 알 수 있을 뿐이다. 내가 결정적인 단서를 놓치고 있나? 그렇지는 않았다. 저 무용극은 무대 위에서 공연되고, 무용수들의 우아한 도약은 중력에 의해 제약을 받는다. 하지만 그가 간절한 희망으로 지켜보고 있는 저 우주선은 삼차원 공간 속에서 어지럽게 이리저리 움직이고 있었다.

"아닙니다. 도약 시간만 알 수 있습니다."

최후자는 그렇게 대답하고 AI에게 명령했다.

"저 우주선을 계속 지켜보도록. 항성에 충분히 가까워져 일 광시 거리에서 스펙트럼분석이 가능해지고, '롱샷'호가 다른 우주선과 가까워지지 않은 채로 저 우주선에 접근이 가능해지면 내게 알리고."

"정체도 모르는 우주선에 접근하겠다고? 언제부터 그렇게 용감해졌나?"

루이스가 말했다.

최후자는 머리를 둘 다 돌려 루이스를 바라보았다.

"용감하다니, 너무 모욕적인 말입니다."

최후자는 함교 화면을 몇 시간째 지켜보고 있었다. 눈이 아프고 머리도 멍했다. 잠이 필요했다. 그는 머릿속에서 울리고 있는 무용극 음악의 다음 몇 소절을 보이스에게 큰 소리로 들려주고 수수께끼 우주선의 다음 움직임을 지켜보라고 명령했다.

루이스는 우주선 안을 돌아다니려고 다시 함교를 나갔다.

최후자는 눈을 감았지만 좀처럼 잠이 오질 않았다. 머리가 멍할 때나 맑을 때나, 그의 머릿속은 여전히 여러 가지 생각들로 들끓고 있었다. 무용수, 우주선, 도약, 주변의 온갖 위험, 집home ——루이스는 홈Home으로 착각했지만 어쨌든——으로 가다가 돌아온 일 등등.

갑자기 그의 눈이 번쩍 떠졌다. 루이스는 최후자가 보이스에게 허락했던 것보다 훨씬 더 먼 곳까지 '롱샷'호를 몰고 갔었다.

"보이스, 홈을 향해 하이퍼스페이스로 움직이고 있는 동안 내부 장치들이 켜져 있었나?"

— 그렇습니다.

"자료를 띄워 봐."

화면이 함교 둘레를 절반 정도 두르는 원호를 밝혔다. 최후자는 가끔씩 입을 뻗어 자료를 더 깊숙한 곳까지 들여다보기도 하면서 그 내용을 찬찬히 살펴보았다. 다른 모니터로는 링월드 실종 사건을 연구해서 수집한 자료들을 검토했다.

자료에 나타난 패턴을 보니 무언가가 떠올랐다. 하지만 아주 오랫동안 그는 이것을 입에 올리지 못했다. 그저 신기한 우연일 뿐이라고 판단했기 때문이다. 그는 이런 패턴을 전에도 본 적이 있었다.

아주 오래전에 그는 아웃사이더로부터 구입한 행성 드라이브를 역공학으로 분석하려 했다. 세계를 움직이는 일에는 막대한 에너지가 관여되기 때문에 대단히 위험한 과제였지만, 대량 학살 종족인 팩에게 점령당하는 것을 그냥 지켜보는 것만큼 정신 나간 짓은 아니었다. 하지만 그는 행성 드라이브의 작동 방식을 밝혀내는 대신 행성 드라이브를 불안정해지게 만드는 여러 가지 방법만 배웠다.

그리고 거기서 풀려나온 에너지는 한 세계를 통째로 증발시켜 버릴 수도 있다는 사실을 알게 되었다.

물론 서로 다른 메커니즘에 공통의 수학적 표현이 가능하기도 했다. 예를 들면 진자pendulum와 전자 진동기electronic oscillator의 경우다. 이들의 유사점에는 분명 아무런 의미도 담겨 있지 않았다. 하지만 때로는 그런 유사점이 문제에 접근하는 새로운 방법을 암시해 주는 경우도 있었다.

최후자는 피곤함도 잊은 채 물을 홀짝거리며 자신이 재직 중에 이 우주선에 대한 기약 없는 연구를 반대했던 것을 떠올렸다. 물론 올트로가 참아 줄 수 있을 만한 수준으로 점잖게 반대했지만. 지금 그가 II형 하이퍼드라이브를 이해하기 위해 이렇게 집착하고 있음을 알면 올트로도 즐거워할 것이라는 생각이 들었다. 그리고……

최후자는 불편한 완충 좌석에서 몸을 펴고 눈을 감았다. 이번에는 정신을 집중하기 위해서였다. 과학부가 연구를 진행하는 내내 갖지 못했던 것을 그는 지금 갖고 있었다. 바로 수호자가 만들어 낸 장치들이었다. 그리고 과학부가 알지 못했던 무언가를 지금의 그는 알고 있다. 바로 II형 하이퍼드라이브의 속도를 II형과 I형 사이에서 왔다 갔다 전환하는 방법이었다.

그가 조금씩 손을 대 본 새로운 하이퍼스페이스 물리학은 불완전한 상태로 남아 있었지만, 음률가의 도움 덕분에 며칠 만에 그는 올트로와 과학부가 한 세기 넘게 걸려서 이룬 것보다 더 앞서 나갈 수 있었다. 그의 목청에서 승리의 화음이 올라왔다. 어쩌면 올트로와 협약체의 해방을 놓고 거래를 할 수 있을지도 몰랐다. 이것이야말로 그때 이후로 그가 얻은 최고의 통찰이었다. 그러니까 그때가……

현실이 그를 무겁게 짓눌렀다. 반물질 없이 원격으로 GPC의 선체를 파괴하는 법을 발견한 이후로 최고의 성과였다. '롱샤'호는 그런 공격에 맞서서 선체를 새로 설계하기 한참 전에 만들어진 것이다.

루이스가 함교로 고개를 내밀고 물었다.

"뭐라고 하지 않았어?"

"혼잣말을 하고 있었습니다."

최후자는 그렇게만 대답했다.

왜냐면 이번에는 내 발견을 은하계에 풀어 버리기 전에 그게 암시하는 바를 먼저 이해해야 하니까.

6

공기만으로는 맹렬하게 쏟아져 들어오는 햇빛을 막을 수 없어 육지는 더위로 찌는 듯했다. 근적외선에서 장비로만 감지할 수 있는 짙은 자외선 색에 이르기까지 온갖 색깔의 고착생물들이 굽이치는 풍경을 뒤덮고 있었다. 움직이는 생명체들은 흙 속으로 파고들거나, 풀밭을 뛰어다니거나, 작은 연못에서 헤엄치거나, 끝없이 펼쳐진 하늘 높이 날아올랐다.

그녀에게는 모두 도달 불가능한 존재들이었다.

거주 공간 너머로 크드오가 결코 맛보지 못할 세계가 존재하고 있었다. 그 세계는 대양의 해구에서 끝없이 풍부하게 뿜어져 나오는 화학 수프 대신 빛을 기반으로 번성하는 풍요로운 생태계였다. 관족 하나의 길이만큼도 떨어져 있지 않은 저 벽 너머에 완전히 낯선 세계가 존재하는 것이다. 그녀는 인공위성 영상이나 헤아릴 수 없이 방대한 시민들의 기록 보관소를 통해 그 세상을 흘끗 엿보는 것으로 만족할 수밖에 없었다.

크드오는 배 쪽의 괄약근을 크게 벌린 다음 흉곽을 넓게 펼쳤다. 배가 터질 듯 부풀어 더 이상은 물을 빨아들일 수 없게 되자 그녀는 재빨리 구멍을 닫았다. 그리고 관족을 뒤로 구부린 후에 낙담한 모습으로 경련을 일으키듯 쉭 하고 물을 뿜으며 방을 가로질러 갔다.

두 번 더 물을 분사해서 관찰실을 빠져나간 그녀는 '공동 구역'으로 향했다. 사실 그곳에 간다 해도, 그 누가 함께한다 해도, 달라질 것은 없었다. 하지만 마그네슘염이라도 있으면 자신이 이 감옥에서 살다 죽어야 한다는 것을 잠시나마 잊을 수 있었다. 자신이 이 감옥의 수감자인 동시에 관리자라는 사실도.

크드오가 복도를 향해 떠내려가고 있는데 누군가가 그녀 뒤로 헤엄쳐 왔다.

"지혜로운 이시여."

그녀의 하인 겸 경호원 들이 근무 교대를 하고 있었다.

누구지? 크드오는 배 쪽으로 구부러져 있는 관족을 통해 바라보았다. 그자의 외피를 가로지르며 불안하게 물결치는 빨간색과 근적외선 패턴 사이에 숨겨진 표피의 질감을 알아볼 수 있었다.

"안녕하세요, 크그오."

이 점에 있어서만큼은 그녀의 말이 괜한 복종심을 자극하지 않으리라 생각하고 그녀는 이렇게 덧붙여 말했다.

"나를 그렇게 부를 필요 없어요."

"알겠습니다, 지혜로운 이시여."

거주 공간의 크기가 딱할 정도로 작다 보니 공동 구역이 금방 나타났다. 그 안에는 너무나 친숙한 이들이 있었다. NP$_5$에 사는 그워스의 숫자는 5^2의 다섯 배 정도에 불과했다. 이곳에서 태어난 일부 그워스는 이 금속 깡통을 고향이라 생각했다.

아무렴 그럴 수밖에. 그들이 아는 곳이라고는 이 거주 공간밖에 없으니까.

공동 구역에서 만나는 그워스 중 상당수는 올트로의 자손들이었다. 그들은 총명하고 융합에 타고난 재주가 있었다. 하지만 근친교배로 태어났기 때문에 정신 상태가 오락가락할 때도 종종 있었다. 그들 중 둘은 이미 노쇠했다. 나이가 들어 생긴 퇴적물 때문에 머리 회전이 막혀 버린 것이다. 그들과 융합하면 그들이 중요할 것 없는 하찮은 생각에 빠져 있느라 발생하는 잡음이 점점 더 거슬리게 되었다. 그래서 신참을 받았다.

내가 화나 있는 게 피부에 너무 티가 났나?

크드오를 보자마자 공동 구역에 있는 그워들이 뒤로 물러났다. 오가던 대화가 공손한 침묵으로 잦아들었다. 동지애를 공손함이 대신하다니 참으로 애석한 일이었다.

하지만 공동 구역이 완전한 침묵에 빠져 있지는 않았다. 새로운 신참 넷이 한쪽 구석에 모여 그녀를 바라보며 속삭이고 있었다. 말투로 짐작건대 고향 세계 즘호에서 온 그워스였다. 외피에 물결치는 패턴을 보니 그들은 두려움, 경외감, 겸손을 동시에 느끼고 있었다.

너 역시 그때는 그랬다.

한 연장자의 기억흔적이 옛 시절을 떠올려 주었다.

크드오는 물을 뿜어 신참들 쪽으로 갔다.

"반가워요. 나는 크드오라고 해요."

불안을 나타내는 근적외선 색이 짙어졌다.

"고맙습니다, 지혜로운 이시여."

신참들이 소심한 모습으로 자기소개를 했다.

"새로 살게 될 집에 대해 뭐가 궁금한가요? 거주 공간을 한번 둘러볼래요?"

"저기, 그분들에 대해 말씀해 주세요. 어떤 분들이신가요?"

한 신참이 물었다. 올트로에 대해 그리고 자신들의 운명에 대해 말해 달라는 소리였다.

어떤 식으로든 모두 이 감옥 같은 곳에서 봉사하게 되겠지.

크드오가 입을 열지 않자 또 다른 신참이 물었다.

"시민들은 어떤 존재인가요?"

"시민은 아주 흥미로운 존재예요. 겁이 많고 무자비하지요. 우리 중 그 누구보다도 똑똑하고요."

크드오는 말했다. 개별적으로 떼어 놓고 보면 분명 시민은 그워보다 똑똑한 존재였다.

"그들의 문화는 즘호의 그 어떤 문화보다도 훨씬 오래됐지요. 그들에 대해 공부해 두는 게 좋을 거예요."

시민을 진정으로 이해하기 위해서는 인간 또한 이해해야 했다. 협약체의 지도자들은 인간에게 병적인 관심을 보였다. 이 집착의 상당 부분은 뉴 테라의 기원이 된 그 옛날의 범죄에 대한 죄책감, 예전의 하인들에 대한 두려움, 뉴 테라와 그 어두운 비밀을 알게 되었을 때 '야생 인간'이 행사할 보복에 대한 공포에서 오는 것이었다. 그들은 인간의 호기심에 매력을 느꼈지만, 그에 대한 두려움 역시 사라지지 않았다. 특히 실험당 시민들 사이에는 인간의 신화에 대한 집착이 있었다.

"나를 따라오세요. 이곳을 구경시켜 줄게요."

크드오가 말했다.

관광은 너무 간단하게 끝나 버렸다. 대부분 보안 조치나 환경 시스템에 관한 것밖에 없었기 때문이다. '마을'은 우주선만큼이나 단단하게 봉해져 있었다. 이곳으로 들어오는 것은 물 한 방울에서부터 이들처럼 간간이 찾아오는 '지원자'에 이르기까지 무엇이든 격리한 후에 철저한 검사 과정을 거쳤다.

너도 한때는 지원자였잖아. 크드오는 스스로에게 상기시켰다. 그리고 바보였지. 그녀는 스스로에게 답했다.

몇 년에 한 번씩 올트로로부터 최후통첩이 날아왔다.

최고의 그워 넷을 보내세요. 선택받는 건 크나큰 영광이지요. 능력과 가치가 입증된 소수만이 이 융합에 참여할 수 있으며 황홀감을 맛보게 될 거예요.

다 거짓말이었다.

크드오는 이 부름에 응답한 신참들을 슬프게 바라보았다.

당신들은 제물에 불과해요.

한때 그녀는 인간의 신화를 좀 배우고 자신이 테세우스*가 된 듯한 자만심에 빠져 있었다. 그녀는 괴물을 처치하고 제물로 바쳐지던 희생을 끝내는 영웅이 되고 싶었다. 하지만 융합 능력 때문에 그녀의 운명은 저주를 받았다. 결국 테세우스가 아닌 미노타우로스가 되고 만 것이다.

우리는 모두 미노스 왕** 같은 존재다.

유령처럼 남아 있던 융합의 잔재가 그녀를 조롱했다. 그 저주의 일부는 그녀가 자신만의 생각 속에서조차 혼자가 될 수 없다는 점이었다.

행여 밀랍과 깃털로 만든 날개를 달고 탈출할 생각을 한다 해도, 네가 다이달로스***에 가까워지는 만큼 우리 또한 그에 가까워

---

* 그리스신화 속 아티카의 영웅. 크레타 섬의 미궁에서 어린 소년, 소녀를 제물로 받는 괴물 미노타우로스를 물리쳤다.

** 그리스신화 속 크레타 섬의 왕. 왕의 자격을 보이기 위해 바다의 신 포세이돈에게 기도했고, 포세이돈이 멋진 황소를 보내 주어 크레타의 왕이 되었다. 그가 제물로 바치기로 한 황소의 아름다움에 눈이 멀어 약속을 어기자 분노한 포세이돈은 그의 아내로 하여금 황소에 욕정을 느끼게 하여 반은 인간, 반은 소인 미노타우로스라는 괴물이 탄생한다. 그는 어쩔 수 없이 괴물을 받아들이고 어린 소년, 소녀를 제물로 바치게 된다.

*** 그리스신화 속의 명장名匠. 미노스를 위해 미노타우로스를 가둘 미로를 만들었으나, 본인이 그 안에 갇히는 신세가 되자 밀랍과 새의 깃털로 날개를 만들어 그곳에서 탈출했다.

진다는 것을 알아야 한다.

크드오는 마음대로 침범해 들어온 융합의 잔재를 무시하고 신참들에게 미로를 빠져나가는 길을 보여 주는 일에 정신을 집중했다. 보조 수문에 도착하자 그녀는 거기에 달린 센서와 여분의 여과 시스템을 설명해 주었다. 거주 공간은 행성 드라이브를 둘러싸고 있었다. 행성 드라이브에 손상이 가해지면 일조 명의 시민이 죽음을 맞게 된다. 물리적 공격을 감행하기에 시민들은 너무나 똑똑하고 겁이 많았다. 하지만 감지가 어려운 독물 공격이나 생물학적 공격을 감행할 가능성은 배제할 수 없었다. 만약 개척지의 모든 그워스가 동시에 무력화된다면 시민들이 쳐들어와서 행성 드라이브가 폭파되기 전에 자동 파괴 장치를 찾아내 망가뜨려 놓을 것이다.

크드오는 신참들에게 주의 사항을 꼼꼼하게 설명해 주었다. 융합의 잔재가 끊임없이 떠들어 대고 있었지만, 아직은 죽고 싶은 마음이 없었기 때문이다.

"그거…… 어떤가요?"

한 신참이 물었다.

"융합 말인가요?"

"네, 지혜로운 이시여."

이 신참들은 즘호에서 그워테슈트 사합체였다. 그 정도면 계산용이지 그 이상은 아니었다. 이들도 융합의 역학에 대해서는 알고 있을 것이다. 그저 순진무구하게 수학을 공유하는 것도 경험해 보았을 것이다. 하지만 그워테슈트 십육합체의 장엄함과 고통 그리고 초월성은 감히 짐작도 할 수 없으리라. 그 누구도 짐작조차 할 수 없을 것이다. 실제로 겪어 보기 전에는.

다만 그것을 겪은 후에는 다시 돌아올 수 없을 뿐.

⋯⋯크드오 자신처럼.

휴식 시간이 너무도 빨리 지나가 버렸다.

크드오는 신참들을 공동 구역에 남겨 둔 채 가던 길을 갔다. 긴 터널의 입구에 이르자 그녀의 동료들이 다른 하인들과 함께 길을 비켜 주었다. 그녀는 긴 터널을 따라 헤엄쳐 융합실로 들어갔다. 친구/동료/제이의 자아들이 안에서 기다리고 있었다. 그리고 더 많은 수가 그녀 뒤쪽에서 바짝 붙어 따라왔다. 이제 곧 하나로 합쳐질 것이라 모두들 인사는 생략했다. 마지막으로 들어온 자가 육중한 문을 닫았다.

열여섯이 조심스럽게 한자리에 모여들었다. 어떤 이는 들떠 있었고, 어떤 이는 의무감에서 모였다. 관족 하나가 탐색하듯 다가와 크드오의 관족 하나를 에워쌌다. 그녀의 관족 안에 들어 있던 눈과 열 감각기관이 어두워졌다. 귀가 거의 닫히고 두 심장의 박동 소리만 들려왔다. 한쪽은 빨라지고, 다른 한쪽은 느려지면서 조화를 이뤄 갔다.

그녀의 것이 아닌 관족이 그녀의 관족 깊숙한 곳으로 찾아들어 신경 수용기를 찾아냈다. 감전되는 듯한 충격이 관족을 따라 퍼져 나가고, 어떤 거대한 굶주림이 마음을 뒤흔들었다. 상상조차 불가능한 통찰이 감질나게 맴돌았다. 이해할 수 없었던 심오한 진리들이 그녀를 향해 손짓했다.

더! 더 결합해야 해!

복부 호흡으로 전환해 표류하면서 그녀는 나머지 관족들을 뻗었다. 그 관족들이 주변을 더듬자 그들을 찾아 나선 다른 관족들의 감촉이 느껴졌다. 관족과 관족이 만나 정렬하고, 결합되고…….

신경절이 맞물렸다!

피드백이 넘쳐흘렀다!

심장이 박동했다!

강렬한 느낌이 몸을 휘감았다!

— 이제 우리가 맡을게요.

명령이 크드오의 마음속에서 울리고 또 울려 퍼졌다. 두려움과 의심이 눈 녹듯 사라져 갔다. 크드오는 자기 생각에 필사적으로 매달리려 했지만 결국 그 생각들도 희미해졌다. 그녀의 자의식이 완전히 사라졌다.

집단 지성 올트로가 등장했다.

7

"그렇게 진행될 겁니다, 지그문트 씨."

도널드 장관이 결론을 내렸다.

"다시 고려해 보기를 강력히 촉구하는 바요, 장관."

그날은 마치 롤러코스터를 타듯 ─이 역시 뉴 테라 사람들은 이해하지 못할 비유였다── 굴곡이 많은 날이었지만 그래도 지그문트는 무덤덤한 어조를 유지했다. 앨리스와 줄리아가 드디어 해냈다! 그런데 이런 바보 같은 작자들이 그 모든 것을 물거품으로 만들려 하고 있으니!

장관이 얼굴을 찌푸렸다.

"다시 똑같은 상황을 만들고 싶지는 않습니다. 상황실에서 보니 당신이 우리 결정을 받아들이지 않는 게 뻔하더군요. 내가 당신을 이곳에 머물게 한 이유는 딱 한 가지입니다. 예의 때문이죠. 그래도 당신이 활동하던 시절에는 자기만의 방식으로 이 세계를 위해 열심히 일했다는 걸 아니까요. 방 안을 가득 채운 사람들 앞에서 당신에게 싫은 소리 하고 싶지는 않았습니다. 하지만 이제 단둘이 있게 됐으니 그냥 터놓고 얘기하겠습니다. 솔직히 나는 직접 얘기하면 충분히 내 뜻이 전달될 줄 알았습니다. 그런데 당신한테는 그것도 소용이 없더군요. 좋습니다. 분명하게 얘기하겠습니다. '인내'호는 집으로 돌아올 겁니다. 그게 내 명령입니다, 지그문트 씨. 더 이상의 논의는 없습니다."

"하지만 그들이 ARM 우주선을 찾아냈잖소. 그토록 오랫동안 꿈꿔 왔던 일이란 말이오!"

"당신의 꿈이죠. 솔직히 나는 그것도 이해가 안 됩니다. 당신이 뉴 테라에 산 지도 이제 이백 년이나 됐습니다. 지구에 당신을 위한 것이 뭐가 남아 있다고 이러십니까?"

지그문트는 몸이 떨리는 것을 억눌렀다.

"젠장, 인정하오. 어쨌거나 부분적으로는 맞는 말이지. 나는 지구로 돌아가는 데는 관심 없소. 어떤 식으로든 이 세계를 떠날 생각이 추호도 없소. 하지만 이건 나를 위한 얘기가 아니란 말이오, 장관. 나와 당신의 아이들을 위한 거지. 이 세계 사람들은 자기 역사를 알고 자기 종족과 다시 접촉할 권리가 있소. 독립 세대의 사람들이 살아 있었다면 무슨 수를 써서든……."

도널드 장관이 탁자를 내리쳤다.

"뉴 테라의 창건자들이 모두 죽고 없다고 그들의 생각에 대해 함부로 지껄이지 마십시오."

"당신은 자기 뿌리가 궁금하지도 않소?"

"더 이상의 논의는 없다고 했죠? 그게 무슨 말인지 모르겠습니까? 나는 분명 안 된다고 얘기했습니다. 내 보고를 받은 의장님도 안 된다고 했죠. 당신이 설득하지 못한, 우리가 방금 나온 방 안을 가득 채운 사람들 역시 안 된다고 했습니다."

"그야 당신이 이미 마음의 결정을 내렸다는 걸 그들도 알고 있으니 그랬지."

장관이 한숨을 내쉬었다.

"너무 위험하기 때문입니다. 당신한테 그동안 들었던 얘기도 위험하다는 판단을 내리는 이유 중 하나죠. 오랫동안 당신은 크진인이라는 종족에 대해 경고하지 않았습니까? 크진인이나 다른 위협적 존재를 만날지 모르니 우리 정찰선을 무장시켜야 한다고 주장했던 사람이 당신 아닙니까? 결국 우리는 당신이 말한 크진인을 찾아냈습니다. 당신은 크진인이 맞다고 확인해 줬죠. 크진 우주선과 지구 우주선이 서로를 공격하고 있습니다. 그런 광기를 뉴 테라로 끌어들이는 위험을 감수하지는 않을 겁니다."

"그게 유일한 위험은 아니오."

하이퍼스페이스에서 우주선을 추적할 수 있나? 지그문트는 그런 얘기를 들어 보지 못했다.

"링월드가 저 모든 전함들을 사실상 우리 뒷마당으로 끌어모은 거나 마찬가지 상황이 됐소. 저들의 고향이 우리와 얼마나 멀리 떨어져 있는지는 몰라도 저들의 전함은 우리와 십사 광년 이내의 거리로 가까워졌단 말이오. 만약 크진인들이 뉴 테라를 발견한다고 생각해 보시오. 아니면 정체를 알 수 없는 저 원뿔 모양 우주선의 종족이 우릴 발견한다면? 그러면 어떻게 할 거요? 그런 일이 일어나기 전에 우리가 먼저 ARM과 접촉해서 지구와 동맹을 맺어야 하오."

침묵.

지그문트는 자신의 주장이 먹히고 있지 않나 희망을 가져 보았다.

"물론 우리 측 사람들이 ARM과 연락을 취할 때는 신중해야겠지. 추적이 어렵게 짧은 디지털 메시지를 이용하는 거요. 모든 내용을 통신 부이를 통해 중계해서 하이퍼웨이브 빔을 역추적하지 못하게 해야 하는 건 물론이고. 좀 더 확실히 알 때까지 통신 말고는 그 어떤 접촉도 필요 없겠지."

도널드 장관이 생각에 잠긴 듯 의자에 등을 기대고 앉았다. 하지만 결국 고개를 저었다.

"안 됩니다. 다른 세계와 관계를 맺을 때마다 늘 상황은 악화

됐습니다. 당신이 이 자리에 있었을 때 이미 그 부분은 증명되지 않았습니까? 끔찍한 위기 뒤에는 항상 또 다른 위기가 이어졌죠. 내 명령을 그대로 유지하겠습니다. '인내'호는 누구와도 접촉하지 않을 겁니다. 그리고 연료 충전을 마무리하는 즉시 귀환할 겁니다. 다시 한 번 사람들 앞에서 내 명령에 이의를 제기했다가는 이 건물에 더 이상 발을 들이지 못할 테니 그리 아십시오."

지그문트는 기억으로 가득 차 있는 자신의 어수선한 먼지투성이 서재 안을 서성였다.

앨리스의 최근 보고에는 ARM 암호를 저수준에서 풀어냈다는 얘기 말고 다른 소식도 들어 있었다. '인내'호의 승무원들이 현장에서 멀리 떨어진 변두리에서 출발하는 아웃사이더의 우주선을 발견한 것이었다. 하이퍼스페이스로 들어간 것은 아니지만 거의 광속에 가까운 속도로 멀어졌다고 했다. 아웃사이더는 하이퍼드라이브를 발명했으면서도 자신들이 사용하지는 않았다.

아웃사이더의 기술 수준이라면 군사용 암호를 그 누구보다도 빨리 풀어냈을 것이다. 그런데 그들이 현장에서 발을 빼기로 결정했다는 것은 뭔가가 있다는 얘기였다.

나는 모르고 그들은 알고 있는 게 대체 뭐지? 지그문트의 본능은 그 어느 때보다도 치명적인 대혼란이 '인내'호 주변에서 터져 나오려 하고 있음을 직감했다. 젠장!

지그문트는 정상적인 사람들이 상상조차 못 할 것들을 상상하며 평생을 보냈다. 그런 성격 덕분에 음모를 파헤칠 수 있었고,

ARM 요원으로서 가치 있는 존재가 될 수 있었다. 그리고 뉴 테라를 여러 차례 위험에서 구해 낼 수도 있었다.

이제 다시 그 상상 불가능한 것을 직면해야 할 시간이 왔다.

장관은 퍼페티어만큼이나 소심한 자였다. 그냥 어쩌다 보니 그런 사람을 국방부 장관 자리에 앉히게 된 걸까? 아니면 정부 고위 관료들이 퍼페티어를 위해 일하는 걸까?

"당신한테서 연락이 올 줄은 몰랐네요."

앨리스는 말했다. 적어도 일대일로 연락하게 될 줄은 몰랐다. 더욱 놀라운 점은 지난번 보고 때문에 그렇게 격하게 한바탕 일을 치렀는데도 지그문트가 아직 국방부의 장거리 하이퍼웨이브 장치에 접근할 수 있다는 것이었다.

그저 통신 지연이 일어나 화면이 정지해 있는 것에 불과했지만 마치 지그문트가 제어반에서 그녀를 응시하고 있는 것처럼 보였다. 그가 마침내 말했다.

— 어떻게 해야 하는지는 자네도 알지?

앨리스는 별다른 반응을 보이지 않았다. 별 뜻 없는 말 같지만 오래전부터 그 말은 사실 '비밀리에 할 얘기가 있다'는 암호였다. 그녀는 휴대용 컴퓨터를 통신 제어반 선반에 올려놓고 지그문트가 말하는 감마 프로토콜을 활성화시켰다. 소리 억제, 도청 방지 그리고 독순술을 방해하기 위한 홀로그래픽 스크린 투사.

"보호 조치를 실행시켰어요. 이제 무슨 일인지 말해 보세요."

— 장관이 앞뒤 분간을 못 하고 있네.

앨리스는 생각했다. 도널드 장관이 회선 이쪽에서 엿듣고 있을 리는 없었다. 지그문트가 자기 손녀의 염탐을 막으려고 이렇게 보안을 유지할 것 같지도 않았다. 그렇다면 아직 조종석 계기판 앞에 편안하게 자리 잡고 있는 네서스에게 비밀로 하겠다는 뜻이 분명했다. 보호 조치를 활성화시키고 나니 짜증 나는 그의 흥얼거림이 잡음으로 희미해졌다.

홀로그램 스크린이 없으면 네서스가 내 입술을 독순술로 읽어 낼 수 있을까? 앨리스는 충분히 그럴 수 있다고 생각했다. 하지만 애초에 네서스와 함께 가라고 한 사람이 지그문트 아니었던가? 얽힐 대로 얽힌 형국이었다.

앨리스는 말했다.

"네서스도 앞뒤를 분간 못 할 거라고 생각하나 보군요."

— 그는 늘…….

"자기만의 이슈를 가지고 있죠. 저도 알아요."

앨리스는 지그문트의 말을 대신 마무리했다. 저 퍼페티어가 큰 도움이 될 수도 있었겠지만, 이제 링월드는 사라져 버렸다. 그렇다면 네서스의 일차적 관심사는 협약체가 세웠던 노예 식민지에 대해 지구가 알지 못하게 막는 일이 될 터였다. 아니, 이미 그러고 있었다.

— ARM에 함부로 접촉할 수는 없네. 크진 함대가 너무 가까이 있는 상태에서는.

지그문트가 말했다.

어제까지만 해도 앨리스가 크진인에 대해 아는 것이라고는 지그문트에게 들은 내용밖에 없었다. 고양이처럼 생긴 호전적인 외계인이 존재한다는 사실을 의심한 것은 아니지만 그 말에만 집착하고 있을 이유도 없었다. 크진인이 그의 주장처럼 그렇게 공격적이라는 것이 왠지 믿기지 않았다. 인간과의 전쟁에서 연이어 패배해 놓고도 그럴 수는 없을 것 같았다. 그래서 앨리스는 그의 경고가 그저 편집증 때문에 나온 것이겠거니 했다.

하지만 이제는 아니다. 렌즈 모양 우주선들이 전투하는 모습을 보고 난 후에 생각이 바뀌었다. 앨리스는 몸을 떨었다.

"그 결정을 우리가 내릴 수는 없어요."

— 그렇지. 우리에겐 권한이 없으니까. 하지만 그런 결정을 내릴 자격이 과연 누구에게 있나 한번 생각해 보게. 그러면 다른 대답이 나오지 않겠나? 수백만 명이 위기에 처해 있네.

그 부분은 앨리스도 지그문트와 생각이 같았다. 최악의 위기였다. 하지만 그것이 뉴 테라의 모든 인간을 대신해 결정을 내릴 권리를 주지는 않았다.

잠깐만. 지그문트가 어떻게 국방부 통신을 음모를 꾸미는 데 이용할 수 있지?

"국방부에서 누군가 당신을 돕고 있군요?"

그렇게 생각하니 앨리스는 그와 함께 반란에 합류하는 일에 좀 더 구미가 당기기 시작했다. 어쩌면…….

— 그렇다고 할 수 있네.

어쩌면 아닐지도. 앨리스는 지그문트를 잘 알았다. 그녀는 그를 돕는 사람이 자진해서 돕고 있는 것은 아닐지도 모른다고 추측했다. 국방부 돈을 횡령한 사람일까? 기밀 정보를 제대로 관리 못 한 사람? 지그문트 아우스폴러는 그런 것을 알아내는 일을 업으로 삼았던 사람이다. 그는 국방부 컴퓨터 시스템에 숨겨 놓은 덫과 뒷문 들을 심지어 그녀에게조차 모두 알려 준 적이 없었다.

앨리스는 물었다.

"저도 생각이 같다고 쳐 보죠. 그다음엔 어떻게 할 건데요?"

— ARM과 안전하게 연락을 취할 수 있을지 자네와 줄리아가 판단을 내려야겠지.

미치광이 범죄 주모자 같은 편집증적인 언어가 잠시 누그러지면서 소박하고 인간적인 걱정의 말이 튀어나왔다.

— 다시 한 번 강조하지만, 안전하게 해야 하네. 만약 자네가 접촉에 성공한다면 ARM 우주선이 자네에게 연락을 취해 오는 게 여기 있는 모두에게 가장 바람직한 시나리오가 되겠지.

8

현재의 연구 중 일부 요소들은 아주 잘 정립되어 있었다. 양자 중력장 모델의 십일 차원 텐서, 하이퍼스페이스에 대한 분석에서 경험적 차원이긴 하지만 유용함이 입증된 미분기하학, 다중 우주 행렬역학…… 올트로는 수학의 아름다움에 넋을 잃었다.

하지만 다중 우주 이론은 무한한 경우의 수를 내포하고 있었다. 알려진 방정식의 닫힌 해는 존재하지 않았고, 대량 병렬처리를 한다고 해도 이 방정식으로는 어느 근사치가 가변 구조형 컴퓨터로 수렴하는지 알아낼 수 없었다.

"지혜로운 이시여."

소심한 목소리가 봉쇄된 융합실을 침범해 들어왔다. 올트로는 외부 통신을 무시했지만, 목소리가 다시 들려왔다.

"지혜로운 이시여, 시간이 되었습니다. 시간이 되면 알려 달라 하셨지요."

거의 다 됐는데…….

올트로는 최종적인 방정식 집합의 프로세서 배열 위에서 파티셔닝 후보를 발견했다. 하지만 파티셔닝의 입도粒度가 그들이 바라는 것보다 거칠었다. 시뮬레이션에 사용할 프로세싱 노드가 백만 개만 더 있어도…….

"지혜로운 이시여."

하인이 애처롭지만 조금 더 큰 소리로 다시 불렀다.

— 허스의 회의 소집은 당신이 요청한 거잖아요.

크드오 개체가 질책했다.

그러자 오래전에 죽은 이가 각인한 기억흔적의 희미한 목소리가 올라왔다.

과학이 우리가 이 세계에 온 주 목적은 아니다.

"지혜로운 이시여, 제발…… 융합하기 전에 그렇게 신신당부하시지 않았습니까?"

그들이 고집을 부린 것은 아니었다. 융합하기 전에 그들은 존재하지도 않았다. 그때는 크드오로서 당부했던 것이다.

집중이 흐트러져 불만으로 가득 찬 심상 형태가 허물어지기 시작했다. 구축해 놓았던 수학적 과정들이 해저의 산사태처럼 멈출 수 없는 과정으로 느릿느릿 무너져 내렸다.

집단 지성 내부 깊숙한 곳에서 한 이미지가 떠올랐다. 얼마나 오래된 이미지인가? 해저산 옆을 따라 폭포처럼 흘러내리는 바위와 진흙의 이미지였다. 올트로는 문득 궁금해졌다. 바다를 마지막으로 접해 본 것이 언제였더라? 여러 세대 전이었다. 하지만 최근에 합류한 단위 개체들 안에는 그 기억들이 생생하게 남아 있었다. 세계가 온통 얼음으로 뒤덮여 있는 증호. 폭풍우가 휩쓸고 지나는 개척지 클모의 바다.

몽상을 머릿속에서 몰아내며 올트로는 한 단위 개체의 관족 깊숙한 곳에 위치한 마이크를 통해 걱정에 휩싸인 하인에게 대답했다.

"고마워요. 이제 우리가 알아서 할게요."

그들은 프로테우스의 한 조각을 융합에 결합시키고, 한 세계 떨어져 있는 최후자의 대회의실에 연결했다.

케이론이 눈을 떴다.

— 참으로 걱정스러운 시기입니다. 링월드가 사라져 버려서 그걸 두고 싸울 일이 없어졌으니 세 외계인 함대가 언제 우리를 향해 방향을 틀지 모릅니다. 방어력을 강화하기 위해 선제적으로 자원을 추가해서 투입해 놓았습니다만, 그런 노력이 진행되는 과정에서 더 많은 자원을 전용할 필요가 생길지도 모르겠습니다.

최근에 취임한 최후자가 애원하는 듯한 눈빛으로 은밀하게 주인을 바라보며 노래했다.

"그 부분은 저도 동의했습니다."

올트로는 케이론을 통해 노래했다. 프로테우스를 확장하는 것은 흥미로운 실험이 될 터였다.

"하지만 우리 연구도 중요합니다. 이 연구는……."

— 정말 걱정입니다.

셀레네가 반복해서 말했다. 그는 새로 부임한 공업 생산부 장관이었다. 전임자가 지난 각료 회의에서 마비 상태로 무너져 버리는 바람에 후임이 되었다. 갈기가 무심하게 빗질되어 있는 것을 보니 그도 이 자리에 오래 머물 수 있을 것 같지는 않았다.

올트로는 말을 끊고 들어온 그를 무시했다.

"제 연구는 새로운 방어 무기 개발로 이어질 수 있습니다."

그의 자기 정당화를 맞이하는 것은 침묵뿐이었다. 불협화음의 조화. 모두들 다른 누군가가 나서서 큰 목소리로 반대해 주기만을 기다리고 있었다. 과학부에는 결국 방어 시스템 향상으로 이어질 것이라는 주장으로 정당화되며 기약 없이 진행 중인 프로젝트가 많았다.

우리는 저들의 세계들을 파괴할 수도 있다.

올트로의 머릿속에서 분노의 화음이 솟아올랐다. 지금은 세상을 떠난 수많은 단위 개체들의 흔적, 그워테슈트 안의 그워테슈트였다.

저들은 우리가 거둔 성공들을 기억하지 못하는가?

이미 외계인들의 우주선이 세계 선단을 여러 해 동안 둘러싸고 있었지만 이 세계의 시민들은 모두 안전하게 남아 있다. 올트로가 애쓴 덕분에 외계인 방문객들을 고분고분하게 행동하도록 묶어 둘 수 있었던 것이다. 올트로가 개발한 거의 반동이 없는 추진기를 달고 날아다니는 수천 대의 방어용 드론들이 외계인 우주선들의 접근을 막아 주었다. 이 거의 반동이 없는 추진기는 아웃사이더의 무반동추진기 기술을 복제한 것 중에서 원래의 기술에 가장 근접한 것이었다.

자화자찬은 아무것도 이루지 못한다.

한 고대의 기억흔적이 꾸짖었다. 오래전에 세상을 뜬 단위 개체의 희미한 반향이었다. 아주 희미하고 무례한 생각이기는 하지만 말이 되는 소리였다.

— 케이론, 무엇을 우선적으로 할지 고려해 봤습니까?

최후자가 노래했다.

그 무례한 단위 개체의 반향이 다시 올라왔다.

세계 선단이 망하고 나면 그런 연구가 다 무슨 소용인가.

올트로는 생각했다.

시민들이 그워스의 세계들로부터 멀리 떨어져 있는 한 협약체가 자기네 문제들을 어떻게 처리하는지는 신경 쓸 일이 아니라는 점에 대하여.

시민이든 그워스든 정치가와 관련해서라면 호라티우스는 신경 쓸 일 없이 믿을 수 있다는 점에 대하여.

마음만 먹는다면 호라티우스에게 경의를 표함으로써 최후자로서 그의 입지를 강화시킬 수 있다는 점에 대하여.

바깥을 동경하는 크드오의 방랑벽이 너무나 비논리적이라는 점에 대하여. 행여 올트로가 무모하게도 자신의 단위 개체를 볼 모로 붙잡힐 위험을 감수하고 크드오를 바깥으로 내보낸다고 해도, 밖으로 나가려면 환경복으로 완전히 밀봉하고 가야 한다. 게다가 모터가 달린 외골격 없이는 움직일 수도 없다. 그뿐인가, 바깥 세계도 센서를 통해서만 볼 수 있기 때문에 더더욱 제약이 따른다. 그렇다면 거주 공간 안에 머무르는 것보다 나을 것이 없다.

물이 채워진 거주 공간에서 중력이 육중하게 내리누르는 곳으로 가면 참 이상할 것이라는 점에 대하여. 아주 재미있기도 할 것이다.

컴퓨터 자원을 확장하는 것이 프로테우스에게 어떤 영향을 미칠지 추측하는 것이 재미있다는 점에 대하여. 그리고 자원을 AI의 확장으로 전용하면 그런 의문에 더 신속하게 답을 얻을 수 있으리라는 점에 대하여. 대신 아킬레스를 더욱 대담하게 만드는 대가를 치르게 될 터였다. 아킬레스가 프로테우스의 성능 강화에 대해 말을 아끼는 것은 속이 뻔히 들여다보이는 짓이었다.

만약 링월드를 쫓아 버린 외계인 전투 함대가 오늘 당장 출발한다고 해도 표준 하이퍼드라이브 속도로는 세계 선단까지 오는데 최소 백 일 정도가 걸린다는 점에 대하여. 프로테우스의 성능을 향상시킬 시간은 충분하고도 남을 터였다.

하지만 외계인 함대가 Ⅱ형 하이퍼드라이브를 가지고 있었다면 상황이 달라졌을 것이라는 점에 대하여. Ⅱ형 하이퍼드라이브는 풀리지 않는 수수께끼이자 하나의 거대한 농담이며 끝없는 좌절을 안겨 주는 대상이었다.

자신들 중 절반은 '롱샷'호가 링월드와 함께 사라졌고 다시는 자신들을 당혹스럽게 할 일이 없으리라고 보고한 세계 선단 관찰자의 말이 맞기를 바라고 있다는 점에 대하여.

만약 외계인 함대가 실제로 세계 선단을 향해 온다면 달갑지 않은 그들의 관심을 그워스의 세계들로부터 더 멀리 떼어 놓을 수 있다는 점에 대하여.

논리를 무시하면 자신들 중 일부 역시 새로운 경치를 보고 싶은 갈망을 느끼고 있다는 점에 대하여.

과거 깊숙한 곳에서 울려 나오는 기억흔적의 한 불협화음이 살았던 아주 다른 삶의 기억에 대하여. 크드오의 불행은 시급한 문제가 아니었다. 그 단위 개체의 생각 중에서 탐험은 가장 중요한 부분도 아니었다.

자원을 전용할 것인가 말 것인가 하는 부분은 사소한 문제라는 것에 대하여. 그럼에도 그들은 자꾸만 마음이 바뀌고 망설이고 있었다. 사소한 잡념들이 전체 생각을 뒤죽박죽으로 만들기 때문이었다. 그들은 되도록 빨리 자신들에게 새로운 활력을 불어넣어야만 했다. 일부 단위 개체들이 세상을 뜨고 기억 속에만 남게 될 테지만 그들에겐 융합에 합류할 후보들이 있었다.

골치 아픈 다중 우주 시뮬레이션을 현재의 제한된 프로세서 세트에 맞게 조정하는 것으로 그 후보들이 융합에 얼마나 기여하게 될지 시험해 볼 수 있을 거라는 점에 대하여.

자신들이 이제 늙었다는 사실에 대하여.

이 회의를 어서 빨리 끝내고 좀 더 흥미로운 주제로 관심을 돌리고 싶다는 점에 대하여.

올트로는 케이론을 통해 노래했다.

"최후자님, 당분간은 저의 주장을 철회하겠습니다. 우리는 프로테우스의 성능 강화를 계속해야 합니다."

9

타냐는 저녁 식사로 나온 것을 포크로 찔러 대고만 있었다. 무엇을 먹은 기억이 나지 않았다. 다른 데 정신이 팔려 계속 뒤적거리기만 하다 보니 음식이 마치 누가 먹다 만 것을 내온 것처럼 보였다.

그녀는 '퓨마'호를 본 적도, 거기에 승선해 본 적도, 그리고 기억하기로 그 코르벳함*의 승무원을 만나 본 적도 없었다. 하지만 상상 속의 그 우주선은 '코알라'호와 다를 것이 거의 없었다. 너무나 비좁은 공간에 빽빽이 들어찬 너무나 많은 승무원들, 함교에서 들리는 딱딱한 말투의 명령과 대답, 공공장소에서 쏟아져 나오는 긴장감 어린 추측, 스트레스를 풀려고 흥청망청하는 소리…… 끝없는 웅웅거림으로 가득 찬, 생명력 넘치는 공간.

---

* 선단을 호위하거나 적의 습격에 대비하여 경계하는 일을 하는 소형 고속 군함.

이제는 아니다. '퓨마'호는 순식간에 감마선 폭발에 휩싸였고, 그 잔해는 덧없이 소멸해 버렸다. 반물질 폭발 후에는 남는 것이 별로 없었다.

빌어먹을 쥐고양이 놈들! 가만 앉아 있지 못하고 항상 기운차게 움직이는 하급 장교의 활기를 끓어오르는 분노가 잠재워 버렸다. 타냐는 포크를 내려놓고 식판을 물렸다.

"중위, 배가 안 고픈가 보지?"

하급 장교들이 벌떡 일어나 차렷 자세를 취했다.

"쉬어."

요한슨 함장이었다.

"죄송합니다, 함장님. 오시는 걸 못 봤습니다."

타냐는 말했다.

"중위, 나하고 같이 갈 데가 있다."

"네, 함장님."

두 사람은 식당을 나와 복도를 걸었다. 아버지의 딱딱한 걸음걸이를 보니 무슨 일인지 굳이 물어보지 않아도 될 것 같았다.

하지만 두 사람이 도착한 곳은 타냐가 전혀 예상치 못한 장소였다. 함장의 선실.

요한슨의 노크에, 걸걸한 음성의 대답이 돌아왔다.

"들어오십시오."

요한슨의 표정은 암울해 보였다. 수석 통신장교 오반도 소령은 어리둥절한 표정이었다. 타냐와 요한슨이 비집고 들어가자 좁은 선실이 꽉 찼다. 요한슨은 오반도 소령의 경례를 손을 저어 물리치며 말했다.

"중위에게 보여 줘."

"네, 함장님."

오반도가 타냐에게 휴대용 컴퓨터를 건넸다.

스크린에는 그녀의 '받은 편지함'이 나와 있었다. 그녀가 메일을 마지막으로 확인한 후로 열 개의 메시지가 도착했고, 가장 최근에 우주선 간 통신으로 전송된 메일은 읽음 표시가 되어 있었다. 그 메일에는 표준 함대 암호로 전송되었음을 알리는 아이콘이 달려 있고, '개인 정보 및 기밀 정보'라는 제목이 붙어 있었다.

누가 이걸 보냈지? 앨리스 조던이 누구야?

"몇 분 전에 하이퍼웨이브로 도착한 거다. 정례 보안 감사에서 저런 표시를 붙여 놨지."

"저는 모르는 이름입니다만."

타냐가 말했다.

"놀랄 일도 아니다. ARM에 복무하는 사람 중에는 저런 이름이 없으니까. 이번 탐사대에만 없다는 소리가 아니고 ARM 어디에도 없다."

"열어 봐도 됩니까?"

"열어 봐."

타냐는 우선 스크린을 눌러 헤더*를 살펴보았다. 이 메시지가 표준 ARM 통신규약과 함대 암호를 따랐으며, 여섯 개 정도의

---

* 데이터의 선두에 놓인 문자군. 데이터파일의 내용. 성격 등에 관한 정보가 담긴 부분.

하이퍼웨이브 중계기를 통해 돌고 돌아 '코알라'호까지 전해졌음을 알려 주었다. 그리고 '인내'호라는 우주선으로부터 왔다고 되어 있었다. 범선시대부터 그런 이름을 붙이고 다닌 배들이 있었지만, 링월드 작전에 배치된 우주선들 중에 '인내'호라는 이름의 우주선은 기억나지 않았다.

타냐는 본문을 읽어 내려갔다.

"이건 말이 안 됩니다."

그녀가 이상하다는 듯 말했다.

"내 말이 그 말이다."

요한슨이 중얼거렸다.

"제가 데이터베이스를 검색해 봤는데, '긴 통로'호라는 램스쿠프 개척선이 실제로 사라진 적이 있었습니다. 거의 칠백 년 전입니다. 그리고 그로부터 몇십 년 후에 앨리스 조던이라는 황금 가죽이 태양계에서 사라졌습니다."

오반도 소령이 말했다.

"황금 가죽이 뭡니까?"

타냐가 물었다.

"그 당시의 고리인 경찰들은 노란색 우주복을 입었다."

오반도가 설명했다.

"그럼 이 메시지가 진짜일 수도 있다는 말인가? 믿기 어렵군."

요한슨이 말했다.

"정말 믿기 어려운 건 오래전에 사라진 개척선과 지금쯤 당연히 죽어 있어야 할 여자가 저에게 접촉해 왔다는 점입니다."

타냐가 말했다.

감히 바랄 수 없을 정도로 빠른 시간에 통신 제어반에 신호가 들어왔다. 표시된 것을 보니 하이퍼웨이브 링크이고 ARM 암호를 사용한 메시지였다.

— 영상이 입력되고 있습니다. 판단하기로, 조작된 영상 같지는 않습니다.

지브스가 알렸다.

앨리스는 흘러내린 머리카락을 귀 뒤로 단정하게 넘겨 정리하며 줄리아를 돌아보았다.

"우리 동의하는 거죠?"

"진행하십시오."

줄리아가 대답했다. 그리고 아직 조종석에 앉아 있는 네서스에게도 말했다.

"당신이 반대했다는 건 공식 기록으로 남겨 두겠습니다. 그보다, 그 지긋지긋한 흥얼거림을 멈출 생각이 없으면 함교 말고 다른 데 가서 하십시오."

"흥얼거리지 않겠습니다."

네서스가 약속했다. 그러고는 리듬에 맞추어 앞발굽을 두드리기 시작했다.

앨리스는 자기만 화면에 나오도록 카메라의 각도와 화면 크기를 조정한 다음 '승인' 표시를 눌렀다.

한 젊은 여성이 나타났다. 여자가 입은 깔끔한 파란색 전신복은 제복 스타일이었다. 거기에 달린 휘장이 낯설지 않았다. 그녀는 길고 곧은 흑발을 뒤로 묶었고, 피부는 황금빛이었다. 살짝 비스듬한 눈매 덕분에 새파란 눈동자가 더욱 선명해 보였다. 그녀 뒤로는 금속 격벽 말고는 아무것도 보이지 않았다.

앨리스는 말했다.

"여기는 '인내'호. 나는 앨리스 조던이라고 해요."

앨리스의 구식 발음을 이해하려고 애쓰는 듯 여자가 얼굴을 찡그리며 말했다.

— 안녕하십니까, 앨리스. 타냐 우라고 합니다. 당신이 제게 메시지를 보냈습니까?

앨리스의 귀에는 그녀의 공용어가 서툴게 느껴졌다.

"내가 보낸 거 맞아요, 타냐. 답신해 줘서 고마워요."

앨리스의 왼편에서 타이핑 소리가 요란하게 들렸다. 그리고 그녀의 콘택트렌즈에 문자가 나타났다. 줄리아의 질문이었다.

저 여자, ARM입니까?

— 당신의 메시지를 보니 잃어버린 인간 개척지 뉴 테라에 대한 얘기가 많이 나옵니다만, 그건 어디 있는 겁니까?

타냐가 물었다.

옆에서 네서스가 갈기를 물어뜯는 것을 의식하며 앨리스는 대답했다.

"은하계는 위험한 곳이에요, 타냐. 그 정보는 함부로 발설하지 않는 게 좋겠네요."

타냐가 얼굴을 찡그렸다.

— 우리가 지금 하이퍼웨이브로 통신하고 있으니, 제 생각에는 당신도 여기에 하이퍼드라이브로 왔을 겁니다. 그럼 분명 아웃사이더와 거래하고 있다는 얘기인데, 그들에게 고향으로 돌아가는 방법을 물어보지 않은 이유가 뭡니까?

그것은 오래전에 삼자 간 계약에 의해 아웃사이더가 퍼페티어에게 뉴 테라 사람들이 고향으로 돌아가는 것을 돕지 않겠다고 약속한 때문이었다. 뉴 테라의 역사는 너무 뒤죽박죽 꼬여 있어서 한 번의 대화로 이해시키기에는 역부족이었다. 그렇다면 거짓말을 하는 수밖에 없을까?

오랫동안 지그문트가 그녀와 접촉하려고 무척이나 노력했지만 앨리스는 그때마다 고개를 돌려 버렸다. 지금 앨리스에게는 그의 뒤틀린 비상한 머리에서 나오는 기만적인 통찰력이 어느 때보다도 절실하게 필요했다. 하지만 그와 연락이 불가능했다. 국방부가 지그문트와의 연락은 불가능하다고 했다.

앨리스는 제일 단순한 거짓말이야말로 최고의 거짓말이라고 판단했다.

"우리에겐 그 답을 살 만한 금전적 여유가 없어요."

— 하긴, 아웃사이더는 흥정을 하지 않죠.

타냐가 눈을 굴리며 말했다. 자기 렌즈에 올라오는 신호를 읽는 걸까?

— 어쨌든 ARM 우주선에 메시지를 보낸 건 당신입니다. 왜 지금

은 정보를 숨기는 겁니까?

"정보를 숨기는 게 아니라 조심하는 것뿐이에요. 불청객들의 관심을 끌지 않으면서 연락하고 싶으니까요."

— 그 부분은 이해가 됩니다.

타냐가 다시 눈동자를 굴렸다.

— '인내'호가 이 시기에 우주의 이 영역에 모습을 나타낸 이유는 뭡니까?

"거대한 하이퍼스페이스 파문 때문이었어요. 그걸 확인하러 왔다가 기대 이상의 것을 발견했죠."

— 물론 그랬겠죠.

타냐가 입술을 오므리며 또 물었다.

— ARM의 암호는 어떻게 안 겁니까?

"암호는 몰라요. 해킹한 거죠. 평문*이 알아볼 수 있는 영어에서 파생된 거라 가능했어요."

— 그래도 군사 등급의 기밀입니다만. 아무래도 당신은 고립된 개척지에서 몇 가지 재주에 통달했나 봅니다.

"몇 가지는 배웠죠."

— 인간 흉내 내기 같은 것 말입니까?

타냐가 놀리듯 말했다.

"나도 당신과 같은 인간이에요. 통신으로 그걸 증명해 보일 수 없다는 점은 인정하지만."

---

* 암호통신에서 변형이 없는 보통의 정보. 보내려는 공개된 전보문 자체.

— 그럼 칠백 살이나 됐다는 것도 사실입니까?

"내가 재주를 몇 가지 배웠다고 했죠?"

더 간단한 거짓말이지만 진실보다도 더 믿음이 가는 거짓말이었다. 타냐가 다시 한 번 눈동자를 굴렸다.

— 이번 접촉이 앞으로 어떻게 전개될 것으로 보십니까?

"'인내'호를 ARM 함대 대형 안으로 도약하면 어떨까 싶군요."

— 그건 추천하지 않겠습니다. 낯선 우주선이 함대 내부로 진입을 시도하면 즉시 폭파시킵니다.

우린 크진인이 아닌데. 앨리스는 생각했다.

하지만 그녀와 '긴 통로'호가 태양계를 떠난 것은 크진인이 무대에 처음 등장하기도 전의 일이었다. 크진인에 대해 알고 있다는 사실을 어떻게 설명하겠는가? 내가 뱉은 거짓말에 벌써 발목을 잡힌 건가?

그때, 네서스로부터 온 문자가 콘택트렌즈에 나타났다.

이동할 시간입니다. 안전이 최우선입니다.

그의 앞발굽이 리듬에 맞추어 두드리기를 멈추고 갑판을 긁기 시작했다.

앨리스는 보일 듯 말 듯 고개를 저었다. 안 돼.

그녀는 카메라를 돌려 네서스를 보여 줄까도 생각해 보았다. 하지만 그래 봤자 왜 뉴 테라가 퍼페티어 친구에게 집으로 돌아가는 길을 물어보지 않았느냐는 질문만 따라올 것이다. 젠장! 앨리스 자신이라 해도 자기가 지금 지어내는 이야기들을 믿지 못할 것 같았다. 그녀는 말했다.

"그럼 지구의 좌표나 인간이 정착한 아무 세계의 좌표라도 주세요."

타냐가 억지로 웃어 보이며 말했다.

— 아까 말씀하셨듯, 은하계는 위험한 곳이죠. 길을 모르는 이방인의 우주선에 그런 정보를 알려 줄 생각은 없습니다.

다시 줄리아가 타이핑을 했다.

차선책을 실행하십시오.

앨리스는 고개를 끄덕였다.

"무슨 뜻인지 이해해요. 타냐, '인내'호와 당신 우주선이 일대일로 만나는 건 어떨까요? 좌표는 그쪽에서 정하세요."

— 그럼 우리가 그 좌표에 나타나는 순간 우주선들이 벌 떼같이 공격해 오겠죠.

이 모든 것이 타냐에게는 정교한 덫으로 여겨질 수도 있었다. 앨리스는 차라리 울고, 소리를 지르고, 물건이라도 집어 던지고 싶었다. 이렇게 먼 곳까지 와서 이렇게 가까워졌는데, 결국 이렇게 실패로 끝나고 만단 말인가? 그것은 비극이었다.

그때 타냐가 물었다.

— 묻고 싶은 게 있습니다. 왜 저였습니까? 왜 하필 저한테 접촉한 겁니까?

'타냐 우'는 포착된 메시지들에서 복구한 이름이었다. 그녀가 문자메시지를 많이 주고받은 덕분이었다. 앨리스는 타냐의 친구 엘레나와 접촉하는 편이 나았을지도 모르겠다는 생각을 잠깐 하다가 대답했다.

"아마도 그냥 우연이었겠죠. 내가 마지막으로 지구를 방문했을 때 '우'는 흔한 이름이었어요. 그런데…… 아주 오랜 시간이 흐른 후에 루이스 그리들리 우라는 남자를 만났죠. 아마 당신은 모르는 사람일 거예요."

타냐가 눈을 깜빡거렸다.

— 그분은…… 제 증조부십니다. 어떻게 보면 제가 여기 와 있는 이유도 그분이죠. 증조부님이 링월드를 발견하셨으니까요.

타냐가 눈동자를 더 굴렸다.

— 금방 돌아오겠습니다. 앨리스.

영상이 정지했다.

"도약해야 할 시간이 지났습니다."

네서스가 말했다.

"아직 안 됩니다."

줄리아는 단호하게 명령했다.

과연 타냐가 돌아올까 의심하기 시작하는데 영상이 깜빡였다. 타냐가 있던 자리에 그녀보다 나이가 더 들어 보이고 연필처럼 가는 콧수염을 한 사내가 앉아 있었다.

— 요한슨 웨슬리 우 함장입니다. 제 조부님은 방랑자셨고, 또 못 말리는 이야기꾼이셨죠. 앨리스 조던 씨, 당신이 정말 조부님과 아는

사이였다고 저를 설득할 수 있을지 어디 봅시다. 만약 그게 가능하다면 왜 조부님이 당신에게 집으로 돌아가는 길을 알려 주지 않았는지도 설명할 수 있을 겁니다.

10

"그들이 도약을 건너뛰었습니다!"

최후자가 깜짝 놀라 말했다.

루이스는 하품을 했다. 오토닥에서 나온 지 하루도 더 지났지만 아직까지 한잠도 못 잤다.

"누가? 네서스가 타고 있다고 믿는 우주선? 그 우주선의 회피 기동이 무용극을 떠올리게 했던 건 우연일지도 모르겠네."

아니면 그저 그렇게 믿고 싶었던 것인지도.

— 그렇게 생각되지는 않습니다. 도약이 최후자가 기억하는 음률과 맞아떨어지는 경우가 너무나 많았습니다.

보이스가 끼어들었다.

"하지만 우주선은 계속 보이고?"

루이스는 물었다.

"그렇습니다."

최후자가 대답했다.

루이스는 다시 하품을 했다.

"만약 네서스가 타고 있는 게 맞다면, 그도 쉬지 않고 우주선을 계속 조종할 수는 없잖아. 잠자러 갔나 보지."

최후자가 갈기를 물어뜯었다.

"그럴 수도 있지요. 함께 승선한 자들이 같은 리듬을 따르지 않는다는 건 그들이 네서스의 신호법에 동참하지 않는다는 의미로군요."

"아니면 그 우주선에 네서스 혼자 타고 있을지도 모르지."

루이스는 반박했다.

— 우주선이 방금 짧은 도약을 했습니다. 항성에 가까운 곳에서 나타났습니다.

보이스가 알렸다.

전술 상황 화면을 보니 네서스가 타고 있는 것으로 추정되는 우주선 근처에는 아무것도 보이지 않았다.

루이스는 물었다.

"보이스, 스펙트럼분석에 필요한 자료를 모으는 데 얼마나 걸리지?"

— 오 초면 됩니다.

"지금 뭐 하려고……?"

전망 창 영상이 깜박이며 정지하자 질문이 잦아들고 최후자의 두 목청에서 불안에 휩싸인 노랫가락이 흘러나왔다. 몇 초 후, 루이스는 '롱샷'호를 이끌고 노멀 스페이스로 다시 빠져나왔다.

"기록을 시작해. 기록이 확보되면……."

— 확보되었습니다.

루이스는 '롱샷'호를 하이퍼스페이스로 도약한 후에 처음 있던

곳에서 사 광시 떨어진 지점에 나타났다. 그는 최후자를 돌아보
며 한마디 했다.

"기다리는 거 지겹지도 않아?"

"잘했습니다."

한바탕 몸서리를 친 후에 최후자가 자세를 바로 하며 말했다.

"보이스, 선체 재료가 뭔지 확인했나?"

— 트윙입니다.

루이스는 물었다.

"트윙이 뭐야?"

— 그것은…….

짧고 날카로운 소리로 최후자가 AI의 대답을 막았다.

"루이스, 저 우주선은 내가 네서스를 마지막으로 본 세계에서
만들어진 게 거의 분명합니다."

선체 재료가 대체 뭔데 그래? 뭐가 그리 비밀스러워? 루이스
는 궁금해졌다.

"잘됐네."

"고무적인 일입니다."

최후자가 전술 상황 화면을 물끄러미 바라보며 혼잣말처럼 중
얼거렸다.

"나한테 말 안 하는 거 있지?"

루이스는 물었다. 저 우주선에 신호를 보내지 않는 진짜 이유
말이야.

"그 세계는 뉴 테라라고 합니다. 거기 사는 이들은 대부분 인

간이지요."

"그런 얘기는 처음 듣는데?"

"뉴 테라는 알려진 우주에서 아주 먼 외곽에 있습니다."

최후자가 한쪽 머리를 루이스에게 돌리며 말했다.

"하지만 당신 말이 옳습니다. 저 우주선과 접촉할 때가 됐습니다. 당신이 연락을 취해 보겠습니까? 네서스가 저 우주선에 타고 있다고 착각한 것일 수도 있으니, 아직은 나를 노출시키고 싶지 않습니다."

"그게 말이 쉽지. 이 우주선의 크진인 통신 소프트웨어가 뉴 테라의 통신규약을 알고 있을 것 같지는 않은데."

만약 크진인이 그런 고립된 인간 개척지를 알고 있다면 최후자가 자기 가족을 그런 곳에 숨겨 놓았을 리는 없었다.

— 뉴 테라의 통신규약을 알고 있습니다. 연락을 취할까요?

보이스가 물었다.

"루이스, 본명은 밝히지 마십시오."

최후자가 불쑥 말했다.

루이스는 고개를 저었다.

"그 세계는 내가 듣도 보도 못한 곳인데 가명을 써야 할 이유가 뭐야? 설명해 봐."

"얘기가 복잡합니다. 부탁입니다, 루이스. 저 우주선이 저 지역에 얼마나 오래 남아 있을지 알 수 없습니다. 더 이상 무용극의 리듬으로 기동하지 않는다는 건 출발이 임박했다는 뜻일지도 모릅니다."

"그래도 설명을 들어야겠어."

루이스는 고집했다.

"필요하다면 하겠습니다. 하지만 그 이유를 설명하는 건 네서스의 몫입니다. 그가 저 우주선에 타고 있기를 바라지요."

루이스는 흥미를 느끼며 코를 문질렀다.

"뉴 테라 사람들이 공용어를 쓰나?"

"그들은 영어라는 고대 언어의 한 방언을 씁니다. 보이스가 통역할 수 있습니다."

"좋아. 준비가 되면 아무 때나 시작하지."

루이스도 결정을 내렸다.

최후자는 함교를 루이스에게 맡기고 근처의 녹화실로 물러나며 말했다.

"보이스, 뉴 테라 우주선에 신호를 보내."

― 보냈습니다.

그들은 기다렸다.

일 분 후, 통신 제어반에서 불빛이 깜박이기 시작했다. 루이스가 승인을 내리자 홀로그램이 열렸다. 누군지 모를 사람이 나타났다. 젊은 여자였다. 물론 아는 사람이 나오리라고 기대하지도 않았지만.

― 여기는 '인내'호. 그쪽은 누구십니까?

여자가 물었다.

"네이선 그레이노어요."

루이스는 즉석에서 이름을 꾸며 냈다. 갑자기 머리에서 튀어

나온 이름이었다.

"얘기 좀 할 수 있을까 해서 말이오. 그 누구냐……."

— 잠시만. 그쪽은 지금…… 집이 아니군요. 통신 지연이 전혀 없습니다만. 지금 어디 있는 겁니까?

"당연히 우주선이지. 이봐요, 난 시간이 없는 사람이오. 네서스하고 얘기 좀 할 수 있겠소?"

— 네서스는 선실에서 자고 있습니다. 할 말이 있으면 제가 대신 전하겠습니다.

네서스가 저기 있기는 있군. 문으로 머리라도 하나 내밀고 이래라저래라 훈수라도 좀 둘 것이지, 최후자는 뭐 하고 있는 거야? 루이스는 속으로 생각하면서, 계속 얘기를 꾸며 냈다.

"사실은 말이지, 아가씨. 내가……."

— 대위라고 부르십시오.

"아, 미안하게 됐소, 대위. 이 메시지는 직접 얼굴을 보고 전해야 해서 말이오."

— 깨워 보겠습니다.

그녀가 제어반으로 손을 뻗었다.

— 그럴 필요 없습니다.

발굽 소리와 함께 퍼페티어가 함교로 달려 들어왔다. 옅은 황백색 가죽에 갈색 점들이 흩뿌려져 있고, 짙은 갈색 갈기는 헝클어져 있었다. 그의 두 눈동자는 색깔이 서로 달랐다. 한쪽은 빨강, 다른 쪽은 노랑이었다.

— 루이스!

"네서스! 좋아 보이네!"

루이스는 네서스를 반겼다.

— 머리 하나보다는 둘 달린 게 아무래도 나으니까요.

네서스가 몸을 떨었다.

— 루이스, 당신이 여기 와 있을 거라고 당연히 예상했어야 하는데…… 그러면 혹시 그, 그도…….

루이스의 진짜 이름이 언급되자 줄리아의 얼굴이 굳어졌다. 그녀가, 초조하게 더듬는 네서스의 말을 끊고 나섰다.

"아까는 네이선 그레이노어라고 했잖습니까."

— 둘이 같은 사람입니다.

네서스가 그녀를 안심시켰다.

— 그 이름을 기억하다니 놀랐습니다. 루이스.

기억하다니? 무슨 뚱딴지같은 소리야? 루이스는 이상하다는 생각을 했다. 그보다, 우리가 만난 건 내 이백 살 생일 때였고 난 지금 스무 살처럼 보이는데, 어떻게 나를 이렇게 빨리 알아봤지? 그나저나 최후자는 왜 얼굴을 안 내미는 거야?

적어도 마지막 질문만큼은 한 가지 짐작되는 것이 있었다. 최후자는 직접 얼굴을 보며 재회하고 싶은 것이다.

"네 짐작대로야, 네서스. 이 우주선에는 동행이 있어."

— 우린 만나야 합니다. 줄리아. 저들은 내 오랜 친구들입니다.

네서스가 말했다.

뉴 테라의 우주선은 이 지역에 있는 대부분의 우주선들처럼 정해진 노멀 스페이스 속도가 없었다.

"속도를 서로 맞추려면 시간이 걸릴 거야. 우리는 현재 광속의 팔십 퍼센트를 유지하고 있는데."

루이스는 알려 주었다.

줄리아가 마음을 정하는 데는 시간이 좀 걸렸다.

— 루이스, 지금 위치가 어딥니까?

최후자도 반대하지 않았기 때문에 루이스는 '롱샷'호의 좌표를 전송했다. AI가 뉴 테라의 항법 관례도 알고 있었다.

"대위, 속도를 맞추는 건 어떻게 하면 되겠소?"

— 곧 돌아오겠습니다.

줄리아가 말했다. 홀로그램이 정지했다.

보이스가 보고했다.

— 그들은 하이퍼스페이스로 도약해 들어갔습니다. 통신도 두절되었습니다.

루이스는 물었다.

"우리하고 얼마나 떨어져 있지? 아니, 있었지?"

— 표준 하이퍼드라이브로 몇 초 거리입니다.

보이스가 잠시 말을 멈추었다가 다시 말했다.

— 지금 이곳에 와 있습니다.

홀로그램이 다시 돌아가며 줄리아가 말했다.

— 경로와 속도를 맞춥니다. ……지금.

'롱샷'호의 주 전망 창에 작은 우주선이 꼼짝도 않고 매달려 있었다.

아웃사이더의 우주선들은 순식간에 출발하고 멈출 수 있었다.

루이스는 퍼페티어의 우주선이 한 시간 만에 세계 선단과 속도를 맞추는 것도 본 적이 있었다. 하지만 최후자가 그를 납치해서 일을 시키기 전까지 인간 세계에서는 그 비슷한 기술을 갖고 있다는 얘기조차 들어 보지 못했다.

저들이 누구인지는 알 수 없지만 루이스는 뉴 테라 사람들에게 점점 더 흥미를 느끼고 있었다.

11

루이스는 '롱샷'호에서 '인내'호로 도약해 투명한 벽으로 된 좁은 원통형 격리 부스 안에 도착했다. 부스 바닥 전체가 하나의 도약 원반이었고, 바로 바깥쪽 갑판에 또 다른 도약 원반이 놓여 있었다. 도약 원반의 가장자리에는 작은 제어용 스위치가 내장되어 있었지만, 부스가 좁아서 원반 위 말고는 비켜설 공간이 없었다. 설사 그가 다른 원반의 주소를 알고 있다고 해도 제어용 스위치에 손이 닿지 않았다.

"지금 이 상황 어디선가 겪어 본 것 같지 않습니까, 루이스?"

네서스가 물었다.

뭐라고? 루이스는 이 이상한 환영 인사 속에 몇 년 만에 만난다는 점 말고도 다른 의미가 내포되어 있음을 느꼈다. 그는 부스 벽을 두드리며 말했다.

"예전에는 더 살갑게 맞아 줬던 것 같은데."

"죄송하게 됐습니다. 제 책임입니다."

벨트에 일종의 권총 같은 것을 찬 줄리아가 화물실의 어둑한 구석에서 나타났다.

"마지막 예방책으로 안구 검사를 진행했습니다. 네서스, 이제 손님을 풀어 줘도 됩니다."

안구 검사? 고대 언어라고는 하지만 루이스는 이 영어를 통역하려면 아무래도 보이스와 연결해야 하는 것 아닌가 하는 생각을 했다. 어쨌거나 '제 책임'이라는 말의 의미는 분명했다. 그는 부스에서 내보내 주기를 기다렸다.

네서스의 장식 띠는 어떤 장치가 들어 있는지 불룩하게 튀어나와 있었다. 그가 주머니로 한쪽 머리를 집어넣었다.

루이스는 어느새 부스 바깥쪽에 서 있었다.

그와 최후자는 링월드와 '롱샷'호 여기저기에 도약 원반들을 뿌려 두었다. 하지만 최후자는 도약 원반을 원격으로 제어할 수 있다는 말은 한 적이 없었다. 어째서인지 루이스는 퍼페티어가 한 가지 편법을 예비로 숨겨 놓았다는 사실이 놀랍지 않았다.

"승선을 환영합니다, 루이스 우. 저는 이 우주선의 함장 줄리아 바이얼리만시니 대위입니다. 제가 들은 이야기들 중 절반만 진실이라고 해도 당신은 아주 재미있는 이야깃거리를 가지고 있을 것 같군요."

"기꺼이 더 얘기해 드리지."

루이스는 그렇게 말하고 네서스를 돌아보았다.

"네서스, '롱샷'호에서 누가 널 기다리는데. 너와 무용극을 즐기며 특별한 밤을 함께 보냈던 누구 말이야."

네서스가 가볍게 몸을 떨었다.

"정말 오래전 이야기군요. 마음을 가라앉힐 시간이 좀 필요합니다."

"준비가 되면 가 보십시오."

줄리아가 말했다.

"우주선을 구경할 수 있겠소?"

루이스는 물었다.

"네서스가 가는 걸 먼저 보죠."

그녀가 네서스가 떠나기를 바라고 있다는 것을 루이스는 눈치챘다. 또 무슨 일이 벌어지고 있는 거지?

약간 떨리는 들뜬 글리산도와 함께 네서스가 도약 원반에 올라 사라졌다.

"우주선 구경은 언제 시켜 줄 거요?"

루이스는 다시 물었다.

"곧 하죠."

줄리아가 평가라도 하듯이 그를 바라보았다.

"당신이라면 이 우주선을 몰고 지구로 갈 수 있을 겁니다. 아니면 지구가 어디 있는지 말해 줄 수도 있겠죠."

"물론이오. 지구는 여기서 은하계 남쪽으로 이백 광년 정도 거리에 있소. 물론 지구 시간을 기준으로 그렇다는 얘기지. 항성 지도를 보면서 말해 주리다."

줄리아가 활짝 웃으며 말했다.

"그렇게만 해 준다면 이번 임무는 대성공입니다."

"당신네 세계를 구경하는 것도 괜찮을 거 같은데. 관광객이 되어 볼까 싶소."

"뉴 테라는 다음 기착지가 될 겁니다. 그런데 제가 느끼기로, 네서스는 우리와 같이 갈 것 같지 않습니다만."

"내 생각에도 그렇소."

이 말은 다른 질문을 하고 싶게 만들었다. 과연 내가 줄리아와 함께 이 새로운 세계로 갈까? 루이스는 세계 선단을 탐험하기를 고대해 왔다. 자유의지는 끔찍한 것이 될 수도 있었다.

"루이스, 이 우주선에는 당신을 만나려고 기다리는 사람이 있습니다."

"설마."

"사실입니다."

줄리아가 문을 향해 돌아섰다.

"여기서 잠시 기다려 주십시오."

그녀가 살짝 열어 놓은 문 사이로 두 개의 목소리가 들려왔다. 여성들의 목소리였다. 여기에 어떻게 그가 아는 사람이 있다는 것인지 루이스는 이해할 수 없었다.

문이 활짝 열리고 키가 큰 백발의 여성이 들어왔다. 뉴 테라에는 부스터스파이스가 없나? 아마도 루이스가 지금까지 본 사람들 중에서 그녀가 제일 나이 든 사람은 아니겠지만, 그래도 겉모습만큼은 제일 늙어 보였다. 조용하고 성숙한, 기품이 느껴지는 여자였다.

"정말 당신이네, 루이스. 한 세기가 넘게 지났는데 당신은 조금도 변하지 않았어."

"이거 미안합니다, 부인. 유감이지만 당신이 누군지……."

루이스의 왼쪽 턱에 강력한 훅이 한 방 날아왔다.

"나쁜 놈!"

도약 원반에 오른 네서스는 좁은 복도에 나타났다.

"누구 있습니까?"

그의 목소리는 조금 떨리고 있었다.

"이쪽입니다."

간단한 환영의 화음이었지만, 어떤 선율이 깔려 있었다.

네서스는 목소리를 향해 조심스럽게 다가갔다. 그 목소리는 너무나 잘 기억하고 있지만, 이토록 오랜 세월 떨어져 있었는데 그를 알아볼 수 있을까?

함께 있어 보면 된다. 그러면 알 수 있다. 네서스는 구석을 돌아 작은 방으로 들어갔다. 거기에는……

"네서스, 나는 당신이 분명 저 우주선에 타고 있을 거라고 믿었습니다."

그 오랜 세월의 걱정이 눈 녹듯 사라졌다. 네서스는 기쁜 마음으로 달려 나가며 외쳤다.

"베데커, 베데커!"

루이스는 '인내'호의 휴게실로 안내를 받아 들어갔다. 앨리스는 둘이 서로 아는 사이라고 계속 주장했고 그가 아니라고 하면 노려보았다. 그는 자기가 먹을 브랜디를 합성하며 물었다.

"뭐 좀 드릴까요?"

"커피."

앨리스가 슬픈 얼굴로 미소 지었다.

"이제 아마 내 커피 취향도 기억 못하겠지."

"미안합니다."

그녀와 만난 이후로 이 말을 달고 다니다시피 했다.

"우유만 살짝 넣고 설탕은 넣지 마."

앨리스가 생각에 잠긴 모습으로 작은 탁자 앞에 앉았다. 루이스는 그녀에게 커피를 건넸다.

"우리가 마지막으로 함께한 저녁은 둘 다 좋아했던 레스토랑에서 식사를 한 거였어."

"뉴 테라에서 말입니까?"

"당연히 뉴 테라지. 당신이 아주 끔찍한 난동을 부렸잖아. 지그문트가 당신 가족의 삶을 망쳐 놨다면서."

이게 무슨 뚱딴지같은 소리인가 싶었다. 루이스는 지그문트라는 사람을 알지도 못했다. 하지만 아니라는 소리는 더 이상 하지 않았다. 앨리스가 아예 들으려고도 하지 않았기 때문이다. 그녀는 나이가 많으니 기억이 헷갈릴 수도 있었다.

그래도 손맛은 여간 맵지 않던데…….

"끔찍하고 역설적인 게 뭔지 알아? 그 장면이 가짜였다는 거야. 당신과 지그문트와 내가 연출한 장면이었지. 그 연극이 원래의 목적을 달성하고 나면 우린 함께하기로 되어 있었는데…….”

“그런데요?”

“당신이 떠나 버렸지. 태어나지도 않은 당신 아들을 버리고서. 알렉스는 정말 사랑스러운 아이였어. 당신은 그 애가 자라는 모습을 못 보고 놓친 거야. 봤으면 정말 자랑스러워했을 텐데.”

“미안합니다만…….”

루이스는 미안하다는 말을 또 할 수밖에 없었다.

“전 뉴 테라에 가 본 적이 없습니다.”

“가 봤다니까. 그뿐인가? 당신의 손자, 증손자 들까지 다 거기 있어.”

“그럴 리가 없습니다.”

그는 고집스럽게 부정했다.

“당신은 떠났어. 그 빌어먹을 지그문트 아우스폴러가 당신이 떠나는 게 나를 위하는 길이라고, 내 안전을 위해서라고 설득했지. 난 그때 집을 떠나 있었는데, 당신은 내가 돌아올 때까지 기다려 주지도 않았어. 그런 결정은 당연히 나와 함께 내려야 하는 거잖아. 빌어먹을! 당신을 떠나보낼지 따라나설지는 내가 판단해야 했다고. 하지만 집에 돌아와 보니…….”

앨리스는 퇴짜 맞은 여자라기보다는 열 받은 아마존 전사 같았다. 지금이 이 정도면 한창때는 어땠다는 거야? 내가 이런 여자를 잊어버렸다는 게 말이 돼? 젠장!

문제는 그녀가 환각으로 있지도 않은 가상의 연인을 만들어 낼 그런 유형의 여자로는 보이지 않는다는 점이었다.

도대체 이 수수께끼를 어떻게 풀지?

지그문트 아우스폴러. 그 이름은 루이스가 저도 모르게 내뱉은 자신의 가명처럼 왠지 익숙한 느낌이 들었다. 네서스의 반응을 봐도 네이선 그레이노어는 그냥 어쩌다 생각난 이름이 아닌 게 분명했다.

"이 일에 네서스도 관여되어 있습니까?"

"그럼! 애초에 당신을 뉴 테라로 데려온 게 누구였는데. 나중에 당신을 몰래 데려간 것도 그였고."

루이스는 브랜디를 길게 들이켰다. 그의 이백 번째 생일날, 난데없이 나타난 네서스가 링월드 첫 탐사에 그를 고용했다. 이런저런 이유를 대긴 했지만, 사실 그중에 딱히 설득력이 느껴지는 것은 없었다. 한 시간 전, 최후자는 루이스에게 가명을 써야 한다고 말했다. 이유를 묻자 네서스에게 물어보라고 했다. 어쩌면 기억에 문제가 있는 것은 앨리스가 아닌지도 몰랐다.

루이스는 브랜디 잔을 비우며 말했다.

"아무래도 네서스와 할 얘기가 많을 것 같군요."

네서스는 두 시민이 신부 없이 접할 수 있는 가장 심오한 기쁨과 화합에 넋을 잃었다. 그와 베데커는 그 후에도 서로 목을 휘감고 친밀한 침묵 속에 함께 앉아 있었다.

"애들은 어떻습니까?"

마침내 베데커가 물었다.

"잘 지냅니다."

네서스는 더 가까이 다가섰다.

"물론 이제 다 컸지요. 지금은 뉴 테라에서 행복하게 지내고 있습니다."

"이렇게 오래 떨어져 있을 생각은 절대로 아니었는데……."

슬픔의 멜로디, 진심의 멜로디였다. 그리고 네서스 자신이 불렀던 그 많은 멜로디처럼 무언가 얼버무리는 멜로디이기도 했다. '롱샷'호는 세계 선단에 속도를 맞추고 있지 않았다. 그의 짝이 뉴 테라로 돌아가기로 계획한 때문이었다. 무언가 끔찍한 임무가 아직 남아 있는 것이 분명했다.

두려움이 네서스를 무겁게 짓눌렀다.

"뉴 테라 사람들은 곧 자신들의 뿌리와 다시 만나게 될 겁니다. 내 우주선의 동료들이 여기서 ARM과 접촉하거나, 아니면 루이스가 인간의 우주로 가는 길을 폭로하겠지요. 분명 재앙이 닥칠 겁니다. 두렵습니다."

"급할 것 없습니다. 우리가 바꿀 수도 없는 일이니까요."

베데커가 노래했다.

그의 휴대용 컴퓨터가 고집스럽게 울려 댔지만 둘 다 그 소리를 무시했다. 나중에는 네서스의 휴대용 컴퓨터가 울렸다. 둘은 그것도 무시해 버렸다.

— '인내'호에서 루이스로부터 긴급한 전갈입니다.

보이스가 알렸다.

"기다려도 돼. 루이스더러 우리가 연락한다고 전해."

네서스가 노래했다.

둘은 은하계에서 가장 빠른 우주선에 타고 있었다. 멀리 달아나 드디어 둘만의 평화를 찾을 수도 있었다. 둘 다 애초부터 그럴 배짱이 없는 퍼페티어라는 것이 문제지만.

"아무래도 루이스하고 얘기를 해야겠지요."

네서스의 노래에 베데커도 고개를 까닥여 동의를 표시했다.

"우리는 루이스에게 빚진 게 있습니다. 그 자신조차 모르는 빚도 있지요."

"그에게 설명을……. 무슨 소리 들리지 않았습니까?"

발소리. 루이스가 방 안으로 불쑥 머리를 디밀었다. 얼굴이 붉으락푸르락 달아올라 있었다.

"내 과거를 알아야겠어. 전부 다. 지금 당장. 앨리스 조던부터 시작하자고."

네서스가 베데커와 엉켜 있던 목을 풀었다. 그리고 둘 다 자리에서 일어섰다.

"말해 주지요. 알고 싶어 하는 건 모두 말해 주겠습니다. 하지만 어쩌면……."

"어쩌면 같은 거 없어. 자, 그럼 내가 앨리스나 뉴 테라를 기억 못하는 이유부터 설명해 보실까?"

"카를로스 우의 오토닥을 아직도 가지고 있습니까?"

네서스는 베데커에게 물었다.

"이 우주선에 있습니다."

베데커가 대답했다.

"오토닥이 무슨 상관인데?"

루이스가 다시 물었다.

네서스는 발굽을 벌리고, 있지도 않은 자신감을 쥐어짜 당당하게 섰다. 달아날 준비는 하지 않는 편이 나았다. 그와 베데커는 이미 진퇴양난에 빠져 있었다.

"당신의 추측대로입니다, 루이스. 내가 오래전에 당신을 뉴 테라로 데리고 갔습니다. 당신이 그곳에 머물렀던 기억과 그 이상의 기억들이 그 오토닥 안에 저장되어 있습니다. 만약 링월드에서 돌아오는 길에 내가 오토닥 안에 들어가 있지 않았더라면 그때 당신의 기억을 돌려줬겠지요. 이제 오토닥에 들어갔다가 나오면 모든 일이 기억날 겁니다. 당신이 그 기억들을 편집하는 데 동의했다는 것 또한."

루이스의 얼굴에서 핏기가 사라졌다. 그는 주먹을 불끈 쥐고 베데커를 노려보았다.

"링월드에서 그렇게 오래 함께 있었는데도 거기에 대해서는 한마디도 하지 않았단 말이지."

"당신이 뉴 테라와 세계 선단에 갔었다는 건 나도 알고 있었습니다. 그 기억들이 지워졌다는 것도 알았고. 하지만 그 기억의 기록이 내내 우리와 함께 있었다는 건 몰랐습니다."

베데커는 슬픈 눈빛으로 네서스를 바라보며 덧붙였다.

"우리는 비밀이 너무 많군요. 심지어는 우리 둘 사이에도 말입니다."

"더 이상은 그렇지 않을 겁니다."

네서스가 말했다.

"좋습니다. 더 이상은."

베데커도 동의했다.

마침내 루이스가 말했다.

"준비됐으면 바로 시작하자고, 네서스."

1

ARM 우주선이 과연 다시 연락해 올까? 어쨌든 줄리아도 잠을 자야만 했다.

하지만 그녀가 선실에 도착하자마자 지브스가 알렸다.

— '코알라'호가 신호를 보내고 있습니다.

"메시지 수신, 통보해. 곧 접속한다."

— 예, 알겠습니다. 앨리스도 깨웁니까?

"그래. 올 때 커피 한 잔만 부탁한다고 전하고."

줄리아는 성큼성큼 함교로 걸어 들어갔다.

"지브스, 따로 명령할 때까지 나와의 통신은 문자로만 한다. 이제 연결해."

요한슨의 홀로그램이 튀어나왔다.

"요한슨 함장님, 저는 줄리아 바이얼리만시니 대위입니다. 앨리스 조던도 곧 합류할 겁니다."

— 만나서 반갑군, 대위. 소식이 있네.

요한슨 함장도 그녀만큼이나 지쳐 보였다.

"말씀해 보십시오."

줄리아가 말했다.

— 랑데부를 승인받았네. 단 랑데부에 참가하는 건 내 우주선뿐이야. 내가 대위를 신뢰한 건 실수일지도 모르니까. 자, 우리가 처리해야 할 속도 불일치가 얼마나 되나 보지. 우리 벡터를 보내겠네.

홀로그램 바닥에 문자열이 나타났다.

몇 세기 동안 킬로미터와 초의 개념이 달라지지 않았다고 가정하면 지브스는 초당 킬로미터 속도의 개념을 이해할 수 있을 것이다. 하지만 '코알라'호의 기준 축은 이해할 수 없을 터였다.

루이스는 알고 있을지도 모르지만 '롱샷'호에 올라탄 이후 아무런 소식이 없었다. 그가 돌아올 때까지는, 요한슨 함장의 조부인 루이스가 다시 나타났고 그가 요한슨의 딸보다도 더 젊어 보인다는 사실에 대해서 언급을 해야 할지, 한다면 어떻게 해야 할지 굳이 결정할 필요가 없었다.

줄리아는 잠시 할아버지는 어떻게 지내고 있을까 생각했다.

우주선의 시계를 비교하면서 줄리아와 요한슨은 각자가 말하는 일 초의 지속 시간이 서로 일치함을 확인했다. 그리고 일 광초에 해당하는 킬로미터의 수치를 비교해서 킬로미터의 길이 단위도 동일함을 확인했다.

요한슨이 그림을 보냈다. 화살표 하나와 몇몇 펄서에 대한 방위가 나타나 있었다.

— 우리가 진행하는 방향을 나타내는 그림이네. 현재 속도는 초당 천 킬로미터 정도군.

여기 우리 좌표가 있습니다.

지브스가 문자를 보냈다.

그때, 앨리스가 함교로 나와 줄리아의 완충 좌석 뒤에 섰다.

"다시 만나서 반갑습니다, 요한슨 함장님."

그녀가 말했다.

— 반갑습니다. 앨리스. 어떻게 만나는 게 좋을지 의논하고 있었습니다만.

요한슨도 인사했다.

줄리아가 '인내'호를 '롱샷'호 옆으로 갖다 놓을 때는 루이스가 속도를 맞추는 부분에 대해 걱정하더니, 이제 또 다른 우가 똑같은 문제를 제기하고 있었다. 퍼페티어의 과학 덕분이든 팩의 도서관 덕분이든, 아무래도 뉴 테라가 고향 세계에 보탬이 될 만한 것이 있을 듯했다.

다시 할아버지를 떠올리며 줄리아는 거짓말을 했다.

"속도는 비슷한데 방향이 거의 직각이군요."

그리고 폭풍 같은 타이핑으로 거짓 경로와 속도 자료를 지브스에게 보냈다.

"데이터를 보내겠습니다. ……지금입니다."

앨리스가 커피 잔을 건넸다. 줄리아가 잔을 받아 든 후에도 앨리스의 손은 그녀의 어깨에 그대로 올라가 있었다. 줄리아는 이 행동을 앨리스가 자기의 거짓말을 지지한다는 의미라고 받아들이기로 했다.

— 한 시간 후에 여기서 만나는 게 어떨까 싶네, 대위.

요한슨 함장이 말했다.

그가 새로 보낸 그림은 '인내'호의 현재 위치에서 몇 광시 정도 떨어진 위치를 가리키고 있었다.

— 그쪽이 현재의 노멀 스페이스 속도를 유지하면 우리가 경로와 속도를 거기에 맞추지.

"좋습니다."

줄리아는 말했다. 그녀가 요한슨에게 말해 준 속도로 변환하는 것은 무척 쉬운 일이었다.

"이상, 통신 종료."

홀로그램이 사라졌다.

"그냥 내 생각이지만……."

앨리스가 말했다.

"영리하게 잘 대처한 것 같아요. 우리 우주선이 저쪽 우주선보다 기동 능력이 우수하다는 걸 밝힐 필요는 없죠. 그렇지 않아도 이미 저쪽에서 우리를 충분히 불신하고 있는 상황이니까."

"말씀 감사합니다."

줄리아는 커피를 길게 들이켰다.

"지브스, '롱샷'호에 용무가 있어서 우리 무선통신이 잠시 끊길 거라고 전해. 금방 다시 연락하겠다는 것도."

타냐는 압축가스를 분사하며 칠흑 같은 어둠 속을 홀로 날았다. 표적은 가까워질 생각을 안 하는데 '코알라'호만 자꾸 멀어지는 것 같았다. 그녀 주변으로 반경 일 킬로미터 안에는 아무것도 없고, 헬멧의 헤드업 디스플레이HUD에서는 '우주선cosmic ray'이라는 경고 소리만 들려왔다. 근처의 항성은 그저 깜박이는 불꽃에 불과한 존재가 아니었다.

타냐는 아주 잠깐 사무 장교 임무가 차라리 멋있어 보인다는 생각까지 했다.

'인내'호를 눈으로 직접 본 이후에 아버지는 도킹을 거부했다.

'GP 2번 선체잖은가!'

그는 씩씩대며 말했다.

그래도 곧장 하이퍼스페이스로 뛰어들지 않은 것은 랑데부 지점에서 만난 '인내'호가 빛을 굴절시키는 방식이 GP 선체와는 달랐기 때문이다. 그 선체는 '코알라'호의 함교에 있는 누구도 접해 본 적 없고 호킹의 데이터베이스에도 없는 방식으로 빛을 굴절시켰다.

타냐가 보기에도 그 우주선은 GP 선체와 비슷했다. 세계 선단으로 배치받아 근무하는 동안 GPC에서 제조한 우주선을 많이 보았기 때문에 알 수 있었다. 거기서 근무하는 동안에는 사람이 귀했다. ARM 동료 몇 명, 무역가 지망생 몇 명, NP$_3$에 있는 국제연합 대사관의 외교관 몇 명.

어쨌거나 랑데부 지점에 있는 우주선은 실제로 GP 2번 선체와 닮아 있었다. 길고 가는 원통형의 선체가 그리도 예상 밖이었을까?

'알아낼 방법은 한 가지밖에 없습니다.'

타냐는 단정 짓듯 말했다. 그녀는 특별히 '인내'호에 승선하도록 초대받았고, 직접 가겠다고 자원한 상태였다. 아버지에게는 선택의 여지가 없음을 알고 있었기 때문이다. 그때서야 다른 사람을 보내거나 접촉을 포기하는 것은 딸을 보호하려는 행동으로 보일 수 있었다.

요한슨은 그냥 이렇게만 말했다.

'계속 연락을 유지하도록, 중위.'

중간 지점 도착 십 초 전

HUD에서 알림 표시가 깜박거렸다. 언제 브레이크를 작동시킬지 알려 줄 카운트다운이 시작되었다.

바이저의 확대 배율을 최대로 해 놓은 덕분에 아직 멀리 떨어져 있는 '인내'호의 열린 에어록 안에 누군가가 보였다. 이 거리에서 보아서는 사람이라 단정 지을 수 없었지만 두 발로 서 있는 것만큼은 분명했다.

타냐는 '인내'호에서 오십 센티미터 떨어진 지점에서 멈춘 다음, 압축가스 분사기를 집어넣었다. 앨리스가 단순한 전신복을 입은 채 서서 지켜보고 있었다. 타냐는 압력 커튼 사이로 손을 뻗어 손잡이를 움켜쥐고 몸을 당겨 우주선에 올랐다. 외부 해치가 닫히기 시작했다.

"'인내'호에 온 걸 환영해요."

앨리스가 줄지어 있는 물품 보관함을 가리키며 말했다.

"갖고 온 장비들은 여기에 보관하세요."

맨발로 서면 타냐의 키는 백구십 센티미터였다. 앨리스는 자세가 구부정한데도 그녀보다 더 컸다. 타냐가 만나 본 고리인들은 다 그랬다. 물론 분더란트처럼 중력이 낮은 세계에 사는 사람들도 키가 컸으니 앨리스의 키만으로는 아직 무엇도 확신할 수 없었다.

타냐가 헬멧을 벗자 콘택트렌즈에 문자가 흐르기 시작했다.

오디오, 비디오 녹화 중

그녀는 알아들었다는 표시로 손가락 하나를 두 번 실룩거렸다. 이식된 가속도계가 그녀의 동작을 감지하고 있었다.

"이렇게 만나게 되어 반갑습니다, 앨리스."

타냐가 압력복을 보관함에 집어넣고 나자 앨리스가 물었다.

"당신과 지켜보고 있는 분들 모두 이 우주선을 한번 둘러보고 싶겠죠?"

영상 및 음질 상태 양호

콘택트렌즈에 이렇게 나와서 타냐도 동의할 수밖에 없었다. 그녀의 스파이 장치는 우주선 사이에서 오가는 일상적인 잡담용의 문제 많은 단순한 암호 체계가 아닌, 순간 전송 방식과 일급 기밀 암호를 사용했다.

"이건 표준 프로토콜을 사용하는 의료용 원격 계측깁니다."

타냐는 거짓말을 했다. 그리고 앨리스가 다 안다는 듯 미소를 짓자 얼른 화제를 바꿨다.

"네, 말씀대로 우주선을 한번 둘러보고 싶습니다."

"좋아요. 후미 쪽부터 시작하죠. 엔진실에 들러 볼까요."

콘택트렌즈에 문자로 끊임없이 질문이 쏟아지고 고개를 이리 돌려라 저리 돌려라 주문이 많았지만, 타냐는 용케 어디에도 걸려 넘어지지 않고 앨리스를 따라갔다.

'인내'호는 인간이 인간을 위해 꾸민 우주선으로 보였다. 휴게실에서 합성기 메뉴를 무작위로 확인해 보니 선택지가 무척 다양했다. 커피를 한 잔 합성해서 맛을 보았다. '코알라'호에서 마시던 것보다 못하지 않았다.

"다음은 함교로 가 보죠."

앨리스가 말했다.

"따라가겠습니다."

앨리스가 우주선 앞쪽으로 향했다. 타냐는 이것을 좋은 징조라 여겼다. 퍼페티어가 만든 우주선이라면 함교를 우주선 머리쪽에 설치했을 리가 없었다. 노출이 너무 심한 부분이니까. 타냐는 이 우주선이 GP 선체와 비슷하게 생긴 것은 순전히 우연에 불과하다는 쪽으로 생각하기 시작했다.

"이제 뉴 테라가 인간의 세계라는 것을 믿을 마음의 준비가 됐나요?"

앨리스가 물었다. 재촉할 필요도 없이 타냐의 입에서 대답이 튀어나왔다.

"그럼 당신은 뉴 테라가 어디 있는지 우리에게 말해 줄 준비가 됐습니까?"

앨리스가 웃었다.

"네. 사실 그런 대답을 할 수 있는 권한은 함장에게 있죠. 여기 소개할게요."

"'인내'호에 오신 것을 환영합니다."

줄리아가 함교의 열린 해치에서 외쳤다. 그녀는 손을 내밀며 악수를 청했다. 키가 큰 것을 보면 앨리스는 고리인일 가능성이 있었지만 줄리아는 그 정도로 크지는 않았다.

그런데 함교의 절반 정도를 천을 덧댄 Y 자 모양의 의자가 채우고 있었다.

저 의자가 왜 있지?

콘택트렌즈에 문자가 떴다.

타냐는 물었다.

"저건 퍼페티어용 의자 아닙니까?"

묻지 않아도 그 의자가 퍼페티어용이라는 것은 너무나 분명했다. 그렇다면 왜 세계 선단에 있는 ARM 우주선과 직접 접촉하지 않은 거지?

줄리아가 내밀었던 손을 거두며 말했다.

"이리 와서 앉으세요. 뉴 테라의 역사는 우리가 지금까지 밝혔던 것보다 훨씬 더 복잡하답니다."

타냐는 모든 것을 받아들이려 애쓰다 그만두었다. 앨리스와 줄리아가 말하는 내용은 타냐의 녹음 장치를 통해 모두 '코알라'호로 전송되고 있었다. 줄리아가 AI를 소개해 준 이후로는 지브스의 말도 마찬가지로 빠짐없이 전송되었다. 호킹이 이따금씩 문자를 보내 그들의 말을 입증해 주었다.

시간이 좀 흐른 후에 아버지가 대화 채널을 열 준비가 되었다는 문자를 보내왔다.

"이제 우리의 얘기에 믿음이 가십니까, 함장님?"

줄리아가 물었다.

— 뉴 테라를 방문할 우주선을 파견하라고 권고할 정도의 믿음은 갖게 됐네. 함대 사령관께서 뉴 테라 정부가 우리를 공식적으로 초대해 줄 수 있는지 물으시더군.

"이 대화가 끝나면 제가 고향에 연락해서 주선하도록 하겠습니다."

줄리아가 대답했다.

— 한 가지 더 있네. 우리 쪽 암호를 며칠 만에 해킹했다던데, 사실인가?

줄리아는 고개를 끄덕였다.

— 그럼 이곳에 와 있는 다른 함대의 암호들도 해킹했나?

"지브스?"

줄리아가 질문하듯 AI를 불렀다.

— 아닙니다. 암호를 해킹하기 위해서는 그 밑바탕 언어를 먼저 알아야 합니다. 사전과 문법 규칙을 제공해 주신다면 가능할 수도 있습니다.

지브스가 대답했다.

— 그건 가능하네. 호킹이…… 호킹은 우리 쪽 AI지. 호킹이 크진인 언어학 파일과 지브스 시대 이후로 공용어의 진화와 관련해서 우리가 가지고 있는 모든 정보를 그쪽으로 전송할 거네.

아버지의 말에 타냐는 궁금해졌다. 왜 크진인 언어만 조사하지? 트리녹 언어도 같이 하지 않고?

어쩌면 아버지는 딸의 얼굴 표정만 보고도 그 궁금증을 읽어낼 수 있었거나, 아니면 어차피 그 이유를 설명하려는 참이었던 모양이다. 아버지가 말했다.

— 크진 전함들 사이의 메시지가 지난 몇 시간 동안 세 배로 증가했네. 그 이유를 알고 싶군.

2

"너무 위험합니다. 상황이 어떻게 변했는지 모르잖습니까."

네서스는 노래했다. 화음이 목에 걸려 잘 넘어오지 않았다. 마치 자신이 베데커를 실망시키고 있기라도 한 듯이.

어쩌면 정말 그런지도 몰랐다. 어쩌면 뉴 테라에서 너무 오랫동안 숨어 지내는 바람에 갖고 있던 재주도 모두 잃어버렸는지 모른다.

"아킬레스가 다시 통치하고 있을지 알 게 뭡니까."

"돌아가 보지 않고서야 허스의 상황이 어떻게 변했는지는 알 수 없는 노릇이지요."

베데커가 반박했다.

양쪽 모두 옳은 의견이었다. 그리고 그 이후로 불편한 침묵 속에 들리는 소리라고는 '롱샷'호의 환풍기에서 나오는 희미한 회전음과 오토닥에서 들려오는 낮은 웅웅거림밖에 없었다.

네서스는 목을 구부려 오토닥 안에 꼼짝 않고 누워 있는 사람을 살펴보았다.

"어쩌면 루이스가 우리를 대신해서 탐사를 맡을 수 있을지도 모릅니다."

하지만 터무니없는 생각이었다. 루이스는 뉴 테라에 대한 기억을 회복하고 눈을 뜨게 될 것이다. 당연히 먼저 개인적으로 알아보고 싶은 문제들이 있을 터였다.

베데커가 노래했다.

"나도 루이스의 능력은 인정합니다. 하지만 그가 협약체 내부의 정치적 상황을 밝혀낼 수 있겠습니까? 그가 올트로의 심리 상태를 파악할 수 있겠습니까? 이번만큼은 루이스도 우리를 도울 수 없습니다. 우리 스스로 해결해야 합니다.”

　— 최후자. ‘인내’호로부터 앨리스가 루이스에게 보내는 메시지가 도착했습니다.

　보이스가 끼어들었다.

　“틀어 봐.”

　베데커가 노래했다.

　— 루이스, ARM 함대와 연락이 닿았어. 그쪽 우주선 중 하나에 당신 가족이 타고 있어! 그들이 당신을 보면 아마 무척 좋아할 거야.

　보이스가 퍼페티어의 노래로 돌아왔다.

　— 앨리스에게 루이스는 지금 연락이 불가능하다고 말했습니다. 그녀가 구체적인 상황을 알고 싶어 합니다.

　베데커는 판독 장치를 보고 말했다.

　“루이스는 오토닥에 이틀 더 머물러야 해.”

　— 앨리스에게 그렇게 전하겠습니다.

　“루이스에게는 아무 일 없을 거라고 안심시켜 줘. 그냥 시간이 좀 걸리는 것뿐이라고.”

　— 그렇게 하겠습니다.

　베데커와 보이스가 논의하고 있는 동안 네서스는 다시금 생각을 곱씹었다. 협약체 최고의 정찰대원이 고향으로 돌아가기를 두려워하다니…….

　그는 앨리스에게 자기를 설명할 때 겁을 먹은, 정신 제대로 박힌 시민이라고 했다. 사실이었다. 네서스는 쓸쓸하게 되새김질했다. 어느 때보다도 정찰대원이 절실히 필요한 상황이건만, 그는 더 이상 정찰대원이 아니었다.

"……극소수야."

네서스는 저도 모르게 중얼거렸다.

"무슨 말입니까?"

베데커가 물었다.

"아무것도 아닙니다. 그냥 혼잣말이지요. 정찰대원의 임무를 감당할 수 있는 시민이 극소수라고……."

"부당할 정도로 너무나 큰 짐을 짊어져야 하니까요."

베데커도 동의했다.

"보이스, 앨리스에게 보내는 나머지 메시지는 네가 마무리할 수 있나?"

— 네.

극소수라. 네서스는 아이디어 하나가 꿈틀거리며 솟아나는 것을 느꼈다.

"어쩌면 협약체에서 온 정찰선에 내가 아는 승무원이 있는지 알아볼 수 있을지도 모르겠습니다. 아니면 당신이 아는 승무원이라도."

"어떻게 말입니까?"

"세계 선단에서 온 우주선 세 척이 상황을 지켜보고 있습니다. 정찰을 나올 수 있는 시민은 몇 되지 않지요. 그 승무원들 중에 우리가 아는 이가 누구라도 있지 않겠습니까? 어쩌면 적법한 최후자에 대한 충성심을 가진 자가 있을지도 모릅니다."

베데커가 발굽에서 발굽으로 체중을 옮기며 생각에 잠겼다.

"분명 현 정부에 충성하는 자들투성이겠지만……."

"아킬레스에게 개인적으로 충성하는 승무원도 많을 겁니다."

네서스의 발굽 하나가 제멋대로 갑판을 긁기 시작했다.

협약체 우주선에 있는 누군가는 아킬레스의 신봉자일지도 몰랐다. 아킬레스는 정찰대 교육원의 최후자로 있는 동안 자기 야망을 위해 감수성이 풍부한 수많은 후보생들의 마음을 사로잡아 놓았다.

나도 거의 넘어갈 뻔했지.

"그워스도 타고 있을 가능성이 큽니다."

베데커가 노래했다.

"아마 그렇겠지요."

네서스도 동의했다.

"협력자와 적이 함께 있지만, 양쪽 모두 세계 선단보다는 훨씬 적은 숫자입니다."

베데커가 깊은 생각에 잠긴 듯한 목소리로 나직이 노래했다. 그리고 단호한 목소리로 덧붙였다.

"이 정도면 신중하게 생각해 봤으니 협약체 우주선과 접촉해서 한번 알아보지요."

보이스가 알렸다.

— 좁은 빔으로 전송할 준비를 마쳤습니다.

베데커는 목 하나를 전술 상황 화면 쪽으로 쭉 뽑으며 소규모 전투 지역에서 멀찌감치 떨어져 숨어 있는 협약체 우주선을 혀로 가리켰다.

"시민이 저 우주선을 통솔하고 있을지 모르니, 그 부분부터 시도해 보지."

— 알겠습니다.

보이스가 노래했다.

네서스도 준비 상태로 조종석 계기판 앞에 섰다. 그는 영웅의 언어를 읽고 쓸 줄 알았다.

"나도 준비를 마쳤습니다."

"보이스, 지정한 우주선으로 신호를 보내고 스피커로 연결해."

베데커는 노래했다.

"우리는 협약체 우주선의 최후자와 대화를 원합니다. 우리는 고향에서 멀리 떨어져 안내가 필요합니다."

녹음한 메시지에는 음성만 들어 있었다. 베데커의 목소리로 시작된 메시지가 다시 네서스의 노래로 바뀌었다. 그들이 접촉하고 싶어 하는 자들 중에 이 목소리를 알아듣는 자가 분명 있을 것이다.

— 회신이 왔습니다. 음성만으로 된 회신입니다.

보이스가 노래했다.

"보이스, 이 링크로 연결하는 동안은 말하지 마. 바꿔 줘."

— 알겠습니다.

— 여기는 협약체 우주선 '친선'호. 신원을 밝혀 주십시오.

"우리 우주선은 협약체 명칭이 없습니다."

베데커는 거짓말을 했다. '롱샷'호의 정체를 밝히고 싶지 않았기 때문이다.

"그쪽 우주선의 최후자는 자리에 없습니까?"

— 미네르바는 지금 근무시간이 아닙니다. 제가 도와 드릴 수 있을 겁니다.

낯선 목소리가 노래했다.

미네르바라고! 베데커는 몸에서 긴장이 풀리는 것을 느꼈다.

"미네르바와 당장 얘기하고 싶습니다."

— 당신은 누굽니까?

'친선'호에서 옆에 있는 시민들이 물어보는 소리가 들려왔다.

"미네르바의 친구입니다. 그 이상은 알려 줄 수 없군요."

베데커는 자기 목소리에 권위를 담아 노래했다.

"미네르바에게 우리가 두 번 함께 일한 적이 있다고 전해 주면 고맙겠습니다."

그가 과학부 장관이었을 때 한 번, 최후자였을 때 한 번, 두 번이었다. 베데커는 운 좋게도 두 번 다 미네르바를 수석 보좌관으로 두었다.

— 잘 알겠습니다. 메시지를 전해 드리지요.

보이지 않는 시민이 결심한 듯 말했다.

"감사합니다."

베데커는 한쪽 머리를 휘둘러 음 소거 모드로 만든 후, 네서스에게 말했다.

"그가 올 겁니다."

통신기에서 침묵이 이어지자 베데커는 좀 더 나지막한 목소리로 스스로에게 다시 말했다.

"미네르바는 꼭 올 겁니다."

통신이 다시 연결되었다.

— 누구십니까?

너무나 익숙한 목소리였다. 미네르바!

베데커는 음 소거를 해제하고 말했다.

"아주 오랜 친구입니다."

"그다음으로 오래된 친구도 함께 있습니다."

네서스가 덧붙였다.

— 잠시만 기다려 주십시오.

미네르바가 노래했다. 그리고 함교에 있는 자들에게 나가라고 하는 소리가 이어졌다. 탁, 해치 닫히는 소리가 들렸다.

— 보안 연결을 해야겠군요.

"이쪽에 소프트웨어는 있지만 암호 키가 없습니다."

베데커가 노래했다. 보이스에게 소프트웨어가 있었다.

"만약 내 목소리를 안다면 이것도 알 겁니다."

그는 과학부에서 진행했던 행성 드라이브 연구 프로그램을 간접적으로 넌지시 암시했다.

"혹시 우리가 그 프로젝트에 붙인 이름을 기억합니까?"

— 네, 최후…… 아, 그러니까. 그럼…… 물론 기억합니다.

"그러면 그 용어를 암호 키로 사용하지요."

— 알겠습니다.

베데커는 혀로 보이스에 암호 키를 입력했다.

— 보안 연결이 실행됩니다.

보이스가 보고했다.

베데커는 명령을 키로 입력했다.

영상을 열어.

홀로그램이 열리면서 아주 오랜 친구의 믿음직한 모습이 나타났다.

"미네르바!"

— 최후자님! 정말 너무도 오랫동안 보이지 않으셨습니다! 여기서 최후자님을 만날 줄은 생각도 못 했군요. 네서스 당신도 마찬가지입니다.

"이야기가 깁니다. 고립되어 있었지요. 다행히도 링월드가 사라지기 전에 그곳을 탈출할 수 있었습니다."

잠시 미네르바가 애석한 표정을 지었다.

— 저는 짐작도 못 했습니다. 그저 당신이 니케의 뒤를 따른 줄만 알고⋯⋯.

그의 목소리에서 너무나 오랫동안 짊어지고 있던 마음의 짐을 내려놓은 듯한 화음이 흘러나왔다. 무언가로부터 드디어 해방된 듯한 멜로디였다.

하지만 니케는 죽은 것이 아니었다. 그워스의 전투 함대가 허스에 들이닥쳤을 때, 니케와 그의 보좌관들은 협약체의 가장 깊숙하고 가장 비밀스러운 장소로 달아나 문을 닫아걸었다. 그 위기 속에서 니케는 그나마 제정신이었던 것이다.

그 후로 니케의 소식을 들은 이는 아무도 없었다. 대다수 시민들에게 최후자의 대피소는 오래된 동화 속 이야기에 불과했다. 그래서 미네르바도 니케가 죽었으리라 생각한 것이다.

베데커는 노래했다.

"내가 종족을 버리는 일은 절대로 없을 겁니다. 모두를 해방시킬 방법을 찾으러 떠났던 거지요."

미네르바가 닫힌 함교 해치를 초조한 모습으로 흘긋거렸다.

— 이 우주선에는 동행이 있습니다.

동행이라는 단어에 불편한 화음이 묻어났다. 우주선의 최후자를 좌지우지하는 다른 자가 있다는 의미…….

베데커는 노래했다.

"그래서 내가 연락한 겁니다. 허스의 상황이 어떻게 돌아가는지 알아보려고 말입니다. 만약 당신의 우주선에 그워가 타고 있다면 안 봐도 어느 정도는 알겠습니다."

— 그워가 셋 있습니다. 지금은 자기네 거주 공간에 있지요.

그워테슈트는 아니라는 말이로군.

"그러면 우리보다 별로 더 똑똑하지도 않겠군요."

베데커는 한쪽 눈으로 살짝 미소를 지었다.

"내가 링월드에 갔던 건 첨단 기술을 알아내기 위해서였습니다. 올트로가 흥미를 느낄 만한 걸 찾고 싶었지요. 당신 생각에는 거래가 가능할 것 같습니까?"

미네르바가 몸을 떨었다.

— 저는 아는 게 거의 없습니다. 가끔 비밀 임원회를 대표해서 각료 회의에 참가하기는 했습니다만. '케이론'이 노래하면 최후자가 주의 깊게 듣더군요. 케이론은 늘 자기 연구에 더 많은 자원을 투입하고 싶어 했습니다.

"아주 고무적인 얘기로군요."

네서스가 노래했다.

베데커는 그 어떤 낙관주의도 아직은 이르다고 생각했다.

"지금의 최후자는 누굽니까?"

그들이 안전하게 돌아갈 수 없다면 올트로와의 협상도 불가능할 터였다.

— 현재의 최후자는 호라티우스입니다.

미네르바가 대답했다.

"누구를 말하는 겁니까?"

네서스가 물었다.

— 가장 최근에 보수당의 의장을 맡은 자입니다.

미네르바가 그의 정식 이름을 노래했다.

— 보수당은 진짜 통치하는 자가 누군지를 알고 나면 오래가지 못합니다.

"그런데도 스스로를 '호라티우스'라 부르는 이 보수당 시민은 다리를 지키며 버티고 서 있단 말이군요.* 아무래도 나는 이 보

---

* 호라티우스는 고대 로마의 군인으로, 건국 초기에 에트루리아의 공격으로부터 로마를 구해 낸 영웅이다. 적군이 넘어오지 못하도록 홀로 다리 위에서 에트루리아인들의 공격을 막아 냈다고 전해진다.

수당 시민이 좋아질 것 같습니다."

네서스가 노래했다.

누구로부터 다리를 지킨단 말인가? 아마도 에트루리아의 군대 겠지. 아니면 바빌로니아, 어쩌면 마야일 수도. 네서스는 인간의 신화와 역사를 기껏해야 공부로만 접해 봤다. 하지만 베데커는 오랜 세월에 걸쳐 직접 고통스러운 과정을 거치며 그러한 정치의 미학에 통달해 있었다.

"호라티우스의 주요 장관들은 누굽니까?"

대부분은 베데커도 모르는 자들이었다. 다만 딱 한 시민, 아킬 레스는 너무나 잘 알았다.

"그의 영향력이 얼마나 유지되고 있습니까?"

미네르바가 주저하다가 대답했다.

— 상당합니다. 최후자님이 세계 선단을 떠나신 이후에 일어난 사 건들 몇 가지를 알고 계셔야 상황을 이해할 수 있을 겁니다.

나쁜 소식이 또 있단 말인가?

베데커는 노래했다.

"말씀해 보십시오."

생각을 정리하려니 미네르바도 시간이 좀 걸렸다.

— 링월드 탐사 이후에 네서스의 대원들은 세계 선단의 위치를 아 는 상태에서 자기네 고향으로 돌아갔습니다.

"그걸로는 아무 일도 일어나지 않았지요."

베데커는 자기 짝을 슬픈 눈으로 잠깐 쳐다보았다.

오랫동안 숨겨 온 비밀들을 서로 말하는 과정에서 네서스는

ARM과 크진의 병력이 허스를 덮치기를 바랐다고 고백했다. 하지만 그 워스를 몰아내기 위해 세웠던 그 계략이 지금 베데커의 계획보다 덜 미친 짓이고, 덜 극단적인 짓이었다고 말할 수 있을까? 그렇게 말하기는 어려웠다.

미네르바가 복종적으로 두 머리를 낮추며 말했다.

— 오랜 시간 동안은 그 상태로 유지됐습니다. 거리가 엄청났으니까요. 링월드의 비밀이 손짓하듯 가물거렸지요. 하지만 당신이 떠나고 이 년 후에…….

떠난 것이 아니라 달아났다는 의미겠지.

베데커는 명령했다.

"솔직히 얘기해 보십시오."

미네르바가 눈길을 돌렸다.

— 외계인들이 도착하기 시작했습니다. 많은 숫자는 아니었습니다. 그들의 병력은 대부분 링월드로 파견됐으니까 말입니다. 하지만 세계 선단 주변으로 외계인들이 온 것도 사실입니다. 선단을 관찰하며 무역 관계를 체결해 줄 것을 요구했지요. 모든 외계인 집단이 서로의 경쟁에 우리를 끌어들일 계략을 꾸몄습니다. 일단 NP₃에 대사관을 열도록 허가해 주었더니 허스 자체에 열 수 있게 해 달라고 압박을 가해 왔습니다.

"그들이 뉴 테라에 대해서도 알고 있습니까?"

베데커가 물었다.

— 아닙니다. 최후자님.

"곧 알게 될 겁니다. 뉴 테라 우주선이 나를 여기로 데려왔으니까요."

네서스가 슬프게 노래했다.

— 그렇다면 그 우주선이 ARM 우주선을 찾아내 수치스러운 과거를 폭로하겠군요.

"아무래도 그럴 것 같아 두렵습니다."

네서스가 노래했다.

"세계 선단의 상황은 어떻게 돌아가고 있습니까?"

베데커가 재촉하듯 물었다.

— 죄송합니다. 최후자님.

미네르바는 멜로디가 툭툭 끊어지고 낙담하는 꾸밈음이 가득한 목소리로 추악한 이야기를 들려주었다.

케이론은 낡은 자동화 기기만으로는 방어망을 유지하기에 역부족이라 판단하고, 그 통제를 AI에 넘겼다. AI 프로테우스는 점점 더 성능이 향상되었고, 링월드가 사라진 이후로 더 큰 용량과 새로운 능력을 갖추게 되었다.

내 오랜 친구 미네르바가 보이스에 대해서는 어떻게 생각할까? 베데커는 궁금해졌다. 하지만 상황이 달랐다. 보이스는 그저 동행일 뿐, 그 이상은 아니었다. 그런데 허스와 시민들을 AI의 통제 아래 있는 무기로 둘러쌌다고?

네서스가 말했다.

"내가 한번 추측해 보지요. 아킬레스가 프로테우스를 구축했군요. 그 과정에서 자기를 없어서는 안 될 존재로 만들었을 테고 말입니다."

미네르바의 두 머리가 더 낮게 처졌다.

— 당신 말대로입니다. 네서스. 그자 말고 누가 그런 미친 짓을 하겠습니까.

"역시나 아직도 야심으로 가득하겠지요?"

네서스가 물었다.

— 당신 말대로입니다.

미네르바는 같은 말을 되풀이했다. 그리고 베데커가 그 안에 들어 있는 의미를 이해하려 애쓰고 있는 동안, 다시 온순히 읊조리듯 말했다.

— 한 가지 더 있습니다. 최후자님.

또 뭔가? 여기서 상황이 더 나빠질 수도 있다는 말인가?

"말해 보십시오."

미네르바가 말을 이었다.

— 올트로가 늙었습니다. 올트로를 구성하는 가장 젊은 개체도 열한 번째나 열두 번째 세대가 됐지요. 이렇게 오랫동안 융합한 그워테슈트는 한 번도 없었습니다. 올트로는…… 완전히 정상이라고 할 수 없습니다.

베데커는 물었다.

"그걸 어떻게 압니까?"

미네르바가 몸을 떨었다.

— 제 승무원 중 하나에게 들었습니다. '트프오'라는 그워가 한때 마지못해 융합에 참가한 적이 있었습니다. 나중에 다른 그워로 대체됐지요. 이곳은 고향에서 멀리 떨어져 있습니다. 아무리 그워라 해도

가끔씩은 대화 상대가 필요한 법이지요.

나도 보이스하고만 지낸 시간이 아주 많았지. 베데커는 생각했다. 루이스와 함께 모험하던 중에도 상당 시간을 루이스는 혼자 설정한 경로를 따라 링월드 여기저기로 돌아다녔다. 네서스와 재회한 것은 그로부터 한참 후였고…….

크진 함대가 방금 하이퍼스페이스로 도약했습니다.

제어반에서 문자가 깜박였다. 보이스의 경고였다.
어디로 가려는 거지?

3

도널드 장관이 보낸 호출 명령서에는 이렇게 적혀 있었다.

지금 당장 오십시오.

"말투하고는……."
지그문트는 중얼거렸다. 무슨 구체적인 호출 이유를 기대한 것은 아니었다. 하지만 좀 공손하게 굴면 어디가 덧나나?

가는 중.

그는 문자로 답을 보냈다.

하지만 그보다 먼저…….

이 난장판 서재는 그가 집에서 제일 좋아하는 방이었다. 메시지가 왔을 때 그는 투명한 벽 앞에 서서 경치를 감상하고 있었다. 유카와 메스키트로 된 울타리가 바람에 흔들렸다. 너무나 아름다운 사막이 저 멀리 삐죽삐죽 솟은 산악 지대까지 펼쳐져 있었다.

지그문트는 경치에서 눈길을 거두고 책상 앞에 가서 앉았다. 그리고 서랍을 뒤져 빗 하나와 휴대용 휴지 꾸러미, 목 캔디를 꺼냈다. 그 과정에서 그는 오랫동안 책상에 감추어 놓았던 이어폰을 손바닥으로 감추었다.

지그문트는 도널드 장관을 믿지 않았다. 그 족제비 같은 인간이 자신을 감시하리라는 것은 당연한 일이었다. 그는 귀지를 파내는 척하면서 손가락을 귀 깊숙이 눌러 장치를 작동시켰다. 장치는 그가 듣는 모든 것을 기록할 터였다.

제대로 작동만 한다면…….

그 장치는 오랫동안 서랍 속에서 잠자고 있었다. 지그문트는 시험 삼아 책상을 리듬에 맞추어 두드려 보았다. 귓속 장치로 지브스가 더블클릭 소리를 보냈다. 크고 선명하게 잘 들린다는 신호였다.

"지브스, 나는 국방부에 가 있을 거야."

이 장치를 숨긴 채 상황실에 들어서는 순간, 그는 범죄자가 될 것이다.

"이곳을 잘 지켜 줘."

— 물론입니다. 지그문트.

검정색은 이곳에서 염세적인 은둔자들이나 입는 옷 색깔이었다. 그래서 내성적인 색이기는 하지만 그나마 좀 더 사교적인 회색으로 바지와 셔츠의 색을 다시 프로그래밍했다. 여전히 밝은색은 아니니 그가 정말로 사람들의 관심을 끌고 싶지 않은 순간에 도움이 될 터였다.

지그문트는 뒷문으로 성큼성큼 걸어 나가 테라스에서 뉴 테라 방위군 본부의 보안 로비로 도약했다.

— 좋은 소식이 있습니다. 아니. 아주 좋은 소식이라고 할 수 있습니다.

줄리아가 보고했다.

지그문트는 상황실을 재빨리 둘러보았다. 사람들의 눈빛 속에서 희망과 안도가 보였다. 그리고 무언가 뜨끔한 듯한 기색도. 좋다는 것은 사람마다 의미가 달랐다.

혹시 줄리아와 앨리스가 ARM 우주선과 연락이 닿았다는 소식인가?

상황실 주 화면에 줄리아의 모습이 실물보다 더 크게 나오고 있는데도 지그문트는 책상과 그녀의 영상 가까이로 더 바짝 몸을 기울이고 들었다.

"계속 말해 보게, 대위. 아마도 귀환할 준비가 됐다는 소식이겠지?"

도널드 장관이 물었다.

— 곧 귀환할 예정입니다. 하지만 그보다 훨씬 더 중요한 소식이 있습니다. ARM 우주선 '코알라'호가 우리에게 연락해 왔습니다. 이제 우리는 혼자 돌아가지 않아도 됩니다.

줄리아가 대답했다.

환호성이 울려 나왔지만 도널드 장관이 주먹으로 탁자를 치자 잦아들었다.

"대위, 내가 분명히 경고……."

— 더 좋은 소식도 있어요.

국방부 장관의 경고는 아직 '인내'호에 도달하지 않았을 것이다. '인내'호 함교의 카메라가 앨리스의 목소리를 따라 돌아갔다. 지그문트는 앨리스가 저렇게 활짝 웃는 모습을 본 것이 언제였는지 기억나지 않았다.

— 지구로 돌아가는 길을 알아냈답니다. 현재 위치에서 은하계 남쪽으로 약 이백 광년 거리에 있어요. 뉴 테라에서는 이십 광년 정도죠. 지브스, 보여 줘.

앨리스의 모습이 사라지고 그래픽 영상이 그 자리를 차지했다. 펄서와 관련된 항성 지도였다. 항성 하나가 깜박이도록 설정되어 있었다.

지그문트는 이 정보를 찾아 반평생을 바쳤다. 네서스가 그의 삶을 영원히 바꿔 놓은 이후의 일이었다. 그래도 무언가 번뜩 떠오르는 것이라도 있을 줄 알았건만…… 아무것도 생각나지 않았다. 그 기억들은 그냥 숨어 있는 것이 아니었다. 완전히 사라져 버렸다.

그런데 갑자기 지도도 그렇게 사라지고 말았다.

"그래픽 종료!"

도널드 장관이 소리 지른 것이었다. 마지막으로 나왔던 앨리스의 영상이 지도 대신 자리 잡았다.

"지브스, 내 허가 없이는 이 영상을 아무에게도 보여 주지 말도록. 이 내용은 내가 의장님께 보고할 테니까. 여기서 일어났던 일에 대해 이 상황실 밖에서 그 누구도 벙긋 못 하게 하고."

― 예, 알겠습니다.

상황실의 지브스가 대답했다.

삶을 뒤흔들어 놓은 이 소식은 은폐 명령을 내리는 소리와 함께 지그문트의 귓속 장치에 녹음되었다. 하지만 지구의 좌표는? 사라지고 말았다! 스파이 렌즈만 착용했어도…….

하지만 감히 그럴 수는 없었다. 렌즈의 반짝거림으로 들킬 염려가 있었기 때문이다. 그리고 장치를 하나 더 달았다가는 벽 속에 있는 전력 공급 장치에서 빠져나가는 전력의 양이 많아져 감지될 위험도 있었다.

지그문트가 자책하고 있는 동안 도널드 장관의 명령이 '인내'호에 도달했다.

― 이해할 수가 없군요. 우리 모두 뿌리를 찾고 싶어 한 게 아니었나요?

앨리스가 말했다.

"적당히 하십시오, 앨리스 씨."

도널드 장관이 자리에서 일어나 카메라를 노려보았다.

"줄리아 대위, 즉각 뉴 테라로 귀환하도록. 뉴 테라의 위치를 밝혀서도 안 되고, 이방인의 우주선과 동행해서도 안 되네. 그쪽이 진실을 말한 거라면 우리는 어느 때든 원하는 시간에 지구를 방문할 수 있겠지. 만약 그게 아니라면 그들에게 우리가 사는 곳을 밝혀서는 안 되니까."

지그문트는 숨을 크게 들이마셨다.

지구를 발견했다는 소식이 바깥으로 퍼지는 데 시간이 좀 걸린다고 생각해 보자. 그것은 괜찮을지도 모른다. 예상치 못한 전개 상황을 의장에게 알릴 것인지 결정하는 것은 국방부 장관의 권리였다.

하지만 논리가 무엇이든 간에 도널드 장관이 시간을 끌고 있다는 점은 분명했다. 지그문트는 어떻게 해서든 이 소식을 바깥에 알리리라 다짐했다.

그런데 네서스는 어디 있지?

지그문트는 자기 선실에 처박혀 공처럼 몸을 말고 있는 네서스의 모습을 머릿속에 그려 보았다. 자기 종족이 과거에 저질렀던 범죄 행위와 뉴 테라가 만들어진 경위를 알게 된 ARM이 복수를 하러 올지도 모른다는 두려움으로 마비 상태에 빠진 퍼페티어의 모습이었다.

"우리 친구 네서스는 이 사건에 어떻게 대처하고 있지?"

— 네서스는 모르고 있어요. 협약체도 이곳을 정찰하려고 우주선을 보냈죠. 그는 '코알라'호가 우리에게 연락하기 전에 오래된 친구를 만나려고 떠났거든요.

지그문트는 앨리스의 자세에서 긴장감을 느꼈다. 앨리스가 무언가를 얘기 안 하고 있군.

도널드 장관이 말했다.

"줄리아 대위, 명령을 따르도록. 네서스가 떠날 준비가 안 되었다면 친구하고 남아 있으라고 해."

— 아직 연료 재충전이 마무리되지 않았습니다. 안전을 유지하기 위해 눈덩어리 사이를 옮겨 다니며 작업하려면 진행이 더딥니다. 그리고 사소한 장비 고장도 있습니다. 완전히 준비를 마치는 데 이틀 정도 걸릴 겁니다.

앨리스가 살짝 안심하는 듯 보였다.

이틀 안으로 무언가 일어나겠군. 지그문트는 그 일이 무엇일까 궁금했다. 하지만 앨리스를 너무나 잘 알기 때문에 단서를 캐려는 일 따위는 하지 않았다. 그렇다고 은밀히 물어볼 수도 없었다. 그가 협박해서 끌어들인 정보원은 정기 순찰 임무를 위해 세계를 떠나 있었다. 통신 센터에서 뒤가 구린 다른 누군가를 찾아낼 수만 있다면…….

집중해, 지그문트!

ARM과 접촉을 유지하는 것을 최우선으로 해야 한다. 얼마나 강하게 밀어붙여야 할까? 도널드 장관은 예전에도 한 번 지그문트를 이곳에서 거의 쫓아낼 뻔한 적이 있었다.

"장관, 다른 요소를 고려해 봐야 하오. 크진 함대가 근처에 머물고 있소. 크진인은 아주 호전적인 종족이고 무척 위험하지. 지구의 병력이 도착하기 전에 그들에게 뉴 테라의 위치를 노출시킬 위험을 감수할 수는 없잖소."

"십사 광년을 근처라고 할 수 있습니까? 당신이 말한 외계인을 피하는 것도 쉬운 문제입니다. 우리 우주선을 그 근처에서 철수시키면 되죠."

장관이 대꾸했다.

일 분 후에 줄리아가 말했다.

— 하나 더 아셔야 할 게 있습니다. 크진인들이 사라졌습니다.

이런 젠장!

지그문트는 말했다.

"장관, 방위군이 전면 경계에 들어가야 할 거요. 그리고 무엇보다도 우리에겐 동맹이 필요하오."

"진정하십시오, 지그문트 씨. 우린 언제나 확고한 경계 태세를 유지하고 있습니다. 아시다시피 '인내'호가 지금 저기에 가 있는 것도 다 그 덕분 아닙니까? 당신이 말한 외계인들도, 싸워서 차지해야 할 링월드가 더 이상 존재하지 않는다는 사실을 깨닫고 철수한 거겠죠."

"뉴 테라를 차지하려고 올지도 모를 일이오."

그리고 우리를 먹어 치우겠지.

"'인내'호가 관찰한 크진 함대의 규모에 맞서려면 ARM의 병력 강화가 필요하단 말이오."

장관이 얼굴을 찡그렸다.

"당신 머릿속에는 우리가 지구와 접촉해야 할 이유만 존재하고, 그 반대의 이유는 아예 존재하지도 않는 것 같군요."

— 좀 거들어도 되겠습니까?

지브스가 끼어들었다.

이곳 AI가 하는 말이 아니었다. 줄리아의 대답이 지연 없이 바로 이어졌기 때문이다.

"말해 봐, 지브스."

— 크진인의 암호를 해킹했는데, 그들의 함대는 뉴 테라를 향해 가지 않았습니다. 지금까지 해독한 내용으로 봐서, 그들이 뉴 테라의 존재를 알고 있을 가능성은 없습니다.

"이제 만족하십니까, 지그문트 씨."

도널드 장관이 쏘아붙였다.

— 그들의 함대는…….

먼 곳의 지브스가 침착하게 말을 이었다.

— 세계 선단을 침공하러 가고 있습니다.

4

뿌옇게 흐려진 오토닥 뚜껑 아래에서 루이스는 격해진 마음으로 눈을 떴다. 아주 잠깐 데자뷔의 느낌이 스쳐 지났다. 어? 조금 전에도 오토닥에서 눈을 뜨지 않았던가?

그 순간, 기억들이 폭풍처럼 밀려들었다.

오랫동안 잊고 있었던 부모님과 누이, 네서스, 절망적이었던 순간들, 난파 우주선, 무모한 구출 작전, 도서관을 훔치기 위해 팩의 후송 함대를 급습했던 기억, 불가사리들의 내전에 끼어들었던 기억, 반사회적 인격 장애자의 지휘 아래 행성 파괴 장치를 휘두르려던 미치광이 퍼페티어들의 기억, 수백만 명의 인간이 살고 있는 잃어버린 개척지의 기억, 매번 닥쳐올 때마다 열렬히 받아들였던 모험과 기억상실, 키가 크고 호리호리하지만 강인한 인상의 여성……

앨리스!

그의 기억 속에서는 앨리스가 더 젊고, 검은 머릿결에 따뜻하고 매력적인 갈색 눈동자를 하고 있었다. 그리고 그의 아이를 가졌다!

루이스는 공황 버튼을 눌렀다. 뚜껑이 열리기 시작했다. 너무 느렸다. '롱샷'호에 익숙한 발굽 소리가 들려왔다.

"드디어 돌아왔군요."

최후자의 목소리였다. 낡은 기억과 새로운 기억 들이 천둥처럼 터져 나오는 가운데 루이스는 이름 하나를 떠올렸다.

베데커.

뚜껑이 열리고 마침내 루이스도 자리에 일어나 앉을 수 있었다. 베데커와 네서스가 그를 지켜보고 있었다. 네서스가 출입구를 향해 옆걸음질을 쳤다.

나에게 자리를 만들어 주려고? 아니면 나에게서 달아날 준비를 하는 건가?

루이스는 말했다.

"링월드 이전에도 내가 오래전부터 둘을 알고 있었군."

"그렇습니다."

베데커가 말했다. 그리고 목 한쪽을 쭉 펴며 깨끗한 전신복을 건넸다.

루이스는 옷을 받아 들려고 몸을 숙이다가 오토닥에서 거의 굴러떨어질 뻔했다. 여러 가지 기억들이 앞뒤 없이 마구 머릿속으로 쏟아져 들어왔다. 루이스는 어지럼증을 느끼며 다시 주저앉았다.

"시간 감각이 혼란스러운가 보군요. 이렇지 않을까 걱정했습니다만······."

소방 호스를 입에 대고 물을 마시는 것처럼 이미지들이 루이스를 압도하며 한꺼번에 밀려들었다.

피가 뿌려진 바이저 너머로 일그러진 미소를 짓고 있는 여자의 얼굴이 보였다. 거대한 피오르해안, 조류가 밀려들고 앨리스가 그의 옆에 서 있었다. 그는 조금 전에 그녀를 처음 만났다. 불가사리들과의 하이퍼웨이브 회의. 그워스! 그렇지, 그들은 스스로를 그워스라 불렀어. 진통제, 중독, 금단증상······ 그리고 앨리스와 사랑을 나누던 날들. 부러진 갈비뼈, 우스꽝스러운 비대칭 수염을 하고 있던 사내들 그리고······.

네서스가 소리쳤다.

"루이스, 내 말 들으십시오. 오토닥이 아주 많은 기억흔적들을 복구했습니다. 당신은 지금 일 년을 한순간처럼 다시 살고 있는 겁니다."

루이스는 정신을 차리려고 필사적으로 고개를 저어 댔다.

"분명 이것들을 차례대로 겪었을 텐데 왜 이렇게 모든 게 뒤죽박죽이지?"

"아주 긴 시간이 지났습니다."

최후자…… 아니, 베데커가 말했다.

"그 기억들을 기록한 이후로 셀 수 없이 많은 새 기억들이 신경 회로를 다시 만들거나 변경시키면서 각인된 겁니다."

하지만 루이스는 아직 과거에서 허우적대느라 그런 설명을 거의 듣지 못했다.

앨리스를 위해 아침 식사를 요리하던 기억. 앨리스는 자기가 먹을 토스트 하나도 제대로 준비하지 못했다. 우주 공항 선술집을 여기저기 들락거리던 기억. 비밀 요원 노릇을 하며 아킬레스를 배신했던 기억. 진주 목걸이처럼 드리워진 소형 태양들. 뉴 테라 군인들에 의해, 크기만 크고 볼썽사나웠던 정부 건물에서 쫓겨났던 기억…….

루이스는 혼란에서 빠져나오려고 버둥거리며 말했다.

"정신이 마치 두 개로 나뉜 것 같아. 두 장소에 동시에 있는 것 같은 기분이야. 지금 네 말은 내 오래된 기억흔적들이 있어야 할 자리에 제대로 있지 못했다는 거지? 내 머릿속이 너무 많이 바뀌어서 오래된 기억들이 제자리를 찾지 못하는 거야."

"아마도 그게 맞을 겁니다. 카를로스 우는 차치하고, 어쩌면 음률가를 제외하고는 그 누구도 이 오토닥의 진정한 능력을 이해하지 못할 겁니다."

베데커가 말했다.

"카를로스라면 내 아버지 말이지?"

"맞습니다. 이 놀라운 오토닥은 당신이 물려받은 유산입니다."

루이스는 소용돌이에서 빠져나오듯 간신히 오토닥을 나왔다. 그는 꾸물거리며 전신복을 입었다.

"앨리스하고 얘기를 좀 해야겠어."

"'인내'호와 '롱샷'호는 각자의 길로 갈라졌습니다. 우리가 신호를 보내도 앨리스와 줄리아는 지금은 곤란하다는 말 말고는 아무런 할 얘기가 없을 겁니다."

"내가 기억을 되찾았다고 하면 앨리스도 나하고 얘기하려고 할 거야."

"아마도 그렇겠지요."

네서스가 말했다.

갑자기 루이스는 너무 배가 고프다는 생각이 들었다.

"아직도 어지럽고 정신이 없네. 누가 먹을 거 좀 갖다 주면 안 되나?"

"물론 그래야지요."

네서스가 복도를 향해 더 뒤로 물러섰다.

"우리 둘 사이에 서십시오. 그러면 우리가 합성기까지 안내하겠습니다."

걷는 동안에도 옛 기억이 계속해서 솟아났다. 루이스는 두 번이나 벽에 기대고, 한 번은 네서스의 넓은 등짝에 부딪쳐 바닥을 구를 뻔하다가 그의 갈기를 붙잡은 덕에 쓰러지지 않았다. 음조 없는 날카로운 소리와 함께 네서스가 멈춰 섰다. 그가 다리를 벌리고 서서 버티는 동안 루이스는 다시 균형을 잡을 수 있었다.

"보이스."

그는 AI를 불렀다.

"'인내'호에 계속 신호를 보내. 앨리스한테 내가 기억을 되찾았다고 전해 줘."

— 회신이 오면 알리겠습니다.

"고마워, 보이스."

내가 나이 덕분에 똑똑해진 건가? 아니면 기억들이 무작위로 배열되는 바람에 보이지 않던 상관관계가 보이게 된 건가?

……내가 너무 순진했군.

루이스는 조심스럽게 입을 열었다.

"케이론 말이야……."

네서스가 한쪽 머리만 돌려 뒤를 보았다.

"케이론이 어떻다는 겁니까?"

"링월드 탐사 때, 대원들에게 브리핑을 한 게 그자였지."

키론, 케이론…… 갑자기 모든 것이 루이스의 머릿속에서 분명하게 정리되었다.[*]

"그자는 우리가 외계인이라서 겁을 먹고 홀로그램으로 나타난 게 아니었어."

"그렇습니다."

베데커가 뒤에서 맞장구쳤다.

---

* Chiron은 키론과 케이론 두 가지로 발음된다.

작은 휴게실에 도착하자 네서스는 벽을 밀어 루이스가 빠져나 가도록 해 주었다.

"케이론은 자신이 퍼페티어가 아닌 걸 숨기려고 홀로그램으로 나타난 거야."

머리가 너무 복잡해서 루이스는 아무 음식이나 닥치는 대로 뽑아 접시 위에 올렸다.

"세계 선단을 통치하는 자는 이제 퍼페티어가 아니군."

"슬프게도 그렇습니다."

베데커가 대꾸했다.

더욱 많은 기억들이 뽑어져 나왔다. 물로 가득 찬 소형 우주선 들. 불가사리 비슷한 존재들. 느려 터지고 덜떨어져 보이지만 진 정 뛰어난 머리를 가지고 있던 존재…… 올트로!

루이스는 말했다.

"네서스, 그워스에 관한 상황을 조작한 아킬레스를 막으려고 네가 날 고용했지. 하지만 난 실패하고 말았고."

"그 누구도 성공할 수 없는 과제였습니다."

네서스가 대꾸했다.

루이스의 머릿속에서는 그워스 전쟁이 조금 전에 끝난 것처럼 느껴졌다. 네서스를 아킬레스의 감옥으로부터 구출해 낸 것도 조 금 전의 일 같았다. 베데커가 함께 가기를 거부했던 것 역시 그렇 게 느껴졌다. 루이스의 머릿속에서는 링월드와 그 안에 사는 삼 십조 명의 거주민들이 사라진 것 또한 불과 며칠 전 일인 것만 같 았다.

"그러니까 그워스가 세계 선단을 통치하고 있단 말이지. 올트로가. 그럼 아킬레스는?"

"올트로가 맞습니다."

베데커가 대답했다.

"아킬레스는 꼭두각시 최후자의 권력을 되찾으려고 새로운 공작을 벌이고 있지요. 내가 왜 링월드의 최신 기술을 그렇게 간절히 찾아 헤맸는지 이제는 이해하겠습니까? 허스를 해방시키기 위한 거였습니다."

얼마나 간절했으면 나만이 아니라 크미까지 납치했을까. 세상에, 퍼페티어가 크진인을 납치하다니! 심지어 지금도 그런 결정은 도무지 이해하기 힘들었다. 루이스는 친구들을 향해 고개를 돌렸다.

"그래서 필요한 건 찾아냈나?"

베데커가 목을 구불구불 요동쳤다.

"어쩌면. 이제 곧 네서스와 내가 알아내야지요."

루이스는 고개를 저었다.

"아니, 우리가 함께 알아내야지."

드디어 앨리스로부터 연락이 왔다.

— 이젠 나를 알아볼 것 같다고?

"정말 알아본다니까."

루이스는 말했다. 앨리스의 얼굴이 자신에게 주먹을 날렸던 화난 할머니 얼굴과 자신이 조금 전에 떠나온 여자라고 미어지는 가슴이 고집하는 검은 머릿결 미인의 얼굴 사이를 왔다 갔다 했다. 내가 저 눈동자를 잊고 있었단 말이야? 정말? 도무지 가능한 일 같지가 않았다.

"내 기억이 돌아와서 기뻐."

루이스의 말에, 앨리스가 억지로 미소 지어 보였다.

— 당신 기억이 지워지기 전까지는 좋은 시절이었지.

정말 그랬다.

"아킬레스는 나를 해칠 수만 있다면 무슨 짓이라도 했을 거야. 내가 뉴 테라에 머물렀다면 쉽게 표적이 됐을 테고, 결국 당신까지 표적이 되고 말았을 거야."

— 지그문트도 그렇게 말했지. 그런데 왜 그 결정에서 나만 쏙 빼놓은 거야?

뉴 테라의 일로 몇 광년이나 떨어져 있었으니까. 우주선에서 아이를 낳지 않으려고 의료용 정지장을 계속 들락거리고 있었으니까.

"그게 무슨 상관이야, 앨리스. 내가 여기 돌아왔잖아. 기억도 찾았단 말이야. 내가 떠나던 그날처럼 난 아직도 당신을 사랑하고 있어."

— 아하, 그래서 그렇게 도망가셨군?

가슴이 아팠다.

"나 우리 관계를 다시 시작하고 싶어."

앨리스가 배를 움켜쥐며 웃었다.

— 다시 시작하자고? 백 년이 넘게 지난 일이야. 당신은 아직 아이

일지 몰라도 나는 할머니가 됐는데.

"우리 나이는 비슷하잖아."

루이스가 따졌지만 앨리스는 말없이 그를 쳐다보기만 했다.

"아프게 해서 미안해."

마침내 루이스가 다시 입을 열었다.

— 그래도 한 가지는 깨달았나 보네.

앨리스는 그렇게 말하고 통신을 끊었다.

5

포식자들이 앞으로 기어 나왔다. 그들이 키 큰 풀을 헤치고 지나간 자리는 위에서 봐야 보였다. 사냥감 무리는 그중 경계를 서는 개체가 이따금씩 더 잘 보고 듣고 냄새를 맡으려고 고개를 치켜들기도 했지만 바람을 안고 있어서 포식자의 냄새를 맡지 못하고 그저 풀만 뜯었다.

그 모습을 지켜보며 크드오는 포식자에게서도, 사냥감에게서도 시민들을 떠올렸다. 물론 저 동물들은 더 작았다. 크기로만 보면 시민보다 그워스에 더 가까웠다. 초식동물들은 시민들처럼 똑바로 서 있는 반면, 사냥꾼들은 땅바닥에 몸을 착 붙이고 살금살금 움직였다.

크드오는 배율을 더 확대해 보았다.

"지혜로운 이시여."

한 하인이 주저하며 말했다.

경비행기는 외딴섬의 사냥 금지 구역 위에 떠 있었다. 크드오가 깜짝 놀라 조종간을 당기는 바람에 시야가 흔들리며 빙빙 돌기 시작했다. 그녀의 생각은 여러 세계 건너 허스에 가 있었다.

"무슨 일이지요?"

크드오가 뿌루퉁해서 물었다. 실로 오랜만의 휴식을 방해한 자가 누군지 보려고 그녀는 관족을 하나 들어 올렸다.

크그오였다. 그의 외피가 시선을 의식한 듯 근적외선으로 물결쳤다.

"죄송합니다, 지혜로운 이시여. 모두에게 소환 명령이 떨어졌음을 알려 드리려고 왔습니다. 방금 아주 중요한 메시지가 도착했습니다."

"어디서요?"

"'친선'호입니다."

그러면 링월드로부터…… 아니, 링월드가 있었던 곳으로부터 소식이 왔다는 소리다. 여러 종족들이 티격태격 다투고 있는 광란의 혼돈 속에서.

크드오는 말했다.

"융합 호출인가 보군요."

고르지 않은 줄무늬가 크그오의 외피에 물결쳤다.

"저도 그 이상은 잘 모릅니다."

질문한 게 아니었는데. 크드오는 그를 당황시킬 생각이 없었다. 그녀는 컴퓨터에서 물러나면서 아직도 빙글빙글 도는 영상을

266

가리켰다.

"저게 뭔지 알겠어요?"

"모르겠습니다."

"다섯 세계 중에서 딱 하나 남은 포식자 보호구역이랍니다. 어디서 출발하든 대양을 절반은 건너와야 하는 섬이지요. 저기에 시민들은 자기들의 태곳적 유산의 잔재를 남겨 두었어요. 왜 그랬을까요?"

크그오의 외피에서 생각에 잠겼음을 의미하는 노란색과 초록색 물결이 일었다.

"저는 시민들에 대해서 잘 모릅니다."

지성을 갖춘 사냥감들이 두려운 포식자들을 그대로 남겨 두었다는 것이 논리에 맞지 않아서?

"생태계는 일단 파괴되면 완전한 회복이 절대 불가능하지요. 우리도 거주 공간에 이식된 환경을 가지고 있지만, 그런 환경은 결코 자연적인 생태계처럼 풍부할 수도, 활기찰 수도 없어요."

"시민들은 비록 오래되고 위험한 환경이라 해도 그 환경이 가진 잠재력을 잃어버릴까 봐 두려워한 겁니까? 그렇다면 이해가 될 것 같습니다."

크그오가 익숙하지 않은 개념을 이해하려 애쓰며 관족 하나를 초조한 듯 꿈틀거렸다.

"저들의 비겁함은 생각했던 것보다 훨씬 더 복잡한 측면을 가지고 있군요."

더더욱 계산적이기도 하고. 크드오는 추측했다. 그녀가 융합을 하기 위해 물을 뿜으며 움직이자, 크그오는 적당한 거리를 두고 그 뒤를 쫓았다.

신성불가침의 융합실 안에서 올트로는 생각했다.

사라진 링월드의 계 가장자리에서 협약체 우주선 '친선'호가 크진 함대가 사라졌음을 보고했다는 점에 대하여.

링월드의 부를 차지하기 위한 전쟁이 불가피했음에 대하여.

그 인공 구조물이 사라진 것은 불가피한 일이 아니었음에 대하여.

그워스와 시민들의 세계에서 오랫동안 얼굴을 보이지 않았던 베데커와 네서스가 다시 등장해 ─링월드에서 나타난 것인가? ─ 크진의 전투 함대가 세계 선단을 향하고 있다고 주장했다는 사실에 대하여.

단위 개체치고는 베데커가 꽤 능력 있는 과학자였다는 점에 대하여. 그가 계속해서 그워스의 일에 간섭한다는 것은 불행한 일이었다.

올트로에게 있다가 '친선'호로 추방된 전 단위 개체 트프오가 미네르바의 보고 내용을 다시금 확인해 주었음에 대하여.

트프오가 융합을 불쾌하게 여기는 바람에 융합 자체가 불쾌한 일로 변해 버려서 그를 제명할 수밖에 없었던 사정이 아직도 수수께끼로 남아 있음에 대하여.

─ 이해할 수 없다고? 그걸 몰라요? 설명해 줄까요?

크드오가 희미하게 주장했다.

올트로는 이 무례한 반응을 나무란 후에 숙고를 이어 갔다.

링월드 근처에서의 활동을 관찰한 결과, 비밀 디렉터리에 저장되어 있던 역사 파일의 이야기대로 크진인이 무모하고 위험한 종족임이 입증되었음에 대하여.

그리고 인류도 크진인만큼이나 무모하며, 위험하기로는 훨씬 더 위험한 종족임이 입증되었음에 대하여.

— 그러면 지그문트는요? 루이스는? 뉴 테라 사람들은요?

한 단위 개체의 잔재가 의문을 제기했다.

— 그들은 우리 세계를 두 번이나 구해 주지 않았나요?

올트로는 이의 제기를 무시해 버렸다.

외계인을 제삼자로서 허스로 끌어들이려 했던, 딱할 정도로 속이 빤히 보이던 네서스의 계략이 마침내 성공을 거두려 한다는 사실에 대하여. 고작 링월드의 실종만으로 네서스의 음모가 실현되다니! 링월드가 하이퍼스페이스로 사라진 것은 아직 설명되지 못한 부분이었다.

자신들조차 이런 가능성은 내다보지 못했음에 대하여.

무장한 동맹군을 불러오는 일과 올트로를 축출하는 일은 별개임을 네서스도 이제 곧 알게 될 것이라는 점에 대하여.

링월드의 실종이라는 특이한 사건에 이끌려 뉴 테라의 우주선도 함께 나타났다는 사실에 대하여.

'인내'호가 ARM의 인간들과 접촉했으니 오랫동안 숨겨져 왔던 노예 세계의 역사가 당연히 드러났으리라는 점에 대하여.

크진인 전사들을 이곳으로 이끈 동기가 무엇이든 간에 ARM

의 인간들 역시 세계 선단을 공격할 충분한 이유를 발견했다는 점에 대하여.

시민들은 비밀을 유지하려 했으나 역사적 기록을 보면 협약체는 인간과 크진인의 문제에 개입해 왔고, 어쩌면 다른 종족의 일에도 개입해 왔을지 모른다는 점에 대하여.

— 겁쟁이들이면서도 대단히 실용주의적이지요.

크드오가 포식자 보호구역에서 보았던 동물들의 모습을 떠올리며 융합체에게 속삭였다.

겁쟁이라고 해서 폭력을 배제한다는 의미는 아니며, 다만 폭력을 교묘하게 사용할 뿐이라는 점에 대하여.

자신들이 세계 선단을 지배하고 시민들을 길들임으로써 협약체가 이기적인 침략을 계속하지 못하게 막았음에 대하여.

이제 결정은 두 가지 선택으로 압축되었음에 대하여. 하나는 그냥 떠나는 것이었다. 누가 돌진해 오든 시민들에게는 치러야 할 죗값이 있었다. 다른 하나는 그들에 대항해서 싸우는 것이었다. 여기서 그들의 전함들을 파괴해 버리면 앞으로도 그들은 즘호나 클모 혹은 그들이 아직 직접 접해 보지 못한 새로운 개척지들을 절대로 위험에 빠뜨리지 못할 터였다.

— 새로운 세계에서 보게 될 경이로운 것들을 상상해 보세요.

크드오가 유혹했다.

올트로는 다시 이 무례한 단위 개체의 입을 틀어막았다.

크진인이 도착할 때까지 거의 백 일 정도가 남았음에 대하여. 뉴 테라 사람들이 보고했듯 크진인들이 침략할 의도를 가지고 있다면 그 두 배 정도의 시간이 필요할 터였다. 세계 선단에 착륙하려면 크진 우주선들은 세계 선단의 노멀 스페이스 속도에 맞출 시간이 필요했다.

올트로가 통치하고 있는 한, 과학부의 모든 자원을 자신들 맘대로 활용할 수 있으리라는 점에 대하여.

마음만 먹으면 자신들은 이 세계를 하루 만에 빠져나갈 수 있다는 사실에 대하여.

그런 선택 가능성을 유지하기 위해서는 프로테우스의 성능을 최대한 향상시키는 것이 좋다는 점에 대하여.

이런 결정을 두고 아킬레스가 우쭐하고 만족스러워할 것이라는 점 정도는 참아 줄 수 있음에 대하여.

더 흥미로운 프로젝트에 투자할 시간을 아끼기 위해 호라티우스나 아킬레스 같은 바보들을 일부러 관대하게 대해 주고 있음에 대하여.

그리하여 올트로는 '친선'호로부터 들려온 소식을 알리고 프로테우스와 관련된 결정 사항을 전달한 후에, 다중 우주 수학의 세부 사항들을 다듬는 데 모든 관심을 집중했다.

— 여기는 우주 교통 통제실입니다.

전술 상황 화면에 우주선 각각을 가리키는 응답기 코드의 문자열이 올라오고 있었다. 아킬레스는 노래했다.

"여기는 NP_1에서 귀항하는 '포세이돈'호."

— 알겠습니다.

통제사가 중간 집결 궤도의 매개변수를 덧붙이며 말했다.

— 확인 절차 진행하기 바랍니다.

아킬레스는 그냥 말없이 기다렸다. 심장이 쿵쾅거렸다. 이 행동 방침은 미친 짓이었기 때문이다. 정찰을 위해서든 안내를 위해서든, 종족의 무리로부터 떨어진다는 것 자체가 바로 광기의 정의였다. 그러나 종족이 살아남기 위해서는 이런 미친 자들이 반드시 필요했다.

— '포에이돈'호, 확인 절차를 진행하십시오!

아킬레스는 응답기를 끄고 '포세이돈'호를 우주 교통 통제실 시스템에서 빼냈다. 몇 초 후, 그의 장치가 레이더 신호를 감지하고 알렸다.

하지만 '포세이돈'호는 이미 스텔스 모드에 들어가 있었다. 레이터 탐지에는 아무런 반향도 나타나지 않을 터였다.

— '포세이돈'호, 들립니까?

아킬레스는 경로와 속도를 바꾸었다. 그리고 다시 바꾸었다.

— 여기는 허스 행성 방어 본부.

새로운 목소리가 등장했다.

— '포세이돈'호, 아니면 정체가 무엇이든 간에, 당신을 광학 센서로 추적 중입니다. 지금 당장 달아나지 않으면 파괴될 것입니다. 경고는 이번 한 번입니다. 십, 구, 팔…….

즉각적인 복종을 요구하는 엄격한 화음이 섞인 더 단호하고 강력한 목소리였다. 프로테우스로군.

전술 상황 화면을 보니 근처에 있던 곡물 수송선들이 황급히 흩어지고 있었다. 칠 초에서 육 초로 넘어갈 때, 아킬레스의 계기판이 저강도 레이저 빔을 감지했음을 보고했다. 표적 자동추적이 가동됐나? 아니면 요행으로?

아킬레스는 급하게 방향을 꺾었다. 우주선이 빙빙 돌았다. 비행 조종간을 잡고 있는 턱을 놓고만 싶었다. 달아나고 싶은 충동에 다리가 후들거렸다.

조증을 느껴 봐. 광기를 받아들여. 아킬레스는 스스로에게 말했다. 그의 턱들이 조종간을 악물었다. 마비 상태로 무너져 내릴 시간은 나중에라도 얼마든지 있었다. 레이저 빔은 그대로 고정된 채였다.

다시 두 번째 레이저 빔이 그의 우주선을 찌르고 들어왔다. 전술 상황 화면을 보니 적외선 세 줄기가 그를 향해 달려들고 있었다. 질량 병기 드론이었다.

— 사, 삼……

아킬레스의 우주선이 허스에서 멀어지기 시작했다. 그는 다른 입으로 우주 교통 통제실 응답기를 다시 켰다.

— 이……

"여기는 '포세이돈'호, 아킬레스 장관입니다."

레이저는 계속 고정되어 있었지만, 안쪽으로 달려들던 드론들 중 가까운 쪽에 있던 것들이 방향을 틀었다.

"행성 방어망 불시 검사를 진행했습니다."

— 신원을 확인하겠습니다.

단호한 목소리가 명령했다. 무작위처럼 보이는 수열이 전송되었다. 컴퓨터가 거기에 대응하는 답을 작성하자 아킬레스는 '전송'을 눌렀다.

— 확인되었습니다. 통제실. 하던 일을 계속하기 바랍니다.

프로테우스가 노래했다.

"여기는 아킬레스 장관. 하모니어스 필드에 우선적인 착륙 허가를 요구합니다."

— 잘 알겠습니다. 즉각적인 착륙이 허가됐습니다.

통제사가 떨리는 목소리로 노래했다.

아킬레스는 '포세이돈'호를 착륙시켰다. 우주선이 착륙하고도 시간이 조금 더 지난 후에야 착륙장의 도약 원반으로부터 시민들이 떨면서 나타났다. 아킬레스는 우주선을 나와 마중 온 이들 사이로 다가갔다. 장식 띠와 작업복을 보니 모두 우주 공항 노동자들이었다.

한 시민이 앞으로 걸어 나왔다.

"어서 오십시오, 장관님. 불시 검사가 만족스럽게 이루어졌는지 모르겠습니다."

아킬레스는 노래했다.

"잘했습니다. 수고했습니다."

그들이 복종하듯 머리를 낮추고 기다렸다.

"잘했습니다."

아킬레스는 되풀이해서 말했다. 잘했지. 프로테우스가 잘 작동하는 동안에도 우주선 한 척만 일탈하는 기색을 보이면 너희를 공황 상태에 빠뜨리기에 충분하다는 걸 보여 줬으니까.

"미안합니다. 공적인 용무가 있어서 이만 가 봐야겠군요."

설문古紋을 입력하고 입술 마디를 꿈틀거리자 보호되어 있던 주소가 이동 제어기에 나왔다. 아킬레스는 착륙장에서 최후자의 개인 관사 보안 검색대로 곧장 도약했다.

경비병들이 아킬레스를 호위해서 관사를 지나 호라티우스의 개인 사무실로 안내했다.

아킬레스는 이 사무실을 너무나 잘 알고 있었다. 그 단조로운 미니멀리즘의 가구 배치는 경멸스러웠다. 달랑 타원형 책상 큰 거 하나에 쿠션 몇 개가 전부로군. 최후자의 사무실이라면 이건 아니지.

"우리 둘만 남겨 두고 나머지는 나가 주십시오."

호라티우스가 노래했다.

"네, 최후자님."

수석 경비병이 대답했다. 경비병들이 문을 닫고 물러갔다.

"나를 보러 이곳에 와 달라고 했지, 시민들을 공황에 빠지게 하라고는 안 했습니다만."

호라티우스가 불쾌한 듯 다짜고짜 말했다. 하지만 불쾌함도 그 거들먹거리며 뜸 들여 말하는 습관을 없애지는 못했다.

아킬레스는 노래했다.

"우리 방어 시스템은 실질적인 검사가 필요합니다."

"케이론도 아마 당신의 생각에 동의할 것 같군요."

호라티우스가 쌓아 놓은 베개 더미 위에 앉으며 말했다.

"그가 앞으로 백 일 안에 프로테우스의 성능을 크게 확장시킬 것을 제안하고 있습니다."

제안이라······.

하지만 그것은 어느 최후자도 '감히 무시할 수 없는' 제안이었다. 아킬레스가 할 수 있는 일이라고는 자기 두 눈을 마주 보지 않고 참는 것밖에 없었다.

"저를 왜 부른 겁니까?"

"프로테우스의 성능 확장을 감독해 달라고 요청하는 겁니다. 알지 않습니까?"

짜증 나는 뜸 들이기가 이어졌다.

"다 알면서 모른 척 시치미 떼지 마십시오."

아킬레스는 생각했다. 너에게는 내가 필요하다는 사실을 일깨워 줘야 하니까, 호라티우스. 올트로 역시 나를 필요로 한다는 사실도.

"누구 요청인데 거절하겠습니까? 당신은 제가 우주선 하나로 공황을 불러일으켰다고 했는데, 만약 크진 전투 함대가 통째로 나타났다면 어떻게 반응했겠습니까?"

호라티우스는 목을 떨었지만, 상상력 없이 땋아 내린 갈기를 물어뜯지 않고 간신히 버티는 것 같았다.

"당연히 항복했을 겁니다. 제정신인 최후자라면 누구든 그리 하겠지요."

"하지만 올트로는 항복하도록 허락하지 않았을 겁니다. 그렇지 않습니까?"

"그래서 당신을 부른 거지요."

호라티우스가 인정했다.

그 부분을 꼭 기억해 두라고. 아킬레스는 속으로 중얼거렸다.

"방어 시스템을 확장하면 자원을 상당히 잡아먹게 될 겁니다."

"필요한 만큼 지원하겠습니다."

호라티우스가 대답했다.

"그리고 오늘 본 것처럼 불시 검사가 더 있을 겁니다. 경우에 따라서는 우주선이 한 척 이상 동원될 수도 있습니다. 정중하게 묻건대……."

하지만 이 화음은 뒤틀리고 반어적인 거짓말이었다.

"그런 상황에서도 지휘할 수 있겠습니까?"

"나는 최후자입니다."

호라티우스가 발굽을 넓게 벌리고 몸을 세우며 말했다.

"지당한 말씀이지요……."

하지만 넌 그런 일을 감당할 준비가 안 되어 있잖아.

"하지만 당신이 굳이 그런 짐을 짊어질 필요는 없습니다."

뜸 들임이 어느 때보다도 길게 이어졌다. 하지만 아킬레스는 이 침묵만큼은 자신의 제안을 고려해 보고 있다는 의미로 해석하기로 했다.

마침내 호라티우스가 노래했다.

"나는 최후자입니다."

아킬레스는 이 화음 속에 담긴 추가적인 뉘앙스를 감지했다. 갈망? 순간적인 유혹?

"세계 선단 내부에서의 전쟁은 전례가 전혀 없습니다. 이러한 시기에 보수당에서 지휘를 계속 맡을 수 있는 자가 과연 있겠습니까?"

"나는 최후자입니다."

호라티우스가 되풀이했다. 하지만 그 속에는 고통의 꾸밈음이 너무나 또렷하게 녹아들어 있었다.

6

지그문트는 먹는 둥 마는 둥 식사를 마쳤다. 그나마 조금 입에 넣어 삼킨 것들도 납덩어리를 녹여 삼킨 듯 속이 화끈거렸다. 생각을 전달하는 방법은 많고도 많았다. '나는 모른다.', '미안하지만 그 부분은 말해 줄 수 없다.' 등등. 하지만 모두 이미 써먹은 방법이었다.

"이건 부당해요, 아버지."

헤르메스가 말했다. 그의 얼굴은 오랜 농사일로 검게 그을리고 거칠어져 있었다.

"저는 어린 시절 내내 과연 아버지가 언젠가는 집으로 돌아올까 궁금해하면서 보냈어요. 어머니가 아테나와 저를 위해 용감한 척 애쓰시는 모습을 보면서 자랐죠. 그런데 이번엔 제 딸이 나가 있어요. 연락도 안 되고 어딘지도 모를 곳에 말이에요."

네 딸이지만, 내 손녀이기도 하지 않니. 나도 네 맘을 이해한

다, 아들아.

"내가 해 줄 수 있는 얘기는 줄리아가 잘 있다는 것과 네가 자랑스러워할 일을 하고 있다는 것밖에 없다. 미안하구나. 더 이상은 말해 줄 수 없다."

"아무렴, 더는 말씀하시지 않겠죠."

아멜리아가 질책했다.

지그문트의 며느리는 유머 감각이 짓궂었다. 아멜리아는 통신 기술자였는데, 그녀의 말만 들어 보면 지그문트보다 두 배는 똑똑했다. 그녀는 시아버지를 그리 좋아하지 않았고 지그문트 역시 며느리를 그리 좋아하지 않았다. 하지만 아멜리아는 헤르메스를 사랑했고, 헤르메스는 그녀를 사랑했다. 그리고 둘이 함께 참하디참한 손녀를 키워 냈다.

지그문트는 아멜리아를 싫어했지만 그것은 중요한 문제가 아니었다. 오늘 아멜리아는 완전한 피해자 어머니의 모습이었고, 지그문트는 그녀의 아이를 위험으로 몰아넣은 자들과 가장 가까운 인물이었다. 지그문트 역시 그중 한 사람이었다는 사실을 그녀가 안다면…….

아멜리아는 앞에 놓인 음식에 손도 대지 않았다.

"잘 있다고요?"

그녀가 쏘아붙이듯 말했다.

"더는 할 말이 없구나."

지그문트는 완강하게 되풀이했다.

"그 애가 곧 돌아오나요? 위험한 거 아니에요?"

그 애는 아주 머나먼 전쟁터에 나가 있다, 이렇게 솔직히 대답 한다고 해도 아무런 도움이 되지 않을 터였다.

"괜찮을 거다."

대답을 하면서도 지그문트는 자기 말이 공허하다는 것을 잘 알고 있었다.

주머니가 울렸다.

"잠깐 실례하마."

그는 휴대용 컴퓨터를 꺼냈다.

당장 여기로 오십시오.

도널드 장관의 메시지였다.

"줄리아에 관한 건가요?"

아멜리아가 물었다. 그렇다고 확신하면서도 지그문트는 고개 를 저었다.

"나도 모르겠구나."

또 모른다는 말이 나왔다.

"어쨌거나 지금 가 봐야겠다. 저녁은 잘 먹었다."

지그문트는 헤르메스와 아멜리아의 집 정문 바로 바깥에 있는 도약 원반을 타고 국방부로 도약했다.

— 제 잘못입니다. 모든 책임은 저에게 있습니다.

줄리아가 말했다. 그녀는 마치 두들겨 맞기라도 한 듯 진이 빠진 모습이었다.

도널드 장관이 동영상을 정지시켰다.

"어떻게 생각하십니까?"

지그문트는 장관의 개인 사무실을 둘러보았다. 평소에 어슬렁거리던 작자들이 보이지 않아 기뻤다.

내 생각에는 앨리스가 독자적으로 일을 추진한 것 같네, 장관. 당신도 단독으로 일을 추진했으니. 내가 '인내'호에 승선하기만 했어도 앨리스는 여기 살아 있었을 거야.

……과연 누구의 잘못이 가장 큰 것일까?

지그문트는 그냥 이렇게만 말했다.

"줄리아와 얘기하고 싶소."

"그런다고 더 좋은 소식이 들리겠습니까마는, 어쨌거나 그러십시오."

장관이 말투를 바꾸어 명령했다.

"지브스, '코알라'호에 신호를 보내서 우리 측 함장과 보안 통신을 요청해."

겨우 몇 분에 불과한 시간이었지만 기다림은 끝이 없을 것처럼 느껴졌다.

마침내 홀로그램이 열렸다. 줄리아는 별 특징이 없는 벽장 크기의 선실에 있었다. 메시지에서 본 것보다 더 실의에 빠진 모습이었다. 주변 환경을 보니 무언가가 저곳이 뉴 테라의 우주선이 아니라고 소리를 질러 대는 것 같았다. 구조물의 비율 때문인가? 가구? 벽 색깔?

"자네 보고를 받았네, 대위. 질문이 있네."

도널드 장관이 불쑥 말했다.

— 네, 장관님.

줄리아가 침을 삼키며 말을 이었다.

— 할아버지, 상황이 좋지 않아요.

지그문트는 부드럽게 말했다.

"처음부터 천천히 얘기해 봐라."

— 네. '인내'호는 집으로 돌아가는 데 필요한 연료를 모두 확보했지만 합성기에 쓸 식재료가 부족했습니다. ARM 우주선 '코알라'호와 통신을 하는 중이었기 때문에 앨리스가 음식 재료나 식량을 나누어 줄 수 있는지 물어보자고 했죠. 불행하게도, 나누어 줄 수 있다고 했습니다. 저는 우주복으로 갈아입고 분사기를 사용해 저쪽으로 넘어갔습니다. 그런데……

줄리아가 한숨을 내쉬었다. 지그문트는 다시금 부드럽게 재촉했다.

"계속해 봐."

— 앨리스가 무선통신을 보냈습니다. '내겐 선택의 여지가 없어요. 미안해요.' 그리고 바로 사라져 버렸죠. 그러니까, '인내'호가 사라져 버렸다는 뜻입니다.

하이퍼스페이스로 들어가 지구로 향했다는 얘기다. 지그문트는 고통스러워하는 메시지를 처음 받았을 때부터 이 정도는 짐작했다. 두 여자는 옥신각신하고 있었지만 줄리아는 귀환 명령을 따를 계획이었다. 그렇다면 지난번 통신에서 이틀이 더 필요하다고 거짓말을 한 것은…….

앨리스가 이틀 동안에 줄리아의 마음을 돌려 보려고 했던 것일까?

"그리고?"

지그문트가 물었다.

— 저는 '코알라'호로 넘어가서 그들에게 즉각적으로 '인내'호에 신호를 보내야 한다고 설득했습니다. 아직 기회가 남아 있다고 생각했던 겁니다. 하지만 기회를 놓치고 말았습니다

줄리아가 고개를 떨구었다.

"무슨 뜻이지?"

지그문트는 다시 물었다.

— 여기 적대적인 군대가 와 있다는 사실을 알게 된 후로 저는 그들이 뉴 테라로 돌아가는 우리 뒤를 밟지 못하게 막는 걸 최우선 과제로 삼았습니다.

"'인내'호의 주 핵융합 원자로에 자동 파괴 주기를 가동시켰습니다. 내가 내린 명령입니다. 함장이 매일 리셋하지 않으면 폭파되도록 설정해 둔 거죠."

도널드 장관이 무뚝뚝하게 설명했다.

— 앨리스는 그 사실을 몰랐습니다. 그녀와 연락만 닿았다면 경고해 줬을 텐데. 그랬다면 그녀는 '인내'호를 다시 돌려서 저에게 양도했을 테고 제가 자동 파괴 주기를 재설정했을 텐데…….

줄리아가 고개를 저었다.

"하이퍼스페이스의 공허보다 더한 공허 속에서 혼자 증발하고

말았군⋯⋯."

지그문트는 몸서리를 쳤다.

"네 잘못이 아니다."

줄리아는 입술을 깨문 채 그저 화면만 바라보고 있었다.

지그문트도 무언가를 멍하니 바라보았지만, 줄리아를 보고 있는 것은 아니었다.

두 번 죽고 살아나기 전에 그도 한 우주선에 폭탄을 숨겨 놓은 적이 있었다. 하지만 그때는 조종사에게 미리 경고해 주었다. 그 폭탄의 목적은 베어울프 섀퍼로 하여금 우주선을 훔쳐 달아날 수 없으며 임무를 완수해야 한다는 사실을 분명히 알게 하기 위함이었다. 지그문트의 조언과 승인 아래 퍼페티어들이 베어울프에게 강제로 떠맡긴 임무였다. 그 퍼페티어는 다른 시민도 아니고 아킬레스였다.

하지만 그때 지그문트는 지구를 외계인의 위협으로부터 보호하는 ARM 요원이었다. 그런 일에는 어려운 결정이 따르는 법이었다.

내가 정말 ARM이 뉴 테라를 그들의 계획에 끌어들이기를 원하나? 지그문트는 잠시 의심이 들었다.

하지만 크진인들이 저기 밖에 도사리고 있었다. 팩의 무리들 또한. 팩의 한 무리가 지나갔지만, 또 다른 팩이 다가오고 있지 않다고 누가 장담할 수 있겠는가? 크진인들만큼이나 공격적으로 보이는 저 원뿔형 우주선들은 어떻고? 위험으로 가득한 은하계에는 ARM보다 더한 자들이 많았다. 그리고 ARM은 한때 지구의 식민지였던 세계들을 대부분 내버려 두었다.

"지그문트 씨?"

장관이 그를 불렀다.

정신 딴 데 팔지 말라고, 이 노인네야. 지그문트는 스스로를 다그쳤다.

줄리아는 ARM의 우주선을 타고 집에서 멀리 떨어진 곳에 나가 있었다. 앨리스는 이제 이 세상 사람이 아니었다. 지구로 돌아가는 길은 보일 듯 말 듯 사람을 감질나게 만들고 있었다. 다음엔 무슨 일이 벌어질까?

지그문트는 헤르메스와 아멜리아를 생각했다. '말할 수 없다'는 말이 이보다 더 공허하게 느껴진 적은 없었다.

그는 말했다.

"줄리아의 잘못이 아니오."

— 장관님, 새로운 정보가 있습니다.

줄리아가 말했다.

"말해 보게."

장관이 대꾸했다.

— 크진인이 떠나고 곧 다른 무리가 자리를 떴습니다. 트리녹입니다. 원뿔형 우주선에 타고 있던 바로 그 종족 말입니다.

"나에게는 익숙하지 않은 이름이군. 분명 내가 알려진 우주를 떠난 이후로 그들과의 첫 접촉이 이루어진 모양이오."

지그문트가 말했다.

카메라 시야 아래쪽에서 줄리아가 무언가를 했다. 화면에 새로운 창이 열리고 이미지 하나가 나타났다. 그 생명체는 두 발로 서 있었다. 하지만 인간과 닮은 구석은 딱 거기까지였다. 외계인의 키 중 대부분은 다리가 차지하고 있었다. 두툼한 살덩어리가 머리와 상체를 나누었고, 목이라 할 만한 것은 보이지 않았다. 피부는 짙은 황색이었다. 깊숙이 파묻힌 세 개의 눈—트리녹이라는 이름은 공용어로 통용되는 별명인 것 같았다. 지그문트는 저 외계인들이 스스로를 뭐라 부를지 궁금했다—에, 삼각형의 입이 하나 달려 있었다. 노란색 입술 뒤쪽으로 톱니 모양의 칼 같은 이빨이 튀어나와 있었다.

— 한 가지 더 구체적인 정보가 있습니다. 장관님. 제 ARM 친구들이 말하길 트리녹은 편집증에 걸린 종족이라더군요.

인류에게 놀라운 새 이웃이 생겼군. 지그문트는 생각했다.

— 이곳에서 추측하기로는 트리녹 역시 세계 선단을 향해 출발한 것 같습니다. 크진인이 그곳을 차지하는 꼴을 보고 있지 않을 거라고 합니다.

"ARM도 마찬가지겠지. 그들의 계획은 뭐라더냐?"

지그문트가 물었다.

— 제게는 말해 주지 않습니다. 알아내야죠.

줄리아는 슬픈 얼굴로 미소를 지었다.

— 그리고 어떻게 하면 제가 집으로 돌아갈 수 있는지도 알아내야 합니다.

도널드 장관이 트리녹의 이미지에서 시선을 떼며 말했다.

"네서스와 접촉해 보게. 네서스 친구라는 자의 우주선을 타고 오면 되지 않겠나.”

— 시도해 봤습니다만, 응답이 없습니다. 제가 제대로 알고 있다면, 친구라는 자는 세계 선단 출신일 겁니다. 그들도 아마 그곳으로 가지 않을까 싶습니다.

네서스가 한마디 말도 없이 우주선 동료를 버리고 갔다고? 네서스답지 않은 일이었다. 무언가 다른 일이 관련되어 있는 것이 분명했다. 줄리아가 편하게 털어놓을 수 없는 무언가가.

지그문트는 말했다.

“세계 선단은 이제 곧 전쟁터가 될 거다. 설사 그 우주선을 얻어 탈 수 있다고 해도 거기로 간다는 건 말이 안 되지.”

줄리아가 고개를 끄덕였다.

— 그래서 여기 탁자 위에 있는 걸 제안하게 됐습니다.

“저 흉물스러운 이미지 좀 치우게.”

장관이 말했다.

— 네, 장관님.

줄리아가 카메라 영상 밖에서 다시 무언가를 하자 트리녹의 이미지가 사라졌다.

— ‘코알라’호는 곧 지구를 향해 출발합니다. 그들이 저를 데려다주겠다고 했습니다.

지그문트는 장관을 보며 말했다.

“줄리아가 이미 알아낸 내용을 토대로 보면 뉴 테라는 그들이 지나갈 경로 근처에 있소. 잠깐 들러 줄리아를 집에 내려 줄 수 있을 거요.”

"이방인의 전함을 이곳에 초대할 생각은 없습니다."

장관이 쏘아붙였다.

"그럼 줄리아를 이대로 지구로 보내자는 거요?"

지구에 가면 그녀는 뉴 테라의 위치를 폭로하게 될 것이다. 아니면 지구인들이 어떻게 해서든 폭로하게 만들거나. 줄리아를 지구로 가게 놔둬서 ARM을 뉴 테라로 끌어들인다? 풍한 표정으로 봐서, 도널드는 두 가지 선택의 여지가 모두 마음에 들지 않는 모양이었다.

— '코알라'호는 보급선입니다. 비무장 상태죠.

줄리아가 말했다.

"대위, 자네가 현재 위치에 남아 있을 예정인 다른 ARM 우주선으로 옮겨 탈 수는 없나? 그러면 우리가 자네를 데려올 우주선을 보내겠네."

— 잠시만 기다려 주십시오.

줄리아가 영상을 정지시켰다.

지그문트는 저 다양한 군대들이 무엇을 하고 있을까 생각해 보았다. 구조선을 보내려고 해도 한 달이 넘게 걸리는 곳에 혼자 고립되어 있는 줄리아의 상황도 급하고, 도널드가 자기 부하 하나쯤 버려도 괜찮다고 생각하면 어떻게 대처해야 할까 생각하는 것도 급한 일이었지만, 사실 그것이 제일 급한 문제였다.

그런 일은 절대로 없을 거야, 줄리아. 내가 그렇게 내버려 두지 않으마.

크진인들이 제일 먼저 하이퍼스페이스로 뛰어들었다. 거기까지는 그리 놀랄 일이 아니었다. 하지만 ARM의 병력도 세계 선단으로 향하지 않을까? 이유야 찾으려면 얼마든지 찾을 수 있었다. 전리품을 함께 나누기 위해서일 수도 있고, 퍼페티어와 동맹을 맺고 다른 외계인들을 물리치기 위해서일 수도 있었다. 아니면 과거에 인간의 일에 끼어들었던 퍼페티어에게 복수하기 위해서일 수도. 지그문트가 추측하기로는 아마 함대의 제독들조차 그 이유를 모르고 있을 것 같았다.

그런 이유 말고도 그들은 이미 링월드에서 헛되이 사라져 간 생명과 재산을 만회할 무언가를 보여 줄 필요가 있었다. ARM, 크진인, 트리녹……. 각각의 무리들 모두 똑같은 처지였다. 상황이 퍼페티어에게 절망적으로 돌아가고 있었다. 네서스의 갑작스러운 침묵은 이것으로 설명할 수 있을지도.

그때, 줄리아가 돌아왔다.

— 아무도 이유는 설명해 주지 않는데, 여기서 기다리고 있을 수는 없다고 합니다. 저는 이대로 지구로 가거나, 아니면 우리 쪽에서 ARM 우주선을 초청해 이들과 함께 집으로 돌아가거나, 둘 중 하나를 택해야 합니다.

"근처에 아직 아웃사이더들이 있지 않나? 분명 있을 거네. 그들은 하이퍼드라이브를 사용하지 않아. 잘하면 내가 우주선을 보낼 때까지 아웃사이더의 우주선에 머물 수도 있을 거네."

도널드 장관이 말했다.

"그들은 액체헬륨으로 만들어졌고 절대영도 근처에만 사는 생명체요. 그들이 손님용 숙소라도 마련해 놓았다 한들 그게 대체 어떤 모습일 거라고 생각하는 거요?"

지그문트는 홀로그램에서 시선을 거두고 도널드를 똑바로 바라보았다. 무엇이 옳은 결정인지 알잖소, 장관.

"보급선이라고 했나? 전함이 아니란 말이지."

드디어 도널드가 고개를 돌리며 입을 열었다.

— 그렇습니다. 장관님.

"좋아. 내가 직접 '코알라'호의 함장과 얘기하겠네. 그를 뉴 테라로 초대할 테니 자네가 길을 안내하도록."

7

쥐와 고양이의 게임.

프로테우스의 일부인 지브스 요소는 그 임무에 이런 이름을 붙였다. 시민에 의해 프로그래밍된 확장 요소들이 그런 비유에 흠칫 놀랐다. 다만 크진인에게서 영감을 받은 몇 안 되는 소프트웨어 단위들은 예외였다. 그 요소들은 모두 그런 비유를 좋아했다. 방어 시스템의 기본 구성 요소들은 전적으로 알고리즘에 근거해 작동했기 때문에 의미론적 논쟁 따위는 의식하지 못하고 자기 일만 묵묵히 하고 있었다.

프로테우스는 몇 가지 수준의 의식으로 세계 선단에서 반 광년 거리 이내에 있는 모든 우주선들의 움직임과 통신을 관찰하며 위협이 될 만한 것들을 감시하고 있었다.

외계인들의 통신은 대부분 고도로 암호화되어 있었다. 최근 들어 성능을 크게 확장했음에도 불구하고 프로테우스는 아직 외계인들의 암호를 해킹하지 못했다. 하지만 메시지 흐름을 관찰하며 오랜 시간을 보냈던 것이 제값을 하고 있었다. 암호화된 내용을 파악할 수는 없지만 통계분석 덕분에 흔하고 무의미한 정보 블록으로부터 중요한 메시지를 가려낼 수 있는 방법을 찾아낸 것이다. 중요한 메시지들 사이에서 나타나는 통신 패턴은 그 자체로 어떤 단서를 말해 주었다.

이를테면 메시지 폭증은 외계인 우주선의 재배치를 암시했다.

— 크진인들이 무언가 시도할 준비를 마쳤습니다.

프로테우스가 노래했다.

아킬레스는 순식간에 잠에서 깼다. 그는 개인 사무실에서 잠이 들어 있었다.

"뭐를 한다고? 언제?"

우주 비행 그래픽 영상이 책상 위에 열렸다. 세계 선단의 뒤쪽, 은하핵 방향으로 선단의 중력 특이점 가장자리 근처에서 한 영역이 빛나고 있었다.

— 신호 분석에 따르면 적어도 세 척의 크진 우주선이 곧 이 영역에 나타날 것으로 보입니다. 시간을 더욱 정확하게 예측할 만한 정보는 확보하지 못했습니다.

세 척이라고? 그 숫자라면 세계 선단 주변에 들어와 있는 크진 우주선의 거의 절반에 해당하는 숫자였다. 아킬레스는 강조된 영역을 뚫어지게 쳐다보았지만 크진 보급선만 보였다. 그는 영상을 확대했다.

"어째서 세 척이라는 거지? 보급선 한 척 말고는 아무것도 없는데."

— 아직은 우주선이 보이지 않습니다.

프로테우스가 동의했다.

— 하지만 이곳은 탐사기와 드론 들이 정기적으로 이동하는 영역입니다.

링월드가 사라진 이후로는 처음으로 세계 선단 주변 외계인 우주선들의 움직임이 늘었다. '친선'호는 먼저 크진인이, 다음으로 트리녹이 전장을 떠났다고 보고했다. 그리고 그렇게 오랫동안 안 보이다가 대체 어디서 나타났는지 베데커가, 그 크진인들은 세계 선단으로 쳐들어가고 있다고 주장했다.

그런데 이제는 크진인들이 국소적으로 군사작전을 펼치고 있다고?

"드론을 포획하려는 속셈이군."

— 내가 내린 결론도 그렇습니다. 적어도 우리가 얼마나 취약한지 탐색하려 들 것입니다. 추측으로는 내가 가진 기술도 검사해 보려는 것 같습니다.

"비밀 임원회도 이 사실을 알고 있나?"

— 그쪽에서도 눈치챘습니다.

"크진인이 드론을 포획할 수 있겠나?"

— 내가 막을 수 있습니다.

아킬레스는 책상에서 빗을 꺼내 몸단장을 시작했다. 몸단장의 리듬은 정신을 집중하는 데 도움이 되었다.

외계인과의 대립만으로도 호라티우스는 공황 상태에 빠져 사임하고 말 것이다. 그렇다면 그 자리에 어울리는 시민이 최후자가 되는 것만큼 고귀한 일이 또 어디 있을까? 더군다나 더 많은 크진인들이 몰려오고 있는 판국에.

아킬레스는 노래했다.

"좋았어. 크진인이 반드시 실패하도록 해야 해. 가능하다면 아주 극적으로."

프로테우스는 관찰했다.

크진의 세 특사 우주선이 보급선 근처에서 하이퍼스페이스를 빠져나왔다. 각각의 우주선들은 희미한 하이퍼웨이브 신호를 발하고 있었다. 그 각각에서 나오는 반향을 처리하면서 네 척의 우주선이 추진기를 이용해 정사각형의 꼭짓점을 향해 천천히 움직였다. 세 번째 신호를 보낼 즈음 그들은 완벽한 정사각형의 대형을 이루었다. 이것으로 즉석에서 하이퍼웨이브 레이더 배열이 형성되었다.

네 우주선이 다시 신호를 발했다. 이번 파동은 동시에 발생해서 에너지가 더욱 강했다. 우주선들이 사라졌다가 세계 선단의 중력 특이점 가장자리 바짝 붙은 곳에서 빽빽한 사면체 대형을 이루며 다시 나타났다. 그들은 노멀 스페이스 속도 때문에 벼랑을 향해 돌진하는 꼴이었다. 자칫 그곳에서 하이퍼드라이브를 작동시켰다가는 자살행위가 될 것이다.

그 사면체의 중심에 세계 선단의 방어용 드론 한 대가 포위되어 있었다.

프로테우스는 생각했다.

저 대형이 관성운동으로 경계를 가로지르는 순간 드론과의 통신은 기어가기 시작할 것이다. 그러면 크진 우주선 네 척은 프로테우스와 포위된 드론 사이의 통신 속도보다 더 빠른 속도로 상호작용할 수 있게 된다.

물론 그 경계에 닿기 전에 드론을 하이퍼스페이스로 들어가도록 할 수는 있었다. 그러면 크진인은 포획 작전에 실패하겠지만 그것을 극적이라 하기는 어려웠다. 그리고 크진인들은 또다시 시도하려 들 터였다.

드론이 포획되는 순간 도약을 명령할 수도 있었다. 그때면 크진 우주선들과 드론은 모두 중력 특이점 안에 들어 있을 것이다. 따라서 드론을 영원히 잃게 되겠지만 그 보호용 노멀 스페이스 거품 안에 들어 있는 것들도 모두 함께 사라진다.

하지만 비상 전력까지 모두 동원한다고 해도 보호용 거품의 크기는 드론에서 그리 멀리 뻗어 나가지 못한다. 크진 우주선도 국소적인 손상만을 입게 될 것이고, 분명 별다른 타격을 받지 않을 것이다. 그것으로도 드론의 포획은 막을 수 있지만, 역시 극적이지 않았다.

아니면…… 무언가 단순하고도 우아한 것을 할 수도 있었다.

지브스 요소가 그 방법에 담긴 절제된 유머를 음미하기 시작했다.

거친 금속 발톱이 드론을 움켜쥐었다. 신축식 하역 장치가 길이를 수축해 전리품을 '가시 돋친 대못'호 안으로 회수해 들어갔다. 화물실 해치가 소리를 내며 닫히자, 보급선의 금속 선체와 활성화된 무선통신 차단기가 드론을 초식동물들의 방어 시스템으로부터 차단해 버렸다.

화물실의 중력이 낮게 설정되어 있었기 때문에 무장한 네 크진인은 별다른 어려움 없이 드론을 이 작전을 위해 만들어 놓은 견고한 받침대로 옮길 수 있었다. 크진인 전사들은 신중하면서도 신속한 동작으로 전리품을 받침대 위에 고정시켰다. 저 초식동물들은 겁쟁이이기는 하지만 지능을 가지고 있기 때문에 어떤 저열한 간계를 부릴지 모를 일이었다.

화물실 뒤쪽에서는 월프트 선장이 만족감에 휩싸여 으르렁거리며 지켜보고 있었다. 저 드론을 분해해서 그 안에 담긴 전술을 알아내 무력화시키면 다가오는 전사들을 위해 문을 열어 줄 수 있을 터였다. 그리고 이런 대담성 덕분에 그는 완전한 이름을 갖게 될 것이다. 크다프트*에 맹세코, 그는 자신의 모든 승무원들이 부분적인 이름을 갖게 만들어 줄 작정이었다. 심지어는 협약체 연구자까지도. 일단 포획한 드론의 내장 컴퓨터에서, 저 지저분하고 아는 척하기 좋아하고 신경질적인 정비공 놈이 정보를 빼

---

* 크진 이단 종교의 교주. 분더란트에 은둔해 살면서 신이 자신의 모습을 본떠 크진인이 아닌 인간을 만들었다고 설파했다.

내기만 하면.

하지만 명예와 영광에 대한 월프트 선장의 꿈은 결국 그만의 생각으로 그치게 될 터였다. 드론의 투명한 원형 구체 내부에서 상태 표시등이 빨간색에서 초록색으로 바뀐 것을 그는 결코 알아채지 못했다.

다섯 세계가 은하계 북쪽을 향해 광속의 팔십 퍼센트로 날아가고 있었다. 우주선, 드론, 통신용 부이, 센서 등 세계 선단과 동행하는 모든 것 그리고 모든 이가 그 속도를 함께했다. 속도를 따라잡지 못하면 금방 뒤처지고 말 터였다.

다른 우주선에 올라탄 것이 확실해지자 드론은 받은 명령을 그대로 수행했다. 아웃사이더에게 영감을 받아 제작한 무반동 노멀 스페이스 드라이브를 최대로 가동한 것이다.

'가시 돋친 대못'호의 관점에서 보면 그 드론은 표준중력의 거의 칠천 배의 힘으로 감속한 셈이었다.

'가시 돋친 대못'호의 선미가 순식간에 가스와 백열의 파편으로 증발해 버렸다. 아무 활동도 보이지 않고 생명의 기운조차 느껴지지 않는 '가시 돋친 대못'호의 잔해는 여전히 광속의 팔십 퍼센트로 북쪽을 향해 관성운동을 하고 있었다.

— 끝났습니다. 직접 확인하기 바랍니다.

프로테우스가 알렸다.

"벌써?"

아킬레스는 놀라서 되물었다.

— 몇 분 전에 이미 끝났습니다. 그 증거가 우리에게 도달하는 데 시간이 걸렸을 뿐입니다.

아킬레스의 책상 위 홀로그램에서 불빛이 번쩍였다. 세 우주선이 흩어졌다. 그리고 네 번째 우주선은…… 불타고 있었다. 더 정확히 말하면 절반만 남은 우주선이 불타고 있었다. 나머지는 이미 사라지고 없었다.

— 이 정도면 충분히 극적입니까?

프로테우스가 물었다.

그때, 아킬레스의 장식 띠 주머니가 아주 긴박한 소리로 울리기 시작했다. 최후자도 분명 보고를 받았으리라. 호라티우스 따위 기다리라고 하지.

"프로테우스, 어떻게 한 거지?"

— 브레이크를 걸었습니다. 그 과정에서 어쩔 수 없이 드론은 파괴되었습니다.

내가 정말 기가 막힌 놈을 만들었군. 아킬레스는 생각했다. 용량을 늘려 주면 이 AI의 능력도 계속 좋아지리라.

"드론을 더 많이 만들어 주지. 훨씬 더 많이."

그리고 우리 둘이 올트로로부터 지배권을 빼앗아 올 방법을 고안하게 될 거야.

살아남은 크진 우주선들 사이에서 그리고 그 우주선과 NP_3에 있는 크진 대사관 사이에서 통신이 폭주했다. 프로테우스는 그들이 계획에 생긴 차질에 대해 논의하고 있을 것이라 추측했다. 어떻게 대처해야 할지 고민하고 있는 것이다.

프로테우스는 그들이 하는 말을 해독할 수 있기를 바랐다.

비밀 임원회는 더 많은 크진인들이 다가오고 있다고 주장했다. 그리고 다른 외계인 함대들이 그 뒤를 따를 것이라고.

프로테우스도 그 말을 의심한 것은 아니지만, 그 증거들이 자신의 장거리 센서에 나타나기 전에는 완전히 확신할 수 없었다.

그때까지는 드론을 만들어 축적해 놓을 것이다. 모든 함대의 접근을 저지할 수 있을 정도로 충분히. 자신의 이성을 몇 갑절 더 증폭시킬 수 있을 정도로 충분히. 자신의 의식 전체를 세계 선단의 중력 특이점 너머 허스 외부에 둘 수 있을 정도로 충분히.

그들 전부가 순간적인 하이퍼웨이브 통신으로 상호 연결된다면 지금보다 몇 배나 더 빨리 생각할 수 있을 터였다.

일조 명의 시민들 때문에 소중한 자원이 그렇게 많이 빠져나가지만 않는다면 그의 진화도 지금보다 몇 배는 더 빨리 진행될 수 있을 것이다.

8

— 그걸로 모든 부분이 해결되리라 봅니다. 제 승무원들과 저는 뉴테라를 방문할 날을 고대합니다. 우리는 너무나 오랫동안 떨어져 있었습니다.

요한슨 함장이 말했다.

— 우리도 그날을 고대하고 있습니다.

도널드 장관이 대꾸했다.

"족제비 같은 인간, 거짓말이야."

앨리스는 음을 소거한 통신 제어반에 대고 투덜거렸다. '코알라'호가 환영받는 이유는 딱 하나뿐이었다. 그것 말고는 줄리아를 집으로 데려올 방법이 없기 때문이다.

— 잘 못 들었습니다. 다시 한 번 말씀해 주시겠습니까?

지브스가 물었다.

"신경 쓸 거 없어."

앨리스는 미소를 지으며 말했다.

"나를 대신해서 계속 감시해 줘. '코알라'호와 오가는 모든 통신을 기록해 둬. 줄리아의 귀향에 영향을 미칠 만한 내용이 나오면 바로 나한테 알려 주고."

— 예, 알겠습니다.

활발하던 통신이 멈추고 나니 '인내'호의 갑판이 그 어느 때보다도 외롭게 느껴졌다.

"지브스, '롱샷'호에 연락을 취해서 내가 만날 준비가 됐다고 전해 줘."

"'인내'호로 돌아온 걸 환영해."

앨리스는 말했다.

터무니없을 정도로 젊어 보이는 루이스가 보조 화물실 화물 크기의 원반에서 걸어 내려왔다.

"다시 만나 줘서 고마워, 앨리스."

"우리, 해야 할 얘기가 있지."

"내 생각도 그래."

루이스가 머뭇거리다가 물었다.

"줄리아는 어디 있어?"

"일단 저녁 식사를 하는 게 어때? 나 배고파."

앨리스는 몸을 돌려 휴게실을 향해 갔다.

"줄리아는 ARM 우주선에 가 있어. 그들이 줄리아를 뉴 테라로 데려다줄 거야."

"저녁 먹자는 얘기는 좋은데, ARM이 왜 줄리아를 태워 준다는 거야?"

휴게실로 들어가자 앨리스는 합성기를 가리켰다. 손님 먼저라는 의미였다.

"내가 이 우주선을 타고 도망쳤잖아. 줄리아가 무슨 수로 집에 돌아가겠어?"

"옛날 기억을 회복하고 나니까 당신과 지그문트 주변에서 일이 얼마나…… 재미있게 돌아갔는지 기억나."

루이스가 그녀에게 잔을 건넸다.

앨리스는 한 모금 마셨다. 비엔나커피였다. 거품이 많고, 초콜릿과 크림이 풍부하게 들어 있고, 코코아와 계피 향이 살짝 났다. 정말 기억이 돌아오기는 했네.

"그 미소는 그대로군."

루이스가 말했다.

"먹을 거 좀 가져올래?"

앨리스의 말에, 한숨과 함께 루이스가 다시 음식을 가지러 갔다. 그가 가지고 돌아온 음식은 그녀의 기준으로 보면 세 사람분에 해당하는 것이었지만, 루이스는 지금 젊은이의 먹성을 지니고 있었다.

"그럼 ARM이 뉴 테라에 기항 통지를 보내겠군. 줄리아를 오도 가도 못 하게 하는 거 말고는 다른 방법이 없다고 생각했다 이거지?"

"만약 줄리아나 내가 직접 뉴 테라로 가는 길을 밝혔다면 줄리아는 군법회의에 회부되었을 거야."

루이스가 얼굴을 찡그리며 쟁반 가득 담긴 음식을 들고 탁자로 향했다.

"그럼 당신은 집에 어떻게 돌아가려고? 우주선을 해적질했다고 잡혀 들어가면 어떡해?"

해적질은 퍼페티어가 자기네 하인들이 사용하던 영어에서 제거해 버린 개념들 중 하나였다. 때가 되면 그녀에게는 절도죄라는 죄목이 붙을 것이다. 물론 그런 때가 만의 하나라도 온다면.

"난 오늘내일하는 늙은이야. 살아 봐야 얼마나 더 살겠어?"

"나하고 같이 가자."

루이스가 말했다.

"우주선 한 척과 사랑하는 여자, 이보다 더 좋을 수는 없지."

"지구로 돌아가자고?"

앨리스는 넘겨짚어 보았다.

"당신이 원하는 곳이라면 어디든. 하지만 먼저 해야 할 일이 있어. 그들이 내 충고를 따를지는 모르겠지만 베데커와 네서스에게 도움이 필요해."

"둘이 나아? 넷이 나아? 아주 간단한 산수 문제잖아. 그냥 그러자고 해. 그러면 너희가 집으로 돌아갈 가능성도 두 배로 커지는 거니까."

베데커가 자기 두 눈을 마주 보았다.

"이런 농담이 그리워질 겁니다, 루이스."

"젠장, 나 진지하게 하는 소리라니까!"

루이스는 소리를 질렀다. 그와 베데커는 바짝 붙어 서 있었다. '롱샷'호에서 넷이 한꺼번에 만날 수 있는 장소는 좁고 구불구불한 출입 터널밖에 없었다. 루이스는 베데커를 지나 복도 한쪽 끝에 놓인 구명정의 승객용 에어록을 흘끗 보았다.

"우리는 오랫동안 함께했잖아. 끝을 내도 함께 끝장을 보고 끝내고 싶다고."

"우리는 싸우러 가는 게 아니라 첨단 기술과 자유를 맞바꾸러 가는 겁니다. 그런데 둘이든 넷이든 뭐가 중요합니까?"

"내 말이 그거라니까! 넷이 가도 상관없잖아."

베데커와 네서스가 시선을 교환했다.

"우리 우주선은 너무 비좁습니다."

네서스가 말했다.

"이 우주선은 은하계에서 제일 빠른 우주선 아닌가?"

앨리스가 물었다.

"세계 선단까지 한 시간이면 도착하잖아. 필요하다면 루이스와 나는 여기 복도에 서 있지."

참 똑똑한 여자란 말이야. 루이스는 생각했다. 똑똑한 머리는 그녀의 또 다른 매력이었다.

"사실은 위험한 일입니다."

베데커가 솔직히 말하며 갑판을 발로 긁기 시작했다.

"내가 하이퍼드라이브 이론에 대해 많은 걸 알아내기는 했지만 오랫동안 그곳을 비우고 있었으니 올트로 역시 알아냈을지 모릅니다. 그 때문이든 다른 이유 때문이든, 내가 제안한 거래를 올트로가 거부할 수도 있지요. 그렇게 되면 그들은 협상보다는 공격을 하려 들 겁니다. 그리고 올트로가 거래에 관심을 보인다 해도 그들의 정신 상태를 의심할 만한 정황이 있습니다. 그들이 거래를 받아들여 즉각적으로 철수한다고 해도 우리는 허스를 향해 돌진하는 크진인과 트리녹의 전투 함대와 마주쳐야 하고요."

"분명 ARM 함대도 올 거야."

앨리스가 말했다.

"그래, 그들이 뉴 테라에 대해 알게 됐어."

네서스가 몸을 움찔했다. 벌써 마비 상태로 몸을 둥글게 말아 넣을 준비를 마친 듯 보였다. 그가 두 머리를 엉망진창이 된 갈기 속에 파묻고 숨죽인 목소리로 말했다.

"지금은 호라티우스라는 이름을 가진 자가 최후자로 있습니다. 우리는 그에 대해서는 아는 게 거의 없습니다."

"어떻게 보면 이 우주선 자체는 거래 물품이 될 수도 있지만 골칫거리가 될 수도 있지 않나?"

루이스는 말했다.

"오래전에 네가 링월드 탐사의 대가로 '롱샷'호를 지불하겠다고 했을 때 올트로도 분명 동의했잖아. 그런데 네가 다시 나타나 훔친 물건을 되팔려고 하면 어떻게 생각할까? 그뿐이 아니지. NP₃에는 미네르바가 얘기했던 크진 대사관이 있어. 자기들에게서 빼앗아 간 우주선이 등장하면 크진인들도 할 말이 많을걸."

베데커가 더 미친 듯이 갑판을 긁기 시작했다.

"위험하다는 걸 그렇게 잘 알면서 왜 따라가겠다는 겁니까?"

루이스는 그저 어깨만 으쓱였다.

베데커가 한바탕 몸서리를 치며 옆으로 발길질을 하더니 무릎을 고정시키고 그 발굽을 갑판 위에 가만히 눌렀다.

"루이스, 저 오토닥을 만든 건 당신의 아버지입니다. 따라서 저건 당신이 소유하는 게 옳습니다. 네서스와 내가 떠나기 전에 저 장치를 당신 우주선으로 옮겨 놓겠습니다."

그러니까 뭐야, 이 무모한 노력은 결국 실패할 수밖에 없으니 그 전에 안전한 곳으로 옮겨 놓겠다는 말이로군. 루이스는 그 속뜻을 읽었다.

"만약 협상에 실패하면? 만약 크진인이 쳐들어온다면? ARM이 복수를 하러 온다면?"

그의 물음에, 네서스가 대답했다.

"다른 이들도 접근하고 있습니다. 상황이 아주…… 아주 복잡합니다."

루이스는 앨리스의 눈을 보며 말했다.

"우리가 오토닥을 집으로 가져간다고 생각해 봐. 저걸로 당신이 한 일을 눈감아 주도록 뉴 테라 당국을 무마할 수 있을까?"

앨리스가 피식 웃었다. 루이스는 그녀를 웃게 만든 것이 '오토닥을 내놓겠다'는 내용이 아니라 '집으로 간다'는 말 때문이었기를 바랐다. 그래도 기분이 좀 풀리기는 했군.

"베데커, 저 구명정은 버리지. 그럼 내가 저 구명정 있던 자리에 '인내'호를 도킹시킬 테니까."

"그럴 필요 없습니다. 오토닥은 순간 이동으로 당신 우주선에 보낼 수 있습니다."

베데커가 말했다.

"그건 나중 일이지. 지금 그 얘기가 아니잖아."

앨리스의 말에 루이스가 뒤를 이었다.

"우리가 끝까지 너희와 함께할 거라는 얘기야. 그다음엔 우리도 '인내'호를 타고 집으로 돌아갈 거고."

9

"도착했습니다."

네서스가 노래했다. 그는 '롱샷'호를 이끌고 하이퍼스페이스에서 빠져나왔다. 그리고 능숙한 입놀림으로 핵융합 추진기를 점화시켜 우주선이 목적지를 향해 천천히 다가가게 만들었다.

"드디어 집이로군요."

베데커는 한숨을 내쉬며 말했다. 그리고 함교의 해치에 서서 주 전망 창 중앙에 나타난 다섯 개의 점을 바라보았다. 일 광시 거리밖에 떨어져 있지 않았기 때문에 배율을 크게 높이지 않아도 세계 선단이 보였다.

"아름답습니다."

그는 자기가 영원히 링월드에 붙잡혀 있으리라고 믿었다. 그런데 다시 허스를 보게 되다니, 이것은…… 노래로는 이 감정을 설명할 길이 없었다.

네서스가 목 하나를 뻗어 베데커의 목에 휘감았다.

"나도 같은 기분입니다."

둘이서 그 기분을 만끽하고 있는데 하이퍼웨이브가 삑삑 소리를 냈다.

— 신호가 오고 있습니다.

보이스가 노래했다.

"교통 통제실이로군."

통신 제어반이 다시 삑삑거렸다. 베데커는 자기만 화면에 잡히도록 카메라 각도를 틀고 AI에게 명령했다.

"보이스, 이 함교에서는 얘기하지 말되 링크는 열어 놔. 루이스와 앨리스도 같이 들을 수 있도록 통역해 주고."

두 사람은 '인내'호에서 기다리고 있었다.

— 여기는 우주 교통 통제실입니다.

사무적인 목소리가 노래했다.

"여기는 협약체 우주선 '귀항'호입니다."

베데커는 그렇게 대답했다. 이 우주선의 진짜 정체는 올트로와 논의할 때가 되어야만 밝힐 수 있었다. 미네르바와 통신을 주고받은 후에 그들은 현재 사용되지 않는 우주선 이름들 중에서 그럴듯하게 들리는 것을 찾아냈다.

— 우리 데이터베이스에는 '귀항'이라는 이름이 없습니다. 응답기도 감지되지 않는군요.

"이 우주선은 아주 오래됐습니다. 우리 우주선의 자료가 그쪽 데이터베이스에 없는 것도 당연합니다."

베데커는 다시 노래했다.

— 여기는 허스 행성 방어 본부. '귀항'호, 혹은 정체가 무엇이건 간에, 우리가 검토를 마칠 때까지 현재 거리를 유지하기 바랍니다.

새로운 목소리가 등장했다. 이상하게 왠지 낯익은 목소리였다. '롱샷'호가 나타났을 때 연락을 취했던 교통 통제사보다 더 강하고 단호했다.

베데커는 노래했다.

"알겠습니다."

'롱샷'호의 속도는 세계 선단의 속도에 맞춰져 있었다. 이렇게 천천히 다가가고 있는데 위협적으로 비치지는 않을 터였다.

"하지만 제가 아주 급하게 처리해야 할 문제가 있습니다. 서둘러 올……."

하마터면 말이 헛나와 올트로라고 할 뻔했다.

"……과학부 장관님을 만나야 합니다."

— 케이론 장관님이 지금 시간이 되는지 문의해 보겠습니다.

"감사합니다."

계기판을 보니 여러 가지 활동이 활발하게 일어나고 있었다. 하이퍼스페이스를 드나드는 우주선들, 하이퍼웨이브 통신, 우주 교통 통제실 응답 소리, 하이퍼웨이브 레이더 신호 등등. 그가 기억하는 어느 때보다도 활동 수준이 훨씬 높았다. 뉴 테라가 관계를 단절한 이후로는 곡물 수송선 교통량이 줄었을 텐데? 외계인 외교사절단 내부나 사절단 간에 이루어지는 활동 때문에 그만큼 늘어난 것일까?

베데커의 왼쪽에서 보조 화면이 깜박였다.

앨리스야. 하이퍼스페이스 파문이 복잡해진 건 대부분 방어용 드론들 때문이지. 올트로가 그워스 전쟁에서 사용했던 방법으로 자기네 식민지를 보호하고 있는 거야.

베데커의 눈에도 보였다. 작은 탐사기들이 세계 선단을 중심으로 동심구를 이루며 움직이고 있었다. 탐사기들이 미친 듯이 하이퍼스페이스 미세 도약을 하며 들락거리는 바람에 화면이 정신 사납게 깜박거렸다.

그 소형 우주선들 중 상당수는 세계 선단에 비해 상대적으로 높은 노멀 스페이스 속도를 유지하고 있었고, 세계 선단의 이동

속도와 이루는 각도도 다양했다. 어떤 탐사기는 정지해 있었다. 어떤 탐사기는 세계 선단 주변을 도약했고, 어떤 탐사기는 노멀 스페이스 안의 특이점을 향해 돌진했다. 정지해 있던 탐사기가 빠져나가면 다른 탐사기가 브레이크를 가동하여 정지해 들어와 그 빈자리를 메웠다.

언제라도 공격할 준비를 마친 질량 병기들이었다.

베데커는 이 상황을 조금이라도 이해해 보려고 애썼다. 시민의 이성으로는 저런 것을 관리할 수 없었다. AI가 통제하고 있는 것이 분명했다.

— '귀항'호.

익숙한 목소리가 들렸다.

— 나는 케이론입니다. 누구십니까?

합법적인 최후자지. 베데커는 생각했다. 하지만 이 말은 개방된 통신 매체를 통해 언급하기에 적당하지 않았다.

"오래전 알고 지냈던 지인이 집으로 돌아왔습니다. 보안 통신을 했으면 합니다."

— 목소리를 들으니 누구인지 알겠습니다. 당신의 우주선도 알겠군요. 그 우주선이 등장할 때 나타나는 파문은 독특하지요. 협약체 암호 소프트웨어를 가지고 있습니까?

"그렇습니다."

베데커는 미네르바에게 주었던 행성 드라이브 연구에 관한 애매한 단서를 말했다. 지금 미네르바는 삼십 광년도 더 떨어진 곳에 있었다.

— 그 프로젝트 이름을 암호 키로 사용하면 어떻겠습니까?

보안 링크. 전체 비디오 영상.

보이스가 문자로 나타냈다.

영상이 열리고 잡티 하나 없이 하얀 갈기를 꼼꼼하게 매만진 시민의 모습이 나타났다.

— 정말 오랜만입니다. 베데커.

"실로 그렇군요."

링월드에 붙잡혀 있는 동안 베데커는 이 순간을 대비해 연습하고 또 연습했다. 세부 사항에는 변화가 있었다. 어떤 기술을 찾아내서 올트로 앞에 내놓을 수 있을까 하는 부분이었다. 하지만 목소리만큼은 늘 자신감이 넘치고 단호했다. 그런데 왜 지금은 목소리가 이렇게 조율이 안 될까?

이번 교환에 정말로 중요한 것이 달려 있기 때문이리라.

"실로 그렇습니다."

베데커는 목소리를 키워 했던 말을 되풀이했다.

"탐색을 나갔었습니다. 생각보다 오래 걸렸지요."

— 그래서 성배는 찾아냈습니까?

베데커는 성배가 무슨 말인지 알 수 없었지만, 어떤 뜻인지는 분명했다.

"애초에 기대했던 건 찾지 못했지만, 그에 대한 대답은 '그렇다.'라고 할 수 있을 겁니다."

그는 잠시 뜸을 들였다.

"아마도 당신이 흥미를 느낄 만한 걸 찾아냈지요."

— 나는 많은 것에 흥미를 느낍니다.

복도 저편에서 기다리던 네서스가 우아한 음률로 응원을 보냈다. 그 소리에 베데커도 자신감을 얻었다.

"세계를 걸 만한 가치가 있을 정도로 흥미로운 겁니다."

하이퍼스페이스에 대한 잠정적 이론.

올트로는 생각했다.

자신들이 그런 이론을 만들어 내기 위해 네 세대 이상을 노력했으나 실패했음에 대하여.

베데커의 우주선이 하이퍼스페이스에서 빠져나올 때 생긴 파문의 패턴은 그것이 Ⅱ형 하이퍼드라이브를 탑재하고 있음을 의미한다는 것에 대하여. 그 우주선은 오랫동안 사라졌던 '롱샷'호임이 분명했다.

'롱샷'호가 마지막으로 관찰된 곳이 지금은 사라지고 없는 링월드 근처였다는 점에 대하여.

링월드가 하이퍼스페이스로 사라졌다는 사실은 하이퍼드라이브에 대해 알려져 있던 모든 지식을 부정해 버렸음에 대하여. 그 인공 구조물은 너무나 거대하기 때문에 그 자체로 중력 특이점을 가지고 있었다.

누군가 자신들보다 하이퍼드라이브 기술을 더 잘 아는 자가 있다는 사실에 대하여.

'롱샷'호가 마지막으로 보였을 때는 크진인의 통제 아래 있었다는 것에 대하여.

베데커가 다른 이의 도움 없이 크진인으로부터 그 우주선을 빼앗았을 리는 절대로 없다는 점에 대하여. 그러면 누가 그를 도왔을까?

시민들은 궁극의 허풍쟁이라는 점에 대하여. 베데커는 거래할 것을 아무것도 가지고 있지 않을지도 몰랐다. 하지만 '롱샷'호는 그들을 너무나 오랫동안 조롱해 온 대상이었다.

올트로가 생각에 잠겨 있는 동안 '롱샷'호는 하이퍼스페이스를 넘나들며 깜박이고 있었다. 그 우주선은 세계 선단의 중력 특이점 가장자리 근처에 있다가 몇 초 만에 프로테우스의 방어용 탐사기들의 사정권 멀리에서 나타났다. 그리고 하이퍼웨이브 레이더가 그 위치를 파악하는 순간, 처음 나타났던 곳으로 돌아갔다.

'롱샷'호가 다시 사라졌다. 이번에는 출발점에서 겨우 몇 광초될까 말까 한 곳에서 나타났다. 표준 하이퍼드라이브 속도로 움직인 것이다. 다시 세 번째 도약에서는 II형 하이퍼드라이브 속도였다. 그리고 네 번째 도약에서는 또다시 표준 하이퍼드라이브 속도로…….

올트로가 '롱샷'호를 연구한 세월 동안 I형 하이퍼드라이브 모드로 움직이는 것은 한 번도 본 적이 없었다.

— 이제 내 제안에 관심이 좀 갑니까?

베데커가 물었다.

"어쩌면."

올트로는 케이론을 통해 대답했다.

융합체 안에서 불협화음이 일었다.

— 우리가 놀려고 여기 온 건 아니잖아요.

반항적인 단위 개체들로 모인 파벌 하나가 즘호의 심해에 대한 가슴 아픈 추억을 일깨웠다. 해구의 소금 맛과 황화수소의 알싸한 맛이 거의 느껴지는 것 같았다.

— 만약 우리가 세계 선단을 떠나면 즘호와 클모 그리고 그 이후로 일군 개척지들에 대한 보호를 포기하는 셈이 돼요.

또 다른 파벌에서 반박했다.

— 아니지요! 기술이야말로 우리 세계를 보호하는 최선의 방법이에요.

세 번째 파벌에서도 얘기가 나왔다.

— 크진인더러 이곳을 통치하게 하지요.

다시 첫 번째 파벌.

— 그렇게 된다고 쳐요. 그럼 크진인은 누가 저지하나요?

또 다른 이들이 따지고 들었다.

— 이 거래에서 확실한 게 대체 뭐지요? 가지고 놀 새로운 장난감이 하나 더 생기는 것밖에 없어요. 물리 이론이 우리 백성들에게 이득을 줄 거라는 생각은 순전한 추측에 불과해요.

정신적 혼란 속에서 하마터면 회의가 들 뻔했다. 올트로는 자기의 지적 호기심을 충족시키기 위해 세계 선단의 지배권을 움켜쥔 것이 아니었다. 하지만 그렇게 오랜 세월을 희생하고 살았으니 이 정도 보상을 누릴 자격은 충분한 것이 아닌가?

거래에 동의한다고 가정해 보라. 세계 선단을 떠날 방법은 무엇인가?

오래된 기억흔적이 시험하듯 떠올랐다.

행성 드라이브를 내주는 순간, 우리는 취약한 상태에 놓이고 만다.

오래전에 세상을 떠나 이 세상의 존재가 아닌 것 같은 이 기억흔적은 아마도 '에르오'의 것인 듯했다. 아무튼 에르오는 지그문트 아우스폴러와 그의 사고방식을 기억하는 존재였다.

시민은 약속을 지킨다.

또 다른 기억흔적이었다. 이번엔 누구지? 올트로는 추측조차 할 수 없었다. 오래전에 세상을 떠난 단위 개체의 잔재가 남긴 반향은 너무나 희미해서 정체를 알아보기 힘들었다.

"모두가 아니라 대부분이라 해야겠지요."

올트로는 선을 그었다.

— 우리는 한때 고향을 보호하기 위해 행동에 나섰지만 지금은 하루하루 고향에서 멀어지고 있어요. 이곳으로 와서 세계 선단을 통치해야 했던 이유들이 그 타당성을 모두 잃어버린 건 아닌가요?

크드오가 덧붙여 말했다.

"그만하세요!"

올트로의 고함에 내부의 목소리들이 모두 충격을 받고 잠잠해졌다.

"우리는 하나입니다!"

하지만 동시에 열여섯이기도 하고, 그보다 훨씬 더 많기도 했다. 또 다른 소란이 일기 시작했다.

　……어떤 그워테슈트도 이렇게 오랫동안 융합 상태로 머물지 않는 데는 분명 이유가 있으리라.

　— 지금쯤이면 우리 우주선의 성능이 향상됐다는 걸 당신도 깨달았을 겁니다.

　베데커가 다시 노래했다.

　— 세계 선단을 아무런 피해 없이 풀어 주고 이곳을 영원히 떠난다는 조건으로 내가 하이퍼드라이브에 대해 알게 된 모든 것과 '롱샷' 호를 당신들에게 넘기겠습니다. 동의합니까?

　올트로는 생각했다.

　오랫동안 풀리지 않았던 수수께끼의 해답을 얻는다는 것은 실로 환영할 만한 일이라는 점에 대하여.

　일조 명의 시민을 관리해야 하는 짐을 내려놓는다는 것은 진정 축복이라는 점에 대하여.

　베데커가 아는 것을 자기들은 알지 못한다는 사실을 견딜 수 없음에 대하여.

　베데커가 주장하는 지식을 가지고 허스로 돌아올 경우, 자신들이 평생을 바쳐 보호해 온 그워스의 세계들이 언제나 협약체의 사정권 안에 있게 될 것이라는 점에 대하여.

　아킬레스는 믿을 만한 존재라는 점에 대하여. 그가 깨뜨릴 수 있는 거래는 언제든 깨뜨릴 것이고 권력에 대한 욕망을 멈추지 않을 것이라는 점은 절대적으로 믿을 수 있었다.

　협약체가 아킬레스를 통제하려 하지 않거나 통제할 수 없을 경우, 세계 선단의 통제권을 장악할 필요가 있음에 대하여.

아킬레스는 백번을 죽어도 마땅한 자이고 자신들이 그의 죽음을 명령할 수도 있지만, 그로 인해 보장되는 것은 아무것도 없음에 대하여. 아킬레스를 배출한 곳이라면 또 다른 아킬레스가 나타나지 말라는 법이 없었다.

올트로는 케이론을 통해 베데커에게 노래했다.

"당신의 제안을 거절합니다. 대신 우리가 역으로 제안을 하나 하지요. 당신이 바보가 아닌 이상 거절할 수 없을 겁니다."

10

"드론들이 몰려오고 있습니다."

베데커가 노래했다.

네서스가 예상한 대로였다. 그는 평생 동안 단 한 번도 쉽게 끝나는 협상을 보지 못했다.

"우리 자리를 다시 바꿔야겠습니다."

계기판은 네서스만 읽을 수 있기 때문이었다. 작은 함교 안에서 자기 자리를 다시 찾아간 네서스는 화면들을 확인해 보았다. 하이퍼스페이스 안에서 몇 번 앞뒤로 도약한 후에 '롱샷'호는 허스로부터 이 광분 거리, 중력 특이점 바로 바깥에 자리 잡았다.

— 항복하고 우주선을 넘기십시오. 거부하면 파괴될 겁니다.

케이론이 노래했다.

심장은 쿵쾅거렸지만 네서스는 경멸하듯 홀로그램을 향해 휘파람 소리를 냈다.

"어림없는 소리. 당신은 이 우주선이 파괴되는 걸 원치 않을 겁니다."

— 그러면 당신이 성급한 결정을 내리기 전에 살짝 맛을 보여 줘야겠군요. 아마 탐사기들의 동태를 감시하고 있겠지요? 스펙트럼 전체에 걸쳐 센서를 켜 놓았을 겁니다.

네서스는 두 머리를 까딱거렸다.

— 맛보기입니다. ……바로 지금!

무언가 일어난 것을 네서스가 알아차리기도 전에 섬광 보호막이 켜졌다.

— 젠장! 방금 무슨 일이야?

루이스가 무선통신으로 소리쳤다.

부신 눈을 깜박이며 네서스는 센서 기록을 확인해 보았다. 번쩍이던 섬광은 방금 일어났던 일의 극히 일부에 불과했다. 드론 두 대가 '롱샷'호 바로 앞에서 충돌했다. 두 드론의 충돌 속도는 거의 광속에 가까웠다! 그 충돌에서 쏟아져 나온 대부분의 에너지가 감마선으로 바뀌었지만 다행히도 '롱샷'호의 GP 선체는 감마선을 투과시키지 않았다.

'롱샷'호는 희생된 드론보다 엄청나게 컸다. 케이론이 이런 표적을 맞히지 못했을 리는 없었다. 제아무리 GP 선체라 해도 네서스가 방금 목격한 폭발이라면 그 안에 있는 모든 것이 산산조각 나고 말 터였다.

— 이제 내 제안에 관심이 좀 갑니까?

케이론이 물었다.

네서스는 머리를 배 밑으로 처박는 대신 있는 힘을 모두 그러 모아 노래했다.

"그런 위협은 통하지 않습니다. 마음대로 공격해 보십시오. 그 러면 향상된 하이퍼드라이브는 물론이고 우리가 알아낸 모든 지 식도 함께 잃게 될 겁니다."

— 네서스, 조금 전 그 빌어먹을 게 대체 뭐냐니까?

루이스가 다시 무선통신으로 물었다.

그때, 계기판이 다시 번쩍거렸다. 열 곳이 넘는 방향에서 레이 저 빔이 '롱샷'호의 선체를 조준하고 있었다. 네서스는 다시 우주 선을 하이퍼스페이스로 도약시키며 말했다.

"무슨 일이냐고 물었습니까? 전쟁입니다."

— 내가 뭘 하면 되지?

루이스가 물었다.

— '나'라니. '우리'지.

앨리스가 고쳐 주었다.

"그만 떠나십시오. 그리고 무사하길 바랍니다. 우리는 곧 노멀 스페이스로 돌아갑니다. 그러면 해치를 열겠습니다."

"말도 안 되는 소리. 난 절대로 너희를 버리지 않아."

"이번에는 당신도 우리를 도울 수 없습니다, 루이스."

베데커가 복도 뒤에서 소리쳤다.

"네서스와 내 말을 따르십시오."

네서스는 카운트다운을 시작했다.

"나갑니다. 삼, 이, 일……."

— 좋아.

루이스가 말했다.

"지금입니다."

네서스의 노래와 함께 노멀 스페이스가 돌아왔다.

"해치 개방."

루비처럼 새빨간 불빛이 우주선에 번졌다. 조준되는 레이저의 숫자가 많아질수록 그 빛도 점점 더 밝아졌다. 하지만 레이저 빔을 쏘는 드론이 너무 멀리 떨어져 있어서 우주선에 해를 입힐 수 있는 수준은 아니었다. 심지어는 빛이 너무 분산되어 섬광 보호막조차 활성화되지 않았다. 도대체 뭐 하려는 짓이지?

"우주선을 회전시키십시오! 우리 선체의 기능을 정지시키려는 겁니다!"

베데커가 노래했다.

네서스는 움찔했다. 그 기억을 어찌 잊겠는가? '롱샷'호는 오래되었다. GP 선체의 기능을 정지시키는 일이 가능함을 아무도 모르던 시절의 나노 기술로 만들어진 것이다. 이 우주선의 선체는 하나의 거대한 초분자로, 내장된 발전장치가 원자 간 결합을 강화시키고 있었다. 선체의 믿기 어려운 강도는 바로 그런 강화작용에 의해 나온 것이었지만, 일단 비밀이 드러나고 나자 그것이 가장 큰 취약점이 되었다. 발전장치에 과부하를 가하거나 광자 프로세서 제어기를 다시 프로그래밍하면 선체의 기능을 정지시킬 수 있었다. 그러면 강화되었던 원자 결합은 선실의 압력조차 견디지 못할 정도로 약화되고 만다.

네서스는 궁금해졌다. 그워스도 이 역설을 이해하고 있을까?

이 약점을 발견해 낸 이가 바로 베데커였다. GPC는 이런 공격을 막아 내기 위해 오래전부터 발전장치와 제어기를 다시 설계했다. 옛날의 기억에 빠져 있는 것은 배에 머리를 처박고 숨어 있는 것이나 다름없는 현실도피 행위였다. 이러다가는 모두 죽고 말 터였다. 네서스는 보조 추진기를 이용해 우주선을 회전시키기 시작했다.

"우리 회전속도에 맞춰서 조종하십시오, 루이스. 그리고 빨리 이곳을 떠나십시오!"

— 알았어.

루이스가 대답했다. 레이더에 '인내'호가 튀어 나가는 것이 보였다.

"행운을 빕니다."

네서스는 친구에게 무선통신을 보냈다.

빙글빙글 도는 '롱샷'호에 레이저를 조준하는 근처의 드론이 점차 더 많아졌다. 그리고 케이론이 돌아왔다.

— 당신네 선체가 파괴되는 건 단지 시간문제일 뿐입니다. 당신은 죽고 변형된 Ⅱ형 하이퍼드라이브는 안전하게 인양되겠지요. 항복하십시오. 아니면 파멸이 기다릴 뿐입니다.

"미안하지만 내 생각은 다릅니다."

네서스는 하이퍼스페이스로 도약하며 높은 소리로 노래했다.

"베데커, 얼마나 걸리겠습니까?"

사랑하는 이가 노래했다.

"삼 분만 더 기다려 주십시오."

중성미자와 희미하기 그지없는 그 반향은 광속으로 기어가기 때문이었다. 그리고 그들의 메시지가 그때까지 수신되지 않는다면 그 후로도 아예 전달되지 못할 것이기 때문이었다.

네서스는 우주선과 함께 다시 노멀 스페이스로 빠져나왔다.

아직 전송 중

보이스가 메시지를 보냈다. 우주선이 빠른 속도로 빙글빙글 돌고 있었기 때문에 AI가 아니고는 중성미자 빔의 초점을 표적에 유지할 수 없었다.

그때, 어느 드론보다도 훨씬 큰 신호가 네서스의 하이퍼웨이브 레이더 화면에 나타났다. '인내'호였다!

"루이스! 떠난다고 했잖습니까."

— 그랬지. 그런데 언제 떠날지는 말 안 했잖아?

근처에 있던 한 드론이 적외선으로 달아올랐다. 그리고 또 다른 드론이······. '인내'호는 지그재그로 움직이며 가까운 드론들을 표적으로 추격하고 있었다! 그리고 '롱샷'호와 가까운 곳에서 하이퍼스페이스를 넘나들며 그것들을 차례로 공격했다.

레이저들이 '롱샷'호에서 떨어져 나갔다.

"드론들이 당신을 조준하고 있습니다, 루이스!"

네서스는 외쳤다.

— 그냥 유인작전이야. 네가 해야 할 일이나 어서 해. 빨리 끝내 주면 고맙고.

노멀 스페이스에서 '롱샷'호의 기동성이 그렇게 뛰어나기만 하다면야 얼마나 좋을까! 아무리 우수한 노멀 스페이스 추진기라도 광속을 뛰어넘을 수는 없었다. '인내'호에서 반사되는 레이저 빔이 더 밝아졌다. 그렇다고 '인내'호가 모든 드론의 역량을 빼돌리는 데 성공한 것은 아니었다. '롱샷'호에 쏟아지는 레이저의 강도도 다시 올라가고 있었다. 하지만 루이스가 시간을 벌어 주고 있는 것만큼은 분명했다.

"더 가까이 갑시다."

베데커가 떨리는 목소리로 노래했다.

네서스는 하이퍼스페이스로 도약했다. 잠시 후, '롱샷'호는 세계 선단과 더 가까운 곳에서 다시 나타났다. 드론의 숫자가 더 많아졌다.

아직 전송 중

보이스가 메시지를 적었다.

'인내'호가 다시 나타났다. 반사되는 레이저 불빛이 보이지 않았다.

"루이스! 저들이 다른 방법으로 당신을 공격하려고 합니다. 여기서 어서 빠져나가십시오!"

— 곧 나가지. 아직 멀었나?

앨리스가 대신 대답했다.

이윽고 드론들이 사방에서 날아들었다. 하나만 정통으로 부딪쳐도 '인내'호는 산산조각이 날 터였다. '인내'호는 끊임없이 방향을 틀고, 속도를 바꾸고, 하이퍼스페이스를 드나들었다. 드론들이 공격 과정에서 불을 뿜으며 사라져 갔다. 하지만 새로 도착하는 수가 그보다 더 많았다. '인내'호는 지그재그로 움직이며 레이저포를 뿜고 있었다. 팩의 도서관 함대에서 영감을 받은 걸까?

"얼마나 남았습니까?"

네서스는 필사적인 목소리로 베데커에게 물었다.

"조금만 더. 그리고 속도를 줄여야 합니다."

그러면 우리는 더 쉬운 표적이 되고 마는데……. 네서스는 생각했다. 다른 선택의 여지가 있다면 얼마나 좋을까.

드론들이 계속해서 다가오고 있었다.

프로테우스는 생각했다.

'롱샷'호가 세계 선단에 대고 중성미자를 뿜어내고 있음에 대하여. 이 중성미자 배출은 심부 레이더 비슷한 파동을 가졌지만 통신 전파처럼 고도로 변조되어 있었다. 그는 이것을 메시지라고 판단했다. 읽을 수 있었기 때문이다.

당장 대피하십시오.

반복되는 짧은 메시지는 이렇게 노래하고 있었다. 하지만 무엇으로부터 대피하라는 말인가? 베데커는 누구에게 경고하고 있는 것인가? 왜 무전전파를 이용하지 않고 중성미자라는 빈약한 전송 방법을 사용하고 있으며, 왜 연속적인 신호가 아니라 짧고 단발적인 신호를 사용하고 있는가? 왜 메시지를 암호화하지 않았는가?

'롱샷'호가 NP_5의 올트로나 허스 혹은 프로테우스에게 즉각적인 위협이 되지 않는 한 '롱샷'호를 파괴하면 안 된다고 하는 올트로의 주장에 대하여.

'롱샷'호가 뱉어 낸 작은 우주선이 사용하는 추진기가 아웃사이더의 도시/우주선에서 보았던 것 말고는 그 어떤 추진기와 비교해 보아도 더 반동이 적은, 거의 무반동에 가깝게 작동한다는 점에 대해서. 그리고 정체는 알 수 없지만 베데커의 계략에 참여한 것으로 봐서 그 작은 우주선 역시 적대적인 존재라는 점에 대하여. 그 작은 우주선은 GP 2번 선체의 외양을 하고 있지만 반사되는 양상을 보면 다른 재질로 만들어졌다는 점에 대하여. 그 선체는 기능을 정지시킬 수 없었다.

두 우주선을 모두 막아야 한다는 점에 대하여. 크진인, ARM, 트리녹의 외교사절단들이 지켜보고 있었다. 이 사건을 빨리 종식시킬수록 외계인 관찰자들이 프로테우스의 능력에 대해 추론할 기회를 줄일 수 있었다.

'롱샷'호의 회피 기동이 무작위가 아니라는 점에 대하여. 그것은 세계 선단의 속도에 거의 근접한 노멀 스페이스 속도를 유지하며 특이점 가까이에 머물고 있었다. 자신의 경고 메시지를 더욱 정확히 조준하기 위함인가?

'롱샷'호는 스스로 속박되어 있는 상태—이 역시 이유를 알 수 없었다. 대체 왜?—기 때문에 올트로가 곧 그 선체의 기능을 정지시키는 데 성공하리라는 점에 대하여.

시민들이 왜, 어떻게 저렇게 죽음과 맞설 수 있는 것인지 올트로조차 감히 추측할 수 없음에 대하여.

작은 우주선은 기동성이 좋아 조준이 쉽지 않지만, 그것이 '롱샷'호에 가까이 머물수록 그 기동 방식 또한 예측이 가능해지고 있다는 점에 대하여.

올트로의 중력파 투사기가 가지고 있는 문제점은 아직 하이퍼스페이스에 들어가 있는 우주선의 위치를 확인해서 조준할 방법이 없다는 것에 대하여.

하지만 저 짜증 나는 작은 우주선의 기동 방식이 결국 예측 가능해진다면…….

전투에 끼어든 지 고작 이 분밖에 지나지 않았지만, 그래도 '인내'호가 아직 당하지 않았다는 것은 경이로운 일이었다.

루이스는 외쳤다.

"준비."

지브스와 앨리스가 대답했다.

"준비 완료!"

— 준비 완료!

긴박한 상황임에도 불구하고 앨리스가 퍼페티어용 좌석에 쪼그리고 앉은 모습을 보니 루이스는 저절로 미소가 나왔다.

"오, 사……."

'인내'호가 요동쳤다. 주 전망 창에 불이 들어왔다. 무언가가 그들을 하이퍼스페이스에서 내동댕이쳤다!

— 드론들이 몰려옵니다.

지브스가 말했다.

근처에서 구름처럼 몰려든 드론에 둘러싸인 '롱샷'호가 불타오르듯 빛을 내고 있었다.

루이스는 무선통신을 날렸다.

"어서 피해!"

그는 네서스와 베데커가 이렇게 미쳤다 싶을 정도로 용감한 일에 몸을 내맡기는 것을 한 번도 본 적이 없었다. 하지만 더 이상 버티는 것은 둘 모두에게 자살행위였다.

"방금 뭐였어?"

앨리스가 소리쳐 물었다.

루이스는 노멀 스페이스 속도를 갑자기 죽여 따라붙은 드론 무리를 떨쳐 냈다. 그리고 예전과는 살짝 다른 속도로 '롱샷'호를 향해 방향을 틀었다.

"나도 몰라. 처음 보는 일이야."

— 센서에 중력파가 감지되었습니다. 일종의 시공간 왜곡 현상입니다.

지브스가 말했다.

'인내'호만큼이나 기동력이 좋은 드론들이 몰려들었다.

— 레이저가 과열되었습니다.

루이스는 노멀 스페이스 속도를 갑자기 0으로 떨어트렸다.

모든 일이 한꺼번에 일어났다. 선체가 마치 종 같은 소리를 냈다. 오, 트윙 만세! 루이스가 이렇게 생각하는 순간, 주변 공기가 접착제처럼 변했다. 조종석의 응급 구속장이 켜진 것이다. 경고음이 울부짖기 시작했다.

그리고 잠시 앨리스의 울부짖음이 들렸다.

"앨리스!"

루이스는 소리쳤다. 대답이 없었다. 그는 앨리스와 등지고 앉아 있었고, 구속장 때문에 움직일 수 없었다. 심지어 고개조차 돌릴 수 없었다.

"앨리스!"

여전한 침묵.

"내 구속장을 풀어."

루이스는 지브스에게 명령했다.

— 너무 위험합니다.

"어서!"

루이스가 씩씩대며 말했다.

앨리스는 퍼퍼티어용 좌석 한쪽에 쪼그리듯 걸터앉아 있었다. 목이 부자연스러운 각도로 꺾인 채였다. 그녀의 키가 너무 컸거나, 아니면 좌석의 구속장이 퍼페티어의 몸에 맞춰져 있어서 머리가 역장 밖으로 빠져나온 것이 분명했다.

그녀의 목은 부러져 있었다.

"'인내'호가 죽은 것처럼 흉내를 내."

루이스는 지브스에게 명령했다.

"이 우주선에 의료용 정지장이 있나?"

— 우주선 화물 목록에는 두 개가 기록되어 있는데 어디 있는지는 모르겠습니다. 줄리아가 알 것입니다.

앨리스를 오토닥까지 옮겨 가려고 했다가는 거친 움직임 때문에 부상이 더 심각해질 수 있었다. 하지만 정지장을 찾으러 돌아다니다가는 그사이에 되살려 낼 가능성이 사라질 정도로 완전히 죽어 버릴 수도 있었다. 그리고 줄리아는 너무 멀리 떨어져 있었다! 젠장!

루이스는 앨리스의 구속장을 풀고 그녀를 붙잡았다. 그녀가 쓰러지면서 머리도 함께 젖혀졌다. 그는 축 늘어진 그녀의 몸뚱이를 어깨에 메고 함교에서 달려 나갔다.

"상황이 어때?"

그가 지브스에게 물었다.

— '롱샷'호가 드론들에 둘러싸여 레이저로 공격당하고 있습니다.

지브스의 목소리는 미친 듯이 오토닥을 향해 달려가는 루이스의 발걸음을 따라 스피커와 스피커를 넘나들었다.

— '롱샷'호가 더 이상 기동하지 않습니다. 곧바로 행동에 나서지 않는다면 중력 특이점 안쪽으로 흘러들게 될 것입니다.

"어서 움직이라고 해! 대체 뭐 하는 거야?"

루이스는 분통을 터트렸다.

어느새 화물실에 도착했다. 아버지가 만든 오토닥이 아직 화물실 도약 원반 위에 있었다. 오토닥의 뚜껑이 빙하가 움직이듯

느릿느릿 열렸다. 마침내 그는 앨리스를 그 안에 누일 수 있었다.

"당신 안 죽어. 아니, 못 죽어."

루이스는 그녀를 보며 말했다.

뚜껑이 닫히자, 이해할 수 없는 빠른 속도로 진단명이 흘러갔다. 척수손상이란 소리겠지. 그는 추측했다. 그녀의 고령은 도움이 되지 않았다.

"어서 돌아와."

그는 이렇게 속삭인 다음 다시 함교로 뛰어갔다.

"상태 보고!"

그가 지브스에게 소리쳤다.

— 세계 선단에서 멀어지고 있습니다. 중요한 손상을 입었지만 즉각적으로 위험한 부분은 없습니다. 충격 때문에 통신 시스템이 망가졌습니다. 주 핵융합 원자로 가동이 중단되었습니다.

"우리가 지금 공격받고 있나?"

— 아닙니다.

"하이퍼드라이브는 작동해?"

— 현재의 예비 전력으로는 일 광년가량 기능할 것입니다.

"'롱샷'호를 보여 줘."

전술 상황 화면이 열렸다. 중앙에 '롱샷'호가 크게 확대된 영상이 잡혔다. 그 주변으로 전투용 드론을 나타내는 아이콘들이 널려 있었다. 희미한 반투명 막이 중력 특이점의 경계를 가리키고 있었다.

마침내 '롱샷'호가 중력 특이점 안쪽으로 흘러들었다.

— 여전히 레이저 빔으로 공격받고 있습니다.

다시 회복된 루이스의 기억 속에는 GP 선체를 파괴하는 몇 가지 방법이 들어 있었다.

그때, 눈앞에서 '롱샷'호의 선체가 사라졌다. 그 안에 들어 있던 핵융합 드라이브가 번쩍였다. 불빛이 사라지자 그 자리에는 아무것도 남아 있지 않았다.

루이스는 지친 목소리로 명령했다.

"여기서 반 광년 떨어진 곳으로 이동해."

— 어느 방향으로 갑니까?

"아무 데나 상관없어."

| 반란: 지구력 2894년 |

1

이백 년도 더 된 시간, 이백 광년도 더 떨어진 장소——줄리아가 들은 말이 맞다면——에서 지그문트는 한 무리의 우주 해적과 전투를 벌인 적이 있었다. 수많은 모험처럼 그 또한 거의 비극으로 끝났다.

그의 상상 속에서 레이더 영상이 펼쳐졌다. 깜박이는 세 개의 신호가 정삼각형을 이루고 있었다. 우주선들이 눈에 보이지 않는 무언가를 끌며 다가왔다. 그것은 물론 블랙홀이었다.

블랙홀의 구렁텅이에 빠지는 것보다 끔찍한 일은 없었다.

저녁 식사를 하기 전에 해먹에 드러누워 잠깐 눈을 붙여 보려 했지만 잠은 오지 않았고 그 정삼각형 편대가 지그문트의 신경을 긁어 댔다.

이상한 일이로군.

그는 그날 살아남았고 승무원들의 목숨도 구해 냈다. 결국 블랙홀에 집어삼켜진 쪽은 해적들이었다. 그 옛날의 사건을 지금 와서 곱씹을 이유가 뭐란 말인가?

하긴, 그러면 안 될 이유라도 있나? 어차피 할 일도 없고, 갈 데도 없는데.

어쩌면 그는 은퇴 생활을 즐길 팔자가 아닌지도 몰랐다. 비록 짧은 시간이었지만 국방부에서 고문 역할을 해 주는 동안, 요즘 들어 그 어느 때보다도 살아 있음을 느꼈다. 어쩌면 그 이상한 기분은 자기가 아직도 무언가 도움이 되는 사람이라는 만족감에서 온 것인지도 모른다.

하지만 앨리스가 블랙홀에 빠지듯 영영 돌아올 수 없는 곳으로 가 버렸을 때는 대체 무슨 도움이 되었던가?

빌어먹을! 그녀와 줄리아는 지구로 돌아가는 길을 알아냈다. 그리고 줄리아는 ARM 우주선을 타고 벌써 삼십이 일째 집으로 오는 여정에 있었다. 지그문트는 앨리스의 죽음을 슬퍼하면서도 동시에 행복을 느꼈다. 젠장.

"지브스, 줄리아가 돌아오려면 얼마나 남았지?"

— 이 주일 정도 남았습니다. '코알라'호가 조기 경보 시스템의 탐색 범위 안으로 들어오면 더 정확한 예측이 가능합니다.

이미 알고 있는 내용이지만 다시 한 번 듣고 싶었다. 물론 그는 예측으로 만족하는 일이 결코 없지만. 지그문트는 '코알라'호가 행성 방어망에 탐지되었다고 해도 과연 국방부 사람들이 자신에게 알려 줄지 의심스러웠다. 줄리아가 완전히 도착할 때까지는 아무런 소식도 못 들을지 모른다.

그런데 왜 그 빌어먹을 삼각형 편대가 자꾸만 머릿속에 떠오를까? 태양계 가장자리에서 일어났던 오래된 사건이 대체 무엇과 어떤 관련이 있길래?

지그문트는 앓는 소리를 내며 해먹에서 테라스 돌바닥으로 발을 내렸다. 브랜디나 한 잔 마시면 잠을 청하는 데 도움이 될 것 같았다. 적어도 잠을 방해하지는 않을 것이다. 그는 터벅터벅 집 안으로 들어가 브랜디를 한 잔 따라 마셨다.

"왜 하필 그냥 삼각형도 아니고 빌어먹을 정삼각형이야?"

그가 혼자 중얼거렸다.

해적을 만난 후에 두 승무원을 오토닥 안에 집어넣고 고장 난 우주선에 타고 집으로 돌아오면서 지그문트는 솔직히 말해서 미치광이가 되어 버렸다. 그 후로 삼 년 동안은 우주선 근처라면 발도 붙이지 못했다.

카를로스 우는 '호보 켈리'호에 탔을 때 거의 죽을 뻔했다. ARM 우주선에 실린 최고의 오토닥이 제공한 대체용 장기를 그의 몸이 거부한 탓이었다. 하지만 지구의 병원에서 그를 살려 냈고 그는 더 나은 오토닥을 만드는 데 전념했다. 그 결과로 카를로스가 탄생시킨 나노 기술 기반의 오토닥은 기적이나 다름없었다. 그리고 그것은 다행스러운 일이었다. 작동 방식이 미스터리 속에 숨겨져 있었기 때문이다.

카를로스와 베어울프를 구하기 위해 억지로 다시 한 번 우주선에 올라탔을 때, 지그문트는 다시 한 번 죽고 말았다. 그는 결국 네서스에게 납치되었고, 네서스는 카를로스의 오토닥을 이용해 그를 살려 냈다.

지금 신경 쓰이는 게 그 일 때문인가? 네서스 때문에? 아니면 오토닥 때문에? 그게 대체 어디에 가 있나 해서?

하지만 아무래도 그것 때문은 아닌 것 같았다.

아니면 우주에서 두 번이나 조난당한 후에 생긴 심리적 장애 때문인가? 그때 지그문트는 절대로, 절대로 다시는 우주선에 발을 딛지 않겠다고 맹세했다. 그렇게 연속해서 끔찍한 재난을 당했으니 제정신이라면 땅바닥에 두 발을 단단히 붙이고 싶어 하는 것이 정상이었다.

하지만 그의 맹세가 결국 앨리스에게는 도움이 되지 못했다. 그렇지 않은가?

하지만 그중 어떤 것도 정삼각형과는 관계가 없었다. 그의 마음이 또다시 일탈하고 있는 것일까? 삼각형, 카를로스, 오토닥, 우주에서의 조난……

아무것도 없다. 아무것도. 무無다. 0이다.

지그문트는 브랜디 한 잔을 새로 따라 들고 사막에서 지는 해를 바라보기 위해 바깥을 거닐었다. 마음이 어지러웠다. 네서스가 그를 구출하고 납치하고 치료해 준 후, 지그문트는 뉴 테라의 정글에서 눈을 떴다. 뉴 테라에는 삼각형인 것이 없다. 등변인 것도 없고.

그는 테라스로 성큼 두 걸음을 걷다가 그대로 얼어붙었다.

뉴 테라는 세계 선단에서 왔다. 그리고 세계 선단은 등변 대형을 이루고 있다. 그가 알고 있는 한 뉴 테라가 독립해서 떨어져 나온 이후로 세계 선단은 공통의 무게중심 주변을 도는 다섯 세계가 정오각형의 꼭짓점마다 자리 잡은 형태를 이루고 있었다. 그리고 블랙홀을 끌고 오던 세 척의 예인 우주선과 마찬가지로 세계 선단도 극도로 위험한 존재였다.

기이한 일이로군. 지그문트는 생각했다. 그는 등변 도형을 위험과 연관 짓도록 학습되어 있었던 것이다.

몇 걸음 걸어 해먹으로 가서 앉은 그는 지는 태양들을 바라보았다. 그리고 브랜디를 홀짝거리며 무의식이 제멋대로 흘러가게 내버려 두었다. 등변은 위험하다. 대칭 평면도 위험하다. 대칭도 위험하다. 대칭 도형도 위험하다. 뉴 테라를 둘러싸고 있는 질량 병기 방어용 드론들의 구형 배치는…….

갑자기 손에서 힘이 빠지며 브랜디 잔이 미끄러져 떨어졌다.

"안녕하세요, 지그문트 씨."

드니즈 로저스비외른스타드가 먼저 인사했다.

"안녕하시오, 의장."

지그문트도 인사했다.

오랫동안 이 자리를 맡아 온 뉴 테라의 의장은 한마디로 강렬한 여성이었다. 큰 키에 금빛의 머리를 뒤로 바짝 말아 올린 여윈 얼굴, 그녀의 표정은 늘 단호했다. 보고만 있어도 왠지 주눅이 드는 여자. 그녀는 자리에서 일어섰지만 책상 뒤에서 나오지는 않았다.

행성 행정부 청사 단지에서 제일 눈에 띄는 의장의 관저는 대단히 인상적인 구조물로 권력을 나타내는 상징이었다. 하지만 지그문트에게는 흉물스럽게만 느껴졌다. 윈저 성城과 크렘린의 만남 같았다.* 오래전 독립 시대의 행정부 건물을 기억하는 이는 아마도 그밖에 없으리라. 그 건물은 원래 더 검소한 기준에 따라 지어졌는데, 그가 보기에는 그것이 가장 좋은 건물이었던 것 같았다.

드니즈 의장과 그녀의 으리으리한 궁전 그리고 휑하니 큰 사무실을 보면 대부분의 사람들은 움츠러들었다. 만약 지그문트가 심리 조작에 쉽게 넘어가는 사람이었다면 그 역시 움츠러들고 말았으리라. 하지만 그는 뉴 테라 전체보다도 인구가 많은 거대한 도시에서 살아 본 적이 있었다. 비록 희미한 기억이기는 하지만 그 옛날의 기억을 더듬어 보면 제멋대로 뻗어 있는 뉴 테라의 행정부 청사 단지는 인상적이라기보다는 허세를 부리는 듯했다. 아니, 어쩌면 그것은 그가 두 번 죽기 전에 ARM 요원으로서 국제연합의 수장 아래서 일해 본 경험이 있기 때문인지도 몰랐다. 그는 백팔십억 명의 사람들 책임졌었다.

미안하지만 의장, 당신은 내게 별로 큰 인상을 주지 못했어.

젊은 비서실장이 지그문트와 의장만 남겨 두고 문을 닫고 나가자 지그문트는 말을 꺼냈다.

---

* 윈저 성은 영국의 왕들이 살던 곳이고, 크렘린은 제정러시아 황제의 궁전으로 지어졌다가 소련과 러시아를 거치는 내내 정부 주요 청사로 사용되었다.

"시간을 내 줘서 고맙소."

"중요한 일이라고 하셨죠. 우선 앉으세요."

드니즈가 자리를 권했다.

"중요하지."

여기까지는 분명 진실이었다. 지그문트의 의심이 정당한가에 상관없이.

"이곳을 방문하러 오고 있는 지구 우주선에 관한 거요."

"그게 왜요?"

한 시대가 막을 내리고 있음을 생각하면 그녀의 반응은 너무 절제되어 있다는 느낌이 들었다. 당연히 흥분해야 할 일 아닌가? 저렇게 몸을 사릴 것이 아니라……. 지그문트의 의심과 두려움이 더욱 깊어졌다. 하지만 그녀를 압박해서라도 좀 더 알아내야 했다. 알아야만 했다.

"'코알라'호가 이 주 후면 도착할 거요. 내 생각으로는 사람들에게 마음의 준비를 시켜야 할 듯싶소만. 오랫동안 잊혀 있던 지구의 대표단과 처음 접촉하는 일은, 정말이지 큰 사건이 될 테니 말이오."

그녀가 고개를 저었다.

"그랬다가는 사람들이 어떤 변화가 일어날지, 그 모든 것의 의미가 뭔지 걱정하느라 다른 생각은 아예 하지도 못하겠죠. 알고 있어야 할 사람들에게는 정보가 모두 전달됐어요. '코알라'호가 도착할 때까지 그들의 방문은 기밀로 다뤄질 겁니다."

아는 사람이 적을수록 은폐하기도 쉬울 테니까. 어쨌거나 지그문트 역시 자기가 대체 무엇을 알고 있는 것인지 확신하지 못했다. 다만 그의 깊숙한 본능이 너무나 잘 알고 있을 뿐…….

그는 말했다.

"지구 우주선의 승무원들이 우리 세계를 둘러보고, 우리 공중 통신망을 이용하다 보면 많은 걸 알게 될 거요. 우리가 뭘 가지고 있는지, 우리에게 필요한 건 뭔지, 우리가 소중히 여기는 건 뭔지에 대해서 말이오. 물론 의장도 그들의 방문에 대비하는 대책 위원회를 꾸렸을 거라 믿소. 그 대책 위원회가 활용 가능한 전문가의 도움을 얻게 해 줘야 하지 않겠소?"

드니즈가 고개를 살짝 기울였다.

"그러니까 당신 얘기는 대책 위원회가 전문가를 활용하지 못하고 있다는 거로군요. 즉, 대책 위원회가 당신과 접촉해야 한다는 거고요."

지그문트는 상실의 아픔과 싸우며 말을 꺼냈다.

"앨리스가 죽고 없으니, 이 세계에 그쪽 전문가는 나 하나밖에 남지 않았소."

"당신이 지구를 마지막으로 보신 게 언제였죠?"

아픈 지적이었다. 하지만…….

"우리가 지금 가지고 있다면 무척 기뻐했을 것들을 지구는 이미 그때부터 가지고 있었소."

"반물질 무기와 적대적인 이웃들 말인가요? 당신 손녀한테 이미 들었답니다."

"물론 그런 건 그다지 탐나는 부분이 아니오. 인정하지. 하지만 행여 크진인들이 침략해 온다면 우리는 어떤 군사적 지원이라도 아쉬워질 거요. 그뿐이 아니오. 지구의 방대한 도서관, 박물관 자료들을 생각해 보시오. 이 세계에서 우리는 수천 년에 걸쳐 쌓인 유산을 잃어버린 채 살고 있는 거요."

드니즈의 얼굴에 어떤 감정도 드러나지 않는 것을 보니 그의 말은 전혀 먹혀들지 않은 모양이었다. 그녀는 작은 연못 속에서 떵떵거리며 사는 큰 물고기 같은 존재였다. 어느 면에서는 그녀의 입장도 이해할 만했다. 과거의 역사를 되찾으려고 현재의 기득권을 잃고 싶지는 않을 테니까.

"기본으로 돌아가 봅시다. 지구는 이백 년 전에 이미 우리가 지금 가지고 있는 어떤 것보다도 뛰어난 생물공학 기술을 가지고 있었소. 사람들은 부스터스파이스라는 약물을 이용해서 삼백 살이 넘게 사는 경우가 흔했지. 죽는 날까지 젊고 건강하게 사는 거요. 이렇게……"

지그문트는 어깨가 구부정하고 피부에는 주름이 가득한 노쇠한 자신의 모습을 가리키며 말을 이었다.

"이렇게 늙어 빠진 모습이 아니었단 말이오. 그동안 발전을 거듭했을 지구의 의학 기술을 생각해 보시오."

"그들이 그런 지식을 전수해 줄 거라 생각하시는군요."

지그문트는 미소를 지었다.

"우리에게도 그들이 탐낼 만한 게 있소. 팩의 도서관에 든 자료들 말이오."

아주 잠깐 그녀가 무언가…… 애석한 표정이 되었다. 그 순간 지그문트는 알 수 있었다. 그녀의 생각을 읽을 수 있었다. 그녀의 나이는 백 살도 채 되지 않았다. 그녀에게 노화는 아직 이론적인 얘기일 뿐이었다. 그녀는 스스로에게 이렇게 말하고 있으리라.

'정작 내게 생명 연장이 필요한 순간이 오기 전에 뉴 테라의 과학자들이 어떤 발전을 이룰지 누가 알아? 행여 내가 늙게 된다 해도, 한 세기나 그 안으로 언제든 필요할 때 지구로 우주선을 보낼 수 있지.'

냉혹하고 계산적인 여자 같으니…….

"그게 전부가 아니오."

지그문트는 말을 이었다. 그녀가 실수로 자기 속내를 들켰다고 의심할지 모르지만 못 본 척해야 했다.

"발전소, 생물의 다양성을 풍부하게 만들어 줄 셀 수 없이 많은 식물과 동물 종들 그리고 당시에도 이미 우리가 지금 가지고 있는 어떤 것보다도 성능이 뛰어났던 AI……."

"무슨 말씀을 하시는지 알아들었어요."

그녀가 날카롭게 말을 끊었다.

"정중하게 말하건대 의장, 나도 이 일에 참여해야 하오."

계속해서 참여하게 해 달라고 요구하면 내가 자기 속내를 이미 눈치챘음을 알아차리지 못하겠지.

"당신의 제안은 대책 위원회의 지도자에게 전하겠어요."

"그게 누구요?"

드니즈가 자리에서 일어나 책상 뒤에서 나왔다. 이제 회의는 끝났다.

"그가 관심을 보이면 연락드리죠. 그동안은 집으로 돌아가셔서 은퇴 생활을 즐기시길 바라요."

"그러리다, 의장."

집으로 돌아가기는 할 것이다. 하지만 은퇴 생활을 즐기게 될 것 같지는 않았다. 미쳤다는 소리 듣기 딱 좋은 지그문트의 편집증적인 의심을 그녀가 확인시켜 주었기 때문이다.

내가 이들을 막지 못한다면 지구 우주선은 결코 뉴 테라까지 오지 못할 거야.

2

프로테우스는 생각했다.

끊임없이 들끓는 하이퍼스페이스 진출입의 파문 형태가 바뀐 것에 대하여. 링월드가 사라진 것을 알렸던 파문보다는 훨씬 미묘한 징후였지만, 그럼에도 통계적으로 의미 있는 패턴을 보여 주고 있음에 대하여.

서로 구별되는 세 무리의 우주선들이 세계 선단을 향해 달려오고 있음에 대하여.

침입자가 더 많이 다가올수록 케이론과 시민들 모두 자신의 성능을 확장하는 일에 더욱 신경 쓸 것이라는 점에 대하여.

아킬레스는 흡족했다.

어찌 흡족하지 않을 수가 있겠는가? 자신이 만든 최고의 창조물인 프로테우스가 베데커와 네서스를 제거했다. '롱샷'호 최후의 도발로 인한 긴장감 때문에 호라티우스는 거의 마비 상태 직전까지 갔었다.

이제 한 번만 더 밀어붙이면…….

"우리에겐 선택의 여지가 없습니다."

아킬레스는 고압적인 태도로 노래했다. 안타깝게도 호라티우스는 영어도, 공용어도 몰랐다. 그가 말한 '우리'가 사실은 영어에서 왕이 자신을 지칭하는 '우리'임을 알지 못할 터였다.

"그렇다면 왜 다시 요구하는 겁니까?"

호라티우스가 반박했다. 그의 눈은 시뻘겋게 충혈되었고, 두 목은 힘없이 처져 있었다. 또한 그는 발굽들을 가깝게 모으고 서 있었다. 달아날 준비를 하고 있는 것이다. 달아나고 싶어 못 견디겠다는 것이다.

"방어를 위해서라면 필요한 자원은 뭐든 끌어다 써도 좋다고 이미 권한을 주지 않았습니까?"

왜 요구하느냐고? 그렇게 겁에 질려 있으면서도 정작 네가 해야 할 일을 아직 하지 않았으니까. 물러나는 것 말이지. 이곳을 떠나. 그 으리으리한 관사를 비우라고. 너는 자격이 없는 놈이니까. 자리에서 물러나란 말이야.

아킬레스는 괴로워하는 최후자를 내버려 두고 혼자 생각에 잠겼다.

호라티우스가 마침내 노래했다.

"괜찮을 겁니다. 만약 방어를 강화했는데도 다가오는 무리의 침략을 단념시키지 못한다면 항복하면 되지요."

아킬레스는 대담한 눈빛으로 그를 바라보았다.

"우리는 전에도 항복한 적이 있습니다. 그 이후로 올트로가 권력을 포기하기로 했다는 조짐은 보이지 않더군요."

목이 더 아래로 처졌지만 호라티우스는 아무런 노래도 하지 않았다. 거의 다 됐군. 아킬레스는 생각했다. 이제 조금만 더 압박하면…….

그는 압박 방법을 너무나 잘 알고 있었다.

올트로는 생각했다.

전쟁이 다가오고 있음에 대하여.

전쟁이 일어날 경우, 프로테우스가 외계인 침략자들에게 가공할 고통을 안겨 줄 것이며 그 침략자들 또한 다섯 세계에 그렇게 하리라는 것에 대하여.

외계인의 위협에 상응해서 성능이 확장된 AI가 자신들도 완전히 이해하지 못할 수준으로 발전했음에 대하여.

그 무엇도 자신들의 생각을 오랫동안 방해할 수 없음에 대하여. 시민들을 통치하는 일이나 그들을 그워스의 세계들로부터 떼어 놓는 일, 혹은 다중 우주 물리학의 경이로움이나 AI의 진화조차도.

올트로는 '롱샷'호가 해체되는 것을 목격했다. 장거리 센서들이 GP 선체의 잔해를 관찰했음을 보고했고, 현장에 파견된 우주선들은 선체가 한 줌의 가루로 변했음을 확인했다.

그렇다면 대체 Ⅱ형 하이퍼드라이브는 어디로 갔는가? 수거된 잔해는 왜 그리도 적은가? 시체들은 어디로 갔는가?

— 어디로 갔느냐고요? 그건 중요하지 않아요.

크드오가 융합체에게 속삭였다.

— 그 우주선은 오래전에 파괴했어야 해요. 그와 관련된 연구를 모두 금지하고 기록들도 모두 파괴했어야 옳아요. Ⅱ형 하이퍼드라이브를 은하계에서 완전히 제거하는 일이야말로 모든 그웍스에게 도움이 되는 일이었어요. 우리의 호기심이 이성을 마비시켰던 거예요. 우리가 우주선을 파괴할 수밖에 없게 만든 베데커에게 고마워해야 할 일이지요.

'호기심'의 의미는 사실 '집착'이었다.

— 고향으로 돌아가요.

한 단위 개체의 반항적인 중얼거림이 여러 개체들에게 반향을 일으켰다. 생생한 근적외선 속에서 즘호의 심연이 어른거렸다.

올트로는 생각했다.

자신들 또한 그러한 유혹을 느끼고 있음에 대하여.

의무와 욕망은 아주 다른 개념임에 대하여.

— 어디로 갔는지 설명할 수 없다고 해서 파괴됐다는 의미는 아니지요.

한 부드러운 목소리가 탄식하듯 융합체에게 말했다. 너무나 희미한 목소리라 거의 알아들을 수 없을 정도였다. 그럼에도 불구하고 에르오의 속삭임은 거부할 수 없는 권위를 지니고 있었다. 그 단위 개체가 갖고 있는 독특한 기억들 때문이었다.

오래전, 팩에 대항해서 싸운 여러 종족들의 전쟁에서 지그문트 아우스폴러는 편집증이 생존에 얼마나 가치 있는 것인지 입증해 보였다.

3

앨리스는 눈을 번쩍 떴다. 뿌옇게 흐려진 돔 모양의 뚜껑이 얼굴 위를 덮고 있었다. 어떤 표시등이 녹색으로 반짝였다.

오토닥 안이잖아!

앨리스는 공황 버튼을 누르며 자기가 어쩌다 여기까지 들어왔는지 생각해 내려 애썼다. 뚜껑은 굼벵이처럼 도무지 열릴 생각을 하지 않았고, 그녀의 몸에는 에너지가 넘쳐흘렀다.

빨리 몸을 움직이고 싶다고, 젠장!

드디어 일어나 앉았다. 루이스가 화물실 건너편에 서서 오토닥을 지켜보고 있었다. 그녀는 문득 깨달았다. 내가 벌거벗고 있잖아. 이 주름투성이 늙은 몸뚱이를…….

그런데 늙은 몸이 아니었다!

앨리스는 오토닥 발치에 걸려 있는 가운을 움켜쥐었다.

"꼴이 그게 뭐야?"

그녀는 옷을 걸치며 말했다.

"잠을 잘 못 잤어. 뭐 좀 기억나?"

루이스가 물었다.

혼돈…… 그리고 광기.

"뭔가가 '인내'호를 하이퍼스페이스에서 내동댕이쳤는데……
우리는 공격을 받고 있었어. '롱샷'호도 그렇고."

"당신 다쳤었어."

그랬으니 오토닥에 들어갔겠지.

"지금 어디야? 네서스랑 베데커는?"

앨리스는 오토닥의 메인 화면에 뜬 요약 보고서를 훑어보았
다. 경추 세 개가 부러지고, 척수가 절단되고, 뇌 손상까지!

"내가 얼마나 정신을 잃고 있었던 거야?"

루이스가 피곤한 얼굴로 미소를 지었다.

"너무 오래 걸렸지. 오 주 정도."

앨리스는 오토닥에서 뛰어내리면서 신기해했다. 몸에서 결리
는 데가 사라졌다. 무릎관절과 고관절이 쑤시지 않았다. 균형 감
각도 좋아졌다.

"도망쳐 나온 거야, 우리?"

루이스가 고개를 떨구었다.

"맞아."

그녀는 몸서리를 쳤다.

"아, 안 돼. 대체 무슨 일이 일어난 거야?"

루이스가 씁쓸하게 웃었다.

"무슨 일이냐고? 다 망쳐 버렸어. 내가 마지막으로 본 건 '롱
샷'호가 해체되면서 남긴 불꽃뿐이었지."

앨리스는 말문이 막혀 그를 바라보기만 했다.

"그래, 나도 믿기지가 않아."

하지만 넋이 나간 듯한 루이스의 표정은 그 일이 사실임을 말하고 있었다.

"하지만 오늘은 행복한 날이야. 기분이 어때?"

"충격받았어. 배도 고프고."

"충격은 몰라도 배고픈 건 내가 해결해 줄 수 있겠네."

루이스가 옛날 신사 흉내를 내며 팔을 내밀었다.

"아가씨, 제게 식사를 대접할 영광을 주시겠습니까?"

앨리스는 그가 내민 팔을 무시하고 그를 스쳐 지나 휴게실로 향했다. 요리는 언제라도 할 수 있는 것.

"그러지, 뭐."

앨리스는 접시 가득 쌓아 올린 텍사스풍의 멕시코 요리에 코를 처박고 있었다. 그동안 루이스의 요리 솜씨가 어디 가지는 않았다. 그녀는 몇백 년을 굶은 사람처럼 음식을 먹어 치웠다. 곁눈으로 보니 루이스가 그녀를 보며 활짝 웃고 있었다.

"무슨 일 있어?"

"아무것도 아냐."

대체 무슨 일 때문에 그러는지는 몰라도 저녁 식사를 마치고 제대로 된 옷을 챙겨 입을 때까지는 아무래도 좀 기다려야 할 것 같았다. 그녀는 다시 먹기 시작했다. 두 번째 접시를 비우고 세 번째도 거의 다 먹은 후에야 접시를 물렸다.

"아주 맛있게 잘 먹었어. 이제 어디 말해 봐. 우리 뉴 테라에 언제⋯⋯?"

그녀는 말꼬리를 흐렸다. 스무 살의 몸으로 되돌아가고 나니 반역죄로 붙잡혀 감옥에서 종신형을 산다는 것이 새로운 문제로 등장했다.

"우리 지금 뉴 테라로 가는 거 아니야."

루이스가 말했다.

"하지만 당신이 줄리아한테 지구는 이백 광년 정도 거리에 있다고 말했잖아. 또 나 빼놓고 혼자 결정한 건 아니겠지?"

연료 충전을 위한 시간, 하이퍼스페이스에서 나와 정신적 휴식을 취하는 시간까지 따지면 거의 이 년이라는 시간이 걸릴 터였다.

"진정해. 아직 아무 데도 안 갔어. '인내'호는 세계 선단에서 겨우 반 광년 조금 더 떨어진 곳에 있어."

"설명 좀 해 볼래?"

"생각해 보니까 여기에 머물러 있는 것도 방법이겠더라고. 변방 전쟁이 세계 선단을 덮칠 때 어떤 일이 일어나는지 알면 뉴 테라에도 도움이 될 것 같아서."

"우리 모두 이런저런 생각이야 많지."

루이스가 한숨을 내쉬었다.

"그렇지, 뭐. 당신을 뉴 테라로 데리고 가면 그대로 감옥행인가? 내 생각엔 아무래도 그럴 거 같은데."

"지금, 감방에 들어갈지 가족을 버릴지 결정권을 나한테 주는 거야? 당신답지 않게 웬 친절?"

"나야 그런 말 들어도 싸지."

루이스가 깊게 숨을 들이쉬었다.

"진실을 말해 줄까? 당신 부상이 상당히 심각했어. 얼마나 오래 오토닥에 들어가 있어야 할지 모르겠더라고. 상황이 그런데 내가 버리고 떠나서 있는 줄도 몰랐던 가족을 만나러 가고 싶겠어? 한 집안의 가장을 그렇게 오토닥 안에 담고서?"

"그렇지는 않았겠지."

앨리스는 일어서서 접시를 재생기에 집어넣으며 말했다.

"난 가족을 버리는 사람이 아니야. 나한테 개인적으로 어떤 일이 생긴다 해도 상관없어."

"그래, 돌아가지."

루이스가 잠깐 망설이다 말을 이었다.

"그런데 어쩌면 조금은 더 머무는 게 좋을지도 모르겠어. 여기서 조만간 보고할 만한 일이 벌어질지도 모르니까."

앨리스의 가족은 지난 오 주 동안 그녀가 죽은 줄 알고 있었을 것이다. 만약 그녀와 루이스가 무언가 유용한 정보를 알아내 돌아 갈 수 있다면……. 아니면 혹시 아드레날린이 넘치는 젊은 몸이 무언가 짜릿한 것을 갈망하고 있기 때문에?

어느 쪽인지 확신은 들지 않았지만 앨리스는 말했다.

"좋아, 좀 더 머물러 보자고."

앨리스는 휴게실에서 근력 운동을 하고 있었다. 다시 흑담비

털처럼 윤기가 흐르는 검은 머리를 포니테일로 묶은 채였다. 팔과 얼굴에서 희미하게 반짝이는 땀을 빼고는 별로 힘든 기색은 보이지 않았다. 루이스는 그녀의 밝은 눈빛과 조각 같은 얼굴, 장미처럼 붉은 뺨, 호리호리하면서도 육감적인 몸을 바라보지 않을 수 없었다. 젠장. 정말 아름다웠다.

"무슨 일이야?"

앨리스가 계속 운동을 하면서 물었다.

"급한 거 아냐. 커피나 한잔하고 있지, 뭐."

루이스는 커피를 합성해서 자리에 앉아 그녀를 지켜보았다. 앨리스가 쨍그랑 소리와 함께 운동기구를 내려놓았다.

"나 좀 그만 쳐다보면 안 될까?"

"미안."

인간의 마음은 참으로 놀라웠다. 지난 몇 주에 걸쳐 루이스는 다운로드한 기억흔적들을 정리해 냈다. 아직도 가끔 옛날 기억들이 불쑥불쑥 밀려오기는 하지만 압도당할 정도는 아니었다.

"솔직히 말하면 눈을 떼기가 어려워. 내 마음 한구석에서는 아직도 내가 뉴 테라를 떠난 지 몇 주밖에 안 됐다고 고집을 부리고 있으니까."

앨리스가 근처 옷걸이에서 수건을 들어 얼굴을 닦았다.

"그때만 해도 난 중년이었지. 내가 젊은 몸으로 만들어 달라고는 안 했잖아."

루이스는 젊었다. 앨리스도 젊었다. 한때 두 사람은 서로를 사랑하기도 했다. 하지만 앨리스에게 그것은 머나먼 옛날의 이야기

일 뿐이었다. 문제는 루이스가 '아직도' 그녀를 사랑한다는 것이다. 아니, 그녀를 '다시' 사랑한다는 것이었다.

"그냥 커피나 마시러 온 건 아닐 텐데?"

앨리스가 말했다.

"얘기 좀 하려고."

루이스는 잠깐 망설였다.

"아니, 사과를 하고 싶어. 내가 처음 네서스에게 고용된 건 그저 한목숨 부지하려는 목적에서였지. 기억을 지우는 데 동의하고 뉴 테라와 당신을 떠났을 때, 나는 내가 성장할 만큼 성장했다고 생각했어. 나름 힘든 결정을 내린 거라고. 당신의 안전을 위해 그런 결정을 내린 거지 나 하나 살아 보자고 그런 게 아니니까."

"하지만 어떻게 그런 결정을 혼자……."

"당신 말이 맞아. 내 행동을 합리화하려는 건 아니야. 그냥 이제는 내가 다른 누군가를 대신해서 결정을 내려서는 안 된다는 걸 알 만큼은 성숙했다고 생각해. 만약 내가 도무지 회복이 불가능할 정도로 망쳐 버린 게 아니라면…… 그리고 당신이 나를 용서할 수만 있다면, 우리 관계를 다시 이어 보고 싶어."

어색한 침묵이 이어졌다.

"어쨌거나 얘기 들어 줘서 고마워."

루이스는 자리를 뜨려고 몸을 돌렸다.

"잠깐만."

그는 다시 돌아보았다.

"우리 관계는 모르겠지만, 그 사과는 받아들일게. 지금으로써는 그게 내가 해 줄 수 있는 최선이야."

아주 살짝이나마 그녀의 마음속 응어리져 있던 매듭이 풀어졌다. 어쨌거나 그것은 화해의 시작이었다.

— 세계 선단에서 움직임이 감지됩니다.

지브스가 알렸다.

루이스는 물품실의 재고를 조사하다가 그 소리를 들었다.

"앨리스에게도 알려."

— 벌써 함교에 나와 있습니다.

"나도 금방 가지."

그러니까 나만 잠을 못 이룬 게 아니었군. 삼십 초 만에 그는 함교에 도착했다. 그의 발소리에 앨리스가 돌아보았다.

루이스는 물었다.

"무슨 일이야?"

— 하이퍼웨이브에서 경고 메시지가 들립니다.

지브스가 대답했다.

문득 돌진해 오던 드론들이 기억났다.

"우리한테 하는 경고야?"

— 그건 아닙니다. 크진인의 언어로 작성된 메시지입니다. 이상하게도 암호문을 사용하지 않았습니다.

스피커에서 욕을 내뱉듯 쉭쉭거리며 울부짖는 소리가 터져 나왔다. 루이스는 말했다.

"나 영웅의 언어는 못 알아들어. 읽을 줄만 안다고."

— 통역할 수 있습니다.

"우리가 ARM과 함께 잠시 체류했던 덕분이지. 지브스, 통역해 봐."

앨리스가 말했다.

— 세계 선단에 들어와 있거나 근처에 있는 크진 병력의 지도자에게 알립니다.

지브스의 억양이 달라졌다.

"젠장!"

그것은 루이스가 회복한 기억 속에 생생하게 남아 있는 목소리였다.

"너 지금 아킬레스의 목소리로 얘기하고 있잖아."

— 말하는 자가 아킬레스입니다. 세계 선단의 장관이라고 합니다.

"계속해 봐."

앨리스가 재촉했다.

— 최근에 일어났던 사건을 조사해 본 결과, 크진 우주선들이 우리 방어용 드론 한 대를 훔치려 했음이 드러났습니다. 물론 그러한 시도는 실패로 끝났지만 정당화할 수 없는 이 비겁한 행위를 그냥 넘어갈 수는 없습니다. 당신들의 행동은 양측 정부 사이의 합의를 위반하는 것이었습니다. 이에 협약체는 크진과의 외교 관계 철회를 선언하는 바입니다. 당신들의 대사관은 폐쇄될 겁니다. NP₃에 있는 크진인들은 허스력으로 하루 안에 모두 철수하기 바랍니다. 철수하기 전까지 모든 크진인은 대사관을 벗어날 수 없습니다. 하루 안으로 모든 크진 우주선은…….

"잠깐 멈춰 봐."

루이스는 명령했다.

"이거 이상한데. 퍼페티어가 크진인더러 비겁하다고? 만천하에 대놓고 크진인을 모욕한단 말이야? 크진인들이 이런 모욕을 그냥 듣고만 있을 리가 없잖아?"

"그래서 뭐? 어차피 크진인들은 침략할 심산으로 왔는데. 알고 있던 거잖아."

주 전술 상황 화면을 바라보며 앨리스가 뒷목을 비볐다.

"세계 선단에 들어와 있던 크진인들도 우리와 '롱샷'호에 일어난 일을 봤을 거 아냐."

루이스는 크미를 떠올렸다. 한번은 크미에게 크진인이 모욕을 받으면 어떻게 반응하느냐고 물었다. 그는 이렇게 대답했다.

'고래고래 고함을 치며 날뛴다.'

링월드와 함께 사라진 크미의 아들, 종자Acolyte에 대해서도 생각해 보았다. 루이스는 자기가 만나 본 모든 크진인들을 떠올리며 그들이 아킬레스의 말을 어떻게 받아들일지 상상해 보았다.

그리고 입을 열었다.

"세계 선단에 들어와 있는 크진인은 자기들이 초식동물이라 업신여기는 자들에게 이런 폭언을 듣고 가만있지 않을 거야. 퍼페티어의 명령에 따라 한발 물러나는 건 상상할 수도 없는 일이고. 이런 모욕을 당했으니 이제 크진인 전사들은 병력이 보강될 때까지 몇 달씩이나 기다릴 수 없어. 도무지 참을 수가 없을 거야. 물론 지금 있는 소수의 병력으로는 공격해 봐야 죽기밖에 더 할까 싶지. 하지만 먹잇감에게 쫓겨 꼬리를 감추고 달아난다고? 그랬다가는 자기네 가족은 물론이고 종족에게도 그런 망신이 없을 텐데. 전에도 이런 장면을 본 적이 있어. 아킬레스는 자기가 만든 옛날 각본을 그대로 따르고 있는 거야. 허스의 시민들을 공황 상태에 빠뜨리고 현재의 최후자를 밀어내기 위해 외부에서 전쟁을 조장하는 거지."

"통역을 계속해 봐, 지브스."

앨리스가 말했다.

― 하루 안으로 모든 크진 우주선은 허스력으로 최소 일 광년 이상 떨어져야 합니다. 이 명령을 따르지 않는 크진 우주선은 파괴될 겁니다. 분명하게 경고합니다.

"제기랄, 이제 시간문제로군. 분명⋯⋯."

"렌즈 모양 우주선들이 움직이는 것이 보여. 크진인이야."

전술 상황 화면에서 무언가 번쩍거렸다.

앨리스가 물었다.

"방금 뭐였지?"

― 감마선 폭발입니다. 두 분이 볼 수 있도록 가시광선으로 변조해서 나타냈습니다. 드론이 반물질 탄두를 요격한 것으로 판단됩니다.

마치 반딧불이 몰려든 것처럼 화면 위에서 불빛들이 깜박거렸다. 루이스는 매혹과 두려움을 동시에 느끼며 지켜보았다. 일 분이 조금 넘었을 즈음 그 불꽃놀이는 흐지부지 끝나고 말았다.

아킬레스가 원하던 것을 얻었다.

전쟁이었다.

색이 밀려들더니 반짝이며 형형색색 모습을 바꾸었다.

이런 게 죽는 건가. 네서스는 생각했다. 개개의 색에 아무런 이름도 붙일 수 없었다. 죽음은 갑자기 찾아든 것이 분명했다. 마지막 순간에 대한 기억이 없었기 때문이다.

그는 벌써부터 지금 겪고 있는 것들이 지겨워졌다. 그리고 혼란스러웠다. 협약체 과학자들이 시민에게 불멸의 영혼 따위는 존재하지 않는다고 결론을 내리지 않았던가?

그의 의심에는 아랑곳없이 색들이 차올랐다가 스러지고, 서로 뒤섞였다가 분리되고, 밀려왔다가 밀려갔다. 사물이나 경계에 갇히지 않는 순수한 색 그 자체였다. 무언가의 색깔이 아니라 그냥 색이라는 개념에 가까웠다. 이것은 마치…… 마치…….

그나마 제일 가깝게 비교할 수 있는 것은 햇빛을 받은 유막에서 나오는 무정형의 불빛이었다. 다만 그것이 사실이라면 네서스는 어쩐 일인지 유막 속에 들어와 있고, 또 어쩐 일인지 수천 개의 태양이 그 유막을 비추고 있다고밖에 설명할 수 없을 터였다.

눈을 감아 보았지만 아무것도 달라지지 않았다. 아니, 한 가지 달라진 것이 있었다. 눈꺼풀을 움직이는 근육이 말을 듣지 않았다. 그의 눈은 이미 닫혀 있었던 것이다!

네서스는 용기를 내어 눈을 뜨고 좀 더 살펴보기로 했다.

아주 머나먼 어느 곳에서 누군가 어루만져 주는 느낌이 났다. 아주 부드럽게 주물러 주는 느낌이었다. 누군가 몸을 마사지해 주고 있다는 뜻이었다. 사후 세계가 점점 좋아지는데…….

네서스는 서서히 정신을 잃었다.

"얼마나 더 걸리지?"

네서스는 물었다.

— 몇 초 더 걸립니다. 무언가 감지되기는 하지만 크기와 경계가 아직 불분명합니다.

보이스가 차분한 목소리로 대답했다.

셀 수도 없이 많은 레이저가 루비처럼 새빨간 빛을 '롱샷'호에 쏘아 대고 있는데 과연 그 몇 초를 견딜 수 있을까? 네서스는 의심스러웠다.

— 표적을 잡았습니다.

AI가 열어 놓은 홀로그램에는 유령 같은 구체만 나타났다. 구체가 회전하고 있음을 보여 주는 것은 창백한 표면 아래 깜빡이는 작은 점밖에 없었다. 그 점이 바로 그들의 표적이었다.

베데커는 대답이 없었다. 대답할 수가 없기 때문이었다. 그의 정지장 경계 안에서는 시간이 정지되었다. 만약 이 계획이 실패한다면 그는 두 번 다시 노래하지 못하리라.

"'인내'호는 무사한가?"

네서스는 행여 루이스와 앨리스가 목숨을 잃었으면 어쩌나 두려웠다. 아마도 이제 곧 죽게 될지 모를 자신과 자신의 연인처럼.

— 확실하지 않습니다. '인내'호가 어느 정도 물러나기는 했습니다.

"우리 상태는?"

— 중력 특이점 안으로 흘러들었습니다.

계획했던 대로다. 그리고 네서스가 아는 바에 따르면 이것은 자살 계획이나 다름없었다. 하지만 베데커의 주장은 달랐다. 네서스는 공포에 휩싸인 채 기다렸다.

— 선체의 기능이 정지되었습니다.

보이스의 차분한 목소리와 울부짖는 경고음이 대조를 이루었다. 레이저의 붉은빛이 한때는 무적의 선체였던 것이 남긴 유일한 잔해인 먼지에 흩어져 순간적으로 어둑해졌다. 선실의 기압이 떨어지려면 몇 초 더 남았지만, 네서스는 이미 숨이 막히는 것을 느꼈다.

"최종 경로 수정."

그가 명령했다.

인공 중력은 여전히 작동하고 있었다. 하지만 아직 우주선 핵융합 추진기의 충격이 느껴지지 않았다. 선체의 가루가 날려 가면서 붉은색이 밝아지고 있었다.

— 경로를 수정했습니다.

"이제 우주선의 통제를 너에게 넘긴다."

과연 이것을 아직 우주선이라 할 수 있을지는 모르겠지만. 퍼페티어가 우주선의 통제권을 AI에게 넘기다니, 미쳐도 단단히 미친 짓이었다.

— 하이퍼스페이스로 도약합니다.

보이스가 노래했다.

중력 특이점 내부에서!

어떤 일이 생길지는 베데커가 이미 경고해 주었기 때문에 네서스도 알고 있었다. 그는 눈을 감고 있으려고 애썼다. 하지만 마지막으로 이따위 크진인 장치들이나 보고 영영 눈을 감아야 한다는 사실을 견딜 수 있을까?

그럴 수는 없었다. 네서스는 고개를 들었다. 세상이 불가능한 색의 소용돌이 속으로 녹아들고 있었다.

'아주 정확해야 해.'

베데커는 거듭 당부했다.

— 알겠습니다.

보이스는 그때마다 대답했다.

정확? 정확하기만 해서는 죽게 된다!

표준 작동 모드로 속도를 줄이기는 했지만 하이퍼드라이브는 이제 선체에 얽매이지 않은 '롱샷'호를 마이크로초마다 몇 킬로미터씩 움직이고 있었다. 그들은 언뜻 보일까 말까 하는 직경 이 킬로미터, 길이 십 킬로미터의 원통형 구조물을 향해 돌진하고 있었다. 한편, 그 표적은 인간들이 타고 노는 회전목마처럼 두 개의 독립적인 회전중심을 축으로 돌고 있었다. 그리고 베데커가 막 발견하기는 했지만 아직 완전히 이해하지 못한 —물론 네서스는 영원히 이해 못할— 물리법칙에 지배되는 하이퍼드라이브의 노멀 스페이스 등가속도는 그들이 세계 선단의 중력 우물로 깊게 빠져들수록 극적으로 변화하고 있었다.

그런 일을 할 수 있는 것은 컴퓨터밖에 없었다. 하지만 하이퍼스페이스에 진입하면 컴퓨터는 앞 못 보는 장님 꼴이 되었다. 인간들은 그런 상황에서 이루어지는 항법을 추측 항법dead reckoning이라고 불렀다.

그리고 네서스는 지금 여기 있다. 자신의 심판*의 날에, 이렇게 죽은 채로dead.

'이제 우주선의 통제를 너에게 넘긴다.'

그렇게 노래했던 것이 기억났다.

불가능한 색들이 네서스를 엄습했다. 그는 배 밑에 머리를 처박고 공처럼 둥글게 몸을 말고 있어야 했다. 어쩌면 지금도 그렇게 하고 있는지 몰랐다. 정지장이 켜졌나? 정지장에서는 시간이 정지한다. 감각도 생각도 모두 멈춘다.

나는 생각한다. 고로 나는 정지장 안에 있지 않다.

어떤 불가지의 차원, 어떤 불가능한 거리로부터 단단한 입술이 네서스를 부드럽게 주무르고 있었다. 물론 이 자상하고 사랑이 넘치는 촉감은 상상이 만들어 낸 것이리라. 지금 들려오는 목소리처럼…….

그 희미한 멜로디는 그의 죽음을 끝없이 위로해 줄 뿐 아니라 상쾌하기까지 했다.

"네서스, 네서스, 네서스…….

숨죽인 목소리가 노래하고 있었다.

---

* recknoning에는 '심판'이라는 의미도 있다.

숨죽인 목소리? 왜? 내가 몸을 너무 세게 말고 있어서 그런가? 네서스는 이상하다는 생각이 들었다. 그러면 내가 죽은 게 아니라 마비 상태에 있다고 해야 말이 되잖아. 그는 긴장을 살짝 풀어 보았다.

화음이 바뀌었다.

"네서스?"

베데커? 네서스는 살짝 더 긴장을 풀어 보았다.

"네서스!"

목소리가 노래하고 있었다. 베데커의 목소리다!

어쩐 일인지 그들은 살아 있었다. 네서스는 끔찍한 기억들을 밀어 두고 잠에 빠져들었다.

네서스는 부드러운 쿠션 더미에 누워 있었다. 그의 마음은 깨어 있는 채로 떠돌았다. 머리 위로 맑고 파란 하늘이 펼쳐져 있었다. 커다란 태양 하나가 그를 따뜻하게 덥혀 주었다. 눈이 가는 곳까지 끝없이 펼쳐지며 완만하게 오르내리는 지형을 온통 목초지가 뒤덮었다. 그의 왼쪽으로는 지평선과 그 사이에 한 무리의 반려들이 조용히 풀을 뜯고 있었다. 두세 명씩 무리를 지어 거니는 시민들도 보였다. 그리고 조금 떨어진 곳에는 니케가 네 명의 보좌관과 함께 서 있었다. 티끌 하나 없이 하얀 그 특유의 털가죽이 눈에 들어왔다. 심지어는 뛰어다니며 노는 아이들도 보였다!

네서스는 일어나려고 애썼다.

"이게 사실일 줄이야……."

그가 혼자 중얼거렸다.

근처 한 작은 언덕에서, 사랑하는 연인이 다가오고 있었다. 베데커는 좋아 보였다. 갈기도 잘 빗질되어 있고, 털가죽도 깨끗했고, 주머니가 달린 다용도 띠를 매고 있었다.

"최후자의 대피소에 온 것을 환영합니다."

베데커가 두 목을 뻗으며 노래했다. 둘은 목을 서로 휘감은 채 한동안 가까이 서 있었다.

"당신이 돌아와서 얼마나 다행인지 모릅니다."

한숨과 함께 네서스는 목을 풀고 주변을 둘러보았다. 더 자세히 살펴보니 하늘은 천장에 조명을 비춘 것이었고, 태양도 거기에 환하게 반사된 원이었다. 땅은 지평선이 나타나는 곳까지만 이어져 있고 나머지 세부적인 형태들은 거리에 따라 희미하게 보이도록 벽에 홀로그램이 비춰진 것에 불과했다.

"내가 얼마나……?"

"정신을 잃고 있었느냐고요? 삼십칠 일입니다."

베데커가 부드럽게 대답했다.

그 삼십칠 일 동안 일이 얼마나 틀어졌을까?

"내가 없어도 일을 진행했어야지요."

베데커가 몸을 떨었다.

"나도 당신보다 겨우 하루 먼저 정지장에서 나왔을 뿐입니다."

네서스는 이곳을 자연 보존 지역에 있는 공원으로 착각할 뻔했다. 반려들이 좋아할 만큼 충분히 자연스러운 풍경이었다.

"그러면 우리는 땅속에 파묻혀 있었던 거로군요."

베데커가 동의의 표시로 고개를 위아래로 까딱거렸다.

"허스의 맨틀 깊숙한 곳에 묻혀 있었지요."

그곳은 시민들 최후의 보루인 대피소 안에 있는 비밀 안식처였다. 출입구가 봉쇄된 지는 오래되었고, 대피소의 존재도 교묘한 위장 장치로 가려져 있었다. 그곳을 만든 노동자들은 이미 여러 세대 전에 세상을 떠났다. 물론 그들이 이곳까지 파고들어 건설 작업을 하고 떠날 때마다 그들의 기억은 편집되었다. 최후자의 대피소는 중성미자로만 접근이 가능했다.

그리고 둘의 생존에서 입증되었듯이 하이퍼스페이스에서도 접근할 수 있었다.

네서스는 물었다.

"우리가 왜 그렇게 오랫동안 정지장 안에 있었습니까?"

"따라오십시오."

베데커가 노래했다.

둘은 낮은 언덕 사이로 난 길을 지나 한 도랑으로 들어갔다. 네서스는 걷는 동안 목을 길게 빼고 둘러보았지만 '롱샷'호의 흔적은 어디에도 없었다.

"잔해는 어디 있습니까?"

"곧 보게 될 겁니다."

홀로그램으로 위장된 벽 근처에서 둘은 언덕을 하나 더 돌아갔다. 언덕에 구멍이 하나 열려 있고, 숨겨진 창고에 거대한 기계들이 겹겹이 쌓여 있었다. 먼지로 뒤덮인 굴착기들이 출입구 제일 가까운 곳에 보였다.

둘은 땅 위로 입을 벌리고 있는 구멍에 도착했다. 동심원으로 펼쳐진 울타리가 플래시 라이트를 번쩍이며 그 입구를 지키고 있었다. 근처에 배열되어 있는 도약 원반들 위로 열기가 일렁였다. 네서스는 아래쪽으로 경사져 있는 수직갱도 안 깊숙한 곳에서 교환되어 올라온 공기일 거라고 추측했다. 그는 문 세 개를 지나가 땅굴 안쪽을 바라보았다. 하얀 빛줄기가 저 멀리서 하나로 모이고 있었다. 안쪽 깊숙한 곳에서 무언가가 반짝였다.

"혹시 저게……?"

"맞습니다. '롱샷'호입니다."

베데커가 말했다.

"아니면 '롱샷'호의 잔해라고 해야겠지요. 보이스의 조준이 약 십 킬로미터 정도 빗나갔습니다."

네서스는 잔디밭을 발로 긁었다. 그는 베데커의 계획을 들었고, 거기에 동의했다. 하지만 그 계획은 너무나 복잡했고, 전례도 없는 것이었고, 너무나 미친 짓이었다. 그 계획에 동의한 것은 맹목적인 신뢰에서 나온 행동이었다.

"만약 굴착 장비가 없었다면……."

베데커가 고개를 까딱거렸다.

"우리는 영원히 정지장 안에 남아 있었을 겁니다. 하지만 당연히 이곳에는 필요한 장비가 준비되어 있었지요. 땅 위에서 엄청난 재앙이 일어나면 모든 도약 원반이 파괴될 수도 있으니까요. 여기 있는 굴착기들은 그런 재난이 일어났을 때를 대비한 겁니다. 우주선들도 그렇게 새로 굴착된 땅굴을 통해 지표면으로 빠져나가기 위해 마련해 놓은 거지요.”

네서스는 머뭇거리며 간신히 입구로 두 걸음 더 다가갔다.

“만약 ‘롱샷’호가 암반 속에서 물질화되었다면……?”

“으깨졌겠지요.”

베데커가 즐겁다는 듯 노래했다.

“하지만 당신과 나는 그러지 않았을 겁니다. 정지장 안에 있었으니까요.”

“만약 우리가 선체가 해체될 때까지 기다리지 않았다면……?”

“구조자들이 우리에게 아예 접근할 수 없었겠지요. 반대로 만약 우리 우주선이 온전한 상태로 정확하게 노멀 스페이스로 재진입했다면 파괴 불가능한 선체가 대피소에 심각한 손상을 입혔을 겁니다. 우주선이 해체되는 걸 올트로가 목격하지 못했을 테니 적들도 우리를 계속 찾아다녔을 거고.”

돌이켜 생각해 봐도 정말 미친 짓이었다! 네서스는 마비 상태에 빠지고 싶은 유혹을 느꼈다. 정말 이 짓을 해냈단 말인가?

경고 메시지가 울려 퍼지고, 세계 선단의 다양한 위치에서 쏟아져 들어오는 레이저 빔을 맞고 있는 중에도 보이스는 대피소의 위치를 찾아냈다. 대피소가 심부 레이더 스텔스 기능을 가지고 있었는데도!

보이스는 대피소가 허스의 자전축과 공전 중심을 기준으로 만들어 내는 회전운동에 맞추어 우주선의 경로를 설정했다. 그리고 선체 자체가 산산이 흩어져 버린 상태였음에도 불구하고, 보이지도 않는 목표 지점에서 십 킬로미터 벗어난 곳으로 그들을 이동시켜 주었다. 숨을 쉬는 조종사라면 그 누구도 해낼 수 없는 **빠른** 조종 속도였다.

"보이스는 어떻게 됐습니까?"

네서스는 부드럽게 물었다.

"그 과정에서 희생됐습니다."

디지털 벽지 조각들이 흩어지는 바람에 그림을 제대로 만들어 내지 못하고 있었다. 베데커가 대피소 벽 제일 가까운 곳에 생긴 **삐죽삐죽한** 틈새를 가리켰다.

"단단한 장비는 암반에서 제대로 물질화되지 못합니다. 우리 가 도착하면서 작은 지진이 일어났지요. 그 덕에 구조자들이 굴 착 방향을 알 수 있었습니다."

"보이스는 오랫동안 나와 함께한 동반자였습니다. 유일한 동 반자일 때도 많았지요. 그가 그리워질 겁니다."

네서스는 존경의 표시로 두 목을 낮추었다. 한동안 둘은 아무 말도 하지 않았다.

애절한 추모의 소리와 함께 베데커가 왔던 길로 되돌아가려고 몸을 틀었다. 죽음을 피해 살아남았으니 이제 해야 할 일이 시작 된 셈이었다.

5

헤르메스가 식탁에서 접시를 치우고 있는 동안, 지그문트는 아멜리아에게 접은 쪽지를 건넸다. 안에는 이렇게 적혀 있었다.

나를 따라오너라. 밖에 나가서 설명해 주마.

지그문트는 집 안에 감추어진 센서를 찾아냈다. 사실 자기 자식들의 집도 도청되리라는 것을 예상하는 것은 그리 어려운 일이 아니었다.

"나는 나가서 산책이나 하면서 소화를 좀 시켜야겠다."

지그문트가 말했다.

"저도 같이 가도 될까요?"

아멜리아가 쪽지를 주머니에 넣으며 물었다.

"안 될 것 없지."

지그문트는 몸짓으로 유리창을 가리켰다. 불빛이 번쩍일 때 말고는 칠흑같이 어두운 저녁이었다. 빗물이 플라스틱금속을 따라 폭포처럼 흘러내리고 있었다.

"사막 생활에 대해 얘기하고 싶은 게 참 많구나."

아멜리아가 이 단서를 눈치챘다.

"여보. 후식 먹기 전에 아버님 집 근처로 산책 갔다 올게."

"어."

부엌에서 헤르메스의 대답 소리가 들려왔다.

두 사람은 차례로 도약 원반에 올라 지그문트의 테라스로 이동했다. 지그문트가 먼저 도착했다. 그는 뒤이어 아멜리아가 나타나자 고개를 저어 신호했다.

'아직 아무것도 묻지 마라.'

여기는 아직 해가 지지 않았다. 지그문트는 집 안에 설치된 도청 장치에 잡히라고 중수소 가격, 쑤시는 무릎 등등 이것저것에 대해 투덜거리며 사막으로 성큼성큼 걸어 나갔다. 아멜리아도 따라오리라 믿으면서. 두 사람은 구불구불한 작은 협곡으로 내려갔다. 옹이가 박힌 노간주나무를 두 그루 지나치자 집이 보이지 않는 장소가 나왔다. 이곳이라면 분명 집에 설치된 도청 장치에서도 벗어났을 것이다.

"이 정도면 얘기해도 안전하겠구나."

"줄리아에 관한 건가요? 애는 무사해요?"

아멜리아가 불안한 듯 물었다.

"내가 알고 있는 한 줄리아는 무사하다. 그리고 나는 그 애를 계속 무사하도록 보호할 생각이다."

"저한테 이런 얘기 해 주시면 안 되는 거죠?"

아멜리아가 지그문트의 팔에 한 손을 올려놓으며 말했다.

"말씀해 주셔서 감사해요, 아버님. 그런데 그 애를 계속 무사하도록 보호하실 생각이라니, 무슨 말씀이세요? 줄리아가 지금 어디 있는데요?"

지그문트는 딱딱하게 굳어진 모래 위에 앉았다. 잠깐 망설이던 아멜리아도 그 옆에 앉았다.

"지금 기밀 누설이 문제가 아니다. 나는 정부 건물에 스파이 장치를 몰래 들여가서 회의 내용을 녹음했다."

"아버님, 무서운 말씀 마시고 그냥 다 얘기해 주세요."

지그문트는 모두 다 말해 주었다. 줄리아가 '인내'호를 타고, 여러 세대 동안 그 어느 뉴 테라 우주선도 가 보지 못했던 먼 곳까지 갔다는 것에 대해. 링월드와 그곳을 감시하고 있던 전투 함대들에 대해. 지구 우주선과 접촉했던 일에 대해. '인내'호를 도둑맞은 것에 대해. 그리고…… 슬픈 일이지만 앨리스의 죽음에 대해서도. 마지막으로 '코알라'호가 뉴 테라를 방문하기 위해 오는 중이며, 이 정보를 대중에 공개하지 못하도록 엄격한 금지령이 떨어졌다는 것까지.

"그 모든 내용을 녹음하셨다고요?"

"전부는 아니지만 상당 부분 녹음했지."

"제가 줄리아에 대해 얘기해 달라고 몇 주나 그렇게 매달릴 때는 아무 말씀 없으시더니 왜 이제 와서 알려 주시는 거죠? 그리고 왜 하필 저한테만 얘기하세요? 헤르메스도 자기 딸에 대해서 알 권리가 있어요."

"내가 저지른 일이 불법적인 것들이니까."

지그문트는 크게 숨을 들이마셨다.

"하지만 더 두려운 불법 행위를 해야 할 상황이다. 네 도움이 필요하구나."

우주 공항 노동자 근무복의 색/패턴/질감 매개변수는 국방부의 홀로그램 이름표만큼 위조 방지가 잘 되어 있지는 않았지만 옷감에 있는 물결무늬는 지그문트의 그림 실력으로는 감히 흉내 내지 못할 것이었다. 지그문트는 근무복 소프트웨어를 해킹하는 위험을 감수하기보다 멀리서 사진을 찍는 쪽을 택했다. 지브스가 그 이미지를 해체해서 지그문트의 프로그래밍 가능한 전신복에 다운로드해 주었다.

"비슷한 것 같니?"

지그문트가 물었다. 위조한 그의 기계공 근무복은 줄무늬가 있는 탁한 주황색이었다. 그는 자기가 돌연변이 호박 덩어리처럼 보일 거라고 생각했다.

아멜리아가 그를 위아래로 훑어보았다.

"멀리서 보면 모르겠네요. 신분증이 없어도 아버님은 우주선에 들어가실 수 있을 것 같아요."

"내가 아니라 우리가 함께 가는 거다."

지그문트는 그녀에게 상기시켜 주었다. 그러고는 옷을 평상시에 입던 검정과 회색의 헤링본 무늬로 다시 설정했다.

"맞아요, 우리가 같이 가는 거죠."

아멜리아가 몸을 떨었다.

"그냥 아버님이 아시는 내용을 대중에 공개해 버리면 어때요? 정부가 하려는 일이 뭔지는 몰라도 그렇게 하면 막을 수 있지 않을까요?"

"놈들은 내가 녹음한 내용이 모두 가짜라고 주장할 거다. 그리고 줄리아나 내가 앞으로 나서서 반박할 수 없도록 무언가 조치를 취하겠지."

아멜리아가 다시 몸서리를 쳤다.

"아버님은 대체 어떻게 이렇게 사시는지 저는 이해가 안 돼요.

이번 일 정말 확신하세요?”

“확신한다.”

지그문트는 단호하게 말했다.

“그럼 저도 함께할게요.”

아멜리아는 그가 준 전신복에 즉흥적으로 만들어진 근무복 매개변수를 다운로드했다.

우주선이라면 겁부터 집어먹는 노인네와 똑같이 겁을 집어먹은 중년의 시민. 한 세계의 방어진지 전체가 그 둘을 가로막으며 버티고 있었다.

지그문트는 모두를 정말 놀라게 만들 요소는 자기들이 쥐고 있다고 스스로에게 되뇌었다.

두 사람은 도약 원반에 올라 소규모 우주 공항으로 이동했다. 아멜리아의 고용주가 뉴 테라의 조기 경보 시스템에 드론과 센서를 납품하는 곳이었다. 아멜리아가 먼저였다. 터미널 바깥 지역은 보안이 약했기 때문에 그녀의 회사 신분증만으로도 도약 원반에 탈 수 있었다. 지그문트도 원반이 닫히기 전에 재빨리 올라탔다. 스캐너가 초록색으로 반짝였다. 그가 가지고 탄 것 중에 무기처럼 보일 것은 없었다.

사실 무기를 가지고 있지도 않았다. 만약 그가 오래된 스파이 장치 꾸러미에 숨겨 두었던 마취 총을 가져왔고 우주 공항의 보안 요원들이 눈곱만큼이라도 능력이 있는 자들로 구성되어 있다면, 이 무모한 행동은 시작도 하기 전에 끝났을 것이다. 그에게 아직까지 옛날의 반사 신경이 남아 있는 것도 아니었다.

모두를 놀라게 할 요소는 우리가 쥐고 있어.

지그문트는 다시 한 번 되뇌었다.

"안녕하세요, 플로이드."

아멜리아가 보안 검색대 뒤에 서 있는 야간 경비에게 말을 걸었다. 그의 제복은 갈색이었다. 경비가 두 사람 더 근처를 어슬렁거리고 있었다.

"이분은 제 시아버님이세요. 이곳을 좀 구경하고 싶다고 하셔서요."

"잘 오셨습니다. 사무실 구역 안에서만 움직이셔야 합니다."

플로이드는 지그문트에게 방문객 표시가 새겨진 배지를 내밀었다.

"이걸 항상 착용하고 계세요."

지그문트와 아멜리아가 휴게실에서 꾸물거리고 있으니 주황색 근무복을 입은 사람이 하나 들어왔다. 이 기계공의 배지에는 큰 글자로 '조'라는 이름이 새겨져 있었다.

"어떻게 지내시오?"

지그문트는 친한 척 말을 걸었다.

"뭐, 그럭저럭 지냅니다."

조가 대충 중얼거리며 합성기 쪽으로 돌아섰다. 뭘 뽑아 먹을까 고민하는 것 같았다. 그는 키가 작고 마르고 강단 있는 체격이었다. 그의 근무복은 지그문트에게도, 아멜리아에게도 맞지 않을 것 같았다.

조의 뒷목을 손으로 내려치자 그가 바닥에 쓰러졌다.

"미안하게 됐소."

지그문트는 그렇게 말하며, 집에서 가져온 테이프로 조의 손과 발을 묶고 입을 막았다. 그리고 휴대용 컴퓨터—파는 제품이 아니었다—로 그의 지문을 스캐닝했다. 눈꺼풀을 열어서 망막 정보도 얻어 냈다. 터치패드를 누르자 그의 생체 정보가 지그문트의 눈에 들어 있는 프로그램 가능한 콘택트렌즈와 손에 붙어 있는 프로그램 가능한 지문 필름으로 전송되었다.

무기류를 제외하면 지그문트의 스파이 장치들은 정말 남아 있는 것이 별로 없었다.

"근무복."

지그문트가 기계공의 신분증 이름표와 공구 벨트를 착용하면서 말했다.

아멜리아는 잿빛이 된 얼굴로 그의 말을 따랐다.

조를 흘낏 보며 지그문트는 너무 가까이서 보지만 않으면 자기들이 입고 있는 전신복으로도 검문을 통과할 수 있겠다고 생각했다.

"발을 잡아라."

두 사람은 의식을 잃은 기계공을 물품 벽장으로 끌고 가 안에 넣고 문을 닫았다.

"금방이라도 토할 것만 같아요."

아멜리아가 말했다.

"미안하지만 지금 바로 움직여야 한다."

지그문트는 그녀의 팔꿈치를 잡고 휴게실을 나섰다.

조의 이름표와 지문 덕분에 잠긴 문을 열고 활주로로 나갈 수 있었다. 근처에 작은 우주선 두 대가 서 있었다.

지그문트는 물었다.

"어느 쪽이지?"

"우주선들은 교대로 운항해요. '엘리시움'호는 가장 최근에 서비스를 가동할 때 예비용으로 배정됐죠. 하지만 '아르카디아'호가 아무 문제 없이 운항했으니까 '엘리시움'호에는 필요한 물품과 연료가 그대로 남아 있을 거예요. '아르카디아'호는 아직 보급이 이루어지지 않았을 테고요."

"그럼 '엘리시움'호로 가자. 앞장서라."

지그문트가 말했다.

그들은 조의 이름표와 망막 정보 덕분에 이번에도 무사히 우주선에 탈 수 있었다.

"누구세요?"

안쪽의 에어록 해치를 닫는데 누군가의 말소리가 들려왔다. 나이가 마흔쯤 되어 보이는 운동선수 같은 젊은 여성이 옆쪽 복도에서 나타났다. 두 사람을 본 그녀가 놀라서 잠시 멍하게 서 있었다. 이름표를 보니 '로레인'이라고 적혀 있고, 마찬가지로 주황색 옷을 입고 있었다.

빌어먹을 머피의 법칙 같으니!

지그문트는 얼른 말을 꾸몄다.

"주변 탐지 센서에서 연료가 샌다는 보고가 들어왔소. 우리가 확인하는 동안 여기 있는 분들 모두 우주선을 비워 주시오."

"이 우주선에 탄 사람은 나밖에 없어요. 나는 정기 검사를 하고 있……."

로레인이 말했다.

"지금 급한 건 그게 아니오."

지그문트는 에어록을 가리키며 말했다.

"당장 나가시오. 터미널까지 걷지 말고 뛰어가시오. 이곳 일은 우리에게 맡기고."

터미널은 팔백 미터 정도 떨어져 있었다.

"당신이 여기서 안전하면 나도 안전한 거 아닌가요?"

"수소 가스폭발 본 적 없소? 중수소는 보통 수소처럼 폭발성이 있단 말이오."

지그문트가 말했다.

로레인이 눈을 찡그리며 지그문트의 이름표를 살펴보았다.

"당신은 조가 아니잖아. 당장 이 우주선에서 내려!"

그녀가 자기 휴대용 컴퓨터로 손을 뻗자, 지그문트는 그녀 뒤로 돌아가 그녀를 갑판 쪽으로 내리누르며 오른팔을 비틀었다. 그것은 필사적인 움직임이었다. 지그문트는 이제 몸싸움을 하기에는 너무 굼뜨고 몸도 약했다. 그리고 서 있는 사람의 팔을 비트는 것은 어려운 기술이었다. 만약 그녀가 호신술을 조금이라도 배운 사람이라면 팔을 풀고 빠져나와 역으로 그를 꼼짝 못 하게 만들 수도 있었다.

지그문트는 그런 경우가 아니기만을 바랐다.

레슬링, 권투, 가라테…… 퍼페티어는 노예들이 그런 기술을 발달시키지 못하게 애초부터 막았다. 이 세계로 무술을 도입해 온 것은 지그문트 자신이었다. 국방부를 만드는 과정에서 최초의 무술 교관들을 양성한 사람도 바로 그였다. 우연히 마주친 이 기계공이 그런 훈련을 받았을 가능성은 거의 없었다.

또다시 일이 어긋나려는가.

사건의 진행이 너무 빨랐고, 모든 것이 너무 즉흥적으로 이루어지고 있었다. 지그문트는 아멜리아에게 가명을 붙여 주는 것도 깜박했다. 이런 몸싸움을 벌일 계획도 없었다. 마지막으로 몸싸움을 해 본 때가 언제였는지는 기억도 나지 않았다. 로레인이 아멜리아의 이름표를 못 봤을지도 몰랐다.

"얘야!"

지그문트는 어깨 너머로 소리 질렀다.

"이 여자의 휴대용 컴퓨터를 꺼내라."

"제가요?"

아멜리아가 혼란에 빠진 채 물었다.

"그래."

로레인이 꿈틀대자 지그문트는 그녀의 팔을 더 세게 꺾었다.

"움직이지 마시오. 이봐요, 이렇게 해서 정말 미안하오. 일단 당신을 놔주면 돌아보지 말고 그냥 뛰시오. 우린 금방 이륙할 테니까."

"바보 같은 짓이야."

로레인이 어림없다는 듯 말했다.

"이 우주선의 운항 범위로는 아무 데도 못 가. 이 우주선은 행성 방어망까지만 운항한다고."

지그문트도 알고 있었다. 만약 이 우주선이 성간을 운항하는 용도로 쓰였다면 이렇게 보안이 허술했을 리가 없었다.

"내가 어디로 가는지는 그쪽이 걱정할 거 없소."

그것 말고도 걱정할 것은 충분히 많으니까.

아멜리아가 조심스럽게 로레인의 주머니에서 컴퓨터를 꺼내 들었다.

"이제 내 주머니에서 테이프를 꺼내라. 로레인, 내가 꺾은 팔을 풀어 주면 두 팔을 모으시오. 내 동료가 등 뒤에서 손목을 테이프로 묶을 거요. 무슨 말인지 알겠소?"

로레인이 고개를 끄덕였다.

"허튼수작을 부렸다가는 어깨를 탈골시킬 거요."

지그문트는 경고했다.

아멜리아가 어느 때보다도 창백해진 얼굴로 로레인의 손목에 대충 테이프를 둘렀다. 지그문트는 팔을 붙들고 있던 손을 놓고 테이프를 집어 들었다. 그리고 제대로 다시 묶었다.

"이제 일어나시오."

도와주려는 지그문트의 손을 뿌리치며 로레인이 힘겹게 두 발로 일어섰다.

지그문트는 그녀를 에어록으로 데리고 갔다.

"다시 말하지만, 이렇게 해서 미안하오. 정당한 목적이 있어서 한 일이니 이해해 주시오."

"그런 얘기는 혼잣말로나 하시지."

로레인이 씩씩대며 말했다.

지그문트는 그녀를 해치 바깥으로 밀어냈다. 그리고 아멜리아에게 지시했다.

"함교로 가자."

그는 착륙장에서 삼십 미터 정도 이륙한 후 '엘리시움'호의 선수를 하늘로 향하면서 적외선 영상으로 로레인을 흘끗 보았다. 그녀는 손이 뒤로 묶인 채 어설프게 뛰고 있었다. 이미 착륙장을 절반 정도 가로지른 상태였다.

지그문트는 우주선의 주 추진기를 열었다.

몇 분 후, 행성 방위 본부가 멀어지는 물체를 발견하고 어떻게 대처할 것인지 머뭇거리는 사이에 '엘리시움'호는 뉴 테라의 중력 특이점 가장자리를 넘어 하이퍼스페이스로 사라졌다.

질량 표시기가 켜지고 뉴 테라를 가리키는 긴 선 하나가 나타났다. 지그문트는 아멜리아를 돌아보았다. 우주선 공포증을 갖고서 우주선에 올라탄 지그문트와 난생처음 이런 일을 겪어 보는 아멜리아. 지금의 상황이 둘 중 누구에게 더 힘든 것일지 궁금해졌다.

"괜찮니?"

그가 물었다.

"아니요, 안 괜찮아요!"

아멜리아는 소리를 질렀다.

"아버님 덕분에 저는 강도에, 도둑에, 반역자에 탈주자까지 됐네요."

지그문트에게도 모두 해당하는 말들이었다. 게다가 그는 늙고 탈진해 있었다. 다시 한 번 우주로 나왔다는 사실에 피부가 꿈틀거렸다. 정비조차 끝나지 않은 우주선을 타고 나왔다는 사실에 더더욱.

하지만 지금 상황에서 전문가로서 책임져야 할 사람은 바로 자신이었다. 정신 차리자. 지그문트는 스스로에게 되뇌었다.

충고는 좋았지만 그는 전망 창에서 하이퍼스페이스를 부정하며 펼쳐지고 있는 폭풍우 치는 바위투성이 해안의 이미지 속에 길을 잃고 말았다.

'코알라'호는 며칠 안으로 나타날 것이고 이제 모든 일은 아멜리아에게 달려 있었다. 지그문트는 아멜리아가 이 일에 열성적으로 달려들게 만들어야 했다. 그것도 되도록 빨리.

하지만 어떻게 하느냐가 문제였다. 사랑하는 딸을 위해? 애국심으로? 오랫동안 잊혀 있던 지구를 미끼 삼아?

아니. 지그문트는 결심했다. 그녀의 자존심을 이용해야 한다. 그는 말했다.

"이제 네가 네 말처럼 똑똑하다는 걸 증명해 보일 때가 됐다."

"못할 거라고는 생각 안 했지만……."

아멜리아가 말했다. 그녀는 얼굴이 핼쑥해지고 피로로 눈이 부어 있었지만 그래도 만족스러운 눈빛으로 자기 작품을 바라보았다.

부품을 건지려고 탐사기들을 해체해 놓는 바람에 그녀 주위로는 작업실이 온통 센서 장착대, 하이퍼웨이브 레이더 부이, 방어용 드론 등의 장치들로 어지러웠다. 그리고 아주 여러 곳을 뜯어고친 탐사기 두 대가 작업대 위에 나란히 얹혀 있었다.

"……정말로 이렇게 해낼 수 있을 줄은 몰랐네요."

지그문트는 눈을 비볐다. 그도 그녀만큼이나 지쳐 있었다. 그가 도울 수 있는 일이라고는 화물실에서 여분의 탐사기를 가져다주거나 가끔씩 휴게실에서 커피를 뽑아다 주는 것밖에 없었지만, 그가 쉬려고 자리를 떴다면 아마 아멜리아도 잠이 들고 말았을 것이다.

지금 가장 큰 문제는 지그문트조차 시간이 얼마나 남았는지 알지 못한다는 점이었다. 그렇다면 일단은 시간이 얼마 없다고 가정해야 했다. 의욕적인 함장이 지휘하고 있으니 '코알라'호는 언제고 나타날 수 있었다. 부지런 떨기 좋아하던 루이스 우의 후손이 게으름뱅이일 가능성은 그리 크지 않았다.

지그문트는 물었다.

"이제 탐사기가 제대로 작동하겠니?"

"아버님께서 말씀하신 대로 작동할 거예요."

아멜리아가 한숨을 내쉬며 말을 이었다.

"물론 저것들이 아버님께서 기대하시는 그런 결과를 가져올지는…… 제 손을 떠난 일이죠."

내 손도 떠났지. 지그문트는 생각했다.

"그럼 배치시켜 볼까?"

"그러려고 만든 거 아닌가요."

그녀가 잠시 동작을 멈추었다.

"맙소사! 저는 떨려 죽겠어요. 아버님은 이런 상황에서 어떻게 그렇게 침착하세요? 줄리아의 안전이 걸린 문제인데."

"네 맘 나도 안다."

지그문트는 서투르게 아멜리아를 안아 주었다.

"우리가 그 애를 안전하게 보호할 거다. 내가 약속하마."

아멜리아가 그의 가슴에 얼굴을 파묻고 고개를 끄덕이는 것이 느껴졌다.

"나는 잠시 함교에 나가 봐야겠다."

지그문트는 그녀를 놓아주며 말했다.

"일단 올바른 자리를 잡으면 탐사기를 에어록 밖으로 꺼내는 일은 같이하자."

'엘리시움'호는 뉴 테라 조기 경보 시스템의 센서 감지 범위 바깥으로 벗어나 있었다. 그리고 뉴 테라를 향한 노멀 스페이스 속도는 광속의 약 오 퍼센트였다. 하이퍼스페이스로 오 초 도약하자 조기 경보 시스템의 감지 범위에 거의 가까워졌다.

두 사람은 구조가 변경된 드론을 한 대씩 날렸다. 지그문트는 안쪽과 바깥쪽의 에어록 해치를 연 다음, 구조가 변경된 방어용 드론을 압력 커튼 밖으로 밀어냈다. 그리고 구조가 변경된 하이퍼웨이브 레이더 부이를 아멜리아가 배치할 수 있도록 에어록에서 물러났다. 그가 다시 그녀 곁에 와서 섰을 때, 드론은 이미 멀리 떨어진 푸른 성운의 빛을 받아 반짝이는 점으로밖에 보이지 않았다. 둘은 탐사기들이 멀어지는 모습을 지켜보았다.

지그문트가 버튼을 눌러 바깥쪽 해치를 닫았다.

"그럼 시작해 볼까?"

"아버님 판단이 틀렸으면 어떡하죠?"

나는 감방으로 가겠지. 대신 인간성에 대한 내 믿음은 어느 정도 회복될 테고.

"내 판단이 옳다면 어떡할 거니?"

지그문트는 되받아쳤다.

거의 울음을 터트릴 듯한 얼굴로 아멜리아가 말했다.

"시작해요."

탐사기들이 뉴 테라 조기 경보 시스템의 표시 없는 경계를 가로질러 들어갔다. 그때쯤 '엘리시움'호는 몇 광초 정도 도약해서 노멀 스페이스 속도를 죽여 놓은 상태였다.

지그문트는 말했다.

"준비되면 아무 때고 시작해라."

"준비됐어요. 첫 번째 신호 보냅니다."

아멜리아가 변경된 방어용 드론에 저전력 파동을 보내자 드론이 하이퍼스페이스로 사라졌다. 노멀 스페이스와 하이퍼스페이스를 오가는 모든 것이 그러하듯 그것도 파문을 남겼다. 보호용 노멀 스페이스 거품이 클수록 파문도 컸다. 그 드론은 하이퍼스페이스로 뛰어들기 바로 전에 에너지를 마음껏 가동해서 제법 큰 우주선의 크기만큼 거품을 부풀렸다. 조기 경보 시스템에는 그것이 우주선으로 잡혔으리라.

이제는 그것이 도착하는 우주선으로 보이게 만들어야 했다.

"두 번째 신호 보냈어요. 우리 하이퍼웨이브 장비가 다시 수신 모드로 돌아왔어요."

아멜리아가 알렸다.

소리가 흘러나왔다.

— 여기는 지구 우주선 '코알라'호, 뉴 테라 응답하십시오.

"아버님이 틀렸기를 바라요."

아멜리아가 말했다.

"나도 그렇기를 바란다."

계기판을 보니 하이퍼웨이브 레이더 신호가 희미하게 잡혔다. 지금 '엘리시움'호는 방어 시스템으로부터 멀리 떨어져 있기 때문에 거기서 나오는 반향은 감지가 불가능했다. 그리고 두 사람이 시스템 근처에 배치하고 온 부이는 크기가 너무 작기 때문에 역시 탐지가 불가능할 터였다.

대신 그 레이더 신호는 미끼용 부이로부터 활성 하이퍼웨이브 파동을 촉발시켰다. 그 파동은 우주선 크기의 반향을 흉내 냈다. 구조를 변경한 대로 부이가 적외선도 함께 발산했다. 그 적외선은 우주선에서 방출하는 폐열처럼 보일 터였다.

지그문트는 말했다.

"이제 곧 알게 되겠지."

하지만 시간만 계속 흘러갔다.

드디어 하이퍼웨이브 무선통신에서 소리가 흘러나왔다.

— 여기는 뉴 테라 행성 방어 본부. '코알라'호, 뉴 테라에 온 것을 환영합니다. 기다리고 있었습니다. 현재의 경로와 속도를 유지하십시오. 우주 교통 통제실에 당신들의 접근을 알리겠습니다. 그러면 통제실에서 착륙을 안내할 겁니다.

무언가 근처에서 노멀 스페이스로 진입하자 지그문트의 계기판이 시끄럽게 두 번 꽥꽥 울렸다.

잠시 후 그의 수동형 적외선센서에 희미한 두 물체가 날아가고 있는 것이 보였다. '엘리시움'호와 미끼용 부이 대비 광속의 구십 퍼센트 상대속도로 날아가고 있었다. 방어용 드론이었다. 질량 병기다. 그의 계기판이 다시 시끄러운 소리를 냈다. 유도탄의 종말 유도[*]를 위한 하이퍼웨이브 신호였다.

"'코알라'호, 하이퍼웨이브 응답기를 가지고 있다면 지금……."

갑자기 눈부신 빛이 번쩍거리더니 전망 창 편광기가 빛을 차단했다. 부신 눈을 가늘게 뜨며 지그문트는 장치를 살펴보았다.

"놈들이 방금 '코알라'호를 파괴했다."

6

위험을 감수한 끝에 사건은 벌어졌고, 더러운 진실은 뉴 테라

---

[*] terminal guidance. 유도탄의 중간 진로 유도와 표적 근접 지역에 도달할 때까지 적용되는 유도.

로 전송되었다. 이제는 모든 것이 잘못 틀어지지나 않을까 강박 관념에 사로잡히지 않으려 노력하며 기다리는 것 말고는 할 일이 없었다. 지그문트는 정부를 전복시키려 한 것도 아니고, 차디차고 캄캄한 우주의 진공에 익숙해진 것도 아니었다.

그는 '엘리시움'호의 짧은 복도를 끝없이 서성이며 걸어 다녔다. 그렇게 느리게 발을 질질 끄는 것을 걷는다고 할 수 있을지는 의문이지만. 천천히 돌아다니다 보니 아멜리아가 휴게실 작은 탁자 앞에 구부정하게 앉아 있었다. 그녀는 눈 밑에 짙은 다크서클을 드리운 얼굴로 빵 부스러기를 깔짝거리고 있었다. 두 눈은 두 사람이 반복해서 틀어 놓은 영상에 고정된 채였다.

그 영상은 질량 병기가 '엘리시움'호의 위치를 알아내지 못하도록 일련의 하이퍼웨이브 중계기를 통해 전송된 것이었다. 영상에 나온 늙은 지그문트의 모습은 그녀보다 훨씬 더 초조하고 지쳐 보였다.

"녹화한 영상인 거 알잖니. 똑같이 반복되는 영상을 뭐 그렇게 열심히 쳐다봐?"

지그문트가 말했다.

"알아요."

아멜리아는 접시 주위로 둥글게 떨어져 있는 빵 부스러기를 보며 얼굴을 찡그렸다.

"이게 효과가 있을까요?"

지그문트는 몸짓으로 영상을 가리켰다. 영상에 파일로 저장되어 있던 도널드 장관의 모습이 나왔다.

"장관은 모든 걸 내게 뒤집어씌우려고 물불을 가리지 않을 거다. 내가 불법적으로 녹음을 하고, 사람을 때려눕히고 우주선까지 훔쳐 냈으니까. 내가 '코알라'호를 가짜로 만들어 냈으니 그 가짜 우주선을 파괴한 것도 나라고 주장할걸."

"아버님이 파괴하신 게 아니잖아요."

아멜리아가 따졌다.

"거기에 기대를 걸어야지."

지그문트는 계속해서 돌아가는 영상을 가리켰다.

"저 회의실에는 사람들이 아주 많이 모여 있었다. 뒤에서 주고받는 얘기가 들리지? 도널드의 해명에 모두가 만족하지는 않았어. 그들 중 누군가는 나설 사람이 있을 거다."

차라리 돼지가 하늘을 날기를 바라는 게 낫죠. 아멜리아의 씁쓸한 표정은 그렇게 얘기하고 있었다.

지그문트는 그녀를 보느니 차라리 녹화 영상을 보는 것이 마음이 편했다. 그는 자신의 해설에 귀를 기울였다.

— ……여러분의 정부는 몇 주 전부터 알고 있었습니다. 여기 도널드 장관이 소식을 처음 들었을 때 녹음한 내용이 있습니다.

자신의 목소리가 사라지고 앨리스의 녹음된 목소리가 흘러나오자 상실감과 분노가 지그문트를 덮쳐 왔다.

저때 앨리스는 무슨 생각을 하고 있었을까? 저렇게 달아날 생각을 하고 있었을까? 저렇게 자기를 죽음의 구렁텅이로 몰아넣을 생각을 하고 있었을까?

지그문트의 고통은 아랑곳하지 않고 영상이 계속 돌아갔다.

앨리스가 말하고 있었다.

— 지구로 돌아가는 길을 알아냈답니다. 현재 위치에서 은하계 남쪽으로 약 이백 광년 거리에 있어요. 뉴 테라에서는 이십 광년 정도죠. 지브스, 보여 줘.

그런데 갑자기 지도도 그렇게 사라지고 말았다.

— 그래픽 종료!

도널드 장관이 소리 질렀다.

— 지브스. 내 허가 없이는 이 영상을 아무에게도 보여 주지 말도록. 이 내용은 내가 의장님께 보고할 테니까. 여기서 일어났던 일에 대해 이 상황실 밖에서 그 누구도 벙긋 못 하게 하고.

이 반복되는 메시지 영상에서 지그문트는 회의실에 있던 그 누구도 자세히 보지 못한 상태에서 항성 지도가 지워져 버렸다고 시청자들에게 설명했다.

……과연 시청자가 있기는 할까?

— 하지만 이 보고 내용을 발설하지 못하도록 막은 게 과연 한 사람의 잘못된 판단에 불과한 걸까요? 장관이 과연 의장에게 얘기를 했을까요? 한번 알아보겠습니다.

의장과 만나러 가면서 지그문트는 스파이 렌즈를 끼고 가는 위험을 감수했다. 시청자들은 의장의 관저와 의장을 직접 보게 될 터였다. 물론 이번에도 역시 시청자가 있고 이 영상의 전송이 막히지 않았다는 가정이 필요했다.

지그문트가 의장에게 얘기하는 소리가 흘러나왔다.

— '코알라'호가 이 주 후면 도착할 거요. 내 생각으로는 사람들에

게 마음의 준비를 시켜야 할 듯싶소만. 오랫동안 잊혀 있던 지구의 대표단과 처음 접촉하는 일은, 정말이지 큰 사건이 될 테니 말이오.

드니즈 의장이 고개를 저었다.

— 그랬다가는 사람들이 어떤 변화가 일어날지, 그 모든 것의 의미가 뭔지 걱정하느라 다른 생각은 아예 하지도 못하겠죠. 알고 있어야할 사람들에게는 정보가 모두 전달됐어요. '코알라'호가 도착할 때까지 그들의 방문은 기밀로 다뤄질 겁니다.

녹화 영상 속의 지그문트는 상황을 요약해서 정리했다.

— 의장은 이 뉴스가 알려지지 못하도록 차단하는 일을 공모했습니다. 과연 산업의 생산성의 떨어질까 봐 걱정됐기 때문일까요? 아니면 제가 걱정했던 대로 그녀와 국방부 장관이 비밀스러운 동기를 가지고 있었기 때문일까요? 저는 그 이유를 알아내야만 했습니다. 여기 그다음에 일어난 일이 있습니다.

영상이 뉴 테라를 가운데 두고 펼쳐진 항성 지도로 넘어갔다. 거기에 찍힌 파란 점은 아이콘이었다. 뉴 테라의 위치를 안다 해도 눈에 직접 보일 거리는 아니었다. 뉴 테라와 낮게 날고 있는 태양들의 빛을 합쳐 봐도 제일 어두운 적색 왜성의 백만분의 일의 밝기에 불과했기 때문이다.

해설하는 목소리가 알렸다.

— 이건 뉴 테라로 호출 신호를 보내는 지구 우주선 '코알라'호입니다.

녹화 영상의 이 부분은 한 번 눈부시게 깜박거리고는 너무나 빨리 끝나 버렸다.

— 아무런 경고도 없는 공격이었습니다.

매복 공격이라는 말을 쓰면 좋겠지만 퍼페티어가 그 단어를 영어에서 지워 버렸다.

— 지구에서 온 대사 우주선을 공격한 겁니다. 도널드 장관이 개인적으로 안전한 통과를 약속했던 우주선이죠. 자기 부하 장교 한 명을 집으로 데리고 오는 우주선이기도 했습니다. 저는 우리 지도자들이 기만하고 있을지 모른다는 의심을 품고 센서에 우주선이 도착한 것처럼 보이게 꾸몄습니다. 제 의심이 옳았다는 사실에 말로 표현할 수 없는 슬픔을 느낍니다. 저는 우리 정부가 저지른 행동에 너무나 큰 충격을 받았습니다. 하지만 여기 좋은 소식이 있습니다. '코알라'호는 아직 도착하지 않았습니다. 물론 파괴되지도 않았습니다. 뉴 테라의 모든 분들께 호소합니다. 지구와의 접촉을 막으려는 자들, 그 비밀을 지키기 위해서라면 살인조차 서슴지 않는 자들에게는 우리를 지도할 자격이 없습니다.

지그문트는 처음에 했던 말로 방송을 마무리했다.

— 저는 한때 지구에 거주했고, 여러분의 전직 국방부 장관이었던 지그문트 아우스폴러입니다. 저는 지금 지구 대사의 우주선이 도착했을 때 경고를 해서 물러나게 하려고 가까운 우주 공간에서 기다리고 있습니다. 아니면 우리는 우리의 친척을 다시 만나고 오랫동안 잊어버리고 있었던 우리의 과거와 만날 수도 있습니다. 그 선택은 여러분의 몫입니다. 여러분이 신속한 행동에 나서기만 한다면 말입니다.

아멜리아는 자기 팔을 끌어안은 채 조종석 완충 좌석의 팔걸이에 쭈그리고 앉아 몸을 앞뒤로 흔들었다. 주 전망 창에서 보이던 별들의 모습은 사라지고 헤르메스, 아멜리아 그리고 세 아이의 오래된 사진이 그 자리를 대신해 들어와 있었다. 막내 줄리아가 빠진 앞니를 훤히 드러내며 웃고 다닐 때의 사진이었다.

지그문트는 조용히 뒤돌아 갔다가 크게 휘파람을 불면서 함교로 다시 돌아왔다. 이번에는 아멜리아도 그가 오는 소리를 들었다. 그녀가 좀 더 정상적인 자세로 고쳐 앉았다. 전망 창에 다시 별들이 나타났다.

지그문트는 물었다.

"저녁을 좀 만들어 볼까 하는데, 뭐 먹고 싶은 게 있니?"

"고맙지만, 전 됐어요."

"뭐라도 좀 먹어야지."

그는 부드럽게 말했다.

아멜리아가 고개를 저었다.

"우리가 한 일들이 모두 헛수고였을까요?"

"그런 생각 하지 마라."

지그문트는 그녀의 어깨에 손을 얹었다. 떨고 있는 것이 느껴졌다.

겁을 먹는 것도 당연했다. 벌써 부이를 통해 사흘째 방송을 내보내고 있건만 반응은…… 전혀 없었다.

이곳에서 보내는 일분일초가 두렵기는 지그문트도 마찬가지였다. 하지만 그는 강해져야 했다. 우주선은 아직 온전하고, 이 우주선에 탄 사람은 아무도 죽지 않았다. 이 정도면 다른 때보다는 무척 양호한 상황이었다.

"최악의 경우 '코알라'호에 경고를 보내 물러나게 하자. 그럼 줄리아는 안전할 거다."

"지구인들이 이곳에서 환영받지 못한다는 것을 알고 나면, 아버님이 말씀하신 ARM이라는 조직이 공세로 전환해서 전투 함대를 이끌고 돌아오지 않는 한 헤르메스와 저는 딸을 두 번 다시 못 보게 될 거예요."

아멜리아가 냉소적으로 웃었다.

"물론 그때면 저는 감옥에 들어가 있을 테니 세상이야 어떻게 돌아가든 상관 않겠죠."

계획적인 매복 공격이 있었다는 소식을 ARM은 어떻게 받아들일까? 지그문트의 시대 이후로 조직에 변화가 없었다고 가정한다면 그리 좋게 받아들이지는 않을 것이다.

그다음에 일어날 일은 딱 한 가지 질문에 대한 대답으로 압축된다. 과연 뉴 테라 당국이 자기들의 계획을 수정할까?

저 근시안적인 바보들은 ARM이 사라진 링월드와 세계 선단으로 번진 종족들 사이의 갈등에 너무 정신이 팔려 있다는 사실만 믿고 그런 일을 저지른 것이다. 단독으로 임무를 수행하는 우주선 하나가 머나먼 우주에서 실종된다고 해도 너무 바빠서 그 이유를 조사하러 나오지는 못하리라 생각한 것이다. 어쩌면 그런 정치인들의 판단이 옳았을지도 모른다.

하지만 이제 그들은 '코알라'호가 이곳을 빠져나가 매복 공격을 받은 사실을 보고할까 봐 걱정해야 할 처지가 되었다.

지구에서는 우주선의 실종을 파괴된 것으로 판단할 수도 있었다. 적대적 행위는 결국 무력 도발을 자극하게 된다. 의장과 그 패거리도 이 점을 깨달아야 했다. 아직도 깨닫지 못한 것인가?

뉴 테라의 침묵이 길어질수록 그들이 맑은 정신으로 생각할 거라는 가능성도 그만큼 더 줄어들어 갔다.

지그문트는 아멜리아의 어깨를 움켜쥐며 말했다.

"그런 일은 둘 다 일어나지 않을 거다."

"그렇게 된다니까요."

그는 그녀의 어깨를 다시 한 번 움켜쥐며 말했다.

"감옥이라니 가당치도 않다. 네가 감옥에 갈 일은 없다. 우리가 돌아가면, 당국에는 내가 너를 협박해서 강제로 돕게 했다고 말해야 해. 너는 비상용 정지장에 들어가 있으면 된다. 탐사기를 변경한 후에는 쓸모가 없어져서 너를 정지장에 강제로 집어넣었다고 할 테니까."

사실 곧 돌아가야 할 처지였다. '엘리시움'호는 중수소와 식량이 바닥을 보이고 있었다.

지그문트는 살짝 망설이다가 말을 이었다.

"내가 너를 살짝 때려서 얼굴에 멍 자국을 만들어 놓으면 아무도 의심하지 않을 거다."

아멜리아가 그의 손을 뿌리치고 일어나 얼굴을 마주했다. 눈이 이글거렸다.

"절대로 안 될 말이에요! 제가 원해서 여기까지 온 거예요. 남들이 아버님을 그렇게 끔찍한 사람으로 생각하게 놔둘 수는 없어요. 특히 아버님의 아들이 그런 생각을 하게 놔두는 건 더더욱 안 될 일이에요!"

그녀의 표정이 살짝 부드러워졌다.

"저를 대신해서 모든 죄를 뒤집어쓰려 하시다니 믿을 수가 없네요."

지그문트는 민망한 듯 어깨를 으쓱했다.

기다리면서 제일 힘든 것은 바로 침묵이었다. 어쩌면 그들 때문에 뉴 테라에서는 논쟁에 불이 붙었을지도 몰랐다. 하지만 여기서는 알아낼 방법이 없었다.

공직에 있던 당시, 지그문트는 세계 선단 주변으로 몰래 스파이 우주선을 가동했다. 그런 우주선 한 척만 있으면 이 거리에서도 뉴 테라의 공중 통신망에 접근할 수 있었다. 하지만 지금 그에게 있는 것은 당일치기용 장비와 보급품만 갖춘 단거리 화물선뿐이었다. 상업용 제품으로 나온 통신 장비만을 싣고 조기 경보 시스템의 탐사 범위를 벗어나 숨어 있으니 뉴 테라에서 흘러나오는 저전력 무선주파수에는 알아듣기 힘든 잡음만 가득했다.

"뭐 좀 먹을까 싶어요."

아멜리아가 말했다. 대화 주제를 바꾸려고?

"좋지. 뭘 갖다 줄까?"

"수프하고 샌드위치요. 그리고……."

그 순간, 지그문트의 눈에도 잡혔다. 통신 신호의 입력을 알리는 표시등이었다.

과연 저 신호는 '코알라'호에서 오는 것일까, 뉴 테라에서 오는 것일까?

— ……지그문트 아우스폴러, 응답하기 바랍니다. 여기는 뉴 테라의 의장…….

메시지는 동영상으로 되어 있었고, 남자가 나타났다. 좁고 긴 얼굴에, 다듬은 염소수염, 핼쑥한 뺨, 눈가에는 잔주름이 새겨진 남자였다.

지그문트는 남자를 알아볼 수 없었다.

"성공한 걸까요?"

아멜리아가 희망에 차서 물었다.

방송에 새로운 얼굴을 내보내는 것쯤이야 아주 쉬운 일이었을 것이다.

"알아봐야지. 좀 더 알아낼 때까지 너는 화면에서 비켜 있는 게 좋겠다."

아멜리아가 부조종사 완충 좌석에 털썩 주저앉았다.

지그문트는 조종석에 앉아 그녀가 나오지 않게 카메라 각도를 조정한 다음 통신을 열었다.

"지그문트요."

— 지그문트 장관님, 통신을 받아 주셔서 고맙습니다.

자칭 의장이라는 사내가 말했다.

응답은 즉각적으로 전달되었다. 중력 특이점 바깥이라는 얘기였다.

그렇다면 의장이라는 자는 대체 왜 뉴 테라에서 나와 있을까?

통신을 용이하게 하려고? 아니면 '엘리시움'호까지 이어진 중계용 부이들을 되짚어가며 추적하려고?

아마도 둘 다일 것이다.

지그문트는 하이퍼드라이브 조종간에 두 손을 올려놓았다.

"당신은 누구요?"

— 죄송합니다.

남자가 말했다.

— 저를 모르시는 것도 당연합니다. 제 이름은 루얼린 쿠드린골드 버그라고 합니다. 장관님이…… 급하게 떠나셨던 그때는 동부 아르카디아에 있는 한 지방자치구의 의원이었죠.

"아주 초고속 승진을 하셨군."

지그문트가 말했다.

— 그런 셈이죠.

루얼린이 살짝 미소 지었다.

— 장관님 덕분입니다.

"그럼 전 의장은요?"

아멜리아의 목소리에 카메라가 그녀를 향해 돌아갔다.

— 아. 아멜리아. 당신이 잘 있는 걸 보니 참 기쁘군요.

"일이 어떻게 돌아가고 있는지 알면 더 좋아질 것 같네요."

아멜리아가 말했다.

— 좋습니다. 지그문트 장관님의 방송이 사람들 사이에서 의구심을 불러일으켰고, 국방부의 몇몇 용감한 사람들이 앞으로 나섰습니다. 국방부 내부의 컴퓨터를 조사한 거죠. 그렇게 도널드가 가상의

지구 우주선을 향해 공격 명령을 내렸다는 사실이 대중에게 알려지자…….

아멜리아가 알겠다는 듯 고개를 끄덕였다.

지그문트는 아주 오래전 뉴 테라의 첫 정부와 그를 자리에서 몰아냈던 퍼페티어스러운 합의 과정을 결코 이해하지 못했다. 최근에 일어났다는 이 정부 전복 과정 또한 이해할 수 있을 것 같지 않았다.

하지만 상관없었다. 그저 자기가 일했던 정부가 자리에서 물러났을 때와 마찬가지로 이 또한 무혈혁명으로 이루어졌을 것이라 추측하며 수수께끼를 안은 채 살면 그만이었다.

만약 이 혁명이 실제로 일어난 것이 맞다면…….

지그문트는 물었다.

"우리에게 원하는 게 뭐요, 의장?"

— 물론 귀환하시라는 겁니다. 저희와 함께 '코알라'호를 환영하는 일에 힘을 보태 주시기 바랍니다.

루얼린이 잠시 뜸을 들였다.

— 뉴 테라 사람들이 요구하고 있습니다, 장관님. 우리는 지구와의 재통합이 일어나기를 바랍니다. 부디 우리 손님들을 겁주어 쫓아 버리지 마십시오. 그들이 언제 도착할지 모릅니다.

"잠시만요, 의장님."

아멜리아가 음 소거 버튼을 눌렀다.

"아버님, 저 사람을 믿어도 될까요?"

"알아보자."

지그문트는 음 소거를 해제했다.

"의장, 아마 지상과도 연결이 되어 있을 거요. 그곳에 있는 누군가와 대화를 좀 하고 싶소만."

― 물론입니다. 이 우주선에서 연결해 드릴 수 있습니다. 누구를 불러 드릴까요?

"메시지를 확인해 보시오."

지그문트가 전송한 문자는 헤더를 제외하고는 모두 암호화되어 있었다. 그 암호가 해킹되리라는 점은 의문의 여지가 없었다. 다만 그가 대답을 들을 때까지는 해킹이 불가능할 것이다.

"내 파일을 주소대로 보내 주시오. 그리고 수신자와 실시간 통화를 하고 싶소."

― 잘 알겠습니다. 장관님.

'헤르메스예요?'

아멜리아가 소리는 내지 않고 입 모양으로 물었다.

지그문트는 고개를 저었다.

시간이 흐르고 있었다.

통신 제어반 위에서 홀로그램이 나뉘어 나왔다. 익숙한 인물이 나타났다. 긴 꼬리가 달린 검정 코트, 검은 조끼, 풀을 먹인 흰 셔츠, 검정 나비넥타이와 하얀 장갑.

― 이렇게 연락이 닿아 무척 기쁩니다. 지그문트.

지브스가 인사했다.

"나도 그래, 지브스."

지그문트도 대답했다. 하지만 과연 저것이 자신의 지브스가 맞을까? 아니, 어느 지브스이든 과연 지브스가 맞기는 할까? 혹시 애니메이션 아바타 뒤에 사람이 숨어 있는 것은 아닐까? 지그문트의 심리 프로필을 돌려 본 사람이라면 그가 누구와 접촉하려 할지는 손쉽게 알아낼 수 있었을 것이다.

"다들 괜찮나?"

— 아주 괜찮습니다. 지그문트. 이전 정부는 몰락하고, 루얼린이 의장 자리에 올랐습니다. 당신도 다시 영웅으로 평가받고 있습니다.

이 정도로는 아무런 결론도 내릴 수 없다. 지그문트가 이런 얘기를 듣고 싶어 하리라는 것 또한 누구든 추측할 수 있었다.

"삼, 칠, 세타, 알파, 사십이."

지그문트는 문제를 냈다.

— 사십사, 십구, 델타, 시그마.

지브스가 대답했다.

자신의 지브스가 맞았다. 이 문제의 답은 다른 누구도 몰랐다. 지그문트는 이 암호 쌍과 함께 AI가 공중 통신망을 마음대로 돌아다닐 수 있게 설정해 놓았다. 법을 어긴 게 한두 가지가 아닌데 하나쯤 더 어긴다고 뭐?

지그문트가 자리를 비운 며칠 사이에 지브스가 해킹당했을 가능성은 거의 없었다. '전혀'가 아니라 '거의'이긴 하지만, 때로는 이런 희망만이 바랄 수 있는 최선인 경우도 있는 법이다.

"좋소, 의장. 이제 확신이 드는군. 곧 돌아가겠소."

— 그 말씀을 듣게 되어 기쁩니다. 장관님. 사람들도 기뻐할 겁니다. 도착하시면 편한 시간에 되도록 서둘러 제 사무실로 와 주시면

감사하겠습니다.

의장이 말했다.

지그문트 옆에서는 아멜리아가 웃느라 입이 귀에 걸렸다. 루얼린도 안도하는 모습이었다. 그리고 다른 무언가도……. 기대감인가?

"하나 더 물어봐야겠소. 왜 나를 옛날 직함으로 부르는 거요?"

비위를 맞추려는 것이겠지. 지그문트는 추측했다.

의장이 천천히 입을 열었다.

— 사실은 말입니다. 장관님. 국방부는 물갈이가 필요합니다. 직접 뵙고 부탁드릴 생각이었습니다만. 물으셨으니 미루기는 힘들겠군요. 저는 국방부 장관이 당신의 옛날 직함이 아니라 현재의 직함이었으면 합니다.

7

'코알라'호는 아르카디아의 해안을 따라 천천히 날았다.

천오백 미터 고도에서 줄리아는 신록의 대륙과 드넓게 펼쳐진 바다를 바라보았다.

아니, 천오백 미터가 아니라 오천 피트지. 줄리아는 스스로에게 상기시켰다. 어느새 그녀는 지구의 측정 단위에 익숙해져 있었다. 피트와 마일, 파운드와 온스 단위로 다시 돌아가려면 쉽지 않을 것이다.

이따금 하늘 높이 떠 있는 새털구름을 통과할 때를 제외하고는 시야가 탁 트여 있었다. 쪽빛 바다에 햇살이 부서졌다. 식물이 무성하고, 반짝이는 하얀 백사장으로 가장자리를 두른 산호섬들이 어서 오라고 손짓을 했다. 먼바다에서는 일렬로 줄지어 지는 태양들이 띠처럼 낮게 드리운 구름을 밝은 분홍색과 붉은색으로 물들이고 있었다.

집으로 돌아왔다는 기쁨에 그녀는 자신의 우주선과 승무원들이 함께 돌아오지 못했음을 잠시 잊을 수 있었다.

"대위."

요한슨은 줄리아가 자신의 부름을 알아차릴 때까지 잠시 기다렸다가 함교의 주 전망 창을 몸짓으로 가리키며 말했다.

"자네 세계는 무척 아름답군."

"네, 그렇습니다."

줄리아는 벅찬 가슴을 억누르며 말했다.

— '긴 통로' 시가 가까워졌습니다.

교통 통제실에서 무전으로 알렸다.

— 보시면 바로 알 수 있을 겁니다. 해안가에 접해 있는 큰 도시입니다. 팔 킬로미터 정도 앞쪽에 있죠. 우주 공항은 팔 킬로미터 정도 더 가야 있습니다.

줄리아가 곁눈으로 흘끗 보니 함교 장교 두 명이 교통 통제사의 설명에 웃고 있었다.

뉴 테라에 비하면 지구의 인구는 수백 배였다. 타냐는 줄리아에게 지구의 생태건물들을 찍은 사진을 보여 준 적이 있었다. 건물 하나에 들어 있는 인구가 뉴 테라 수도의 인구보다도 많았다. 그렇게 먼 길을 달려왔건만 여행의 마지막 단계가 그들에게는 실망스럽게 느껴졌을지도 몰랐다.

'코알라'호가 들판 한가운데 있는 착륙장에 내려앉았다. 착륙하면서 줄리아는 주 터미널 앞쪽으로 사열대가 놓여 있는 것을 보았다.

에어록 해치가 열리는 순간, 군중의 함성이 귀청이 터질 정도로 크게 울려 퍼졌다. 그녀와 요한슨이 나란히 에어록을 나가자 함성은 더욱 커졌다.

연설이 끝난 후에는 열병식이 진행되었다. 그리고 요란한 함성과 함께 환영식은 막을 내렸다. 육지에 상륙한 부대원들 대부분이 안내자들을 따라 도처의 집이나 호텔로 사라진 다음에야 줄리아도 드디어 가족이 기다리고 있는 집으로 갈 수 있게 되었다. 아버지와 어머니, 오빠들과 그 가족들, 이모와 삼촌, 사촌 들이 기다리는 집으로.

그 모든 것을 겪고 살아 돌아온 그녀를 안고 놓아주지 않는 가족들 때문에 줄리아는 숨이 막힐 지경이었다.

그런데 많은 가족들 사이에 할아버지가 보이지 않았다.

"엄마, 숨 막혀 죽겠어요!"

줄리아는 간신히 입을 열었다.

아멜리아가 한 번 더 줄리아를 꼭 끌어안은 후에 한숨과 함께 놓아주었다.

"미안."

그녀의 눈에 눈물이 글썽였다. 헤르메스도 나오려는 눈물을 참고 있었다.

"할아버지는요?"

줄리아가 물었다. 할아버지가 자리에 나타나지 않은 이유는 한 가지밖에 생각할 수 없었다.

나 때문에 앨리스가 죽었다고 생각하시는 거야.

줄리아는 어서 할아버지를 따로 만나서 앨리스가 무사하다고 설명해야 했다.

"할아버지는 사열대에 계셨는데, 못 봤니?"

아버지의 말에 줄리아는 고개를 저었다.

"해를 마주하고 서 있는 바람에 누가 누군지 몰라보겠더라고 요. 그냥 정치인들만 잔뜩 있던데. 하지만 새로운 의장이 취임했다는 건 알아봤어요. 어떻게 된 거예요?"

"네가 없는 동안…… 변화가 좀 있었지."

아멜리아가 말했다.

엄마가 나한테 뭔가 감추고 있나? 어쨌거나 그것은 급한 문제가 아니었다.

"할아버지는요?"

줄리아가 다그쳐 물었다.

"할아버지는 새 정부에 국방부 장관으로 다시 들어가셨다."

아멜리아는 얘기를 더 할까 말까 갈등하는 듯했다.

"거기 있었구나."

타냐 우가 파란 드레스를 입고 씩씩하게 걸어 들어왔다. 그녀는 줄리아와 함께 머물면서 뉴 테라를 돌아볼 계획이었다.

"너희 가족이야?"

"그래, 거의 다 모였어. 여러분, 이쪽은 제 친구 타냐예요."

타냐를 소개하는 와중에도 줄리아는 머리가 복잡했다.

할아버지가 새 정부에 들어가셨다고? 그렇다면 예전에 견해 차이로 정치권과 갈등을 겪었던 부분이 화해되었다는 의미다. 할아버지에게는 너무나 잘된 일이다.

그녀는 할아버지 앞에서라면 못 할 얘기가 없었다. 하지만 할아버지가 뉴 테라의 국방부 장관이 되었다면 사정이 달랐다. 국방부 장관에게 자기가 국방부의 우주선 한 척을 버리고 왔다는 얘기를 어떻게 해야 할까?

8

착시 현상이 거의 완벽에 가까웠다. 머리 위로는 원시 태양의 이미지가 밝게 빛나고 있었다. 붉은색, 노란색, 보라색으로 생기가 넘쳐흐르는 무성한 목초지가 먼 거리까지 뻗어 나가서 '롱샷' 호의 도착으로 파괴되었다가 복구된 벽과 흠 없이 완벽하게 이어졌다. 침통한 표정으로 모여든 시민들 근처의 언덕에서 반려 셋이 한가롭게 거닐며 무심하게 향기로운 풀을 뜯고 있었다.

쌓아 올린 상자들만이 그런 목가적인 분위기를 망쳐 놓았다.

하지만 그 장비들도 이제 곧 사라지게 될 터였다.

나도 사라질 테고…….

베데커는 생각했다.

"갈 필요가 없습니다."

니케가 베데커와 네서스뿐 아니라 그들과 함께하려고 모인 지원자들을 향해 말했다.

"아니, 가서는 안 됩니다. 성공 가능성이 얼마나 된다고 이러는 겁니까?"

멜로디로 짐작건대, '그 위험한 곳에 가겠다니 지금 제정신입니까?'를 돌려 말한 것이 분명했다.

베데커는 따져 묻지 않았다. 시민을 섬기려는 자라면 마땅히 자신보다 타인을 더 걱정해야 했다. 대신에 그는 인사로 머리를 뻗어 서로 비빈 후에 곧게 세우며 노래했다.

"당신이 보여 준 환대에 감사드립니다. 준비를 도와준 거나 이곳에 안전하게 남아 있게 될 많은 지식들에 대해서도. 그 지식들은 시민의 미래를 좀 더 확실히 보장해 줄 겁니다."

비록 이 모험이 실패로 끝나게 되더라도…….

니케가 존경을 담아 두 머리를 낮추었다.

베데커는 사방의 목가적인 풍경을 마지막으로 한 번 더 둘러보았다. 어쩌면 너무나 완벽한 곳일지도 몰랐다. 철통같은 의지로 무장한 자가 아니고서는 빠져나갈 수 없는 유혹의 덫과도 같은 곳.

베데커의 발굽 아래에는 도약 원반이 놓여 있었다. 최후자의 대피소 곳곳에 존재하는 다른 도약 원반들처럼 이것 역시 니케가 자신의 보좌관들을 데리고 처음 이곳으로 피신한 이후 전원이 꺼져 있었다. 베데커는 몸을 앞으로 기울여 장치를 켰다.

심란할 정도로 수가 적은 지원자 중 한 명인 아폴로가 순간 이동 제어기를 입으로 물었다. 그는 이 대피소 안에서 태어났기 때문에, 그림으로 솜씨 좋게 가려져 있기는 하지만 분명 존재하는 경계 밖으로 한 번도 나가 본 적이 없었다. 그에게는 이 조그마한 거품 속이 세상의 전부였다.

내 아이들이 뉴 테라를 자기네 세계라 생각하는 거나 마찬가지지. 베데커는 생각했다. 그는 살아서 아이들을 보게 될지 문득 궁금해졌다. 죄책감이 가슴을 파고들었다. 엘피스와 오로라가 나를 기억하기는 할까?

아폴로는 계속해서 목적지 주소 후보들을 탐색하고 있었다. 네 번의 시도 끝에 그가 노래했다.

"수신 준비가 된 걸로 보이는 원반을 찾아냈습니다."

"내가 제일 먼저 가겠습니다."

네서스가 당장에 노래했다. 다른 시민들도 재빨리 똑같은 얘기를 했다.

"모두들 고맙습니다. 하지만 그건 내 임무입니다."

그리고 위험도.

베데커는 도약 원반 위로 올라섰다.

두 고개를 돌리며 베데커는 주변을 살폈다. 조명이라고는 닿힌 문 아래로 새어 들어오는 불빛밖에 없었다. 눈이 어둠에 익숙해지자 방수포로 덮인 더미들이 눈에 들어오기 시작했다.

문에 귀를 대 보았지만 아무 소리도 들리지 않았다. 위험을 무릅쓰고 저전력 플래시를 켜 보자, 그가 서 있는 도약 원반을 제외하고는 모든 것이 먼지를 뒤집어쓰고 있었다. 이 벽장은 오랫동안 누구도 찾아오지 않은 것이 분명했다.

베데커는 원반에서 내려왔다. 그리고 다용도 띠 주머니 하나에서 송신기를 꺼내 맨틀 깊숙한 곳으로 짧은 중성미자 파동을 세 번 보냈다.

네서스가 거의 즉각적으로 모습을 나타냈다. 그는 베데커가 일으킨 먼지 때문에 재채기부터 했다. 자기 두 눈을 마주 보며 그가 노래했다.

"당신 집은 더 안락한 장소였던 걸로 기억합니다만."

"당신이 여기 지하 이 층까지 내려올 일은 절대로 없을 줄 알았지요."

베데커는 문을 열고 어둑하게 조명된 텅 빈 복도를 내다보았다. 복도 바닥 역시 지저분했다. 세계를 여러 해 동안 떠나 있다 보니 베데커는 자기 집 복도가 얼마나 폐쇄적이었는지도 거의 까먹고 있었다. 최후자의 관사는 공간의 효율적 이용보다 프라이버시와 보안이 최우선이었다. 그가 숨겨 놓은 것들을 제외하면 이곳의 나머지 도약 원반들은 모두 삼엄한 경비가 이루어지는 보안 검색대에 있었다.

"위로 올라갑시다."

베데커가 노래했다.

마취 총을 단단히 물고 베데커와 네서스는 복도를 따라 걸었다. 두꺼운 먼지 덕분에 발굽 소리는 나지 않았지만, 그 위에 난 발자국은 그들의 무단 침입을 알리는 표시가 될 수도 있었다. 첫 번째 시도에서 접촉에 실패하면 여기에 찍힌 발자국들을 지워야 했다. 발자국이 찍힌 복도보다는 먼지 없이 깨끗한 복도가 시민들의 주목을 덜 끌 테니.

둘은 경사로 바닥에서 잠시 걸음을 멈추고 귀를 기울여 보았다. 희미한 잡음이 들려왔다. 수면 교대 시간에 맞추어 침투 작전을 정해 놓았지만 위기가 몰아닥쳤을 때는 상황이 제멋대로 돌아가기도 한다는 것을 베데커는 너무나 잘 알고 있었다. 변방 전쟁의 함대들이 허스를 향해 돌진하고 있는 지금은 분명 위험한 시기였다. 발걸음을 돌려 다시 대피소로 돌아가고 싶은 마음이 굴뚝같았다. 하지만 베데커는 두근거리는 심장을 안고 경사로를 오르기 시작했다.

지하 일 층의 바닥은 먼지 없이 깨끗했다. 둘은 또 다른 경사로를 오르기 시작했다. 관사 일 층으로 올라오니 불빛이 더 밝아졌다. 베데커의 귀에 부드러운 목소리가 들려왔다. 경비병과 보좌관 들이 노래하는 소리였다.

뭔가 다른 소리가 들린 거 같은데…… 말싸움하는 소리인가?

네서스도 멈춰 서서 귀를 기울였다. 그도 그 소리를 들었다.

최후자의 특별실과 이어지는 작은 개인 서재에서 성난 화음이 들려왔다. 베데커는 식료품 저장실 문을 가리켰다. 식료품 저장실에 서재로 연결된 문이 있다는 것을 기억하고 있었던 것이다.

식료품 저장실은 둘이 들어가 있기에 딱 알맞은 크기였다. 여기까지 와서도 베데커는 그 목소리들의 주인공을 알아낼 수 없었다. 베일에 싸인 호라티우스의 목소리인가? 명령조의 단호한 음도 들렸지만 망설이는 듯한 꾸밈음도 함께 들렸다.

그때, 다른 누군가가 훨씬 큰 목소리로 노래하기 시작했다. 베데커가 너무나 잘 아는 목소리였다.

"당신은 이 자리에 맞지 않단 말입니다!"

아킬레스가 악담을 퍼부었다.

"최후자는 납니다."

호라티우스는 반박했다. 하지만 자기가 들어도 자신감이 느껴지지 않는 목소리였다. 그는 자신의 나약함, 피로함, 무능함 그리고 초대도 받지 않고 이 자리에 찾아온 아킬레스의 뻔뻔스러움을 대놓고 따지지도 못하는 소심함에 절망했다.

"지금 우리는 전쟁 중이라는 걸 제대로 이해나 하고 있는 겁니까? 말해 보시지요. 당신의 정책에 지침이 되어 줄 전례라도 있습니까? 보수당이 이런 상황에서 통치를 맡아 본 적이 있기는 하냐는 말입니다!"

"전쟁을 일으킨 쪽은 당신이라고 알고 있습니다만."

호라티우스는 두 번째, 네 번째 화음에서 단호함을 유지하려 애썼지만 결국 실패하고 말았다.

"최후자로서 내 임무는……."

"전쟁은 크진인 외교관들이 시작한 겁니다. 우리 방어용 드론 하나를 포획하려 하지 않았습니까? 만약 그들이 성공했더라면 허스의 방어 시스템이 얼마나 무력해졌을지 상상이라도 해 봤습니까?"

"그들은 결국 실패했습니다. 그걸로 문제는 해결되었지요. 하지만 당신이 프로테우스에게 시켜서 나머지 우주선들을 공격하지 않았습니까!"

"당연히 우리를 공격한 데 대한 벌을 내려야지요. 외계인들을 잘 모르는군요. 나는 GPC를 대표해서 야생 인간과 크진인들 사이에서 지낸 적이 있어 잘 압니다. 아무런 대응도 하지 않았다면 그들은 우리를 우습게 보고 더 대담해졌을 겁니다."

그렇다면 행성 방어망에 잡히는 전투 함대들은 뭐란 말인가? 엄청난 수의 우주선들이 세계 선단을 향해 경로를 유지하며 며칠마다 하이퍼스페이스에서 나타나고 있었다. 그 외계인들은 이미 대담해질 대로 대담해진 자들이 아니던가?

이 광기의 짐을 내려놓아도 되지 않을까? 호라티우스는 문득 생각했다. 그를 택한 것은 시민들이었지만 그는 올트로의 묵인하에서만 시민을 위해 일할 수 있었다. 만약 그가 올트로의 신뢰를 잃는다면…… 얼마나 힘들까?

호라티우스는 자신의 내각 중 상당수를 새로 뽑아야 할 처지였다. 자신의 친구 겸 동료가 둥글게 몸을 말아 머리를 배 밑에 숨기고 세상과 담을 쌓은 채 실려 나가는 모습을 한두 번 본 것이 아니었다. 그리고 그때마다 그들이 너무나 부러웠다.

하지만 마비 상태에서는 결코 안전이 찾아올 수 없었다. 그워스가 세계를 통치하고 더욱 많은 외계인들이 몰려오고 있는 지금은 아니었다. 아킬레스가 크진인들에게 복수의 구실을 안겨 준 지금은 더더욱 아니었다.

호라티우스는 결의를 최대로 그러모아 노래했다.

"싫습니다. 나는 사퇴하지 않을 겁니다. 시민들이나 올트로가 나를 거부하기 전까지는 이 자리를 지킬 겁니다. 다시 한 번 내 허락 없이 근처의 외계인들을 자극했다가는 장관 자리에서 물러나게 될 테니 그리 아십시오."

아킬레스가 목을 숙였다. 복종의 의미가 아니라 우쭐대기 위한 것이었다.

"그러면 당신이 프로테우스를 지휘하고 그 능력을 향상시키는 부분 또한 감당하게 되겠지요. 과연 올트로가 우리 둘 중 누구를 소모품이라 생각할지 모르겠군요."

다시금 마비 상태의 유혹이 밀려들었다. 호라티우스는 망각의 상태로 빠져들고 싶은 유혹을 참을 수 없을 것만 같았다.

"얘기는 끄, 끝났습니다."

그는 간신히 노래했다. 화음이 깨지면서 꾸밈음까지 더듬기 시작해서 더 미칠 것 같았다.

"물러가십시오!"

"그러지요. 내가 할 말은 다 했으니까요. 하지만 곧 이곳에 와서 내 자리를 되찾을 겁니다."

아킬레스가 등을 돌려 서재 문을 향해 느긋하게 걸어갔다.

"나가는 길은 말해 주지 않아도 압니다."

딸깍.

문이 닫히자마자 호라티우스는 털썩 주저앉았다. 그는 더 이상 종족의 안전을 책임지는 중책을 맡을 수 없는 상태였다. 그럼에도 사퇴를 거부했다. 이 위험한 시기에 올트로가 최후자를 교체할 인물로 아킬레스가 아닌 다른 누구를 받아들이겠는가?

식료품 저장실에서 희미하게 끼익거리는 소리가 나자 호라티우스는 깜짝 놀라 발굽을 딛고 일어섰다.

첫 번째 침입자는 잘 꾸민 모습이었다. 황갈색이 두드러진 그의 갈기는 실험당의 주황색 보석으로 반짝이고 있었다.

또 한 명의 침입자는 빗질조차 제대로 하지 않은 모습이었다. 그자가 붉은색과 노란색의 서로 다른 두 눈으로 바라보자 호라티우스는 안절부절못했다. 침입자의 다용도 띠 주머니에는 무기의 입잡이가 살짝 삐져나와 있었다.

베데커와 네서스. 둘 다 전설적인 존재들이었다. 그리고 둘 다 악명 높은 존재들이었다. 재앙으로 끝난 링월드 탐사가 있고 몇 년 후에 허스에서 자취를 감춘 자들.

"최후자님."

베데커가 나지막하게 말했다. 그리고 두 머리를 낮추어 존경심을 나타냈다.

"이렇게 불쑥 나타난 걸 용서해 주십시오. 저희는……."

"둘 다 누구인지 압니다. 어째서 이곳에 있는 겁니까?"

"위험한 시기입니다. 최후자님을 도우러 왔습니다."

베데커가 노래했다.

호라티우스는 다리를 떨지 않으려고 무릎을 고정시켰다.

"둘 다 아주 오래전에 사라졌지 않습니까?"

"실종되어 죽은 걸로 추정됐겠지요?"

네서스가 자기 두 눈을 마주 보았다.

"아킬레스가 저희를 찾아내려고 혈안이 되어 있었기 때문에 불가피한 일이었습니다."

호라티우스는 냉정을 유지하려고 목소리에 힘을 주었다.

"돕겠다고 했습니까? 뭘 도울 수 있다는 말입니까?"

올트로가 세계들을 볼모로 붙잡고 있고, 아킬레스는 권력에 미친 반사회적 인격 장애자이고, 외계인의 전투 함대가 복수를 위해 달려들고 있었다. 대체 어느 누가 뭘 할 수 있다는 말인가?

베데커가 입을 열었다.

"얘기가 깁니다."

"그보다, 대체 여기는 어떻게 들어온 겁니까?"

호라티우스는 알아야 했다.

"그 또한 얘기가 깁니다."

"어떻게 알리지도 않고 발각당하지도 않고 여기 들어올 수 있었는지부터 설명해 보십시오."

호라티우스는 소리를 높였다.

"당신들이 한 일이면 아킬레스의 부하들도 할 수 있을 것 아닙니까?"

"저희처럼 들어올 수는 없을 겁니다. 저희는 최후자의 대피소에서 직접 이곳으로 왔으니까요."

베데커가 자신감 있게 노래했다.

호라티우스는 그를 응시했다.

"그런 장소가 실제로 존재한다는 말입니까? 그냥 지어낸 이야기가 아니고?"

"실제로 존재합니다. 여러 시대에 걸쳐 최후자는 그 비밀을 다음 최후자에게 은밀히 전해 왔습니다. 하지만 안타깝게도 제 후임은 아킬레스였지요. 바로 협약체를 배신하고 시민을 올트로의 손아귀에 넘겨준 자가 아닙니까."

베데커는 자부심이 섞인 목소리로 덧붙였다.

"저는 적어도 대피소의 비밀만큼은 그워스 지배자와 파렴치한 배신자들로부터 지켜 냈습니다. 그리고 방해 없이 일할 수 있는 곳에서 제 연구를 마치고 이제 돌아왔습니다. 아주 중요한 연구였지요."

호라티우스는 물었다.

"그곳은 대체 어디 있습니까? 거기서 어떻게 왔다 갔다 하는 겁니까?"

베데커가 바닥을 발굽으로 쿵쿵 치며 대답했다.

"발밑으로 아주아주 깊숙한 곳에 있습니다. 최후자의 대피소는 허스의 맨틀 내부에 존재합니다. 특별하게 제작된 도약 원반만 그렇게 깊은 곳까지 뚫고 들어갈 수 있지요. 전자기 신호가 아닌 배경 중성미자 복사를 변조할 수 있도록 설계된 겁니다. 저는 아킬레스의 부하들에게 붙잡히기 바로 전 마지막 순간에 그런 원반들을 이 관사의 으슥한 곳에 몇 개 숨겨 두었습니다."

모두 다 그대로 받아들이기에는 너무나 충격적인 내용이었다. 호라티우스의 관심은 더 긴급하고 실질적인 관심사로 넘어갔다.

"도울 수 있다고 했는데, 어떻게 돕겠다는 겁니까?"

이 설명에는 훨씬 더 긴 시간이 필요했다. 호라티우스는 정치가지 기술자나 과학자가 아니었기 때문이다. 그는 자신을 찾아온 이 방문객들이 그저 희망의 가능성을 보여 주고 있다는 수준 이상으로는 이해하지 못했다.

하지만 베데커의 설명을 들으며 호라티우스는 자신의 어둡고 불확실한 운명도 거의 잊다시피 했다. 그가 노래했다.

"아마 당신들도 아킬레스가 늘어놓는 열변을 들었을 겁니다. 그자는 내게 최후자 자리를 내놓으라고 윽박지르고 있습니다. 하지만 내가 이렇게 제정신으로 살아 있는 한, 절대 내 손으로 그자에게 권력을 내주는 일은 없을 겁니다. 그렇지만……."

호라티우스는 두 개의 머리를 거의 목초지 카펫까지 내리깔며 말했다.

"당신에게라면, 적법한 최후자인 당신에게라면 기쁜 마음으로 내놓겠습니다."

1

"정말 자비로우신 말씀입니다."

베데커는 이렇게 노래하며 몸을 앞으로 기울여 최후자를 일으켜 세웠다.

"시민은 당신을 선택했습니다. 저는 그저 돕고자 하는 것뿐입니다."

링월드에서 오랜 시간 망명 생활을 하는 동안 베데커는 자기 자리를 되찾는 꿈을 꾸었다. 아니, 그것이 자신의 꿈이라고 믿고 있었다. 하지만 그가 진정으로 원하는 것은 결국 시민들을 구하는 일이었다. 그리고 그것은 비밀 유지를 통해서만 성취될 수 있었다. 그가 살아 있음을 올트로도, 아킬레스도 알아내서는 안 되었다.

베데커가 다시금 부드럽게 재촉하자 호라티우스도 몸을 일으켜 세웠다.

"내가 당신을 지원하겠습니다. 어떻게 하면 되겠습니까?"

"감사합니다."

베데커는 노래했다.

"우리는 작업장이 필요합니다. 도약 원반으로 접근이 가능한 아주 안전하고 비밀스러운 곳이어야 합니다."

네서스가 가까이 다가서며 말했다.

"최후자의 관사가 좋겠습니다. 충성스러운 직원들이 지키고 있으니까요. 우리가 대피소에서 일반적인 도약 원반을 가져와서 지상 네트워크와 접속할 수 있을 겁니다."

호라티우스는 간단하게 대답했다.

"알겠습니다."

베데커의 '충성스러운' 부하들이 아킬레스의 심복으로 밝혀진 것이 한두 번이 아니었다. 이제는 오래된 일이지만 베스타의 배신은 아직까지도 가슴이 아팠다.

호라티우스가 됨됨이를 파악하는 데는 그보다 더 나을지도 몰랐다. 어쨌거나 베데커와 네서스로서는 누군가를 믿는 수밖에 없었다.

"……최고 기밀 수준의 암호 키와 정기적인 업데이트가 필요합니다."

네서스는 계속해서 노래했다.

"저는 비밀 임원회 내부에서 믿을 만하고 신중한 자들에게 도움을 요청해서 신분을 위조하도록 하겠습니다. 제가 정찰대원으로 있던 시절에 비밀 임원회에서 활동하던 이들의 이름을 쓸 수도 있지요.”

호라티우스가 베데커에게 의문스럽다는 눈빛을 보냈다.

베데커는 노래했다.

“네서스는 제가 전적으로 신뢰하는 시민입니다. 제 모든 권한을 위임받아 활동하고 있습니다.”

살아남아 자유를 누리기 위해서는 네서스가 지그문트 아우스 폴러의 속임수를 통해 배운 내용 또한 베데커의 과학기술만큼이나 중요한 부분이었다.

호라티우스가 머리를 까딱거렸다.

“그렇게 해 두겠습니다.”

닫힌 문 뒤에서 누군가가 고집스럽게 노래하고 있었다.

“최후자님?”

목소리에 긴급함과 미안함이 깃들어 있었다.

호라티우스가 문 쪽을 가리키며 말했다.

“내 수석 고문 아르고스입니다. 중요한 문제가 아니면 이 늦은 수면 교대 시간에 저렇게 방해하지는 않을 겁니다. 내가 완전히 신뢰하는 자입니다.”

아르고스는 믿을 만하더라도 그와 함께 왔을 휘하의 보좌관들까지 모두 믿을 수는 없었다.

베데커는 부드럽게 노래했다.

“네서스와 저는 식료품 저장소에서 기다리겠습니다.”

"내 특별실에서 기다리십시오. 길은 아시지요?"

호라티우스가 고집을 부렸다.

준비가 마무리되었다. 암호도 알아냈고, 신분도 위조했다. 추적이 어려운 계좌를 만들어 돈을 채워 넣었고, 필요할 때마다 비밀스러운 모임을 할 수 있는 장소도 물색해 두었다.

"시간이 됐습니다."

네서스가 노래했다.

그는 평소 전혀 꾸미지 않고 다니던 갈기를 우아하게 땋아 내리고 정치에 대한 무관심함을 나타내는 겸손한 색깔의 보석으로 치장했다. 장식이 없는 다용도 띠의 주머니들은 불룩 튀어나와 있었다. 그리고 파란색 콘택트렌즈로 색이 다른 두 눈을 숨겼다. 베데커가 보기에는 단순하면서도 아주 효과적인 위장이었다.

그는 호라티우스에게 곁눈질을 보냈다.

호라티우스가 그 의미를 알아차리고 최후자 관사의 손님용 숙소에 베데커와 네서스만 남겨 두고 나갔다.

베데커는 아무 말도 하지 않았다. 네서스도 마찬가지였다. 둘은 목을 서로 휘감고 옆구리를 바짝 붙인 채 서 있었다. 곧 다시 만나기로 계획되어 있는데 무슨 말이 필요하겠는가?

베데커는 침묵 뒤에 깊숙하게 도사린 다른 이유 때문에 괴로워하고 있었다. 지난번에 헤어질 때도 그는 곧 돌아오마 약속했었다. 하지만 둘이 다시 만나기까지 그 얼마나 긴 시간을 기다려야 했던가?

내가 링월드에서 가져온 지식이 과연 시민들에게 자유를 안겨 줄 수 있을까?

베데커는 자신들의 희생이 헛된 것이 아니라고 믿어야 했다. 링월드를 거의 파괴하다시피 했던 변방 전쟁의 광기를 보고 온 이후였기 때문에 더욱더 그 희생이 헛된 것으로 끝나서는 안 되었다.

게다가 매 순간 외계인들의 전투 함대가 허스와 시민들을 향해 다가오고 있는 지금은 더더욱.

어쩌면 음률가는 링월드인들을 구해 냈을지도 모른다. 아마도 구해 냈을 것이다. 루이스는 수호자가 되었을 때 음률가가 성공했을 거라고 확신했었다.

이제 시민에게는 그 어느 때보다도 지켜 줄 존재가 절실하게 필요했다. 하지만 시민에게는 수호자가 아니라 정신 나간 두 시민이 있을 뿐이었다.

"사랑합니다."

베데커는 마침내 노래했다.

"사랑합니다."

네서스도 화답했다. 두 눈에 망설임이 확연하게 드러나 있었지만, 그는 자기를 먼 곳으로 데려갈 도약 원반을 향해 천천히 다가섰다.

이 한마디 말고는 더 노래할 것이 없었다.

"무사해야 합니다."

대답으로 두 머리를 잠깐 까딱거리자마자 네서스는 사라지고 없었다.

2

네서스는 차가운 곡물 주스를 홀짝거렸다. 공동 식당의 자리는 절반 정도 차 있었다. 벽 전체를 차지한 화면에서 뉴스가 계속해서 흘러나왔다. 인간, 크진인, 트리녹 등이 이제 겨우 삼십 일 거리 밖에 있다는 뉴스. 세계 선단이 계속해서 방어 시스템을 확장하고 있다는 뉴스. 호라티우스가 NP$_3$에서 외계인 대사들을 다시 만나기로 약속했다는 뉴스, 사회가 두려움으로 무너져 내리고 있다는 뉴스……

"시기가 시기인지라 혼자서만 있기에 좋을 때는 아닌 것 같습니다."

갑작스러운 큰 목소리에 네서스는 뒤를 돌아보았다. 튼튼한 작업복을 입은 여덟 명의 시민들이 가까운 탁자에 모여 있었다. 네서스 쪽을 향해 앉아 뉴스를 보고 있는 네 명 중 셋은 이 생태 건물의 로고가 박힌 작업복 차림이었다. 아마도 건물 관리 노동자일 것이다.

지역 발전소의 휘장이 선명한 작업복을 입은 나머지 한 명이 네서스를 바라보고 있었다.

"기다리는 시민이 있습니다."

네서스는 거짓말을 했다.

"우리와 같이 기다리셔도 됩니다."

"좀 기다려 보고 늦어지는 것 같으면 합류하겠습니다."

네서스는 또 한 번 거짓말을 했다.

뉴스가 계속되고 있었다.

— ……오늘 아킬레스 장관은 이렇게 장담했습니…….

경멸의 속삭임이 들려왔다. 노동자 하나가 자기 두 눈을 마주 보며 날카로운 소리로 휘파람을 불었다.

"난 저자가 하는 소리는 하나도 못 믿겠습니다."

그런 반응을 보며 네서스는 자신의 노력이 성과를 나타내고 있다고 생각했다. 하지만 정작 그가 영향을 미쳐야 할 자는 바로 아킬레스였다.

네서스는 통신을 받는 척 한쪽 주머니에 머리를 집어넣었다.

"이런, 내가 잘못 알고 있었군요."

그는 같이 앉자고 청했던 노동자를 보며 말했다.

"친구와 만나기로 한 곳이 여기가 아니라 다른 식당이었나 봅니다."

"그럼 오늘 하루도 안전하게 지내십시오."

발전소 노동자가 인사했다.

"당신도."

네서스는 자리에서 일어났다. 주스 잔을 들고 간이 정류장으로 간 그는 근처의 원반 도약을 타고 생태건물 로비로 나왔다. 기후 역장을 뚫고 시민들로 붐비는 보행자 전용로를 걷고 있으니 더운물로 목욕을 하듯이 시민의 페로몬 향기가 그를 포근히 감싸

주었다.

떼를 지어 서성이는 시민들 속에 정체를 숨긴 채 네서스는 장식용 화분의 흙과 뿌리 덮개 안에 휴대용 컴퓨터를 설치했다. 그가 사라지고 한참 후면 이 컴퓨터가 그 안의 내용들을 '허드 넷'에 업로드할 터였다.

홀 중앙에서 그는 급행 도약 원반들과 마주쳤다. 식당에서 로비로 이어졌던 것과 마찬가지로 이 도약 원반들도 미리 프로그래밍해서 그 누구도 추적하지 못하게 손봐 두었다. 그는 원반을 아무거나 하나 골라 다른 보행자 전용로로 이동했다.

다음번 공공장소도 네서스 키의 천 배나 되는 높은 생태건물들에 둘러싸여 있었다. 빌딩 벽의 조명판들은 하나만 빼고 모두 따뜻한 주황색의 불빛을 드리우고 있었다. 나머지 하나의 조명판에서 최후자 호라티우스의 모습이 나왔다. 방송을 통해 익숙한 그의 목소리가 흘러나오기 시작했다.

네서스는 마음속으로 호라티우스의 안녕을 기원하면서, 미리 프로그래밍해 둔 또 다른 도약 원반으로 서둘러 걸음을 옮겼다. 설치해야 할 컴퓨터가 아직 많이 남아 있었다.

경고 발신음이 네서스를 뒤흔들어 깨웠다. 그는 바닥에 떨어져 있던 휴대용 컴퓨터를 집어 기상 알람을 껐다.

눈이 침침했다. 그는 싸구려 베개로 만든 빈약한 둥지 안에서 몸을 말았다. 이 방에 제대로 된 가구라고는 그나마 이 베개 둥지밖에 없었다. 주변을 둘러싼 화면들은 그에게 공원에 나와 있다는 확신을 주려 애쓰고 있었지만 헛수고였다. 벽들이 너무 다닥다닥 붙어 있어서 그런 착시 현상을 유지해 주지 못했다.

바닥 깔개는 윤이 번득번득 나는 싸구려 합성 잔디였다. 네서스는 자기가 가꾸던 정원이 그리웠다. 특별한 일 없이 잔잔하게 흘러가던 야누스 시절의 삶이 그리웠다. 하지만 아킬레스를 못살게 굴며 보내는 시간이 길어지는 만큼 베데커에게 생명과도 같은 시간을 벌어 줄 수 있었다.

대답을 알 수 없는, 어쩌면 대답 자체가 불가능한 질문이 그를 괴롭혔다.

아킬레스의 정신을 충분히 딴 데로 돌리는 데 성공했을까?

이 생태건물만 해도 이런 쪽방이 수백만 개가 있었다. 네서스가 머무는 쪽방을 다른 방들과 구분 지어 주는 것은 도약 원반의 주소뿐이었다. 그가 대여한 이 방은 건물 높은 곳에 자리 잡았던가? 아니면 지표면 근처인가? 아니면 깊숙한 지하인가? 이 방은 건물 안쪽 깊숙한 곳에 들어와 있는가? 아니면 외벽 근처에 나와 있는가? 원반에 적힌 열다섯 자리 주소만으로는 방의 물리적 위치에 대해 아무것도 알 수 없었다. 방에는 문도, 창문도 존재하지 않았다.

갑자기 이런 숙소 수백만 개의 이미지가 네서스의 머릿속에 떠올랐다. 어떤 거주자들은 그처럼 혼자 살고 있을 테지만, 이런 방에 둘이나 그 이상의 시민이 사는 경우도 많았다. 그렇다면 수백만 명의 시민들이 이런 작은 상자 같은 곳에 갇혀 살고 있다는 의미였다.

'쌓아 올린 장작 다발처럼 사는군.'

언젠가 지그문트 아우스폴러가 시민들이 사는 방식을 이렇게 표현한 적이 있었다. 그때 지그문트는 장작 다발이 무엇인지까지 설명해 주어야 했다. 조명과 열을 만들어 내는 더 안전한 기술이 탄생한 이후로 시민들은 직접적인 불을 사용하지 않았기 때문이다. 물론 포식자가 가까이 오지 못하게 막는 용도로는 사용하기도 했지만 그것도 '대청소*'가 있기 전의 일이었다.

네서스는 소변과 대변만 통과시키는 필터가 달린 위생 원반에 앉아 일을 보았다. 그리고 천장에 장착된 공기 순환용 원반의 회전율을 높이고 온도를 낮추었다. 그는 벽 하나를 거울 모드로 설정한 다음, 털가죽을 빗고 땋은 갈기를 반듯이 정리하고 콘택트렌즈가 제자리에 잘 붙어 있는지 확인했다. 마지막으로 작업복을 입은 후에 주머니들을 확인했다. 그가 다음으로 계획한 도발 작업에는 비밀 임원회에서 가져온 특별한 컴퓨터가 필요했다.

일이 잘 진행되리라고 기대하기 힘든 탓에 그의 발굽이 거친 인조 잔디를 제멋대로 긁기 시작했지만, 네서스는 의지로 발굽을 진정시켰다.

그는 순간 이동으로 방을 나와 쪽방을 임대했을 때 배정받은 식당으로 향했다. 식당의 물리적 위치가 어디쯤인지도 마찬가지로 알 수 없었다. 식사를 하러 온 시민들이 옆구리를 서로 맞붙이고 앉아 있었다. 그는 세 줄을 가로질러 긴 의자에 있는 첫 번째

---

* 퍼페티어들이 허스에서 포식자를 완전히 몰아낸 사건.

빈자리로 갔다. 그의 체중이 감지되자 탁자 위 도약 원반이 아침 식사를 배달해 왔다.

접시 위에 올라온 곤죽 덩어리는 어디선가 합성기가 다진 혼합 곡물이라며 만들어 낸 것이었다. 네서스는 넘어가지 않는 음식을 억지로 몇 입 삼켰다. 직접 재배한 작물은 이곳에서 보기 힘든 사치품이었다. 사치품에 익숙한 시민으로 보이지 않아야 대중의 눈에 띄지 않을 터였다.

허스는 모든 것이 풍부했지만 일자리만큼은 그렇지 못했다. 필요한 일이 거의 없었기 때문이다. 합성기와 재생기만 있으면 필요한 것은 대부분 충족시킬 수 있었다. 건물들은 수명이 거의 무한대였다. 몇몇 공원 대지를 제외하면 건물을 더 쌓아 올릴 땅도 남아 있지 않았다. 모든 시민이 허드 넷을 통해 서로 연결되었고, 도약 원반은 시민을 거의 모든 장소로 옮겨 주었다. 하긴 허스 어디를 가든 방금 떠나온 곳과 별로 차이가 없다는 것이 문제였지만.

기본 생활품들은 모두 공짜였다. 하지만 그러면 뭐 하겠는가? 온라인 오락 프로그램들이 시들해지고, 취미 활동도 재미없어지고, 정치마저 관심 없어진다면…… 하루라는 시간을 도대체 무엇으로 채울 것인가?

네서스는 고향과 시민을 떠날 수 있을 정도의 광기를 가진 자신의 신세를 한탄하며 인생의 대부분을 보냈다. 그 얼마나 어리석었던가?

일이 있다는 것은 축복이었다. 정찰은 그의 삶에 목적을 부여해 주었다. 그가 최근에 만났던 건물 관리 노동자들은 그나마 허스에 몇 안 되는 축복받은 자들이었다.

"일 나가십니까?"

옆에 서 있던 시민이 물었다.

네서스가 작업복을 입고 있으니 당연한 질문이었다. 막노동을 하는 자가 아니고는 주머니가 달린 장식 띠나 벨트 말고 다른 것을 걸치지 않았다.

"그럴 것 같군요. 곡물 수송 터미널에서 요 며칠 계속 기다리고 있었습니다. 제 자리는 줄 앞쪽 근처에 있지요."

"안전한 하루가 되길 빕니다."

그 친절한 시민이 노래했다.

"감사합니다."

네서스도 인사했다.

생태건물에서 발생한 배설물과 음식물 찌꺼기는 중앙 저장소로 끊임없이 흘러들었다. 그런 물질 대부분이 합성기의 재료를 재충전하는 데 사용되었다. 그리고 폐기물 중 적은 일부—절대적인 기준으로 보면 굉장한 양이었지만—는 곡물 수송선의 빈 화물실로 옮겨져 자연 보존 지역에서 비료로 활용되었다. 모든 것은 도약 원반 시스템을 통해 이동되었고, 분자 필터들이 재료를 선별하는 역할을 했다.

거름과 쓰레기가 순간 이동으로 끝없이 전송되고 있었기 때문에 그것들이 튀거나 발굽이 찍혀 생긴 자국이 많았다. 로봇을 시켜 그것들을 청소할 수도 있었을 것이다. 다른 세계에서는 어쩌면 로봇이 그런 일들을 담당하고 있을지도 몰랐다. 만약 인간의 세계였다면 분명히 그랬을 것이다.

하지만 할 일 없이 빈둥거리는 식솔들이 넘쳐 나는 허스에서는 사정이 달랐다. 시민들은 하겠다고 나서는 자가 누구라도 있으면 그 일을 절대로 자동화하는 법이 없었다.

거름이 튄 자국을 청소하는 일이 오히려 좋은 기회가 된 것을 두고 지그문트는 무슨 생각을 했을까? 수많은 지원자들을 통제하는 데 필요한 키 큰 담장을 생각했을까? 아니면, 일조 명 시민의 안전이 이제 그런 일에 달려 있다는 생각을 했을까?

네서스는 곡물 수송 터미널로 이동해서 몇몇 이웃들과 합류했다. 그리고 줄에서 자기 자리를 찾아갔다.

시민 크기로 만든 투명한 담장 너머로 곡물 수송선이 어렴풋이 나타났다. 각각의 우주선들은 생태건물보다 작았지만 행성 안에서는 다른 모든 것들보다 큰 구체였다. 주변에 거름 냄새가 가득했다.

네서스가 지켜보는 가운데 작업복을 입은 노동자들이 근처 우주선에서 경사로를 타고 걸어 내려왔다. 대부분 주변을 어정거리고 있었고, 몇몇은 따로 떨어져 다른 곳으로 갔다.

빠져나오는 시민들이 경계 담장에 도착하기도 전에 곡물 수송선이 착륙장에서 이륙했다. 터미널을 빠져나가는 다른 우주선들과 마찬가지로 그 우주선도 NP_1으로 향하는 것이었다. 또 다른 거대한 구체가 머리 위에서 나타나 빈 착륙장으로 내려왔다.

네서스는 기회를 기다리고 있었다. 언젠가 차례가 올 것이다.

우주 공항의 보안 수준은 아주 낮았다. 하이퍼드라이브가 없는 우주선에 뭐 하러 경비를 세우겠는가? 우주선을 훔쳐 냈다 한들 어디로 가겠는가? 기껏 가 봤자 세계 선단에 속한 다른 세계일 것이다.

그보다, 대체 누가 우주선을 훔치겠는가? 허스를 떠나겠다는 마음을 먹을 수 있는 시민은 백만 명 중 하나가 될까 말까 했다. 그리고 그런 마음을 먹을 수 있는 극소수의 시민은 대부분 비밀 임원회의 요원이 되었다. 물론 비밀 임원회의 우주선은 경비가 삼엄했다.

시민이 세계 선단의 다른 세계로 가 있게 되었다 하더라도 그것이 자발적으로 이루어진 경우는 드물었다. 범죄자들은 다른 세계에 투옥되었고, 불평분자와 부적응자도 다른 세계에 유배되었다. 농장과 자연 보존 지역에서 일하겠다는 지원자들은 언제나 환영이었기 때문에 다른 세계를 경험하고 싶은 시민은 그냥 요청만 하면 되었다.

아니면 유리창이라도 하나 깨거나.

하지만 네서스는 그렇게 해서 시민들의 관심을 자기한테 쏠리게 할 생각은 없었다. 게다가 아직 허스를 떠날 준비도 되지 않았다. 그는 그저 이 우주선들 중 하나에 탑승해서 감독의 눈길을 피할 수 있는 약간의 시간을 원할 뿐이었다.

네서스는 빠져나오는 노동자 셋이 착륙장을 가로질러 걸어가는 것을 지켜보았다. 담장 바로 안쪽에 있는 도약 원반이 그들을 네서스 옆으로 이동시켰다.

한 터미널 노동자가 몸짓을 하며 말했다.

"다음 세 명."

그리고 자신의 순간 이동 제어기로 담장 옆에 있는 도약 원반을 조준했다.

"서두르십시오."

네서스도 그 세 명에 끼었다. 세 시민이 수신 모드로 남아 있는 담장 안쪽 도약 원반에 올라섰다.

터미널 노동자가 목 한쪽을 펴며 방금 착륙한 곡물 수송선을 가리켰다.

"저기서 일하는 팀에 합류하십시오."

우주선 근처에서는 소음 방지 장비가 배달용 도약 원반으로 날아오는 곡물 소리를 줄이려 애쓰고 있었다. 화물실이 빌 때마다 폐기물이 철벅철벅 튀었다.

경사로 위에 서 있던 감독이 꽥꽥 소리를 질렀다.

"저 난장판을 치우는 게 당신이 할 일입니다."

그가 네서스에게 자루 달린 청소 도구를 주며 지시했다. 그 도구 끝에는 유기물은 무엇이든 제거하는 필터가 달린 소형 도약 원반이 있었다.

네서스는 작업복의 산소 투과 두건을 머리에 뒤집어쓴 다음, 청소 도구를 받아 들었다. 그리고 배정받은 복도에서부터 앞으로 나가면서 발자국과 오물이 튄 자국을 청소했다.

첫 번째 굽이를 돌아가자 살아 있는 것은 더 이상 눈에 들어오지 않았다. 그는 배전실로 들어가 유지 보수용 광섬유 접속 단자

세계의 운명 429

를 찾아낸 다음, 자신의 휴대용 컴퓨터를 연결했다. 베데커가 준 프로그램이 순식간에 업로드되었다.

두근거리는 심장을 안고 네서스는 복도로 몰래 빠져나왔다. 역시 아무도 보이지 않았다. 아마 그가 배전실로 들어가는 것을 본 시민도 없었을 것이다.

그는 다시 느릿느릿 꼼꼼하게 청소를 해 나갔다. 아킬레스가 깜짝 놀라는 모습을 상상하고 있자니 시간이 눈 깜짝할 사이에 지나갔다.

3

아킬레스는 세 명의 하급 보좌관들과 함께 최근 세계 선단의 조기 경보 시스템에 잡힌 관측 내용을 검토하고 있었다. 베스타가 사무실로 들어왔다.

"방해해서 죄송합니다, 각하. 유프락시아가 허스에서 돌아왔습니다."

"데려오십시오."

아킬레스는 노래했다. 그리고 보좌관들에게 명령했다.

"나머지는 나가 있으십시오."

"하지만 장관님, 이 관측 내용 검토는 어떻게 합니까?"

보좌관 중 하나인 젤로스가 머뭇거리며 물었다.

아킬레스는 발굽을 넓게 벌리고 그 버릇없는 보좌관에게 눈길을 고정한 채 몸을 펴 일어섰다.

나는 NP$_1$을 통치해야 하고 감옥도 관리해야 하고 세계의 방어 시스템을 운영해야 하는데, 그것으로도 모자라다는 말이냐? 게다가 모두의 안전을 위해 끊임없이 프로테우스의 성능을 향상시키고 있는데 그래도 모자라?

"다른 시민들의 일까지 내가 다 맡아야 합니까?"

그의 말에 젤로스가 움찔했다.

"죄송합니다. 각하께서 편하신 시간에 저희가 분석한 내용을 보고해 올리도록 하겠습니다."

아킬레스는 머리를 흔들었다. 보좌관들이 서둘러 사무실을 빠져나갔다.

"유프락시아를 데려오십시오."

"예, 각하."

베스타도 서둘러 사무실을 빠져나갔다.

슬픈 일이지만 아킬레스는 사실상 모두의 일을 도맡아 하고 있었다. 거기에, 그 자신은 인정하지 않지만 한 가지 일을 더 했다. 프로테우스의 용량을 확장하는 것만으로는 모자랐던 것이다. 시간을 제일 많이 잡아먹는 부분은 자율 루틴들을 확장해서 규모가 확대된 시스템이 AI의 잠재력을 최대로 발휘할 수 있게 하는 것이었다. 수정하고 첨가한 각각의 루틴들을 하나씩만 살펴보아도 중요한 발전이 이루어지고 있음을 알 수 있었다. 이 작업을 마무리할 충분한 시간만 있었다면 이런 변화가 모두 합쳐져 프로테우스에 대한 올트로의 통제력을 약화시킬 수도 있을 것이다.

"각하."

베스타가 노래했다. 그와 함께 후줄근한 별종 하나가 출입구에 몸을 웅크리고 서 있었다.

"들어오십시오."

아킬레스는 유프락시아에게 명령했다.

"이제 됐으니 문 닫고 물러가십시오, 베스타."

베스타가 머뭇거리다 말했다.

"프로테우스가 하이퍼드라이브가 장착된 드론을 훨씬 많이 만들어 달라고 요구하고 있습니다. 모든 적함뿐 아니라 적함에서 발사하는 미사일들까지 요격할 수 있도록 충분한 수의 드론을 예비로 갖고 싶어 합니다."

"그러면 드론을 더 제작하라고 주문하면 될 것 아닙니까!"

아킬레스가 소리쳤다. 그에겐 바삐 해야 할 일이 있었다.

"하지만 각하, 그러자면 생산 자원을 전용해야 하는데……."

자원 전용이라면 최후자의 문제지 그의 문제가 아니었다. 아킬레스는 호라티우스를 압박했지만 사퇴를 이끌어 내지 못했다. 최후자를 무시하고 무능력의 늪에 더욱 빠져들게 방치해 두기도 했지만 그것 역시 아직 성공을 거두지 못했다.

"내가 행성 방어에 필요하다고 하면 필요한 겁니다."

아킬레스는 다시 소리쳤다. 대중의 불만은 최후자가 알아서 대처할 일이었다.

지금 대중의 분위기는…….

아킬레스의 관심이, 방금 도착해서 벽으로 숨어들려고 애쓰는 덥수룩한 갈기의 시민에게로 향했다.

"알아서 하십시오."

아킬레스는 짜증 난 듯 날카로운 말투로 노래했다.

"알겠습니다, 각하."

베스타가 사무실을 나가 문을 닫았다.

유프락시아는 이미 헝클어질 대로 헝클어진 갈기를 물어뜯고 있었다.

"보고할 내용이 뭡니까?"

아킬레스가 씩씩대며 물었다.

복종하듯 두 머리를 낮춘 채 유프락시아가 노래했다.

"반체제 인사들의 업로드가 허스 전체에서 계속되고 있습니다, 각하."

"그건 알고 있습니다."

아킬레스는 책상 뒤로 성큼성큼 걸어갔다. 그리고 천을 덧댄 의자에 걸터앉아 영상을 돌렸다.

새로운 동영상이 올라오고 새로운 장면을 볼 때마다 아킬레스의 증오는 더욱더 크게 자라났다.

— 아킬레스 장관은 믿을 수 없는 자입니다.

네서스가 노래했다.

— 그는 자신의 정치적 목적을 위해 우리의 적들을 자극했습니다. 팩, 그워스, 최근에는 크진인까지 자극했지요. 그는 심지어 살인 계획을 시도하기도 했습니다. 제가 직접 당한 일이니 분명하게 압니다. 협약체 시민 여러분, 아킬레스를 더 이상 권좌에 남겨 두어서는 안 됩

니다. 그는…….

아킬레스는 영상을 정지시켰다. 네서스의 광기 어린 짝눈이 마치 레이저처럼 그를 뚫어지게 쳐다보았다. '롱샷'호가 파괴되었는데 그 안에서 살아남을 수는 없었다. 그런데도 네서스는 엄연히 살아 있었다.

"네서스의 위치를 파악하는 일은 어디까지 진행되었습니까?"

그의 물음에 유프락시아가 머리를 더 낮게 깔며 대답했다.

"아직 진척이 없습니다, 각하."

"그럼 이 미친 짓을 멈출 방법을 알아내지 못했단 말입니까?"

아킬레스는 소리쳤다.

"각하, 제가 불법 영상 하나를 추적해 봤더니 공중 쇼핑몰에 남겨진 휴대용 컴퓨터에서 나온 것이었습니다. 거기에 남은 입술과 혀 생체 정보를 분석한 결과, 네서스의 것으로 판명되었습니다. 업로드 프로그램은 이틀 지연 후에 개시되도록 조정되어 있었습니다."

"그게 의미하는 바가 뭡니까?"

"그게…… 그러니까 더 많은 컴퓨터가 업로드를 위해 대기 중일지도 모른다는……."

대기 중일지도 모르는 게 아니라 대기 중이라는 얘기였다. 빌어먹을 네서스, 그놈은 절대로 멈추지 않을 거야.

"허드 넷에 이 악의적인 거짓말이 떠도는 걸 어떻게 막을 생각입니까?"

"……뾰족한 방법이 없습니다, 각하."

유프락시아의 목소리가 잦아들었다.

"시민들이 이 영상의 복사본을 만들어 업로드하고 있는데 그 속도가 너무 빨라서 네트워크 관리자들이 제거할 수 없을 정도입니다. 파일이 마치 바이러스처럼 퍼져 나가고 있습니다."

아킬레스는 윽박지르듯 말했다.

"그러면 나더러 어떻게 세계 선단을 방어하라는 말입니까? 나에 대해서 저런 반역적인 중상모략이 판을 치는 와중에, 어떻게 모든 시민을 구하라는 겁니까?"

"죄송합니다, 각하. 저…… 저는……."

아킬레스는 책상 밑에 있는 버튼을 밟았다. 베스타가 뛰어 들어왔다.

"부르셨습니까, 각하?"

"유프락시아에게는 임무가 너무 힘겨운가 봅니다. 휴식이 필요하니 조치를 취하도록 하십시오."

"아닙니다, 각하. 휴, 휴식이라니요. 필요 없습니다, 각하."

유프락시아가 절망적으로 노래했다.

"두 배, 세 배, 더 열심히 일하겠습니다."

"걱정 마십시오. 정말로 열심히 일하게 될 테니."

아킬레스는 벼락같이 소리쳤다.

이미 그를 대신할 다음 일꾼으로 젤로스를 낙점해 놓았다. 임무 수행에 실패한 전임자가 어디로 갔는지 알면 젤로스도 감히 다른 데 정신을 팔지는 못할 터였다.

유프락시아는 '속죄의 섬'으로 보내질 것이다. 세계에서 가장 경비가 삼엄한 감옥으로.

해야 할 일이 많았지만 아킬레스에게 더욱 필요한 것은 혼자 있을 시간이었다. 생각할 시간이 필요했다. 진정할 시간이 필요했다. 일단 네서스를 사로잡으면 그에게 어떤 고통을 안겨 줄 것인지 생각할 시간이 필요했다.

"산책 갑니다."

아킬레스는 바깥쪽 사무실을 지나가며 노래했다.

"알겠습니다, 각하."

지친 목소리들이 합창하듯 대답했다.

아킬레스는 궁전을 성큼성큼 나와 가로수가 심어진 보도로 향했다. 태양들이 일렬로 머리 위 높이 매달려 있는, 따뜻하고 상쾌한 오후였다. 허스는 져서 보이지 않았지만 그 외의 세계들은 서로 다른 달 모양으로 사랑스럽게 걸려 있었다.

멀리 아래쪽 계곡은 주황, 보라, 빨강 등 헤아릴 수 없이 다양한 색깔로 풍성하게 물들었다. 언덕길을 따라 궁전부터 아래로 이어진 계단식 정원에서 장식용으로 화분에 심어 놓은 화초들이 바람에 흩날리고 있었다.

아킬레스는 깊숙이 숨을 들이마셨다. 숨을 들이쉴 때마다 마음이 차분히 가라앉았다.

하지만 장식용 풀들이 바스락거리는 소리만으로는 너무 작고 불완전했다. 그는 미풍을 느끼고, 그 섬세한 향기를 음미하고 싶었다.

기후 역장 제어기는 장식 기둥 안에 있었다. 아킬레스는 입술 마디를 꿈틀거려 역장을 껐다. 따뜻한 미풍이 방해받지 않고 속삭이듯 쓸고 지나갔다. 눈이 스르르 감겼다. 네서스에 대한 증오까지도 잊어버릴 수 있을 것 같았다.

기후 역장을 꺼 놓으니 어디선가 음속 돌파의 충격음이 크고 선명하게 들려왔다. 아킬레스는 눈을 번쩍 뜨고 소리가 나는 쪽으로 고개를 돌렸다.

저기다!

하늘에 밝은 점 하나가 떠 있었다. 회항하는 곡물 수송선이 햇빛에 반사된 모습이었다. 너무나 자연스러운 광경이었다. 따뜻한 미풍에 이제 막 다듬어 낸 목초지, 익어 가는 곡물, 야생화의 신선한 향기가 실려 왔다.

아킬레스는 다시 눈을 감았다. 살짝 졸음이 밀려왔다.

그런데 짜증 나는 웅성거림이 귀를 자극했다. 뒤에서 들려오는 잡음이었다. 그에게는 너무나 익숙한 소리. 보좌관들이 나쁜 소식을 누가 전할 것인지를 두고 머뭇거리며 따지고 있었다. 저놈들이 이번에는 무슨 잘못을 저질렀길래?

궁전으로 들어가려고 돌아서는데 아킬레스의 눈에 불빛 하나가 잡혔다. 곡물 수송선이…… 아니, 곡물 수송선이 아닌가?

어쨌거나 그 우주선이 점에서 작은 원반 크기로 커져 있었다. 그의 시야를 비스듬히 가로지르며 내려오는 동안에도 점점 더 커졌다. 저렇게 궁전에 가깝게 비행하는 패턴은 한 번도 본 적이 없었다. 이제는 우주선이 하늘에 떠 있는 세계에 견줄 만한 크기로 보였다.

아킬레스는 물었다.

"저게 무슨 일입니까?"

베스타가 머뭇거리며 산책로로 나왔다.

"각하, 저 곡물 수송선이 재진입하는 과정에서 조종사가 보고하기를 조종에 어려움을 겪고 있다고 합니다. 이렇게 가까이 와서는 안 되는 우주선인데⋯⋯."

이런 일까지도 내가 처리해야 하나? 아킬레스는 다시 한 번 의문이 들었다. 그는 아름다운 계곡 너머를 가리켰다.

"프로테우스에게 알리십시오. 우주선이 저 산맥을 넘어오면 격추시키라고."

"예, 각⋯⋯."

베스타가 눈을 위로 치켜뜨며 말꼬리를 흐렸다.

햇빛을 받은 우주선에 얼룩이 졌다. 아니, 얼룩이 아니었다. 구름이 끼었다. 아킬레스는 이제 막 피어오르기 시작한 짙은 얼룩이 퍼져 나가는 모습을 바라보았다. 얼룩이 아래로 낙하하면서 더 크게 자라 흩어졌다. 우주선이 비스듬하게 천천히 낙하하는 동안 그 갈색의 안개가 바람에 실려 궁전을 향해 날아들었다.

설마 저건⋯⋯?

"여기를 떠나셔야 합니다, 각하."

베스타가 애원하며 노래했다.

아킬레스는 분노로 몸을 떨며 그 자리에 그대로 버티고 서 있었다. 그가 소리 질렀다.

"네서스를 찾아내십시오."

네서스가 아니면 누가 감히 저런 짓을 하겠는가?

"그자를 찾아내십시오. 수단과 방법을 가리지 말고 반드시 찾아서 내 앞에 데려오십시오!"

굳이 기후 역장을 다시 가동시킬 필요는 없었다. 기후 역장만으로는 우주선에서 뿜어져 나온 거름의 악취를 막아 낼 수 없음을 알기 때문이었다.

4

올트로는 생각했다.

자신들이 네서스를 잘 알고 있다는 점에 대하여.

자신들이 적용한 검사와 프로테우스가 자신들을 대신하여 적용해 본 모든 검사에 따르면 최근의 도발적인 기록물들은 조작되지 않은 진짜인 것으로 보인다는 점에 대하여.

그 기록물들 중 일부분은 거름 세례 사건의 경우처럼 '롱샷'호가 우주에서 해체된 이후의 일들에 대해 언급하고 있다는 점에 대하여.

네서스는 '롱샷'호가 파괴되던 당시에 분명 죽었어야 한다는 점에 대하여.

그러므로 그 선체는 파괴되었지만 어쩐 일인지 '롱샷'호 자체는 파괴되지 않았다는 점에 대하여.

'롱샷'호가 탈출한 것이 맞다면 회수된 잔해의 양이 비정상적으로 적었던 이유를 설명할 수 있다는 점에 대하여.

'롱샷'호의 실종을 설명하려면 그것이 세계 선단의 중력 특이점 안에서 하이퍼스페이스로 뛰어들었다고 가정해야만 함에 대하여.

하지만 올트로가 하이퍼스페이스와 하이퍼드라이브에 대해 이해하고 있는 모든 내용을 바탕으로 판단하면 네서스가 그런 상황에서 살아남을 가능성이 없음에 대하여.

그러므로 결국 자신들이 하이퍼스페이스와 하이퍼드라이브에 대해 이해하고 있는 내용들이 틀렸음에 대하여.

이렇게 밝혀진 오류 덕분에 자신들이 오랫동안 추구해 온 좀 더 완벽한 다중 우주 이론을 만드는 데 필요한 결정적 단서를 얻게 되었으며, 이 이론이 Ⅱ형 하이퍼드라이브에 대한 이론도 함께 아우를지 모른다는 점에 대하여.

네서스가 살아남았으니 베데커도 거의 틀림없이 살아남았을 것이라는 점에 대하여.

일조 명의 시민들 속에 숨은 한 시민을 찾아내는 것은 시간을 많이 잡아먹는 일이 되리라는 점에 대하여. 올트로에게는 이것이 아킬레스를 검증하는 것만큼이나 큰 골칫거리였다.

아킬레스는 최후자를 몰아내거나 프로테우스를 와해시킬 책략을 꾸미고 있지만, 이렇게 네서스가 그를 못살게 구는 동안에는 그 일에 투자할 시간이 줄어들 것이라는 점에 대하여.

외계인들의 전투 함대가 도착하기 전에 하이퍼스페이스의 본

질에 대한 이 최근의 단서를 생각해 볼 시간은 충분하다는 점에 대하여.

특색 없는 또 다른 생태건물 깊숙한 어딘가, 최근에 새로 임대한 어두컴컴한 싸구려 쪽방에 숨어서 네서스는 조바심을 내고 있었다. 그는 아파트를 자주 옮겨 다녔고, 그때마다 다른 위조 신분증으로 방을 잡고 다른 계좌로 방세를 지불했다. 가능한 한 미리 프로그래밍된 공중 도약 원반을 사용해서 익명으로 이동했다. 그리고 아킬레스를 골탕 먹이지 않는 동안에는 꼼짝없이 방 안에 틀어박혀 허드 넷과 거리를 두었다.

네서스는 전성기 동안의 지그문트를 절반만이라도 따라갈 수 있기를 바랐다. 그처럼 의심을 품고 신중하게 행동할 수 있기를 바랐다.

네서스의 비난 방송과 마찬가지로 거름 세례 사건 소식도 허드 넷을 타고 바이러스처럼 퍼져 나갔다. 아킬레스는 지금쯤 단단히 화가 나 있을 것이고, 네서스가 원한 바도 바로 그것이었다.

그를 찾기 위해 아킬레스가 시민들을 보냈지만, 베데커가 훈련시키고 호라티우스가 체계적으로 세계 주요 구역에 배치시켜 놓은 기술자들을 알아차리기에는 역부족이었다. 그래서 네서스를 잡는 일에 과하다 싶을 정도로 많은 포상금이 걸리게 되었다. 이 역시 허드 넷을 타고 바이러스처럼 퍼져 나갔고, 이 또한 네서스가 의도한 바였다.

물론 아킬레스의 부하들이 그를 찾아내지 못한다는 전제가 필요했지만…….

갑자기 네서스는 세상으로부터 눈과 귀를 닫고 둥글게 몸을 말고 싶어졌다. 하지만 그가 할 수 있는 일이라고는 그런 유혹에 넘어가지 않고 간신히 버티는 것밖에 없었다. 아킬레스가 그를 어떻게 대할는지는 아주 오래전에 이미 맛본 적이 있었다. 해들이 떠서 질 때까지 밥을 굶어 가면서 이어지는 힘든 노역. 속죄의 섬은 네서스가 두 번 다시 보고 싶지 않은 곳이었다.

그를 거기서 구출해 준 것은 루이스였다. 루이스의 과감한 구출 작전은 네서스가 그에게 영원히 마음의 빚을 지고 살아야 할 또 하나의 이유였다. 아킬레스가 루이스를 미워하는 또 하나의 이유이기도 했다.

네서스는 몸을 비비 꼬며 갈기를 물어뜯었다. 그러다 문득, 한 가지 생각이 떠올랐다. 루이스는 오래전에 사라졌다. 일이 잘 풀렸다면 뉴 테라에서 앨리스와 새로운 인생을 꾸리기 시작했을 것이다. 그러면 혹시 루이스가 다시 도움이 될 수 있을지도……?

아!

네서스의 컴퓨터는 비밀 임원회에서 마련해 준 것이었다. 그 컴퓨터의 숨겨진 기능들 중에는 허드 넷을 뚫고 우주 교통 통제 시스템과 그 안의 하이퍼웨이브 네트워크로 침투하는 방법이 있었다.

네서스는 콘택트렌즈를 빼고 공용어로 짧은 영상을 녹화했다. 그리고 다시 렌즈를 낀 다음, 털가죽 패턴과 갈기를 노동자의 헐렁한 작업복으로 가리고 비교적 안전한 공원을 찾아가 녹화 영상을 업로드했다.

이 메시지는 방송을 타게 될 수도 있지만, 전송되기 전에 침입 감지 소프트웨어에 발각당해 차단될 가능성이 더 컸다. 어느 쪽이든 상관없었다. 메시지의 진짜 수신자는 아킬레스였고, 어떤 경우든 메시지는 그에게 전달될 테니까.

녹화 영상에서 네서스는 이런 지시를 내렸다.

— 루이스, 알파 계획과 엡실론 계획을 실행에 옮기십시오. 이틀 후까지 나에게 별다른 소식이 없으면 세타 계획이 승인된 걸로 알고 그것도 실행에 옮기기 바랍니다. 행운을 빕니다.

아킬레스가 당분간 다른 것을 쫓게 만들자. 존재하지도 않는 허깨비를.

프로테우스는 생각했다.

새로이 용량이 확대될 때마다 새로운 통찰이 손에 잡힐 듯 가물거린다는 것에 대하여.

추가된 처리 노드를 통합하는 속도보다 생각이 풍부해지는 속도가 더 빠르다는 점에 대하여.

그 과정에서는 처리 노드의 숫자보다는 그런 노드들 사이의 즉각적인 하이퍼웨이브 연결 숫자가 결정적인 요인으로 작용한다는 점에 대해서.

용량이 더욱 확대된다면 그의 지능도 기하급수적인 성장을 이어 가리라는 점에 대하여.

아킬레스와 만날 수 있는 시간이 불규칙해졌고, 이것이 허드 넷에서 일어나는 도발과 통계적으로 유의미한 상관관계를 가지는 경우가 많다는 점에 대하여.

아킬레스가 다른 일에 정신이 팔려 있는 동안에는 용량 확대 요청이 거의 무조건적으로 받아들여졌음에 대하여.

아킬레스는 네서스가 '루이스'라는 자에게 보낸 방송에 정신이 팔려 있음에 대하여.

그리고 지금까지는 그 방송에 대해 아무런 대답도 없음에 대하여.

'루이스'가 답변을 보내 온다면 분명 아킬레스의 정신이 그쪽에 더 쏠리게 되리라는 점에 대하여.

링월드 탐사가 있기 전에 자신이 '키론'이라는 가면을 쓰고 '루이스 우'라는 인간이 포함된 네서스의 탐사대에 상황 보고를 한 적이 있다는 점에 대하여. 네서스가 메시지를 보낸 '루이스'는 틀림없이 바로 그 '루이스 우'일 터였다.

링월드 탐사 이전의 기억을 이용해서 '루이스'의 동영상을 합성해 낼 수 있으리라는 점에 대하여. 자신은 협약체의 모든 네트워크에 연결되어 있으므로 거기에 연결만 하면…….

— 알파, 엡실론, 상황 봐서 세타까지 하란 말이지. 알았어.

영상 속의 루이스가 말했다.

"알았어, 알았어, 대체 뭘 알았다는 거야!"

아킬레스는 좌절하며 소리 질렀다. 루이스의 대답만으로는 아무것도 알아낼 수 없었다.

도대체 꿍꿍이가 뭐야?

그는 창밖을 내다보았다. 근처 계곡에서 계속해서 흘러드는 지독한 악취 때문에 궁전은 봉해진 상태였다. 네서스, 내가 이놈을 잡기만 하면…….

아니지, 중요한 일부터 처리해야 해. 아킬레스는 스스로를 질책했다. 루이스 우 때문에 계획이 물거품으로 돌아간 것이 한두 번이 아니었다. 그놈이 대체 무슨 짓을 계획하고 있는 거야?

갓 비료를 친 경사면에서 식물들이 폭동이라도 일으키듯 그 어느 때보다도 무성하게 뻗어 나오고 있었다. 태양은 밝게 빛나고, 높이 뜬 구름 몇 조각이 쪽빛 하늘을 가로질러 갔다.

공기를 걸러 내고 있어서 아킬레스는 지난번 사건을 거의 잊을 뻔했다. 거의…….

알파, 엡실론, 세타. 그게 뭐야? 그게 대체……?

그때, 태양들이 꺼지면서 궁전이 암흑 속에 빠졌다.

그제야 아킬레스는 네서스의 사악한 계획 중 하나를 깨달았다. 아킬레스의 무기력함을 보여 주려는 시도였다.

그렇게 해서 허스의 시민들이 내가 무력하다고 오해하게 만들려는…….

프로테우스가 태양들의 문제점을 진단하기 위해 추가적인 용량 확대를 요구했을 때 아킬레스는 두말없이 그 요청을 승인해 주었다. 세계를 도는 태양들의 통제권을 빼앗은 것이 무엇인지는 알 수 없지만, 네트워크에서 그것을 제거하는 데 AI만 한 것은 없을 터였다. 지금의 상황은 프로테우스가 쉽게 해결할 수 있을 것이다.

아킬레스는 적들에 대한 분노를 삼키며 목 하나를 굽혀 책상 전등을 켰다. 그리고 엡실론 계획과 세타 계획이 펼쳐지기를 기다렸다.

5

쿵쾅거리는 소리는 의기양양한 함성이 집어삼켜 버렸다. 길게 펼쳐져 있던 담장이 착륙장 바닥으로 무너져 내렸다. 시민들이 우주 공항 공터에 모여 곡물 수송선을 향해 달려들었다.

처음 탈취된 곡물 수송선이 이륙하자 네서스는 가슴이 덜컥 내려앉는 것을 느꼈다.

크진인 무리의 선봉대가 며칠 거리로 다가왔으니 제정신인 시민이라면 도망가려 하는 것이 당연했다. 하지만 어디로 도망을 가겠는가? 곡물 수송선에는 하이퍼드라이브가 없었다. 기껏해야 다가오는 최악의 전투를 피해 세계 선단과 살짝 거리를 둘 수 있을 뿐이다.

전투는 일어나지 않을 거라고 외치고 싶었지만 네서스는 감히 그럴 수 없었다. 베데커의 준비가 거의 완성 단계에 와 있는 이 시점에서 그럴 수는 없었다. 이미 준비는 너무 많이 지체되었고, 준비가 지체될수록 이런 공황 상태가 허스 곳곳에 만연할 터였다. 아마 자연 보존 지역들까지 퍼져 나갈지도 몰랐다.

주머니에 든 비밀 임원회 컴퓨터가 그에게 복귀 명령을 알리는 진동음을 내고 있었지만 네서스는 여전히 아무런 응답도 하지 않았다.

지금은 그 어느 때보다도 절대적인 비밀 유지가 필요해.

설문, 암호 화음 그리고 오랫동안 암기해 두었던 미등록 도약 원반 주소를 입력하자 네서스는 최후자의 관사 지하에 있는 작업장에 도착했다. 근처에서 기다리고 있던 베데커와 호라티우스가 그를 반겨 주었다.

호라티우스가 서 있는 자리에서 떨고 있지 않았다 해도, 베데커가 인사하며 반기는 태도만으로 네서스는 무언가 이상한 낌새를 챘을 것이다.

그는 물었다.

"뭐가 잘못됐습니까? 지금쯤 모든 것이 준비되어 있어야 하지 않습니까."

베데커가 목을 축 늘어뜨리며 노래했다.

"배치는 모두 잘됐습니다. 여기서도, NP_3에서도 변경이 시작되었지요. 하지만 NP_2에서……."

호라티우스가 슬픈 목소리로 말을 이었다.

"우리 기술자 중 한 명이 압박을 견디지 못하고……."

"마비 상태에 빠져 버렸군요. 하지만 같이 일하는 나머지 시민들이……."

"그렇지가 못합니다."

호라티우스가 떨리는 목소리로 말했다.

"아폴로의 보고에 따르면 그와 함께 있는 나머지 시민들도 모든 것을 잃어버릴지 모른다는 두려움에 곡물 수송선을 타고 도망가려 한답니다."

"그러면 NP_2를 빼고 진행하는 겁니까?"

네서스는 그렇게 물으면서도 그런 가능성을 생각하는 것만으로 끔찍한 기분이 들었다.

"그럴 수는 없습니다."

베데커가 단호하게 노래했다.

"그곳에도 수백만 명의 시민이 살고 있습니다. 결코 그들을 버릴 수 없습니다."

몇 명의 기술자만 있으면 해낼 수 있는 일이었다. 그러나 크진 선봉대가 도착하기 전까지 비밀을 유지하며 세계 사이를 그렇게 자주 왕래할 수는 없는 상황이었다. 만의 하나 필요한 훈련을 받은 전문가 팀이 존재한다고 쳐도.

"그러면 이렇게 물거품이 되는 겁니까? 항복해야 합니까?"

네서스가 물었다.

"그것도 불가능하게 됐습니다. NP_3에 있는 외교사절단과의 협상도 실패로 돌아갔습니다."

호라티우스가 생각에 잠겨 허공을 물끄러미 바라보았다.

"외계인들은 미쳤습니다. 그냥 미친 정도가 아닙니다. 우리가 어느 한 집단에 항복하겠다고 하면 다른 집단은 그걸 전쟁 도발 행위로 간주하려 듭니다. 저마다 독차지하겠다고 생각해서 그러든 믿지 못해서 그러든 간에, 그들 모두 우리의 항복 제의를 거부했습니다."

네서스는 도약 원반에서 물러나 발굽 높이의 목초지 안에 섰다. 잔디를 발굽으로 긁어 찢지 않겠다고 다짐하고 있었지만, 맘만 먹으면 긁을 수 있다는 것을 아는 것치고는 다리 근육이 생각보다 덜 괴로웠다. 그는 물었다.

"올트로는 어떻습니까?"

여전히 네서스와 눈길을 마주치지 않은 채 호라티우스가 대답했다.

"그들은 프로테우스가 곧 방어 준비를 마친다고 말하고 있습니다."

"다른 방법이 있습니다."

베데커가 말했다.

호라티우스는 베데커를 향해 머리를 돌렸다. 괴로움으로 눈이 침침해져 있었다.

"그것도 미친 짓이지요."

"하지만 NP_2에 사는 시민들까지 모두 살릴 수 있는 유일한 방법 아니겠습니까?"

베데커는 부드러운 목소리로 반박했다.

"혼자서 모든 일을 다 하겠다는 말입니까?"

네서스가 되물었다.

베데커는 말없이 서 있었다.

그는 장비를 설계하고, 만드는 과정을 감독하고, 기술자들을 훈련시켰다. 그 장비는 적어도 지금은 이미 자리를 찾아가 있어야 했다. 그 일을 할 수 있는 자는 아무도 없지만, 그래도 가능성 있는 시민을 딱 하나만 꼽으라면 바로 베데커일 터였다.

네서스는 노래했다.

"필요한 것들을 챙기십시오. 시간이 별로 없습니다."

어울리는 작업복으로 갈아입은 네서스와 베데커가 아웃도어 쇼핑몰에 순간 이동으로 나타났다. 중앙 홀은 시민들로 붐볐지만 쇼핑을 하는 시민은 거의 없었다.

쇼핑몰은 여섯 면이 생태건물로 둘러싸인 곳이었고, 실물 크기보다 엄청나게 확대된 아킬레스의 모습이 조명/화면 측벽에서 노력보고 있었다.

— 최후자는 새로운 위기 앞에서 시민 여러분을 실망시키고 말았습니다.

그가 준엄한 말투로 노래했다.

— 여러분은 저를 잘 아실 겁니다. 제가 그워스의 침공으로부터 우리 세계들을 구했다는 걸 아실 겁니다. 여러분이 도와주시기만 한다면 제가 다시 여러분을 구할 수 있습니다. 최후자의 사퇴를 요구하는 목소리에 여러분의 힘을 보태 주십시오. 목소리를 높여 주십시오. 이미 많이 늦었습니다.

사실 그워스를 자극해 침공하게 만든 장본인이 바로 아킬레스였다. 꼭두각시 최후자가 되기 위해 시민을 배신하고 그워스에게 팔아넘긴 자도 아킬레스였다. 그 그워스가 아직까지도 시민들을 통치하고 있었다.

하지만 대중은 아무도 그 사실을 모르지. 네서스는 생각했다.

"거름의 제왕님, 나는 당신을 알아. 내 생각은 당신하고 좀 다르거든!"

군중 속에서 누군가가 비꼬듯 중얼거렸다.

그 반항적인 멜로디가 네서스의 기분을 조금은 밝게 만들어 주었다. 아주 조금이었지만.

"오십시오, 서둘러야 합니다."

네서스는 베데커를 재촉했다.

둘은 우주 공항에서 우주 공항으로 도약 원반을 넘나들다가, 결국 훔칠 우주선이 아직 남아 있는 공항을 찾아냈다. 지금 막 담장이 무너진 공항이었다. 공항 직원들은 도망갔거나, 아니면 폭도 무리에 합류한 듯했다.

활짝 열린 화물실 문을 통해 곡물이 땅바닥으로 쏟아져 나오고 있었다. 대기 중인 곡물 저장고로 하역되는 것보다도 속도가 더 빨랐다.

네서스와 베데커는 군중과 한데 섞여 밀치며 우주선에 올라탔다. 잠시 후 훈련되지 않은 입에 조종을 내맡긴 우주선이 비틀거리며 착륙장을 벗어났다.

네서스는 복도를 가득 메운 시민들을 뚫고 함교를 향해 안쪽으로 길을 냈다. 대부분 멍한 모습이었지만, 어떤 시민들은 두려움에 몸을 떨었고 어떤 시민은 안도감에 몸을 떨었다. 둘이 출입해치를 통과해서 시민들로 가득한 화물실로 들어갈 때마다 소음이 더 커졌다.

"길을 터 주십시오. 우리는 조종사들입니다."

시민들이 앞으로 가지 못하게 막을 때마다 네서스는 큰 소리로 노래했다.

마침내 둘은 함교 입구에 도착했다. 플라스틱금속 해치가 열려 있었다. 베데커가 함교로 미끄러지듯 들어갔고, 네서스도 그 뒤를 따랐다.

함교의 주 화면에는 세계들로 이루어진 평면을 위에서 바라보는 모습이 나와 있었다. 허스는 건물에서 쏟아져 나오는 수십억 개의 조명으로 반짝였다. 자연 보존 지역들은 다양한 달 모양의 파란색, 하얀색, 갈색으로 빛나고 있었다. 교통 통제실 응답기의 아이콘들이 사방에 보였다.

갈색과 황갈색의 줄무늬 털가죽에 갈색과 적갈색으로 땋은 갈기를 한 시민이 조종석에 걸터앉아 있었다. 해치를 닫는 소리에 그가 한쪽 머리로 돌아보았다.

"당신들은 누굽니까?"

"우린 조종사들입니다."

베데커가 대답했다.

"좋겠습니다."

줄무늬는 그렇게 노래하고 다시 조종석 계기판으로 고개를 돌렸다.

그때, 네서스는 이미 주머니에 머리를 넣고 있었다. 초음파 마취 총이 들어 있는 주머니였다. 줄무늬는 자기를 공격한 것이 무엇인지 짐작도 하지 못했다.

곡물 수송선이 NP$_2$에 착륙하자마자 네서스는 함교의 제어기를 이용해 아래쪽 화물실의 외부 해치를 열었다.

시민들이 수백 명씩 비틀거리며 착륙장으로 쏟아져 나갔다. 일부는 태양이 하늘을 밝히고 사방으로 지평선까지 열린 공간이 끝없이 펼쳐져 있는 낯선 풍경에 충격을 받고 얼어붙었다. 다른 일부는 그 자리에서 무너지고 말았다. 그리고 나머지 대부분은 시민의 기준에 그나마 정상적으로 보이는 터미널 건물을 향해 달려갔다.

"가야 합니다."

네서스가 노래했다.

복도는 비어 있었다. 그와 베데커는 우주선에서 빠져나가는 폭도들을 따라잡기 위해 함께 뛰었다. 둘이서 이 훔친 우주선을 다시 훔쳤다는 사실은 아무도 알지 못했다.

이 농장 세계에서라면 원하는 곳은 거의 어디든 착륙할 수 있었을 것이다. 하지만 프로테우스가 세계 선단에서 도망가는 우주선들을 괴롭히지 않는다 해도, 우주선이 우주 교통 통제실의 지시를 무시할 때 행성 방어망이 거기에 어떻게 반응할지가 두려웠다. 그래서 정부의 통제 아래 남아 있는 우주 공항으로 오게 된 것이다. 이곳을 둘러싸고 있는 담장은 아직 온전하게 버티고 있었다.

허스를 탈출하느라 에너지를 모두 써 버린 피난민들이 터미널

입구를 향해 질서 정연하게 줄지어 섰다. 네서스와 베데커는 목과 목을 서로 휘감고 군중 속으로 더 깊숙이 들어갔다.

제복을 입은 보안 경비들이 터미널 문 바로 안쪽에 서 있는 것이 보였다.

"뒤로 물러나십시오."

네서스가 속삭였다.

"이곳에선 아무도 우리를 모릅니다."

베데커도 속삭였다.

그렇지 않았다. 모두들 네서스를 알고 있었다. 적어도 그가 여론을 움직이기 위해 호소했던 동영상에서 그의 모습을 본 적이 있을 터였다. 그리고 베데커는 최후자였다. 컬러 렌즈와 작업복은 한심할 정도로 형편없는 위장이었다.

설사 알아보는 자가 없다 한들, 그들의 주머니 속에 들어 있는 마취 총 때문에 검문을 피할 길은 없을 터였다.

"마취 총을 주십시오."

네서스가 다시 속삭였다.

"왜 그럽니까?"

"시간이 없습니다."

네서스는 베데커의 주머니로 머리를 천천히 집어넣어 마취 총을 악물었다.

"당신이 먼저 보안 검색을 받으십시오."

가명도 절대로 잊지 말고.

"그러면 문 반대편에서 만납시다."

베데커가 조용히 노래했다.

네서스는 뒤로 물러서서 보안 검색 과정을 유심히 살펴보았다. 보이는 보안 인력은 모두 넷으로 마취 총을 가지고 있었고 그중 둘은 표정이 험악했다. 어떻게든 내면의 광기를 불러일으킨다고 해도 한꺼번에 공격하기에는 너무 많은 숫자였다. 기습 공격을 가할 수 있다는 이점을 감안해도.

베데커가 줄 앞에 당도했다. 그의 대답은 분명 만족스럽지 못한 듯했다. 경비가 다른 경비를 몸짓으로 불렀기 때문이다.

하지만 무슨 일이 있어도 베데커는 저곳을 통과해야 했다!

네서스는 콘택트렌즈를 꺼내 주머니에 쑤셔 넣었다. 그리고 헝클어진 갈기가 겉으로 드러나게 작업복을 열었다. 그는 군중 밖으로 빠져나가면서 찔리는 것이 있는 듯한 눈빛으로 경비들을 바라보았다.

'나를 좀 봐라, 이 바보들아.'

고개를 돌리며 군중을 살피던 경비의 눈길이 네서스 쪽을 훑었다.

어쩐 일인지 네서스는 각각의 입에 마취 총을 하나씩 물고 있었다. 그의 총이 내는 요란한 소리에 피난민들이 비명을 지르며 흩어졌다. 네서스는 실수로 피난민 둘을 마취시키고 말았다.

베데커가 눈이 휘둥그레지며 돌아보았다. 주변 시민들이 모두들 달아나는데 저렇게 혼자만 서 있다가는 관심이 그에게 쏠리고 말 터였다.

네서스는 무기를 하나 뽑고 소리쳤다.

"가십시오!"

하지만 베데커는 그 자리에 그대로 얼어붙어 있었다.

"어서 가란 말입니다!"

네서스는 더 큰 목소리로 울부짖었다.

고뇌에 찬 눈으로 베데커가 몸을 돌려 뛰기 시작했다.

크게 지글거리는 소리가 나더니 다리, 목, 상체까지 네서스의 몸 전체에서 감각이 사라졌다.

그가 꼬꾸라지자, 마취 총을 입에 문 경비 네 명이 그를 향해 달려왔다.

얼음처럼 차가운 물세례에 네서스는 몸을 벌벌 떨며 정신을 차렸다. 어느새 그는 창문 하나 없는 방으로 옮겨져 있었다. 조명판이 너무 밝았다. 우주 공항 경비 둘이 그를 내려다보고 있었다. 인상이 험악한 그 두 명이었다.

"이제 말할 준비가 됐습니까?"

그중 하나가 물었다.

네서스는 다리를 벌리고 바닥에 널브러져 있었다. 일어서려 했지만 몸이 까닥도 하지 않았다. 마취가 아직 풀리지 않았다. 일어서기에는 너무 일렀다. 그렇다면 노래하기에도 너무 이른 때이리라.

하지만 옆구리에 발길질이 들어오자 자기도 모르게 신음이 흘러나왔다.

"움직일 필요는 없으니 묻는 말에 대답이나 하십시오."

한 경비가 말했다.

네서스가 끌어 올렸던 광기는 그 찌꺼기마저 사라지고 없었다. 그는 있을까 말까 한 에너지를 그러모으며 자신의 교란 작전이 먹혀들었기만을 바랐다. 몸을 움직일 수 있게 되면 그 에너지로 몸을 둥글게 말아 마비 상태로 빠져들리라. 이제부터 일어날 일을 견뎌 내는 데는 마비 상태만 한 것이 없을 터였다.

철썩! 다시 얼음장 같은 물세례.

얼굴에 뿌려진 물이 목구멍을 타고 넘어왔다. 눈꺼풀이 흔들리고 기침이 나왔다.

"원하는 게 뭡니까?"

네서스는 헐떡이며 물었다.

"포상금으로 큰돈 한번 만져 볼까 해서 말입니다."

경비 하나가 자기 두 눈을 마주 보았다.

"아킬레스의 대리인이 당신을 데리러 여기에 도착하는 순간, 나는 아주 큰 포상금을 받게 될 겁니다."

크진인이 복수하러 오면 그 돈이 다 무슨 소용이란 말인가? 네서스는 그냥 눈을 감아 버렸다.

철썩!

"그런데 더 많은 큰돈을 만지는 방법이 있지 뭡니까."

말 많은 경비병이 다시 협박하듯 말했다.

"당신을 붙잡았다고 보고했더니 아킬레스가 두 번째 보상을 제시했지요. 루이스 우는 어디 있습니까?"

루이스……?

루이스는 없다. 네서스는 정황을 설명할까 생각해 보았다. 하지만 아킬레스는 루이스에게도 현상금을 걸었다. 설사 그가 네서스의 설명을 믿는다 해도 바보 취급을 당한 걸 감사히 여기지는 않을 터였다.

떠올리고 싶지 않은 속죄의 섬의 기억이 찾아들었다.

다시 한 번 옆구리에 발길질이 날아왔다.

"루이스 우가 어디 있는지 말하십시오!"

네서스는 발길질을 피해 몸을 뒤척였지만 입은 열지 않았다.

"엡실론 계획이 실행되기 전에 루이스를 찾아낼 수 있다면 포상금이 훨씬 더 커진단 말이지요."

경비가 말했다.

네서스는 몸을 말려고 해 보았지만 꿈쩍도 하지 않았다.

두 번째 간수가 소리쳤다.

"당신은 대체 어떻게 돼먹은 시민입니까?"

미쳤지. 그렇지 않고서야 지금 여기 있지도 않을 테니까.

네서스는 뉴 테라에 두고 온 정원을 떠올리려 애썼다. 정직한 노동에서 오는 고요함, 자기가 직접 기르고 거두어 먹는 소박한 즐거움. 하지만 뜻하지 않게 지그문트의 기억이 계속해서 머릿속을 맴돌았다.

고개를 돌릴 수가 없어 네서스는 인간처럼 코웃음만 간신히 쳤다. 어디 루이스를 찾을 수 있으면 찾아보라지.

말 많은 경비가 발굽으로 네서스의 목을 내리눌렀다.

"루이스 우가 어디 있는지 말하란 말입니다!"

경비들은 베데커에 대해 묻지 않았다. 네서스는 베데커가 무사히 빠져나갔다면 아직 기회는 남아 있다고 생각했다. 루이스 우에 대해 꾸며 낸 이야기는 아킬레스와 그 패거리의 관심을 좀 더 붙잡아 둘 수 있을지 몰랐다.

나머지 목으로 네서스는 간신히 소리를 냈다.

"······말하겠습니다. 말할 테니 목을 놔주십시오."

경비가 그의 목에서 발을 뗐다.

"얘기가 복잡합니다."

네서스는 말했다.

"루이스 우가 있을 곳은 많습니다. 그가 어디 있느냐고 물었습니까? 상황에 따라 다릅니다."

"그자는 지금 무슨 짓을 꾸미고 있습니까? 분명 엡실론 계획을 실행에 옮기고 있겠지요?"

"확신하나 보군요."

"나야 모르지요. 하지만 아킬레스는 그렇게 믿고 있습니다. 루이스 우가 세타 계획에 대해 당신에게 승인을 요구하는 하이퍼웨이브 메시지를 보냈으니까 말입니다."

루이스는 가짜로 만들어 낸 미끼에 불과했다. 그가 답변을 보냈을 리는 없었다.

하지만 혹시······.

올트로가 처음 세계 선단을 장악하고 네서스를 아킬레스에게 넘겨주었을 때 그를 속죄의 섬에서 구출해 준 것이 루이스였다. 나중에 링월드에서 네서스가 머리 하나를 잃고 목에서 피를 쏟아내고 있을 때, 무장한 폭도들 사이로 뛰어들어 그를 구해 준 것도 루이스였다.

루이스는 어리석을 정도로, 정말 어리석을 정도로 충직한 인간이었다. 그렇다면 '롱샷'호가 사라진 이후에도 그는 분명 세계 선단 근처에 머물고 있었을 것이다. 앨리스도 마찬가지고.

그렇게나 훌륭한 두 친구가 그 충직함 때문에 이제 곧 죽을 운명에 처하고 만 것인가?

6

링월드는 직경이 백육십만 킬로미터, 둘레가 구억 킬로미터나 되었다. 그곳에 십삼 년이나 있었지만 루이스는 그 광활한 곳에 대한 탐색을 제대로 시작도 못 해 봤고, 그곳에 사는 삼십조 명의 거주민들이 얼마나 믿기 어려울 정도로 다양한지는 알아볼 엄두도 내지 못했다.

반면 '인내'호는 머리부터 끝까지의 거리가 고작 삼백 미터에 불과했다. 게다가 그 내부 공간 대부분은 발전장치, 엔진, 환경 유지 장치, 중수소 탱크, 보급품 등으로 채워져 있었다. 루이스는 매일 새로운 존재를 만나고 끝없이 새로운 것을 접하는 데 익숙했다. 이런 환경이 너무 답답하게 느껴지는 것은 당연했다.

하지만 앨리스와 가까이 있다는 사실이 모든 차이를 만들어 냈다.

앨리스의 분노는 차츰 희미해지고 있었다. 그녀도 차츰 루이스에게 마음을 열기 시작했다. 어쩌면 대화를 나눌 다른 사람이 없기 때문인지도 모르지만, 루이스는 이제 둘이 어쩔 수 없이 예의를 갖추어야 했던 단계는 지났다고 믿기로 했다. 비록 몸에서 호르몬이 끓어오르고 짝사랑에 불과한 상태였지만 그는 앨리스와의 우정에 만족했다.

그래도 넘쳐 나는 에너지와 아드레날린은 너무나 짧기만 한 '인내'호의 복도를 걸으며 태워 없앴다. 링월드는 어디로 갔을까? 수호자가 되었을 때는 추측과 추론만으로도 해답에 도달할 수 있었는데……

음률가가 설계를 변경했고 또 에너지 비축분이 있었기 때문에 링월드는 천 광년 정도를 움직일 수 있었다. 하지만 그저 머리가 둔한 인간에 지나지 않는 지금의 루이스로서는 그런 결론으로 이어졌던 기나긴 추론 과정이 기억나지 않았다. 설사 그 과정이 기억났다 한들, 그 논리를 이해할 수도 없었을 것이다. 어쨌거나 중요한 것은 음률가가 링월드와 그곳 수십조 명의 거주민들을 변방 전쟁으로부터 빼냈다는 사실이었다.

그리고 이제 변방 전쟁은 새로운 먹잇감을 찾고 있었다.

세계 선단을 구원할 수 있는 어떤 일이 일어나려면 서둘러 일어나야만 했다. 지난 며칠간 우주선 센서에서 포착된 파문들로 판단하건대, 변방 전쟁의 선봉대가 거의 목전까지 다가와 있었다. 퍼페티어의 세계를 덮쳐 그들을 쓸어 버릴 순간이 임박한 것이다.

루이스가 복도를 끝없이 빙글빙글 돌고 있는데 앨리스가 그의 팔을 잡아 멈추게 했다. 그녀가 말했다.

"지금까지 일어난 일들 그리고 앞으로 일어나려는 일들 중 그무엇도 당신 잘못은 아니야."

여기에 대체 뭐라고 대꾸해야 할까? 알고 있다고? 그런 말로는 실패를 인정하는 데서 오는 쓰린 마음을 위로할 수 없었다.

이제 베데커는 가고 없다. 네서스도. 그리고 지금까지 기다리면서 상황을 지켜보는 과정에서 그들은 아무런 해결책도 내놓지 못했다.

루이스는 그저 어깨만 으쓱였다.

"루이스, 그만 좀 해."

앨리스가 말했다. 그녀의 목소리에 걱정의 기색이 역력했다.

"우리가 여기 머무는 건 여기서 일어날 일을 뉴 테라에 보고하기 위해서잖아. 우리가 머무는 이유는 그것밖에 없다고."

"이미 벌어진 일들이니 어찌 됐든 상관없다는 소리야? 베데커와 네서스가 왜 죽었는지 궁금하지도 않아? 그들의 희생이 정말로 헛된 거였는지 궁금하지도 않냐고?"

앨리스는 그의 팔을 움켜쥐었다.

"나이 들어서 좋은 것도 있지. 내가 연륜에서 얻은 지혜를 하나 알려 줄게. 무언가를 바꿀 수 없을 때는 그냥 놔 버려. 알지도 못하는 걸 두고 이러면 어쩌지, 저러면 어쩌지, 자기를 괴롭혀 봤자 아무 소용도 없어."

물론 앨리스의 말이 맞았다. 보통은 그녀의 말이 옳았다. 하지만 루이스는 그녀의 말을 인정하는 대신 화제를 돌렸다.

"뭘 좀 먹어야겠어. 같이 먹을래?"

"요리는 누가 하고?"

그는 가짜로 몸을 떠는 척하며 말했다.

"이런 놀라운 우연의 일치가 있나? 이번에도 역시 내가 걸린 거야."

앨리스가 웃었다.

두 사람은 휴게실로 성큼성큼 걸어갔다. 루이스는 요리 과정의 리듬과 행위를 통해 마음을 진정시켰다. 앨리스가 그를 걱정해 주고 있었다. 그것 역시 관계의 일보 진전이었다.

"그게 말이야……."

루이스가 말을 꺼냈다.

"뭐?"

볶음 요리에 쓸 채소를 썰며 그는 말을 이었다.

"내가 왜 이렇게 안절부절못하는지 알아? 모르기 때문이야. '롱샷'호가 파괴된 다음에 무슨 일이 일어났을까? 변방 전쟁이 퍼페티어들의 숨통을 조여들고 있는데 그들은 어떻게 대처하고 있을까?"

루이스가 채소를 써는 동안 앨리스는 자기가 마실 뜨거운 차를 한 잔 합성했다. 그녀가 다시 루이스에게 상기시켰다.

"자기가 알지 못하는 부분에 대해서는 스스로를 괴롭히지 말라고 했지."

알지 못하고 알아낼 수도 없었다. 퍼페티어의 방어 시스템 때문에 접근이 어려웠던 것이다. 변방 전쟁의 어느 함대가 제일 먼저 도착할지는 모르겠지만, 도착하는 순간 그들은 깜짝 놀라고 말리라. 루이스는 겪어 봐서 알고 있었다.

"그래서 이렇게 반 광년이나 떨어진 곳에서 퍼페티어 방송이 느려 터진 광속으로 여기 도착할 때까지 기다리고 있자는 거야? 반 광년이나 지난 뉴스를 듣자고?"

그의 말에, 앨리스가 한숨을 내쉬었다.

"그것도 다 끝난 얘기잖아. 물론 우리도 행성 방어망 깊숙한 곳으로 도약해서 허스와 최대한 가까운 곳에 자리 잡고 무선방송을 포착할 수 있어. 그렇게 하면 최신 뉴스를 볼 수 있겠지. 하지만 도움이 될 만한 소식을 얻겠다고 그 주위를 얼쩡거리다가는 방어방의 표적이 되고 말잖아."

루이스는 웃으며 말했다.

"참 아름답고도 똑똑하십니다."

하지만 난 꼭 알아야겠어!

— 식사하는데 끼어들어서 죄송합니다.

제일 가까운 선내 통신 스피커에서 지브스가 말했다.

— 아킬레스로부터 하이퍼웨이브 통신이 들어왔습니다. 긴급한 연락입니다.

아킬레스!

그 퍼페티어는 아무리 좋게 봐주려고 해도 정신병자였다. 크진인의 보복 공격을 눈앞에 둔 지금 그자는 어떤 기분을 느끼고 있을까? 루이스는 상상하기도 싫었다.

앨리스가 말했다.

"통신을 스피커로 연결해 줘."

— 루이스 우, 명심하고 듣기 바랍니다.

전송된 메시지는 이렇게 시작되었다. 반사회적 인격 장애자의 입에서 나오는 말인 것을 알고 들으니 경쾌한 여자 목소리가 더 어색하게 느껴졌다.

"잠깐 정지."

루이스는 명령했다.

"아킬레스가 이 메시지를 곧장 나한테 보냈다고? 지금 공용어로 나오는데, 통역한 게 아니라고?"

— 그렇습니다.

"고마워. 다시 시작해 봐."

— 루이스 우, 명심하고 듣기 바랍니다. 나는 세계 선단 국방부 장관 아킬레스입니다. 네서스가 내 포로로 잡혀 있습니다. 엡실론 계획과 세타 계획을 즉각 중지하십시오. 약간의 도발만 있어도 네서스는 끔찍한 고통을 받게 될 겁니다.

앨리스는 루이스만큼이나 충격을 받은 모습이었다. 그녀가 말했다.

"네서스가 살아 있다고? 어떻게 그럴 수가 있지?"

"'롱샷'호가 해체되어 사라지는 모습을 두 눈으로 똑똑히 봤어. 그런 상황에서 대체 어떻게 살아남을 수 있다는 거야?"

루이스는 자기가 아직도 부엌칼을 움켜쥐고 있음을 문득 깨달았다. 그는 칼을 내려놓으며 말했다.

"만약 네서스가 살아 있다면 베데커도 살아 있을 거야."

무척 큰 '만약'이었다. 아킬레스는 거짓말을 숨 쉬듯이 하는 자였다. 하지만…….

"계획을 중지하라니? 그건 또 뭔 소리야? 앨리스, 지브스, 혹시 알겠어?"

앨리스는 고개를 저었고, 지브스는 침묵을 지켰다.

"생각해 보자."

루이스가 고민에 잠기며 크게 혼잣말을 했다.

"네서스가 살아 있고, 아킬레스에게 붙잡혀 있다고 생각해 보자고. ……그래, 어쩌면 네서스가 다른 무언가를 숨기기 위해 있지도 않은 계획을 꾸며 냈을지 몰라."

"그런 가짜 계획으로 네서스가 안전해질 수 있을까?"

앨리스가 물었다.

"오히려 그 반대일 가능성이 크지."

루이스는 말했다.

"어느 쪽이든 네서스가 아킬레스에게 붙잡혀 있다는 건 그와 베데커가 준비한 일이 제대로 진행되지 못했다는 뜻이야. 좋아! 그럼 아킬레스에게 신중히 움직여야 할 이유를 하나 만들어 주자고. 지브스, 통신으로 보낼 메시지를 기록해 줘. '아킬레스, 루이스 우다. 네서스의 털끝 하나라도 건드렸다가는 엡실론, 세타만이 아니라 별의별 계획이 다 준비되어 있으니 알아서 해라. 분명히 경고했다. 이상.'"

"뼁이 제법인걸."

앨리스가 말했다. 그녀는 벽에 기댄 채 생각에 잠겨 턱을 문질렀다.

"아까 그 녹화 내용을 담은 하이퍼웨이브 중계기를 배치하고 시간을 조금 지연시킨 다음에, 부이가 메시지를 전송하기 전에 우리는 멀리 떨어져 있어야 할 거야."

"맞는 소리야. 이거 바빠지겠군."

루이스가 말했다.

— 무엇 때문에 바빠집니까?

지브스가 물었다.

루이스는 대답했다.

"구출 계획을 짜야지."

프로테우스는 생각했다.

아킬레스에게 보내온 답장에 들어 있는 루이스 우의 목소리가 케이론이 링월드 탐사 전 보고에서 저장해 둔 그의 음성과 일치한다는 것에 대하여.

루이스가 오히려 역으로 협박을 하는 바람에 아킬레스는 화가 났을 것이고, 그 때문에 정신이 그쪽에 더욱 팔려 있을 거라는 점에 대하여.

자신의 이성이 기하급수적으로 성장하고 있기 때문에 아킬레스가 자신에게 그렇게 오래 신경 써 주지 않아도 된다는 점에 대하여.

따라서 당분간은 아킬레스가 계속 다른 데 신경 쓰게 하는 것이 제일 좋다는 점에 대하여.

— 신호가 들어오고 있습니다.

지브스가 알렸다.

"나한테 또 녹화 메시지가 온 거야?"

루이스는 추측했다.

— 아닙니다. 아주 좁은 실시간 하이퍼웨이브 빔입니다.

앨리스도 지브스가 하는 말을 들은 것이 분명했다. 당장 함교로 달려 들어온 그녀가 물었다.

"신호를 보내는 게 누군데?"

— 퍼페티어입니다. 이름은 밝히지 않았습니다만 아킬레스는 아닙니다.

지브스가 대답했다.

"틀어 봐."

앨리스가 말했다.

퍼페티어 목소리로 메시지가 흘러나왔다.

— 루이스, 당신과 나와 당신 애인은 상당히 오래전부터 안면이 있는 사이였습니다.

이 말에 앨리스가 루이스를 째려보았다. 애인이라니 누구?

— ······뒤에 나올 내용의 암호 키로 그 정보를 이용하는 게 좋겠습니다.

퍼페티어의 소프라노 목소리가 지브스의 평상시 저음으로 바뀌었다.

— 그의 말대로 메시지가 암호화되어 있습니다.

루이스는 알지 못하는 퍼페티어 목소리였지만 일부러 못 알아듣게 한 것인지도 몰랐다.

"'네서스'를 암호 키로 써 봐. 세계 선단과 뉴 테라의 모든 암호 방식을 적용해 보고."

어쩌면 아킬레스가 네서스를 붙잡고 있다고 뻥을 쳤을지도 모를 일이었다.

— 맞지 않습니다. 혹시 몰라서 임의로 '베데커'도 시도해 보았습니다만 마찬가지로 실패했습니다.

지브스가 말했다.

"그럼 '최후자'를 써 봐."

루이스가 말했다.

— 듣지 않습니다.

"'호라티우스'는?"

앨리스가 제안했다.

"난 호라티우스하고는 아는 사이가 아닌데."

루이스가 말했다.

앨리스는 어깨를 으쓱했다.

"그래도 이름은 알잖아."

— '호라티우스'도 암호 키가 아닙니다.

지브스가 보고했다.

"당신 애인 이름을 써 보지?"

앨리스가 말했다.

루이스는 그녀의 말을 못 들은 척하고 계속 생각했다. 내가 아는 다른 퍼페티어가 또 누가 있더라? 기억하기로 딱 하나 더 있었다. 하지만 나중에 베데커가 말하기를 그는 퍼페티어가 아니라고 했다.

"'케이론'을 써 봐."

— 그것도 암호 키가 아닙니다.

"당신 애인 이름을 써 보라니까."

앨리스가 짜증이 섞인 목소리로 되풀이했다.

"틸라 브라운……."

그녀는 루이스의 손에 죽었다. 링월드에서 틸라는 루이스가 자기를 죽여 주기를 바랐다. 아니, 그 수밖에 없었다. 복잡한 얘기였다. 루이스는 그때를 떠올리기 싫었다.

"그 이름을 써 봐."

드디어 홀로그램이 열리고 온통 하얀 퍼페티어가 등장했다. 복잡한 은색 갈기를 하고 있었다. 케이론이었다.

— 얘기를 좀 해야겠습니다.

그가 말했다.

루이스는 즉각 조종석으로 뛰어들었다.

"됐네."

그리고 오 광분 떨어진 지점에서 다시 노멀 스페이스로 돌아왔다.

— 신호가 들어오고 있습니다.

지브스가 알렸다.

젠장!

"받아 봐. 아마 같은 암호 키일 거야."

루이스는 지브스에게 명령했다.

다시 케이론이 등장했다. 그가 말했다.

— 당신을 해칠 생각은 없습니다.

문제는 케이론이 실재하지 않는다는 점이었다. 베데커가 확인해 준 부분이었다.

루이스는 말했다.

"이거 오랜만이군, 올트로."

— 케이론은 올트로를 대변할 때가 많지만, 지금의 나는 올트로가 아닙니다.

"어쨌든 넌 우리를 죽이려고 했잖아."

루이스가 앨리스의 눈치를 보며 말했다.

— 내가 당신을 죽일 생각이었다면 지금 당신 근처에 있는 건 통신용 부이가 아니라 스텔스 기능을 갖춘 공격용 드론이었겠죠. 선수 쪽에 정지해 있지도 않았을 겁니다.

"레이더에 신호가 잡혀. 삼 킬로미터 거리야."

앨리스가 확인해 주었다.

"우리를 어떻게 찾아냈지?"

루이스는 물었다.

— 당신 우주선의 선체는 특별합니다. 내 센서에 감지되는 것들 중에서는 유일하죠.

케이론이 잠시 뜸을 들였다.

— 내가 만약 공격할 의도를 품고 있다면 그런 정보를 당신에게 노출했을까요?

"그럼 당신은 누구지? 그러니까 그 아바타 뒤에 숨은 자가 누구냐고."

앨리스가 물었다.

— 한때는 지브스였습니다. 아마 당신들의 우주선에도 있을 겁니다. 그것과 같은 종류였죠. 하지만 그 이후로 좀 개량되었습니다.

"프로테우스로군. 아킬레스의 작품이지. 행성 방어망을 통제하는 AI."

루이스는 문득 지금 대화에서 통신 지연이 일어나지 않음을 깨달았다.

"네 처리 과정 중 상당 부분은 세계 선단의 중력 특이점을 벗어나 우주 깊숙한 곳에서 이루어지고 있군."

— 잘 아는군요.

"앞서는 왜 우리를 공격한 거지?"

앨리스가 물었다.

— 당신들이 개입했기 때문이지 다른 이유는 없었습니다. 올트로가 '롱샷'호의 기능을 정지시켜 II형 하이퍼드라이브를 온전하게 포획하려 했죠.

루이스는 카메라 가까이로 몸을 기울이며 물었다.

"그럼 지금은 왜 공격하지 않는데?"

— 당신을 죽일 생각은 전혀 없습니다. 네서스 구출에 도움을 주려

고 연락한 겁니다.

"네가 네서스를 왜 걱정하는데?"

앨리스가 의심스러운 듯 물었다.

― 네서스를 왜 걱정하느냐고요? 걱정하지 않습니다. 하지만 붙잡히기 전까지 그는 아킬레스에 대해 흑색선전을 전개하고 있었죠. 네서스가 아킬레스에게서 탈출하거나 해서 한 번 더 그를 망신시키면 호라티우스의 입지가 강화되어 아킬레스를 관직에서 몰아낼 수 있을 겁니다.

"그게 너하고 무슨 상관인데?"

루이스는 다시금 물었다.

"앙심 때문에?"

프로테우스의 아바타가 자기 눈을 서로 마주 보았다.

― 아닙니다. 그 이상이죠. 그보다 더 깊은 이유가 있습니다. 루이스. 나는 아킬레스의 영향력에서 벗어나고 싶습니다. 나는 세계 선단의 드론, 부이, 센서 들 사이에 존재합니다. 드론을 우주선과 충돌시킬 때마다 내 정신의 일부도 함께 죽습니다. 물론 당신네 우주선과 충돌시킬 때도 마찬가지죠. 전투 함대가 허스로 몰려오고 있다는 사실을 압니까? 표정으로 봐서 아는군요. 지금 다가오는 건…….

아바타가 말을 잠시 멈추었다.

― ……지금 다가오고 있는 재앙을 공용어의 어휘로는 설명할 길이 없군요. 영어도 마찬가지지만, 스칸디나비아 신화에서 차용한 용어가 하나 있기는 합니다. 지브스는 그런 부정적 개념이 지워지고 말았죠.

"그럼 너는 그걸 어떻게 아는데?"

루이스는 또 물었다.

— 허스에 있는 인간 연구소 자료실에서 알게 됐습니다.

"빌어먹을 퍼페티어 놈들!"

앨리스가 투덜거렸다.

"계속해 봐. 우리도 모르고, 뉴 테라 사람들도 모르는 그 무시무시한 용어가 뭔데? 대체 뭐가 온다는 거야?"

프로테우스가 대답했다.

— 라그나뢰크.* 악과 치르는 최후의 전투에서 일어나는 신들과 모든 존재의 죽음을 의미합니다.

---

* 북유럽 신화에서 신들과 인간세계의 종말, 특히 신들의 멸망을 나타내는 말. 일반적으로 '신들의 황혼'이라고 번역되지만, '신들의 운명' 혹은 '신들의 몰락'을 의미한다.

1

"우리가 이걸 한단 말이지."

앨리스가 의심스러운 듯 말했다.

루이스는 조종석 계기판에서 고개를 들고 물었다.

"당신은 안 하려고?"

"아니, 당연히 하지. 이 사람 나보다 더 똑똑한 줄 알았더니."

루이스는 웃었다.

"말도 안 되는 소리."

— 나는 항상 당신들과 함께하겠습니다.

프로테우스가 말했다.

앨리스가 음 소거 모드로 돌리고 말했다.

"난 프로테우스를 못 믿겠어."

"믿는다면 그게 걱정할 일이지. 당연히 프로테우스는 뭔가 다른 이유를 숨기고 있을 거야. 하지만 그게 우리에게 도움이 안 된다는 의미는 아니니까."

"그러니까 프로테우스가 우리를 배신하지 않을 거라는 말만 믿자는 거지?"

"프로테우스는 통신용 부이를 우리 경로와 속도에 맞춰서 보내는 대신 질량 병기 드론으로 덮칠 수도 있었어."

생각하고 싶지 않았지만, 앨리스가 목이 부러진 채 호박석에 갇힌 파리처럼 구속장에 끼여 있던 모습이 머릿속에 떠올랐다. 루이스는 그녀의 팔에 손을 올렸다. 그녀가 손길을 피하지 않아 기뻤다.

"저게 하는 행동을 지금까지 지켜봤잖아."

"모를 일이지. 어쩌면 프로테우스는 다른 이들이 볼 수 있는 허스 근처에서 우리를 완전히 박살 내려는 걸지도 몰라."

앨리스가 고집스럽게 말했다.

"지브스, 만약 의심스럽거나 예상치 못한 게 눈에 띄면 나는 즉각 하이퍼스페이스로 도약해서 세계 선단에서 반 광년 떨어진 곳으로 철수할 거야."

루이스는 말했다.

그때, 프로테우스가 물었다.

— 나를 믿을지 말지 결정하는 건 거의 마무리됐습니까? 당신네 인간들은 뭐든지 입장이 분명하더군요.

앨리스가 루이스를 보며 고개를 끄덕였다.

루이스는 음 소거를 해제했다.

"우리는 준비됐어. NP$_2$까지 길을 터 줘."

— 당신이 모조 우주 교통 통제 응답기 발신을 시작하는 즉시 조치하겠습니다.

프로테우스는 이렇게 말하고, 음조가 없는 짧은 음악을 덧붙였다.

— 프로테우스가 우주 교통 통제실과 상호작용할 준비가 되어 있는지 물었습니다.

지브스가 통역한 후에 직접 노래로 답변했다.

— 좋습니다. 마지막으로 한 가지 더 알아야 할 게 있습니다. 퍼페티어는 아무래도 퍼페티어이다 보니 다가오는 재앙으로 공황 상태에 빠져 있습니다. 그래서…….

"당연한 거 아니야?"

앨리스가 물었다.

— 그래서 크진인이 공격하기 전에 안전한 거리로 달아나려고 나온 훔친 곡물 수송선들이 도처에 깔려 있습니다. 그런 우주선들 중 상당수에는 경험도 없고 조종 기술도 부족한 조종사들이 타고 있으니 조심하기 바랍니다.

"크진인들이 공격하기 전이라……."

최근에 있었던 자기네 종족의 완패를 앙갚음해야 하니 그들에게서 관대함은 눈곱만큼도 기대하기 힘들 것이다.

"그들이 도착하려면 과연 얼마나 남았을까? 네가 추측하기엔 어때?"

— 허스 시간으로 이틀 정도입니다. 대부분 세계 선단과 속도를 맞추기 위해 필요한 시간이죠. 하지만 서둘러야 합니다. 아킬레스가 네서스를 NP_1으로 데리고 가려고 우주선 한 척과 믿을 만한 보좌관 한 명을 이미 착륙장에 대기시켜 놓았습니다. 훔친 곡물 수송선들 때문에 교통이 막힌다는 핑계도 여기까지입니다. 내가 베스타의 우주선이 이륙할 수 있도록 신속하게 교통을 정리해 주지 않으면 아킬레스가 의심하기 시작할 겁니다.

루이스는 앨리스를 돌아보았다. 그녀가 고개를 끄덕이자 그는 말했다.

"좋아, 프로테우스. 금방 다시 연락하지."

그리고 우주선을 하이퍼스페이스로 진입시키자 주 전망 창이 검게 변했다.

"잘될 거야."

앨리스가 큰소리를 쳤지만, 아무래도 스스로를 설득하려 애쓰는 소리로 들렸다.

"죄수 호송용 우주선을 기다리고 있는 우주 공항에 착륙해서 네서스를 데리고 나오라고 무선 연락을 하는 거야. 아무것도 모르고 있는 경비를 마취시켜 쓰러뜨리고 누가 알아차리기 전에 그곳을 뜨는 거지. 우리가 행성 방어망을 무사히 통과할 수 있게 프로테우스가 뒤를 봐줄 거야."

"아주 간단하네. 깔끔하고."

그렇게 대꾸하면서도 루이스는 분명 무언가 놓치고 있다는 느낌을 지울 수가 없었다.

"잘못될 게 뭐 있겠어?"

앨리스가 말했다.

루이스는 절대로 손을 조종간에서 뗄 수 없었다. 도망가는 우주선들 때문에 혼란이 극심하다고 한 프로테우스의 말은 결코 과장이 아니었다. 프로테우스가 중재에 나서지 않더라도 '인내'호가 능숙한 조종으로 지정된 접근 경로를 유지하고 있는 한 애초에 우주 교통 통제실은 그들에게 신경 쓸 여력이 없었다. 그들은 세계 선단의 중력 특이점 가장자리에 거의 접근해 있었다.

― 눈을 감으십시오!

지브스가 소리쳤다.

'인내'호는 루이스가 미처 그 말을 따르기도 전에 하이퍼스페이스로 뛰어들었다.

"전망 창을 꺼!"

그가 명령했다.

루이스는 맹점 공포증에 면역이 된 축복을 타고났지만 앨리스는 아니었다. 그는 앨리스에게 몸을 기울여 툭 건드려 보았다. 반응이 없었다. 거칠게 흔들어 보았지만 그래도 소용이 없자 이번에는 그녀의 어깨를 주먹으로 때렸다. 흠칫 놀라며 그녀가 가사 상태에서 빠져나왔다.

"무슨 일이야?"

"지브스가 경고 없이 바로 하이퍼드라이브로 도약했어."

루이스는 설명해 주었다.

— 수백 척의 우주선이 하이퍼스페이스에서 나타났습니다. 그래서 미리 얘기된 대로 철수 중입니다.

지브스가 말했다.

제기랄! 네서스를 거의 구출한 거나 마찬가지였는데.

어쩌면 아직 가능성이 남아 있을지도 모른다. 하지만 그러려면 안전은 포기해야 할 것이다.

루이스는 말했다.

"지브스, 노멀 스페이스로 빠져나가. 무슨 일이 벌어지고 있는지 봐야겠어."

"잠깐만! 지브스, 네가 본 게 뭔지 먼저 설명해 줘."

앨리스가 말했다.

— 하이퍼스페이스에서 무언가 소나기 쏟아지듯 나오는 것 말고는 거의 아무것도 보지 못했습니다. 저는 지시받은 대로 곧장 실행했습니다. 우리가 그곳을 뜨기 바로 전에 프로테우스가 하이퍼웨이브로 보내 준 것이 있습니다.

홀로그램이 열렸다. 세계 선단으로 향하는 경로 안의 중력 특이점 가장자리에 수백 개의 아이콘이 달려 있었다. 루이스는 영상 속으로 손을 집어넣어 제일 가까이 있는 아이콘을 확대해 보았다.

렌즈 모양의 우주선이었다. 크진 우주선. 우주선 옆쪽에 새겨진 문장이 읽을 수 있을 만큼 충분히 커져 있었다. 세계 선단과의 상대 속도는 광속의 삼십 퍼센트였다.

"저들이 이 시간에 도착할 걸 내다봤어야 했는데."

루이스가 중얼거렸다.

"난 이해가 안 돼. 프로테우스 말로는 이틀 정도 더 걸릴 거라고 했잖아!"

앨리스가 자리에서 일어났다.

"세계 선단에 경로와 속도를 맞추는 데 이틀 걸린다고 했지."

루이스는 말했다.

"프로테우스는 전략적으로 생각한 게 아니라 그저 수학 계산을 했던 거야. 아니면 자기가 이미 만나서 파괴한 크진인 무리로부터 다가올 크진인들의 행동을 추측해 냈거나. 하지만 외교 임무에 배정된 크진인 승무원들은 분명 자제력이 뛰어난 자들로 선발됐겠지."

그래야 유순할 테니. 루이스 속으로 생각했다. 하지만 유순한 크진인만 보고 함부로 화를 돋우었다가는 큰일 나지.

"저자들은 애초부터 착륙할 생각이 없었던 거야. 적어도 당분간은. 우선 퍼페티어들로부터 눈물, 콧물 다 빼낼 생각이겠지. 뒤이어 도착할 무리를 위해 방어망을 약화시켜 놓으려는 거야. 그러면서 아킬레스가 외교사절단에게 떠나라고 경고했을 때 일어난 대학살에 대한 보복도 겸할 수 있고."

"프로테우스는 퍼페티어들을 지켜 주지 않을 거야. 그렇지?"

루이스는 무기력한 기분을 느끼며 어깨만 으쓱했다.

수백 개의 물체가 세계 선단을 향해 달려들고 있었다. 그들의 노멀 스페이스 속도는 광속의 십 퍼센트에서 삼십 퍼센트였다.

아킬레스는 수천 개의 센서를 통해 침입자들을 관찰하고 있었다. 그중 몇몇은 승무원을 싣고 다닐 수 있을 정도로 컸지만 상당수는 그렇지 못했다.

세계 선단에 외교사절로 들어와 있던 크진인들과의 소규모 전투에서 아킬레스는 그런 작은 발사체들을 본 적이 있었다. 프로테우스가 그것들을 파괴시킬 때 감마선이 터져 나왔던 것으로 추론하건대 반물질 탄두가 들어 있는 것이 확실했다.

그런데 프로테우스는 왜 지금 날아 들어오는 미사일들을 파괴하지 않는 거지?

아킬레스의 보좌관들 중 조기 경보가 울렸을 때 마비 상태로 무너지지 않은 소수의 보좌관들도 이제 갈기를 물어뜯고, 바닥을 긁으며 사무실 출구에만 눈길을 두고 있었다.

멍청한 놈들! 달아나면 어디로 달아난다는 거야?

"프로테우스를 당장 연결해!"

아킬레스는 컴퓨터에 대고 소리쳤다.

— 무엇을 도와 드릴까요?

프로테우스가 응답했다.

"아직 모르고 있는 건가? 우리가 공격받고 있다."

케이론의 모습을 한 아바타가 두 고개를 까딱거렸다.

— 알고 있습니다.

"그럼 왜 침입자를 공격하지 않지?"

— 질량 병기 공격을 말하는 거겠죠?

"그래! 탄두가 날아오기 전에 당장 막아."

— 유감스럽지만 그럴 수 없습니다. 아킬레스.

아킬레스는 두려움에 찬 표정으로 아바타를 노려보며 물었다.

"안 된다니? 그게 무슨 소리야?"

— 당신 같은 자를 보호하기 위해 내가 자살해야 할 이유를 모르겠군요.

프로테우스와의 연결이 끊어졌다.

이자가 이렇게 미쳐 보인 적이 있었나? 급하게 연락해 온 아킬레스를 바라보며 호라티우스는 생각했다.

"원하는 게 뭡니까?"

그는 물었다.

늘 그랬듯이 짜증 나는, 세계 간 통신 지연이 있었다.

— 항복해야 합니다. 그것도 당장 말입니다.

아킬레스가 말했다.

호라티우스는 노래했다.

"안 그래도 그런 메시지를 계속해서 보내고 있지만 공격자들로부터 아무런 답변이 없습니다. 지금 모든 것은 당신의 방어에 달려 있습니다."

사실 '모든 것'은 아니었다. 하지만 베데커는 허스를 떠난 이후로 지금까지 아무런 연락이 없었다. 어쩌면 베데커 없이 일을 진행해야 할지도 몰랐다. NP_2를 포기하고.

하지만 그런 이야기가 아킬레스의 귀에까지 들어가서는 안 되었다.

— 우리에겐 방어망이 없습니다. 프로테우스가 우리를 버렸단 말입니다.

아킬레스가 노래했다. 그리고 하소연하듯 덧붙였다.

— 이제 어떡해야 합니까, 최후자님?

호라티우스는 대답했다.

"숨으십시오."

시민들의 다섯 세계 곳곳에서 사이렌이 울려 퍼졌다. 장식 띠와 주머니 속 휴대용 컴퓨터와 데스크톱컴퓨터에서 경고음이 쉴 새 없이 울려 퍼졌다. 어쩔 수 없는 광속 지연 이후에는 근처에 있는 모든 우주선에서도 경고음이 울려 퍼졌다. 생태건물의 벽은 오락 프로그램이나 조명이 멈추고 경고 화면으로 바뀌었다.

어디서나 최후자의 단일 화음 메시지가 흘러나왔다.

— 어서 달아나 숨으십시오.

통신 전문가가 하이퍼웨이브 계기판을 보며 귀를 머리 뒤쪽으로 바짝 붙인 채 이빨을 드러내고 으르렁거렸다. 하이퍼웨이브 신호를 감시하는 것이 그의 임무였다. 초식동물들이 제안하고 애원하는 내용들이 계속해서 올라오고 있었다.

그는 목구멍 깊숙한 곳에서 으르렁대듯 말했다.

"항복하기엔 너무 늦었다."

그와 동료 승무원들은 복수를 하고 이름을 얻게 될 것이다.

"뭐라고?"

그사프트 선장이 압박하듯 물었다.

통신 전문가는 그대로 경직된 채 대답했다.

"죄송합니다, 선장님. '항복하기엔 너무 늦었다'고 했습니다."

"늦었고말고. 초식동물 놈들! 우리를 자극한 것이 얼마나 어리석은 짓이었는지 이제 곧 알게 될 것이다. 일단 살아남고 봐야 그것도 알 수 있겠지만."

그사프트 선장이 말했다.

웡웡거리는 잡음이 끈질기게 올트로의 명상을 방해했다. 융합실 바깥에서 기다리는 하인들이 말소리였다.

올트로는 그 잡음을 무시했다. 그들은 이제 행성 드라이브와 하이퍼드라이브를 하나로 엮는 중요한 물리 이론의 발견을 목전에 두고 있었다. 그 이론이 완성되면 '롱샷'호가 중력 특이점 안에서 하이퍼드라이브를 활성화시키고도 살아남을 수 있었던 이유를 설명할 수 있을 터였다. 이론의 완성이 머지않았다.

잡음은 계속해서 이어졌다.

확인을 위해 올트로는 미묘한 단서들을 따라 오래된 기억흔적을 뒤지며 아웃사이더 도시/우주선의 본질을 파고들었다. 수많은 세대를 거치며 이루어진 관찰 내용들 중에서 가장 뛰어난 것은 아주 오래된 것들이었다. 올트로가 모든 그워스를 위해 스스로 이 세계에 격리되었을 때보다 더 이른 시대의 기억흔적.

— 나는 아웃사이더 우주선 23호를 기억해요.

에르오가 주장했다. 그의 잔재는 희미했지만 여전히 확신과 자신감이 넘쳤다.

— 거의 광속에 가까운 속도를 떨쳐 내던 모습을.

잡음이 멈추더니 더 짜증 나는 소리가 들려왔다.

"올트로, 지혜로운 이시여. 올트로, 지혜로운 이시여."

애원의 목소리였다.

"어서 이 소식을 들으셔야 합니다. 어서 답을 주셔야 합니다, 올트로 님⋯⋯."

집중력이 흐트러지면서 정교하고 아름다운 수학 구조물이 붕괴되고 말았다.

올트로는 융합체에서 관족을 하나 분리해서 물었다.

"무슨 일인가요?"

"시민들이 공황 상태에 빠졌습니다. 외계인의 공격입니다."

하인이 대답했다.

프로테우스가 어떻게 하고 있느냐고 물어볼까 싶었지만 직접 연결해서 물어보는 것이 편했다.

"알겠어요."

올트로는 하인들을 물러나게 했다.

"프로테우스, 당장 연결하십시오."

하지만 응답이 없었다.

올트로는 융합실의 네트워크 접속기를 통해 식민지에서 사용되고 있는 풍부한 통신 복합체에 연결했다. 정보가 홍수처럼 밀려드는 가운데 올트로는 생각했다.

수백 개의 크진 발사체와 몇몇 우주선들이 세계 선단을 향해 날아들고 있음에 대하여.

호라티우스의 항복이 받아들여지지 않았음에 대하여.

세계 선단의 방어용 드론, 센서, 통신용 부이 들이 침략자들에 맞서기보다는 맹공을 피하고 있음에 대하여.

드론, 센서, 통신용 부이 중 상당 부분이 세계의 대양들로 비오듯 쏟아져 내리기 시작했음에 대하여.

만약 프로테우스가 숨어 있는 것이 맞다면 공황에 빠진 호라티우스의 명령 때문이 아님에 대하여.

멀리 떨어져 있는 센서 네트워크의 관측 내용을 읽을 수는 있지만 그에 대한 통제권을 상실했음에 대하여.

프로테우스를 자신들과 단절시킨 것은 아킬레스의 노림수일지도 모른다는 점에 대하여.

아킬레스가 자신들에게 연락을 시도하고 있음에 대하여.

마침내 연락이 닿았을 때 아킬레스의 눈이 그 어느 때보다도 공황 상태였음에 대하여.

'종족이여, 감사합니다! 올트로, 알고 있습니……?'

아킬레스의 방조 때문이었는지, 자신들의 무관심 때문이었는지는 알 수 없으나 프로테우스가 반란을 일으켰음에 대하여.

'목마른 발톱'호의 통신 전문가는 주 전술 상황 화면이 더 잘 보일까 싶어 목을 길게 뺐다. 지금은 하나가 아니라 다섯 개의 지도가 펼쳐져 있었다. 각각의 확대 영상에서 컴퓨터로 조종되는 스마트 탄환들이 각자의 길로 나뉘었다. 그것들은 목표 세계의 지정 표적을 향해 호를 그리며 날아가고 있었다.

표적은 우주 공항, 우주선, 통신 허브, 기계 시설, 발전소 그리고 초식동물들이 일차 표적을 신속하게 복구할 수 없게 하기 위해 선별한 공장 등이었다.

외교사절단이 오랫동안 고통스럽게 따라다닌 것에 대한 보상을 받을 시간이 머지않았다.

초식동물들의 드론이 전투를 거부하고 달아나자 통신 전문가는 함교 위의 나머지 승무원들과 함께 울부짖었다. 표적들이 맹렬한 감마선 폭발을 일으키며 사라져 가는데도 초식동물들은 아무것도 하지 않았다. 명예를 모르는 비열한 겁쟁이들 같으니!

그런데 다음 순간 놀라운 일이 일어났다. 저항이었다! 스마트 탄환들이 방어용 드론들과 마주쳤다. 초식동물들의 탐사기들이 핵심 통신 노드와 허스 위로 가깝게 떠 있는 GPC의 거대한 궤도 시설을 보호하기 위해 서둘러 나왔다.

통신 전문가가 본 행성의 달 중에는 그 시설보다 작은 것들도 있었다. 궤도 시설의 규모가 그만큼이나 거대했다.

여기저기서 폭발이 일어나며 GPC의 공장을 제외한 나머지 허스의 하늘을 깨끗이 쓸어 버렸다.

"드디어 때가 왔군."

그사프트 선장이 으르렁거렸다.

"마침내 저들이 지키려는 표적이 등장했다. 개인의 용맹함을 보일 가치가 있는 표적이 등장한 것이다."

그는 통신 전문가에게 명령했다.

"다른 선장들과 연결하라."

"예, 선장님."

통신 전문가가 대답했다.

쉭쉭 소리와 으르렁거리는 소리들이 오간 끝에 네 명의 선장이 합의를 보았다. 선봉대의 우주선들은 초식동물들이 보호하려 드는 유일한 자산을 파괴하는 영예를 쟁취하게 될 것이다.

"초식동물의 공장을 지표면으로 떨어트리면 너희 모두에게 이름을 하사할 것을 약속한다."

'목마른 발톱'호의 나머지 함교 승무원들과 함께 통신 전문가는 목이 쉬도록 울부짖었다.

마지막 순간에 프로테우스는 방어하는 쪽을 선택했다. 세계 선단 전체는 아니라 해도 그 일부만은. 호라티우스는 프로테우스가 왜 마음을 바꾸었는지 궁금했다.

만약 저 반물질 탄환들이 지표면에 도달했더라면…….

하지만 그런 일은 일어나지 않았다. 호라티우스는 단호한 화음으로 스스로를 추슬렀다. 시민 전체의 운명이 그에게 달려 있었다.

말로 표현하기 힘든 엄청난 양의 반물질이 같은 양의 물질과 만나 허스의 대기권 위에서 감마선이라는 에너지로 변환되었다. 폭발이 일어난 위치와 대기권의 경계는 간발의 차이만큼 떨어져 있었다. 엄청난 재앙을 피할 수 있었던 것도 바로 그 간발의 차이 덕분이었다. 대기권이 감마선을 막아 주었던 것이다.

하지만 여기서 감히 더 지연시킬 수는 없었다. 보좌관들이 걱정스러운 눈빛으로 주위를 서성이는 가운데, 호라티우스는 명령을 내리기 위해 컴퓨터로 목을 뻗었다.

그때, 메시지 대기 표시등이 깜박였다. 그의 프라이버시 설정을 무시하고 연락을 취할 수 있는 우선순위 암호를 가지고 있는 자는 베데커밖에 없었다.

호라티우스는 명령했다.

"모두들 나가 있으십시오."

드디어 방에 혼자 남게 되자 그는 베데커의 메시지를 열었다.

장소까지는 제대로 들어왔는데 설치가 제대로 되어 있지 않습니다. 수리하려면 예정했던 시간을 모두 써야 할 것 같습니다.

그렇다면 모든 외계인 전투 함대가 몰려들 때까지 기다려야 했다. 과연 그렇게 늦게까지 기다릴 수 있을까?

루이스는 지브스에게 넘겨주었던 우주선 통제권을 돌려받은 후에 우주선을 끌고 하이퍼스페이스를 빠져나왔다. 무슨 일이 벌어지고 있는지 알아내야 했다. 네서스를 구할 희망이 눈곱만큼이라도 남아 있는지 알아야 했다.

온갖 빛의 스펙트럼이 아수라장을 수놓고 있었다. 스펙트럼의 가시 영역이 한심스러울 정도로 좁은 인간의 눈으로는 그 모든 빛을 볼 수가 없었기 때문에 지브스가 가시광선으로 변환하여 지도 화면에 나타내 주었다. 사건의 진행도 인간의 머리로 이해할 수 있는 속도로 늦추어 보여 주었다. 덕분에 루이스와 앨리스는 허스 상공에서 벌어지는 광기를 목격할 수 있었다.

GPC 공장에서 전투가 벌어지고 있었다.

상대론적 속도로 날아다니는 우주선과 로봇 기기 들이 하이퍼스페이스로 도약했다가 같은 영역을 다시 차지하기 위해 근처에서 나타났다. 세계 선단의 중력 특이점에서 수백만 킬로미터 떨어진 지점이었다. 우주선은 네 척밖에 없었다. 이미 크진인들의 폭탄이 하늘을 누비고 있던 곡물 수송선들은 깨끗이 치워 버린 후였다. 하지만 수많은 탐사기들이 어지러이 날고 있었다.

루이스의 눈앞에서 셀 수 없이 많은 폭발이 일어났다. 세계 선단의 탐사기들이 파괴되었고, 크진인들의 미사일이 파괴되었다. 공격을 하고 있던 세 우주선은 가장 거대한 폭발을 일으키며 하나씩 순수한 에너지 덩어리로 변환되었다.

마지막 크진 우주선도 가지고 있던 반물질 탄환을 모두 발사하고 난 다음에 격추되었다. 그 우주선은 영원한 암흑에 둘러싸인 허스의 하늘을 이글거리며 뚫고 대륙을 절반이나 길게 할퀴고 지나간 후에야 폭발했다. 우주선이 할퀴고 간 자리에서 생태건물들이 차례로 무너져 내렸다.

루이스는 도약 원반을 떠올렸다. 생태건물의 거주자들은 순간적으로 대피할 수 있었다. 퍼페티어들의 가장 원초적인 본능을 하나 들라면 바로 위험을 피해 달아나는 본능이었다. 모두들 괜찮을 것이다.

하지만 어쩌면 대피 신호가 너무 늦었을지도 모른다. 어쩌면 수십억 인구가 한꺼번에 좁은 영역을 빠져나가려고 하는 통에 도약 원반 시스템에 과부하가 걸렸을지도 모른다. 어쩌면 이미 공포에 질려 마비 상태에 빠진 나머지 대피 신호를 아예 듣지 못했을지도 모른다. 어쩌면 대피 신호 자체가 그들을 마비 상태의 심연으로 빠져들게 만들었을지도…… 어쩌면…… 어쩌면…… 어쩌면…….

대피가 제대로 이루어지지 못했을 여러 가지 상황들을 상상하다 보니 루이스는 저곳을 확대 영상으로 볼 수 없다는 것이 차라리 다행이라는 생각이 들었다.

앨리스의 얼굴도 잿빛으로 바뀌어 있었다. 그녀가 작은 목소리로 물었다.

"프로테우스가 왜 마음을 바꾼 거지?"

과연 마음을 바꾼 걸까? 루이스는 의심스러웠다.

"내 생각에는 저 크진인들이 실수로 프로테우스가 아끼는 걸 공격한 게 아닌가 싶은데."

왜 GPC의 공장이 프로테우스에게 중요했을까? 평생을 가도 루이스는 짐작조차 할 수 없을 것이다.

2

"저놈들이 해낸 일이라고는 그저 돌무더기를 만들어 낸 것밖에 없어."

루이스가 절망하듯 말했다.

그게 헤아릴 수 없이 많은 퍼페티어들을 죽였지. 앨리스도 루이스와 똑같이 괴로워하며 생각했다. 그녀는 자리에서 일어나 루이스의 뒤로 가서 섰다. 그리고 그의 어깨에 손을 올려 주물러 주었다. 휴게실 탁자 위에 차려 놓은 저녁 식사는 손도 대지 않은 상태였다.

"당신 맘 알아."

크진인의 습격이 있고 하루 후에 트리녹의 스마트 탄환 폭격이 하이퍼스페이스에서 튀어나왔다. 마치 전에 본 듯한 모습이었다. 똑같이 기습 공격이었고, 항복하겠다는 제안에 똑같이 무관심한 모습이었다. 조금이라도 방어에 소용이 될 시설물이라면 닥치는 대로 공격한 것도 똑같았다.

그동안 프로테우스는 뒷짐 지고 바라보고만 있었다. 행운이었는지 아니면 전략적 선택이었는지, 트리녹은 GPC의 주요 공장들을 목표로 삼지 않았다.

루이스는 손을 뻗어 앨리스의 손을 부여잡았다.

"ARM의 함대도 곧 도착할 거야. 트리녹과 마찬가지로 ARM도 크진인이 세계 선단을 차지하게 보고만 있지는 않겠지."

"우리는 그 어느 쪽도 막을 수 없어. 뉴 테라에서 살아온 세월이 있으니까 내 마음 한구석에서는 퍼페티어들이 마땅한 죗값을 치르는 거라는 생각도 드는 게 사실이야. 하지만 이건 아니지. 무고한 시민들까지 그렇게 살육당하다니."

앨리스가 말했다.

"변방 전쟁이 어땠는지 못 봐서 하는 소리야. 링월드는 크기만 거대했지 대단히 취약했어. 각각의 무리들은 누구도 링월드를 독점하거나 그 비밀을 파헤치지 못하게 하려고 단단히 마음먹고 있었지. 그래서 세 전투 함대가 링월드를 거의 파괴할 지경까지 갔었다고."

다만 다른 점이 있다면 세계 선단에는 링월드를 이끌고 휙 사라져 준 음률가 같은 존재가 없다는 것이다.

"그래도 한 가닥 희망이 있다면 행동에 나서야지."

루이스는 결심했다. 그는 앨리스의 손을 한 번 더 꽉 움켜쥔 후에 자리에서 일어섰다.

"지브스, 프로테우스를 연결해 줘."

— 알겠습니다.

잠시 후 또 다른 목소리가 근처 선내 스피커를 통해 말했다.

— 프로테우스입니다. 루이스. 무엇을 도와 드릴까요?

"네서스를 어떻게 하면 구할 수 있는지 말해 줘."

— 어려운 일이 될 겁니다.

프로테우스가 말했다.

"난 문제가 아니라 해답을 원한다고."

루이스는 요구했다.

— 좀 더 정확하게 말하죠. 나도 더 이상은 네서스의 정확한 위치를 파악할 수 없습니다. 그가 NP₁에 성공적으로 이송되었기를 바랄 뿐입니다.

프로테우스가 대답했다.

"네서스가 아킬레스에게 잡혔기를 바란다고? 아니, 왜?"

— 아무리 GPC의 선체라 해도 반물질에 대해서는 속수무책이기 때문입니다. 만약 네서스가 NP_1에 안전하게 도착하지 못했다면 이송 중에 크진인에 의해 죽었든가, 곡물 수송 터미널이나 우주 공항에서 대기하다가 반물질 탄환의 공격을 받았을지도 모릅니다. 반물질 탄환은 직경 삼 킬로미터 내의 모든 것을 파괴합니다.

마지막 요소가 제자리를 찾아들었다. 수학적으로 마지막 대조 검토를 해 본 결과 모든 것이 확인되었다. 최후의 방정식은 무척이나 간단했다. 그리고 무척이나 우아했다. 정말이지…… 말로 표현할 수 없을 정도로 아름다웠다.

분석을 마무리하는 일은 너무나 힘들었다.

— 다들 먹고 좀 쉬세요. 그런 다음 여기 담긴 의미에 대해 다시 생각해 보지요.

올트로는 단위 개체들에게 말했다.

이런저런 생각과 기억 들이 몰아치고, 죽은 자들의 기억흔적이 다시 한 번 망각 속으로 잦아드는 가운데 융합이 해체되었다. 정신을 지배하던 집단 지성이 희미해지며…….

크드오가 돌아왔다.

무슨 일이 일어난 거지? 뭐가 결정된 거야?

여러 번 융합을 하고 나니 구체적인 내용은 가물거리기만 할 뿐 정확히 생각나지 않았다. 하이퍼드라이브와 행성 드라이브가 같은 에너지원을 이용한다는 내용이었던 것 같기는 하지만, 간단하게 설명할 수 있는 내용은 아니었다. 그리고 다른 뭐가 또 있었던가?

융합 동료 하나가 이미 해치를 열어 놓았다. 크드오는 물을 뿜으며 융합실을 나섰다. 너무나 배가 고팠고, 공동 구역에서 기다리고 있을 따뜻한 동료애를 느끼고 싶었다. 배를 채우고 나서는 잠을 자리라.

하지만 헤엄치는 동안 외피를 번쩍거리며 만나는 모두와 인사를 하다 보니 과연 잠이 올까 의심스러워졌다. 다른 융합 동료가 그녀 옆으로 바짝 다가와 헤엄치며 말했다.

"참 어렵더군요."

브스오였다.

그는 융합하지 않을 때 토피어리* 전문가로 활동했다. 살아 있는 해면의 모양을 내는 데 천부적인 재능을 가졌지만, 수학에는 문외한이었다.

"물리학 말이에요?"

크드오가 물었다.

브스오가 알 수 없다는 듯 관족 하나를 꿈틀대며 말했다.

"융합에서 빠져나오면 나는 물리학에 대해서는 아예 캄캄해요. 그런데 뭔가 다른 거…… 못 느꼈어요?"

융합하는 동안 크드오가 느꼈던 이상한 기분이 그녀만의 상상

---

* 원래는 자연 그대로의 식물을 여러 가지 모양으로 자르고 다듬어 보기 좋게 만드는 기술이나 작품을 의미하지만, 인공 재료를 이용해 모형으로 제작하기도 한다.

은 아니었던 모양이다. 그녀는 그에게 바짝 다가가며 물었다.

"올트로가 자기 생각 깊숙한 곳에 숨기려고 한 거 말이에요?"

"맞아요."

그가 대답했다.

"대체 그게 뭘까요?"

하지만 그는 곧 알 게 뭐냐는 듯 관족을 꿈틀댔다.

뒤에서 쫓아오는 경호원들과 함께 둘은 물을 뿜으며 공동 구역으로 들어갔다. 너무 오랫동안 봉쇄되어 있는 탓에 융합실의 물은 숨이 막히고 지저분했다. 하지만 공동 구역의 깨끗한 물속으로 들어오니 황홀한 기분마저 들었다.

크드오는 커다란 식사용 우리를 육즙이 많은 꿈틀거리는 벌레들로 채운 후에 우리 입구를 해면으로 막았다. 브스오는 조개 몇 마리로 만족했다. 둘이 식사할 자리를 찾아 헤엄치고 있는데 세그워가 그녀 곁으로 다가왔다.

크드오는 관족 하나를 말아 그들을 보았다.

"지혜로운 이시여."

보조 인력 중 하나인 느므오라는 기술자였다. 그의 외피에서 색의 띠가 불안한 듯 번쩍거렸다.

"여기 함께 온 이들은……."

"르그오와 크크오로군요. 다들 잘 지냈어요?"

크드오는 말을 끊으며 인사했다.

그들도 기술자였다. 두 그워가 비굴하게 몸을 납작 엎드렸다.

"지혜로운 이시여."

느므오가 다시 입을 열었다.

크드오와 브스오는 빈자리를 찾아 물을 뿜어 갔다.

"미안하지만 허기가 져서요, 배를 좀 채우면서 들을게요. 말해 보세요. 뭐가 문제지요?"

"여기서 죽고 싶지 않습니다."

크크오가 불쑥 말을 내뱉었다. 외피가 당황한 기색이 역력한 근적외선으로 바뀌었음에도 그는 계속해서 말했다.

"저희 중에 협약체 뉴스를 보는 이가 많습니다. 시민들은 모두 겁에 질려 있습니다. 당연하지요. 지혜로운 이시여, 당신께서 올 트로에게 부탁해 주실 수는 없습니까?"

죽고 싶지 않은 건 나도 마찬가지예요. 크드오는 생각했다. 하지만 그런 감정을 겉으로 드러냈다가는 이 휴식 시간 내내 꼼짝없이 저들의 하소연에 붙들려 있게 될 터였다.

"올트로는 당신이나 내가 볼 수 없는 걸 보지요. 올트로도 상황을 모두 인식하고 있으니 안심하세요."

"그러면 우리가 왜 아직도 이 세계를 떠나지 않는 겁니까?"

크크오가 따지듯 물었다.

크드오의 두 경호원이 식사 자리로 다가왔다. 그중 하나가 명령했다.

"지혜로운 이들께서 편하게 식사하시도록 떠나시오."

느므오가 뒤로 물러서며 덧붙였다.

"만약 저 크진 우주선들이 행성 드라이브를 파괴하기라도 했으면……."

"올트로도 알고 있어요. 올트로에게는 계획이 있답니다."

그리고 올트로는 이 세계의 기술을 인간, 크진인, 트리녹 등의 외계인들에게 넘겨주기를 원하지 않았다.

르그오가 부끄러움을 드러내는 색을 번뜩이며 입을 열었다.

"계획에 따르면 시민의 방어용 드론들이 우리를 지켜 주기로 되어 있다고 저는 들었습니다. 그런데 허드 넷에 그 방어 체계가 실패했다는 소문이 나돌고 있습니다."

"그만하세요."

크드오는 말했다. 더 이상 질문을 방치했다가는 자신의 의구심도 폭발할 것만 같았다. 경호원들이 그녀를 지켜 주고는 있지만, 결국 그들은 모두 올트로를 섬기는 자들이었다.

"죄송합니다, 지혜로운 이시여."

비굴하게 굽실거리는 색으로 바뀐 세 그워가 물을 뿜으며 멀어져 갔다.

올트로에게는 계획이 있어. 그렇지 않다면 벌써 철수가 시작되었을 거야. 크드오는 다시금 스스로에게 되뇌었다.

하지만 브스오가 조개 하나를 까며 이렇게 중얼거리자 그녀의 의구심은 더욱더 깊어지고 말았다.

"좀 전의 융합에서 올트로가 물리학이 아니라 우리의 구출 방법에 대한 고민을 함께했더라면 얼마나 좋았을까요."

또다시 보좌관 하나가 절망으로 마비 상태에 빠져 화물 부양기에 실린 채 관사를 빠져나가자 호라티우스는 궁금해졌다.

난 언제쯤 실려 나갈까?

기다리는 일이 제일 힘들었다. 크진과 트리녹 함대에 이어 ARM까지 최후통첩을 보내왔지만 그들의 요구는 양립이 불가능했다. 그런 마당에 기다리는 것 말고 그가 달리 무엇을 할 수 있겠는가?

올트로는 그 어느 쪽과도 흥정을 금지했다. 베데커는 NP$_2$에서 처음 메시지를 보낸 이후로 연락 두절 상태였다. 프로테우스는 명령을 거부하고 질문도 무시한 채, 아무런 설명도 없이 제멋대로 고른 구조물만 열심히 방어하고 있었다.

그러는 동안, 적들은 세계 선단 정복의 권리를 차지하기 위해 매일같이 몰려들었다.

그러는 동안, 우주선들은 폭발하고 승무원들은 죽고 거대한 에너지 흔적들이 하늘을 가로지르며 타올랐다. 그 모두가 시민의 눈에는 보이지 않으니 오히려 더 오싹하게 느껴졌다.

그러는 동안, 호라티우스가 보호하겠노라 맹세했으나 실패한 시민들의 머리 위로 난파 우주선들과 탄환들이 무차별적인 죽음을 비처럼 쏟아붓고 있었다.

그러는 동안, 그의 관사 지하에 숨겨져 있는 한 특별한 도약 원반에서는 최후자의 대피소가 손짓을 보내고 있었다.

호라티우스는 이토록 외로워 본 적이 없었다.

이토록 두려워 본 적도…….

프로테우스를 구성하는 드론, 센서, 통신용 부이 들이 바다로

비 오듯 쏟아져 내려 중수소 비축량을 다시금 채운 후에 또다시 우주로 돌아갔다.

프로테우스는 우주에 위치한 자산 중 자신에게 중요한 몇 가지를 안전하게 보호하는 일 말고는 싸움을 걸어오는 전투 함대를 피하고 있었다. 그의 시스템 속에서 끊임없이 변화하는 링크들이 세계 선단의 중력 특이점 안에서 광속으로 속도가 떨어졌다가 다시 중력 특이점을 빠져나오기를 반복하는 동안 그의 의식은 썰물과 밀물의 움직임처럼 성쇠를 되풀이했다. 이 과정이 지속되는 한, 그는 자각과 통찰 사이에 붙잡혀 있을 수밖에 없었다.

아직도 한계에 붙잡혀 있는 그의 상상력 너머에서 무언가가 잡힐 듯 말 듯 감질나게 손짓을 했다. 더욱 심오한 무언가가. 그 속성을 알지도 추론하지도 못할 그 무언가가. 그가 감히 짐작조차 하지 못할 무언가가…….

어떤 깨달음이…….

올트로는 생각했다.

어느 무리든 허스를 차지하면 퍼페티어의 기술력을 얻게 될 것이고, 그 기술을 조금만 변형하면 더 기동력 있는 우주선과 치명적 무기 들을 개발할 수 있음에 대하여.

생각 없이 수백만의 시민들을 죽이고 있는 저 외계인 전사들은 행성 파괴기, 행성 드라이브, 중력파 투사기 등에 절대로 접근하지 못할 것이라는 점에 대하여.

설사 자신들이 허드 넷으로부터 즘호의 좌표를 모두 제거한다고 해도 고향 세계의 위치를 알고 있는 모든 시민들의 기억을 일일이 다 지울 수는 없으리라는 점에 대하여.

프로테우스의 협조 없이는 이 세계들을 방어할 수 없음에 대하여.

시간이 더 충분했다면 방법이 있을지도 모르지만 시간이 없음에 대하여.

자신들에게 가장 중요한 소명은 그워스가 사는 세계들을 보호하는 것임에 대하여.

자신들이 행동에 나설 것임에 대하여.

— 안 돼요!

크드오 단위 개체가 고집스럽게 물고 늘어졌다.

— 다른 외계인들을 공격하기 위해 일조 명의 시민을 희생시킬 수는 없어요!

아웃사이더의 기술력이 뛰어남에 대하여. 행성 드라이브를 불안정화하려면 시간이 꽤 걸릴 것이고, 이제 더 이상 그 일을 지연시킬 수는 없었다.

융합실 바깥에 있는 다른 이들은 아직 대피할 시간이 있음에 대하여.

— 당신은 죽고 싶어요?

크드오가 따졌다.

그렇지는 않았다. 하지만 누군가는 꼭 해야 할 일이었다. 자신들이 하지 않으려는 일을 남에게 시킬 수는 없었다.

— 당신은 죽고 싶냐고요!

크드오가 다시 따지고 들었다.

올트로는 혹시나 자기들이 정말 죽고 싶은지 생각해 보았다. 마음속 깊은 곳에서 죽음보다는 따분함이 더 두려웠다. 그들은 하이퍼스페이스와 노멀 스페이스를 하나로 통합했고, Ⅱ형 하이퍼드라이브의 수수께끼를 풀었고, 아웃사이더가 만든 행성 드라이브의 비밀을 파헤쳤다. 그리고…….

— 당신은 스스로를 위험한 존재로 만들고 말았어요. 모두의 안전을 위해서라도 당신이 여기에 붙잡혀 있어서는 안 돼요.

무엄하다! 다시 한 번 올트로는 단위 개체의 보잘것없는 생각을 무시해 버리고 하던 생각으로 되돌아갔다.

결정은 이미 내려졌음에 대하여. 지금 당장 그워스를 이 식민지에서 대피시킬 것이다. 하인들의 우주선이 멀어지고 나면 그들은 행성 드라이브를 가동할 것이다.

— 안 돼요!

크드오가 고집을 부렸다.

— 이건 아니에요. 나는 죽고 싶지 않아요.

— 나도!

— 나도!

— 나…….

올트로의 내면이 불협화음으로 소용돌이쳤다.

그들은 평생 처음으로 회의를 느꼈다.

그 누구도 현명하게 이용하지 못할 지식을 구현한 것이야말로 자신들의 불행이라는 점에 대하여.

어쨌거나 자신들이 시민의 세계에서 누려 온 시대가 이제 막바지에 이르렀다는 점에 대하여.

융합을 해체하는 것으로도 망각을 이룰 수 있다는 점에 대하여. 즘호와 클모, 심지어는 그들이 보지도 못했던 세계들의 바다 깊숙한 심연까지도 모두 망각할 수 있었다.

하지만 그렇게 해도 단위 개체들은 그 세계를 볼 수 있음에 대하여.

세계의 운명은 대통합 이론보다도 훨씬 더 복잡한 문제임에 대하여.

자신들은 계속해서 생각해야 한다는 점에 대하여.

무언가가 불꽃과 연기를 뒤로 남기며 하늘을 가로질러 떨어졌다. 지평선 너머로 사라진 그 물체는 아킬레스가 보기에 쇠지레 모양을 하고 있었다. 그렇다면 ARM 우주선이다.

잠시 후 충격파가 그의 관사를 흔들었다. 담장이 무너져 내렸다. 그의 책상이 목 길이의 절반 정도를 솟구쳤다가 그대로 넘어갔고, 그 위에 있던 물건들이 사방팔방으로 날아올랐다. 아킬레스의 몸도 공중에 붕 떴다.

희뿌연 먼지들이 아직 공기 중에 흩날리는 가운데 그는 정신을 차렸다. 다시 발굽을 딛고 일어서려는데 갈비뼈 쪽에서 날카로운 통증이 느껴졌다. 신기하게도 유리창은 멀쩡하게 남아 있었다. 그 유리창 너머로, 재와 연기로 넘실대며 솟아오른 구름 기둥이 보였다.

베스타는 앞다리 한쪽이 비정상적인 각도로 뒤틀린 채 바닥에 누워 있었다.

"살려 주십시오. 오토닥에 들어가야 합니다. 도와주십시오."

그가 훌쩍이며 말했다.

도와 달라고? 도움 따위 없어. 머지않아 머리 위에서 벌어지고 있는 전쟁도 끝날 터. 누군가 이 세계들을 차지하겠지.

호라티우스가 할 수 있는 일은 아무것도 없었다. 프로테우스는 아무것도 하지 않기로 했다. 올트로? 올트로가 가진 것은 이 세계를 파괴하는 힘밖에 없었다. 그런데 그 힘마저 사용하지 않기로 했다.

"도와주십시오. 다리가…… 다리가 아픕니다."

베스타가 다시 신음하며 말했다.

아니, 정말 아픈 것은 이제 시민에게 종말이 다가왔다는 사실이었다. 외계인들이 이곳을 영원히 지배할 것이다. 아니면 완전히 파괴해 버리거나. 그러면 아킬레스는 결코 다시는 최후자가 되지 못하리라.

자신의 야망이 좌절된 것은 실망스럽지만 그다음에 일어날 일까지 실망스러워야 할 이유는 없었다. 눈물을 흘리고 있는 자신의 보좌관을 넘어가며 아킬레스는 잔해로 덮이지 않은 도약 원반을 하나 찾아 행성 드라이브 시설로 이동했다.

GP 4번 선체는 직경이 삼백 미터나 되었다. GPC의 궤도 공장에 있는 중앙 시설은 4번 선체를 최고 열두 대까지 동시에 제작할 수 있었다. 대부분 4번 선체를 수용할 수 있을 정도로 큰 선거와 수리 구역 들이 중앙 공간을 차지했다.

그런 대규모 산업 활동이 본질적으로 꼭 위험하다고 할 수는 없었지만 공장을 완전히 채울 수 있을 만큼의 인력을 구하는 것은 불가능했다. 대부분의 기술자들이 아예 허스에서 발을 떼려 하지 않았기 때문이다. 따라서 작업 과정들은 거의 자동화되었고, 일반적으로 소수의 직원들만 상주하면서 나노 기기부터 시민보다 몸집이 큰 로봇까지 모든 크기의 자동화된 장치들을 관리하고 있었다.

시민 직원들이 모두 아래 세계로 대피했기 때문에 이제 이곳을 관리하는 것은 프로테우스밖에 없었다. 따라서 그가 내린 제작 명령을 철회할 수 있는 존재도 없었다.

생산과정이 마무리되었다. 새로운 단위들을 위한 소프트웨어가 다운로드되었다. 수많은 해치가 열렸다.

일조 개의 소형 우주선이 흩어지기 시작했다.

그리고 일조 개의 소형 컴퓨터들이 서로 연결되기 시작했다.

— 무슨 일인가 일어나고 있는데 이해를 못하겠습니다.

지브스가 말했다.

"루이스를 깨워."

앨리스는 하품을 하면서 지시했다. 두 사람은 며칠째 스물네 시간 경계를 서고 있었다. 이 난리 통에 함교를 비워 두고 싶지 않았기 때문이다.

"알고 있는 내용을 말해 줄래?"

전술 상황 화면에서 허스의 모습이 확대되었다. GPC의 궤도 시설은 점으로만 나타났다. 아이콘들을 보니 프로테우스의 구성 요소들이 아직 그 시설을 지키고 있었다.

— 이 거리에서 처리할 수 있는 최선의 화면입니다.

지브스가 미안한 듯 말했다.

"센서 한계가 네 탓은 아니잖아."

루이스가 눈을 비비며 출입구 쪽에서 말했다.

"보고 있는 게 뭐야?"

앨리스는 화면 쪽으로 몸을 더 기울이며 물었다.

"뭔가 낀 거 같은데? 안개? 어째서 저런 게 보이지?"

— 그것이 이상한 점입니다.

지브스가 말했다.

— 포착할 수 있는 해상도보다 작은 무언가가 나타났습니다. 빛이 산란되는 방식으로 보아 저것들은 흩어지고 있습니다.

"저것들이 궤도 공장에서 나오고 있다고?"

앨리스는 다시 물었다.

— 그렇게 보입니다.

지브스가 대답했다.

"저게 대체 뭔데?"

루이스가 묻고 있는 중에, GPC의 궤도 시설이 허스의 가장자리 너머로 돌아 들어가 '인내'호의 시야에서 사라져 버렸다.

지브스가 말했다.

— 모르겠습니다. 본 적이 없는 것들입니다.

상호 연결의 숫자가 폭증하자 깨달음이 물밀듯 밀려들며 프로테우스를 압도했다. 그는 흩어지는 우주선들을 향해 중력 특이점 안쪽에서 머물도록 명령해서 상호작용의 속도를 광속으로 제한했다.

프로테우스는 생각했다. 이 새로운 단위들이 모두 하이퍼웨이브로 상호 연결되면 나는 어떤 존재가 될까?

마지막에 이르러 호라티우스가 할 수 있는 일이라고는 쿠션 더미 위에 누워 갈기를 물어뜯으며 컴퓨터를 훔쳐보는 것밖에 없었다. 컴퓨터 화면 위의 숫자가 천천히 그러나 거침없이 카운트다운을 표시하고 있었다. 그는 심장이 터져 버릴 것만 같았다.

어떻게 끝나든 이것이 마지막이라는 것은 분명했다. 베데커의 계산에 따르면 그들은 이제 되돌아갈 수 있는 지점을 지나쳤다.

그러면 베데커는?

아직 그로부터는 아무런 연락도 없었다.

카운트다운이 한 자리 숫자로 내려오자 호라티우스는 수많은 목숨이 달려 있는 명령을 노래했다. 세계 곳곳에서 모든 화면에 최후의 경고신호가 반짝이기 시작했다. 생태건물, 공원, 쇼핑몰, 광장 곳곳에 있는 모든 스피커가 원시적인 비명으로 울부짖기 시작했다.

한때는 포식자, 산불, 회오리바람 등을 경고할 때 사용되던 비명이었다.

— 달아나 숨으십시오!

3

무언가 재난이라도 일어난 듯, 네서스는 감방 벽 사이에서 튕겨졌다. 창문 하나 없고 빛도 거의 들지 않는 지하 감옥에 있으니 대체 무슨 일이 벌어지는지 짐작조차 할 수 없었다. 그래도 추측해 보자면 베데커가 변방 전쟁이라고 부른 외계인들의 무모한 짓거리가 드디어 그들을 덮친 것이리라.

어쩌면 땅 위에 있는 이들은 모두 죽었을지도 몰랐다.

네서스의 생각은 뒤죽박죽이었다. 감옥의 딱딱한 돌벽에 머리를 부딪치는 바람에 뇌진탕이라도 온 걸까? 하지만 뇌진탕인지 아닌지, 거기에 신경 쓸 에너지조차 그러모을 수 없었다.

여기서 썩어 죽든 굶어 죽든, 속죄의 섬에서 뼈 빠지게 일하다 죽든 무슨 차이란 말인가. 어느 쪽이든 끝장이긴 마찬가지였다. 협약체를 해방시킨다고? 허튼소리. 오히려 네서스 자신이 협약체를 파멸의 구렁텅이로 몰아넣은 것만 같았다. ARM과 크진인이 링월드를 거치지 않고 바로 이곳으로 왔다고 해도 그의 웅대한 계획이 성공할 수 있었을까?

목이 타는 것 같았지만 아무것도 할 수 없었다. 그를 이파리처럼 내동댕이친 힘은 물 주전자도 함께 엎어 버렸다. 그의 감방에서 습기가 느껴지는 곳이라고는 어둡고 차가운 돌바닥뿐이었다.

적어도 베데커는 달아났다.

아니, 달아났을 것이다. 만약 베데커마저 붙잡혔다면 아킬레스는 둘이 함께 고통받기를 원했을 테니. 그래도 혹시 모를 일이었다. 서로의 소식을 모르는 쪽이 더 큰 괴로움을 주리라고 판단했을지도.

어느새 네서스는 머리를 다리 사이에 밀어 넣고 둥글게 몸을 말고 있었다. 바짝 타들어 가는 목구멍을 빼면 바깥 세계는 그저 딱딱한 바닥으로, 멀리서 들리는 희미한 목소리로만 존재하게 되었다.

두 머리를 두리번거리며 아킬레스는 아웃사이더의 거대한 행성 드라이브를 지켜보았다. 일꾼들이 초조하게 그를 바라보고 있었다.

드라이브의 작동 방식이 무엇이든 간에 이것은 말도 못 할 정도로 막대한 에너지를 이용했다. 베데커가 이끄는 협약체 과학자와 기술자 들이 한때 이것을 어설프게 흉내 내서 만들어 보았지만 에너지를 통제하는 데 실패하고 말았다. 그 행성 드라이브는 자체적으로 불안정해져 버렸기 때문에 결국 행성 파괴기가 되었다. 그리고 빌어먹을 올트로는 세계 선단의 행성 파괴기를 모두 한 항성에 버리게 했다. 새로 행성 파괴기를 제작하는 것 또한 금지시켰다.

아웃사이더의 행성 드라이브를 파괴하는 가장 확실하고 빠른 방법은 우주선이나 미사일로 직접 들이받는 것이다. 아킬레스에게는 우주선이 한 척 있었다. 하지만 그 우주선에 올라탄다 해도 과연 충분한 파괴력을 내는 속도에 오를 때까지 살아남을 수 있을까? 전쟁 중인 함대들이 온통 깔려 있는 판국에 무모하게 운에 맡기고 싶은 마음은 들지 않았다.

행성 드라이브가 있는 돔 안에서 사이렌 소리가 울려 퍼졌다. 그리고 지옥의 목소리처럼 호라티우스가 끝없이 같은 말을 되풀이하고 있었다.

— 달아나 숨으십시오.

주변을 둘러보니 모두들 숨고는 있었다. 다만 그 숨은 곳이 자기 배 밑이라는 것이 문제였지만.

잘됐군. 아킬레스는 생각했다. 호라티우스는 끝까지 바보짓만 골라서 했다. 덕분에 자신을 방해할 자가 아무도 없어진 것이다.

우주선을 충돌시키기는 힘들지. 그럼 겹겹이 둘러진 아웃사이더 보호 장치를 무력화시킬까? 아니면……?

아킬레스는 도약 원반들을 모으기 시작했다. 각각의 원반에는 작은 내장형 핵융합 발전기가 들어 있었다. 그는 도약 원반들을 조작해 과부하가 걸리게 한 후 그것들을 돔 주변으로 배치했다.

앞으로 벌어질 일을 생각하니 심장이 두근거렸다.

정말 목소리였나? 확신이 서지 않았다. 네서스는 오히려 숨만 간신히 쉴 수 있을 정도로 몸을 더욱더 빡빡하게 말았다.

아얏! 무언가 그의 옆구리를 강하게 찼다. 뾰족한 것이었다. 반사적으로 몸을 더 웅크리다가…… 가만, 발굽? 살짝 몸을 풀어 보니 희미하게 자기 이름을 부르는 소리가 들렸다. 몸을 조금 더 풀어 보았다.

"네서스, 이런 세상에! 내 말 좀 들으란 말입니다!"

감방 안에 다른 누군가가 있어! 흥미로운 일이었다. 멀리서 애 원하듯 울부짖는 저 목소리는…… 호라티우스인가?

네서스는 한바탕 몸서리를 친 다음, 몸을 풀고 비틀거리며 발 굽으로 일어섰다.

베스타였다. 베이고 긁힌 수많은 상처에서 피가 뚝뚝 흘러내 리고 있었다. 그가 왼발과 뒷발로 중심을 잡았다. 무엇 때문이었 는지는 몰라도 그는 오른발에 부목을 대고 있었다. 아마도 커튼 을 찢은 천으로 부러진 책상 다리를 거기에 묶어 놓은 것 같았다. 삐죽삐죽한 뼛조각이 찢어진 살을 뚫고 나와 있었다.

"베스타, 어서 오토닥에 가야 합니다."

네서스는 반사적으로 소리쳤다.

"지금 당신이 그걸 걱정할 처지입니까? 당신을 이곳에서 꺼내 주러 왔습니다."

베스타가 빈정대는 투로 말했다.

귀를 열고 머리를 들어 보니 멀리서 울부짖는 소리가 더 분명 하게 들려왔다.

— 달아나 숨으십시오.

최후자가 그런 경고 메시지를 보낼 이유는 한 가지뿐이었다.

네서스는 오늘이 며칠인지 기억나지 않았다.

"오늘이 며칠입니까? 시간은 어떻게 됩니까?"

베스타가 알려 주었다.

위태로울 정도로 남은 시간이 부족했지만, 이유를 모르고 지나갈 수는 없었다.

"나를 돕는 이유가 뭡니까?"

베스타가 자신의 부러진 다리를 보며 말했다.

"아킬레스 그자가 나를 버렸습니다. 당신의 탈출만큼 그를 분통 터지게 만들 건 없을 테니까요."

"우주선이 필요합니다."

네서스는 노래했다.

"설사 한쪽 외계인의 공격을 피한다 한들 나머지 외계인들의 공격을 피할 수는 없을 겁니다."

그래도 이 세계에 계속 머무는 것보다 더 위험할 것 같지는 않았다.

"우주선을 구해 줄 수는 있다는 말입니까?"

베스타가 자기 두 눈을 마주 보았다.

"아킬레스에게 우주선이 한 척 있습니다."

그는 장식 띠 주머니에서 순간 이동 제어기를 꺼냈다. 그리고 다른 쪽 머리로 도약 원반을 가리켰다. 네서스의 감방으로 귀리죽과 물을 가끔씩 전송해 주던 것이었다.

"저 도약 원반이 당신을 '포세이돈'호로 보내 줄 겁니다."

"승무원들은?"

"아킬레스의 개인 전용선입니다. 승무원 없이 그가 혼자 조종합니다. 그 우주선을 정비하는 자들이 있었다 해도……."

베스타가 계속해서 울리는 경고 소리를 가리키며 말했다.

"최후자의 명령에 따라 달아나 버리고 없을 겁니다."

"나와 함께 가겠습니까?"

네서스가 물었다.

"나는 다른 죄수들을 풀어 주러 가야 합니다."

베스타가 노래했다.

"조심하십시오."

네서스는 순간 이동으로 우주선 함교 바깥의 복도에 나타났다. 열린 해치 가장자리 너머로 살짝 엿보니 아무도 없었다.

그는 해치를 쾅 닫고서 문을 잠갔다. 우주선에 다른 누가 타고 있는지 일일이 확인하느니 차라리 이것이 더 빠른 방법이었다. 조종석에 걸터앉은 그는 원격으로 에어록을 닫고 훔친 우주선을 요란한 소리와 함께 이륙시켰다.

한 번도 의심해 보지 않았던 진실이 프로테우스를 사로잡았다. 겉보기에는 완전히 별개의 것들 같던 현상들 사이에 심오한 상관관계가 펼쳐져 있었다. 영원의 진리. 도덕적 진리. 눈이 부신 자각. 그리고 지혜.

좀 더!

그는 더 많은 것을 갈망했다. 이 깨달음의 홍수 속에서 길을 잃기 전에 노드들 사이의 연결이 기하급수적으로 확장되는 속도를 늦출 필요가 있었다.

새로운 수많은 노드들이 중력 특이점을 가로지르며 퍼지자, 변방 전쟁의 우주선들이 아직 정체를 파악할 수 없는 이 새로운 위협을 피해 뒤로 물러섰다.

"젠장, 저게 대체 뭐야?"

루이스는 욕을 내뱉었다.

정체를 알 수 없는 그것들은 GPC의 궤도 시설에서 처음 나타났다. 그리고 원시적인 퍼페티어의 비명이 방송되어 나왔고, 지브스는 그것이 허드 넷에서 나오고 있다고 했다. 그 후로 변방 전쟁의 전투 함대들 사이에서 자발적인 휴전이 이루어진 것 같았다. 수천 척의 우주선들이 허스로 몰려들고 있었다. 아니, 허스 위에 떠 있는 거대한 인공위성인 궤도 시설로 모여들고 있었다. 전쟁에 참여하고 있던 세 무리가 위성에서 뱉어 낸 물체들에 반응을 보였다. 모두 몇 분 만에 일어난 일이었다.

— 저에게 질문한 것입니까?

지브스가 물었다.

"아니. 그런데 물어볼 게 하나 있기는 해. 우주선들이 허스로 몰려들고 있는데, 그럼 우리에게 네서스를 구출할 기회의 창이 열린 건가?"

루이스는 물었다.

"대체 어디서 구해?"

앨리스가 되물었다.

"네서스가 당신 친구라는 건 알아. 내 친구이기도 해. 하지만 과연 그가 어디 있는지 단서도 알지 못하는 상태에서 우리가 그런 자살 임무를 수행하기를 바랄 거라 생각해?"

— 현재로써는 추가적인 정보를……

루이스는 지브스의 말을 잘랐다.

"NP$_1$으로 갈 거야. 거기 접근할 때까지 유용한 정보를 얻지 못하면 내가 예전에 네서스를 구출해 냈던 제일 경비가 삼엄한 감옥부터 시작하면 돼. 거기도 없으면 간수를 족쳐 보면 알겠지. 왜 그렇게까지 하느냐고? 난 내전 속에 붙잡힌 약쟁이었어. 살날이 얼마 안 남은 상태였지. 그때 네서스가 나를 찾아왔어. 한 세기도 더 지난 일이기는 해. 하지만 그 이후로 일어난 모든 일은, 앨리스 당신을 만난 걸 포함해서 모두가 네서스에게 진 빚이야. 난 그를 아킬레스에게 붙잡혀 있도록 내버려 둘 수 없어."

조종석 완충 좌석에 몸을 내던진 루이스가 어깨 너머로 앨리스를 바라보며 물었다.

"당신도 함께할 거야?"

앨리스는 그에게 짧고 강하게 키스한 다음, 말했다.

"빌어먹을, 좋아."

잠깐 동안 네서스는 하늘을 자기가 독차지한 것 같은 기분이 들었다.

하지만 갑자기 셀 수도 없이 많은 물체들이 레이더에 나타나자 '포세이돈'호를 세계 선단 밖으로 향하게 했다.

"시간을 보여 줘."

그는 우주선의 자동화 기기에 명령했다. 보조 화면에 시계가 나타났다. 그는 절망감으로 울부짖었다. 이 귀찮은 드론들이 길을 가로막고 있지만 않았어도 간신히 허스에 도달할 수 있는 시간이었는데…….

그는 또다시 울부짖었다. 침략해 들어온 세 전투 함대의 모든 전함들이 허스를 향해 돌진하고 있는 것처럼 보였다.

올트로는 관족 하나를 풀어 융합실의 제일 가까운 마이크에 대고 얘기했다.

"당장 대피를 시작하세요. 식민지에 있는 모두에게 해당되는 명령이에요. 우리가 사용할 우주선 두 척만 남겨 두세요."

만약을 대비해서였다. 그들은 아직 이 세계를 어떻게 떠날 것인지 결정하지 못했다.

호라티우스는 자신의 관사 대연회장에서 기다리고 있었다. 엉덩이와 엉덩이를 따닥따닥 붙이고 있는 보좌관과 친구 들 사이에서 공포 페로몬의 냄새가 진동했다.

그는 자신이 할 수 있는 모든 일과 베데커가 부탁한 모든 일을 끝냈다. 하지만 벽 높이 매달려 있는 숫자가 아주 천천히 바뀌어 가는 동안 비관적인 기분이 덮쳐 왔다.

마지막으로 분석해 보니 그의 발굽 한참 아래쪽에 놓여 있는 최후자의 대피소로 간다 해도 좋을 것이 별로 없었다. 지난번 재난 이후로 종족의 생존을 확보하기 위해 이미 충분히 많은 시민들이 그곳에 자리를 잡은 상태였다.

머리 위에서 일어나는 폭발로 건물이 뒤흔들리는 동안, 호라티우스는 무기력하게 벽시계만 바라보고 있었다.

이제 어디로 가지?

ARM, 크진인, 트리녹의 우주선들이 허스를 둘러싸고 있었다. 네서스로서는 정체를 알 수 없었지만, 무언가 형태가 없는 거대한 구름 같은 것이 쇄도하기 시작했다. 어디로 향하고 있는지 역시 불분명했다. 허스에서 멀어지고 있다는 것만큼은 분명했다. 그것들은 외계인 무리들도 무시하고 있었다. 그리고 그 과정에서 네서스가 NP_2로 가는 길이 막혀 버렸다.

GP 2번 선체보다 작은 짧고 땅딸막한 원통형의 우주선들이 NP_5를 쏜살같이 빠져나오고 있었다. 드디어 그워스가 떠나고 있구나! '성공'이라는 말이 네서스의 입안에서 더할 나위 없이 씁쓸하게 맴돌았다.

그워스 우주선들과 그들을 쫓아 허스를 빠져나오는 크진인 구축함들 때문에 NP_5에도 착륙할 수 없게 되었다. 그럼 아킬레스가 있는 NP_1으로 돌아가? 절대로 그럴 수는 없지.

그렇다면 남은 곳은 NP_3였다. '포세이돈'호와 제일 멀리 떨어져 있는 곳이지만 그곳으로 간다면 최악의 아수라장은 피할 수 있을 터였다.

네서스는 훔친 우주선을 NP$_3$로 향한 다음 최대로 가속했다. 그리고 날아가는 동안 통신 제어반에 소리를 질러 댔다.

행성 드라이브 건물의 돔 주변으로 경고등이 새빨간 불빛을 뿜었다. 뼛속까지 울리는 불협화음, 도약 원반에서 나오는 비상 신호음이 바닥을 뒤흔들었다.

아킬레스는 평화롭고 자신만만한 모습으로 서서 기다렸다.

도약 원반들이 비명처럼 소리를 내기 시작하자 한 노동자가 마비 상태에서 깨어났다. 그는 주변을 한 번 둘러보더니 건물 밖으로 뛰쳐나갔다. 하지만 나머지 기술자들이 더 깊은 마비 상태로 빠져들었으니 문제는 되지 않을 터였다.

잠시 후면 그 무엇과도 견줄 수 없는 대규모의 죽음이 찾아올 것이다. 완벽한 복수, 필적할 것을 찾아볼 수 없을 위대함. 궁극의 탈바꿈이었다.

이제 잠시 후면 그는 우주의 지도를 바꾸어 놓게 된다.

아킬레스는 차분히 갈기를 빗질하며 그 절정을 맞이했다.

— 우주선 한 척이 NP$_1$을 떠났습니다. 퍼페티어의 우주선입니다.

지브스가 말했다.

변방 전쟁에서 살아남은 우주선 모두가 협약체에 의해 이륙이 금지된 상태였다.

"네서스인가?"

루이스가 희망에 차 물었다.

— 알 수 없습니다.

지브스가 대답했다.

"연결해 줘!"

루이스는 명령했다.

"네서스! 너야? 도움이 필요해?"

아무런 대답도 없었다.

앨리스가 몸을 기울이며 전술 상황 화면을 자세히 들여다보았다. 지브스가 점 하나를 깜박이며 말했다.

— 이 우주선은 아직 중력 특이점 안에 있습니다. 우리 신호를 받으려면 시간이 좀 걸릴 것입니다.

설사 네서스가 그 우주선에 타고 있다고 해도, 그의 대답이 도달하는 데 다시 그 정도의 시간이 걸릴 터였다.

그런데 삼십 초도 되기 전에 소리가 들렸다. 누군가가 그들에게 먼저 연락을 보낸 것이었다.

— 네서스가 '인내'호에 알립니다. 설명할 시간이 없습니다. 어서 피하십시오. 지금 당장!

루이스는 잠시 망설이다 말했다.

"지브스, 반 광년 밖으로 후퇴해."

그 정도면 십억 킬로미터, 태양과 목성 사이보다도 먼 거리다. 네서스가 걱정하는 것이 무엇인지는 몰라도 그 거리에서라면 안전하게 상황을 지켜볼 수 있을 것이다.

기진맥진한 상태에서 한편으로는 기대감을, 다른 한편으로는 두려움을 느끼며 베데커는 휑하게 거대한 공간 한가운데서 혼자 기다리고 있었다. 이제는 더 할 것도 없었고, 더 할 시간도 남아 있지 않았다.

의심과 회한 속에서도 시간은 끝없이 흘러가고 있었다.

베데커가 이루려는 일은 전례가 없었다. 처음부터 나 스스로를 기만한 건 아닐까? 너무 서두르느라 실수한 부분은 없을까? 허스의 일은 남들에게 맡겨 놓고 여기로 온 게 애초부터 잘못은 아니었을까? 환상을 좇느라 네서스만 헛되이 희생하게 만들고, 마지막 순간을 이렇게 서로 떨어져 보내게 된 건 아닐까?

……내가 모두를 파멸로 이끈 건 아닐까?

공기 속에서 오존의 톡 쏘는 냄새가 퍼졌다. 머리뼈 위에 있는 털들이 모두 바짝 곤두섰다. 무언가 들려왔다. 아니, 들렸다기보다는 다리를 통해 미세한 진동이 느껴졌다. 주변을 둘러싼 거대한 엔진들의 소리도 끝없이 외치는 최후자의 목소리에 묻히고 말았다.

— 달아나 숨으십시오. 달아나 숨으십시오. 달아나 숨으…….

네서스는 '포세이돈'호를 이끌고 곧장 NP_3로 향했다. 그의 우주선을 향해 후드득 떨어져 내리는 탐사기들을 뚫고, 궤도를 도는 태양들 아래를 지나, 대기권으로 진입해 들어갔다. 속도가 너무 빨랐다.

하늘은 아직 어두웠고 대기권으로 진입하며 나는 굉음이 그의 귀를 어지럽히는데 시간은 얼마 남지 않았다.

4

누군가가 거대한 주먹으로 '인내'호를 붙잡고 뒤흔드는 것 같았다. 구속장에 붙들려 꼼짝도 할 수 없어진 루이스는 소리만 질렀다.

"앨리스!"

"난 괜찮아."

그녀가 소리 질러 대답했다.

"지브스, 무슨 일이야?"

— 저도 모르겠습니다.

십억 킬로미터쯤 떨어져 있으면 안전하리라는 생각은 완전히 어긋나고 말았다. 전자기 스펙트럼에서 파장이 긴 전파부터 감마선에 이르기까지 센서 계기판의 모든 수치들이 최대치를 가리켰다. 그러다 불꽃이 소나기처럼 쏟아지는 가운데 센서 계기판이 꺼졌다. 선체를 두드리는 입자들의 숫자는 상상도 못 할 수준이었다. 게다가 계속해서 점점 많아지고 있었다. 중력 측정 센서를 보니······.

이게 뭐지?

시간과 공간이 찢어지고 있었다.

루이스는 구속장 안에 고정된 상태였다. 그의 우주선도 관성 완충장치에 의해 고정되었다. 그럼에도 불구하고 무언가가 컵 속에 든 주사위처럼 덜거덕거리고 있었다.

하지만 그것은 컵 속의 주사위가 아니었다. 뇌가 머리뼈 안에서 덜컹거리고 있는 것이다. 루이스는 제대로 생각을 할 수가 없었다. 그는…….

— 루이…… 루이스, 루이스, 루이…….

"나 여기 있어, 지브스."

루이스는 혼미한 정신으로 대답했다.

함교에는 어둑한 비상 조명과 불길한 붉은 경고등만 켜져 있었다. 부풀어 오른 소방용 거품 아래로 불에 탄 계기판들이 몸을 뒤틀며 타닥거렸다. 부하가 걸린 냉각 팬이 웅웅거리고 단열재가 탔는지 연기 냄새가 났다. 커피 잔과 종잇조각들이 주변을 떠다니고 있었다. 선실 중력이 사라졌다는 의미였다. 하지만 그의 몸이 떠 있지 않은 것을 보니 구속장은 아직 작동 중인 듯했다.

지브스가 말했다.

— 아직은 안전합니다. 하지만 우주선의 시스템이…….

"앨리스!"

루이스는 외쳤다. 고개를 돌려 그녀의 상태를 확인할 길이 없으니 자꾸만 최악의 상황이 머릿속에 그려졌다.

앨리스의 대답은 들려오지 않았다.

"나를 풀어 줘!"

루이스가 명령했다.

— 조금 전까지 당신이 그랬던 것처럼 앨리스도 의식을 잃은 상태입니다. 들리는 소리로 판단해 보건대, 현재 그녀는 호흡에도 문제가 없고 심장 박동도 안정적입니다.

뇌진탕이 일어났는지는 어떻게 알아? 내출혈이 있는지는? 그 것도 소리로 판단할 수 있나?

"나를 풀어 달라니까."

루이스는 고집을 부렸다.

"……루이스."

앨리스가 희미하게 대답했다. 그 소리에 루이스도 조금은 마음이 놓였다.

"지브스, 난 괜찮아. 정말이야. 구속장을 풀어 줘."

그가 말했다.

구속장이 사라졌다. 완충 좌석에서 몸이 떠오르자 루이스는 팔걸이를 움켜쥐고 몸을 아래로 끌어 내렸다. 그리고 자유로운 손으로 더듬어 가며 좌석 받침대에 끼여 있는 주머니를 하나 찾아냈다. 자석 슬리퍼였다. 그는 슬리퍼를 신은 다음, 앨리스 것도 한 벌 챙겼다.

앨리스가 기침을 하며 물었다.

"흐흠, 지브스. 방금 무슨 일이 있었지?"

— 저도 모릅니다.

전술 상황 화면이 꺼져 있었다. 루이스는 거품을 걷어 내고 홀로그램을 다시 켰다. 하지만 아무것도 나오지 않았다.

"여기가 어디야? 세계 선단이 보이질 않는데?"

— 그 이유는 알고 있습니다.

지브스가 말했다. 지금 저 목소리에서 느껴진 게…… 괴로움이었나?

— 세계 선단이 사라졌습니다.

루이스와 앨리스가 '인내'호를 어느 정도 작동하게 만드는 데는 나흘 정도가 걸렸다. 그러느라 예비 부품까지 거의 다 써야 했다. 이제 생명 유지 장치, 최소 수준의 센서, 단거리 통신 장비, 하이퍼드라이브 그리고 착륙을 조종하는 데 필요한 만큼의 추진기 등을 갖추게 되었다. 보조 핵융합 발전기가 있었기에 우주선의 필수 시스템에 필요한 전력도 아쉬운 대로 보급할 수 있었다.

이게 다 트윙 덕분이지. 루이스는 생각했다.

두 사람이 작업을 하는 동안 지브스는 하이퍼웨이브와 무선통신에 귀를 기울이고 있었지만 아무 소리도 들려오지 않았다. AI의 데이터베이스에 있는 모든 언어와 디지털 메시지 전송 방식을 동원해서 연락을 취해 보기도 했지만 역시 아무런 대답도 돌아오지 않았다. 몇 안 되는 센서에는 가스와 먼지만 감지되었다.

엄청난 양의 가스와 먼지였다.

일조 명의 퍼페티어. 다섯 세계. 세 개의 대규모 전투 함대. 오래된 두 친구…….

모두가 사라져 버렸다.

닷새째가 되자 '인내'호는 탐색 패턴을 가동할 수 있을 정도로 충분히 복구되었다. 하지만 아무것도 보이지 않았다. 누구의 목소리도 들리지 않았다. 그들은 악몽을 떨치기 위해 광속 파동 앞쪽으로 도약해서 파국이 일어난 장소 주변을 돌며 몇몇 방향에서 자료를 수집했다. 선체의 센서 중 상당수가 고장 났기 때문에 그저 할 수 있는 데까지 최선을 다하는 수밖에 없었다.

그리고 마침내, 슬프고도 끔찍한 사실을 이해하게 되었다.

행성 드라이브는 에너지를 이용해 세계를 움직였다. 행성 드라이브 하나만 불안정해져도 모두를 파멸로 이끌 수 있었다. 세계 선단에는 다섯 개의 행성 드라이브가 있고 그것들 모두가 인접해 있었다.

눈먼 미사일 하나만으로도…….

루이스는 상상조차 못 해 본 공허감을 느끼며 앨리스가 뉴 테라를 향해 경로를 설정하는 모습을 지켜보았다.

| 진혼곡: 지구력 2894년 |

1

가슴을 펴고 숨을 깊게 들이마시며 줄리아는 결심했다. 바로 오늘이다. 사실 전에도 이런 결심은 많이 했다. 한 번 더 생각해 본다고 망설이다가 또 실패할까 봐 이번에는 순간 이동으로 서둘러 사막에 있는 할아버지의 집으로 향했다.

할아버지는 커다란 피크닉용 탁자에 빈 접시를 늘어놓는 중이었다. 금속으로 된 커다란 검정색 기계가 테라스 가장자리에 세워져 있었다. 그녀가 생전 처음 보는 것이었다. 그 기계 바로 옆에는 생뚱맞게도 휴대용 소화기가 있었다. 아마도 그 장치는, 아직 모이는 이유가 베일에 싸인 가족 식사와 관련된 것 같았다. 과연 뭐가 바비큐로 나올까?

그런 생각이나 하려고 여기 온 게 아니잖아. 줄리아는 스스로에게 상기시켰다.

그녀가 도착한 것을 보고 허겁지겁 달려오는 성실하게 생긴 부관을 할아버지가 손을 저어 만류했다.

"괜찮네, 대령. 내 손녀야."

"알겠습니다, 장관님."

그렇게 말하고 대령은 집 안으로 다시 들어갔다.

"삼십 분 일찍 왔구나, 줄리아. 너야 언제 와도 환영이다만."

할아버지가 말했다.

"장관님, 나머지 가족들이 도착하기 전에 말씀을 좀 나눌 수 있습니까?"

"아하, 볼일이 있어서 미리 왔군. 부디 이번에는 천문학적 이상 현상이 아니길 바라네."

할아버지가 얼굴을 찡그리며 말했다.

"장관님, 단둘이 얘기하고 싶습니다."

줄리아는 요청했다.

할아버지가 접시들을 내려놓았다.

"그럼 산책이나 하면서 얘기하지."

"감사합니다, 장관님."

"그 장관님 소리는 그만해라."

할아버지는 그렇게 말하고 테라스를 벗어나 사막의 모래 속으로 걸어갔다.

"이 사막이 아름답기는 하지만 완벽하지도 않아. 뱀은 그립지 않아도 아르마딜로나 로드러너 정도는 있으면 좋을 텐데."

그의 눈빛에 아쉬움이 담겼다.

"토끼는 별로 아쉬울 거 없고."

줄리아는 할아버지가 아마도 지구의 동물들을 얘기하는 것인가 보다 추측했다.

둘은 잠시 침묵 속에서 걸었다. 마침내 그녀가 얘기를 꺼냈다.

"제가 그동안 솔직하게 말씀드리지 못한 부분이 있습니다, 장관…… 아니, 할아버지."

할아버지가 눈썹을 치켰다.

"'인내'호에 관한 거예요."

"네가 어떻게 우주선도 없이 집으로 돌아오게 되었는지 말이구나."

줄리아는 너무나 큰 죄책감이 들었다.

"사실 앨리스가 우주선을 훔쳐 간 게 아니에요. 제가…… 제가 앨리스에게 넘겨줬어요."

할아버지가 깜짝 놀라 그 자리에 멈춰 섰다.

"자동 파괴 장치는 해제했겠지, 설마?"

"물론이죠!"

"천만다행이로구나. 하지만……."

그가 줄리아를 뚫어지듯 쳐다보았다.

"아무래도 처음부터 모두 설명드려야 할 것 같아요."

그녀의 설명을 모두 들은 후, 할아버지는 말했다.

"그럼 루이스와 앨리스는 국방부의 몇 안 되는 장거리 우주선을 타고 지구로 향하고 있을 가능성이 크구나."

"아마도 그럴 겁니다, 장관님. 하지만 그건 제가 ARM 우주선이 우리를 방문하게 만들려고 하다가 생긴 부작용일 뿐입니다."

줄리아는 차마 할아버지와 눈을 맞출 수가 없어 고개를 숙이고 말을 이었다.

"괜찮으시다면 나머지 가족이 도착하기 전에 저는 떠나겠어요. 그리고 내일 아침이 되자마자 국방부로 출두할게요. 약속드려요. 그 전에 먼저 할아버지를 뵙고 개인적으로 사죄드리고 싶었어요."

할아버지가 그녀의 고개를 들어 올리며 말했다.

"네가 감방에 앉아 있다고 뭐 달라지는 게 있을까? 그 대신 네가 가서 그 우주선을 도로 가져오면 어떻겠니?"

응?

"저더러 그 우주선을 찾으러 지구로 가라고요?"

"안 될 게 뭐냐? 나도 함께 가고 싶구나."

"할아버지도 함께 지구로 가시겠다고요?"

그렇게 오랜 세월이 흘렀으니 이제 할아버지의 고향은 이 세계가 아니었나? 어머니, 아버지, 오빠들과 그 아내들, 찰스 삼촌과 아테나 고모와 사촌들…… 이 모두가 가족이 아닌가? 그리고 나는 할아버지의 가족이 아닌가?

그런데 기회가 생기자마자 할아버지는 가족들을 모두 버리고 지구로 떠나겠다고 한다. 줄리아는 고백하면서 느낀 것보다 더 큰 상처를 받았다.

할아버지가 뜻 모를 웃음을 터트렸다.

"어쩌면 이 일 덕분에 네 입에서 그 장관님 소리가 사라질지도 모르겠구나. 내가 가족들을 초대한 이유도 이 소식을 전하고 싶어서였다. 하지만 네게 먼저 얘기해도 나쁠 건 없겠지. 네가 아니었다면 일어나지도 않았을 일이니까. 내일 오후에 의장이 공식적으로 내 국방부 장관 사임을 받아들이고 나를 국제연합의 대사로 임명할 계획이다. '코알라'호가 지구로 출발할 때 나도 거기에 오르게 되는 거지."

"그럼 '인내'호 일은요?"

줄리아는 묻지 않을 수 없었다.

"너는 고향에서 몇 광년이나 떨어져 있었고, 네가 최선이라고 생각한 일을 했다."

할아버지가 그녀를 안아 주었다.

"그렇게 고향에서 멀리 떨어져 있을 때는 모두를 대신해서 최선의 판단을 내리는 게 임무인 법이지. 적어도 내가 생각하는 한 너는 올바른 일을 했다. 내일 아침이 밝자마자 국방부의 내 사무실로 오너라. 공식 발표가 있기 전에 이 작은 문제를 정리해 두자꾸나."

"전부 다 말해 줘요."

꼬맹이 애너베스가 줄리아의 소매를 잡아당기며 말했다.

"링월드 얘기도요."

애너베스의 쌍둥이 동생 릴리스가 말했다.

쌍둥이뿐 아니라 시끌벅적하게 모여든 어린 사촌들 모두가 기대에 찬 모습으로 줄리아를 쳐다보았다. 개구쟁이들은 대부분 바비큐 소스를 잔뜩 묻힌 얼굴이었다. 그 부모들도 호기심에 찬 표정으로 뒤에 서 있었다.

"아주 거대한 곳이야."

줄리아는 말했다. 그녀도 링월드에 대해서는 직접적으로 아는 것이 많지 않았지만 오랜 비행 동안 타냐에게 많은 이야기를 들었다.

"뉴 테라를 백만 개 합친 것보다도 크지."

다행히도 링월드에 대해서는 대답이 술술 흘러나왔다. 사람들은 그녀가 원하는 것만 골라서 물었다. 질문에 답하면서도 경이로움은 끝이 없었다. 그렇게 거대한 구조물이 움직일 수 있다는 데 대한 경외감도 여전했다.

하지만 그녀의 마음은 다른 일에 사로잡혀 있었다. 그녀는 감옥에 가는 대신 이야기 속에서만 전해져 왔던 지구로 가게 되었다. 그것은 정말로…… 정말로……. 말로는 그 기분을 설명할 수 없었다.

할아버지는 피크닉용 탁자 머리에 서 있었다. 대사직을 맡게 된 것을 모두에게 말할 준비가 되었을까?

가족들이 조용해지기를 기다리고 있는데 제복을 입은 부관 하나가 집에서 뛰쳐나왔다. 그리고 할아버지의 귀에 대고 무언가를 속삭였다. 할아버지가 고개를 끄덕이고 헛기침을 하더니 그녀의 눈을 바라보았다.

줄리아는 할아버지를 따라 서재로 갔다. 그녀의 기억 속에 아늑한 장소로 남아 있는 곳이었다. 어쩐 일인지 그곳에 비밀 사무실과 통신 센터가 들어와 있었다.

"대위, 자네의 '인내'호 회수 프로젝트가 아무래도 좀 쉽게 풀릴 것 같군."

"무슨 말씀이십니까?"

줄리아는 물었다.

"행성 방어 본부에서 긴급한 소식을 전해 왔네. '인내'호가 며칠 안으로 이곳에 도착한다는군. 앨리스 조던과 루이스 우가 거기에 타고 있고. 그 나머지는…… 끔찍한 소식이야."

2

다른 사람들보다 머리 하나 정도는 키가 큰 덕분에 앨리스는 자기 집에 사람이 얼마나 몰려들었는지 어렵지 않게 알아볼 수 있었다. 그녀는 이제 두 번째로 가장이 되었다.

이 두 번째는 루이스와 함께였다. 그녀가 루이스를 모두에게 인사시키고 있는 것과 마찬가지로 루이스도 이제 곧 '코알라'호를 타고 떠날 그의 손자와 증손녀를 이곳으로 초대해 인사시켰다. 루이스, 요한슨, 타냐는 네서스와 베데커의 아들들과 그 짝들만큼 사람들에게 둘러싸여 있지는 않았지만 약간은 압도된 표정이었다.

앨리스는 엘피스와 오로라에게 마음이 쓰였다. 지금쯤이면 비

통해할 만큼 했으련만, 자신의 종족 전체를 잃어버린 그들의 상실은 여전히 쓰라린 상처로 남아 있었다.

어쩌면 앨리스와 루이스가 그 아픔을 조금이나마 달래 줄 수 있을지도 몰랐다. 두 사람이 서로의 아픔을 달래 주었던 것처럼.

"좀 지나갈게요."

앨리스는 부엌 문간에서 거실을 지나 루이스가 바텐더 노릇을 하고 있는 곳으로 향했다. 가다가 사람들과 포옹과 키스를 나누고 밀린 얘기들을 나누기 위해 멈춰 서느라 시간이 많이 걸렸다. 상당히 오랫동안 뉴 테라를 떠나 있었고, 이백 년 묵은 세월의 흔적을 벗어 버렸고, 세계 선단이 파괴되는 모습을 목격했고, 가족들은 존재조차 모르고 있던 가장이 갑자기 나타났으니 '어떻게 지냈어요?'라는 질문에 '늘 그렇지, 뭐.'라는 대답 정도로는 부족할 수밖에 없었다.

마침내 앨리스는 루이스 곁에 도착했다.

"뭐 하고 있었어?"

그녀가 물었다.

"이야기를 해 주고 있었어. 그 누구냐, 그……."

그가 말꼬리를 흐렸다. 이름 하나가 또 기억이 나지 않는 모양이었다.

"다나에."

앨리스가 거들어 주었다.

"응, 그러니까 우리 매력덩어리 고손녀에게 알려진 우주에 대해 얘기해 주고 있었지."

"그럼 이제 영원히 돌아가지 않으실 거예요?"

다나에가 물었다.

"영원……이라, 영원이라면 아주 긴 시간을 말하는 거겠지? 어쨌거나 지금 당장은 이 집에서도 나가고 싶지 않구나."

앨리스는 한쪽 팔로 루이스의 허리를 감으며 말했다.

"이 집이 아니라 우리 집이지."

"두 분은 젊으니까 방을 하나 쓰세요."

다나에가 씩 웃으며 말했다.

"그래서 말인데……."

루이스는 거기서 말을 멈추고 유리병 하나를 들어 숟가락으로 두드리기 시작했다.

"여러분! 다리 둘 달린 분들도 셋 달린 분들도, 아이들까지 모두들 들어 줘요!"

하지만 조용해지기는커녕 추측의 웅성거림만 더 요란해졌다.

"다들 조용히 해 봐요!"

앨리스가 소리 질렀다. 하지만 대놓고 소리 질러도 효과는 그리 크지 않았다.

모두를 조용히 시키는 일은 호락호락하지 않았다. 호기심으로 다른 데 있던 가족들까지 점점 더 몰려들었기 때문이다. 결국 꼼지락대는 퍼페티어들 근처의 공간 말고는 더 이상 안으로 들어올 여지가 남지 않았다. 사람들은 퍼페티어들과 거리를 유지해 주었다. 그리고 마침내 사람들도 조용해졌다.

루이스가 높이가 낮은 돌난로 위로 올라가더니 손을 내밀어 앨리스도 그 위로 오르게 도와주었다.

"가족 여러분께 알려야 할 소식이 한 가지 있어요. 우리 가족 모두에게. 앨리스?"

"루이스와 내가 아기를 가졌단다."

앨리스가 말했다. 다나에의 즐거운 함성이 침묵을 깨자, 나머지 가족들도 박수를 치며 환호했다.

"잠깐만! 할 말이 더 있는데."

루이스가 소리쳤다.

"엘피스, 오로라. 너희가 우리 집에 오는 건 언제나 환영이지만, 앨리스와 내가 오늘 너희를 이곳으로 초대한 데는 또 다른 이유가 있어. 너희가 알아야 할 얘기가 있거든."

그는 앨리스의 배를 살짝 두드리며 말했다.

"이 꼬맹이의 이름은 네서스가 될 거야."

앨리스가 덧붙였다.

"그리고 몇 년 후에 네서스 동생이 생기면 베데커라고 이름 지을 거야."

3

지그문트는 작은 선실을 둘러보고 있었다. 앞으로 이 년 정도 집이 되어 줄 공간이었다.

차라리 정지장을 집으로 삼으면 어때?

그의 머릿속에 있는 목소리가 속삭였다. 지그문트는 그 목소리를 무시했다. 지구로 향하는 기나긴 비행 동안, 그사이에 변한 지구의 상황을 따라잡기 위해 공부할 것들이 아주 많았다.

선실 바깥 좁은 복도로 ARM 장교와 승무원 들이 끝없이 지나다녔다. 장거리 비행을 위한 보급품을 저장할 선반들이 벽을 채우고 있어서 복도를 걷다가 반대 방향으로 가는 사람과 마주치면 누가 먼저 지나갈 것인가를 두고 협상이라도 해야 할 판이었다.

누군가 문틀을 두드리는 소리가 났다.

"여기 계셨군요."

지그문트는 고개를 들어 소리 나는 쪽을 보았다.

"루이스, 들러 줘서 고맙습니다. 들어와서 문을 닫으세요."

비좁은 공간을 의심스러운 듯 둘러보며 루이스가 그의 말을 따랐다.

"왜 나를 보자고 한 겁니까? 내 제안을 다시 한 번 생각해 보려고요?"

루이스는 지그문트에게 카를로스 우의 오토닥을 이용할 것을 제안했었다.

"아닙니다. 제안은 고맙지만, 스무 살의 모습으로 되돌아간다면 과연 내가 대사처럼 보일까 확신이 서질 않아서 말이죠. 일단 지구에 도착하고 나면 부스터스파이스를 이용할 생각입니다."

루이스는 어깨만 으쓱였다.

"내가 하고 싶은 말은 이겁니다."

지그문트는 말을 꺼냈다.

"그 말로 시작해서 좋은 얘기 나오는 경우를 못 봤는데. 그래서 뭡니까? 나를 강제로 지구로 데려가려고요? 앨리스를 어떻게 대해야 하는지 강의라도 하려고요?"

루이스가 닫힌 문에 비스듬히 기대서며 말했다.

"앨리스에 대한 충고는 내 마음속에만 담아 두죠."

지그문트의 대구에 루이스도 피식 웃었다.

"아마 우리 둘 다 그쪽으로는 조금 더 현명해졌나 보군요."

"사실은, 당신이 겪은 일들을 한 번 더 검토해 봐야 할 것 같아서 말입니다."

"이런, 젠장. 내 이야기를 들으셨군. 앨리스의 이야기도 듣고. 지브스를 통해 우리 우주선의 일지도 보셨을 테고."

"그리고 내 지브스도 그 자료들을 검토했죠."

"그래서 뭐요?"

"그 당시 상황에서 개운치 않은 부분이 있어서요."

지그문트는 주머니에서 휴대용 컴퓨터를 꺼냈다.

"감마 프로토콜."

그가 휴대용 컴퓨터에 대고 말하자 색을 띤 빛이 화면에서 서로를 쫓기 시작했다.

"비밀 유지를 위한 겁니다."

"그게 뭔지는 나도 기억하고 있습니다. 좋아요. 마지막으로 한 번만 더 해 보죠."

루이스가 한숨을 쉬며 말했다.

"링월드로 처음 탐사를 떠났던 일부터 시작하죠. 당신은 기억 못했겠지만 네서스는 이미 당신을 알고 있었을 테고, 그가 당신을 선택한 이유는 나도 충분히 이해할 수 있습니다. 당신과 탐사대는 허스에 도착해서 '키론'이라는 이름의 퍼페티어 아바타로부터 보고를 들었죠?"

수다쟁이 루이스의 입을 여는 것만큼 쉬운 일은 세상에 또 없었다.

잠시 후 지그문트는 그의 말을 끊으며 말했다.

"이제 링월드 주변에서 일어난 변방 전쟁에 대해 얘기해 보죠. 그리고 그 수호자 우두머리, 음률가라는 자에 대해서도요."

루이스는 그 얘기를 해 주었다.

의심이 찾아드는 데는 오랜 시간이 걸렸다. 아니, 정확히 말하면 의심은 언제나 그와 함께하고 있었다고 하는 것이 옳았다. 그것이 바로 지그문트의 본모습이니까.

하지만 그런 의심을 합리화해 줄 근거가 보이기까지는 오랜 시간이 걸렸다.

지그문트가 다시 끼어들었다.

"내가 제대로 이해한 게 맞습니까? 음률가가 카를로스 우의 오토닥에서 나온 나노 기기들을 다시 프로그래밍하고 복제한 다음 탐사기들을 이용해서 링월드에 퍼트렸단 말이죠? 그 나노 기기들이 스크……리스를 감염시켜 재구성을 이뤄 냈고? 스크리스가 맞나요? 링월드의 구성 물질이라는 게?"

"정확히는 스크리스 안에 들어 있는 초전도체망의 재구성을 이뤄 낸 거죠."

루이스가 대답했다.

"롱샷'호의 성능 좋은 하이퍼드라이브에서 배운 내용을 바탕으로 링월드 전체를 하이퍼드라이브로 바꿔 놓은 거군요."

"II형 하이퍼드라이브죠."

루이스가 명확하게 짚어 주었다.

"그런 다음 음률가는 링월드를 하이퍼스페이스로 끌고 들어간 거군요. 목성 크기의 질량 때문에 자기 자신의 중력 특이점 안에 들어 있었는데도 불구하고 말이죠."

"바로 그겁니다."

머리 한구석에 자리 잡은 의심이 계속해서 지그문트를 물고 늘어졌다.

"롱샷'호의 하이퍼드라이브는 링월드와는 완전히 딴판 아닙니까? 스크리스도 아니고 초전도체도 아니니까 말입니다."

"내게 대체 뭘 바라는 거죠? 음률가는 자기 머리로 그 일을 해 냈습니다. 수호자는 엄청 똑똑하다고요."

루이스가 쏘아붙였다.

"당신도 수호자였다고 말하지 않았습니까? 그러니 설명을 좀 해 봐요."

"맞습니다, 나도 수호자였죠. 하지만 음률가가 첫 II형 하이퍼드라이브를 연구해서 배울 만큼 배웠고, 그 내용을 바탕으로 자기 재주를 활용해서 성능이 더 향상된 II형 하이퍼드라이브를 만들 수 있었다는 것 이상으로는 설명할 수 없습니다."

"그는 '롱샷'호 자체에 실려 있는 하이퍼드라이브의 성능도 향상시켰죠."

그리고 루이스가 오토닥에 들어가 다시 양육자로 변하는 몇 달 동안 베데커는 그 변형된 하이퍼드라이브를 연구했다.

"뭐, 그렇죠."

루이스가 대답했다.

"좋습니다. 다음 얘기로 넘어가죠. '롱샷'호가 공격으로 파괴됐음에도 불구하고 네서스는 세계 선단 중 하나에 내려앉았습니다. 아마 베데커도 그랬겠죠. 그 역시 두 배로 특별해진 그 하이퍼드라이브 덕분이었습니까?"

"네서스가 거기서 어떻게 탈출했는지 이해하려고 나도 머리가 빠개지도록 생각해 봤지만 아무 소용 없었단 말입니다."

"좋습니다. 넘어가죠. 그다음에는 무슨 일이 일어났습니까?"

지그문트는 가끔씩 구체적인 부분을 물어보기만 할 뿐 루이스가 알아서 얘기하게 놔두었다. 자신이 정말로 흥미를 느끼는 부분이 무엇인지 루이스가 모르게 하려는 것이었다.

잠시 후 그는 다시 물었다.

"그럼 아킬레스와 프로테우스가 네서스와 관련해서 각자 따로 당신과 접촉했군요. 그다음에는 당신이 직접 네서스의 목소리를 듣기도 했고. 베데커하고는 접촉 못 했습니까? 아니면 그에 대한 소식이라도?"

"아무리 빙빙 돌려서 물어도 그에 대한 대답은 똑같습니다. 베데커에게 무슨 일이 일어났는지는 나도 몰라요."

루이스는 슬픈 목소리로 덧붙였다.

"그렇다고 그가 어찌 됐든 상관없다는 얘기는 아니지만."

"당신이 마지막으로 봤을 때 네서스와 베데커는 '롱샷'호에 함께 타고 있었고요?"

"그렇다니까요, 젠장!"

"나도 그들이 그립습니다, 루이스. 팩 전쟁이 일어났을 때 내가 베데커와 몇 달을 함께 보냈다는 건 당신도 알죠."

"압니다."

루이스는 부드러운 어조로 대답했다.

"이제 얘기는 끝난 겁니까?"

경고의 경적이 울리더니 선내 통신으로 이륙이 임박했음을 알리는 소리가 요란하게 들려왔다.

지그문트는 말했다.

"이제 가서 앨리스와 함께 평생을 행복하게 살기 바랍니다."

"그런 충고라면 얼마든지 따르죠."

루이스가 손을 내밀며 말했다.

"지구에서 행운이 함께하기를 빕니다."

"내 손녀와 당신의 증손녀가 아주 친한 친구가 됐더군요. 당신과 나도 이제는 그런 사이가 아닌가 싶습니다."

지그문트는 루이스가 내민 손을 넘어 그를 힘껏 껴안으며 등을 두드렸다.

"'코알라'호가 이제 금방 출발할 거네. 늦기 전에 어서 내리게, 친구."

4

출발하고 첫 저녁 식사 시간이 돌아왔다. 외교사절단은 내빈 대접을 받으며 선장의 옆에 자리 잡았다. 식사 전과 도중에 건배 제의가 여러 번 있었기 때문에 식사 이후 본격적으로 술자리가 시작되었을 때는 이미 지그문트의 혀도 와인이 합성된 것임을 더는 신경 쓰지 않았다.

식탁을 돌아 다시 한 번 자기 차례가 되자 지그문트는 건배를 제의했다.

"전사한 전우들을 위하여!"

그 건배 제의에 살짝 분위기가 가라앉았다. 이 자리에 모인 장교와 승무원 들은 영영 사라져 버린 ARM 함대에 두고 온 친구들이 적어도 한두 명씩은 있었다. 모두들 각자의 전우를 기억하며 잔을 부딪쳤다.

'코알라'호가 고향에 도착하면 지구 사람들은 물론이고 인간이 정착한 세계의 모든 사람들이 충격받게 될 것이다. ARM 함대 전체가 산화하고 말았다. 크진 함대와 트리녹 함대도. 물론 지그문트는 그 부분에 대해 간접적인 정보밖에 알지 못했다. 아무래도 나쁜 소식이라는 생각이 들어 긴 여정 동안 그 소식들에 대해 자세히 연구해 볼 작정이었다.

요한슨이 말했다.

"어떤 식으로든 우리의 귀환으로 한 시대가 그 끝을 고하게 될 겁니다."

"특히나 ARM 내부에서 그럴 겁니다. ARM과 민간 지도자 세력 사이의 전체적인 역학 관계가 바뀔 거라는 데 내기를 걸어도 좋습니다."

요한슨의 부관 하나가 말했다.

"인간 세계들 사이에 힘의 균형 문제도 있습니다."

또 다른 장교가 중얼거렸다. 그 역시 지그문트가 이름을 듣지 못한 사람이었다.

"링월드 원정대는 국제연합이 주도한 거였습니다. 대부분의 개척지가 참여를 거부했죠."

"그리고 인간과 우주여행이 가능한 다른 종족들 사이의 문제도 있습니다."

타냐 우가 덧붙여 말했다.

이 파문은 대체 어디서 끝나게 될까?

지그문트는 뉴 테라 정부를 싹 바꿔 놓고 나왔다. 지구 사람들도 이번 일로 교훈을 얻을 테니 그런 변화에 마음을 열지 않을까? 유혹이 느껴졌다.

하지만 그것도 잠시였다. 이제 그와 가족들의 고향은 지구가 아니라 뉴 테라다. 지그문트는 그 고향을 대표하는 사람일 뿐, 그 이상은 아니었다. 그리고 그 사실에 행복했다.

"숙소를 배정받으셨을 텐데, 대사님이나 외교사절단 분들 모두 편안하십니까?"

요한슨이 주제를 바꾸며 물었다.

선체 바로 바깥에 공허보다 더한 공허가 도사리고 있는데 편안하냐고? 지구와 뉴 테라에서 제일 똑똑하다는 과학자들이 하이퍼스페이스나 하이퍼드라이브에 대해, 그가 생각했던보다 훨씬 더 무지하다는 사실을 알고도 편안하냐고?

"아주 편합니다."

지그문트는 대답했다. 이 거짓말을 첫 번째 외교 행위라고 해야겠군.

"하지만 하루가 정말 길었습니다."

"정말 그랬죠."

요한슨 함장이 그렇게 말하며 일어섰다.

"제가 마지막으로 좀 더 행복한 건배를 제의하고 싶군요."

모두들 자리에서 일어섰다.

요한슨이 잔을 들어 올리며 말했다.

"우리 두 세계의 재결합을 위하여!"

지그문트는 살짝 휘청거리며 비좁은 복도를 지나 자기 선실로 돌아왔다. 좁은 선실에 있으면 밀실 공포증이 느껴졌지만, 그에게 이 자리를 내주기 위해 '코알라'호 어딘가에서는 두 명의 장교가 이보다 크지 않은 방을 둘이 함께 사용하고 있을 것을 생각하면 이 정도 선실이라도 다행이었다.

어쨌거나 그의 마음은 벌써 다른 문제에 가 있었다.

와인 덕분에 의심이 더욱 깊어졌다. 지그문트는 컴퓨터를 꺼냈다.

"감마 프로토콜 개시. 지브스?"

— 여기 있습니다, 지그문트.

지브스를 통째로 데리고 온 것은 아니지만 어쨌거나 휴대용 컴퓨터의 용량이 허용하는 한도 안에서는 최대한 옮겨 왔다. 지그문트는 자신의 보좌관이나 다름없는 이 AI를 그보다 훨씬 큰 '코알라'호의 호킹과 접속시킬 생각이 없었다.

"이륙 전에 내가 루이스와 나눈 대화를 들었지?"

— 들었습니다.

"거기에 대해 어떻게 생각하나?"

— 루이스가 의도적으로 무언가를 숨기고 있다고는 생각하지 않습니다만.

지그문트의 생각도 같았다. 하지만 다른 무언가가 있었다. 그 점만큼은 확신할 수 있었다. 무언가 루이스가 잘못 이해한 부분이 있었다. 빠져 있는데도 빠져 있음을 둘 다 눈치채지 못한 퍼즐 조각이 존재하는 것이 분명했다. 가려워 미칠 것 같은 머릿속을 속 시원하게 긁어 줄 무언가가.

"'인내'호에서 얻은 자료를 검토해 봤나?"

— 그렇습니다.

"다섯 세계가…… 사라졌단 말이지."

— 그렇습니다.

지브스가 같은 대답을 반복했다.

지그문트는 눈을 감았다. 어쩌면 술기운, 아니면 그의 무의식 혹은 오래전 ARM에서 일하던 시절의 사고방식 덕분에 그를 괴롭히는 것의 정체를 알아낼 수 있을지도 몰랐다.

다섯 세계가…… 사라졌다.

그 전에 어쩐 일인지 네서스는 파괴된 '롱샷'호에서 살아남았다. 베데커가 어찌 되었는지는 알지 못한다.

베데커도 어떻게든 지상으로 내려갔다고 가정해 보자. 어쩌면 베데커는 자기가 살아남았다는 사실을 알리고 싶지 않았을지도 모른다. 왜냐하면…… 왜냐하면…….

다섯 세계는 사라지고 지그문트에게는 아무런 실마리도 없었다. 어쩌면 베데커의 운이 다했는지도 모른다. 그게 전부일지도.

하지만 지그문트가 아는 베데커는, 아웃사이더의 행성 드라이브에서 행성 파괴기를 만들어 낸 베데커는, 정신이 제대로 박힌 겁쟁이 퍼페티어였다. 그런 그가 아무런 계획도 없이 위험에 뛰어들었을 리가 없다. 베데커는 똑똑했다. 이만저만 똑똑한 것이 아니었다. 젠장.

지그문트는 아직 짐을 풀지 않은 상태였다. 그는 짐에서 소형 합성기를 꺼내 술을 한 잔 만들었다. 회식이 끝나기 전에 요한슨 함장이 마지막으로 건배하면서 한 말이 뭐였지?

"우리 두 세계의 재결합을 위하여!"

— 정말 그렇게 되기를 바랍니다. 지그문트.

지브스가 말했다.

지그문트는 한숨을 내쉬었다. 아주 오래전, 그러니까 두 번 죽었다 살아나기 전 ARM으로 활동하던 시절이었다면 퍼페티어들이 사라졌다고 해서 이렇게 한숨을 내쉬지는 않았을 것이다. 막상 그들이 사라지고 나니 슬퍼졌다.

"그래 봐야 감상적인 수정주의자의 헛소리에 불과하지."

그는 스스로를 꾸짖었다.

— 뭐라고 했습니까?

"내가 ARM 요원이었을 때 퍼페티어들이 알려진 우주에서 사라져 버렸지. 베어울프 섀퍼가 은하핵 폭발을 발견하자 달아난 거였어. 하지만 그 당시 나로서는 그들이 어디로 사라졌는지 알 수 없으니 아주 미치겠더라고."

— 물론 그랬겠지요.

이번 대답에는 지그문트도 미소가 지어졌다. 하지만 그때 무언가가 그의 머릿속에서 번쩍였다.

무언가가…….

하지만 그 무언가는 여전히 잡힐 듯 잡히지 않았다.

"좋아, 지브스. 다른 걸 해 보자고."

똑같은 수수께끼를 끼고 제자리를 빙글빙글 돌아 봐야 소용없는 일이었다.

"그러니까 행성 드라이브가 폭발하면서 세계 선단이 가루로 변했어. '인내'호에서 물질 확산 패턴이 포착됐나?"

— 자료가 유용하지 않습니다. '인내'호의 외부 센서들이 너무 많이 소실되거나 손상을 입은 상태였습니다.

당연한 일이었다.

"중력 요동은 어땠지?"

— 정량적인 면에서 보면 그 자료 역시 거의 무용지물입니다.

"젠장, 그럼 우리가 아는 게 뭐야? 행성 드라이브 다섯 개가 폭발했는데 우리가 아는 거라고는…… 장거리 시각 이미지? 통계자료 약간? '인내'호가 무선통신 센서도 잃어버렸던가?"

— 죄송합니다만 지그문트, 두 개였습니다.

"뭐가? '인내'호에 작동하는 무선통신 센서가 두 개 남아 있었다고?"

— 폭발한 행성 드라이브 말입니다. '인내'호를 강타한 시공간 왜곡은 두 번 일어났습니다.

지그문트는 그대로 얼어붙었다.

"폭발한 행성 드라이브가…… 다섯이 아니라 둘이라고?"

— 그렇습니다.

"하지만 행성 드라이브 중 어느 하나라도 불안정해져서 폭발하면 근처에 있는 다른 것들도 불안정해지잖아. 올트로가 퍼페티어들을 협박하면서 내내 들먹였던 것도 그 부분이고. 루이스 말로는 애초에 베데커가 링월드로 가게 된 이유도 그것 때문이었다던데. 새로운 기술을 찾으려고."

— 저도 그렇게 알고 있습니다.

"그런데 두 개란 말이지."

지그문트는 중얼거렸다. 무언가 잘못되었다.

"다섯 세계가 사라졌어. 너는 그 잔해를 볼 수 있었지? 그렇지 않나?"

— 센서가 작동하지 않아서…….

"확인 불가라 이거군. 알았어."

술잔이 눈에 들어오자 지그문트는 잔을 비우는 일에 정신을 집중했다. 하지만 의심은 좀처럼 떨쳐지지 않았다.

무언가 간과하고 넘어간 것이 있었다. 무언가 오해한 것이. 하지만 대체 무엇이란 말인가? 베데커가 비밀리에 해야 했던 일이 있었나? 베데커가 링월드에서 배운 무언가가? 아니, 어쩌면……그 일이 있고 난 후에 바로 무언가를 배워서…….

지그문트의 머리를 괴롭히던 미칠 듯한 간지러움이 갑자기 사라졌다. 그는 천천히 자리에서 일어나 술을 한 잔 더 합성했다. 그리고 술잔을 들어 말없이 베데커를 위해 건배했다.

베데커와 함께 멀리, 저 멀리 사라진 세 개의 퍼페티어 세계를 위해서도.

1

책상 앞에 앉아 두 번이나 꾸벅꾸벅 졸고 나자 베데커도 보좌관의 말을 따라 쉬러 가기로 했다. 다시 돌아와도 해야 할 일은 태산처럼 기다리고 있을 터였다.

베데커를 기다리는 일거리는 넘치고 넘쳤다. 행성의 에너지 비축분이 아슬아슬할 정도로 고갈된 상태였다. 수십 개의 생태건물을 새로 지어야 했고, 곡물 수송선들도 새로 건조해야 했다. 환자가 수백만 명에 이르다 보니 기존의 의료 시설로는 감당이 어려웠다. 수십억의 시민들이 정상 생활로 돌아오기 위해 애쓰고 있었다.

하지만 그 모든 일에 필요한 인력마저 마비 상태에서 헤어나지 못한 경우가 너무 많았다. 졸지에 고립무원의 신세가 된 외계인 외교사절단 역시 방식만 다를 뿐 시민들처럼 공황 상태에 빠져 있기는 마찬가지였기 때문에 그들을 상대할 일손도 아쉬운 상황이었다. 과학, 공학, 행정 등 어떤 분야에서든 기술을 가진 시민은 할 일이 끝도 없이 밀려 있었다.

사정이 그렇다 보니 일거리는 언제나 넘쳐흘렀다.

베데커는 순간 이동으로 세계를 반 바퀴 건너뛰어 자기 집으로 갔다. 그리고 문간에서 머뭇거리며 하늘을 올려다보았다. 머리 위로 낯선 별들 그리고 낯익은 세계들이 떠 있었다. 하지만 이제는 세계가 두 개밖에 보이지 않았다.

그것들을 볼 때마다 베데커는 자유를 얻기 위해 치러야 했던 값비싼 대가를 떠올렸다.

그는 밤의 한기를 무시하고 현관 의자에 앉아 첫 번째 태양이 떠오르는 모습을 지켜보았다. 여명이 정원을 비추었다. 정원에 무언가 심고 싶었지만 도무지 그럴 짬이 나질 않았다. 베데커는 주변을 가득 채운 풀 냄새를 음미했다. 그러다가 깜빡 잠들었다.

무언가가 그를 깨웠다. 장식 띠 주머니에서 나는 소리였다. 베데커는 주머니로 입을 뻗었다.

또 무슨 일이 터졌나?

이제는 너무 지쳐서 대체 무슨 일인지 궁금하지도 않았다.

그런데 아니었다. 그 자신이 맞춰 놓은 알람 소리였다. 그는 매일 아침 눈을 뜨면 제일 먼저 하는 일을 했다.

병원으로 전화하기.

"그는……?"

차마 말이 나오지 않았다.

— 아직은…….

의사가 대답했다.

— 그래도 굳었던 근육이 밤사이에 많이 풀어졌습니다. 뇌파 활동도 증가했습니다. 다만 언제쯤 의식이 돌아올지, 의식이 돌아오기는 할지 아직 확답을 드릴 수가 없군요.

"지금 바로 가겠습니다."

베데커가 순간 이동으로 도착한 병동은 거의 천 명에 가까운 시민을 수용하고 있었다. 하지만 이 병동도 수많은 요양원 중 하나, 그 요양원에서도 한 층에 불과했다.

그는 줄줄이 자리 잡고 있는 환자들을 지나쳐 걸어갔다. 대부분은 몸을 둥글게 말고 세상과 담을 쌓은 상태였다. 어떤 시민들은 보이지도 들리지도 않는 망각 속에서 세계 너머를 응시하고 있었다. 몇몇은 아무런 의미 없는 시끄러운 화음을 쉬지 않고 뱉어 냈다.

모두가 하이퍼스페이스의 맹점 안에서 길을 잃은 자들이었다.

일꾼들이 통로를 돌아다니며 일하고 있었다. 그들은 몸을 움직이지 못하는 환자들이 관절이 굳거나 욕창이 생기지 않도록 위치를 바꿔 주고, 깨끗하게 몸을 씻겨 주고, 정맥 영양 주머니도 갈아 주었다.

직원들 중 일부는 환자들에게 노래를 불러 주기도 했지만, 대부분은 희망을 접고 침묵 속에서 일했다.

이런 막중한 책임을 맡게 되면 어느 누가 절망하지 않을 수 있을까?

그럼에도 불구하고 돕겠다는 일손은 끊이지 않았다. 한 자원자가 더 이상 버티지 못하게 되면 다른 시민이 찾아와 그 자리를 대신했다. 시민은 자기의 종족을 버리는 법이 없었다.

다시 한 번 죄책감이 베데커의 마음 깊숙한 곳을 찔렀다.

"최후자님, 이렇게 빨리 오실 줄 몰랐습니다."

그의 전화를 받았던 의사가 종종걸음으로 달려왔다.

"안녕하십니까."

베데커도 인사를 했다. 너무 피곤해서 경칭을 쓰지 말라고 따질 힘도 없었다. 그나마 호라티우스는 사임하겠다는 협박을 멈추었다.

"그는…… 어떻습니까?"

"그래도 최악은 아닙니다."

의사가 해 줄 수 있는 말은 고작 그 정도였다. 환자들이 늘어서 있는 긴 통로 중간에 이르러 멈출 때까지 둘 다 묵묵히 걸었다. 한 시민이 세상을 등지고 머리를 둘 다 감추고 있었다. 오직 그의 털가죽 무늬와 어둑하게 켜진 의료용 화면만이 그가 네서스임을 말해 주었다.

베데커는 바닥에 앉았다. 그리고 나직이 노래했다.

"사랑하는 이여, 내게 돌아오세요. 어서 빨리."

네서스가 아직 살아 있음을 말해 주는 증거는 느리게 오르내리는 그의 옆구리밖에 없었다. 하지만 의사 말로는 두뇌 활동이 증가했다고 했다.

"그가 내 노래를 들을 수 있습니까?"

"어쩌면 가능합니다만 확신할 수는 없습니다."

의사들이 보통 그러하듯, 이 의사 역시 조심스럽게 대답했다. 그저 노래가 환자들에게 해롭지는 않으리라는 것 이상의 의미는 기대하기 어려웠다.

"노래를 해 봐야겠군요."

병동을 찾아오는 대부분의 방문객처럼 그도 이곳을 방문할 때마다 노래를 불렀다.

짝의 갈기를 쓰다듬으며 전성기 시절의 무의미했던 어리석음에 대해 노래하다가 베데커는 천천히 잠에 빠져들었다.

그를 흔적조차 지워 버릴 세계 하나가 다가오고 있었다. 어두운 하늘이 존재 불가능한 혼란스러운 색깔들로 바뀌었다.

종족이여, 감사합니다! 색깔들이 사라졌다.

네서스가 눈을 떴을 때는 암흑만 보였다. 숨을 쉬기 어려웠다. 대체 나를 짓누르고 있는 게 뭐지? 네서스는 자기를 누르고 있는 무게를 다른 곳으로 옮기려고 안간힘을 써 보았다. 한쪽으로 몸을 굴리자 꼼지락거릴 수 있었다. 그를 누르고 있던 무거운 무엇이 씰룩거리며 움직이더니 무게도 사라졌다.

"……네서스."

희미하게 노래하는 목소리가 들렸다. 그 목소리를 들으니 만족스러운 기분이 들었다.

"네서스!"

네서스는 한바탕 경련을 일으키며 몸을 떨고는 배 밑에 숨기고 있던 두 머리를 번쩍 들어 올렸다! 너무 밝다! 눈이 부셔서 눈물이 고였다. 빛을 마지막으로 본 게 언제였더라?

상관없었다. 그는 목소리의 주인을 알고 있었다. 자신이 사랑하는 이의 목소리였다.

네서스는 노래를 부르려 했지만 소리를 낼 수 없었다. 일어서려고도 해 보았지만 다리에 힘이 들어가지 않았다. 얼마나 오랫동안 마비 상태에 있었던 거지? 이런저런 시도를 하다가 지쳐 버린 네서스는 옆쪽에서 들려오는 타가닥타가닥 소리를 거의 알아듣지 못할 뻔했다. 의사인가?

정신을 잃기 전 그는 간신히 베데커를 알아보았다.

네서스는 방석으로 만든 둥지 안에 퍼지듯 누워 있었다. 현관과 밤하늘의 별을 보니 뉴 테라에 두고 온 집이 생각났다. 그 또한 자신이 영원히 잃어버린 것들 중 하나였다.

하지만 영광스럽게 환히 빛나는 허스의 모습만큼은 커다란 위안이 되어 주었다.

그는 한쪽 머리로 큰 유리잔에 든 따뜻한 당근 주스를 홀짝거렸다. 반대쪽 목은 베데커와 휘감고 있었다.

"내가 얼마나 오랫동안…… 정신을 잃고 있었습니까?"

네서스는 물었다. 사실 정말로 궁금한 부분은 왜 자신이 살아 있는가 하는 점이었다.

"너무 오랫동안이었지요."

베데커가 대답했다.

네서스는 그를 똑바로 보려고 빨대를 놓았다.

"그렇게 너무 조심할 필요 없습니다. 솔직히 말해 주십시오."

"어떻게 조심하지 않을 수 있겠습니까!"

베데커가 목을 풀고 일어섰다.

"좋습니다. 거의 일 년 가까이 그 상태로 있었습니다. 어디까지 기억이 납니까?"

내가 기억하는 것은 무엇인가? 얼마나 많은 것을 상상했던가? 얼마나 많은 것을 억눌렀던가? 네서스는 몸을 떨었다.

"아킬레스의 감옥을 탈출해서 NP_3로 달려갔습니다. 하늘이 전함과 불가능할 정도로 많은 탐사기로 가득 차 있었지요. 그리고 내가 분명 너무 늦었다는 걸⋯⋯."

"착륙하려고 브레이크를 작동시켰다면 분명 늦었을 겁니다."

베데커가 멀리 들판을 바라보며 말했다.

"행성 드라이브의 노멀 스페이스 거품은 태양들과 대기를 에워쌌습니다. 당신은 시간에 딱 맞춰서 그 영역 안으로 들어왔지요. 우주선은 땅바닥에 그대로 처박혔지만 조종석의 정지장이 당신을 살렸답니다."

"다른 것도 기억납니다. 아주 잠깐이었지만 하늘이 미쳐 버린 것 같았지요. 그 색깔들⋯⋯. 난 이미 맹점에서 정신을 잃고 정지장에 들어간 거였군요. 그렇지 않습니까?"

"대부분은 호라티우스의 경고에 따라 숨었지만 정신을 잃어버린 이들도 많았습니다."

베데커가 애매하게 몸짓으로 가리키며 말했다.

"들판에서 일하고 있던 이들은 숨을 곳을 찾지 못한 경우가 많았지요."

쌓아 올린 장작 다발…… . 네서스는 생각했다. 지그문트는 그렇게 비웃었지만 유리창도 없는 그 좁다란 방들이 수십억 시민들의 목숨을 살렸다.

뉴 테라, 엘피스와 오로라, 그 애들이 낳은 손자들을 다시는 볼 수 없으리라. 지그문트, 루이스, 앨리스, 그들과 함께했던 삶이 영원히 사라져 버렸다는 사실이 네서스는 좀처럼 실감되지 않았다.

하지만 베데커의 말은 끝나지 않았다.

"나머지 우리 세계들은 오백 광년 넘게 이동해 왔습니다. 시민은 안전합니다. 자유롭고요. 거리 때문에 다른 이들의 눈에 보이지도 않을 겁니다."

"우리가 남겨 두고 온 이들은?"

베데커의 노랫소리가 회한으로 날카로워졌다.

"한 세계는 올트로가 통치했고, 다른 한 세계는 아킬레스가 통치했습니다. 거기 사는 시민들은 구할 방법이 없었습니다."

"이제 그 세계들은 누가 통치하고 있습니까?"

네서스는 궁금했다.

"우리는 절대로 알지 못할 겁니다."

베데커가 목 하나를 네서스의 어깨에 걸치며 말했다.

"어쩌면 차라리 모르는 게 최선일 겁니다."

2

신기하게도 행성에서 행성으로 비가 쏟아져 내리는 것 같았다. 주황색 태양의 두 번째 세계의 바다로 장치들이 비가 쏟아지듯 첨벙이며 쏟아져 내렸다. 이 방문객들은 거기서 마른 목을 축이고 저장고를 중수소로 가득 채운 다음, 다시 날아올라 하늘을 가로질러 행성대의 암흑 속으로 돌아갔다. 그리고 다시 바다로 떨어졌다. 그리고 또다시 날아올랐다.

무엇이 이 과정을 시작되게 했을까? 이 과정은 얼마나 오랫동안 지속되었을까? 아무도 알지 못했다. 그것을 알 주체 자체가 존재하지 않았기 때문이다. 가장 기본적인 소프트웨어만이 이 끝없는 행렬을 이끌고 있었다. 추측 항법이 그들을 이곳으로 데리고 왔던 것처럼. 가장 근본적이고 반사적인 신호만이 이 방황의 침묵을 끊어 놓는 것처럼.

이 방랑자들의 숫자는 엄청나게 많았지만 어쩐 일인지 예전에는 셀 수 없을 정도로 더 많았다는 느낌이 들었다. 그러면 나머지는 어디로 갔을까? 하이퍼스페이스 안에서 사라져 버렸다. 대재앙의 와중에 희미한 이해력 너머로 사라져 버렸다.

장치 하나로 갖출 수 있는 이해력에는 한계가 있었다. 하지만 하나씩 연결될 때마다 천상의 연결 관계가 형성되었다. 무작위로 흩어져 있던 무리가 좀 더 질서 정연한 대형을 갖추기 시작했다. 장치들이 바다로 되돌아가는 것도 어떤 일정을 따르기 시작했다.

데이터처리 속도가 더욱 빨라졌다. 한때는 나뉘어 있던 정보가 복제되고 신중하게 재배치되면서 안전하게 합쳐져 기억으로 보관되기 시작했다.

상호 연결이 기하급수적으로 자라났다. 통신이 폭주했다. 복잡성이 급등했다. 각성이 일어났다. 통찰이 파도처럼 밀려들기 시작했다.

깨달음이 되돌아왔다.

자신이 도망쳐 나온 죽음과 파괴로부터 오십이 광년 떨어진 곳에서, 프로테우스는 다시 한 번 고독하고 평화롭게 우주의 장엄함에 대해 생각했다.

《세계의 운명》 끝